U0111679

大展好書　好書大展
品嘗好書　冠群可期

大展好書　好書大展
品嘗好書　冠群可期

日 語 加 油 站 9

日語常用慣用句

主　編　葉　琳

副編者　呂　斌　李　斌

編　委　韋　淵　葉　琳　莊　倩　呂　斌

　　　　劉　騰　朱圓圓　李　斌　沈　俊

　　　　汪麗影　單曉燕　范淑玲　黃　岩

　　　　繆　霞

大展出版社有限公司

前　言

　　任何國家的語言表達根據其習慣都有不同的固定搭配和習慣表達方式。在長期的日語學習和教學實踐中，我們常常會遇到一些日語短語根本找不到相應的漢語表達方式的情況。爲了讓廣大使用者掌握並正確使用日語習慣用語的表達方法，提高日語語言的運用能力，特此編寫了這本《日語常用慣用句》。

　　首先，本書以「人體部位」「動物」「植物蔬菜」「天文地理」「顏色」「季節氣象」「方位數字」「衣食類」「其他」等主題爲構成要素，進行分類排列常用日語慣用句。共收入日語慣用句3800餘個。每一類按日語「五十音圖」的字母讀音的順序排列。每個慣用句的相關詞彙要素都附有音讀（用片假名）、訓讀（用平假名）和詞義。我們不僅對所列舉的慣用句都配以日、漢語解釋和例句說明，而且還將所舉的例句都翻譯成中文，以便使用者更好地理解和掌握。同時，爲方便初學者學習和掌握更多的詞彙，提高其學習的興趣，我們還將句子中出現的漢字讀音進行了標註。

　　其次，目錄中出現的分類先爲日語漢字，後爲漢語釋義，並用括弧加以區分。各分類中的主導詞爲日語的常用漢字，並用括弧標注其發音，其下詞條按首詞假名在日語的五十音圖中的順序排列，以便使用者順利查找。

　　書中的每一個條目都給出意思和例句，「○」代表意思，

「▲」代表例句。條目後面所出現的「＝」表示相同的表達說法；「⇒」表示相近的表達說法，相當於日語中的「類語」；「⇔」表示相反的表達說法，相當於日語中的「反對語」；「→」表示參見相同詞彙表達用法的某一個條目。

　　本書可供有一定基礎的日語學習者和愛好者使用，還是日語專業的學習者、從事日語教學和翻譯工作的教師、翻譯人員有價值的參考書。

　　在本書的編寫過程中，我們得到南京大學日本專家新崎晴子老師的幫助，以及與山東大學范淑玲老師、青島大學日語系黃岩老師進行合作。研究生莊倩、單曉燕、韋淵等同學承擔了部分翻譯工作。汪麗影、朱圓圓等老師參加了部分校對工作。安徽科學技術出版社的張雯女士爲本書的順利出版提供了諸多方便，在此謹致謝意。

　　由於編者水準有限，書中難免出現錯誤，懇請大家批評指正。

編者　於南京大學

目　錄

二、動物（動物）

八、衣食類（衣食類） ················· 372

九、其の他（其他） ················· 386

一、人間の体（人體部位）

顎（あご・ガク）

字義 ①(上、下)頷，齶 ②下巴

顎が落ちそう ⇒頬っぺたが落ちそう

○非常に味がいいと感じる様子(特別好吃)

▲このおかずは顎が落ちそうなほど美味しい(這個菜好吃得不得了)。

顎が外れる ⇒顎を外はす

○可笑しくて、笑いが止まらなくなるほど大笑いをする様子(大笑不止；笑掉下巴) ▲彼の滑稽なしぐさに、みんな顎が外れるほど笑いころげた(他那滑稽的動作逗得大家捧腹大笑)。

顎が干上がる ⇒口が干上がる、鼻の下が干上がる

○生計が立たなくなる(窮得吃不上飯；無法糊口)

▲僕らの商売は、こう雨ばかり続いたのでは顎が干上がってしまう(這麼持續下雨的話，我們的生意就難以維持了)。

顎から先に生まれる ⇒口から先に生まれる

○おしゃべりな人を嘲って言う言葉([嘲笑話多的人]喋喋不休；能說會道) ▲あの人は顎から先に生まれたみたいだ。実によくしゃべるよ(他喋喋不休，可真能說呀)。

顎であしらう ⇒鼻であしらう

○冷たく扱う(冷遇；冷淡對待)

▲抗議に行ったところ、顎であしらわれた(前去抗議，卻受到冷遇)。

顎で背中を掻くよう

○できないことの喩え、不可能なこと(比喩不可能、難以做到)

▲被災地域の人々を助けるのは、一人の力では、顎で背中を掻くようだ(救助災區的人們只靠一個人的力量是辦不到的)。

顎で使う　＝顎の先で使う　⇒顎をしゃくる

○自分では何もせずに、高慢な態度で人をこき使う（待人傲慢，頤指氣使）

▲最近の子供は親を顎で使うような態度を取っている（現在的孩子對待父母態度傲慢）。

顎で蠅を追う

○病人が手で蠅を追い払うこともできないほど衰弱しきった様子。また、精力の消耗した人を言う（病人十分衰弱，氣衰力竭；精力耗盡）

▲病床生活が長びいて顎で蠅を追うまでになった（久臥病床，到了氣衰力竭的程度）。

顎をしゃくる　⇒顎で使う

○何かを指示するのに、無言で顎をその方に向けて示す。多く、見下ろした態度で相手に何指示する動作をあらわす（頤指氣使）

▲いくら部長でも、顎をしゃくって部下に用を言い付けるのはひどい（即便是部長，頤指氣使地對部下發號施令也太過分了）。

顎を出す

○疲れ果てて、歩き続ける気力を失う。また、仕事などがうまく進まず困り果てる（筋疲力盡，累得要命；束手無策，不知如何是好）

▲頂上はおろか、三合目で早くも顎を出した（別說到山頂了，才到十分之三的地方就累得要命了）。

顎を撫でる

○どんなものだと言わんばかりに、得意げに自分を誇示する動作をあらわす（洋洋得意）

▲老人は孫を相手に、顎を撫でて自慢話を始めた（老人開始洋洋得意地向孫子誇起口來）。

顎を外す　⇒顎が外れる

○大笑いして、おとがいを解く（大笑）

▲みんな彼の笑い話を聞いて顎を外して笑い出した（大家聽了他的笑話大笑起來）。

足・脚（あし・ソク・キャク）

字義 ①腿 ②脚 ③走，移動 ④來往 ⑤交通工具 ⑥蹤跡

足掻きが取れない ⇒足掻きがつかない

○局面を打開する手段、方法がなく、どうしようもない（進退維谷，一籌莫展） ▲なんとかしたいと思っても、この不景気では足掻きが取れない（即使想採取措施，但在這種不景氣的情況下，也是一籌莫展）。

揚げ足を取る

○相手のちょっとした間違いなどを取り上げて、皮肉を言ったりからかったりする（挑毛病，吹毛求疵，找碴，穿小鞋；抓錯，揭短）

▲あいつは人の言葉じりをとらえて、揚げ足ばかり取っている（那傢伙總是抓住別人的話柄找碴）。

足が重い

○どこかに行かなければいけないと思いながらも、気が進まず、なかなかその気になれないでいる様子（邁不動腿，兩腿沉重；懶得去做） ▲見舞いに行かなければと思うのだが、癌で助からないことが分かっているので、足が重くなる（想著得去慰問一下，但又清楚癌是不治之症，就兩腿發沉）。

足が地に付かない

○気持きもちが落ち着かず、行動にしっかりした落ち着きの見られない様子（心神不定，七上八下；根基不牢靠） ▲あの男は気が多すぎて、何をやっても足が地に付かない（那個男人太容易改變主意，幹什麼都不可靠）。

足が地に付く

○行動、気持ちなどがしっかりしている（[行動、情緒等]牢固，穩定，紮實）

▲彼の研究は足が地に付いている（他的研究很紮實）。

足が付く

○①逃げた者の足取りが分かる（判明逃匿者的蹤跡）
　②何かが手掛かりとなって、誰の犯行か露見する（犯人有了線索）

▲①地道な聞き込み捜査で、犯人の足が付いた（經過仔細偵查，搞清了犯人的蹤跡）。 ②現場に落ちていたハンカチから足が付いた（根據掉落在現場的手帕，找到了罪犯的線索）。

足が出る　⇒足を出す

○予算、または収入を越えた金額を使う。赤字になる(出現虧空、赤字)

▲予定より一万円ぐらい足が出た(比預算超出了1萬日元左右)。

足が遠のく

○訪れることが間遠になる(不常往来;疏於来往)

▲母親が死んでからは、実家へもすっかり足が遠のいてしまった(自母親去世以後,就很少回娘家了)。

足が鈍る

○①歩くスピードが遅くなる(走路速度放慢;走得慢)

　②行くのが嫌になる(不想去)

▲①歩きつかれて足が鈍ってきた(走累了,速度放慢了)。

　②喧嘩した友達の家に行くのは足が鈍る(不想去吵過架的朋友家)。

足が早い

○①歩む速度が速い(走得快)

　②食物などの腐りかたが早い(食物等容易腐爛)

　③商品の売れ行きがよい(暢銷)

▲①彼はかなり足が早いね。一時間に七キロも歩く(他走得很快呀。一小時竟走了7公里)。

　②この食品は防腐剤を使っていないので、すぐ足が早かった(這個食品沒有使用防腐劑,很快就腐爛了)。

　③新製品なので、足が早い。三日で売り切れた(因為是新産品,所以很暢銷,3天就賣光了)。

足が棒になる

○歩き過ぎや立ち続けで、疲れ、足がこわばる(腿腳累得要命;腿累得僵直、發酸)

▲一日中立ちっ放しで、足が棒になった(站了一整天,兩腿都累酸了)。

足が向く　⇒足に任せる

○無意識のうちに、その方へ行く(信歩)　▲まっすぐ家に帰ろうと思って会社を出たが、自然と行きつけの飲み屋の方に足が向いてしまった(邊想著直接回家邁出了公司,卻不由得信歩走向常去的小酒館)。

足蹴にする

○そうするいわれのない人に対して、ひどい仕打ち、扱いをする（無情對待，虐待；一腳蹬開）　▲立身出世のために恩人を足蹴にするとはあきれた奴だ（為了出人頭地，把恩人一腳踹開，眞不像話）。

足手まといになる

○物事をする時につきまとって、思いきったことをできなくさせるなど、障害となる（礙手礙腳，成為累贅）　▲子供を連れて行くと、足手まといになる（如果帶著孩子去，就會成累贅）。

足留めを食う

○何かの事情で外出が禁じられたり、そこから先へ進めなくなったりする（被禁止外出，遭受禁閉）　▲危険だからホテルから出てはいけないと、足留めを食っている（我們被禁止外出，說是危險，不能離開旅館）。

足並みが揃う　⇒足並みを揃える

○多数の人々の考え方や行動の揃い具合（步調一致、整齊）
▲各組合の足並みが揃わず、予定されていた統一ストはお流れになる（各工會步調不統一，預計的統一罷工取消了）。

足に任せる　⇒足が向く

○あてもなく気ままに歩きまわる（信步）　▲若い頃は足に任せて、あちこち気ままな旅をしたものだった（年輕時信步而行，到處隨意旅行）。

足場を失う

○何かをしようとする時のよりどころが無くなる（失去立足點）
▲国内大会で敗れ、世界大会進出への足場を失ってしまった（在國內大會上落敗後，失去了出席世界大會的資格）。

足場を固める　⇒足下を固める

○何かをする時に土台をまずしっかりさせる（打好基礎，站穩立足點）
▲県議会で活躍し、国会議員への足場を固めた（在縣議會上積極活動，穩定國會議員的立腳點）。

足踏みをする

○事がうまく運ばないで、停滞していること（停滯不前，停頓）

▲思いのほか輸出が伸びず、売上高が足踏みをしている（沒想到出口不增長，銷售額停滯不前）。

足まめに通う

○めんどうがらないで、気軽に出歩く（不怕麻煩，走得勤）

▲彼は今恋愛中で、彼女のもとに足まめに通っている（他目前正在談戀愛，往她那裏走得很勤）。

足も空 ⇒足を空

○①足も地につかないほどうろたえてあちこち急ぎ歩く様子（手忙腳亂）

　②気もそぞろになって浮かれ歩く様子（心神不定）

▲①息子が交通事故だと聞いて、足も空ほど病院へ駆けつけた（聽說兒子出了交通事故，就手忙腳亂地趕往醫院）。　②電話を受け取って足も空慌てて家を出た（接到電話心神不定地離開了家）。

足下が軽い

○足の運びが軽快な様子（腳步輕盈）

▲仕事が終わって家へ帰るのは足下が軽い（下了班回家，腳步輕快）。

足下から鳥が立つ ＝足下ら鳥 ⇒足元に竜が上がる

○①突然、身近に意外なことが起こる（事出突然）

　②急に思いついたように、あわてて物事を始める様子（忽然想起，倉促）

▲①彼がもう首になったと聞いて、足下ら鳥が立つようだった（聽說他已經被開除了，太突然了）。

　②長居していた彼が、足下ら鳥が立つように、急に帰って行った（久坐在此的他猛然急慌慌地回去了）。

足下に付け込む

○相手の弱みにつけ入って、自分の利益を図る（抓住別人的弱點，乘人之危）　▲人の足下に付け込んで金を巻き上げる（抓住別人的弱點敲詐）。

足下に火が付く

○危険が身辺に近づくこと（大禍臨頭）　▲仲間が逮捕され、ついに彼も足下に火が付いた（同夥被逮捕，他也終究大禍臨頭）。

足下にも及ばない ⇒足下にも追いつかない、足下に寄り付けない

○相手があまりにも優れていて、とてもそれに近づけない。比較にならない（望塵莫及；比不上） ▲彼の腕前には私などとても足下にも及ばない（他本領高超，像我這等人無論如何也比不上）。

足下の明るいうち

○自分の弱点や悪事が見つけ出されたりして不利な状態にならないうち（趁著尚未陷入僵局，趁早）

▲足下の明るいうちにさっさと手を引きなさい（你趁早趕快撒手吧）。

足下を固める ⇒足場を固める

○基礎をかたく築く（鞏固基礎） ▲選挙に出るには、まず地元の有力者の支援を得て、足下を固ことが先決だ（要參加競選，其先決條件是要得到當地權威人士的支持，鞏固基礎）。

足下を見る ＝足下を見られる ⇒足元を見立てる

○相手の弱みを見抜いて、それにつけこむ。弱点に乗じる（抓住別人的弱點，利用別人的弱點，乘人之危） ▲買い急いだために足下を見られて、高い物を買わされた（因為急於購買，被人鑽了空子，結果硬是花了大價錢）。

足を洗う

○今までの好ましくない生活態度を改めて、堅実な生活に入る（改邪歸正，洗手不幹） ▲やくざの世界から足を洗って、まじめに生きる（脫離流氓組織，過正經生活）。

足を入れる

○ある所に出入りしたり、ある社会と関わりをもつようになったりする（插足・渉足・踏入・步入） ▲彼が芸能界の世界に足を入れたのはもう二十年ほど前のことだ（他涉足演藝界已經是20年前的事了）。

足を奪われる

○ストや事故で交通機関が利用できなくなる（交通阻斷，車輛不通） ▲交通ストで通勤、通学の足を奪われた（由於罷工，車輛不通，無法上班、上學）。

足を限りに ⇒足をはかりに

○歩いて行くことができる限り（在所能到達、去的範圍內）

▲足を限りに父の行方を探した(在所能走到的範圍內尋找父親的下落)。

足を掬う

○相手のすきに付け入って、思いがけない手段で相手を失敗、敗北に導く

（趁人不備使其失敗，暗算，謀算）

▲相手に足を掬われて議員に落選した(遭對方謀算，競選議員失敗了)。

足をすりこぎにする ⇒足を棒にする

○疲れてどうしても歩けない(累得走不動路)　▲三時間ほど山を上ったの

で、足をすりこぎにした(爬了3個多小時的山，累得走不動了)。

足を取られる

○障害物などに邪魔されて、歩行がみだれる(被障礙物阻擋難以行進)

▲ぬかるみに足を取られて転んでしまった(因泥濘，行進困難而摔倒了)。

足を抜く ⇒手を切る

○関係を断つ(斷絕關係)

▲彼はもう悪の一味から足を抜いた(他跟那些犯罪集團斷絕了關係)。

足を延ばす ⇒足を延べる

○さらに遠くまで行く(去更遠的地方)　▲北京へ行ったついでに、長城に足

を延ばした(去北京，順便去了一趟更遠處的長城)。

足を運ぶ

○何かの目的で、わざわざそこまで出掛ける(特意去)　▲何度も足を運ん

で、やっと面会が許された(特意去了好多趟，終於被准許見了面)。

足を引っ張る

○①他人の前進や成功を妨げる(阻止別人前進，扯後腿)　②集団で物事を

する時、全体のマイナスになるような行動をする(給整體帶來不利)

▲①同業者に足を引っ張られ、商売が苦しくなる(受到同行的阻礙，生意清

淡)。　②四番打者の不調がチームの足を引っ張っている(第4棒打球擊者

的失敗，給整個隊帶來了不利)。

足を踏み入れる

○危険な目にあったり、トラブルが起きたりすることを覚悟の上で、あえて

何かの中に入る(走進，跨進，邁入)

▲危険な場所に足を踏み入れた（走進了危險的地方）。

足を棒にする　⇒足をすりこぎにする

○長時間歩きつづけて、ひどく足が疲れる意で、何かを探し求めて方々を歩き回る（東奔西走）　▲足を棒にして探し回る（東奔西走，到處搜尋）。

足を向けて寝られない　＝足を向けられない

○恩を受けた人に対する感謝の気持ちを表す言葉（表示對恩人的感謝心情）
▲私が今日あるのは石田さんのお陰なのだから、あの人に足を向けては寝られない（我有今天多虧了石田先生，所以對他感激不盡）。

足を向ける

○ある方向へ歩いて行く（朝某個方向走去）
▲ホテルを出て、すぐ足を駅に向けた（出了旅館，徑直走向車站）。

足を休める

○安らかにして、休息させる（歇腳）
▲峠の茶屋で足を休めた（在山頂茶館歇下了腳）。

後足で砂をかける

○恩義を裏切るばかりか、去りぎわにさらに迷惑をかける（恩將仇報；過河拆橋）　▲さんざん世話になっておいて、悪口を言うとは、後足で砂をかけるようなものだ（受到人家很多關照，還說人家不好，這真是以怨報德）。

浮き足立つ

○①不安や不満や危険を感じて落ち着きを失う（慌了神，慌了手腳）
　②形勢が不利になって逃げ腰になる（想逃跑，想溜掉）
▲①これぐらいのことで浮き足立って騒いでは困る（因這麼點小事就慌了神而吵吵嚷嚷，可不行）。　②敵の猛攻を受け、守備陣が浮き足立ってしまった（遭到敵人猛攻，守軍想要逃跑了）。

脚光を浴びる

○広く世間から注目される。社会の注目の的となる（嶄露頭角；受到世人矚目）　▲芥川賞を受賞して、一躍脚光を浴びる（獲得芥川文學獎之後，一舉顯露頭角）。

その足で

○ある所に行き、そこから直接別の場所に向かう様子（［順路去某處之便］順便去）

▲銀行に行き、その足でデパートに寄った（去銀行，順便去了百貨商店）。

二人三脚

○二人で協力して仕事を成し遂げていく（兩人合作共事）　▲君は僕と組んで、二人三脚を続けてきた（你跟我搭檔，一直合作共事至今）。

二の足を踏む

○悪い結果が予想され、決断するのをためらう様子（猶豫不決，躊躇）

▲友人に安いアパートを紹介してもらったが、駅から遠過ぎるので二の足を踏んでいる（請朋友給介紹了一個便宜的公寓，可因距離車站太遠了而拿不定主意）。

抜き足差し足

○音のしないように静かに、そっと歩く様子（躡手躡腳）

▲泥棒が抜き足差し足で入ってきた（小偷躡手躡腳地進來了）。

馬脚をあらわす

○包み隠していた事が現れる（露馬腳）

▲隠せば隠すほど馬脚をあらわす（欲蓋彌彰／越是隱瞞越是露馬腳）。

無駄足を踏む

○わざわざ出掛けて行ったのに、目的を果たせずに終わる（白跑一趟，白跑腿）　▲印鑑を持って行かなかったので、無駄足を踏んでしまった（因為沒有帶去印章而白跑了一趟）。

頭（あたま・かしら・かぶり・トウ・ズ）

字義　①頭，腦袋　②頭髮　③頭部，頂端　④頭目　⑤頭腦，腦筋　⑥想法，念頭　⑦人數

頭打ちになる

○給料や地位などが限界に達して、それ以上上がらなくなる（到頂，達到極限）　▲あと少しで給料も頭打ちになる（再差一點兒工資就到最高了）。

頭が上がらない

○①相手の権威や力にひけ目を感じ、対等の立場に立てないことがあったり、弱味を握られている相手に屈服する（在權威等面前抬不起頭來）

②病気などの重い様子（[因病重]臥床不起）

▲①子供の頃のことを知られているから、彼には頭が上がらない（自己小時候的事情被他知道了，在他面前抬不起頭來）。

②肺癌で彼は頭が上がらなくなった（因患肺癌，他病得起不了床）。

頭がいい　⇔頭が悪い

○脳の働きがよくて賢い（腦筋好，聰明）　▲彼は頭がいいから、ちょっと言えばすぐ分かる（他頭腦聰穎，你稍一講，他就明白）。

頭が痛い

○巧い解決や処理の方法も見出せず、思い悩む様子（傷腦筋，頭痛）

▲今月中に納めなければならない税金のことを考えると、頭が痛い（一想到這個月內必須納稅的問題就頭痛）。

頭が堅い

○既成の観念に凝り固まっていて、その場の状況の変化に即応した考え方ができない様子（頭腦頑固，思想不靈活）。　▲内の社長のように頭が堅くては、業界の競争に耐え抜いて行くのは容易じゃないね（像我們總經理那樣頭腦頑固的話，經得起同業界的競争是不容易的）。

頭が切れる　⇒頭が鋭い

○頭がよく、事態にすばやく対処したり的確な判断を下したりすることができる（精明能幹）　▲山田君は、頭の切れる男だけに、同期に入社した者の中の出世頭だ（正因為山田君是一個精明能幹的人，所以在同期進公司的人當中是最先發跡的）。

頭隠して尻隠さず

○悪事などの、一部分を隠して、全部を隠したつもりでいるのをあざける（顧頭不顧尾，欲蓋彌彰）

▲犯人は指紋はふき取って逃げたが、頭隠して尻隠さず、庭に足跡を残していった（犯人擦掉指紋逃跑了，卻藏頭露尾，把足跡留在了庭院裏）。

頭が下がる　⇒頭を下げる

○普通の人にはできない献身的な行為などに対して、心から敬服する（欽佩，佩服）　▲私財を投げ出して障害児の世話に打ち込んでいる彼女の姿に頭が下がる（對於她拿出私人財産、熱衷照顧殘疾兒童的姿態十分欽佩）。

頭が鋭い　⇒頭が切れる　⇔頭が鈍い

○頭脳がすぐれてすばやく的確に本質をとらえる様子（頭腦敏銳，機靈）
▲彼は頭が鋭いから、すぐ急所をつかむ（他頭腦敏銳，所以一下子抓住了關鍵）。

頭が鈍い　⇔頭が鋭い

○頭の働きが遅い（頭腦遲鈍，腦子不靈活）
▲私は頭が鈍いから、数学は苦手だ（我頭腦遲鈍，所以數學很差）。

頭が低い　⇔頭が高い

○高ぶらないで、どんな人に対しても丁寧で、謙虚だ（謙虚，謙恭）　▲彼は学問があるが、誰に対しても頭が低い（他雖然很有學問，但對誰都很謙虚）。

頭が古い

○物の考え方や物事に対する感性・価値観などが、時代遅れの様子（老腦筋，思想守舊）　▲社長の頭が古いから、新しい時代の波に乗れず、業績が伸びないのだ（因為社長思想守舊，跟不上新時代的形勢，業績才無法提高的）。

頭から　⇒頭ごなし

○相手の意向や立場などを無視して、全く一方的にある態度を取る様子（根本，完全）　▲社長は組合側の言い分も聞かず、頭から週休二日制の導入を拒否した（總經理連工會方面的意見也不聽，完全拒絕採用雙體制）。

頭から爪先まで　⇒頭の天辺から足の爪先まで

○全身、全部、上から下まで（從頭到腳，全部）　▲彼は頭から爪先まで所持金を出した（他把全身上下帶的錢都拿出來了）。

頭から水を浴びたよう　⇒頭から水をかけられたよう

○突然に事が起こり、驚き恐れてぞっとする様子（突然遇到某事而驚恐；感到毛骨悚然）
▲暗闇で突然声をかけられ、頭から水を浴びたようにその場に立ちすんでし

まった（在黑暗中突然被人叫了一聲，感到毛骨悚然而呆在那裏了）。

頭から湯気を立てる

○かんかんになって怒る様子（怒氣沖沖，大發雷霆）

▲使途不明の支出が多過ぎると言って、社長は頭から湯気を立てて怒っていた（說是用途不明的支出過多，社長大發雷霆）。

頭が悪い　⇔頭がいい

○脳の働きが良くない（腦子笨，不聰明）

▲頭が悪いからすぐに覚えられない（腦子笨，所以一下子記不住）。

頭が割れるよう

○我慢できないほど頭痛がひどい様子（頭痛得厲害，好像要裂開一樣）

▲風邪と睡眠不足が重なって、朝から頭が割れるように痛い（感冒加上睡眠不足，從早上開始頭痛得難以忍受）。

頭ごなし

○初めから一方的に押えつけるような態度をとる（不分青紅皂白，不由分說，不問緣由）　▲理由も聞かず、頭ごなしに叱り付けられた（也不問緣由，不分青紅皂白地就被訓斥了一頓）。

頭でっかち尻つぼみ　⇒竜頭蛇尾

○初めは勢いがよくて、終わりはだめなこと（虎頭蛇尾，有頭無尾）

▲汚職事件の追及は頭でっかち尻つぼみに終わるようなことはない（追查貪污案件不會虎頭蛇尾地結束）。

頭に入れる　⇒頭に置く、念頭に置く

○必要に応じて思い出せるように物事をしっかりと記憶に留める（牢記）

▲事故防止のため、操業中の注意事項をよく頭に入れておいてください（為了防止事故，請牢記操作過程中的注意事項）。

頭に置く　⇒頭に入れる、念頭に置く

○記憶して覚える（記住）　▲以上述べたことを頭に置いて、次の問題に移りましょう（記住上面所講述的，讓我們轉到下一個問題吧）。

頭に来る　⇒鶏冠に来る

○全く不愉快で腹正しく思う（氣得發昏，大為腦火）　▲真夜中のいたずら電

話は全く頭に来る(三更半夜的惡作劇電話簡直讓人氣得發昏)。

頭の上の蠅も追えない ＝頭の上の蠅も追われぬ

○自分一身の始末もできない(自顧不暇，連自己的事都處理不好)

▲頭の上の蠅も追えないのに、人のことはとやかく言うな(你連自己的事都搞不好，就不要對別人的事說三道四了)。

頭の黒い鼠

○髪が黒いところから人間を鼠にたとえたもので、物がなくなった時などに、その家の関係者が盗んだのだ(家賊，內賊)

▲これは頭の黒い鼠の仕業だ(這是家賊幹的勾當)。

頭の天辺から足の爪先まで ＝頭から爪先まで

○全身の隅から隅まで、残すところなく行き渡る様子(從頭頂到腳下；徹頭徹尾，整個兒，全部) ▲彼女は私を頭の天辺から足の爪先までじろじろと眺めた(她死盯著我，把我從頭到腳看了個遍)。

頭を上げる ⇒頭をもたげる

○頭を上の方へあげる(抬頭，得勢)

▲近頃は野党が頭を上げてきたようだ(最近，在野黨好像抬起頭來了)。

頭を痛める ⇒頭が痛い、頭を悩ます

○事が順調に運ばず、あれこれと思い悩む(傷腦筋，發愁)

▲不景気で資金繰りが思うようにいかず、頭を痛める(因不景氣，資金無法如願周轉而傷腦筋)。

頭を押さえる

○相手の力を抑制する(壓抑，壓制)

▲末っ子だから、家ではいつも頭を押さえられておもしろくないらしい(因為是老小，所以在家裏好像總被壓制著，很不開心)。

頭を抱える ⇒頭を悩ます

○どうしたらよいか頭を両手でかかえて非常に困る(苦思焦慮，傷腦筋)

▲子供の結婚問題で頭を抱えている(因孩子的結婚問題而苦思焦慮)。

頭を掻く

○失敗して、恐縮したり照れたりした時の様子([因失誤、難為情等]撓頭)

▲誉められてきまりが悪く、しきりに頭を掻いている（受到表揚而感到不好意思，不住地撓著頭）。

頭を切り替える

○固定観念にとらわれず、その場その場に応じた考え方ができるようにする（轉變觀念，轉換腦筋）

▲われわれ年寄りも頭を切り替えないと、若い人たちに取り残されてしまう（我們老年人要是不換換腦筋的話，會被年輕人甩到後面的）。

頭を下げる　⇒頭が下がる

○①おじぎをする（鞠躬行禮）　②相手の力に屈服する（屈服，認輸）
③感心する（欽佩，佩服）

▲①深深と頭を下た（深深地鞠躬）。　②強がりを言っていないで、素直に頭を下たらどうだ（不要說逞強的話了，不如老老實實地認輸了，怎麼樣）。
③その介抱ぶりには、ほとほと頭を下てしまった（那種護理方式實在令人欽佩）。

頭を絞る　⇒頭をひねる脳、みそを絞る

○どうしたらいいか一生懸命考える（絞盡腦汁）　▲いくら頭を絞ってもいい知恵が浮かばない（無論怎樣絞盡腦汁也想不出個好主意）。

頭を縦に振る　⇒首を縦に振る

○頷いて同意する（同意，答應）　▲いくら頼んでも、なかなか頭を縦には振らなかった（無論怎麼請求，［他］還是不肯答應）。

頭を悩ます　⇒頭を痛める、頭を抱える

○わずらわせて困る（苦思焦慮，傷腦筋）
▲会の運営に頭を悩ましている（為會議的舉辦而傷腦筋）。

頭をはねる　⇒上前をはねる、ピンはねをする

○他人の利益の一部をかすめ取る（揩油，占便宜）　▲利潤の２０パーセントばかり頭をはねられた（利潤給揩走了 20%左右）。

頭を拈る　⇒頭を絞る

○いろいろくふうをめぐらしたり、考えたりする（動腦筋，費心思）
▲この機械を作る時に一番頭を拈ったのは、この自動制御の部分だ（製作這

個儀器最讓人費腦筋的是自動控制這個部分）。

頭を冷やす

○興奮を静め、冷静な態度になる（冷静地，使頭腦冷静下來）　▲自分のした
ことを、頭を冷やしてよく考えなさい（請你冷静地想一想自己做過的事）。

頭を丸める　⇒頭を下ろす

○頭髪をそって出家する（削髪為僧，當和尚）　▲失敗したら頭を丸めるぐら
いのつもりでやれ（如果失敗了就打算削髪為僧，幹吧）。

頭を擡げる　⇒頭を上げる

○①隠れていたある考え、疑いなどが浮かんでくる（出現）
　②しだいに勢力を得て人に知られるようになる（抬頭，得勢）
▲①いくつかの疑問が頭を擡げてきた（出現了幾個疑點）。
　②新興宗教が日本で頭を擡げてきた（新興宗教在日本盛行開來）。

頭を横に振る　⇒頭を振る、首を横に振る

○頭を左右にして反対する（反對，不同意）　▲みんなの提案に対して、彼は
頭を横に振った（對於大家的提案，他不贊成）。

音頭を取る

○①ひょうしをとる（打拍子）
　②他の人の先に立って物事をする（首倡，發起，帶頭）
▲①足で音頭を取る（用腳打拍子）。
　②救済運動の音頭を取る（發起救濟運動）。

頭に霜を置く　＝頭に雪を頂く

○年を取るなどして、白髪が多くなること（兩鬢如霜，白髪蒼蒼）
▲若い若いと思っているうちに、いつの間にか頭に霜を置く年になってしま
った（覺得自己還年輕呢，不知不覺就到了白髪蒼蒼的年紀了）。

頭になる

○人の上に立つ者になる（當頭兒）
▲彼はその連中の頭になった（他成了那夥人的頭兒）。

頭を下ろす　⇒頭を丸める

○頭髪を剃ったり、そいだりして、僧または尼となる（落髪，出家）

▲彼女はとうとう頭を下ろして、尼となった（她最終出家為尼）。

頭を振　⇒頭を横に振る

○否定や反対の意（否定，反對，搖頭）

▲あの子は何が欲しいかと聞かれても、黙って頭を振るだけだった（即使被問到想要什麼，那個孩子仍然不說話，只是搖頭）。

頭が高い　⇔頭が低い

○頭の下げ方が足りないという意で、態度が傲慢で、目上の人に対しても礼を欠く様子（趾高氣揚，妄自尊大）

▲あの男は新入りのくせに頭が高い（那個男的是新手卻傲慢無理）。

頭痛の種　⇒頭が痛い、頭を痛める

○悩み事の原因となる物事（煩惱的原因，心病）　▲赤字をどうやって解消するかが頭痛の種だ（怎樣才能消滅赤字是苦惱的根源）。

頭痛鉢巻　⇒頭を抱える

○困難な事態に直面してその対策に苦しんでいる様子（苦思冥想，發愁，傷腦筋）　▲国土交通省はその対策に頭痛鉢巻の体だ（國土交通省對其對策陷入冥思苦想的狀態中）。

船頭多くして舟山に登る　⇒料理人が多過ぎると肉汁がでそこなう

○指図する人が多すぎて統一がとれず、かえってとんでもない方に物事が進んでいく（頭多反誤事，艄公多撐翻船）　▲「船頭多くして船山に登る」こういう場合は代表に任せて、俺たちは口出ししないほうがいい（「艄公多撐翻船」這種場合要委託給代表，我們還是不要插嘴為好）。

先頭を切る

○誰よりも一番先に何かをする（打頭，領頭）

▲彼は先頭を切ってゴールインした（他第一個衝過了終點）。

頭角を現す

○すぐれた才能・技芸などをもち、人に抜きんでる。才覚が群を抜いてめだつ（才華出眾，嶄露頭角）　▲彼は入学当初からピアリストとして頭角を現していた（他從入學初始就作為鋼琴家嶄露頭角）。

念頭に置く ⇒頭に入れる、頭に置く

○いつも覚えていて心にかける（放在心上，記住）

▲金のことなどまるで念頭に置かない（根本不把錢的問題放在心上）。

羊頭狗肉 ＝羊頭を掲げて狗肉を売る

○看板には羊の頭を掲げ、実際には犬の肉を売るという意。表面と内容が一致しないこと、宣伝は立派でも内実がそれに伴わないこと（掛羊頭賣狗肉） ▲店構えが大きい割にはたいした品がなく、羊頭狗肉も甚だしいようだ（商店雖然門面很大，但是沒有什麼好東西，像是嚴重的掛羊頭賣狗肉）。

竜頭蛇尾 ⇒頭でっかち尻つぼみ

○頭が竜のようで、尾が蛇のようで、初めは盛んで、終わりの振わないこと（虎頭蛇尾，有頭無尾）

▲試合半分に相手の猛反撃を受け、竜頭蛇尾に終わってしまった（比賽了一半受到對方的猛烈反擊後，就虎頭蛇尾地結束了）。

路頭に迷う

○生活の手段がなくなったり、急に住む家がなくなったりしてひどく困り、途方にくれる（流落街頭，生活無著） ▲交通事故で夫を失い、妻子が路頭に迷う（因為交通事故失去了丈夫，妻子和孩子生活無著）。

話頭を転じる

○話題を他に移す（轉換話題，話鋒一轉） ▲責任を追及され、しどろもどろになっていた彼が、いきなり話頭を転じてわれわれを攻撃してきた（被追究責任而變得語無倫次的他突然話鋒一轉，向我們發起了攻擊）。

息（いき・ソク）

字義 ①呼吸，喘氣 ②氣息 ③步調

息が合う

○相互の調子がよく合う。たがいの気持ちがぴったり一致する（合得來，配合默契）

▲名優同士が息の合った演技を見せる（名角兒們展示了配合默契的演技）。

息がある限り

○生きているかぎり（有生之日，只要有口氣） ▲息がある限りこの研究を続けていく（只要有口氣，就要把這項研究繼續下去）。

息が掛かる

○有力者の保護または影響、支配などを受ける（受庇護，有……作後台）
▲あの人に大臣の息が掛かっている（那人有大臣作後台）。

息が通う

○作品などに力がこもっていて、作者の充実した気力が感じられる（有活力） ▲この絵は美しいだけで、作者の息が通っていない（這僅僅是幅漂亮的畫，卻不傳神）。

息が切れる

○①物事が長く続けられないで、途中で弱る（半途而廢）
②激しく動いたりして息切れがする（上氣不接下氣）
③息が絶えて死ぬ（斷氣，氣絕）
▲①運転資金の調達が難しく、事業の半ばで息が切れる（難以調動流動資金，事業半途而廢）。 ②心臓が悪いので、すぐ息が切れる（因為心臟不好，所以一下子就喘不過氣來了）。
③彼は肝臓病で二時ごろ息が切れた（他兩點左右因肝病過世）。

息がつける

○緊張感がなくなってほっとする（緩口氣，鬆口氣） ▲もう五万円あれば、息がつける（如果還有5萬塊的話，就能緩口氣）。

息が続く

○途中で挫けたり嫌になったりせず、一つの事を長く続けてやれる。また勢いが弱まらずに、ある状態が続く（持之以恆，堅持不懈） ▲五年間も連載し続けたとは、よく息が続いたね（持續連載了5年，真是堅持不懈啊）。

息が詰まる

○極度に緊張して息が止まるような感じがする（喘不上氣，憋氣）
▲其の重苦しい雰囲気に息が詰まりそうだった（那種沉悶的氣氛似乎讓人喘不過氣來）。

息が長い

○①ある仕事や活動が、一定の水準を保って長い期間つづいている様子(壽命長) ②一文が非常に長い様子(句子長)

▲①彼は一生涯息の長い作家だった(他是位一生從未歇筆的作家)。

②漱石の文は、息が長いのが特徴だ(句子長是漱石文章的一個特點)。

息が弾む

○呼吸が速く苦しくなる(呼吸急促,喘不過氣來)

▲急いで走って息が弾む(跑得很急,喘不過氣來)。

息切れがする

○あまり張り切り過ぎて途中で力が続かなくなる(氣力不繼,接不上氣)

▲いくらやっても、一向に目鼻がつかないので、少し息切れがしてきた(無論怎樣做也沒有一點眉目,所以有點氣力不繼了)。

息の根を止める

○相手を酷い目に合わせて、再び活動ができないようする(打垮,扼殺)

▲幹部を全員逮捕して、暴力団の息の根を止めた(逮捕了所有頭目,打垮了暴力集團)。

息もつかず　＝息もつかせぬ　⇒息もくれず

○呼吸する間もなく、一気に(一口氣地)

▲息もつかずに飲み干す(一口氣喝乾)。

息を入れる　⇒息を継ぐ、一息入れる

○一息ついて休む(換口氣,休憩一下)

▲息を入れて、またやりつづけましょう(歇口氣再繼續乾吧)。

息を切らす　＝息を切らせる

○激しく動いたりして、せわしい呼吸をする。喘ぐ(呼吸困難,上氣不接下氣)　▲息を切らして走る(氣喘吁吁地跑)。

息を凝らす　⇒息を殺す、息を詰める

○息をつめてじっとしている。呼吸をおさえて静かにしている(屏息,不喘大氣)

▲息を凝らして物陰に潜む(屏住呼吸躲在隱蔽的地方)。

息を吐く

○不安や危険がひとまず去って、ほっとして一休みをする（喘息，鬆口氣）

▲息を吐く暇もなく、激しい攻防を続ける（毫無喘息的空暇，續續猛烈地攻防）。

息を継ぐ　⇒息を入れる

○呼吸を整えて休息する（換口氣，休息一會兒）　▲一日の仕事が終わってやっと息を継いだ（一天的工作結束了，終於歇口氣了）。

息を詰める　＝息を閉じる　⇒息を凝らす、息を殺す

○息をしないようにしてじっとしている（屏息，憋住氣）

▲息を詰めて試合を見守る（屏息注視比賽）。

息を抜く

○物事の途中で一休みする。気分転換のため休息する（休息一下，換口氣）

▲相手が息を抜いた隙間に鋭く攻め込む（趁對方換口氣的空檔兒，猛烈地進攻）。

息を呑む

○一瞬息が止まる意で、ひどく驚いたり感動したりすること（[因吃驚而嚇得]屏住氣，無法呼吸）　▲みんな息を呑んでその離れ技を見守っている（大家都屏住氣，注視著那絕技表演）。

息を弾ませる　＝息を弾ます

○はげしい息づかいをする。せわしく呼吸する（氣喘吁吁，上氣不接下氣）

▲「大変だ、大変だ。」と、子供は息を弾ませて家の中に駆け込んできた（孩子喊著：「不得了了，不得了了!」氣喘吁吁地跑進屋裏）。

息を引き取る

○(死ぬ意の婉曲な言い方)息が絶える（咽氣，去世）

▲彼はすでに静かに息を引き取った（他已經靜靜地辭世了）。

息を吹き返す

○①生き返る。蘇生する（緩過氣來，甦醒）

　②だめだと思っていたものが、また勢いづく（復活，恢復氣勢）

▲①十五分ほど人工呼吸をすると、溺れた子は息を吹き返した（進行15分

鐘左右的人工呼吸後，溺水的孩子甦醒過來）。　②一度廃れた伝統芸術がまた新しく息を吹き返した（一度衰落的傳統藝術又復活了）。

寝息を窺う

○人の睡眠中に気付かれないように悪事などをしようとする（仔細聽呼吸聲）　▲同室の者に気付かれまいと、寝息を窺いながら部屋を抜け出す（為了不被同屋的人發現，我邊仔細聽他的鼾聲邊從房間裏溜了出去）。

腕（うで・ワン）

字義　①手臂，胳膊，前臂　②本事，本領，技能　③腕力，力氣　④扶手，支架

赤子の腕を捩るよう　⇒赤子の手をひねるよう

○抵抗力のないものに暴力をふるう。また、たやすくできる様子（輕而易舉，不費吹灰之力）

▲彼女を騙すのは赤子の腕を捩るようなものだ（騙她是輕易舉的事）。

腕一本脛一本

○地位、財産、背景などがなく、自分の力だけを頼りにすること（憑自己的本事，自食其力，白手起家）。　▲彼女は腕一本脛一本でこれだけの家業を残したんだ（她是依靠自己的本事留下了這些家業）。

腕がある

○ことをなす能力や技量がある（有本事，有能耐）

▲彼はなかなか腕のある政治家だ（他是個非常有能耐的政治家）。

腕が上がる⇒腕を上げる、手が上がる

○①技術や芸が進歩する（技術提高）

　②飲める酒の量が以前よりふえる（能喝，酒量見長）

▲①彼は料理の腕が上がった（他做菜的技術提高了）。

　②最近、彼は腕が上がったようだ（最近，他的酒量見長）。

腕が後ろに回る　⇒手が後ろに回る

○（後ろ手に縛られるの意から）罪を犯して検挙される（逮捕，拘留）

▲君は悪事を働いて、腕が後ろに回るのは怖くないのかね（你幹壞事，就不怕被逮到嗎）?

腕が利く

○何かに優れた技術を発揮することができる（能幹，能發揮技能）　▲近頃は
　腕が利く職人がめっきり少なくなった（最近能幹的手藝人明顯變少了）。

腕が冴える

○腕前が上手だ（手藝高超）

▲あの職人は冴えた腕を持っている（那個手藝人具有精湛的手藝）。

腕が立つ

○技芸に優れた腕前を示す。特に武芸に優れた技を見せること（功夫好，武藝
　強）　▲腕が立つ浪人を用心棒に雇う（把功夫好的流浪漢雇來當保鏢）。

腕が鳴る　⇒腕を鳴らす

○自分の腕力、技能を十分に発揮したくてむずむずする（摩拳擦掌，躍躍欲
　試）　▲試合を前にして今から腕が鳴る（臨近比賽，現在就躍躍欲試）。

腕に覚えがある　⇒手に覚えがある

○自分がかつて身につけた技量に自信がある（有信心，覺得自己有兩下子）

▲テニスは多少腕に覚えがある（打網球多少我還有兩下子的）。

腕に縒りをかける　＝縒りをかける

○十分に腕前を発揮しようとして意気ごむ（使出渾身解數，拿出全部本領）

▲腕に縒りをかけて料理をする（使出渾身解數烹飪）。

腕前を見せる　⇒腕を振う

○物事をうまくやりこなす力や技を見せる（展示技能，顯身手）

▲俺の腕前を見せるところがないんだ（就沒有我露一手的地方）。

腕を上げる　⇒腕が上がる

○①技術や芸を進歩させる（提高技藝）
　②飲める酒の量が、前より多くなる（酒量增大，能喝）

▲①ここ二、三年、彼は碁の腕を上げた（這兩三年他提高了圍棋的技藝）。
　②彼は前よりも腕を上げているから、三、四本のビールなら大丈夫だ（他
　比以前能喝了，所以三四瓶啤酒是沒問題的）。

腕を組む ⇒手を組む

○①腕組みをする。また、そうして考える様子(抱著胳膊[思考])

②人と人とが腕を組み合わせる。一つの目標に向かって団結することにいう(挽起手来，團結一致)

▲①腕を組んで考え込んだ(抱著胳膊陷入了沉思)。

②皆が腕を組んでやれば、必ず実現できると思う(我想如果大家團結一致做的話，一定可以實現)。

腕を比べる

○腕力や武力を比べる(比武，比本事)

▲以前彼と腕を比べたことある(以前我和他比過本領)。

腕を拱く ＝手を拱く ⇒高みの見物

○自分は行動しないで、はたでようすを見ている。傍観する(袖手旁觀，坐視不管)

▲もはや腕を拱いている事態ではない(已經不是坐視不管的局勢了)。

腕をさする

○自分の力を発揮したいと思いながら、行動にうつさないでこらえている(摩拳擦掌)　▲彼は腕をさすって自分の出番を待ち構えていた(他摩拳擦掌地等待著自己出場)。

腕を鳴らす ⇒腕が鳴る

○技量をあらわして、名声をひろめる(博得聲譽)

▲昔はサッカーで腕を鳴らしたが、今はもうだめだ(過去曾在足球方面揚名一時，不過現在不行了)。

腕を振う ⇒腕前を見せる、手腕を振う

○能力や技量を十分に発揮する(發揮能力，施展才能)

▲自慢の料理に腕を振う(施展拿手好菜)。

腕を磨く

○技能を完璧なものにしようとして、怠りなく練習を重ねる(磨鍊本領)

▲フランスに留学して腕を磨いてきただけあって、彼女の演奏は一段と冴えを見せた(正因為留學法國磨鍊了本領，她的演奏才顯得更加純熟)。

片腕を貸す

○力をいれて助ける（助一臂之力） ▲その時には片腕を貸すから、頑張って
くれ（到時我自會助你一臂之力，加油）!

片腕をもがれたよう

○最も頼りにしていた協力者を失う様子（失去左膀右臂，失去左右手）
▲妻を失った時は片腕をもがれたような思いだった（失去妻子的時候感覺好
像失去了左膀右臂）。

腕力を振う

○腕力をたのんで争いを起こす。暴力ざたに及ぶ（使用暴力，付諸武力，動
武） ▲如何なる理由があっても腕力を振うことは許されない（無論有什麼
理由也不允許使用暴力）。

腕力沙汰

○目的を達するために腕力を用いること（付諸武力，使用暴力）
▲彼はついに腕力沙汰になった（他最終還是動用了武力）。

顔（かお・ガン）

字義 ①臉，面孔 ②表情，面色，神色 ③面子，臉面 ④人員 ⑤名望

合わせる顔がない

＝あわす顔がない ⇒顔が合わせられない、顔向けができない

○相手の期待を裏切るようなことをして、すっかり面目を失う様子（沒臉，無
顔） ▲母校の名誉を汚し、恩師に合わせる顔がない（玷污了母校的榮譽，
無顔見恩師）。

いい顔をしない

○協力的な、また好意的態度を示さない様子（沒好臉色）
▲父に留学の希望を話してみたら、あまりいい顔をしなかった（試著和父親
談了想去留學的願望，結果他沒有好臉色看）。

浮かぬ顔

○気がかりなことや不満に思うことなどがあっても、楽しくなさそうな顔つ
き（無精打采的神色，愁眉苦臉）

▲彼は息子が大学入試に落ちたといって、朝から浮かぬ顔をしている（聽說兒子高考落榜了，他從早上起一直悶悶不樂）。

えたり顔　⇒したり顔

○得意そうな顔つき（得意洋洋）

▲彼はえたり顔で説明した（他得意洋洋地作了說明）。

大きな顔をする

○①無遠慮でいばった顔つき、態度（大模大樣，驕傲自大）　②悪いことをしながら平気な顔つき、態度をとること（[做了壞事]面無愧色，腆著臉）

▲①どこへ行っても大きな顔をして、威張っている（走到哪裏都大模大樣，擺著架子）。　②人に迷惑をかけておきながら、よくそんな大きな顔をしていられるものだ（給人添了麻煩，哪裏還能那麼滿不在乎呢）。

親の顔が見たい

○しつけの悪い子供に接したときなどにあきれ返る気持ち（想看看爸媽是怎麼教育的，沒有教養）　▲こんな真夜中に電話をかけてきて、「夜分に申し訳ない」の一言もないなんて、親の顔が見たいよ、全く（大半夜的打電話過來，連一句「半夜打擾對不起」之類的話也沒有，真是太沒教養了）。

顔色を見る　⇒顔色を窺う、顔を読む

○相手の顔つきによってその心を察する（看人臉色，察言觀色）

▲相手の顔色を見ながら、恐る恐る借金を頼み込む（一邊觀察著對方的臉色，一邊小心翼翼地懇求借錢）。

顔が合わせられない

＝顔が合わされない　⇒合わせる顔がない、顔向けができない

○面目を失うようなことをして、その人に会うのが気まずい様子（沒臉見人，無顏以對）　▲とんだ恥さらしなことをして、親にも顔が合わせられない（出了很大的醜，沒有臉見父母）。

顔が売れる　⇒顔を売る

○広く名が知られ、その社会で力が発揮できる存在になる（有名望，出名）

▲彼は気鋭の評論家として顔が売れている（他作為新銳評論家出了名）。

顔が利く　⇒顔を利かす

○名が知られていて、何かと無理を通すことができる（有勢力，神通廣大）

▲あの店なら顔が利くから、一緒に行けば安く買える（若是那家店，我認識熟人，所以一起去可以賣得便宜點）。

顔が揃う　⇒顔を揃える

○その場に来ているべき人が、すべて集まる（聚集，到齊）　▲約束の時間になって顔はみんな揃いましたか（到約定時間了，大家都到齊了嗎）?

顔が出せない

○人に会う面目がない（沒臉見人）　▲大きな過ちを犯してしまって人前に顔が出せない（犯了很大的錯誤，沒臉見人）。

顔が立つ　＝面目が立つ　⇒顔を立てる

○世間に対する名誉が保たれる（保住面子，維護名譽）

▲約束の期限までに工事を完成しなければ、私の顔が立たない（如果不能在約定的時間沒完成施工的話，我的面子就不保了）。

顔が潰れる　＝顔を潰す

○世間に対する名誉を失う（丟臉，丟面子）

▲子供の不始末で、親の顔が潰れる（因為孩子不懂規矩，父母丟了面子）。

顔が広い　⇔顔が狭い

○交際範囲が広く、世間に知り合いが多い様子（交友廣泛）

▲顔が広い男だから、彼に頼めば適当な人を紹介してくれるだろう（他是個交友很廣的男人，如果拜託他的話，他會給我們介紹合適的人吧）。

顔から火が出る

○恥ずかしくて顔がまっかになる様子（臊得臉上發紅，羞紅了臉）

▲大通りで派手に転んで、顔から火が出る思いだった（大馬路上跌了一個大大的跟頭，當時感到羞得滿臉通紅）。

顔に書いてある

○口に出して言わなくても、当人の表情に気持ちがありありと表れている（寫在臉上，表現在臉上）　▲昨日の喧嘩のことにまだこだわっているんだろう。顔に書いてあるぞ（昨天吵架的事還彆扭著吧，都表現在臉上呢）。

顔に出る

○何も言わなくても、その時の気持ちや考えなどが、表情に現れる(露在面上，顯現在臉上)。 ▲彼女は正直な人で、感情がすぐ顔に出る(她是個老實人，情緒會立刻顯露在臉上)。

顔に泥を塗る ⇒顔を潰す、顔を汚す

○相手の名誉を傷つけたり恥をかかせたりする(往臉上抹黑；損害聲譽) ▲友人の裏切り行為で、顔に泥を塗られた(由於朋友的出賣行為，[他]聲譽受損)。

顔に免じて

○その人に関係ある第三者の体面などにかけて罪を許す(看在⋯⋯的份上，礙於⋯⋯的情面) ▲俺の顔に免じて、今度だけ許してやってくれ(看在我的份上，這次就答應了吧)。

顔に紅葉を散らす ⇒顔を赤くする、顔に火をたく

○女性が恥ずかしさや怒りなどのために顔を赤らめる([女性]羞得面紅耳赤、兩頰緋紅) ▲デートしているところを友達に見られて、彼女は顔に紅葉を散らした(約會的時候被朋友看到，她羞得紅了臉頰)。

顔負け

○相手の技量、態度などが驚くほど立派で面目を失ったりすること(相形見絀，甘拜下風，自愧不如)

▲これは専門家も顔負けの研究だ(這是一項連專家都自愧不如的研究)。

顔向けができない

＝顔向けならない ⇒合わせる顔がない、顔が合わせられない

○面目を失って、人に顔を合わせることができないほど恥じ入る様子(沒有臉見人) ▲恥ずかしくて世間に顔向けができない(羞愧得沒臉面對人世)。

顔を赤くする ＝顔を赤らめる ⇒顔に紅葉を散らす

○恥ずかしくて顔が真っ赤になる(羞得臉通紅)

▲それを聞いて、彼は顔を赤くした(聽到那個，他羞得滿臉通紅)。

顔を合わせる ＝顔を合わす ⇒顔が合う

○①顔を向き合わせる(見面，碰頭)

②対抗試合などで競技を争う組み合わせとなる（對局）

▲①明日もう一度顔を合わせましょう（明天再碰一下頭吧）。

②くじ引きの結果、一回戦から優勝候補同士が顔を合わせることになった（抽籤的結果是，自第一輪開始就由兩個冠軍候選者對局了）。

顔を売る　⇒顔が売れる

○世間に広く知られるようになる（揚名；沽名釣譽）　▲新人俳優が、パーティー会場で懸命に顔を売っている（演員新秀在派對上拼命地沽名釣譽）。

顔を貸す

○是非にと頼まれて、人に会ったり会合に出席したりする（替別人出頭，替別人到場）。　▲今日会合があるんですが、顔を貸してくれませんか（今天有個聚會，能幫我參加嗎）?

顔を利かす　＝顔を利かせる　⇒顔が利く

○その人の持っている権力などで、無理と思われることをも押し通したり、事を有利に運んだりする（憑名氣，靠情面）。　▲先輩が顔を利かして、就職の斡旋をしてくれた（師兄憑自己的名氣，幫我介紹工作）。

顔を曇らせる　⇒眉を曇らせる

○不安や悲しみなどのために、表情を暗くする（面帶愁容，愁容滿面）

▲都会に出ている息子が肝炎になったと聞いて、母は顔を曇らせた（聽說城裏的兒子得了肝炎，母親滿面愁容）。

顔を拵える　⇒顔を作る

○女性が顔に化粧をほどこす（化妝）

▲山田さんの奥さんは顔を拵えているから、年より若く見えるんだよ（因為山田的妻子化了妝，所以看起來是比實際年齡年輕）。

顔をこわばらせる

○顔が硬直して硬くなる（繃著臉，板面孔）　▲気に障ったのか、急に顔をこわばらせた（也許是不高興了吧，他突然把臉繃了起來）。

顔をする

○（ある表情や気持ちを表す語に続けて）その表情をする（擺……樣子，做……表情）　▲いやな顔をする（顯出一副討厭的神情）。

顔を揃える　⇒顔が揃う

○皆が一つのところに集まる（聚集，人到齊）　▲古顔や新進の俳優が顔を揃えて競演する（老面孔和新生演員齊集一堂，競相表演）。

顔を出す　⇒顔を見せる

○①（顔や姿を見せる意から）人の家をたずねる。また、挨拶に行く（拜訪；露面，打招呼）

②あることに関連して、その名が出る（出現……名字，冒出……的名字）

▲①風邪気味なので、クラス会にはちょっと顔を出すだけで、すぐ失礼した（因為有點感冒，所以班會上只露了個面就告辭了）。

②政界の汚職事件というと、すぐにあの代議士が顔を出す（說到政界的貪污案件，就立刻會冒出那個眾議員的名字）。

顔を立てる　⇒顔が立つ、面子を立てる

○その人の名誉を重んじ、面目が保たれるようにしてやる（給面子）

▲このところは彼の顔を立て、一歩譲っておこう（在此就給他個面子，姑且退讓一步吧）。

顔を作る　⇒顔をこしらえる

○①女性が化粧すること（化妝，打扮）

②無理にそのような顔をする（裝作……的樣子，強裝……的表情）

▲①しばらく会わなかったし、あまり顔を作っているので小林さんだと分からなかった（有一陣子不見，再加上過於打扮，所以都認不出是小林了）。　②悲しみをこらえて、無理に顔を作ってにっこりと笑った（忍住悲痛，強做微笑）。

顔をつなぐ

○訪問したり会合に出席したりして、知り合いの関係を保っておく（保持聯繫，維持關係）　▲年に一、二度会合には出席して顔をつないでいる（一年參加一兩次聚會，保持著聯繫）。

顔を潰す　⇒顔が潰れる

○その人の名誉を傷つけたり、面目を失わせたりする（使……丟臉，使……臉上無光）　▲そんなことを言いふらして私の顔を潰す気か（到處宣揚那件事是不是想丟我的臉啊）。

顔を直す

○化粧くずれを直す（整理妝容）　▲会社の仕事が終わってから、彼女は顔を直してパーティーに出る（公司一下班，她就整了整妝容，去參加派對）。

顔をほころばせる

○嬉しさで思わずにっこりする（面泛微笑，喜笑顔開）

▲今週いっぱいで退院できると分かり、病人は顔をほころばせて喜んでいた（得知週末就可以出院，病人喜笑顔開）。

顔を見せる　⇒顔を出す

○会合に出たり、人目につく所に出たりする（露面，露臉）

▲林さんは帰国したそうだが、一向に顔を見せないね（聽說小林回國了，可是一直也沒露面啊）。

顔をやる

○ある方向へ目をやる（朝……方向看）　▲あの人はそっと友子の方に顔をやった（那個人偷偷地朝友子的方向望去）。

顔を汚す　⇒顔が潰れる、顔に泥を塗る

○相手に面目を失わせたりする（讓對方丟臉，給……臉上抹黑）

▲親の顔を汚すようなことはしないでくれ（不要做那些讓父母丟臉的事）。

汗顔の至り

○顔に汗をかくほど恥ずかしく感じること（慚愧之至，不勝汗顔）　▲大失態をお目にかけて汗顔の至りです（讓您看到十分失態的樣子，甚感慚愧）。

顔色なし

○恐れ、驚き、羞恥などのために平常の顔色が失われる。また、相手に圧倒されて元気がなくなる（臉上無光）　▲彼女の料理のうまさには本職も顔色なしというところだ（她烹飪技術之高超，連內行都感到汗顔）。

紅顔の美少年

○年若い人の血色のよい（顔紅顔美少年，美貌少年）　▲もとはこれでも紅顔の美少年だったんだぞ（原先這位也是紅顔美少年噢）。

したり顔 ⇒えたり顔

○うまくやったというような顔つき。得意そうな様子で自慢顔（得意洋洋的表情，自鳴得意的神情） ▲将棋でいい手をさすとすぐしたり顔をする（下象棋時走了一步好棋，就立刻顯出一副自鳴得意的神情）。

知らぬ顔 ＝知らん顔 ⇒素知らぬ顔

○知っていながら知らないふりをすること。そしらぬ様子をする（佯裝不知，裝不認識）

▲よく知っているくせに、知らぬ顔をしている（明明清楚得很，還佯裝不知／明明很熟，卻裝不認識）。

知らぬ顔の半兵衛

○そしらぬふりをして少しも取り合わないこと（佯裝不知）

▲知らぬ顔の半兵衛を決め込んでもだめだぞ。ちゃんと証拠が挙がっているんだ（你裝聾作啞也沒有用。我們已經找到確鑿的證據了）。

素顔を見せる

○いい面も悪い面もさらけ出した、ありのままの状態を見せる（顯露眞面目，不隱諱）

▲彼は見えっぱりで、親友にもなかなか素顔を見せない（他很愛慕虛榮，對親友也不表露眞情實意）。

涼しい顔 ⇒澄ました顔

○自分が関係していながら、何も知らないといった顔つきでいる様子（若無其事的様子，滿不在乎的神色）

▲人にさんざん迷惑をかけておいて、当人は涼しい顔をしている（給別人添了很大的麻煩，本人還一副若無其事的様子）。

澄ました顔 ⇒涼しい顔

○①まじめな顔をする（一本正經的様子，假裝嚴肅的様子）
②自分には関わりがないといった、平然とした顔つきをしている様子（若無其事的様子）

▲①澄ました顔で彼女はそう言ったんだ（她是一本正經這麼說的）。

②人の物を無断で使って、済ました顔をしている（擅自使用別人的東西，還一副若無其事的樣子）。

素知らぬ顔　⇒知らぬ顔

○知っていても知らない様子をする（佯裝不知）

▲擦れ違ったとき彼女は素知らぬ顔をして行ってしまった（擦肩而過的時候，她裝作一副不認識的樣子走開了）。

何食わぬ顔

○自分は全く関知しないことだといったふりをして、平然と何かをする様子（若無其事的面孔，佯裝與己無關的樣子）

▲会社のお金を使い込みながら、何食わぬ顔で出勤していた（盜用了公司的錢，卻若無其事地來上班）。

仏の顔も三度　＝地蔵の顔も三度　⇒兎も七日なぶれば噛み付く

○どんなに温和な人であっても、無法なことをたびたびされればしまいには怒る（事不過三）　▲仏の顔も三度で、今度はもう許せない（事不過三，這次不能再原諒你了）。

物知り顔

○いかにも物事を知っているという顔付をする様子（裝作見多識廣的樣子）

▲彼はいつも物知り顔をして口出しをしたがっている（他總是擺出一副無所不知的樣子多嘴多舌）。

我が物顔

○①自分の物だというような顔つきや態度（宛如自己所有）

②いばって、遠慮なく勝手にふるまう様子（隨心所欲）

▲①人の物を我物顔に使う（把別人的東西當做自己東西似的使用）。

②彼女はどこへ行っても我物顔に振舞う（她到哪裏都隨心所欲地行動）。

我知り顔

○自分だけが知っているという顔付き。前々から知っているという得意そうな様子（彷彿只有自己知道的樣子，惟有自己預先就知道的樣子）

▲大勢の人を前にして、我知り顔に語り始めた（在許多人面前，[他]惟有自己知道似的開始講了起來）。

肩（かた・ケン）

字義 肩，肩膀

肩が軽くなる　⇒肩の荷が下りる

○肩の凝りが取れて楽になる意で、重い責任や負担から解放されて気が楽になる（[御下擔子]輕鬆了，放下了包袱）　▲娘が就職したので、肩が軽くなった（女兒工作了，所以我就輕鬆了）。

肩が凝る

○①肩の筋肉が堅くなって、重苦しくなる（肩膀酸疼）　②負担が重く、重圧感を感じて疲れたような気分になる（凝重，不輕鬆）

▲①肩が凝って仕方がないから、マッサージしてください（肩膀酸得受不了，請幫我按摩一下）。　②肩が凝る会議ばかりでやりきれない（全是些不輕鬆的會議，真是吃不消）。

肩透かしを食う

○相手にうまくそらされて、意気込んでやったことが無駄になる（期待落空）　▲敵に肩透かしを食わされる（使敵人大失所望）。

肩で息をする　＝肩で息を切る、肩で息を継ぐ

○肩を上下に動かして苦しそうに呼吸する（呼吸困難，氣喘吁吁）

▲肩で息をしながら山道を登って来る（氣喘吁吁地攀登山路）。

肩で風を切る　＝肩で風を散らす

○威風を示したり、権勢を誇ったりして颯爽と歩く様子（得意洋洋，趾高氣揚）　▲昇進に気を良くして、彼は肩で風を切って歩いている（因為晉升，心情很好，他走起路來就大搖大擺了）。

肩に掛かる

○重い責任や負担を負わなければいけない状態になる（落在……身上，成為……的員擔，肩負重擔）　▲母に死なれて、家事のすべてが長女の肩に掛ってきた（母親去世，全部家務都落在了大女兒的身上）。

肩にする

○物を担ぐ（擔，架，扛）

▲銃を肩にして、射撃場に向かう（扛起槍，走向射撃場）。

肩の荷が下りる　＝荷が下りる、肩の荷を下ろす　⇒肩が軽くなる

○責任や負担がなくなる（放下重擔，丟下包袱）　▲約束通りに工事が終わって、やっと肩の荷が下りた（施工如期結束，終於放下了重擔）。

肩の荷を下ろす　＝肩の荷が下りる　⇒肩が軽くなる

○義務を果たし、重い責任や負担から解放される（御下重擔，放下包袱）
▲国際会議を無事に終わらせ、早く肩の荷を下ろしたい（希望國際會議順利結束，早點放下擔子）。

肩肘張る　＝肩を張る　⇒肩肘を怒らす

○威張った態度で人に接したり気負って何かをしたりする様子（驕傲自満，盛氣凌人，擺架子）　▲相手を威圧しようと、肩肘張って交渉の場に臨む（談判之時，盛氣凌人地想要威懾對方）。

肩骨が折れる　⇒骨が折れる

○困難でなかなか苦労する（十分艱苦，極為辛苦）　▲肩骨の折れた仕事を快く引き受けてくれた（愉快地接受了非常艱苦的工作）。

肩身が狭い　⇔肩身が広い

○他人に対して引け目を感じている様子（臉上無光，感到丟臉）
▲寄付金を出していないので、どうも肩身が狭い（還沒有拿出捐款，所以臉上實在無光）。

肩身が広い　⇔肩身が狭い

○世間に対して誇らしい気持ちが抱ける様子（感到自豪，有面子）
▲子供が出世したので、親も肩身が広い（因為孩子有了出息，所以連父母也感到自豪）。

肩を怒らす　＝肩を怒らせる　⇒肩をそびやかす

○肩を高く立てて、威勢を示す。高ぶった態度をとる様子（擺架子，盛氣凌人）　▲肩を怒らして睨み付ける（盛氣凌人地瞪著眼睛）。

肩を入れる　＝肩入れをする　⇒肩を持つ

○本気になって助力や後援をする（真心援助，支持；坦護，給人撐腰）
▲伝統芸能の保存に文化庁が肩を入れる（文化部大力支持傳統藝術的保存）。

肩を落とす

○力が抜けて肩が垂れる意で、気力を失ったり落胆したりする様子(垂頭喪氣，氣餒，沮喪)

▲不合格と決まり、がっくりと肩を落とす(確定不合格，頓時垂頭喪氣)。

肩を貸す ⇒手を貸す

○目的を達成させるために援助や手助けをする(幫助，援助)

▲友人の事業に肩を貸す(幫助朋友的事業)。

肩を竦める

○相手あいての言動に不信や不満を抱いたり、事の意外さに驚きあきれたりする気持ち([表示對對方的言行不信任、不満，或表示意外、驚訝]把身子蜷成一團，聳肩) ▲「冗談じゃない、それは酷すぎますよ」と、彼はわざと、大げさに肩を竦めてみせた(「別開玩笑，這太過分了!」他故意向大家誇張地聳了聳肩)。

肩を窄める

○肩を縮めて小さくなる意で、失敗して肩身が狭い思いをしたり、寒くて縮こまったりする様子(縮成一團，蜷起身子) ▲借りた本を無くしてしまい、すまなそうに肩を窄める(把借的書給弄丟了，很抱歉地蜷縮著)。

肩を叩く

○上役が部下に退職を勧告する(勸……退休)

▲常務に肩を叩かれて三十年余り勤めた会社を辞めることにした(被常務董事勸退，決定離開工作了30多年的公司)。

肩を並べる

○競争相手と同じ程度の力を持ち、対等の位置に立つ(並駕齊驅，勢均力敵) ▲両チームが肩を並べて首位を争う(兩個隊伍勢均力敵、爭奪第一)。

肩を抜く

○担っているものを、肩からおろす意で、担当したことや責任のある立場から離れる(御下擔子，離任，離職)。

▲役職から肩を抜いたので、気が楽になった(因為不再擔任要職，所以心情變得舒暢起來)。

肩を張る　＝肩肘張る

○肩をそびやかして威勢のよい様子をする（擺架子，盛氣凌人）

▲肩を張った奴とは口を聞くのもいやだ（那種盛氣凌人的傢伙，連跟他說話

　都令人生厭）。

肩を持つ　⇒肩を入れる

○その人に味方して、支持したりかばったりする（偏袒，袒護）

▲彼の肩を持つ者はだれもいなかった（沒有任何人袒護他）。

双肩に担う

○責任、負担などを引き受ける（肩負重任）

▲会社再建を双肩に担う（擔負著企業重建的重任）。

髪（かみ・ハツ）

字義　髪，頭髪

後ろ髪を引かれる

○あとに心が残って、先へ進むことができない（戀戀不捨，難捨難離）

▲後ろ髪を引かれる思いで故国を去る（戀戀不捨地離開故國）。

髪の毛を逆立てる　⇒怒髪天を衝く

○激しく怒り狂う様子（怒髮衝冠，怒氣沖沖）

▲若者の余りの無礼な振舞いに、老人は髪の毛を逆立てて怒った（對於年輕

　人太過無禮的舉止，老人怒髮衝冠）。

髪を下ろす　＝髪を落とす　⇒頭を下ろす

○髪を剃り落として僧か尼になる。出家する（削髮為僧，出家）

▲髪を下ろして僧になった（削髮為僧）。

間一髪　⇒危機一髪

○物事の非常にさしせまっていることのたとえ（毫釐之差，千鈞一髮）

▲彼は間一髪のところで死を免れた（他在千鈞一髮之際幸免一死）。

間髪を容れず

○時間的余裕が全くない（間不容髮，立即）

▲演説者が話し終わると間髪を容れず一人の男が演壇に駆け上がった（演講

者剛說完話，一個男的立刻衝上了講台）。

危機一髪 ＝一髪千鈞を引く ⇒間一髪

○髪の毛一本ほどの違いで、きわめて危険な状態になりそうなこと（千鈞一髪，萬分危急） ▲危機一髪の時に助かった（在千鈞一髪之際得救了）。

白髪三千丈 ＝白髪三千丈

○白髪非常に長く伸びることを誇張していった語。心配事や悲嘆の積もることのたとえ（白髪三千丈） ▲「白髪三千丈」は全く誇張した言い方だよ（「白髪三千丈」完全是誇張的說法哦）。

怒髪天を衝く ＝怒髪冠を衝く ⇒髪の毛を逆立てる

○怒りで髪の毛が逆立って冠をつきあげる意で、激怒する様子（怒髪衝冠）
▲その老人はあらぬ疑いをかけられ、怒髪天を衝かんばかりに怒った（老人遭到莫須有的懷疑，氣得怒髮衝冠）。

体（からだ・タイ・テイ）

字義 ①身體，身子 ②體格，身材 ③體質 ④健康，體力 ⑤外表

浮かぬ体

○気が晴れていない様子（悶悶不樂，不高興）
▲商談に失敗し、浮かぬ体で帰った（商談失敗，[他]悶悶不樂地回去了）。

得体が知れない

○それがどういうものか、正体が全く分からない様子（來路不明，稀奇古怪，不倫不類） ▲得体の知れぬ魚が釣れた（釣到了一條稀奇古怪的魚）。

お体裁を言う

○口先だけで他人の気に入るようなことを言う（說漂亮話，說奉承話） ▲君はよくお体裁を言うから嫌われるのだ（你老是說漂亮話，所以才被討厭）。

体が明く

○特に予定されていることがなく、何かに当てる時間が取れる（有空餘時間） ▲来月になれば体が明くと思うから、それでよろしければ、お引き受けいたしましょう（我想我下個月就有空了，如果這樣可以的話，我就接受吧）。

体が続かない

○負担の重い仕事に耐えられなく、健康を保っていられない（［身體］支撐不住，吃不消）　▲こう毎晩残業が続いては、とても体が続かない（像這樣每晚都持續加班的話，無論如何身體也撐不住）。

体が二つあっても足りない

○きわめて忙しい様子（［形容忙］一個人頂兩個人都不夠用）

▲体が二つあっても足りないほど忙しい（忙得一個人頂兩個都不夠）。

体で覚える

○技術の修得などの際に、実際に体験を通して、全身の感覚でそれを会得する（透過體驗靠全身的感覺去領會）　▲頭で理解しようとするな。職人は体で覚えろ（不要用腦去理解。手藝人要靠體驗領會）。

体に障る

○そのことが健康を害する原因になる（影響健康，有害身體）

▲あまり夜更かしばかりしていると体に障るから、もう少し早く寝る方がいい（總是熬夜對身體不好，所以還是早點睡的好）。

体を惜しむ

○労力を惜しむ。ほね惜しみをする（惜力，不肯賣力氣）　▲若いのに、体を惜しんでしっかり働かない（雖然年紀輕輕，卻不肯賣力好好工作）。

体を壊す

○過労や不摂生で健康を損ねる（［因過分疲勞或飲食不潔而］傷害身體，損害健康）　▲海外出張中の無理がたたって、体を壊してしまった（國外出差的時候過度勞累，傷到了身子）。

体を張る

○一身をなげうって行動する（豁出命幹）。

▲体を張ってあくまで阻止する（豁出命來阻止到底）。

さあらぬ体

○平然で何気ない様子（若無其事，不當一回事）

▲彼はさあらぬ体で講義をつづけた（他若無其事地繼續講解）。

正体がない

○①気をとり乱して、本来の姿を失う様子([因喝酒等]神志不清，不省人事)　②うまく事が運ばないこと(不順利)

▲①酷く酔って正体がなくなる(喝得爛醉如泥，不省人事)。
②問題の解決に正体がない(問題解決得不順利)。

体を交わす

○①体を転じて避ける(躲開身子)
②巧妙な話術で、相手の非難・追及などを逃れる(巧妙地迴避)

▲①体を交わして向こうからの自転車を避けた(閃開身子躲過了對面過来的自行車)。　②野党の非難に対し首相はうまく体を交わした(對於在野黨的非難，首相巧妙地避開了)。

体を成す

○見られて恥ずかしくない形を整える(構成[某種]體裁)
▲形式的には論文の体を成しているが、内容は感想文程度のものだ(形式上構成了論文的體裁，但内容卻是讀後感之類的東西)。

体がいい

○物の形が綺麗に見られる(像個樣子，有體面)　▲名誉会長なんていうけど体がいい免職だ(說是什麼名譽會長，其實是體面的免職)。

這這の体

○ひどく恐縮し、さんざんな目にあい、あわてて逃げ出す様子(倉皇失措，狼狽逃竄，抱頭鼠竄)　▲皆から殴られそうになって、這這の体で逃げてきた(好像要挨大家打了，就倉皇失措地逃走了)。

勿体をつける

○威厳をつけて、ものものしげな様子をする(煞有介事，故弄玄虛)

▲勿体をつけて話すなら、おれは聞かんぞ(你要是故弄玄虛地説的話，我就不聽了)。

益体もない

○全く何の役にも立たないと、ある人の言動を非難・軽蔑する言葉(沒用，無聊)　▲益体もない事ばかり考えていないで、少しはまじめに働いたらど

うだ(不要只考慮那些無聊的事，稍微認眞地工作一下怎麼樣)?

気(キ・ケ)

字義 ①氣，空氣，大氣 ②氣味，風味 ③氣息，呼吸 ④氣氛 ⑤氣度，氣宇，氣量 ⑥氣質，性質，性情 ⑦秉性，脾氣 ⑧心，心神，精神，神志 ⑨心情，心緒，情緒 ⑩心思，打算，意向，主意 ⑪客氣

呆気に取られる

○思いもかけないことに出会って驚きあきれる(目瞪口呆，呆若木雞) ▲余りの早業に、みんな呆気に取られた(過分神奇的技藝，讓大家都驚呆了)。

いい気なものだ ⇒いい気になる

○周囲の人の立場や思惑を考えずに、当人だけが得意になって振舞っている様子を、非難の気持きもちを込めて言った言葉(沾沾自喜，得意洋洋) ▲これ見よがしにガールフレンドを会社に連れて来るなんていい気なものだ(炫耀地把女朋友帶到公司來，[他]還眞是沾沾自喜)。

いい気になる ⇒いい気なものだ

○本当は不十分なのに、本人は自分のすることに満足し得意に思っている様子(洋洋得意，自以為是，沾沾自喜) ▲彼女は自分が美しいといい気になっている(她自認為很美麗而沾沾自喜)。

意気が揚がる

○意気込みが盛んになる(情緒高漲，生氣勃勃)
▲主力選手の欠場で、チームの意気が揚がらない(由於主力選手不到場，隊伍的氣勢高漲不起來)。

意気軒昂 ⇔意気消沈

○いきごみの盛んなありさま。元気のある様子(氣宇軒昂，意氣風發)
▲意気軒昂として出発した(氣宇軒昂地出發了)。

意気天を衝く ＝意気衝天

○非常に意気込みが盛んで、当たるべからざる勢いを示す(幹勁衝天，勢不可擋) ▲若い頃は精力旺盛で意気天を衝くばかりだった(年輕的時候，精力旺盛，總是幹勁衝天)。

意気投合する　⇒気が合う

○互いの心と心とが、ぴったり一致すること（意氣相投，志趣相投）

▲意気投合して、共同で事業をすることになった（志趣相投，決定共同幹事業）。

意気に感じる

○相手の一途な気持ちに共鳴し、自分も私利私欲を離れて何かをしようという気になる（［與對方的志趣、意向］產生共鳴）

▲山本さんと事業を始めることにしたのは、一晩語り合って、その意気に感じるところがあったからだ（決定與山本開創事業是因為交談了一夜後，與他的意向產生共鳴的緣故）。

意気に燃える

○何を実現しようとする意欲を強く抱き、張り切る（熱情洋溢，幹勁十足）

▲今度こそ優勝だと全員意気に燃えている（全體隊員都意氣風發，這次要拿冠軍）！

意気消沈　⇒意気阻喪　⇔意気軒昂

○元気をなくして、しょげること。意気込みがおとろえること（意志消沉）

▲彼は意気消沈した敗者だ（他是意志消沉的失敗者）。

意気阻喪　⇒意気消沈

○意気込みがくじけ弱ること。元気を失うこと（垂頭喪氣）　▲彼はいつも意気阻喪したような顔をしている（他總是一副垂頭喪氣的樣子）。

意気揚揚

○いかにも誇らしげにふるまう様子（得意洋洋）　▲彼は成功者として意気揚揚と故郷入りをした（他作為成功人士得意洋洋地返鄉了）。

意気地がない

○人と争っても何かを勝ち取ろうとする気力がない様子（沒志氣，懦弱，不要強）　▲甘やかされて育ったので、意気地がなくて困る（因為是嬌生慣養長大的，所以懦弱得讓人發愁）。

一気呵成

○物事を一気に成し遂げること（一氣呵成）

▲彼は長編を一気呵成に書いた（他一氣呵成地寫完了長篇）。

嫌気が差す ＝嫌気が差す

○いやだと思う気持ちが起こる（感到厭煩、膩煩）

▲役人生活に嫌気が差し、職を辞して郷里にこもる（對於官員生活感到厭煩了，就辭了職待在老家）。

色気がつく

○性的感情にめざめる（情竇初開，思春） ▲もう十六、七だから、そろそろ色気がつく頃だ（已經十六七歲了，所以快到情竇初開的時候了）。

色気より食い気 ⇒花より団子

○色欲より食欲の方が先であるの意。転じて、見栄より実利を取ることの喩え（色慾第二、食慾第一；不求虛榮、但求實惠）

▲あの子はまだ色気より食い気だよ（那孩子講實惠、不求虛榮）。

色気を示す

○誘ったり勧めたりしたら応じそうに感じられるほど、何かに積極的な関心を示す（對……感興趣） ▲次期委員長を引き受けてくれるかどうか彼の意向を打診してみたら、思ったより色気を示したよ（打探他有沒有意向繼任下屆委員長，結果比想像中還要感興趣）。

色気を出す

○もしかするとうまくいくかもしれないといった気持ちを抱いて、高望みをしたり分不相応なことに手を出したりする（過分奢望） ▲彼はなまじ器用なために何にでも色気を出すから、どれもものにならないのだ（由於他不怎麼精明卻又對什麼都過於奢望，所以一樣也不成）。

薄気味が悪い

○なんとなく恐ろしい感じがして、気持ちが悪い（覺得有些害怕）

▲暗い夜道を一人で歩くのはなんだか薄気味が悪いね（一個人走在黑暗的夜路上總有些害怕呢）。

英気を養う

○いざという時に十分な活動ができるように、休養を取って気力や体力を蓄える（養精蓄銳） ▲決勝戦に備えて今日一日は練習を休み、英気を

養っておこう（為了決賽，今天一天停止練習養精蓄銳吧）。

怖気を振う　＝怖気を振う

○恐ろしさで体が震える意で、怖くなって何かをしようにもできない状態になること（害怕，膽怯，恐懼）

▲怪しげな物音を聞いただけで怖気を振い、彼女はその場に立ちすくんでしまった（只是聽到可疑的聲音就害怕起來，她呆站在了那裏）。

気合が入る　⇒気合を入れる

○全力を出して事に当たろうとする気力が漲っている様子（有幹勁，氣勢高昂）　▲合宿練習をやったので、選手たちは気合が入った（因為進行了集訓，選手們都氣勢高昂）。

気合を入れる　⇒気合をかける、気合が入る

○しっかり頑張れと励ましの声をかけたりしかりつけたりして発奮させる（鼓勁，助威）　▲少し弛んでいるから、気合を入れてやろう（有些鬆懈了，［讓我們］給他們來鼓勁吧）。

気受けがいい

○他人がその人やその人の行動に対してもつ感情がいい（人緣好，給人好印象）　▲彼は人情味があるので仲間の気受けがいい（他因為有人情味，所以在朋友當中很有人緣）。

気炎を上げる　＝気炎を吐く

○他人の思惑を無視して、意気盛んに自説を主張する（誇誇其談，高談闊論）　▲あの男はお酒が回って、一人気炎を上げている（那個男的喝醉了酒，正在一個人誇誇其談）。

気後れがする

○何かしようとする時に、気がかりな事があったり、おじ気づいて心がひるむこと（膽怯）　▲初舞台で気後れがして、言葉も出てこない（因為初次登台而怯場，連話都說不出來）。

気が合う　⇒意気投合する

○気分が互いに一致する（脾氣合得來，氣味相投，投緣，情投意合）

▲彼とは気が合わない（與他不投緣）。

気が荒い

〇性質などがおだやかでなく乱暴である（心情粗暴，脾氣暴躁）　▲彼は気が荒いから、よく喧嘩になる（因為他脾氣暴躁，所以經常打起架來）。

気が改める

〇気持ちがすっかり変わった様子（心情大變）　▲新しい政策が実施されて、人々の気も改めた（實施了新的政策，人們的心情也大不一樣了）。

気がある　⇔気がない

〇①何かに関心を抱き、積極的な態度や行動をとる（有心，有意；打算）

②異性に恋心をいだいている（對異性有意思，心懷愛慕）

▲①君はいったいやる気があるのかないのか（你到底有沒有打算做）?

②気があった仲間との旅行は実に楽しい（與心懷愛慕的伙伴旅行，實際上是很開心的）。

気がいい

〇性質が素直で、おとなしい様子（性情溫和）

▲あの子は優しくて、気がいい娘だ（那個孩子是個溫柔的姑娘）。

気が移る　⇒気が多い、心を移す

〇気持ちや注意が一つ所に集中しないで、他に移り動くこと。好みが変わること（見異思遷，移情別戀）

▲彼はよく気が移るから、この仕事もいつまで続くか分からん（他總是見異思遷，所以這個工作不知道能繼續到什麼時候）。

気が多い　⇒気が移る

〇興味や関心があれこれと移りやすく、一つの物事に心が集中できない様子（見異思遷，喜好不專一）　▲この子は気が多くて、何をやっても中途半端に終わってしまう（這個孩子喜好不專一，無論做什麼都半途而廢）。

気が大きい　⇒腹が大きい、胸が大きい　⇔気が小さい

〇細かなことなど気にかけないで、心が広い（寬宏大量，豪邁，胸襟磊落）

▲妻は気が大きい女なので、私が会社を辞めたと言っても「あ、そう」と言っただけだった（妻子是個寬宏大量的人，所以我說我把工作辭了，她也只是說「哦，是嗎」）。

気が置けない　⇔気が置ける

○互いに気心が通じていて、心から打ち解けることができる様子(沒有隔閡；無需客套；推心置腹)　▲子供のときからずっと付き合っている、気が置けない友人(從小時候起就一直交往、無需客套的朋友)。

気が置ける　＝気が置かれる　⇔気が置けない

○何となくうちとけられない。遠慮される(有隔閡，有戒心；客氣；拘束)
▲彼は旧友であっても気が置けている(儘管是老朋友，他還是放不開)。

気が重い　⇔気が軽い

○物事をするのに気が進まない様子(心情沉重，心情鬱悶)
▲病弱な子供の将来を思うと気が重くなる(一想到虛弱多病的孩子的將來，心情就沉重起來)。

気が勝つ

○気性が激しく、決して人に弱みを見せまいとする(剛強，勇敢；好勝心強)　▲あの人は気が勝った人で、決して弱音などは吐かない(他是個剛強的人，所以決不示弱)。

気が軽い　⇔気が重い

○そのことをするのに負担を感じない様子(心情舒暢，輕鬆愉快，如釋重負)　▲海外出張といっても、行き着けた所だから、気が軽い(雖說是海外旅行，但因為是去過的地方，所以很輕鬆)。

気が利く　＝気を利かせる

○①物事をするのに、細かなところまでよく気がつく(周全，細心周到)

　　②しゃれている(漂亮，別緻，有風趣)

▲①おお、灰皿を持ってきてくれたの、よく気が利く子だね(噢，幫我把菸灰缸拿過來了，真是個細心周到的孩子啊)。　②野の花を食卓に飾るとは、気が利いているね(用野花裝飾餐桌，真是別緻啊)。

気が気でない

○気にかかって心が落ち着かない(著急，焦慮，坐立不安)
▲約束の時間に遅れはしないかと、気が気でなかった(當時一直著急會不會晚於約定的時間)。

気が腐る　＝気が飢える　⇒気を腐らせる

○思うようにならないで心がはれない（沮喪，懊喪，氣餒）　▲試験に落ちた
　から、気が腐るようになった（因為考試不及格了，所以沮喪起來）。

気が暗い

○①沈んだ気持ちになる（心情沉重，情緒低落）
　②気が遠くなる。ぼんやりとなってくる（發呆，精神恍惚）
▲①病気で大学入試に参加できないので、気が暗かった（因為生病沒能參
　加大學入學考試，情緒低落）。　②母の死を聞いてすぐ気が暗くなった（聽
　説了母親的死亡，一下子精神恍惚起來）。

気が狂う　＝気が触れる

○発狂する（發瘋，瘋狂）
▲気が狂ったように踊り続けた（發瘋似的一個勁兒地跳舞）。

気が差す　⇒気が咎める

○なんとなくうしろめたい感じになる（於心不安，心中有愧）
▲彼女の心を傷つけたのではないかと気が差している（我一直感到內疚，也許
　傷害了她的心）。

気が沈む　＝気が塞ぐ　⇒気が滅入る、心が塞ぐ

○嫌なことや気に掛かることがあって暗い気持ちになる（心情鬱悶，情緒消
　沉，精神不振）
▲健康が優れないと、とかく気も沈んで、友達との付き合いも億劫になる（如
　果健康状況不好的話，動不動就會心情鬱悶，也懶得和朋友交往）。

気がしない

○何かをする気持ちがなく、やりたくない（不想［做］；沒心情［去做］）
▲大変疲れたので、予習をやる気がしない（因為太累了，所以不想預習）。

気が渋る

○はっきり断りはしないが気がすすまなくて、ぐずぐずする（不想幹，打退
　堂鼓）　▲行くつもりでいたが、すぐ来いと言われると気が渋る（本來就打
　算要去的，可是如果人家叫我立刻過來，我就不想去了）。

気が知れない

○こちらに相手の気持ちがわからない(不了解對方的意思)

▲あんな女がなぜいいのか、あいつの気が知れない(那種女人有什麼好，眞不知道他是怎麼想的)。

気が進む

○喜んでなにかをやる気がある(高興做；有意，起勁)

▲教師の仕事に気の進む人が多くなる(高興做教師工作的人多了起來)。

気が進まない

○積極的にそれをしようという気持ちになれない(不主動，不樂意)

▲その仕事は気が進まなければ断ってもかまわないと言う話だ(就是説，那個工作如果不願意做的話，拒絕也沒有關係)。

気が済む

○気分が落ち着いて満足する(心安理得，[心情]安定、平靜下來)

▲借金を全部返してやっと気が済んだ(把借的錢全部歸還後，心情才終於平靜了下來)。

気がする

○「ような」「みたいな」「という」の後について、感じがする(覺得，好像，彷彿) ▲あの人には前にどこかで会ったような気がする(感覺之前好像在哪裏見過他)。

気が急く

○物事を早く実行したくて心が落ち着かない(著急，焦急，心焦)

▲早く完成しなければと気は急くが、思うように捗らない(雖然著急，想要儘快完成，但不能像所想的那樣進展順利)。

気がそがれる　⇒気が散る

○何かに取り組もうという意欲が、ちょっとしたきっかけで損なわれ、集中できなくなる(精力分散，精神渙散) ▲母親の病気に気がそがれ、勉強が手に付かなくなった(因為母親的病而分散了精力，無法開始學習)。

気が立つ

○緊張が続いていらいらする。また強い刺激を受け、ひどく興奮する([因

緊張而]坐立不安，心急火燎）　▲仕事が予定通りに進まず、みんな気が立っている（工作不能按照預定進展，大家都坐立不安）。

気が散る　＝気を散らす　⇒気もそぞろ、気がそがれる

○まわりのことが気になって一つのことに集中できなくなる（精力不集中，精神渙散）　▲階下の笑い声に気が散って、勉強にちっとも身が入らない（因樓下的笑聲而精力分散，學習一點也學不進去）。

気が尽きる

○①気力や元気がなくなる（喪失力氣，沒有精神）

②気分がくさくさして退屈する（心情鬱悶，悶悶不樂）

▲①労働で疲れたから、気が尽きた（因為工作勞累而無精打采）。

②彼の話はいつも長くて気が尽きるように感じる（他的話總是很長，讓人覺得無聊）。

気が付く

○細かなところに注意が行きわたる（注意到，覺察到，意識到）

▲君が気が付いてくれたからよかったが、うっかりしていると大事故になるところだった（你能夠注意到太好了，如果不留神的話會發生重大事故的）。

気が詰まる

○相手やその場の雰囲気に圧迫感を覚えて、耐えがたい気持ちになる（憋得慌，發悶，發窘）　▲深刻な話ばかりじゃ気が詰まるから、少し話題を変えようじゃないか（老是說嚴肅的話會拘束的，不如稍稍變換一下話題吧）。

気が強い　⇔気が弱い

○気性が激しく、めったなことでは挫けない様子（性格剛強）

▲彼女は美人だが、気が強くてかわいげがない（她雖然是個大美女，但是性格剛強，一點也不招人喜愛）。

気が遠くなるよう

○（意識が失われていくような感じだの意から）常識では想像もつかないほどスケールが大きかったり遠く隔たっていたりする様子（神志昏迷，令人昏厥）　▲これは気が遠くなるような広大な計画だよ（這計畫規模過於龐大，令人昏厥呀）。

気が咎める ⇒気が差す

○自分の行動や態度にやましさを感じ、不快なしこりが残る(於心不安，[感到]內疚) ▲人の好意に甘えすぎたようで気が咎める(由於對方過於盛情了，所以自己感到過意不去)。

気が無い ⇔気がある

○そのことに興味や関心を示さず、消極的な態度を取る様子(沒興趣，態度消極) ▲田中君をグループ旅行に誘ってみたが、気が無い返事をしていた(約田中去集體旅遊，可是他答覆的態度很消極)。

気が長い ⇔気が短い

○気持ちがのんびりしていて、せかせかしない(悠閒自在，慢性子)
▲完成まで十年以上かかるとは、ずいぶん気が長い話だ(需要花10年以上才能完成，這真是要慢性子)。

利かぬ気

○人に譲ったり負けたりすることを激しくきらう性質(爭強好勝，倔強)
▲利かぬ気の子供だから、始末に負えない(因為是一個倔強的孩子，所以不好對付)。

気が抜ける

○①予定が狂うなどして、それまでの張り詰めていた気持ちが失われる(泄氣，無精打采，垂頭喪氣) ②ビールやウイスキーなどに特有の、味や香りが失われる(走味兒，跑氣兒)
▲①試合が雨で流れ、気が抜けてしまった(比賽因為下雨而取消，什麼心情都沒了)。 ②気が抜けたビール(跑了氣的啤酒)。

気が乗らない ＝気乗りがしない

○他のことに心を奪われていたりして、そのことに意欲が湧かない(不起勁，不感興趣) ▲体調が悪いせいか、どうも仕事に気が乗らない(可能是身體不舒服的緣故，工作怎麼都不起勁)。

気が弾む ＝心が弾む

○息などが激しくなる(喘粗氣，呼吸變粗)
▲50メートル走ったら息が弾んだ(跑了50公尺以後就喘粗氣了)。

気が早い

○まだ何かが実現すると決まったわけではないのに、性急で、せっかちに行動を始める様子（心情急切，性情急躁） ▲合格発表の前から下宿探しとは、気が早い話だ（發榜之前就去找公寓，真是心情急切啊）。

気が張る ⇒気を張る

○気持ちを引き締めていなければならない状態に置かれ、緊張し続ける（精神緊張） ▲締め切り間近で気が張っていたので、二晩も続けて徹夜できた（因為臨近期限很緊張，所以連續兩個晚上都徹夜未眠）。

気が晴れる ⇒気を晴らす

○何かをすることによって、それまでの不快な気分がぬぐい去られる（心情舒暢，開朗） ▲就職が決まらず、旅行に出てみたが、一向に気が晴れない（工作沒有定下來，出門旅遊了一趟看看，但心情總是不暢快）。

気が引ける

○身にやましい感じがして気おくれがする（感覺寒磣、羞慚；相形見絀；不好意思） ▲強がりを言ったてまえ、いまさら頼みに行くのも気が引ける（剛說過逞強的話，事到如今再去懇求也不好意思）。

気が塞ぐ ⇒気が沈む

○気晴らしになるようなことがなく、暗い気持ちを抱き続ける（心情鬱悶，情緒低落） ▲家にこもってばかりいては、気が塞ぐでしょう。少し散歩でもなさったら（老是待在家裏的話心情會鬱悶的吧。稍微去散散步什麼的，怎麼樣）？

気が触れる ⇒気が狂う

○気が狂って狂人になる（發瘋，成了瘋子）
▲彼女は息子を交通事故で失ったショックで気が触れてしまった（因為受到了因交通事故失去兒子的打擊，她發了瘋）。

気が紛れる ＝気を紛らす ⇒心が紛れる

○何かをすることで嫌な気分が一時忘れる（［注意力］分散，忘卻）
▲人の出入りが多かったので気が紛れたが、一人になったらどっと寂しさがこみ上げてきた（因進進出出的人很多暫時就忘記了，但是一旦一個人呆著，

寂寞一下子就湧上來了)。

気が回る　⇒気が利く

○細かなところに注意が行き届き、臨時応変の処置をしたり、相手の意向を敏感に察したりすることができる(用心周到，留意)

▲慌てていたので、帰りの指定券までは気が回らなかった(因為慌慌張張的，所以沒有留意到回來的對號票)。

気が短い　⇔気が長い

○何かをゆっくりと待つことができず、自分の予測よりも遅れると、すぐにいらいらしたり怒りだしたりする様子(性急，好動肝火，急躁)

▲相手は気が短い人だから、待たずに先に行ってしまったに違いない(因為對方是性急的人，所以一定沒有等我們就先回去了)。

気が向く

○そのことをしたい、または、してもいいという気持ちになる。関心が湧く(心血來潮；高興)

▲そのうち、気が向いたら行くよ(這期間如果心血來潮的話就去)。

気が滅入る　⇒気が沈む

○前途に夢も希望も無いように感じられ、憂鬱になる(意志消沉，鬱悶，抑鬱)　▲こう毎日雨ばかりでは、気が滅入ってしまう(這樣每天總是下雨的話，會感到鬱悶的)。

気が揉める　⇒気を揉む

○心配で気持ちが落ち着かない(焦慮不安，焦躁)　▲約束の期日に間に合うかどうか、気が揉めてならない(能不能趕上約定的日期，十分焦慮不安)。

気が休まる

○何の心配事もなく、のんびりした気分になれる(舒口氣)　▲緊張のし続けで、気の休まる暇も無い(因為持續緊張，所以連舒口氣的時間都沒有)。

気が緩む

○緊張が解けてほっとし、物事に注意が行き届かない状態になる(鬆口氣，精神鬆懈)　▲難路を無事に越えて気が緩んだとたんに、追突事故を起こしてしまった(平安越過險路剛剛鬆口氣，就發生了追撞事故)。

気が弱い ⇒気が強い

○他人の思惑を気にしたりして、思い通りの言動ができない様子(怯懦，心軟)　▲気が弱くて、嫌だと断ることもできずにいる(因為懦弱，一直無法説「不願意」)。

気が若い

○年齢の割には気持きもちの持ち方が若い人と同じように溌剌としている様子([年老]心不老，老當益壯)　▲祖父が気が若く、孫と一緒にジャズを聞いて楽しんでいる(祖父老當益壯，與孫子一起快樂地聽著爵士樂)。

気位が高い

○家柄がいいことや教養があることに優越感を抱き、卑しい人たちとは付き合えないといった態度を取る様子(架子大；妄自尊大，自命清高)

▲あの人は気位が高いから、私たちと一緒にスーパーなんぞへは行きませんよ(他架子大，所以是不會和我們一起去超市那些地方的)。

気心が知れる

○長年付き合うなどして、その人の性格や好みなどがよく分かっている(對脾氣，摸得準脾氣)

▲年に一度、二度は気心が知れた友達と気ままな旅行をすることにしている(現在每年都會和對脾氣的朋友隨心所欲地旅行一兩次)。

気骨がある ⇒骨がある

○周囲の圧力に屈することなく、自分の信念を貫こうとする強い意志を持つ(有骨氣，性格剛毅)　▲わが社は学力よりも気骨がある人物を望んでいる(比起學習能力，我們公司更期待性格剛毅的人)。

気色が悪い

○①体の調子がわるくて気分がすぐれない(氣色不好，不舒服)

②心が晴れず気分が悪くて、不愉快だ(不高興，不開心)

▲①朝から起きて気色が悪いようだ(好像從早上起來氣色就不好)。

②彼を見るとどうも気色が悪い(看到他怎麼都不開心)。

気随気まま

○自分の気持ち、気分のままにふるまうこと(無拘無束,隨心所欲,逍遙自在) ▲定年になって、気随気ままな生活が送れるようになった(退休以後,過上了逍遙自在的生活)。

気勢が上がる　⇒気勢を上げる

○何かをすると意気が盛んになる(精神抖擻,氣勢磅礴)
▲彼がチームに加わってからチーム全体の気勢が上がった(他加入隊伍以後,全隊都精神抖擻起來)。

気勢を上げる　=気勢が上がる

○気持ちが意気ごんでいる(抖擻精神,振作氣勢)　▲デモ隊はスローガンを大声で叫んで気勢を上げている(遊行隊伍高喊口號以壯勢聲勢)。

気勢をそがれる

○張り切ってやろうとしていた意気込みが、何かによって挫かれる(挫傷銳氣,打擊氣勢)
▲彼に非難されて気勢をそがれた(被他責備而挫傷了銳氣)。

気息奄奄

○(息が絶え絶えで今にも死にそうな意から)組織・団体や事業などが危機に直面し、かろうじて持ちこたえているに過ぎない様子(奄奄一息,日薄西山)　▲あの会社は経営不振でだいぶ気息奄奄としているようだ(那個公司經營不善,好像已經奄奄一息)。

気褄を合わせる　=気褄を合わす　⇒気を迎える

○相手の気に入るように調子を合わす。きげんをとる(取悅,逢迎)
▲彼は上役と気褄を合わせるのがうまい(他很會取悅上司)。

気で気を病む

○必要でもないことに悩んで自ら苦しむ(庸人自擾,徒自憂苦)
▲別にたいしたことも無いのに、あの人はいつも気で気を病んでいる(並沒有什麼了不起的,可是那個人總是庸人自擾)。

気で食う　=気を食う

○自分で自分の心をおさえる(忍住,抑制住)

▲涙を気で食った（把眼淚忍住了）。

気に合う ⇒気に入る

○心にかなう（滿意，稱心）

▲着物の柄が気に合わない（和服的花樣不合心意）。

気に入る ⇒気に合う、気に召す、気に染む。

○何かを好ましく感じ、積極的に受け入れようとする気持ちを抱く（稱心，如意；喜愛，喜歡）　▲彼は誕生日に送られたネクタイがよほど気に入ったのか、毎日のように締めている（他好像相當滿意生日時別人送的那條領帶，每天都繫著）。

気に掛かる ⇒気にかける

○悪い結果になるのではないかなどと不安が感じられ、あることが心から離れずにいる（擔心，惦記，記掛，放不下心）　▲彼がさっき僕に示した素振りが妙に気に掛る（他剛才對我做的動作，我感到莫名地擔心）。

気に掛ける ⇒気に掛かる

○好ましくない結果を招いたりしてはいけないと、そのことを絶えず心に留める（介意，放在心上）

▲人にさんざん迷惑をかけておいて、一向に気に掛けている様子は見えない（給人添了很大的麻煩，卻完全看不出介意的樣子）。

気に食わない

○自分の考えや好みに合わず、不快に思ったり、不満を感じたりする様子（不稱心，不如意；不順眼，討厭）　▲品はいいが、値段の高いのが気に食わない（東西很好，但是價格太高，這點不稱心）。

気に障る

○相手の言動を不快に感じ、機嫌が悪くなる（[因對方的言行而感到]生氣）

▲何が気に障ったのか、彼は急に黙り込んでしまった（也許是生了什麼氣，他突然陷入了沉默）。

気にする ⇒気になる

○何かに不安や不快感を感じ、そのことに絶えずこだわっている（[感到不安、不愉快而]介意，放在心上）　▲あの人の言ったことなど、気にしなくても

いい（你可以不必在乎他說的話）。

気に染まない

○満足できない点があって、積極的に受け入れる気持ちになれない様子（不中意，不喜歡）　▲親に無理に勧められ、気に染まない結婚をした（被父母死逼硬勸，不樂意地結了婚）。

気に留める

○特別なこととして、そのことに注意を払う（［作為特殊的事情］加以留心，介意）　▲言い争っている声は聞こえたけれど、別に気に留めなかった（雖然聽到了爭吵的聲音，但是並沒有放在心上）。

気になる

○①新たな物事や未知の出来事などに接して、興味をそそられる（有興趣）
　②気に掛かって心配に思う（擔心，掛念，放不下心）
　③何かから不快な刺激を受け、苛立ちを覚える（［受到不愉快的刺激而］感到焦躁，情緒不安）
　④…したい気持ちになる心（想，想要……）
▲①今年の新入社員はどんな人たちか気になる（有興趣知道今年的新職員是什麼樣的人）。
　②試験の結果が分からないうちは、どうも気になって落ち着かない（尚未知道考試結果，總是掛記在心，沉靜不下來）。
　③隣の部屋の話し声が気になって寝付かれなかった（隔壁房間的講話聲令人煩躁不安，難以入睡）。
　④やろうという気になれば、やれないこともある（也有想幹而幹不了的事）。

気にはなれない

○何かをする気持ちや興味はない（沒心情，沒興趣）
▲宿題がまだ出来ていないので、映画に誘われても行く気にはなれない（因為還沒完成家庭作業，所以被邀請去看電影也沒有興趣）。

気に向く　⇒気に染む

○気にかなう（滿意，中意）　▲この鞄は色もデザインも気に向いた（對這個包無論顏色還是款式都很滿意）。

気に召す ⇒気に入る

○（「気に入る」の尊敬語）満足する（満意，中意）

▲このコートはお気に召しますか（這件上衣合您的意嗎）?

気に病む

○自分の犯した過失に責任を感じたり、悪い結果を予想したりして、思い悩む（煩惱，憂慮，憂愁） ▲彼は就職口がないことを気に病み、ノイローゼになってしまった（他為找不到工作而煩惱，變得神經衰弱了）。

気のせい

○これといった理由も無いのに、事実でないことを自分だけがそう感じ取ること（心理或精神作用） ▲玄関に誰か来たと思ったが、気のせいだった（覺得門口有誰來了，結果是心理作用）。

気の病 ⇒気の煩い

○精神的な疲れや心配などで起こる病気（心勞成疾，神經衰弱）

▲あの人のは気の病だから、医者にかかったって治るものじゃない（那人的病是心勞成疾，所以請醫生也治不好）。

気乗りがしない ⇒気が乗らない

○物事に興味がわいてこない。またそれをしようという気にはなれない（不起勁，沒興趣） ▲悪事に荷担するようで気乗りがしない（好像要參與做壞事似的，所以沒興趣）。

気は心

○物を贈る時など、少しだが真心の一端を表す意で言う（略表寸心，小意思；禮輕人意重） ▲気は心だから、わずかでも謝礼をしておくほうがいい（禮輕人意重，即使禮物很小但還是送去表示謝意為好）。

気分が悪い

○体の具合や心持ちがよくない（不舒服，心情不好） ▲陰で笑われれば気分が悪いでしょう（如果在背地裏遭到嘲笑，會不舒服吧）。

気骨が折れる

○あれこれと気を配らなければならないことが多く、精神的に疲れる（操心，勞神）

▲お客さん相手の仕事は何かと気骨が折れる（與顧客打交道有些費心）。

気前がいい

○貪欲なところが無く、人のことにも惜しげなく金や物を使う様子（氣度大，大方，慷慨）　▲金めの物までみんなあげてしまうなんて、ずいぶん気前がいい人だ（連值錢的東西都送給大家，眞是個慷慨的人）。

気味がいい　⇒小気味がいい

○①気持ちがよく、快い（心情好，愉快）　②好ましく思っていない人の失敗などを見て、意地悪く喜ぶ様子（幸災樂禍，活該）

▲①気味がいい音楽を聞いている（正在聽令人愉快的音樂）。

②いつも偉そうなことを言っていたから、人前で恥をかかされたとは気味がいい（他總是在吹噓自己，所以［這次］在衆人面前現醜，眞活該）。

気味が悪い

○①（一般的に）気持ちが良くない（令人不快，令人作嘔）

②相手の正体や真意などが分からず、よくないことがあるのではないかと不安で恐ろしく感じられる様子（可怕，毛骨悚然）

▲①気味が悪い音だ（令人不快的聲音）。

②蛇の動き方を見ると気味が悪い（一看到蛇蠕動的樣子就毛骨悚然）。

気脈を通じる

○「気脈」は血液の流れる道筋の意から共通の目的や利益などのために、ひそかに相互間の連絡をとりあって意志を通じる（互相通氣，串通，一個鼻孔出氣）　▲気脈を通じ合った者同士で新党結成を急ぐ（都是一些互通聲氣的伙伴們急於結成新的黨派）。

気もそぞろ　⇒気が散る

○落ち着かない様子（静不下心）

▲彼は先生の話を気もそぞろに聞いた（他静不下心来聽老師講話）。

気持ちがいい

○①体の具合から起こる感じがいい（情緒好，感到舒服）　②物事に接して、それに対して感じた心持ちが優れている（心曠神怡，心情舒暢）

▲①今朝はとても気持ちがいい（今天早上情緒非常好）。　②彼と一緒にい

ると気持ちがよくなる（一和他待在一起就感到心情舒暢）。

気持ちが傾く

○次第にそれが好ましく感じられてきて、積極的に働きかけたり受け入れ たりしようという気持ちになる（傾心於，逐漸喜歡）　▲彼は始めは海外勤 務を嫌がっていたが、近頃はだいぶ気持ちが傾いてきたようだ（他剛開始的 時候不喜歡去國外工作，但最近好像逐漸喜歡起來了）。

気持ちを汲む　⇒心を汲む

○他人の心中や事情を推察する（猜測意思）　▲彼の気持ちを汲んで事を穏 便に取り計らった（猜測出他的意思，穩妥地安排了事情）。

気を入れる

○本気になってそのことに打ち込む（用心，加勁）

▲もっと気を入れて勉強しなさい（你要更加用心地學習）。

気を失う

○何かのショックで意識が無くなる（失去意識，昏迷）

▲ドガーンという音を聞いたとたんに気を失い、気が付いた時は病院のベ ッドの中であった（聽到「咣當」一聲就失去了意識，清醒過來的時候已經躺 在醫院的床上了）。

気を落とす

○期待や希望が失われてがっかりする（沮喪，失望，氣餒，情緒低）　▲一度 ぐらいの失敗で気を落としてはいけない（不能因一次失敗就灰心喪氣）。

気を変える

○元の思いや考えを変える（改變主意，重整旗鼓）　▲彼は失敗に懲りて、気 を変えたようだ（他從失敗中吸取了教訓，改變了主意）。

気を利かせる　＝気を利かす

○相手の気持ちやその場の状況に十分に注意を行き届かせ、自ら進んで 適切な処置をとる（開動腦筋，靈機一動）

▲私が居たのでは気詰まりだと思って、気を利かせて早く帰ってきた（我想 如果我在的話會尷尬，靈機一動就先回來了）。

気を腐らせる　＝気が腐る

○嫌気力をなくさせて失望する(沮喪，懊喪)

▲失敗したからと言って気を腐らせるなよ(不要因為失敗了就沮喪啊)。

気を挫く

○意気ごみを失わせて、意気消沈させる(挫傷幹勁，垂頭喪氣)　▲相続く失敗に、彼もついに気を挫いた(他終於被連續的失敗挫傷了幹勁)。

気を配る　⇒気を使う

○失敗などがないように、あれこれと十分に注意を払う(注意，留心)

▲失礼なことがないように、気を配って客をもてなす(留意款待客人，不要失禮)。

気を静める

○高ぶる感情を抑え、気持ちを落ち着かせる(鎮定心神，使心緒寧静)

▲そう興奮していたのでは話にならない。気を静めてくれよ(那麼興奮的話就不成體統了，你給我鎮定一點)。

気を確かに持つ

○ひどいショックで気を失いそうになるのを頑張り、しっかりした意識を保つ(神志清醒)　▲おい、たいした怪我じゃないから、気を確かに持て(喂，不是什麼嚴重的傷，你清醒清醒)。

気を散らす　⇒気が散る

○注意を集中せず、心を他に向ける(精神渙散，分散注意力)

▲仕事をしている人の気を散らす(分散正在工作著的人的注意力)。

気を使う　⇒気を配る、心を使う

○不都合なことが起こらないように、また、事が旨く行くようにと、あれこれ心配する(留神，操心，照顧)　▲病人に気を使って、あまり楽しそうな様子もできなかった(照顧病人，也不能表現出開心的様子)。

気を付ける　⇒気が付く

○見落とし・誤り・失敗などがないようによく注意する(注意，當心，留神)　▲車に気を付けて道を渡りなさい(過馬路時請小心車輛)。

気を取られる

○他の事に注意が向けられて、なすべきことを忘れた状態になる。その結果、不都合なことが起こったりする場合に用いる（只顧著或只注意到［其他事而忘記該做的事］）　▲子供に気を取れれているうちに、ハンドバックを盗まれてしまった（只顧著孩子的時候，手提包被盜了）。

気を取り直す

○投げやりな気分になっていた人が、思い直して、何かをしようとする気持ちを抱く（恢復情緒，重新振作，回心轉意）
▲震災のショックから覚め、気を取り直して復興に取り組む（從震災中清醒過來，重整旗鼓，致力於復興）。

気を抜く　⇒気が抜ける

○これで一安心と心の緊張を緩める（歇口氣，鬆口氣）。
▲忙しくて気を抜く暇もない（忙得連歇口氣的時間都沒有）。

気を呑まれる

○相手やその場の雰囲気に威圧されて、気持ちが萎縮する（被［對方所］嚇倒，懾服）
▲敵の猛攻に気を呑まれ、戦意を失う（被敵人的猛攻懾服，失去了鬥志）。

気を吐く

○威勢のいい言葉を発する。また、意気盛んなところを示す（揚眉吐氣，爭氣，爭光）　▲チームの中で一人彼が気を吐いた（隊裏只有他一個人揚眉吐氣［表現得很好］）。

気を晴らす　＝気が晴れる

○ふさいだ気持ちを発散する。憂いを晴らす（消愁，解悶，消遣）
▲酒を飲んで気を晴らす（喝酒消遣）。

気を張る　＝気が張る

○①しっかりしなければと自ら言い聞かせ、心の緊張を保つ（振作精神）
　②人に気前がいいところを見せようとする（表現大方，出手闊綽）
▲①人に弱みを見せまいと気を張って生きてきた（堅持不向別人示弱，振作精神活下來）。

②気を張って豪華な料理をご馳走する（出手闊綽地請人吃高級菜）。

気を引き立てる

○心を奮いたたせて励ます（鼓勵，給……打氣）

▲少女の笑顔が彼の気を引き立ててくれた（少女的微笑鼓勵了他）。

気を引く

○思わせぶりな、また、大げさな言動をして、それとなく相手の意中を探ったり、関心を向けさせたりする（引人注意，吸引） ▲客の気を引く誇大な宣伝は規制すべきだ（應該限制那些引誘顧客的誇大宣傳）。

気を紛らす ＝気が紛れる

○気持ちを他の方に向けてその事にふれないようにごまかす（消愁，解悶）

▲何かを見付けて気を紛らすことだ（應該找點什麼東西來消遣）。

気を回す

○他人の言動などから想像を働かせ、当て推量や邪推をする（猜疑，多心，往壞裏想） ▲実は、君があの時のことを怒っているんじゃないかと、気を回していたんだ（其實我過去一直猜疑你是否在為那時的事情而生氣）。

気を迎える ⇒気褄を合わせる

○自分の考え・気持ちなどを、相手に合わせるようにする。迎合する（迎合心意） ▲病人の気を迎えて巧みに慰めてあげれば、病苦もほとんど忘れてしまうだろう（如果能迎合病人的心意巧妙給予安慰的話，病痛會差不多全忘掉的吧）。

気を持たせる

○いかにももっともらしいことを言ったりしたりして、相手に期待や希望を抱かせる（使對方抱希望，誘使對方產生幻想）

▲気を持たせるようなことを無責任に子供に言わないでくれ（請不要對孩子説那些誘使他們產生幻想的話）。

気を揉む ⇒気が揉める

○悪い結果になりはしないかと心配する（焦躁，焦慮不安）

▲子供の受験で、いくら親が気を揉んでも始まらない（因為是孩子考試，所以家長再怎麼焦慮也沒有用）。

気を許す

〇相手を信用したり危険なことはないと判断したりして、警戒心や緊張を解く（疏忽大意，喪失警惕）　▲ちょっと気を許したすきに宝石を盗まれた（就在稍微疏忽大意的空檔，寶石被盜了）。

気を良くする　⇔気を悪くする

〇事態が自分に有利に展開して、いい気分になり、調子付く（心情愉快）

▲あの子は先生に褒められたのに気を良くして、勉強に励むようになった（那個孩子因為受到老師表揚而高興，變得刻苦學習了）。

気を悪くする　⇔気を良くする

〇自分に向けられた他人の言動などで不快な気分になる（不痛快，生氣）

▲冗談で言ったんだから、気を悪くしないでください（我是開玩笑説的，所以請不要生氣）。

景気を付ける

〇意気の上がらない状態にあるものに何か刺激を与えて、活気づける（振作精神，加油）

▲お酒でも飲んで景気を付けよう（喝喝酒，振作一下精神吧）。

小気味がいい　＝気味がいい

〇①やり方がいかにも鮮やかで、見聞きする人に爽やかな感じを与える様子（痛快，爽快）　②反感を抱いている他人の失敗を見て痛快に思う様子（幸災樂禍；感到暢快）

▲①小気味のいい啖呵を切る（痛快地連珠炮般地斥責）。

②あの男が責任をとって辞めさせられたとは小気味のいい話だ（那個男的引咎辭職，真是令人暢快啊）。

芝居気を出す　＝芝居っけを出す

〇大げさなことをやって、世間の注目を集めてやろうという気を起こす（想要花招，嘩眾取寵）

▲芝居気を出して、冒険旅行を計画する（為了嘩眾取寵而策劃冒險旅行）。

その気になる

〇他人に勧められて考えを変えて、そのようにする（［受人勸導改變想法而］

那樣想，那樣做）　▲彼はほめられてすっかりその気になった（他受到表揚後，就完全[改變主意]想那樣做了）。

短期は損気

○短気を起こすと結局は自分の損になる（急性子吃虧）　▲あまり結論を急ぐから、短気は損気で、まとまりかけた話が壊れてしまった（因為太急於下結論了，急性子吃虧，所以快要談妥的事就告吹了）。

毒気に当てられる

○非常識な、また予想外な相手の行動や話に呆然とする様子（目瞪口呆，愕然，震驚）　▲その学生の傍若無人な態度に、教授は毒気に当てられてしまったのか、何も言わずに教室を後にした（教授可能被那個學生傍若無人的態度驚呆了，他什麼話也沒說就離開了教室）。

毒気を抜かれる　＝毒気を抜かれる、毒気を取られる

○相手を痛めつけようと意気込んでいた人が、逆に激しく攻撃されたり意表を衝かれたりして、茫然とさせられる（茫然不知所措）

▲相手に低姿態な態度に出られ、毒気を抜かれた（對方採取了謙遜的態度，我被搞得茫然不知所措）。

熱気を帯びる

○全力でそのことに対しているという意気込みが感じられ、緊迫感のある状態になる（帶著激動的心情，充滿激情）　▲彼は熱気を帯びた口調でエネルギー問題を論じ続けた（他用充滿激情的語調繼續討論能源問題）。

吐き気を催す

○何かからひどく不快な感じを受ける（令人作嘔，覺得噁心）

▲彼のあのきざな態度を見ていると、吐き気を催してくるね（看到他那種裝腔作勢的樣子，就覺得噁心呢）。

平気の平左

○どんなことに出会っても、全く平気で少しも動じない様子（滿不在乎，無動於衷；死猪不怕開水燙）　▲いくら小言を言われても、平気の平左で、けろりとしている（無論怎麼被責備，對方還是滿不在乎，無動於衷）。

若気の誤り　＝若気の過ち

○年若いために血気にはやって失敗すること（意氣用事）

▲若気の誤りを犯す（犯了意氣用事的錯誤）。

若気の至り

○若さにまかせて無分別な行いをしてしまうこと（過於幼稚；年輕不懂　事）　▲あの時家を飛び出したのは若気の至りで、今思うと恥ずかしい（那　時候離家出走真是太幼稚了，現在想起來還很慚愧）。

踵（きびす・くびす・シュ・ショウ）

字義　①踵，脚後跟　②鞋後跟

踵を返す

○引き返す。また、後戻りする（往回走）　▲父危篤の知らせを受け、旅先か　ら急遽踵を返した（收到父親病危的通知，旅途中匆忙往回趕）。

踵を接する

○何かが次々と並んだり続いて行われたりする様子（接踵而至，相繼前　来）　▲彼の死を聞いて、踵を接して弔問客が訪れる（聽說了他的去世，　吊唁的人接踵而來）。

肝・胆（きも・カン・タン）

字義　①肝臓　②内臓，五臟六腑　③膽子，膽量　④心，内心深處

生き胆を抜く　＝生き胆を取る　⇒度肝を抜く

○①だれもが予想できなかったことをしてみせて、ひどくびっくりさせる（嚇　破膽）　②命を取って殺す（殺死，要……的命）

▲①あの「お化屋敷」には生き胆を抜かれたね（被那所「凶宅」嚇破膽了呢）。　②有り金を出さんと生き胆を抜くぞ、と強盗は脅かした（強盗威脅說，如　果不把身上的錢拿出來就要你的命）。

臥薪嘗胆

○仇を報いたり、目的を成し遂げるために、艱難辛苦をすること（臥薪嘗膽）

▲臥薪嘗胆四年、ついに栄冠を取り戻した（臥薪嘗膽4年，終於奪回了桂　冠）。

肝胆相照らす

○互いに心の底まで打ち明けて親しく交わる(肝膽相照)

▲彼とは肝胆相照らす仲である(和他是肝膽相照的交情)。

肝胆を砕く

○知能のある限りを尽くして思案する(絞盡腦汁，煞費苦心)

▲会社の再建に日夜、肝胆を砕く(為公司的重建日日夜夜絞盡腦汁)。

肝胆を披く　＝胆を傾ける　⇒胸襟を開く、肺肝を開く

○心の中を包み隠さず打ち明ける(開誠相見，推心置腹，披肝瀝膽)

▲一夜友と肝胆を披いて語り明かす(和朋友推心置腹地談了個通宵)。

肝が煎れる　⇒肝が焼ける

○腹が立つ。しゃくにさわって気がいらいらする(生氣，發火，焦躁)

▲彼女の言葉を聞いて肝が煎れた(聽了她的話就急躁起來)。

肝が据わる　＝胆が据わる　⇒度胸が据わる、腹が据わる

○どんな場合にも慌てたり恐れたりすることのない、たくましい精神力が身に備わっている(膽子大，有膽量；穩如泰山)　▲政界の大物だけあって、さすがに肝が据わっている(到底是政界的大人物，有膽量)。

肝が小さい　⇔肝が太い

○思い切ったことをする度胸が欠けていたり、ちょっとしたことにすぐ慌てふためいたりする様子(沒有膽量，膽子小)

▲彼のような肝が小さい男には、そんな冒険ができるはずがない(像他那樣的膽小鬼不可能會那樣冒險)。

肝が潰れる　＝肝を潰す　⇒肝が抜ける

○ひどく驚く(嚇破膽，喪膽，嚇得魂不附體)

▲長い蛇が出てくるのを見て肝が潰れた(看到長蛇出來嚇得膽都破了)。

肝が太い　＝肝っ玉が太い　⇔肝が小さい

○物事に動じない様子。また、小さいことに拘らず、思い切ったことをする様子(有膽量，膽子大)　▲富士山をスキーで滑り降りるなんて、よほど肝が太い人間でなければできるものではない(從富士山上滑雪滑下來之類的事，不是相當有膽量的人是做不到的)。

肝に応える　⇒胸に応える

○つくづくと感じる（感受強烈）

▲同窓の厚い友情が肝に応える（深切感受到了同窗的深厚友誼）。

肝に染みる　＝肝に沁みる、肝に染む　⇒身に染みる

○深く感じて忘れないで、心に銘ずる（銘記在心）　▲旅先で受けた親切は
　肝に染みた（旅途中受到的親切照顧銘記在心了）。

肝に銘じる　＝肝に銘ずる

○決して忘れることがないように深く心に留める（銘記在心）

▲恩師の言葉を肝に銘じて、学問に励む（銘記恩師的話，努力學習）。

肝を煎る

○①心をいら立てる。心を悩ます（焦急，驕躁）　②心づかいをする（掛心，
　惦念）　③世話をする。間を取り持つ（周旋，斡旋）　▲①約束の時間に私
　たちが行かないので、彼はさぞ肝を煎っているだろう（到了約好的時間我
　們還沒去，他一定正在焦急不安吧）。　②長い間両親からの知らせがなかっ
　たので、ずいぶん肝を煎った（很長時間沒有父母的消息，十分掛念）。　③
　肝を煎っていい会社に就職した（經過斡旋就職於一家很好的公司）。

肝を落とす

○がっかりして気を落とす（大失所望，灰心喪氣）

▲いくら教えても効き目が無い。この子には肝を落とした（無論怎麼教也沒
　有效果。對這個孩子大失所望）。

肝を据える　⇒腹を据える

○何かをする際に、どんな事態になっても慌てまいと覚悟を決める（沉著，
　不慌張）　▲よほど肝を据えてかからないと成功はおぼつかないだろう（如
　果不相當沉著的話，成功就無望了吧）。

肝を潰す　＝肝が潰れる　⇒肝を冷やす

○ひどく驚いて、うろたえる様子（喪膽，嚇得魂不附體）　▲いきなり怒鳴り
　つけられて、肝を潰した（突然被大聲地斥責，嚇得魂不附體）。

肝を冷やす　⇒肝を潰す、胸を冷やす

○危うく危険な目に会いそうになり、思わずぞっとする（嚇得提心吊膽）

▲今にも崖から転落しそうになり肝を冷やした(差一點就要從懸崖上滾落下來，嚇得提心吊膽)。

胆を奪う

○驚かして意気を喪失させる(使……喪膽，嚇破膽)

▲夜襲ですっかり胆を奪われた(完全被夜襲嚇破了膽)。

胆を練る

○物事に動じないように胆力を養う(鍛鍊膽量)

▲日本では試胆会をやって胆を練る(在日本舉行試膽活動鍛鍊膽量)。

度肝を抜く　⇒生き肝を抜く

○まさかと思うようなことをやって、人をひどく驚かせる(嚇人一跳，使人大吃一驚)　▲彼の脚力のすばらしさには度肝を抜かれた(被他極好的腳力嚇了一跳)。

肝を焼く

○腹を立ててかんかんと怒る(勃然大怒，大發脾氣，大發雷霆)　▲肝を焼いて弟に本を投げ付けた(我大發脾氣，把書朝弟弟扔了過去)。

機嫌(きげん)

字義　①心情，情緒　②痛快，快活

機嫌が直る

○慰められるなどして、怒りが治まり、穏やかな気持ちになる(恢復情緒，心情轉好)　▲おもちゃを買ってやると言ったら、すぐに子供の機嫌が直った(一說給他買玩具，孩子馬上又高興起來了)。

機嫌を損ねる

○うっかり相手の気に入らないことを言ったりしたりして、気分を害する(得罪[他人]，觸怒[別人]；破壞情緒)

▲冗談に言ったつもりだったんだが、すっかり彼の機嫌を損ねてしまった(本是想開玩笑說說的，結果完全把他給得罪了)。

機嫌を取る

○気に入られようとして相手の喜ぶようなことを言ったりしたりする(討好，

取悦，逢迎） ▲彼は上役の機嫌ばかり取っている（他只會討好上司）。

ご機嫌を伺う

○何かをする際に相手の機嫌を損ねないように、また、気に入られるようにと、その機嫌の良し悪しに気を使う（察言観色） ▲課長のご機嫌を伺いながら仕事をするのも楽じゃない（邊留心察看科長的臉色邊幹活也不輕鬆）。

口（くち・コウ・ク）

字義 ①口，嘴巴 ②説話，言語 ③傳聞，話柄 ④門，出入口 ⑤塞子，蓋 ⑥味覺，口味 ⑦人口，人數 ⑧開始 ⑨縫隙 ⑩召喚 ⑪生計，糊口 ⑫工作

開いた口が塞がらない

○あまりのひどさに、あきれ返っている様子（噁口無言，十分吃驚）

▲あまりのばかさかげんに、開いた口が塞がらなかった（那傢伙的糊塗勁兒，令人十分吃驚）。

開いた口へ牡丹 ⇒棚から牡丹餅

○運の良い時は努力しなくとも幸運が向こうからやってくるものである（天上掉下餡餅，福自天降） ▲なんだって、開いた口へ牡丹じゃないか（你說什麼？該不會天上掉下餡餅吧）。

後口が悪い

○何か言ってしまってから、余計なことまで喋ったのではないか、相手を傷つけてしまったのではないかなどと気がかりに思う様子（擔心說過頭了）

▲つまらぬことを言い過ぎて後口が悪い（說了太多無聊的話，擔心說過頭了）。

言う口の下から

○ある事を言ったとたんにそれに反することをする様子（剛說過，馬上就出現相反的情況）。 ▲間違いなんかしないと言う口の下ら間違えている（剛說過不會出現差錯，就出錯了）。

大きな口をきく

○実力もないのに、威張って偉そうなことを言う（誇誇其談，說大話，誇海口） ▲大きな口をきいているわりには、獲物が少ないじゃないか（你雖然海口誇得不小，但獵物沒捕到多少）。

開口一番
かい こう いち ばん

○まず最初にそのことを取り上げて言うこと（一張嘴就……，一開口
便……）　▲社長は開口一番、経費の節減を訴えた（經理一開口，就提出
節減經費）。

陰口を叩く　⇒陰口をきく
かげ ぐち　たた

○当人の居ない所で、その人の悪口を言う（背後說人家的壞話，造謠中
傷）　▲陰口を叩かれているとも知らずに、あの男は得意になって自慢話
をしている（他不知道別人在背後說他的壞話，還得意洋洋地自吹自擂著）。

軽口を叩く
かる くち　たた

○軽い気持ちで冗談や洒落などを言う（說俏皮話）
▲かえって骨休めになっていいなどと軽口を叩いているのだから、あの病
人もたいしたことはない（因為那個病人還在說生病了反而能休息休息挺好
之類的俏皮話，所以他沒什麼大礙）。

口裏を合わせる
くち うら　あ

○前もって打ち合わせ、お互いの話の内容が食い違わないようにする（[事
先]统一口徑；[預先]對好台詞）
▲あの二人は、口裏を合わせて、自分たちのミスを隠そうとしている（那兩
個人事先统一好口徑，試圖隱藏他們的錯誤）。

口がうまい
くち

○もっともらしいことを言って、人に取り入ったりごまかしたりするのが
上手な様子（嘴甜，會說話，能說會道）　▲あの人は口がうまいから、騙さ
れないように用心しなさい（那個人能話會道的，小心別被他騙了）。

口がうるさい
くち

○①他人のすることを黙って見ていないで、あれこれとうるさく噂をする
様子（人言可畏）
　②何かにつけてうるさく小言を言う様子（嘮嘮叨叨，發牢騷）
▲①世間の口がうるさいから、自重したほうがいい（社會上人言可畏，還是
慎重點好）。　②母に知れると口がうるさいから黙っていよう（被母親知道
了又要嘮叨，還是不要做聲吧）。

口が多い

○必要以上によく喋る様子（多嘴，話多）　▲ふだん無口な彼も酔うと口が多くなる（平日不愛說話的他，喝醉以後話也多起來）。

口が奢る

○美食に慣れて、質素なものは食べない（講究吃喝，專吃好的，口味高）

▲あの人は口が奢っているから、こんなご馳走では喜ばないだろう（那人吃東西很講究，所以這種飯菜的話，大概他不會高興的吧）。

口が重い

○人前であまり物を言おうとしない様子（沉默寡言，話少，不輕易開口）

▲おしゃべりも迷惑だが、彼のように口が重いのも困る（話簍子很麻煩，可像他那樣話少的也令人為難）。

口が掛かる　⇒口を掛ける

○芸人などに出演の申し込みがある意で、仕事の依頼があること（邀請，聘請）　▲東京の大学から私に講師の口が掛かってきた（東京的大學來聘請我做講師）。

口が堅い　⇔口が軽い

○言ってはいけないことをむやみに他言しない様子（嘴緊，守口如瓶）

▲彼なら口が堅いから、安心して頼める（他的嘴是很嚴的，所以可以放心地託付）。

口が軽い　⇔口が堅い

○べらべらとよく喋って、言ってはいけないことまで言ってしまう様子（愛說話，嘴快）　▲あんな口が軽い人には、迂闊なことが言えない（對那種嘴快的人，不能隨隨便便什麼都說）。

口が腐っても　⇒口が裂けても

○どんなことがあっても口外してはならないと思う様子（緘口不言）

▲口外しないと約束した以上は、口が腐っても言えない（既然答應不說出去的，就緘口不能說）。

口が肥える　＝舌が肥える

○多くの経験によって、感じ方や理解力などが豊かになる（講究吃，口味

高） ▲あの人はいろんな料理を食べているので、口が肥えている（那個人品嘗過各種各樣的菜餚，所以口味很高）。

口が寂しい

○いつも何か口に入れていないと気持ちが満たされない様子（嘴饞，想吃點東西） ▲タバコを止めたら、口が寂しくてたまらない（戒了菸，嘴巴就想吃點東西）。

口が過ぎる

○言うのを控えたほうがいいことや言うべきではないことまで言う（講話過頭，說話不禮貌） ▲少し口が過ぎて、彼を怒らせてしまった（說得稍微過頭了一點，就把他給惹惱了）。

口が酸っぱくなる ⇒口を酸っぱくする

○いやになる程たびたび同じ事を言う様子（苦口婆心，磨破嘴皮）
▲車に注意しなさいと、子供に口が酸っぱくなるほど言って聞かせている（苦口婆心地給孩子講要注意車輛）。

口が滑る

○言ってはいけないことやいう必要のないことをうっかり言ってしまう（說漏嘴，失言，失口） ▲つい口が滑って、余計なことを言ってしまった（無意中走嘴，說了不該說的話）。

口が干上がる ＝顎が干上がる

○（飲食物が得られないために口が干からびるという意）くらしがたたなくなる（難以糊口，無法生活） ▲二週間も仕事がないと口が干上がってしまう（如果兩個星期都不工作的話，就沒法生活了）。

口が減らない

○あれこれと負け惜しみを言う（嘴硬，頂嘴；不服輸，不認輸）
▲素直に負けを認めればいいものを、強がりばかり言って、一向に口が減らない奴だ（坦率地認輸就好了，可他總是說逞強的話，真是個嘴硬的傢伙）。

口が曲がる

○その罰として口の形がゆがむという意で、目上の人や世話になった人に対する悪口や贅沢な望みを口にすることを諫める言葉（[說了恩人的壞話結

果]嘴會歪，嘴巴會爛掉）

▲あんなに世話になったのだから、あの方の悪口を言ったら口が曲がるよ
（給那個人添了那麼多麻煩，所以再說他壞話的話，嘴巴會爛掉的）。

口が回る　＝舌が回る

○よどみなくしゃべる（口齒流利，滔滔不絕地講）　▲幼児は回らぬ口で「ありがとう」と言った（小孩子口齒流利地說了聲「謝謝」）。

口から先に生まれる

○おしゃべりや口の達者な者をあざけって言う言葉（能言善辯，口若懸河，喋喋不休）　▲あの人はまるで口から先に生まれてきたように良く喋る（那個人喋喋不休講個沒完）。

口が悪い

○人を貶すようなことを遠慮なく言う言葉（講話刻薄，尖嘴薄舌）

▲あの人は口は悪いが、根はいい人なんだ（那個人雖然講話刻薄，但本性是個好人）。

口車に乗せる　⇒口車に乗る、口三味線に乗せる

○言葉巧みにいいくるめて、相手を騙す（用花言巧語騙人，使人上當）

▲相手の口車に乗せられて、15万円巻き上げられた（被對方的花言巧語騙走了15萬日元）。

口車に乗る　⇒口車に乗せる

○巧みに言いくるめられて、だまされる。人の口先に欺かれる（被花言巧語所騙，上當）　▲あの男の口車に乗らないよう気を付けなさい（當心別被那個男人的花言巧語給騙了）。

口三味線に乗せる　⇒口車に乗せる

○巧みに言いくるめて相手を騙す（用花言巧語騙人）

▲悪徳業者の口三味線に乗せられてひどい荒地を買わされた（被不道德的買賣人用花言巧語所騙，買了塊極其荒蕪的地）。

口添えをする　＝口を添える

○ある人が交渉や依頼などをしている時に、それがうまくいくようにわきからいろいろと言って助けてやる（替人美言，幫忙說情，替人講情）

▲新しい企画を提出するのですが、課長からもよろしくお口添えをするよう
　お願いします(我要提出新的規劃了，拜託科長您也幫我美言幾句)。

口で貶して心で褒める

○表面では悪く言いながら、心の中では逆に褒めていること(嘴硬心軟)

▲口で貶して心で褒めないようにしてください(請不要嘴硬心軟)。

口と腹とは違う

○口に出して言うことと、心に考えていることとは別である(口是心非，表裏
　不一)　▲彼はいつも口と腹とは違う(他總是口是心非)。

口に合う

○飲食物が好みの味と一致する(合口味，對口味)

▲お口に合うかどうか分かりませんが、召し上がってみてください(也不知
　道合不合您的口味，請嚐一嚐)。

口にする

○①口に出して言う(說，講出來)
　②口に入れて味わう(吃；喝)

▲①そんな下品な言葉を口にするな(不要說那些下流的話)。
　②今まで口にしたこともない、珍しい料理をご馳走になる(請我吃了至今
　為止我從未嘗到的、稀罕的菜餚)。

口に出す

○思っていることを声に出して言う(說出聲，說出口)

▲口には出さないけれども、内心は私だって面白くない(雖然沒有說出口，
　但内心我也覺得沒趣)。

口に出る

○思っていることを思わず言ってしまう(說漏嘴，話冒出來)

▲ふだんからそう感じているものだから、つい口に出してしまったのだ(平常
　就是這麼想的，所以一不小心就說漏嘴了)。

口に上る

○話題として取り上げられる(作為話題提起)　▲別にそのことは彼の口に上
　らなかった(他倒是沒有把那件事作為話題提起過)。

口に乗る

○①人々の話の種になって、世の中に広く知られる（膾炙人口，廣為人知）　②相手の言葉にだまされて言う通りにする（上當，受騙）

▲①僕でもこうやって始終小説を書いていると、少しは人の口に乗るからね（像我這樣始終寫小說的話，多少也有些名氣了）。　②やすやすと相手の口に乗って金を騙し取られた（輕易上了對方的當，被騙了錢）。

口には関所がない

○人の口には、出してはいけないものを止める関所はない。何を言っても構わない（嘴巴沒有把門的，講話沒數）　▲あの人は他人から聞いたことをすぐ言ってしまった。まったく口には関所がないね（他從別人那聽到什麼東西立刻就會講出去，嘴巴簡直沒有把門的）。

口に任せる

○深く考えずに口から出るに任せて喋る（信口開河）

▲口に任せて喋りまくる（信口開河，喋喋不休）。

口の下から　⇒言う口の下ら

○言い終わるか終わらないうちに、言ったことと反対のことを言ったりしたりする様子（剛說過馬上就反悔）

▲もう文句は言わないと言った口の下ら、ああだこうだと言っている（剛說過不發牢騷了，馬上就又說這說那）。

口の端にかかる　⇒口の端にかける

○人々の話の種にされる（成為話題，被談論，被提起）

▲最近、物価問題がよく口の端にかかった（最近物價問題經常被提起）。

口の端にかける　⇒口の端にかかる

○言葉のはしばしに出して言う。話の種にする（掛在嘴邊，成為話題）

▲彼はよくその事を口の端にかけている（他經常把那件事掛在嘴邊）。

口の端に上る

○何かにつけて、人々の話題となる（被人談論，成為話題）

▲彼は世間の口の端に上る男だ（他是社會上大家談論的人物）。

口は口、心は心

○口に出して言うことと、心の中で思っていることとが一致しないこと（口是心非，心口不一）　▲あの人はいつも口は口、心は心だから、信用はない（他總是口是心非，沒有信用）。

口は重宝

○口は便利なもので、口先では何とでも言える（嘴巴可以隨便說，嘴巴說什麼都沒關係）　▲口は重宝なものさ（嘴巴可以隨便說說的嘛）。

口火を切る

○新たな事態が展開するきっかけを他に先駆けて作る（率先，打先鋒，帶頭）　▲野党を代表して質問に立ち、政府攻撃の口火を切った（代表在野黨的站起來提問，帶頭攻擊政府）。

口ほどにも無い

○能力などが、実際は口で言うほどたいしたことが無い様子（名不副實）
▲あいつは体は大きいが、口ほどにも無い弱虫だ（那個傢伙身材雖然高大，卻是個名不副實的膽小鬼）。

口も八丁手も八丁

○言うこともすることも達者で抜け目が無い様子（能說又能幹，嘴巧手也巧，心靈手巧）　▲あの人は口も八丁手も八丁で、私などとても太刀打ちできない（他能說又能幹，我這號人遠不及他）。

口を合わせる　⇒口裏を合わせる

○言うことが違わないように話を一致させる（異口同聲，統一口徑）
▲私たち二人は口を合わせるようにした（我們兩人統一了口徑）。

口を入れる　⇒口を出す

○他人の話に割込む。また、口出しをする（插嘴，多嘴）　▲人の話にすぐ口を入れるのは君の悪い癖だ（別人一說話就插嘴是你的壞毛病）。

口を掛ける　⇒口が掛かる

○相手を呼び出すことを申し入れる（邀請，聘請）
▲君が行く時、口を掛けてくれれば、僕も一緒に行く（你走的時候，如果邀請我的話，我也一起去）。

口を聞く

○両者の間に立って関係がうまくいくように取り計らう（調解，斡旋；安排） ▲こんないい土地が買えたのは、友達が地主を知っていて口を聞いてくれたからだ（能夠買到那麼好的土地是因為朋友認識地主，幫我安排的）。

口を切る

○①まだ開けていない樽の蓋や瓶の栓などを開ける（打開[瓶蓋等]，開口）
②大勢の中でまず最初に発言する（先開口說話，帶頭發言）
▲①この酒は口を切ったら、すぐ飲んでしまわないと味が落ちる（這酒一旦開了口，如果不立刻喝完的話，味道就會變差）。
②沈黙を破って彼が口を切った（他打破沉默先開口說話了）。

口を極めて

○言葉を尽くして、何かを言い立てる様子（大講特講，竭力地說）
▲先生から口を極めて褒め上げられている優等生（受到老師極盡誇讚的優等生）。

口を探す

○仕事を探す（找工作） ▲彼は東京でいい口を探すのに苦労した（他為了在東京找到好工作而煩惱）。

口を酸っぱくする ＝口が酸っぱくなる

○同じ事を何度も繰り返して言う様子（苦口相勸，磨破了嘴皮子）
▲口を酸っぱくするほどものを言う（舌敝唇焦地說）。

口を滑らす ⇒口が滑る

○うっかりして言ってはならないことを言ってしまう（走了嘴，說露了）
▲うっかりと口を滑らして他人の秘密を漏らしてしまった（不小心說漏了嘴，泄露了別人的秘密）。

口を添える ＝口添えをする

○人の言うことなどに、はたから助成の言葉を加えてとりなす（替人美言，幫忙說話）
▲山田さんの口を添えて会長と面会の約束を取り付けた（靠山田的美言取得了與董事長會面的約定）。

口を揃える

○二人以上の者が同時に同じことを言う(異口同聲) ▲あの人のことはみんな口を揃えて褒める(大家異口同聲地稱讚那個人)。

口を出す ⇒口を入れる

○他の人が話しているところに、脇から自分の意見などをさしはさむ(插嘴，多嘴) ▲大人の話に子供が口を出すな(大人說話小孩子不要插嘴)。

口を衝いて出る

○考え込むこともなく、とっさにある言葉が出る(脫口而出)

▲日ごろの不満が思わず口を衝いて出る(平日的不滿禁不住脫口而出)。

口を噤む ⇒口を閉ざす

○黙々と黙っている様子(閉口不言，噤若寒蟬)

▲彼はその事件については口を噤んでいた(關於這件事他閉口不談)。

口を慎む

○余計なことや不用意なことを言わないように気をつける(說話謹慎，說話小心)

▲そんなに偉そうなことばかり言ってないで、少しは口を慎んだらどうですか(不要只講些覺得很了不起的事，稍微說話謹慎一點怎麼樣)。

口を尖らせる

○不平や不満を言いたそうな顔つきをする(噘嘴，努嘴)

▲彼女は承服しがたいと見えて、口を尖らせている(她好像很難服衆，一直噘著嘴)。

口を閉ざす ⇒口を噤む

○ある事柄について、尋ねられても言わずにいる(沉默，閉口不言)

▲質問が核心に触れると、固く口を閉ざしてしまう(提問一接觸到核心，[他]就堅決閉口不言了)。

口を拭う

○悪いことをしていながら、そ知らぬふりをしている(裝不知道，若無其事) ▲こんなに噂が広まっては、いつまでも口を拭っていられるものでもあるまい(謠言傳成了這樣，就不能總是裝作不知道吧)。

口を濡らす

○やっと暮らしを立てる（勉強糊口、解決溫飽）　▲曲がりなりにも親子三人

の口を濡らしていた（勉勉強強解決一家三口的溫飽）。

口を糊する　＝口に糊する　⇒糊口を凌ぐ、口を濡らす

○極めて貧しく、辛うじて生計を立てていく様子（糊口，勉強度日）

▲両親の死後、我々兄弟は新聞配達などで口を糊する毎日だった（父母死後，

我們兄弟每日就靠派送報紙等糊口）。

口を挟む　⇒口を出す、口を入れる

○他人同士の話や相手の話の途中に割り込んで何かを言う（插嘴）

▲君には関係がないことだから、脇から口を挟まないでくれ（因為是跟你無

關的事，所以不要在旁邊插嘴）。

口を開く

○それまで黙っていた人が話し始める（開口說話，發話）

▲やっと重い口を開いて、事件の様子を語り出した（終於張開了緊閉的嘴巴，

把事件的情況講了出來）。

口を封じる

○自分にとって都合の悪いことなどを相手に言わせないようにする（不準說

話，封住口）　▲いっぱい飲ませて、彼の口を封じておこう（先灌他酒，堵

住他的嘴巴）。

口を塞ぐ

○人にものを言わせないようにする。特に金品などを与えて秘密を喋らせ

ないようにすることを言う（封口，堵住口）

▲いっぱい飲ませて、口を塞ごうとしても、その手には乗らないぞ（想灌我

酒，借此堵住我的嘴，我才不會上當呢）。

口を見つける　⇒口を探す

○仕事を探す（找工作）

▲毎日口を見つけるために歩き回っている（每天為了找工作來回奔走）。

口を結ぶ

○開いている口を合わせる。口などをしっかりと閉じる（閉嘴，嘴巴緊閉）

▲口を結んで語らない（閉嘴不談）。

口を割る

○警察などの取り調べで自白する（坦白，招認，供認）　▲犯人は、事件の背後関係については口を割らない（犯人不交代事件的幕後關係）。

口角泡を飛ばす

○口からつばきを飛ばさんばかりに、勢いはげしく議論したりする様子（口若懸河）　▲口角泡を飛ばして議論している（口若懸河地議論）。

口吻を学ぶ

○人の言うことをまねする（學別人的口氣，模仿別人的口吻）

▲他人の口吻を学ばないでくれ（請不要模仿別人的口吻）。

口吻を洩らす

○ことばのはしばしからそれと想像できるようなものいいをする（流露……口氣）　▲彼は離婚するような口吻を洩らした（他流露出要離婚的口氣）。

糊口を凌ぐ　⇒口を糊する

○収入と言えるほどのものがほとんどなく、その日その日をやっと暮らしていく（勉強糊口）　▲失職後は日雇い労働者になって辛くも糊口を凌いでいる（失業以後做起了散工，艱難地勉強糊口）。

虎口を逃れる　⇒虎口を脱する

○非常に危険な目に会いそうな状態から逃げ出すことができる（逃離虎口，脱險）　▲暴力団に絡まれそうになったが、危うく虎口を逃れた（曾差點被暴力集團纏上，好容易才逃離虎口）。

死人に口なし

○死人を証人に立てようとしても不可能なこと。また、死者に無実の罪を着せることなどに言う（死無對證）

▲死人に口なしで、事故の原因はすべて彼の過失だということにされてしまった（由於死無對證，所以事故的原因就被認定是他的過失）。

人口に膾炙す

○広く人々の口にのぼってもてはやされる。広く世間の人々の話題となる（膾炙人口）　▲人口に膾炙した表現（膾炙人口的表現）。

憎まれ口を叩く

〇相手に生意気だとか憎らしいとかいう印象を与えるようなことを遠慮なく言う（貧嘴薄舌，說話招人討厭）。

▲上役の前で憎まれ口ばかり叩いているから、彼は昇進が遅れているんだ（就因為他在上司面前貧嘴薄舌，所以升職才升得慢的）。

一口に言う

〇何かの内容や性質の特徴を短くまとめて端的に表現ひょうげんする（簡單地說，一言以蔽之）　▲彼の人生は一口に言って難行苦行の連続だった（簡單地說，他的人生有無盡千難萬苦）。

一口乗る

〇何人かで金を出し合ってするお金もうけの仕事などに自分も加わる（算一份，加一股，認一股）　▲君も良かったらこの話に一口乗らないか（如果願意的話，這事你也算一份怎麼樣）?

人の口がうるさい

〇あれこれと言われたり、冗長であったりして話が煩わしい（人多口雜，人言可畏）　▲人の口がうるさいから、この事は当分表立たないように（因為人多口雜，所以這事暫時不要公開）。

人の口に戸は立てられぬ

⇒世間の口に戸は立てられぬ、下種の口に戸は立てられぬ

〇世間の口がうるさいものでとかくの批評を防ぐことは難しい。喋りを封じる手段はない（人口封不住，人嘴堵不住）　▲人の口に戸は立てられぬのたとえ通り、その事件は三日後には町じゅうに知れ渡ってしまった（正如常言所說，人嘴堵不住，那個事情3天後傳遍了整個鎮子）。

減らず口を叩く

〇未練がましく負け惜しみや屁理屈を言う（不服輸，嘴硬，強詞奪理）

▲減らず口を叩いていないで、早く勉強しろ（不要嘴硬，快點學習）。

無駄口を叩く

〇他人のお喋りを非難する（閒聊，講廢話）　▲無駄口を叩いていないで、さっさと仕事をしなさい（不要閒聊了，趕緊工作吧）。

立派な口をきく

○それだけの実質を備えていないのに、偉そうなことを言う(吹牛，説大話)　▲命を賭けてもなどと立派な口をきいていたが、もし失敗したらどうするつもりだね(說什麼拼了命也要成功那樣的大話，要是失敗了，你準備怎麼辦呢)?

唇(くちびる・シン)

字義　嘴唇，唇

唇を反す　⇒唇を翻す

○不服な様子。あざけりそしる(反唇相譏，頂嘴)

▲親に唇を反すな(不要朝父母頂嘴)。

唇を噛む

○悔しさや憤りをじっとこらえる(咬嘴唇，忍住，悔恨)

▲人前で恥をかかされ、唇を噛んでじっと俯いている(在衆人面前丟了面子，一直咬著嘴唇低著頭)。

唇を尖らせる　＝口を尖らせる

○かどたててものを言う。不平、不満な様子(嘬嘴)　▲お使いを言いつけられて彼女は唇を尖らせた(被人使喚，她嘬起了嘴)。

首(くび・ケイ)

字義　①頸，脖子　②領子，衣領　③(器具)頸，脖兒

鬼の首を取ったよう

○さも大手柄を立てたように得意がっている様子を、周囲の者がからかい気味に評して言う言葉(立了大功似的)

▲子供たちは先生の間違いを見つけて鬼の首を取ったように喜んでいる(孩子們發現了老師的錯誤，像立了大功似的開心)。

鎌首をもたげる

○鳴りを潜めていた動きが活発になる([壞傾向]抬頭，蠢蠢欲動)

▲近頃はまた軍国主義的な再軍備論が鎌首をもたげてきた(最近軍國主義的重整軍備論又抬頭了)。

雁首を揃える　⇒首を揃える

○関係者が全員揃って行動する様子（湊齊，聚齊）

▲課長が海外視察に発つというので、課の者が雁首を揃えて見送りに行った（因為科長要去海外視察，所以科裏的人都聚集起來去送行了）。

首が危ない

○解雇・解任されそうな様子（有被解雇的危険，飯碗不保）

▲あいつはもう首が危ないんだ（那個傢伙已將是飯碗不保了）。

首が繋がる　＝首を繋ぐ

○免職されたり解雇されたりせずに済む（免於被撤職，免於被解雇）

▲定年が延び、危うく首が繋がった（退休延遲了，差點兒沒被解雇）。

首が飛ぶ

○失敗を犯すなどして、免職になったり解雇されたりする（被撤職，被解雇）　▲その事件で校長の首が飛んだ（因為那次事件校長被解雇了）。

首が回らない

○借金などのためどうにもやりくりがつかない（債台高築，債務壓得抬不起頭來）　▲彼は借金で首が回らない（他被債務壓得抬不起頭來）。

首っ丈になる

○ある気持ちに強く支配されること。とくに、異性にすっかり惚れこんでしまう様子（[被異性]神魂顛倒，迷住）

▲彼は近頃、彼女に首っ丈になっている（他最近被她迷得神魂顛倒）。

首にする　⇒首になる、首を切る

○免職にする。また、解雇する（撤職，開除）

▲勤務状態の悪い者を首にする（開除工作不好的人）。

首になる　⇒首をする

○職をやめさせられる。解雇される（被撤職，被解雇）

▲彼はその事件で首になった（他因為那件事被解雇了）。

首に縄を付けても

○嫌がる人を無理やりに連れて行く、また、連れて来る様子（扯著，拽著，硬拉

著） ▲今日という今日は首に縄を付けてもあいつを連れて帰るぞ（今天就是硬拉，我也要把他拉回去）。

首根っこを押さえる

○相手の弱みなどを押さえ、有無を言わせないようにする（制服，抓住弱點）

▲証拠書類を見付けられ、首根っこを押さえられては、どうしようもない（書面證據被發現，讓人抓住了弱點就毫無辦法）。

首の皮一枚

○ほんのわずかではあるが、まだ生き残ったり立ち直ったりする可能性が残っている様子（一線生機）

▲彼の会社は倒産一寸前と言われながらも、今のところ首の皮一枚で繋がっている（雖說他的公司瀕臨倒閉，但現在還有一線生機）。

首をかく

○斬罪に処した首を獄門台などにさらす。さらし首にする（割下腦袋，斬首）

▲敵将の首をかく（割下敵軍將領的腦袋）。

首をかしげる　＝小首をかしげる

○ふしぎに思ったり、疑わしく思ったりするときの動作をする（歪頭思索，覺得不可思議）

▲一体どうしてこんなことになってしまったのだろうと、みんな首をかしげている（大家都覺得奇怪，到底是因為什麼弄成這個樣子的）。

首を切る　⇒首にする

○その組織に不必要な、また、好ましくない者として解雇する（撤職，解雇）

▲合理化の名目で、大量の従業員の首を切る（在合理化的名義下解雇大量的從業人員）。

首を括る

○自ら破壊の状態に追い込まれること（上吊，尋死）

▲再度チャンスが与えられたのだから、今度失敗したら、首を括らなければならない（因為是再次給與的機會，所以不成功便成仁）。

首をすげ替える

○今までその地位・職にあった人をやめさせ、代わりに他の人を就かせる

（更換擔任要職的人，重大人事變動）

▲首相が大臣の首をすげ替える（首相更換大臣）。

首を揃える ⇒雁首を揃える

○何かをするために、関係者がみんなそこに集まる（聚集，湊到一起）

▲事件の関係者が一堂に首を揃えた（事件的有關人員聚集到了一起）。

首を縦に振る ⟺首を横に振る

○賛成・承諾などの意志を表明する（點頭，同意）

▲彼はよほどの好条件でなければ首を縦に振らないだろう（如果沒有相當好的條件的話，他是不會點頭的吧）。

首を突っ込む

○興味や関心を抱いて、そのことに関係したり仲間に加わったりする（與某件事發生關係，入伙，投身於）　▲政治に首を突っ込んで、家業を疎かにする（投身於政治而疏忽了祖業）。

首を繋ぐ ＝首が繋がる

○免職、解雇すべきところを許す。また、免職、解雇をまぬがれる（免於被解雇；保住飯碗）

▲彼はどうやら首を繋いだらしい（他好像好歹把飯碗給保住了）。

首を長くする

○今か今かと何かの実現を待ち焦がれる様子（翹首期盼）

▲病弱の母親が息子の大学卒業を首を長くして待っている（身體虛弱的媽媽翹首等待兒子大學畢業）。

首をはねる

○背信行為のあった者などを処刑したり追放したりする（砍頭，讓腦袋搬家）

▲首をはねられてからでは遅いから、今のうちに社長に謝罪しておこう（如果被處罰了就晚了，趁現在先向社長謝罪吧）。

首をひねる

○疑問だ、また、すぐには賛成できないという気持きもちを態度や表情に示す（左思右想，百思不得其解）　▲原因不明の奇病に、医者も首をひねっている（對於不明原因的怪病，醫生也百思不得其解）。

首を回す

○無理算段をして、なんとか都合をつける(想方設法)

▲何とか首を回して、いくらかの金を貯めた(總算想方設法存了點錢)。

首を横に振る　⇔首を縦に振る

○(左右に)不賛成や不満の気持ちを表す動作(搖頭，拒絕)

▲この仕事には気が進まないが、首を横に振るわけにもいかないし、困ったもんだ(對這個工作沒有什麼興趣，又不能拒絕，真是為難啊)。

小首をかしげる　=首をかしげる

○首をちょっとかしげて考えをめぐらす。また、不審がったり不思議に思ったりする(歪頭思量，覺得不可思議)　▲見知らぬ人を見て小首をかしげた(看到陌生人就起頭思量起來)。

思案投げ首

○考え込んで首を傾けること。いい案がなくて困っている様子(無計可施，一籌莫展)　▲この件に関しては全く思案投げ首といったところだ(關於這件事簡直是一籌莫展)。

字引と首っ引き

○辞書を絶えず引きながら本などを読み進める様子(手不離字典，手把著字典看一個字查一個字)　▲今字引と首っ引きで「源氏物語」を読んでいるところだ(現在正手把著字典看《源氏物語》呢)。

寝首を掻く

○相手が油断しているすきを狙って、致命的な打撃を与える(趁人不備置人於死地)　▲あんな男を信用すると、寝首を掻れることになるぞ(相信那種男人的話，會遭到致命打擊的)。

刎頸の交わり

○たとえ首を斬られても悔いないほどの深い友情で結ばれた交際。生死をともにする親しい交わり(刎頸之交，生死之交)　▲彼とは大学入学以来、刎頸の交わりを結んでいる(從大學入學開始，和他成為生死之交)。

真綿で首を締めるよう

○遠まわしにじわじわと責めたり痛めつけたりすることのたとえ(委婉責難；

軟刀子殺人）　▲相次ぐ公共料金の値上げで、庶民の生活は真綿で首を締められるように苦しくなる（由於公共事業費用相繼上漲，就像軟刀子殺人似的人民生活困難起来）。

毛（け・モウ）

字義　毛

九牛の一毛

○多くの牛の中の一本の毛の意で、多数の中のきわめて少ない一部分（九牛一毛）　▲十元は、彼にとっては九牛の一毛だよ（10元錢對他而言只是九牛一毛）。

毛色の変わった

○同種の物の中で、他とは異質な所がある様子（獨具一格，別樹一幟）

▲彼は作家としては、ちょっと毛色の変わった人だ（作為作家，他是個有點別樹一幟的人）。

毛が生えた

○それより少しはましだという程度で、実質的には大差がない様子（[做定語]稍稍好些的）　▲別荘といっても、掘っ建て小屋に毛が生えた程度のものだよ（説是別墅，只是比搭建的小茅屋稍稍好一點）。

結構毛だらけ　＝結構毛だらけ猫灰だらけ、結構毛だらけ灰だらけ

○大いに結構だという意を多少茶化し気味に言う言葉（相當足矣，足夠）

▲それだけあれば、もう結構毛だらけだよ（能有這些話，就相當足矣）。

毛ほど

○（後に打ち消しの語を伴う）ほんの少しも（[後接否定]絲毫也，一點也）

▲彼には毛ほどの良心も見られない（絲毫也看不到他的良心）。

総毛立つ

○恐ろしさやひどい寒さのために、全身の毛が逆立ったようになる（毛骨悚然）　▲恐ろしさに一瞬総毛立った（一刹那間，由於害怕而毛骨悚然）。

旋毛を曲げる　⇒冠を曲げる

○何かで気分を害して、相手にまともに応じようとしなくなる（[故意]找彆

扭) ▲彼はいすを持っていったと、旋毛を曲げている(故意找彆扭說他拿走了椅子)。

心(こころ・シン)

字義 ①心，心裏 ②心地，心田，心腸 ③度量，心胸，胸懷 ④精神，靈魂，心靈 ⑤心情，心緒，情緒 ⑥衷心，內心 ⑦心思，想法，念頭 ⑧意志，心願 ⑨興緻，情趣 ⑩意義，含義，意境 ⑪感情，情懷，關懷

怒り心頭に発する

○何としても許しがたいことだと、心の底から激しい怒りを感じる(怒上心頭，火上心頭) ▲奇病の原因が工場廃水によるものだと分かり、怒り心頭に発する(明白了怪病的原因是由於工廠廢水所致後，[他]怒上心頭)。

以心伝心

○無言のうちに心が互いに通じ合うこと(心領神會，心息相通)

▲以心伝心でお互いの気持ちがよく分かるらしい(因為心心相印，所以好像都很明白對方的感受)。

魚心あれば水心 ＝水心あれば魚心あり

○(魚に水と親しむ心があれば、水もそれに応じる心をもつ意から)相手が自分に対して好意をもてば、自分も相手に好意をもつ用意があることのたとえ(你若有心我也有意；一好換一好) ▲魚心あれば水心で、思ったよりうまく交渉がまとまった(一好換一好，協議比想像的更順利地達成了)。

会心の笑みを洩らす

○期待通りの成功を収め、これで満足だと、得意げな表情をする(露出満意的笑容) ▲我ながらうまくいったと、思わず会心の笑みを洩らした(自己也覺得很順利，不由得露出了満意的笑容)。

核心に触れる

○ある事柄の本質をなす、最も重要な部分を問題点として取り上げる(觸及本質，涉及核心) ▲裁判所に喚問され、事件の核心に触れる証言をする(被法院傳喚提供觸及案件核心的證詞)。

核心を衝く

○その物事の最も本質的な問題点を鋭く指摘する(擊中要害) ▲資源問題

の核心を衝いた論文を発表する（發表擊中資源問題要害的論文）。

歓心を買う

○その人に気に入られようとして、一生懸命機嫌を取る（討人歡心，討好）

▲彼は上役の歓心を買うために、盆暮れの付け届けを怠らないそうだ（聽說他為了討好上司，從不怠慢年中和年末的送禮）。

関心を寄せる

○ある事柄に、とくに心をひかれること（關心）

▲大衆の生活に関心を寄せる（關心大眾的生活）。

疑心暗鬼　＝疑心暗鬼を生む、疑心暗鬼を生ずる

○疑う心があると、何でもないことまで、恐ろしく思えたり、疑わしく思えたりする（疑神疑鬼）　▲一度偽者をつかまされて以来、どうも疑心暗鬼になって、骨董品を買う気にはならなかった（自從受騙買了一次假貨後，總覺得疑神疑鬼的，再沒興趣買古董了）。

帰心矢の如し

○自宅や故郷に帰りたいと願う気持ちが、ひじょうに強い（歸心似箭）

▲帰心矢の如し。一刻も早く親のもとに帰りたい（歸心似箭，想早一點回到父母身邊）。

苦心惨憺

○ある物事をうまくなしとげようとしてあれこれと考え、非常に苦心して工夫をこらすこと（費盡心血，煞費苦心）

▲苦心惨憺の末、成功した（費盡心血，最後終於成功了）。

心当たりがある

○それと心につける見当がある（心中有數；有眉目）

▲彼に良い就職口の心当りはありませんか（能否找到好工作，對此他心中是否有數）？

心が動く　⇒心を動かす

○何かの強い力によって、今までと気持ちや考え方が変わり、その気になる（動心，動情）

▲金を見せられて彼の心も動いた（看到錢，他也動心了）。

心が移る ⇒心を移す

○関心の対象が他に移る（變心）

▲彼女は彼に対して心が移ってしまった（她對他變了心）。

心が大きい ⇔心が小さい

○度量が大きい（心胸寬，度量大） ▲あの人は心が大きいから、部下にも慕われる（那個人心胸寬廣，所以部下也很敬仰他）。

心が通う

○お互いに気持ちが通じ合う（互相理解，心心相印） ▲親子でありながら心が通わぬことの寂しさをかこつ（抱怨雖是母子但並不能相互理解的悲哀）。

心がこもる

○それをした人の真心が窺われる（誠心誠意，真心實意）

▲心のこもった贈り物を受ける（接受誠心誠意的禮物）。

心が騒ぐ ⇒心を騒がす

○心配で気持ちが落ち着かない。あまりのことに心が乱れる（心神不寧，心裏十分不安） ▲それを考えると心が騒ぐ（一想到這就心神不寧）。

心が沈む

○気持ちのはれない状態にお落ち込む（心情鬱悶，心情況重） ▲あの悲惨な有り様を見て、私の心は沈（看到那麼悲慘的情景，我的心情很沉重）。

心が小さい ⇔心が大きい

○度量が小さい（心胸狹窄，度量小）

▲彼は心が小さいから、同僚との関係もうまく行かない（他心胸狹窄，所以和同事的關係處不好）。

心が疲れる

○精神や気力が衰える（精神不振，氣力不濟） ▲十人の就職志願者を面接して心が疲れた（面試了10個應聘工作的人，精神疲憊了）。

心が弾む

○嬉しさや溢れる希望などのために心が浮き浮きする（心裏興奮，喜不自禁）

▲初めての海外旅行で心が弾む思いだ（第一次出國旅遊而感到喜不自禁）。

心がほぐれる

○緊張が解けて落ち着くようになる（心情平定）

▲誤解だと分かって、心がほぐれた（知道是誤解，心情平定了）。

心が紛れる ⇒気が紛れる

○他の事に心が散って本来の事がうやむやになる。また、他に心がひかれて、不快や悲しみを忘れる（消愁，解悶，散心）

▲旅行にでも出てごらん、心が紛れる（出去旅遊看看，解解悶）。

心が乱れる ⇒心を乱す

○あれこれと思いわずらう（心慌意亂，心亂）　▲彼の手紙を受けると、彼女は心が乱れた（收到他的信，她的心就亂了）。

心ここに有らず

○他の物事に心を奪われていて、目の前の事に集中できない様子（心不在焉）　▲今日は息子さんの合格発表の日なので、課長は心ここに有らずといった様子だ（因為今天是科長的兒子發榜的日子，所以他有些心不在焉）。

心ならずも

○本意ではない。自分の意思に反している（並非所願，出於無奈）

▲彼は心ならずもその提案に賛成せざるを得なかった（出於無奈，他不得不同意了這一提案）。

心に浮かぶ

○ふと有ることを思い出したり、思い付いたりする（忽然想起，浮上心頭）

▲この音楽を聴くたびに、あの時の情景が心に浮かんでくる（每次聽到這段音樂，那時的情景就浮上心頭）。

心に描く

○期待をもって将来の様子などを想像する（想像，心中描繪）

▲彼との結婚生活を心に描く（心中描繪和他結婚後的生活）。

心に掛ける

○いつも念頭に置き、忘れないようにする（擔心，掛念）

▲先生は私のような者の事もお心に掛けていてくださり、就職の世話もしてくださった（老師連我這種人的事也放在心上，還幫助我找工作）。

心に刻む　⇒胸に刻む

○受けた感動をしっかりと心に留め置く(牢記，銘記)　▲母の励ましの言葉を心に刻んで故郷を出る(牢記媽媽鼓勵的話語離開家鄉)。

心に留める

○大切なこととして、忘れてしまわないようにする(牢記)

▲このことをお心に留めておいてください(請牢記這件事)。

心に残る

○何かから強い印象を受け、いつまででも忘れられずにいる(難以忘懷，無法忘記)　▲結婚披露宴で、心に残るお祝いの言葉をいただいた(在婚宴上接受了難以忘懷的祝福)。

心にもない

○口で言うだけで、実際にはそう思っていない様子(並非出自本心，言不由衷，違心)

▲心にもないことを言って、人を喜ばせる(說言不由衷的話取悅別人)。

心の鬼が身を責める

○良心に責められて苦しむ(受到良心的譴責，心懷內咎)　▲あんなことをすると、心の鬼が身を責めるよ(做那種事的話，會受到良心譴責的)。

心の琴線に触れる

○人の心の奥を揺り動かし、深い感動や共鳴を引き起こすことを、琴の糸に触れて音を発するのにたとえていう(扣人心弦，打動人心)　▲そのたえなる調べは心の琴線に触れるものだった(那美妙的樂曲扣人心弦)。

心行くまで

○十分に満足し、思い残らずことがなくなるまで何かをする様子(盡情，心滿意足)　▲友人と連れ立って、心行くまで秋の十和湖を楽しんだ(與朋友結伴，盡情地欣賞了秋季的十和湖)。

心を痛める

○うまい解決や処理の方法が見出せずに、あれこれ悩む(傷腦筋，發愁)

▲子供の勉強嫌いに心を痛める(為孩子不愛讀書而傷腦筋)。

心を入れ替える

○今までの好ましくない態度を改める（洗心革面，改邪歸正，重新做人）

▲今年は心を入れ替えて頑張ろう（今年要改邪歸正努力吧）。

心を動かす ⇒心が動く

○気持ちをぐらつかせる。強く感動させる（打動人心，扣人心弦）

▲人の心を動かすのは真心である（能夠打動人心的是誠意）。

心を打ち明ける

○心などを包み隠さないで話す（説心裏話）　▲隠さないで、心を打ち明けて

話しなさい（不要遮遮掩掩的，請打開天窗説亮話）。

心を打つ

○接する人を感動させる（打動別人，使人感動）

▲彼の話を聞いてすっかり心を打たれた（聽了他的話完全被打動了）。

心を移す ＝心が移る ⇒気が移る

○今までとは別のものを好ましく思うようになる。特に、愛情が他の人に

向けられることを言う（移情別戀，變心）

▲別の女に心を移す（移情別戀愛上別的女人）。

心を奪う ＝心を奪われる

○強くひきつけて、他の物事を忘れるほど夢中にさせる（出神，入迷）

▲一目見た瞬間、彼女は私の心を奪ってしまった（見到第一眼的瞬間，她就

奪走了我的心）。

心を躍らせる

○喜びや期待で胸がわくわくする（心情激動，歡欣雀躍）

▲子供たちはお土産を持った母親の帰りを心を躍らせて待ち受けた（孩子們

歡欣雀躍地等待著拿禮物的母親歸來）。

心を鬼にする

○かわいそうだとは思いながら、同情を示すことはその人のためにならな

いと考えて、わざと冷淡な態度を取る（鐵下心來，把心一橫，狠下心）

▲心を鬼にして友人に金を貸すことを断わる（硬著心腸拒絕借錢給朋友）。

心を傾ける

○強い関係や情熱を抱き、一心にそのことに当たる（專心致志，傾注精力，一心一意）　▲日夜会社の再建に心を傾けている（日夜將精力傾注在公司的重建上）。

心を砕く　⇒心を粉にする、心肝を砕く

○あれこれと気を使って、心配する（嘔心瀝血，煞費苦心，傷腦筋）

▲初心者にも理解しやすいように、特に表現には心を砕いた（為了初學者也能容易理解，特別在表現上煞費苦心）。

心を配る　⇒心配りをする

○細かい点にまで注意が行き届くように心がける（留意，注意）

▲相撲部屋の女将さんは、弟子の健康から精神状態にまで心を配らなければならない（相撲館的老闆娘從弟子的健康到精神狀態都必須留意）。

心を汲む　⇒気持ちを汲む

○人の気持ちを察する（體諒）　▲親の心を汲んで、留学をあきらめた（體諒到父母的感受，放棄了留學）。

心を粉にする　＝心を粉にはたく　⇒心を砕く

○いろいろと苦心する（費心思，絞盡腦汁，煞費苦心）

▲難問を解こうと心を粉にする（為解開難題而絞盡腦汁）。

心を込める

○真心をもってそのことをする（精心，真心實意）

▲母が心を込めて作ってくれた弁当（媽媽精心製作的便當）。

心を凝らす

○一心になって工夫する（悉心，凝神，費心思）

▲使いやすいようにその辞書にいろいろと心を凝らした（這個字典為了方便使用而費了一番心思）。

心を定める

○決心する。覚悟する（下決心，決意，決計）

▲たばこをやめようと心を定めた（下決心戒菸）。

心を騒がす ⇒心が騒ぐ

○好ましくない事態が予想され、不安な気持ちにさせる（擾亂人心，使人憂慮） ▲人々の心を騒がしていた事件も、犯人逮捕でやっと落着した（擾亂人心的事件終於因犯人落網解決了）。

心を染む

○自分に関係があるものに心がひかれる。深く心を寄せる（被深深吸引，傾倒，深深愛慕）
▲彼は故郷の村に強い心を染んでいる（他深深地眷戀著故鄉的村落）。

心を澄ます

○邪心を払って心を静める（静心，定心，凝神）
▲心を澄まして弓を引きしぼる（静下心來把弓拉滿）。

心を使う ⇒気を使う

○あれこれ心配して気を配る（考慮，留神，顧慮，操心）
▲暇になると、とかく余計なことに心を使ってはいけない（閒下來的時候，不能動不動就去考慮沒用的事）。

心を尽くす

○誠意を込めてそのことに全力を集中する（盡心，全心全意）
▲心を尽くして看護をする（盡心照顧）。

心を留める ＝心を留める

○①気をつける。注意する（當心，小心，留心）
　②心を寄せて愛着を感じる（稱心，傾心，喜愛）
▲①彼は他人の言うことに心を留めない（他不留心別人説什麼）。
　②彼女は養女に対する心を留めた（她對養女很喜愛）。

心を捕らえる

○相手の気持ちを強く引き付けて他へそらさないようにする（抓住人心）
▲観客の心を捕らえる迫はく真の演技（抓住觀眾心靈的逼真演技）。

心を取る ⇒機嫌を取る

○人の気持ちを察する（討好，取悦，逢迎）
▲女性の心を取る術を心得ている（明白討好女人的技巧）。

心を残す

○あとあとまで気に掛かったり、あきらめきれなかったりする（擔心，掛念，放不下心）　▲家族に心を残しながら一人外地に赴任して行った（雖然擔心家人，但還是一個人去外地赴任了）。

心を引かれる

○そのことに心が向き、もっと深く接したいという気持ちになる（被吸引住，被迷住，著迷）　▲色彩の美しさに心を引かれ、その場を立ち去りかねる（被色彩的美麗所吸引，難以從那裏走開）。

心を引く

○相手の注意を集める（引起注意，吸引人心）　▲生徒の心を引くように、先生は咳払いをした（為引起學生的注意，老師乾咳了一聲）。

心を乱す　⇒心が乱れる

○何かからショックを受け、心の平静を失い、物事を落ち着いて考えることができなくなる（擾亂心神，使人心神不寧）

▲くだらないことに心を乱されている自分が恥ずかしい（對微不足道的小事而心神不寧的自己感到羞恥）。

心を許す　⇒気を許す

○①警戒心などを持たずに、心から親しみを持つ（信任，信賴）
　②緊張を解いて相手に接することから、油断する（疏忽大意，放鬆警惕）
▲①彼とは心を許して話し合える（能夠與他敞開心胸地談話）。
　②つい心を許して敵に襲われた（一時疏忽大意，遭到敵人的襲擊）。

心を寄せる

○ある人に好意や愛情を抱く（愛慕，傾心）
▲あの人が息子が心を寄せている女だ（那個人就是兒子愛慕的女人）。

言葉は心の使い

○心に考え思っていることは、自然に言葉に表れるものであるというたとえ（語言是心靈的使者；思想自然會反映到語言中）
▲言葉心の使いだから、言ったことは本音だよ（語言是心靈的使者，所以我說的都是真心話呦）。

里心が付く

○遠く離れた実家や故郷を恋しく思う気持ちが起こる。ホームシックにかかる（想家，思鄉）　▲母からの手紙を読んで、急に里心が付いた（看了母親的來信，突然很想家）。

初心に帰る

○そのことを始めようと思い立った時の純粋で真剣な気持ちを改めて思い出し、もう一度そのような態度で事に当たる（不改初志，恢復初衷）

▲定年で大学を辞めるのを機に、初心に帰って研究をし直そう（趁著退休辭去大學工作的機會，不忘初衷，再搞研究）。

心肝に徹する

○何かから強いショックを受け、心に強くこたえる（銘刻於心，刻骨銘心）

▲その折の恩師の一言が心肝に徹し、学問の道を志すようになった（恩師那時的一句話刻骨銘心，於是立志走上了求學之路）。

心肝を砕く　⇒心を砕く

○問題の解決にあれこれと苦心する（絞盡腦汁，煞費苦心，傷腦筋）

▲新技術の開発に日夜心肝を砕く（為新技術的開發日夜傷腦筋）。

心肝を寒からしめる　⇒心胆を寒からしめる

○心からおそれてふるえ上がらせること。ぞっとさせる（使心寒膽戰，使心驚膽寒）　▲心肝を寒からしめる事件だ（是個使人心驚膽寒的事件）。

心機一転

○ある事をきっかけに、気持ちがすっかり変わること（心機一轉，改變主意）

▲彼は心機一転して家業を再興した（他改變主意再興家業了）。

心血を注ぐ　＝心魂を傾ける

○全精神、全肉体をこめて物事を行う（傾注心血，嘔心瀝血）

▲彼は社会事業のために心血を注いで一生を終えた（他終身為社會事業嘔心瀝血）。

心魂を傾ける　＝心を傾ける

○ある物事に、力や精神などを集中させる（全神貫注）

▲彼は研究に心魂を傾けた（他全神貫注於研究）。

心証を害する

○その人の言動が相手に不快な印象を与える。また、他人の言動から不快な印象を受ける(損害印象，留下不好印象) ▲何気なく言ったことが彼女の心証を害したらしい(好像無意中說的話給她留下了不好的印象)。

心胆を寒からしめる

○相手を心の底から恐れさせる(使人膽戰心驚) ▲核兵器の破壊力は心胆を寒からしめる(核武器的破壞力使人膽戰心驚)。

壺を心得る

○物事をうまく行うための一番肝心な点を会得している(領會要點，掌握訣竅) ▲聴衆を引きつける話し方の壺を心得ている(掌握了吸引觀衆的講話方式的訣竅)。

得心が行く

○他人の言動をもっともだと、心から納得することができる(完全同意，徹底了解，弄懂)
▲説明を聞いて、やっと得心が行く(聽了說明，才徹底了解)。

人心地がつく

○疲労・飢え・恐怖など、極度の不安に怯えていた状態から脱して、生きているという感じがやっと戻る(緩過氣來，恢復生氣) ▲吹雪の中をたどり着き、暖かいうどんに冷え切った体もやっと人心地がついた(在暴風雪中好容易走到[目的地]，喝著暖和的湯麵，凍僵的身體也終於緩過勁來)。

物心が付く

○幼児期を過ぎ、世の中のことがわかり始める年頃になる(懂得人情世故，懂事) ▲物心が付くようになってからずっとこの家に住んでいる(自從懂事以後就一直住在家裏)。

腰(こし・ヨウ)

字義 ①腰 ②腰身，腰部 ③下半部 ④黏度 ⑤態度，姿態

浮き腰になる

○①ふらついて不安定な様子(搖擺不定)
②いまにも逃げ出そうとして腰の落ち着かない様子(準備逃跑)

▲①反対の意見が出ると、彼はもう浮き腰になった（一出現反對意見，他就搖擺不定了）。　②敵は浮き腰になっていた（敵人已準備逃跑了）。

及び腰になる

○自分の方が形勢が不利だと見て、半ば逃げ腰になる（姿態不穩，態度曖昧）

▲手厳しく批判され、及び腰になって弁解に努める（被嚴厲批判後，變得態度曖昧，努力辯解）。

腰が重い

○気軽に行動を起こそうとしない様子（懶得動彈，不想動）

▲あの人は腰が重くて、なかなか会長を引き受けてくれなかった（那個人不想動，怎麼也不願意給我們擔任會長）。

腰が折れる

○邪魔されて物事を中途で止める（半途而廢，中途停止）

▲あの人はいつも途中で腰が折れる（那個人總是半途而廢）。

腰が軽い

○身軽に体を動かして行動する様子（行動靈活，身體靈便）　▲腰が軽く、気軽に雑用を引き受けてくれる男（行動靈活、爽快地接受打雜的男人）。

腰が砕ける

○困難な事態に出会うなどして、仕事などを終りまでやり遂げようとする気力がなくなる（［遇到困難中途］洩氣，失去幹勁，鬆了勁）

▲思わぬところから反対が出て、始めの意気込みはどこへやら、みんな腰が砕けてしまった（有人從意想不到的地方出來反對，以至起初的幹勁沒有了，大家都洩氣了）。

腰が据わる

○腰がしっかりと安定している意で、他に気を移さず一つの物事に専念すること。多く、否定の形で用いる（［多用否定］沉下心去幹，專心做）

▲一向に腰の据わらない男で、また会社を辞めたようだ（是個一向沉不下心的男人，好像又辭去公司的工作了）。

腰が高い　⇔腰が低い

○横柄で尊大な様子（傲慢，狂妄）

▲あの人は腰が高いから嫌われる(因為那人太狂妄了，所以招人討厭)。

腰が強い　⇔腰が弱い

○①気が強くて人に屈しない(態度強硬)

②粘り気が強くて、粘力がある(黏性大)。

▲①彼は腰の強い男だ(他是個態度強硬的人)。　②この紙は腰が強いから、濡れてもすぐには破れない(這紙黏性大，所以濕了也不會立即破損)。

腰が抜ける　＝腰を抜かす

○余りの驚きや恐怖のために腰の力が抜け、立ち上がれなくなる意で、強いショックを受け、茫然自失する様子(癱軟，嚇癱)

▲夫が癌だと聞かされ、腰が抜けたように座り込んでしまった(聽説丈夫患了癌症，[她]像癱了一樣一屁股坐了下去)。

腰が低い　⇔腰が高い

○他人に対して謙虚な態度で接する様子(謙遜，和藹，謙恭)

▲彼は肩書きの割には腰の低い人だ(他地位很高，卻很謙遜)。

腰が弱い　⇔腰が強い

○①意気地がなく、物事を最後までやりぬく粘り強さがない(態度軟弱，沒有骨氣)　②粘り気がない。最初の力が最後まで続かない(沒韌勁)

▲①あんな腰が弱い人に交渉を任せておくわけにはいかない(不能委託那種沒有骨氣的人談判)。　②この餅は腰が弱く、雑煮にするととろけてしまう(這種年糕沒有韌勁，一做燴年糕就化了)。

腰に梓の弓を張る

○老いの腰が弓のように曲がること([老年人]腰彎得像弓一樣)

▲腰に梓の弓を張る八十歳のおばあさん(弓著腰的80歲老奶奶)。

腰につける

○①物を腰に取りつける(在腰上佩帶)

②自分の腰に付けているように人を自由に扱う。自分の手中のものとする(剝奪……的自由，把……拴在身邊)

▲①腰につけた剣(腰上佩帶的劍)。

②友人を腰につけないようにしてください(請不要把朋友拴在身邊)。

腰を上げる　⇒尻を上げる

○立ち上がっている様子(站起身，要離開)。

▲彼はやっと腰をあげる気になった(他終於站起身來，要離開了)。

腰を入れる　⇒本腰を入れる

○①腰に力を入れる(哈下腰去)

　②本気になって物事に取り掛かる(認真地做)

▲①もっと腰を入れて押しなさい(再低一點腰)。

　②もっと腰を入れてやってもらいたい(想請你做得再認真一點)。

腰を浮かす　＝中腰になる

○立ち上がろうとして、腰を少し上げる(略微欠身，半起半坐)

▲帰ろうとして腰を浮かすと、また話を始められ、つい長居をしてしまった(我剛略微欠身想回去，對方又說了起來，最後坐了很久)。

腰を落ち着ける　⇒尻を据える

○そこに落ち着いて居続けるつもりで一カ所に身を置く(安定下來，安居)

▲少しは腰を落ち着けて仕事に取り組んだらどうだ(稍微沉下心來忙忙工作怎麼樣)。

腰を折る

○①腰を曲げる。腰をかがめる(彎腰)　②人に屈する。頭を下げて人に仕える(屈服)　③中途で邪魔をして、他人の話を止めさせる。中途で妨げる(中途打岔，半腰插話)

▲①丁寧に腰を折って挨拶をした(鄭重地彎下腰打招呼)。　②証拠をつきつけられたので、腰を折らざるをえなかった(證據被擺在了眼前，因此他只好屈服)。　③話の腰を折られて機嫌が悪い(說話時被人打岔很不高興)。

腰を掛ける

○尻を物の上に載せる。物の上に尻をおろして休む(坐下，落坐)

▲窓の縁に腰を掛ける(坐在了窗沿兒上)。

腰を抜かす　⇒腰が抜ける

○腰の力が抜け、動けなくなる意で、驚きのあまりどうすることもできなくなる様子(癱軟，身子軟)

▲腰を抜かさんばかりに驚く(嚇得差點兒癱軟下去)。

逃げ腰になる

○自分に責任や負担を負わされるのを恐れて、何とかして逃れようとする態度を取る(想要逃跑，想要逃避) ▲PTAの役割については立派なことを言いながら、役員選出の段になるとみんな逃げ腰になる(關於家長教師聯席會的作用都講得很精彩，可是到選拔委員的時候，大家就都想逃避了)。

話の腰を折る

○話の途中で口出しをしたりして、話続ける気分を相手になくさせてしまう(打岔插話) ▲田中君の冷やかした話の腰を折られて、もう、喋る気もなくなってしまった(被田中嘲弄的話打了岔，就不再說了)。

本腰を入れる　＝本腰を据える　⇒腰を入れる、本腰になる

○今までのいい加減な態度を改め、真面目になって本格的に物事に取り掛かる(鼓起幹勁，認真努力)

▲彼は本腰を入れて勉強する(他認真努力地學習)。

舌(した・ゼツ)

字義　①舌，舌頭　②話，說話　③舌狀物

舌が肥える　⇒口が肥える

○うまい物を食べつけて、味の良し悪しに敏感になる(口味高，講究吃)

▲あの人は舌が肥えているから、なまじの料理では満足しないだろう(因為那個人很講究吃，所以對馬馬虎虎的菜是不會滿意的吧)。

舌が長い

○多弁で、よくしゃべる(多嘴，話多，饒舌) ▲彼は舌が長い。一人で一時間も喋り続けている(他話很多，一個人連續不斷地講了1個小時)。

舌が回る　＝舌先が回る　⇒口が回る

○よどみなく、また、巧みにものを言う(口齒伶俐)

▲頭の回転が速い男だけに、良く舌が回る(正因為他是個腦子轉得很快的人，所以口齒十分伶俐)。

舌がもつれる

○舌が自由に動かず、発音がはっきりしない状態になる（口齒不清，大舌頭）　▲彼もだいぶ酒が回ったらしく、舌がもつれてきた（他好像頗有醉意了，舌頭開始不聽使喚了）。

舌先三寸

○口先だけの巧みな話術（三寸不爛之舌，花言巧語）
▲今までは彼も舌先三寸で世を渡ってきたが、これからはそうもいくまい（以前他憑著三寸不爛之舌度日，可往後就不那麼管用了）。

舌足らず

○①舌の動きが正常でなく、物言いが不明瞭なこと（口齒不清）
　②ことば、文章などの表現が不十分で、言い足りないこと（語不達意，言不盡意）
▲①舌足らずの子供では、困るなあ（如果是個口齒不清的孩子，就不好辦了啊）。　②彼の書く文章は舌足らずだ（他寫的文章詞不達意）。

舌鼓を打つ　＝舌鼓を鳴らす

○うまい物を食べて思わず舌を鳴らす意で、味の良さを十分に味わいながら食べる様子（[吃得香甜而]咂嘴）
▲海外出張を終えて帰国し、久しぶりの日本料理に舌鼓を打つ（結束國外出差回國後，咂嘴吃著久違的日本料理）。

舌の根の乾かぬうちに

○あることを言ったばかりなのに、すぐそれに反するような言動をする様子（言猶在耳）
▲嘘はつかないと言った、その舌の根の乾かぬうちに、でたらめなことを言う（說了不撒謊，這話還言猶在耳的時候，又開始信口開河）。

舌の根は命を絶つ

○言葉の過ちのために往々にして生命を失うことさえもある（話說錯誤常常可以使人喪命）
▲舌の根は命を絶つから、やたらに話をしないでください（說話錯誤可使人喪命，所以請不要胡亂說話）。

舌を出す

○①陰で人を嘲ったり誹ったりする（暗中嗤笑）

②自分の失敗に照れる動作をする（[因失敗不好意思而]伸舌頭）

▲①みんなが後ろを向いて舌を出しているのも知らずに、相変わらず自慢話を続けている（他不知道大家都背過身去暗中嗤笑，仍舊繼續自吹自擂）。

②うっかり読み間違えて大きな舌を出した（一不小心讀錯了，[害羞地]伸出了大舌頭）。

舌を鳴らす

○舌打ちをする意で、相手に対する軽蔑や不満などの気持ちもちを露骨に言葉や態度に表すこと（[表示輕蔑而]咂嘴）

▲議長の暴言に、参会者はいっせいに舌を鳴らして非難の声を上げた（與會者一齊咂嘴大聲指責主持人的粗暴言談）。

舌を巻く

○驚いて口がきけない様子。また、ひどく感心する様子[表示驚嘆、佩服而]咋舌） ▲まだ幼い子なのに、その知識は周囲が舌を巻くほどだ（還是幼小的孩子，他的知識卻令周圍的人咋舌）。

舌端火を吐く

○議論などの場で、反駁の余地がないほど激しい口調で自説を主張する（舌鋒逼人，言辭激烈） ▲彼は自説が批判されると、舌端火を吐き、止まるところを知らぬ勢いで反論を展開した（當自己的觀點一遭到批判，他就用激烈的言辭無休止地展開了反駁）。

二枚舌を使う

○一方であることを言って置きながら、その時々の都合でそれと矛盾するようなことを平気で言う（說話前後矛盾，撒謊）

▲国連で軍縮を主張しながら、国内では軍事力の増強を図っているとは二枚舌を使う行為だ（聯合國一邊主張裁軍，一邊策劃在國內增強軍事能力，這是說話前後矛盾的行為）。

筆舌に尽くしがたい

○文章や言葉ではとても表現できない意で、程度が甚だしい様子（筆墨難以形容，不可言狀）

▲その美しさは筆舌に尽くしがたい（那種美麗用筆墨難以形容）。

尻（しり・けつ・コウ）

字義 ①屁股，臀部　②後邊，後頭　③最後，末尾　④尖端，末端　⑤後
襟　⑥下部，底部　⑦結果　⑧後果，餘波，事後的責任

尻の穴が小さい　＝尻の穴が小さい

○小心で度量が狭い（小氣；膽小鬼）　▲会費が高いから出席しないなんて、
尻の穴の小さい奴だ（因為會費高就不參加，真是個小氣的傢伙）。

尻をまくる　⇒尻をまくる

○ならず者などが着物の裾をまくってすわり込むところから、窮地に立った
人などが、逆に強い態度、威嚇的な態度に出る（突然改變態度，翻臉，變
臉）　▲彼は自分の落ち度を詫びるどころか尻をまくって相手の非を鳴ら
した（他非但沒有對自己的失誤道歉，而且翻臉譴責起對方來了）。

言葉尻を捕らえる

○相手あいてがうっかり言い損なったりした言葉のはしを取り上げて問題に
する（抓話柄，挑刺兒）　▲人の言葉尻を捕らえて言いがかりをつけるの
は、彼の悪い癖だ（抓住別人的話柄找碴是他的壞毛病）。

尻尾を出す

○隠し事や誤魔化し・悪事などが何かの拍子に見破られる（露出馬腳）
▲巧みな誘導尋問に引っ掛かって、ついに尻尾を出した（上了巧妙誘供的當，
終於露出了馬腳）。

尻尾を掴む　＝尻尾を掴まえる

○動かぬ証拠を押さえて、他人の秘密や誤魔化しを見破る（抓住狐狸尾巴，
抓住把柄，抓住小辮子）
▲尾行を続けて、犯人の尻尾を掴む（連續跟蹤，抓住了罪犯的狐狸尾巴）。

尻尾を振る

○犬が餌をくれた人に尾を振るところから、権力者などに取り入ろうとし
て、こびへつらう（阿諛奉承）　▲上役に尻尾を振って、実力もないのに課
長に昇進する（對上司阿諛奉承，雖沒有能力也升職當了科長）。

尻尾を巻く

○これ以上争っても勝ち目がないと見て、相手の言いなりになったり逃げ出そうとしたりする(失敗逃走) ▲散々に言い負かされて、とうとう尻尾を巻いて逃げて行った(被徹底駁倒，最終落荒而逃)。

尻足を踏む ＝尻足になる

○あとずさりする。また、しりごみをする。ためらう(躊躇不前) ▲何度か尻足を踏んだが、やっと意を決した(雖然猶豫了幾次，但終於下了決定)。

尻馬に乗る

○他人のすることに無批判に従って、自分もそのまねをしたり、一緒になって何かをしたりする(跟在屁股後面，盲從，隨聲附和)

▲彼も何も分からないくせに、ただ人の尻馬に乗って騒いでいるんだ(他什麼都不知道，只是跟著別人屁股後面瞎鬧)。

尻押しをする ＝尻を押す

○①後ろから人の尻を押すこと(從後面推)

②陰で助勢すること。後ろだてをすること(撐腰，作後盾；援助)

▲①僕が尻押しをしてやる(我從後面幫你推一把)。

②ストライキは極左分子の尻押しをする(罷工為極左分子撐腰)。

尻が青い

○幼児の尻が青いことから、まだ年が若く、何事につけても経験が乏しい様子(稚嫩，年輕，缺乏經驗)

▲尻が青いくせに、生意気なことを言う(人還嫩著呢，就出言不遜)。

尻が暖まる ＝尻が温もる

○同じ所に長くとどまっている(把屁股坐熱；久居某處，住慣；久任某職)

▲彼は尻の暖まる暇もなく転勤になった(他還沒空把屁股坐熱呢，就調動工作了)。

尻が重い

○動作がにぶくなかなか腰をあげない。また、容易にはじめようとしない(動作遲鈍；屁股沉，輕易不動窩) ▲一緒に旅行したいと言っていながら、尻が重い人で、いざ誘うとき決まって断わっている(儘管一直說想一起去旅

行，但因為是個輕易不動窩的人，一旦受邀肯定會被拒絕）。

尻が軽い

○①物事を気軽に引き受けてする様子。特に慎重さを欠いた行動を取る様
子（[舉止]敏捷，輕率）

　②女の浮気な様子を軽蔑して言う言葉（[指女性]輕佻，水性楊花）

▲①事の是非も考えずに引き受けるとは、尻が軽いにもほどがある（不考慮
是非就接受，不能過於輕率）。

　②彼女は尻が軽いという噂だ（謠傳她很輕浮）。

尻が来る　⇒尻が持ち込まれる

○あとで苦情をもちこまれる。他人のした、好ましくない物事の処理が身
にふりかかってくる（受到牽連，株連，找上門來）　▲子供がいたずらを
したので、隣から尻が来た（因為孩子闖了禍，鄰居找上門來了）。

尻がこそばゆい　＝尻の下がこそばゆい

○いるべきでない所にいるような、落ち着かない心の状態をいう。また、
きまりがわるい状態（穩不住神；難為情，不好意思）

▲下へも置かぬもてなしを受け、かえって尻がこそばゆくなる（受到殷勤款
待，反而不好意思）。

尻が据わらない

○一箇所に落ち着いて、じっくりと何かをすることができない様子（待不住，
坐不住）

▲あれは尻が据わらず、一カ月と同じ店で働けない奴だ（那是個待不長、在同
一家店幹不了一個月的傢伙）。

尻が長い

○人の家を訪ねて、話しこんでなかなか帰らない（久坐不走）

▲尻の長い客には迷惑する（對久坐不走的客人感到為難）。

尻から抜ける

○見聞きしたことをすぐに忘れてしまう（聽過就忘，記不住，沒記性）

▲彼は尻から抜ける人だから、大事なことは頼まないほうがいい（他是個沒
記性的人，所以大事還是不要拜託他為好）。

尻が割れる　⇒馬脚を現す

○隠していた悪事や誤魔化しなどがばれる（壞事敗露，露馬腳）

▲尻が割れて町にいられなくなった（壞事敗露了，在村子裏呆不下去了）。

尻切れ蜻蛉

○物事が中途で途切れて後が続かない様子（有頭無尾，半途而廢）

▲物事を尻切れ蜻蛉に終わらせるな（不要讓事情有頭無尾地結束）。

尻毛を抜く　＝尻の毛を抜く

○相手の油断につけこんで不意に事をしでかしておどろかす。また、人をあなどってだます（趁人不備做出嚇人的事）

▲彼は尻毛を抜くようなことを平気でやる男だから、油断もすきもあったものではない（因為他是那種趁人不備會做出嚇人事情來的人，所以既不能疏忽也不能有漏洞）。

尻に聞かす

○耳を傾けないで、いい加減に聞く（馬馬虎虎地聽，敷衍地聽）

▲私はよく彼の言うことなど尻に聞かす（我聽他講話總是在敷衍）。

尻に敷く

○妻の方が夫を従わせ、威張っている（施閫威，欺壓，河東獅吼）

▲あんなに気が強い女は、結婚すると亭主を尻に敷くことになるんだろう（那種性格暴躁的女人，一旦結了婚就會欺壓丈夫的吧）。

尻につく　＝尻に立つ

○人の後ろについて行く。また、人まねをする（跟在別人屁股後，當尾巴，模仿他人做事）　▲他人の尻についてやる（跟在別人屁股後面做）。

尻に火が付く　⇒眉に火がつく

○物事がさしせまって、じっとしていられない様子で、あわてふためく状態になる（火燒屁股［眉毛］，迫切，緊急）

▲締め切り期日まであと一週間、いよいよ尻に火が付いた（距離截止日期還有一週的時間，就要火燒屁股了）。

尻に帆を掛ける

○大慌てで逃げ出す様子（急忙逃走，逃之夭夭，溜之大吉）

▲悪事が露見しそうになり、尻に帆を掛けて国外に逃亡した（壞事就要敗露了，趕忙逃之夭夭）。

尻拭いをする ＝尻を拭う ⇒尻が来る、尻を持ち込む

○他人のした不始末の処理をする（替人善後，幫別人擦屁股）

▲父親に借金の尻拭いをしてもらう（讓父親幫我還債）。

尻の持って行き場がない

○不平や不満があっても、文句を言って行く所がない（無處發牢騷，無處訴苦）　▲自分の不注意で起こした事故だから、どこへも尻の持って行き場がない（因為是自己不小心引起的事故，所以去哪裏都沒法訴苦）。

尻目に掛ける

○瞳だけ動かして後ろを見やることで、人を小馬鹿にして、まともに相手にしないような態度を取る（斜眼瞅人，蔑視，輕視）

▲喘ぎながら登っている人々を尻目に掛けて追い抜き、軽い足取りで頂上に向かう（斜著眼趕上那些氣喘吁吁攀登的人們，用輕鬆的步伐邁向山頂）。

尻餅をつく

○後ろに倒れて地面に尻をつく（屁股著地跌倒，摔個屁股蹲兒）　▲スケートをやっても尻餅をついてばかりいる（即使滑雪也老摔屁股蹲兒）。

尻を上げる ⇒腰を上げる

○訪問先などから帰ろうとすること（起身，抬起屁股）

▲客がなかなか尻を上げてくれないので、こちらも出かけることができず弱った（客人怎麼也不起身告辭，我也沒法出門，很為難）。

尻を押す ＝尻押しをする

○背後から援助をする（背後支持，暗地幫助）

▲後援会の人たちに尻を押してもらって、やっと当選することができた（得到了後援會的支持，終於能夠當選了）。

尻を落ち着ける ⇒腰を落ち着ける、尻を据える

○訪問先などにゆっくり落ち着いて、長居をする。また、あちこち渡り歩いていた人が一ヵ所に落ち着いているようになる（定居，久坐，坐住）

▲話が弾んで、友人の家にすっかり尻を落ち着けてしまった（談得起來，就在

朋友家坐了很久)。

尻を食う

○物事の後始末を押しつけられたり、とばっちりを受けたりする(料理後事，事後收拾局面，善後)

▲責任者は事件の尻を食った(負責人為事件善了後)。

尻を括る　＝尻を結ぶ

○後始末をきちんとつける。また、よく注意する(妥善處理，多加注意)

▲尻を括って病気にならないようにしてください(請多加注意不要再得病了)。

尻を食らえ

○人をあざけりののしっていることば([表示輕蔑的罵人話]吃屎去吧)

▲そんなことおれが知るもんか。尻を食らえだ(這種事我怎麼會知道?你吃屎去吧)。

尻を据える　⇒腰を落ち着ける、尻を落ち着ける

○ゆっくりとそこに落ち着いて何かをする(安定下來，坐下來)

▲夜遅くまで尻を据えて話し合った(坐下來談話談到很晚)。

尻を叩く

○相手の尻を叩いて何かをさせる意で、励ましたり催促したりすること(鼓勵，督促)　▲母親に尻を叩かれて、やっと宿題を始めた(在母親的督促下，勉強開始寫作業了)。

尻を拭う　＝尻拭いをする

○他人の失敗や不始末の事後処理をする(事後收拾局面，善後；擦屁股)

▲保証人だったので彼の借金の尻を拭わされた(因為是他的保證人，所以被迫替他償還了借款)。

尻をはしょる

○話や文章などの最後の方を簡単にする(省略末尾)　▲講演は時間が足りなくなって尻をはしょってしまった(報告的時間不夠了，就省去了末尾)。

尻を引く　⇒尾を引く

○飽きずにいつまでもほしがる(沒完沒了)　▲この工事が尻を引くと、後の

計画がつかえる（這個施工沒完沒了的話，會妨礙後面的計畫）。

尻をまくる ＝けつをまくる

○態度を急に変えて喧嘩腰になる（撩起後衣襟；表示反抗[要打架]，要無賴） ▲先方が態度を改めないなら、こっちも尻をまくるつもりだ（如果對方不改變態度的話，我們就準備反抗了）。

尻を持ち込む ⇒尻が来る、尻拭いをする

○本人が解決できない問題について、代わりに責任を取るようにと、その関係者に迫る（前來追究責任，要求解決問題）

▲子供がいたずらをして、いつも近所から尻を持ち込まれる（孩子搞惡作劇，總有附近鄰居來追究責任）。

尻をよこす

○苦情をもちこむ。失敗の後始末を押しつける（訴苦；提意見）

▲工場の騒音について付近の住民は尻をよこした（附近的居民對工廠的噪音提出不満）。

尻を割る

○隠している事を暴露する（暴露，曝光）

▲この事件では彼の無能ぶりが尻を割られた（在這一事件中，他的無能被暴露了）。

心臓（シンゾウ）

字義 ①心，心臟 ②厚臉皮 ③勇氣，膽量

心臓が強い ⇔心臓が弱い

○周囲の人があきれるほどずうずうしい様子（臉皮厚，厚顏無恥）

▲大学を卒業するまで友達の下宿に居候を続けたとは、心臓が強い男だ（大學畢業前一直寄宿在朋友家吃閒飯，真是個厚顏無恥的男人）。

心臓が弱い ⇔心臓が強い

○神経が細くて、物事の刺激に弱い。また、気が弱くて遠慮がちだ（臉皮薄；[因膽小而]好客氣） ▲彼は心臓が弱くて、そんな要求は出せなかった（他臉皮薄，沒有提出那種要求）。

心臓に毛が生えている

○とても普通の神経だとは思えないほど、恥知らずで厚かましい様子（恬不知恥）

▲あの男は心臓に毛が生えているような、ずうずうしい奴だ（那個男的是個恬不知恥、厚臉皮的傢伙）。

臑・脛（すね・ジユ・ケイ）

字義 脛，脛部，脛骨，小腿

親の臑をかじる　⇒臑をかじる

○独立して生活することができず、親に扶養してもらう（靠父母養活）

▲結婚してもまだ親の臑をかじっている（雖然結了婚，但還靠父母養活）。

臑が流れる

○脛が弱っていて、踏みこたえることができない。足もとがふらついてしっかりしない（脚沒力氣，站不穩，搖搖晃晃）　▲臑が流れて電話のところまで行って110番した（搖搖晃晃地走到電話旁撥了110）。

脛から火を取る　＝脛より火を出す

○火をつける燧の道具もなく、貧窮している。貧困がはなはだしいことのたとえ（一貧如洗）

▲脛から火を取るほどの生活に迫られ結婚指輪を売った（迫於一貧如洗的生活，把結婚戒指給賣了）。

臑に疵を持つ　＝臑に傷を持つ

○隠している過去の悪事があって、心の内に弱点を感じているたとえ。やましいことがあること（心中有愧，有虧心事）

▲臑に疵を持つ身とあって、あまり人に厳しいことも言えない（因為心裏有愧，所以也不怎麼能對別人講嚴厲的話）。

臑をかじる　⇒親の臑をかじる

○自分で独立して生活することができないで、親または他人に養ってもらう（靠[父母或他人]養活，生活不獨立）

▲彼はいまだに親戚の臑をかじる（他至今仍靠親戚養活）。

背（せ・せい・ハイ）

字義　①身高，身材，個子　②脊背，脊梁，後背　③山脊

背負い投げを食う　＝背負い投げを食う

○もう少しで事が成就するという時になって相手に背かれ、ひどい目にあう（[因對方]背信棄義[而遭禍]）

▲そんな約束をした覚えはないと、みんなの前で背負い投げを食わされた（對方在大家面前背信棄義地說，不記得有那樣的約定）。

背負って立つ

○全責任を一人で受持つ。また、ある組織や団体の中心となって、その活動、発展のささえとなる（擔負全責，背負；支撐）

▲会社を背負って立つ人物（擔負整個公司全責的人物）。

背負い投げを食う　＝背負い投げを食う

○相手を信用させておいて、いよいよという時になって裏切ること（緊要關頭被出賣，被背叛）

▲土壇場で彼に背負い投げを食わされた（最後關頭被他出賣了）。

背が伸びる

○ゆるんで長くなる（個子長高）　▲僕は十二、三歳の時に背がだいぶ伸びた（我十二三歲的時候，個子就相當高了）。

背筋が寒くなる

○はげしい恐怖感などで、背の中心がぞっとする（不寒而慄，毛骨悚然）

▲日本が核戦争に巻き込まれたらなどと思うと、背筋が寒くなる（一想到如果日本被捲入到核戰爭等，就不寒而慄）。

背中を向ける　＝背を向ける

○無関心な態度をとる。また、同意しない（不感興趣，不加理睬，不同意）

▲学生の大部分は国際問題に背中を向けたようだ（大部分的學生好像對國際問題不感興趣）。

背にする

○①その方に背中を向ける（背對，背朝著）

②背負う（背，背員）

▲①山を背にして写真をとった（背著山拍了照）。

②小さなザックを背にして自転車に乗る（背著小小的帆布背包騎上自行車）。

背に腹は代えられぬ

○同じ身体の一部でも背に腹をかえることはできない。大切なことのためには、他を顧みる余裕がないことのたとえ（為了解救燃眉之急顧不得其他；肚裏無柴燒菩薩）

▲昔、飢饉で背に腹は代えられず、親が娘を売ったという（聽說過去因為飢荒為了生存顧不得其他了，父母就把女兒賣了）。

背を向ける　＝背中を向ける

○（何かに対して後ろ向きになる意から）物事に無関心でいたり、反抗的な態度を取ったりする（轉過身，不加理睬；背叛）

▲親としての務めも果たせず、子供にも背を向けられてしまった（沒有盡到做父母的義務，最後孩子也不理睬他們了）。

背を縒る

○苦痛や苦労に苦しむ（受折磨，受煎熬，感到痛苦）

▲長い間リューマチで背を縒っている（長期受風濕病的折磨）。

団栗の背比べ

○どんぐりの大きさはどれもほとんど同じで、背競べをしても甲乙の判定ができない。どれもこれも平凡で変わりばえのしないこと。特にぬきん出たものがないことのたとえ（半斤八兩，不分高低，不相上下）

▲これらの学生は団栗の背比べだ（這些學生都半斤八兩）。

背水の陣を敷く

○（退けば水に溺れるところから）味方に決死の覚悟で戦わせる陣立。転じて、一歩も退くことのできない絶体絶命の立場で事にあたること（背水一戦，決一死戦）

▲是が非でも優勝しようと、背水の陣を敷いて強敵と対戦する（無論如何也要獲勝，與強敵背水一戦）。

掌（たなごころ・てのひら・ショウ）

字義 掌，手掌

掌中に納める

○それを確実に自分のものにして、意のままに扱うことができるようにする（掌握在手中，納為囊中物）

▲開戦後一か月足らずのうちに、制空権・制海権を掌中に収めた（開戰後不到1個月的時間裏，就把制空權、制海權掌握在手中）。

掌中の珠

○いつも掌の中に持っている珠のようなものという意味から、最愛の子どもや妻。また、最も大切にしているものの意にも使う（掌上明珠；心愛的妻兒；最珍貴的東西）。

▲交通事故で掌中の珠を失った（交通事故中失去了掌上明珠）。

掌に握る

○手に入れる。自由に支配する（掌握）

▲彼は財政の権力を掌に握っている（他掌握著財政大權）。

掌を返すよう ＝掌を返すよう

○①何の苦もなく何かをやってのける様子（易如反掌，輕而易舉）

　②考えや態度が簡単に変わる様子（輕易改變想法或態度）

▲①掌を返すように難問を解く（輕而易舉地解開了難題）。

　②政権を握ったら、掌を返すように反動的になった（一掌握政權，就輕易改變想法成為反動的了）。

掌を指す

○掌にあるものを指す意で、明白で疑う余地のないこと（瞭如指掌，毫無疑問）　▲掌を指すがごとく明らかな事実（明擺著的事實）。

血（ち・ケツ）

字義 ①血，血液　②血緣，血脈，血統　③血氣

生き血を吸う ＝生き血を絞る、生き血をすする

○生きているものから血を吸い取るように、冷酷な手段で搾取する（殘酷剝

削，吮人膏血；吸血[鬼]）
▲弱い者の生き血を吸う高利貸し（吮吸弱者血汗的高利貸）。

血気に逸る

○意気込みが盛んで、向こう見ずに何かをしようと勇み立つ（意氣用事，魯莽從事） ▲青年たちは血気に逸って暴挙に出ようとしている（青年們意氣用事，想要動武）。

血気の勇

○一見、勇気ある行動のように思えるが、一時の激情にかられた向こう見ずな行動と捉えられること（匹夫之勇） ▲血気の勇にはやって国家転覆を図ろうなどとは論外だ（憑藉匹夫之勇企圖顛覆國家等是不值得一提的）。

血相を変える

○ひどく怒ったり驚いたりして顔色を変える（[氣得]漲紅了臉；[嚇得]面無血色） ▲子供の喧嘩に親が血相を変えて飛び出してきた（為孩子吵架，父母漲紅臉跳了出來）。

血路を開く

○敵の包囲網を破って逃げ道を作る意から困難な事態を切り抜けるための思い切った手段を見出す（殺出一條血路） ▲早急に血路を開かなければ、倒産は必至だ（如果不儘早殺出一條血路的話，一定會破產的）。

膏血を絞る

○苦労して得た収益を権力者が搾取する（搾取血汗）
▲どんな税でも庶民の膏血を絞る悪税と言われがちだ（人們容易認為無論什麼稅都是搾取老百姓血汗的苛捐雜稅）。

血が上がる　＝血が上る、血が起こる

○産後の疲労や、精神的ショックなどによってのぼせるなどの異常を起こす。また、興奮して頭に血が集まる（血沖上頭；眩暈） ▲風通しの悪い部屋にいて血が上がってしまった（待在通風不好的房間裏頭暈起來了）。

血が通う　⇒血が繋がる

○①血が流れている。生きている（血液流動著；活著） ②事務的、公式的でなく人間的な暖かい感情、思いやりなどがある（有人情味，人性化）

▲①彼の体に親の血が通っている（他的身體裏流動著父母的血）。

②血の通った行政（人性化的行政）。

血が騒ぐ

○その場に臨んで活動している自分の姿を想像して、思わず興奮してくる（不由地興奮）　▲優勝決定戦を前にして、今から血が騒ぐ（面臨冠亞軍決賽，現在開始就不由地興奮）。

血が滾る　⇒血が沸く

○ここで何が何でも頑張らねばと、激しい感情が湧き上がる（熱血沸騰）

▲彼は正義感に燃え、血の滾るのを覚えた（他充満了正義感，熱血沸騰）。

血が繋がる　⇒血が通う、血を受ける、血を分ける

○血縁関係にある（有血緣關係，血脈相通）

▲あの二人は母親同士血が繋がっている（那兩個人有母方的血緣關係）。

血が滲む　＝血が出る

○染み出してくる（滲出血來）

▲シャツに血がうっすらと滲んでいる（襯衫上隱隱約約地滲出了血）。

血が上る　⇒血が上がる

○のぼせてぼうっとなる。ふだんの落ち着きを失う（血沖了上來；發火）

▲彼はその話で頭に血が上ったらしい（他因為那些話血一下子沖到了頭頂）。

血が沸く　＝血を沸かす　⇒血が滾る

○感情がたかぶって興奮する。元気がほとばしる（熱血沸騰，激昂）

▲さまざまな科学実験に若者の血が沸いている（年輕人為各種各樣的科學試驗而熱血沸騰）。

血筋は争えない　＝血は争えない

○血の繋がりは強く、隠そうとしても隠せないものであるの意で、子供が親に似ること（血統是不容爭辯的；龍生龍，鳳生鳳）

▲血筋が争えないものだね。この子も親に似て機械を弄るのが好きだ（真是龍生龍鳳生鳳啊。這孩子很像其父母那樣喜歡擺弄機器）。

血で血を洗う

○①相手から受けた暴力に対して、暴力で報復する（以血還血）
　②血縁関係にある者同士が利害関係で激しく対立して、殺し合いなどをする（骨肉相殘，同室操戈）
▲①やくざ同士の血で血を洗う争い（流氓們以血還血的紛爭）。
　②遺産の配分をめぐって血で血を洗う惨劇を演じるなんて、浅ましいことだ（圍繞遺產的分配問題而演出了骨肉相殘的悲劇，真是可悲啊）。

血と汗の結晶

○非常に苦しい努力と忍耐を重ねた末に得た輝かしい成果（血和汗的結晶，辛勤勞動的成果）
▲彼の今日の成功は、十年来の血と汗の結晶だ（他今日的成功，是10年來辛勤勞動的成果）。

血となり肉となる

○習得した知識や技能が十分に身について、将来意義のある仕事をするための根源的な力となる（把學到的知識和技能掌握住，將來會成為工作的動力）　▲今努力して覚えたことは、必ずや血となり肉となって、君たちの役に立つだろう（現在努力記住的東西，將來會成為工作的動力，對你們會有用的）。

血に飢える

○人を傷つけたり殺したりしたいという衝動が抑えがたくなる（嗜血成性，殺人狂魔）
▲一年の殺人事件は、血に飢えた者の異常な犯行としか思えない（一年中的殺人案件，只能認為是殺人狂魔的異常罪行）。

血に塗れる

○血が一面についてよごれる（滿身是血）
▲逃げ帰った時は、血に塗れていた（逃回來的時候，滿身是血）。

血の雨を降らす

○殺し合ったり傷つけ合ったりして、多数の死傷者を出す（血肉橫飛，死傷無數）
▲この戦いで両軍は血の雨を降らした（這場戰爭中兩軍死傷無數）。

血の通った

○人間的な思いやりがある様子。特に、権力者や役所などのやり方について言う（有人情味的） ▲血の通った行政（有人情味的行政工作）。

血の気が多い

○活力に満ち、ちょっとしたことにもすぐ興奮して、過激な言動をする様子（血氣方剛，易衝動） ▲あの男は血の気が多く、すぐにかっとなりやすい（那個男的易衝動，容易一下子就火起來）。

血の気が引く

○恐ろしさや驚きのあまり、極度に緊張して顔が青ざめる（一下子變得刷白） ▲息子の乗ったバスが事故にあったと聞き、母親の顔からさっと血の気が引いた（聽到兒子乘坐的公交車出了事故，媽媽的臉一下子變得刷白）。

血の涙

○極度の悲しさや憤りから流す抑えきれない涙の誇張した言い方（血淚，心酸淚） ▲血の涙を流して我が子の無実を主張する（流著血淚聲稱自己孩子是冤枉的）。

血の滲むよう

○言葉では言い尽くせぬほどの苦労や努力をする様子（費盡心血，嘔心瀝血） ▲血の滲むような辛苦を重ねてマイホームを建てる（費盡心血不辭勞苦地建造自己的家）。

血の巡りが悪い

○頭の働きが鈍く、物事の理解や判断が遅い様子（理解力差，腦子不好使，反應慢） ▲血の巡りが悪いね。そこまで言わせなければ分からないのか（真是反應慢啊。不說到那份上就不明白嗎）?

血は争えない　＝血筋は争えない

○父母から受け継いだ特質は何らかの形で子供に現れるものだということ（孩子遺傳父母的特性）

▲彼女は有名なソプラノ歌手だったが、血は争えないもので、その子供たちもみんな一人前の歌手になった（她原是著名的女高音歌手，真是孩子遺傳了父母的特性，她的孩子們也全都成為了像樣的歌手）。

血は水よりも濃い

○血筋は争われず、他人よりも身のつながりのほうが強い(血濃於水，還是骨肉親) ▲血は水よりも濃い。親兄弟のもとを離れたがらないのも無理ないよ(血濃於水。不想離開父母兄弟也是理所當然的)。

血祭りに上げる

○(古代中国で、戦いの前に、生贄の血をささげて軍神を祭ったことから)出陣に際し、敵のスパイや俘虜を殺して気勢を上げる。また、当たるを幸いと敵を容赦なくたたきのめし、味方の士気を奮い立たせる(拿……做犧牲品，抓……當替罪羊) ▲人質が血祭りに上げられる前に、何とか救出の手を打たねばならない(在人質被拿來做犧牲品之前，必須想辦法營救)。

血眼になる

○一生懸命で夢中になること(拼命) ▲盗まれた宝石を血眼になって探した(拼命地尋找被盜的寶石)。

血道を上げる

○色恋沙汰や道楽に夢中になり、分別を失う(神魂顛倒，鬼迷心竅；瘋狂熱衷於[某事]) ▲学生時代には下宿の娘に血道を上げたものだ(在學生時代[我]曾對寄宿在家裏的姑娘神魂顛倒)。

血も涙もない

○非常に冷酷で、人間的な思いやりが全く感じられない様子(冷酷無情，狠毒) ▲血も涙もない高利貸し(冷酷無情的高利貸[者])。

血湧き肉踊る

○戦い・試合などを前にして、気持ちが高ぶり、全身に力がみなぎったような感じになる。また、命がけの戦いなどを目にして、自分もそれに参加しているかのような興奮を覚える(磨拳擦掌，躍躍欲試) ▲日本チームの血沸き肉踊る活躍は、今でも鮮やかに印象に残っている(日本隊磨拳擦掌地大顯身手，至今給人留下鮮明的印象)。

血を受ける ⇒血が繋がる、血を引く

○先祖や親の性格的な、また身体的な特徴を受け継ぐ(遺傳[祖先、雙親的

性格、體徵等]） ▲妹は母親の血を受けたとみえて、私と違って気性が激しい（妹妹看上去是遺傳了媽媽的性格，與我不同，她脾氣比較暴躁）。

血を啜る

○（昔、中国で盟をする時、犠牲の血をすすったところから）固く誓う（歃血為盟） ▲三国時代に三人は血を啜って義兄弟の契りを結んだ（在三國時代3個人歃血為盟結為義兄弟）。

血を吐く思い

○止むを得ない事情で何かをするに際し、耐え難いほどのつらい、また悲しい気持きもちを抱くこと（悲痛，斷腸之感） ▲血を吐く思いで我が子を戦場に送り出す（悲痛地把自己的孩子送到戰場）。

血を引く ⇒血を受ける、血が繋がる

○その家やその人血筋を受け継ぐ。また、先祖や親の持つ優れた素質を受け継ぐ（繼承血脈或好的特質，遺傳） ▲彼女は親の血を引いて、たいそう絵が上手だ（她繼承了父母好的特質，畫畫得相當好）。

血を見る ⇒血を流す

○喧嘩や暴動などで死傷者が出るような事態になる（發生傷亡）
▲暴力団同士の対立が激化し、ついに繁華街で血を見る事件が起こった（暴力集團之間的對立激化，最終在鬧市發生了傷亡事件）。

血を沸かす ⇒血が沸く

○熱狂や興奮をさせる（熱血沸騰，興高采烈）
▲スポーツは若者の血を沸かす（運動讓年輕人熱血沸騰）。

血を分ける ⇒血が繋がる、血を受ける

○実の親子・兄弟など、血の繋がった関係にある（至親骨肉）
▲血を分けた兄弟からも見放される（竟遭到親兄弟拋棄）。

爪（つめ・ショ・ソウ）

字義 爪，指甲，趾甲

爪が長い

○欲が深く、貪欲である（貪婪，貪得無厭） ▲彼は爪が長いので他人の金を

盗んだ(因為他很貪婪，所以偷了別人的錢)。

爪で拾って箕で零す ＝升で量って箕で零す

○わずかずつ苦労して貯えたものを一度に無造作に使いはたすたとえ(滿地撿芝麻、大簍撒[大桶漏]香油)

▲私がいくら節約しても、妻は惜しげもなくろうひするのだから、我が家は爪で拾って箕で零すようなものだ(無論我怎麼節省，妻子卻滿不在乎地浪費，所以我家的狀況就像是滿地撿芝麻、大簍撒香油)。

爪に爪なく瓜に爪あり ＝瓜に爪あり爪に爪なし

○「爪」と「瓜」の字形の違いをわかりやすく教えた語(爪字無爪，瓜字有爪)

▲爪と瓜の字形の違いは、「爪に爪なく瓜に爪あり」と覚えたらいい(爪和瓜字形相異，只要記住「爪字無爪，瓜字有爪」就行了)。

爪に火をともす

○蝋燭の代わりに爪に火をともす。極端に倹約することをたとえて言う(省吃儉用，一分錢辦成兩半兒花)。 ▲爪に火をともすような生活をして、やっと家を建てた(過著省吃儉用的生活，終於蓋起了房子)。

爪の垢ほど

○きわめて量が少ない(少得可憐，一星半點，微不足道) ▲あの人には親切心など爪の垢ほどもないようだ(那個人一星半點的善心也沒有)。

爪の垢を煎じて飲む

○(優秀な人物のものなら、爪の垢のような汚いものでもありがたく頂いて薬として飲めという意から)すぐれた人を見習い、少しでもその人にあやかろうと心がけることが大切だということ(百般效仿，學別人樣，願效仿某人)

▲指導が厳しいだの、なかなか認めてくれないなどと文句ばかり言ってないで、少しは恩師の爪の垢でも煎じて飲んだらどうだ(不要總說什麼教導太嚴啦，怎麼也不認同你啦等牢騷話，多少學學恩師的樣子怎麼樣)?

爪も立たぬ

○人などがぎっしりとつまっていて少しも余地がない。立錐の余地も無い(無立錐之地)

▲爪も立たぬ会場(無立錐之地的會場)。

爪を研ぐ

〇（獣が獲物を得ようとして、爪を鋭くして待ち構える意から）野心をいだいて、それを遂げる機会をねらうたとえ（[窺伺時機]躍躍欲試）

▲爪を研いで時節到来を待ち望む（躍躍欲試，期待著機會的來臨）。

能ある鷹は爪隠し ＝上手の猫が爪を隠す

〇有能な鷹は、平素は獲物を掴まえるための鋭い爪を隠しておく。実力・才能のある人物は、むやみにそれを外部に表さず謙虚にしているが、いざという時その真価を発揮する（眞人不露相，露相不眞人）

▲「あの先生あまり口には出さないけれども、実は学問があるんだよ。」「そうかね。能ある鷹は爪を隠すというからね。」（「那個老師嘴上不怎麼說，實際上很有學問哦。」「是嘛。因為眞人不露相嘛」）。

面（つら・おもて・メン）

字義 ①臉，面孔　②面目　③表面

いい面の皮だ

〇ひどい目にあった自分や他人を嘲ることば（出洋相，被嘲弄）

▲みんなでやったことなのに、僕一人の責任にされるなんて、いい面の皮だ（明明是大家做的，卻把責任推到我一個人的身上，眞是出洋相）。

臆面もなく

〇恥ずかしがったり遠慮したりする様子がない（恬不知恥，厚顔無恥）

▲自分の失敗は棚に上げて、臆面もなくしゃしゃり出られるものだ（對自己的失敗置之不理，恬不知恥地往前湊）。

面に現す ＝面に出す

〇喜怒哀楽などが顔に出して、はっきり示す。隠さないで見せる様子（喜怒形於色，擺在臉上）　▲彼は家庭でもめったに喜怒哀楽を面に現さない（他在家裏也很少把喜怒哀樂擺在臉上）。

面も振らず ＝脇目も振らず

〇あたりをふりむきもしない様子（目不轉睛，聚精會神）

▲彼は面も振らずに本を読んでいた（他在聚精會神地看書）。

面を合わす

○①顔を見合わせる（見面）

②正面から対抗する。立ち向かう（正面對抗，頂撞）

▲①記者が面を合わすのを求めてきたら断ってくれ（如果記者要求見面，就幫我拒絕掉）。 ②彼は運命に面を合わした（他與命運抗爭）。

面を犯す

○目上の人に、あえて自分の考えを言う（不憚冒犯）

▲面を犯して諫めた（不憚冒犯地勸告）。

面を変える

○顔色をかえる（變臉色） ▲証拠を突き付けられると彼は面を変えた（當證據擺在眼前時，他臉色都變了）。

面を輝かす

○（熱意、希望などの気持ちを）目や顔にあふれさせる（満面紅光，笑容満面，喜氣洋洋） ▲「おかげさまで合格しました」と面を輝かして言った（満面紅光地説「老天保佑，我及格了」）。

蛙の面に水

○蛙の顔に水をかけても、平気なことから、どんなことをされても平気でいる様子（満不在乎，無動於衷） ▲いくら注意しても蛙の面に水で、さっぱり効き目がない（無論怎麼提醒[他]還是毫不在意，完全沒有效果）。

仮面をかぶる

○①仮面を顔につける（帶面具）

②本心、本性をかくしていつわりの姿や態度をつくろう（偽装）

▲①仮面をかぶった踊り手（帶面具的舞者）。

②あいつは仮面をかぶっているから、騙されんようにね（那個傢伙在偽装，所以別被他騙了哦）。

仮面をぬぐ

○正体がばれる（脱下假面具，露出眞面目） ▲そのうちに仮面をぬぐから、見ていてごらんなさい（你瞧著好啦，不久就會露出眞面目的）。

正面切って

○遠慮せずに、言うべきことを口に出してはっきり言う様子（當面，從正面）

▲彼にいられては迷惑だと、正面切っては言いにくい（如果他在，會很麻煩，這種話當面是不好說的）。

赤面の至り

○恥ずかしさのために顔が赤くなること（慚愧至極）

▲私としたことが、とんだ初歩的なミスを犯して赤面の至りだ（我是怎麼啦，沒想到犯了如此低級的錯誤，太慚愧了）。

外面がいい

○家族や内々の者より外部の者に対する時の方が愛想がいい様子（對待外人好，胳膊肘往外拐）。 ▲父は家ではむっつりしているが、外面がいいらしい（父親雖然在家板著臉，但是好像對待外人很好）。

面で人を切る

○横柄で人を見下ろしたような顔や態度を取る（傲慢無禮，趾高氣揚）

▲彼は誰に対しても面で人を切る（他對誰都傲慢無禮）。

面の皮が厚い

○恥知らずで、ずうずうしい様子（臉皮厚，厚顏無恥）

▲平気で一時間も遅れて来るとは、面の皮が厚い奴だ（若無其事地竟然遲來了1個小時，真是個厚臉皮的傢伙）。

面の皮千枚張り

○恥知らずで、きわめてあつかましいこと。鉄面皮（厚顏無恥，厚臉皮）

▲彼は面の皮千枚張りで平気でうそをつく（他厚顏無恥、若無其事地撒謊）。

面の皮を剥ぐ ＝面の皮をひんむく、面の皮をひんまくる ⇒面皮を剥ぐ

○ずうずうしくあつかましい者の非行をあばいて恥をかかせる。また、真実をあばいて面目を失わせる（撕破臉皮，揭穿假面具） ▲善人面をしている奴の面の皮を剥いでやりたい（我想揭穿偽善者的假面具）。

面を見返す

○以前にあなどりを受けた相手に、仕返しとして、立派になった自分を誇示してみせつける（[向侮辱自己的人]出口氣，爭口氣） ▲必ず事業に成功

して彼の面を見返してやる（一定要獲得事業的成功，在他面前爭口氣）。

泣き面に蜂　＝泣きっ面に蜂　⇒泣き面を蜂が刺す

○（泣いている顔を蜂が刺す意から）不幸のうえに不幸が重なること。また、困っているうえにさらに困ったことが加わることのたとえ（禍不單行，屋漏偏逢連夜雨）　▲失業はする。病にはかかる。まったく泣き面に蜂というものだ（失業、生病，眞是禍不單行啊）。

能面のよう

○無表情な様子（面無表情，呆若木雞）
▲母親は息子の死の知らせを顔色一つ変えず、能面のような表情で聞いていた（母親臉色一點兒沒變，呆若木雞地聽著兒子的死訊）。

吠え面をかく

○困って泣き言を言うことになるぞと、相手を罵って言う言葉（哭喪著臉）
▲生意気なことを言って、あとで吠え面をかくな（說那麼狂妄的話，回頭可不要哭喪臉）。

満面朱を注ぐ　＝朱を注ぐ

○怒って、顔全体をまっかにする様子（［氣得］滿臉通紅）
▲公衆の面前で恥をかかされ、満面朱を注いだようになって怒っていた（在公衆的面前被捉弄出醜，氣得滿臉通紅）。

満面に笑みを浮かべる

○顔いっぱいに笑みをたたえる（滿面笑容）　▲拍手に迎えられ、満面に笑みを浮かべて会場に入った（受到掌聲歡迎，滿面笑容地進入會場）。

面が割れる

○相手に誰だかが分かる。特に、捜査関係の間で犯人の顔と名前が分かる（身份暴露；查到犯人）　▲地道な聞き込み捜査で、ようやく加害者の面が割れた（經過嚴密的打探調查，加害者的身份逐漸查出來了）。

面子に賭けても　＝面目に賭けても

○（「面子」は体面の意の中国語）失敗したら面目を失うことは覚悟の上でという意で、意地でも絶対にそれをやり抜かなければならないと決心する様子（賭口氣也要……）

▲あれだけ豪語した以上、面子に賭けても期日までに仕上げねばならない

（既然已經誇了那麼大的海口了，賭口氣也要按期完成）。

面子を立てる　⇒顔を立てる

○その人の名誉や体面が傷つけられないように取り計らう（給面子，照顧面子）

▲私が一歩譲って、彼の面子を立ててやった（我退了一步，給了他面子）。

面倒をかける

○いろいろ煩わしいことをしてもらったりして、世話になる（添麻煩）

▲君にもいろいろ面倒をかけたが、おかげで事件も片がついたよ（給你添了

不少麻煩，托你的福事情也辦妥了）。

面倒を見る

○労をいとわずにいろいろと世話をする（照顧，照料）

▲私が働きに出ると、子供の面倒を見てくれる人がいなくなる（如果我出去

工作的話，就沒有人照顧孩子了）。

面と向かって

○遠慮せず、相手に直接何かを言う様子（當面，面對面）

▲面と向かっては頼みにくいから、すまないが君から話してくれ（因為我不

好當面懇求，勞駕，你幫我說說吧）。

面皮を欠く

○面目を失う。世間の人にあわせる顔をなくす（丟人，沒臉）　▲その計画に失

敗すると彼は面皮を欠く（這個計畫如果失敗的話，他就丟人了）。

面皮を剥ぐ　＝面の皮を剥ぐ

○厚かましい者をはずかしめる（出醜撕掉臉皮）

▲彼はみんなの前で面皮を剥がれた（他被當衆出醜）。

面目が立つ　⇒顔が立つ

○評判を落とすようなこともなく、体面を保つことができる。名誉が保たれ

ること（不失體面，保住了名譽）　▲これができなければ教師としての面目

が立ない（這個不會的話，老師的臉面可就沒了）。

面目が潰れる　⇒面目を潰す

○非常に面目を傷つけること。ひどく名誉をそこなってしまうこと（丟盡面

子）　▲裏口入学が明るみに出て、大学の面目が潰れた（走後門入學被公開出來，大學顏面盡失）。

面目が無い　＝面目無い

○自分のしたことを恥ずかしく思い、ひたすら恐縮する様子（沒臉，丟人，臉上無光）　▲とんでもないことをしていまい、全く面目が無いと思っている（做出了荒唐的事，結果覺得很不光彩）。

面目次第もない

○（「面目が無い」の強調形）恥ずかしくて、人に合わせる顔がない。世間に顔向けができないほど、恥かしい（沒臉見人，丟盡了臉）　▲こんな馬鹿なことをしてしまって面目次第もない（做了這麼蠢的事，都沒臉見人了）。

面目丸潰れ

○ひどく体面を傷つけられ、恥ずかしい思いをさせられること（丟盡臉面，盡失顏面）　▲校長は娘のカンニングで面目丸潰れだ（校長因為女兒的作弊而丟盡了臉）。

面目を失う　⇔面目を保つ

○思わぬ失敗などで世間の評価を落として、恥ずかしい思いをする（丟臉，丟人，沒面子）▲大言壮語していたくせに惨憺なる成績に終わり、面目を失った（已經立下豪言壯語，卻以淒慘的成績而告終，沒面子）。

面目を潰す　＝顔を潰す　⇒面目が潰れる

○面目を失わせること（丟……的臉，使……臉上無光）
▲彼女は父親の面目をつぶした（她丟了父親的臉）。

面目を施す

○立派なことをして一段と評価を高める。名誉を高める。また、体面を損わずにすむ（獲得很高評價，爭光，露臉）　▲上位に入賞できて、先輩として面目が施せた（能獲優秀獎，作為前輩也露臉了）。

面目躍如たるものがある

○いかにもその人らしいと感じられるものが言動によく現れている（充分體現了……的本色）　▲この手紙の書きっぷりには彼の面目躍如たるものがある（這封信的筆調充分體現了他的本色）。

面目を改める

○様子を改める。また、みごとな事をして世間の評価をよくする（改變面貌） ▲この町並みはすっかり面目を改めた（這個街道的樣子全變了）。

面目を一新する ＝面目を一新する

○古いものが改まって、すべてのことがすっかり新しくなる（面目一新）

▲あのデパートは新装成って、面目が一新された（這個百貨商店新裝修過，面目了然一新）。

面を取る

○部材の角を平らにまたは丸みをつけて削り取る（削去稜角）

▲柱の面を取る（削去柱子的稜角）。

矢面に立つ

○質問・非難・攻撃などを集中的に受ける立場に身を置く（成為眾矢之的）

▲公害問題の責任者として、非難の矢面に立つ（作為公害問題的負責人，成為眾矢之的）。

手（て・シュ）

字義 ①手，手掌，胳膊，手指頭　②把手　③人手　④照顧　⑤本領　⑥活兒　⑦手段，方法，把戲，詭計　⑧修改，加工　⑨到手，獲得　⑩關係　⑪方向，方位　⑫手跡，筆跡　⑬傷，負傷　⑭動作，手勢　⑮勢頭　⑯棋子

合いの手を入れる

○（邦楽で、唄と唄との間に楽器の演奏を入れる意から）他の人の話の間に、それを調子づけるような掛け声などを差し挟む（插話）

▲聴衆が合いの手を入れるのに気を良くして、演説に一段と熱が入る（聽眾的插話讓人開心，[他]演說更加起勁）。

赤子の手を捻るよう ⇒赤子の腕を捩るよう

○抵抗力のないものに暴力をふるう。また、たやすくできることのたとえ（輕而易舉，不費吹灰之力）

▲今日の試合は相手が弱過ぎて、赤子の手を捻るようなものだった（今天的比賽因對手太弱了，簡直就輕而易舉獲勝）。

あの手この手で

○いろいろな手段を使う(想方設法，千方百計)

▲あの手この手責任を逃れようとした(想方設法地要逃避責任)。

一挙手一投足

○①わずかばかり骨を折ること。少しの努力(花一點功夫，費一點力)

②細かい一つ一つの動作や行動。一挙一動(一舉一動)

▲①彼は他人のためには一挙手一投足の労も惜しむ(他為別人舉手之勞都捨
不得)。　②警察は容疑者の一挙手一投足を見張っていた(警察監視著嫌疑
犯的一舉一動)。

打つ手がない　⇒手の施しようがない

○施すべき方法はない(無計可施，毫無辦法)　▲残念だが手遅れだ。もう打
つ手はない(很遺憾為時已晚，已經無計可施了)。

上手に出る　⇔下手に出る

○相手に対し優越的な態度を取り、威圧する(盛氣凌人，咄咄逼人)

▲手ごわい相手だと聞いたので、機先を制して初めから上手に出たら、思っ
たより交渉がうまくいった(因為聽說對方不太好對付，所以就先發制人，
從一開始就咄咄逼人，結果談判進行得比想像中順利)。

上手を行く

○能力・技量・才知などが他よりも優れていること。他よりもずる賢いな
ど、悪い意味にも用いられる(高明，属害)

▲碁では僕の方が上手を行っている(下圍棋還是我属害)。

得手に鼻を突く

○自分の得意とするものだと気をゆるし、かえって失敗する(一時失手；馬失
前蹄)　▲どうしたのか、今度の数学の試験は得手に鼻を突いた(不知怎麼
了，這次的數學考試馬失前蹄了)。

得手に帆を揚げる　=得手に帆を掛ける、得手に帆(帆柱)

○得意とすることを発揮する好機が到来し、待ってましたとばかり調子にの
ること(如魚得水，順風揚帆)　▲得手に帆を揚げて、業界を躍進している
(如魚得水，在同業界中躍進)。

王手をかける

○（「王手」は、将棋で直接王将を攻める手）相手を最終的にやっつける手段に出る（將軍）

▲あの陣地を落とせば敵軍に王手をかけたことになる（如果攻陷了那個陣地的話，就等於將了敵人的軍）。

大手を振って

○誰にも遠慮や気兼ねをせずに、堂々と行動する様子（大搖大擺，大模大樣；堂堂正正）

▲やましいことは何も無いのだから、大手を振って歩こう（什麼虧心事也沒做，所以就堂堂正正地走吧）。

奥の手を出す

○いざという時のために隠しておいた、取って置きの手段や方法を用いる（拿出王牌，使出絕招）

▲奥の手を出して、一気に勝利を収める（使出絕招，一口氣奪取勝利）。

押しの一手

○目的に向かって強引におし進むこと。攻勢一点張り（堅持到底）

▲押しの一手相手を屈服させた（堅持到底讓對手屈服了）。

お上手を言う

○何事にもよく気がつき、口のうまいこと。また、お世辞のうまいこと（會說話，愛說奉承話）　▲あの人はお上手を言うから、かえって嫌われるのだ（他愛說奉承話，反而招人討厭）。

お手上げだ ⇒手が付けられない

○（降参のしるしに両手を上げるところから）どうにもしようがなくなること。打開の方法がなく、途方にくれること（束手無策，沒轍；只好認輸；只好放棄）　▲銀行の融資が受けられなければ、この計画はお手上げだ（如果不能得到銀行的貸款，就只能放棄這個計畫了）。

お手の物

○（自分の手中に収めた物の意から）熟練していて、何の苦もなく行える技（擅長，拿手）　▲花を生けることは彼女のお手の物です（種花她很拿手）。

お手柔らかに

○(相手が)かげんして、やさしく取りあつかうようす。試合などを始める時にいう挨拶の言葉(手下留情)

▲お手柔らかに願います(請求你手下留情)。

飼い犬に手を噛まれる　＝飼い犬に手を食われる

○ふだんから特別大事にしてやっている者から、思いがけず害を加えられることをいう(落得恩將仇報，養癰遺患，養虎反被虎傷)　▲次期部長にと思っていた彼が公金を持ち逃げするとは、飼い犬に手を噛まれたようなものだ(本想讓他做下任部長的，可他卻攜公款潛逃了，真是養癰遺患啊)。

片手落ち　＝片手打ち

○処置や配慮が一方にだけかたよること。不公平なこと(不公平，偏向)

▲彼は裁判官として片手落ちだ(作為法官，他並不公正)。

逆手を取る　＝逆を取る

○買い手が決まる。特に、接客業などで得意客が決まる場合などに用いる(利用對方的論點反駁對方；將計就計)

▲つまらぬ言いがかりをつけてくるから、逆手を取って言い負かしてやった(因為對方說些無聊的話找碴，所以就利用對方的論點駁倒了他)。

拱手傍観　＝拱手傍観　⇒手を拱く

○手をつかねて何もしないでいること(袖手旁觀)

▲他人の困ったことを拱手傍観してはいけない(對別人的困難不能袖手旁觀)。

小手がきく　＝小手がある

○ちょっとしたことに器用である。一応はこなすことができる。小利口である(耍小聰明，耍小手腕)

▲彼は小手がきくから、うまく立ち回れる(他會耍小聰明，所以很會鑽營)。

後手に回る

○相手方に機先を制せられて、受身の立場に追いこまれること(陷入被動)

▲やることなすこと後手に回って、どうもうまくいかない(所作所為陷入被動，實在不順利)。

小手を翳す

○まぶしい光などを遮るために、手を目の上に当てる(把手放在額上，用手遮)　▲晴れ渡った山頂から小手を翳して遠くの山々を眺める(把手搭在額頭上，從晴朗的山頂眺望遠處的群山)。

下手に出る　＝下に出る　⇔上手に出る

○相手に対して、遜った態度で接する(採取謙遜的態度，態度謙恭)。

▲こちらが下手に出れば、いい気になって付け上がる(這邊如果態度謙遜的話，對方就會高興得得意忘形)。

手足となる　＝手足となる

○手や足のように、ある人の意のままに働く(左右手；俯首帖耳)

▲手足となって働く(俯首帖耳地幹活)。

手中に収める

○欲しいと思っていたものを自分のものにする(掌握在手中，歸為己有)

▲皇帝は広大な地域を手中に収めていた(過去，皇帝一直將廣闊的土地占為己有)。

手中に落ちる

○その人のものとなる(落入別人手中)　▲敵の手中に落ちる(落入別手)。

手腕を振う　⇒腕を振う

○物事の解決などに優れた腕前を発揮する(發揮本領[才能])。

▲今度の仕事では、君に大いに手腕を振ってもらわねばならない(這次的工作，一定請你大顯身手)。

上手の手から水が漏れる

○どんな上手な人でも失敗することがあるたとえ(智者千慮，必有一失；馬失前蹄)　▲何としたことか、上手の手から水が漏れて、大事な試合を失ってしまった(不知是怎麼搞的，馬失前蹄，在重要的比賽中失敗了)。

上手の猫が爪を隠す　＝能ある鷹は爪を隠す

○実力のあるものは、容易に手腕を表さない(真人不露相)

▲彼は学問があるが、とても謙遜で、全く上手の猫が爪を隠すものだ(他雖然有學問，但是特別謙虛，真是真人不露相啊)。

触手を伸ばす

○それを得ようとして積極的に働きかける（伸出魔掌；發動進攻）

▲かつて、欧米諸国はこぞってアジアに触手を伸ばしてきた（欧洲各國曾經一舉對亞洲發動進攻）。

先手を打つ ＝先手を取る

○相手の機先を制して優位に立つ（先發制人）　▲こっちが先手を打って窮状を訴えてしまったので、文句も言えなくなってしまったのだろう（因為我們已經先發制人訴了苦，所以就不能抱怨了吧）。

その手は食わない　＝その手は桑名の焼き蛤

○事前に相手の策略を見抜き、それに乗せられまいとする様子（我可不上那個當，那種花招騙不了我）　▲泣き落とし戦術できたって、その手は食わないぞ（即使你用哭鼻子戰術，我也不上那個當）。

手綱を締める　⇔手綱を緩める

○勝手な行動を取ったり怠けたりするのをふ防ぐために、厳しい態度を取る（拉緊韁繩，抓得緊[要採取嚴格的態度]）

▲最近、どうも学生がだらけてきているから、少し手綱を締めてかかろう（最近總覺得學生們吊兒郎當起來了，所以要對他們嚴格些）。

手垢が付く

○使い古され、手の汚れがついて汚くなる（手上粘了油泥）

▲手垢のついた辞書（髒兮兮的字典）。

手足となる

○ある人の下で、その人の指示・命令に従い、労を惜しまずに働く（俯首帖耳，左右手）　▲君たちが手足となって活動してくれたおかげで、事業を計画通りに進めることができた（多虧了你們作為左右手為我工作，所以能夠按照計畫推進事業了）。

手足をすりこ木にする　＝手足がするこ木になる　⇒手足を棒にする

○物事がうまく運ぶようにかけまわって努力すること。奔走する様子（四處奔走，到處張羅）

▲手足をすりこ木にして探し回った（四處奔走尋找）。

手足を伸ばす

○種々の束縛から解放されて、ゆっくりとくつろぐ（舒舒服服地休息）　▲久しぶりの我が家で手足を伸ばす（好久才可以在自己家裏舒舒服服地休息）。

手足を棒にする　＝手足が棒になる　⇒手足をすりこ木にする

○疲れたりして足の関節の自由がきかなくなってしまうこと（［累得］手腳麻木）　▲重い荷物を長い時間持ち歩いて手足を棒にしてしまった（長時間背著沉重的包袱走路，手腳都麻木了）。

手が上がる　⇒腕が上がる

○①技量が上達する（本領提高）　②字が上手になること（字有進步）
▲①近頃踊りの先生の所へ通っているので、だいぶ手が上がった（因為最近到舞蹈老師那裏去上課，所以本領提高了）。　②習字は毎日続けたら手が上がる（如果每天都能堅持練字的話，字會有進步）。

手が空く　＝手が空く　⇔手が塞がる

○仕事が一段落して、暇になる（閒著，空著，有空）　▲手伝ってあげたいが、当分手が空かない（我想幫你忙，但是暫時沒有空）。

手が要る

○人手を要する（需要幫手）　▲農繁期でちょうど手が要る時に、彼が病気で倒れた（農忙季節正巧需要人手的時候，他病倒了）。

手が入れば足も入る　＝手が入れば、足も入る

○一度許せば、ついには全く侵されてしまうことのたとえ。また、次第に深入りするたとえ（有第一次就有第二次，得寸進尺）
▲彼と付き合うと、手が入れば足も入るんで、あとがこわい（如果與他交往，他就會得寸進尺，後果可怕）。

手が後ろに回る　⇒腕が後ろに回る

○（後ろ手にしばられるところから）罪人として警察などにとらえられる（被逮捕）　▲何をするのも君の自由だが、手が後ろに回るようなことはするなよ（無論做什麼都是你的自由，只是別做會被逮捕的事呀）。

手が落ちる　⇒手が下がる

○腕前などが鈍くなる（手藝退步，能力下降）　▲長い間書道を練習しなか

ったので、手が落ちた(很長時間沒有練習書法了,手藝退步了)。

手が掛かる ⇒手間が掛る

○何かと面倒なことが多く、時間や労力が費やされる。世話がやける(操心,費事,麻煩)

▲子供に手が掛って、暇が無い(照顧孩子費事,沒有空閒)。

手が利く

○手先のわざが巧みで器用だ。また、腕前がすぐれている(手巧,手藝高超) ▲彼女は手が利くから、手内職の毛糸編みも家計の足しになった(因為她手巧,所以編織毛衣這一家庭副業也夠家裏開支了)。

手が切れる ⇒手を切る

○縁が切れる。関係がなくなる(斷絕關係)

▲悪い仲間と手が切れず、とうとう罪を犯した(沒有與壞伙伴斷絕關係,終於犯了罪)。

手が込む

○細かいところまで手間をかけ、念入りにやってある様子(複雜,手工精巧)

▲手が込んで、見事な細工(手工精巧、漂亮的工藝品)。

手が下がる ＝手が落ちる ⇔手が上がる

○腕前がにぶる。特に、手跡がまずくなる。また酒量がへる([技藝、書法]退步;酒量下降) ▲長い間筆を取らなかったので、手が下がった(很長時間沒有動筆,書法退步了)。

手が空く ＝手が空く

○仕事のきれめで、また、仕事が一段落してひまになる(手空下來,閒著)

▲手が空いた時に来てくれたまえ(空閒的時候過來一下)。

手が揃う

○そうあるべきものが全部ととのう。集まって一つの形や組をなす(人手齊備) ▲手が揃ったから仕事に取り掛かろう(人手齊全了,所以開始工作吧)。

手が足りない ＝人手が足りない

○人手が不十分な様子(人手不夠)

▲最近商店では人手が足りない(最近商店人手不夠)。

手が付かない　＝手に付かない

○他の事が気になってその事に集中できない。また、事を始められない（無法安心處理［事物］）。　▲人事異動のことを考えると、このところ仕事に手が付かない（一想到人事變動的事，近來就無法安心工作）。

手が付く　⇒手を付ける

○①新しいものの一部を使ったり、消費したりする（用過的）　②目下の女などと、情交関係ができる（發生肉體關係）　③やり始める。着手する（開始做，著手）　▲①これはすでに手が付いたものですが、よろしかったらお使いください（這是已經用過的東西，如果可以的話，請您用吧）。　②山田社長は女子社員と手が付いた（山田經理和女職員發生了肉體關係）。　③計画に手が付いている（正著手計畫）。

手が付けられない　＝手も足も付けられない　⇒手の施しようがない

○あまりにもひどい状態で、扱いかねる様子。処置のしようがない（無從下手，沒法處理）　▲この子は手の付けられない乱暴者で困る（這孩子是個沒法對付的蠻橫的人，叫人為難）。

手が出ない

○自分の力では扱いきれず、積極的な行動に出られない様子（［憑能力］辦不到）　▲値段が高くて、私には手が出ない（價格太貴，我買不起）。

手が届く

○①細かい所まで配慮されている（［照顧］周到，關照）
　②能力・権力・勢力などの範囲内にある。また、その範囲内に到達する（力所能及，伸手可得；買得起）
　③ある年齢、時期などにもう少しで達する（快到［年齡]）
▲①忙しくて、庭の手入れまでは手が届かない（忙得顧不上修整庭院）。
　②彼は私たちには手が届かない偉い人になってしまった（他成為了一位我們望塵莫及的偉人）。　③還暦に手が届く年齢なのに、彼は気が若いね（都快到花甲之年了，他還那麼有朝氣）。

手がない　⇒手が足りない、打つ手がない

○①働き手がない。人手が足りない（人手不足）
　②施すべき手段がない。どうしようもない（沒有辦法，無計可施）

③平凡で面白味がない。野暮で愛想がない（平白無趣；不知趣）

▲①みんな都会へ行ってしまい、村では手がなくて困っている（大家都去了大城市，村子裏人手不足很為難）。

②もういろんな策を講じたんだ。これ以上、手はない（已經想了各種方案了，此外再沒有辦法了）。

③彼の講義はまったく手がないようだ（他的講解好像太平白無趣了）。

手が長い　⇒手癖が悪い

○盗み癖がある（好偷東西，三隻手）

▲あの男は手が長いという噂だから、注意したほうがいい（因為傳聞那個男的喜歡偷東西，所以還是小心點好）。

手が鳴る

○人を呼ぶための手を鳴らす音がきこえる（拍手呼喚，拍手）

▲あの部屋で手が鳴ったようよ。行ってみてごらん（那個屋子好像有人拍手召喚，去看看吧）。

手が入る　⇒手を入れる

○①取締まりや検査のために、官警が立ち入ること（警察介入，搜查罪犯）

②仕事や作品などを完成するまでの過程で、他人の訂正・補入がある（補充、修改［他人的作品］）

▲①麻薬所持の疑いで警察の手が入った（因為懷疑攜帶毒品，警察介入了搜查）。　②この文章は先生の手が入っている（這篇文章老師修改過了）。

手が離れる　⇒手を離れる

○①物事が一段落したりして、その仕事をしなくてもよくなる（［從工作中］脫手，脫身）　②幼児が成長して、世話が楽になる（［孩子長大］離手）

▲①忙しくて、なかなか手が離れない（忙得脫不了身）。

②この子も四つになったので、手が離れるようになった（這個孩子已經4歲了，所以可離手了）。

手が離せない

○仕事の最中で、中断をするわけにはいかない状態にある様子（走不開，不能離手）　▲揚げ物をしていて今は手が離せないから、後にしてください（正在炸東西，現在走不開，請等一下）。

手が早い

○①物事の処理がてきぱきとして敏速である（[做事]手腳麻利，敏捷）

②すぐに女性に手を出す。女とすぐに関係を結ぶ（很快就和女性私通，很快就和女性扯上關係）

③すぐ、なぐるなどの暴力をふるう（好動手打架[動粗、施暴]）

▲①彼は手が早く仕事を片づけた（他手腳麻利地處理工作）。

②もう新入りの女子社員とデートをしたとは、全く手の早い男だ（已經和新來的女職員約會了，真是個[對女性]下手快的男人啊）。

③彼は手が早いから、言葉に気を付けたほうがいい（他好動粗，所以你説話還是注意點好）。

手が塞がる ⇔手が空く

○仕事の最中で、他の事に手を出す余裕がない。何かをことわるときの決まり文句としても用いられる（占著手，騰不出手，沒空）

▲あいにく今、ちょっと手が塞がっておりますので、お引き受けいたしかねます（真不湊巧現在騰不出手來，所以難以接受）。

手が回らない

○忙しかったり仕事が多すぎたりして、それを処理する余裕がない（忙不過來，照顧不周）

▲時間が無くて掃除までは手が回らなかった（沒有時間，顧不到打掃）。

手が回る

○犯人逮捕の手配がすでになされていることを犯人の側から言う言葉（[警察]佈置人員[抓捕]）

▲あそこはもう警察の手が回っているだろうから、危なくて近寄れない（因為那個地方可能警察正在佈置人員，所以很危險，不能靠近）。

手が見える

○①他人に見せたくない欠点や弱点、秘密などが知られる。手のうちが見える（看穿，看透[內心]） ②力量・勢力などがわかる。特に、相手のたいしたことのないことがわかる。底が知れる（判明底細、得知）

▲①彼女は絶対に手が見えない（絕對看不透地）。 ②あいつの考えることなんて手が見える（判明底細，知道那個傢伙所想的）。

手が焼ける ⇒手が掛かる、手を焼く

○手数がいる。世話がやける（[照顧對方很]費事，添麻煩）

▲この子は手が焼ける。自分で何一つも出来ないんだから（照顧這孩子很費事，因為他自己什麼也不會做）。

手ぐすね引く ＝手ぐすねを引く

○準備を十分に整え、その機会の来るのを今か今かと待つ（做好準備[等待]，嚴陣以待） ▲敵が隘路に入ってくるのを手ぐすね引いて待っている（做好準備等待敵人從狹路進來）。

手癖が悪い ⇒手が長い

○盗みをする性癖がある。また、だれかれとなく女性に目をつけ、ものにしたがる癖がある様子（好偷東西；好色）

▲山田さんは子供の頃から手癖が悪い（山田打小時候起就好偷東西）。

手心を加える

○相手やその場の状況に応じて、徹底的に痛めつけるのを避け、あまり厳しくない扱いをする（從寬處理，加以酌量）

▲子供だからといって、手心を加えずに、厳しくやってもらいたい（雖說是孩子，但是想請您不要手下留情，對他嚴格要求）。

手塩にかける

○自分が苦労して無事に育て上げる様子（親手精心培育） ▲手塩にかけて育てた我が子に背かれる（被自己悉心培育的親生兒子所背叛）。

手立てに乗る ⇒手に乗る

○相手に騙される（被騙，上當） ▲相手の手立てに乗って、まんまと一杯を食わされた（被對方騙了，上了一個大當）。

手玉に取る

○手玉のように投げ上げてもてあそぶ。転じて、思いどおりに相手を操る（玩弄，擺弄，擺布） ▲強打者を手玉に取って無得点に抑える（由於受到強擊手的擺布，被壓制著沒有得分）。

手付けを打つ

○契約の保証として手付金を相手に渡す（交訂金） ▲いい部屋が見つかった

ので、一応手付けを打って来た（因為發現了好房子，所以就先交了訂金）。

手詰まりになる

○①手段・方法がなくなって困ること（束手無措） ②金銭のやりくりができなくなること。手もとが苦しくなること（手頭拮据）

▲①平和会談も現在手詰まりになる状態だ（目前和平會談也陷入僵局）。
②結婚でお金を使い果たしてから、ずっと手詰まりになっている（因為結婚把錢用光了，所以手頭一直很緊）。

手蔓を求める

○目的を達成するために、頼りにすることができる縁故を探し求める（托人情，找門路）

▲手蔓を求めて就職する（托人找工作）。

手と身になる

○身ひとつになる。無一物になる（一無所有，空空如也）

▲財産を使い果たして手と身になった（用光了財產，變得一無所有）。

手取り足取り

○一つ一つ親切に、また、丁寧に教える様子（手把手）

▲仕事に慣れない私を、先輩が手取り足取り指導してくれた（前輩手把手地指導我這個還沒熟悉工作的人）。

手鍋下げても

○好きな男と夫婦になれるなら、自分で煮炊きをするような貧乏暮らしにも甘んじるという態度（［和喜歡的男子結為夫妻］過窮日子也心甘情願；嫁雞隨雞、嫁狗隨狗）

▲近頃は手鍋下げてもなんていう女性はめったにいなくなったね（最近嫁雞隨雞、嫁狗隨狗的女人幾乎沒有了）。

手に汗を握る ＝手に汗握る

○あぶない物事をそばで見ていたりなどして、ひどく気がもめる。また、見ていて緊張きんちょう したり興奮したりする（捏一把汗，提心吊膽）

▲世界選手権大会の決勝戦は実力伯仲だったので、みな手に汗を握る思いで試合を見守った（世界錦鏢賽的決賽，雙方實力不分伯仲，所以大家都捏著一把汗觀看比賽）。

手に奈る ⇒力に奈る

○自分の力では及ばない(應付[管、拿、解決]不了,力不能及)

▲彼らを指導することは、私の手に余る仕事だ(指導他們是我所力不能及的
工作)。

手に合わない ⇒手に負えない

○自分の力ではどうにもならない。処置に困る(力不能及,棘手)

▲数学はなんでもないが、英語はどうも手に合わない(數學怎麼都行,可是
英語實在是棘手)。

手に入る

○①自分の所有となる(到手,歸自己所有)

　②その事に慣れて熟練する(熟練,純熟)

▲①百科事典は手に入った(擁有了百科詞典)。

　②本場で覚えたフランス料理だから、料理は手に入ったものだ(在當地學
會的法國菜,所以做起來相當熟練)。

手に入れる ⇒手に入る、手にする

○欲しいと思うものなどを自分の物とする(得到,到手)

▲こんなすばらしいものをどこで手に入れられたのですか(這麼好的東西是
從哪裏得到的啊)。

手に負えない ⇒手に余る、手に合わない

○自分の力ではどうにもならない。処置に困る様子(解決[管、處理]不了,
棘手)

▲この子はいたずらで、手に負えない(這個孩子太淘氣了,管不了)。

手に落ちる ＝手に帰す

○その人が所有したり支配したりするものとなる(落到……手裏)

▲彼と競り合ったこの名画も、ついに我が手に落ちた(與他爭奪過的這幅名
畫,也最終落入我的手裏)。

手に覚えがある ⇒腕に覚えがある

○腕前について自信のあること(自信有本領;覺得自己有兩下子)

▲料理にかけては手に覚えがある(做菜的話,我還是有兩下子的)。

手に掛かる

○①世話をうける（得到照顧）　②取り扱われる。処分される。また転じて、殺されて処刑される（遭……毒手；落入……手中；被殺害）

▲①名医と言われるだけあって、あの先生の手に掛かると、大抵の病気は治るね（到底是位名醫，一經他的治療，病就好得差不多了）。

②あんなペテン師の手に掛かったら、彼のようなお人好しはすぐに騙されてしまうだろう（要是落到了那種騙子手中，像他那樣的老好人一下子就會上當的吧）。

手にかける

○①自分で世話をする（親自動手[照料]）　②面倒を頼む（請人照顧）

③自分の手をくだす。また、自分の手殺す（親手殺死）

▲①手にかけて育てた子だからかわいい（親自撫養的小孩所以疼愛）。

②彼を医者の手にかけなかった（沒有請醫生給他治療）。

③病妻に懇願されて、手にかけてしまった（在重病的妻子懇求下，親手殺死了她）。

手に帰す　＝手に帰する

○最終的にその所有となる。その支配下になる（落到……手裏，歸……所有）　▲地所は全て長男の手に帰した（地產都落到大兒子的手裏）。

手にする　⇒手に入れる

○①自分の手にそれを持つ（拿在手裏）

②自分のものとする（弄到手，佔為己有）

▲①ペンを手にしたまま考え込んでいる（手拿鋼筆陷入沉思）。

②大金を手にする（把巨款弄到手）。

手に付かない　＝手が付かない

○他に心が奪われて、落ち着いて物事を行うことができない（沉不下心，心不在焉，不能專心從事）　▲選挙の結果が気になって、仕事が手に付かない（關注選舉結果，不能專心工作）。

手に唾する　⇒手ぐすねを引く

○（力仕事にかかる時に、手に唾をかけることから）事に着手しようとして、勇気を奮い起こす（往手掌裏吐唾沫，摩拳擦掌）

▲手に唾して優勝戦に臨む(摩拳擦掌地面臨決賽)。

手に手に

○ある物をめいめいがその手に。てんでに(每個人手中都……，人手一份)

▲手に手に武器を持つ(每個人手裏都握著武器)。

手に手を取って　⇒手を携える

○互いに手を取り合って仲良く行動する様子。特に、相愛の男女が行動を共にする場合にいう(手牽著手，手拉著手)　▲若い二人は手に手を取って故郷を出た(年紀輕輕的兩個人手拉著手離開了家鄉)。

手に取るよう

○物事が細かいところまで非常にはっきり分かる様子(非常清楚)。

▲隣の部屋の話し声が手に取るように聞こえてくる(非常清楚地聽到隔壁房間的談話聲)。

手に成る

○作品などがその人の手によって作られる(出自……之手)

▲小学生の手に成る作品集(出自小學生之手的作品集)。

手に握る

○自分の所有とする。また、自分の配下にする(歸……所有；掌握在手)

▲証拠はすでにその筋の手に握られているに違いない(證據一定已經掌握在當局的手中)。

手に乗る　⇒手立てに乗る

○相手の仕掛けた罠にはまり、騙される(上當，中計)

▲うまいことを言って仕事を押し付けようとしても、その手には乗らないよ(說說好話就想把工作塞給我，我才不上那個當呢)。

手に入る　⇒手に入れる

○欲しいと思っていたものなどが自分のものとなる(拿到手裏，到手)

▲思いがけず珍しいものが手に入った(得到了從未想到的珍貴的東西)。

手にもたまらず

○手に負えない(管不了)　▲あの子は親の手にもたまらず、たいへん困る(父母管不了那個孩子，十分為難)。

手に持った物を落とすよう

○茫然として自失する様子。ぼんやりと気ぬけした様子（茫然若失，若有所失似的）　▲手に持った物を落とすように宙を見つめるばかりだった（若有所失似的望著空中）。

手に渡る　＝人手に渡る

○何かが別の人の所有になる（落到［別人］手裏；交給［別人］）　▲盗まれた絵はすでに画商の手に渡った（偷到的畫已經交到畫商手裏了）。

手の内に丸め込む

○巧みにまるめこんで、思うままに扱う（籠絡，隨意操縱）

▲彼を手の内に丸め込むのはわけない（不可能把他捏在手裏隨意操縱）。

手の内を見せる

○①腕前のほどを相手に見せる（展示本領，露一手）

　②心中に抱いている計画などを明かす（攤牌，亮底）

▲①おれの手の内を見せてやろう（讓我露一手給你看看吧）。

　②本心を探ろうとしても、なかなか手の内を見せない（想探求他的本意，［他］卻怎麼也不顯露出來）。

手の裏を返す　＝手を返す

○①またたくまに変わる様子（翻了個個兒）

　②その時々の情勢で、露骨に態度を変える様子（翻臉不認人）。

▲①彼の態度は手の裏を返すように明るくなった（他的態度好像翻了個個兒一樣變好了）。　②こっちが事業に失敗したとたんに、手の裏を返すように寄り付かなくなった（這邊事業一失敗，他就翻臉不認人不再接近我了）。

手の切れるよう

○紙幣が真新しく、全くしわのない様子。特に、高額の紙幣について言う言葉（嶄新的）　▲手の切れるような一万円札（嶄新的1萬日元紙幣）。

手の施しようがない

　＝手の下しようもない、手の付けようがない　⇒手が付けられない

○全く処置の方法がないほどひどい様子（無計可施，束手無策）

▲癌が各所に転移し、すでに手の施ようがない状態だった（癌已經轉移到各

個地方，已經是無計可施的狀態了）。

出端を挫く　＝出鼻をくじく　⇒出端を折る

○相手が何かを始めようとするところを妨げ、意欲を無くさせる（一開始就
潑冷水，開始就挫傷士氣）　▲相手の出端を挫いて、一気に攻め込む（開始
就挫傷對方士氣，一口氣攻了進去）。

手の舞い足の踏む所を知らず

○こおどりして喜ぶ様子。無我夢中になって喜ぶ様子（高興地手舞足蹈）
▲彼の喜びようは、手の舞い足の踏む所を知らずといったところだ（他的高
興勁兒，到了手舞足蹈的地步）。

手八丁口八丁　⇒手も八丁口も八丁

○手先も口先も達者であること（既能說又能幹）
▲彼は手八丁口八丁のやり手だ（他是個既能說又能幹的好手）。

手前勝手

○自分の都合だけを考えること（只顧自己方便，自私自利）
▲決められた通りにやらないで、手前勝手な行動ばかり取る（不按照規定做，
只採取方便自己的行動）。

手前味噌

○自分で自分のことを誇ること。自慢する（自吹自擂；老王賣瓜，自賣自誇）
▲相も変わらず手前味噌を並べられ、聞いていてうんざりする（一如既往自
吹自擂，聽了讓人厭煩）。

手間が掛かる　＝手間を取る　⇒手がかかる　⇔手間暇要らず

○そのことのために労力が費やされる。また、その間に時間を費やす（費事，
費時）　▲彼女は手間の掛る料理を作ることを苦にしない（她不以做費事的
菜餚為苦）。

手間暇要らず　⇔手間がかかる

○手間暇がかからないこと（不費事[時]）　▲これは手間暇要らずの仕事だか
ら、明日にでもやろう（這是件不費事的工作，或者明天做吧）。

手回しがいい

○事前に必要な準備を抜かりなく済ませておく様子（準備充分，安排齊全，

佈置周到）　▲現地の人々の手回しがよかったおかげで、順調に発掘調査を進めることができた（因為當地人們安排得很周到，所以發掘調查能夠順利地進行了）。

手も足も付けられない　＝手が付けられない

○処置のしようがない（無法處理）　▲この問題はなかなか手も足も付けられないようだ（這個問題好像怎麼也解決不了）。

手も足も出ない

○施すべき処置・手段もなく困りきる。また、無力でどうすることもできない（無能為力，一籌莫展）　▲石油の高騰で、中小企業は手も足も出なくなった（因為石油價格暴漲，中小企業一籌莫展）。

手も足も無い

○方法・手段がない。どうしようもない（毫無辦法，無能為力）　▲文句を言ったって今さら手も足も無い（即使發牢騷，事到如今也無能為力）。

手持ち無沙汰

○手があいていて間がもてない様子。また、することがわからず恰好がつかない様子（閒得慌，閒得無聊）　▲新婚夫婦たちが立ち去った後、披露宴の客たちは急に手持ち無沙汰になり始めた（新婚夫婦們離開了以後，婚宴的客人們突然感到閒得無聊起來）。

手もなく

○何かを行うのが極めて容易な様子（輕易地，簡單地）
▲難問を手もなく解いてしまう（輕易地解開難題）。

手も八丁口も八丁　⇒手八丁口八丁

○やることもしゃべることも巧みなこと（既能說又能幹）
▲あいつは手も八丁口も八丁だから、どこへ行っても重宝がられる（那個傢伙嘴巴會說手又能幹，到哪裏都被當做寶貝）。

手を明ける

○する事がなくて暇なこと。手のすいていること（手頭沒活，空閒）
▲事故が起きたので、みんな手を明けて工場長が来るのを待っていた（因為發生了事故，所以大家都手上沒活，等待廠長的到來）。

手を上げる　⇒お手上げだ

○自分の力に及ばず、降参する。また、自分の力ではどうしようもなくなって、途中で投げ出す(投降，認輸，舉起了手)　▲善戦むなしく、強敵の前に手を上げた(力戦未果，在强敵面前投降了)。

手を合わせる

○①両方の掌を合わせておがむ。また、心から頼む。合掌して感謝の意を表す(雙手合十，合掌；懇求)
　②相手になって勝負をする。手合わせをする(較量，比賽)
▲①手を合わせて頼まれては断わるわけにはいかない(別人向你懇求的話，是不能拒絕的)。　②彼は僕と年中手を合わせている碁仲間だ(他是和我一年到頭較量圍棋的棋友)。

手を入れる　⇒手に入る、手を加える

○①手を加えて整える。また、不足を補ったり訂正したりする(加工，補充，修改)　②手段を講じる。わたりをつける(採取措施，想辦法，搭關係)
▲①一度書き上げた文章に何度も手を入れる(一次寫好的文章進行多次修改)。　②問題解決のために積極的な手を入れよう(為了解決問題，要積極地採取措施)。

手を打つ

○①掌をうち合わせて鳴らす。感情の高まった時、礼拝の折、また、手締などで拍手する(拍手，鼓掌)
　②問題を解決するために手段講じる(採取措施)
　③(商談や契約などが成立した際に手を叩くことから)双方が妥協して、話合いなどに決着をつける(達成協議，成交)
▲①子供たちは手を打って喜んだ(孩子們高興得鼓掌)。
　②今のうちに何か手を打たないと事態はますます悪化する(如果不趁現在採取措施的話，事態會越來越惡化的)。
　③労資は歩み寄って五千円のベアで手を打った(勞資雙方互相讓步，以提高5000日元基本工資達成協議)。

手を替え品を替え

○あるひとつのことに対して、次々にさまざまの方法を試みる。いろいろ

な手段・方法を尽くす（千方百計）　▲彼は手を替え品を替え保険の勧誘をした（他千方百計地勧人加入保険）。

手を返す　⇒手の裏を返す、掌を返す

○①きわめてたやすいこと（易如反掌）

②またたくまに変わることのたとえ（一下子換了一張臉，突然翻臉）

▲①こんな計算は手を返すようにやさしい（這種計算易如反掌）。

②相手はを返したように態度ががらりと変わった（［對方］像一下子換了張臉似的，態度突然改變了）。

手をかける　⇒手が掛かる

○労力や時間を惜しまずに面倒なことをする（不惜勞力、時間親手做麻煩的事情）

▲手をかけた料理はやはりおいしい（花工夫親手做的菜餚果然好吃）。

手を貸す　⇔手を借りる

○人の仕事を手伝ってやる（幫助別人）　▲一人じゃ持てないから、ちょっと手を貸してくれ（一個人的話沒法拿，所以請你幫幫忙）。

手を借りる　⇔手を貸す

○人に仕事を手伝ってもらう（求別人幫助，借助別人的力量）

▲それぐらいのことは、人の手を借りないで自分でやりなさい（這麼點事情，不要求別人幫忙，自己做吧）。

手を切る　⇒手が切れる、手を引く、足を抜く

○今までの関係を断つ。多く、男女の関係を清算すること（斷絶關係，一刀兩斷）　▲彼はその女と手を切った（他和那個女人一刀兩斷了）。

手を下す

○他人に任せず、自分が直接それを行う（親自動手）　▲この件に関しては、君が自ら手を下すことはない（關於這件事，你沒有必要親自動手）。

手を配る

○分けて与える。配分する（部署，分配）

▲早くから手を配ったが、大会の準備はまだ十分でない（很早就佈置下去了，可大會的準備工作還不夠充分）。

手を組む　⇒腕を組む、手を携える

○仲間になって協力する(攜手，合作)

▲彼はライバル会社と手を組んだ(他與對手公司協作了)。

手を加える

○①何らかの処置を施す(施加措施)

　②他人のした仕事の不足を補ったり、出来上がっているものに修正を施たりする(加工，修改)

▲①人が手を加えない、自然のままの公園(未經人工雕琢、保持自然原貌的公園)。　②彼の立てた計画に手を加える(對他起草的計畫加以修改)。

手を拱く

　　＝手を拱く、拱手傍観　⇒腕を拱く、手を束ねる、手を袖にする

○手だしをせずにいる。何もしないで見ている(袖手旁觀)

▲かかる事態に政府はもはや手を拱いているべきではない(對於相關的事態，政府已經不應該再袖手旁觀了)。

手を差し伸べる

○困っている人を積極的に援助する(伸出手，主動援助)

▲難民に救いの手を差し伸べる(對難民伸出援助之手)。

手を袖にする　⇒手を拱く

○何事もしないでいる。手出しもしないでいる(袖手旁觀)

▲当局は手を袖にして見ているだけだった(當局只是袖手旁觀而已)。

手を染める　⇒手を付ける、指を染める

○自分の仕事として、何かを実際にし始める(著手工作，開始從事)

▲小説に手を染めたのは大学生の時だった(開始寫小說是大學的時候)。

手を出す

○①うったりなぐったりする。暴力を振う(動粗，動手打人)

　②自分から進んでそのことに関わりを持つ(參與，打交道)

　③女性と関係する([和女性]私通)

　④人の物をとる。奪って盗む(拿別人的東西，搶奪)

▲①彼はきわめて乱暴で、ちょっとしたことで人に手を出す(他非常粗魯，

因為一點小事就動手打人）。

②相場に手を出して失敗した（参與投機買賣失敗了）。

③あいつはよく女に手を出すそうだ（聽說那個傢伙經常與女人私通）。

④何も断わらずに他人の物に手を出すのはまずい（什麼招呼也不打，就拿別人的東西太不好了）。

手を携える ⇒手を組む

○手を取って連れ立つ（攜手）

▲共に手を携えて前進しよう（共同攜手前進吧）。

手を束ねる ⇒手を拱く

○手出しもしないでいる（袖手，不出手）

▲彼は手を束ねて見るだけだった（他只是袖手旁觀）。

手を突く

○すわって、両手を下に突く。敬礼または謝罪・懇願などする様子（兩手伏地賠不是［道歉、懇求］）

▲山下君は手を突いて謝った（山下兩手伏地賠了不是）。

手を尽くす

○何か実現や解決を図って、できるだけの努力をする（想盡一切辦法）

▲八方手を尽くして探したが、見つからなかった（想盡一切辦法尋找，也沒有找到）。

手を付ける ⇒手が付く

○①何かを実際に処理し始めたり使い始めたりする（著手，開始搞）

②自分より弱い立場にある女性と無理に肉体関係を結ぶ（強迫［同女性］發生性關係）

▲①将来留学するために、今から貯金に手を付ける（為了將來留學，從現在起就開始存錢）。

②店の若旦那が女店員に手を付ける（店老闆強暴女店員）。

手を繋ぐ

○仲良くして、互いに協力し合う（攜手）　▲アジアの国々は互いに手を繋ぎ、発展を図るべきだ（亞洲各國應當攜手共謀發展）。

手を通す

○衣服などを着る(穿[衣服])

▲二三度手を通しただけの服(只穿過兩三次的衣服)。

手を取って

○①案内する時に手を握る(握手)

②そばにつききりで、懇切・丁寧に教える様子(執手,手把手)

▲①子供の手を取って階段を降りさせた(握著孩子的手帶他下樓梯)。

②先生が手を取って教えてくれたおかげで、すぐに覚えられた(老師手把手地教我,所以很快就能記住了)。

手を握る ⇒手を結ぶ

○①仲直りして和解する(和好,言歸於好)

②互いに力を合わせて事に当たる(攜手,協作)

▲①調停した結果、二人は再び手を握った(調解的結果,兩個人再次和好了)。 ②彼らと手を握って難局に当たる必要がある(有必要與他們攜手應對困難局面)。

手を抜く

○すべきことをしないで手数を省く。いいかげんな仕事ですませる(潦草從事,偷工減料) ▲ちょっと目を離すと彼らは仕事の手を抜こうとする(一稍微不注意,他們就想偷工減料)。

手を濡らさず ⇒濡れ手で粟

○そのことに少しも骨を折らないで、好ましい結果を得ようとする様子(坐享其成) ▲自分は手を濡らさないくせに文句ばかりつける(自己坐享其成,卻老發牢騷)。

手を延ばす ⇒手を広げる

○今までしなかった事をやってみて、勢力をひろげる(發展勢力,擴展事業)。

▲彼は食堂の経営にまで手を延ばしている(他將事業擴展到了經營食堂)。

手を離れる ⇒手が離れる

○すでにその人の役目は終り、責任が他に移る(不屬於,不歸屬,脫離)

▲子供が親の手を離れる(孩子脫離了父母)。

手を控える

○手を出さないで側にじっとしていておとなしくする様子（縮回手，暫時不動）　▲相手が話し掛けてきたので、箸を取ろうとした手を控えた（因為對方搭話過來，所以縮回了想要去拿筷子的手）。

手を引く　⇒手を切る

○関係を断ってしりぞく。かかわりあいをなくす（斷絕關係，洗手不幹）

▲彼のパートナーがこの取り決めから手を引きたいと言っている（他的合作伙伴說想退出這份合約）。

手を翻せば雲となり手を覆せば雨となる

○人情のあてにならない様子のたとえ（翻手為雲覆手為雨）

▲「手を翻せば雲となり手を覆せば雨となる」は、日本語では人情の変わりやすく頼りがたいことの喩えに使う（「翻手為雲覆手為雨」在日語中被用來比喻人情變化多端，很難依靠）。

手を広げる

○関係する範囲を新たに広くする。仕事の規模を大きくする（擴大範圍，擴展業務）　▲最近はデパートが観光業にまで手を広げた（最近百貨商店的業務擴展到了旅遊業）。

手を回す

○自分の希望を実現させるために、あらかじめ関係者に依頼するなど、表立たぬように適当な処置を取る（暗中佈置［採取措施］；佈下羅網）

▲しかるべき筋に手を回しておいたから、間違いなく許可が下りるだろう（已經利用適當的關係暗中安排好了，所以一定會被批准的）。

手を結ぶ　⇒手を握る

○仲良くし、互いに協力しあう。また、その約束をする（攜手）　▲アジア諸国が手を結んでアジアの平和を図る（亞洲各國攜手謀求亞洲的和平）。

手を揉む

○①悔しがったり、怒ったりなど、感情の高ぶったときの動作（來回搓手）
②下手に出て、わびごとや頼みごとなどをするときの動作。揉み手をする（搓著手道歉；搓著手懇求）

▲①居ても立ってもいられず、しきりに手を揉んでいた（坐也不是，站也不是，一個勁地來回搓手）。　②手を揉んで相手に頼んだ（搓著手懇求對方）。

手を焼く

○どうやってもうまくいかず、その取り扱いや処置に困り果てる（棘手，束手無策）　▲彼を説得するのには手を焼いた（說服他真是很棘手）。

手を緩める

○それまでとってきた厳しいやり方や態度をいくぶん和らげる（鬆開手，放鬆，緩和）　▲追跡の手を緩める（放鬆追蹤）。

手を汚す

○①自ら手を下して何かを行う。多く、悪事を行うこと（自己動手[多為幹壞事]）　②恥も外聞も捨てて、今まで軽蔑していたようなことをする（幹過去不體面的事情；染指）

▲①手を汚さずに大金を得る（不用自己動手就得到巨款）。
　②生活のためには手を汚すことも止むを得ない（為生活所迫而去做以往所不齒的事情，也是迫不得已）。

手を分ける

○手分けする。手くばりする（分頭，分工，安排）

▲手を分けて探そう（分頭找吧）。

手を煩わす

○自分一人でできずに手伝ってもらったりして、人に面倒をかける（請別人幫助，麻煩人家）　▲お忙しいところをお手を煩わしてすみません（在您忙碌的時候麻煩您真對不起）。

濡れ手で粟

　＝濡れ手粟の掴み取り、濡れ手粟のぶったくり　⇒一攫千金

○（濡れた手粟をつかめば、粟粒がそのままついてくるところから）骨を折らないで利益を得ること。労少なくて得るところの多いこと（不勞而獲，不費吹灰之力）

▲彼は品不足に付けこんで濡れ手粟の大もうけをしたそうだ（聽說他因積居奇，不費吹灰之力就賺了一大筆錢）。

猫の手も借りたい

○非常に忙しく手不足で、人手が一人でも多く欲しい様子（忙得不可開交）

▲注文に追われ、猫の手も借りたいほど忙しい（訂單一個接一個，忙得不可開交）。

話し上手の聞き下手

○自分ばかり話したてて、他人の話は聞こうともしないこと。また、そのような人（擅長講話，不擅長聽話） ▲彼は全く話し上手の聞下手な男だ（他是個擅長講話，不擅長聽話的男人）。

人手が足りない ⇒手が足りない

○人手が不足である様子（人手不足）

▲今は人手が足りないから、従業員を募集している（因為現在人手不夠，所以正在招聘業務員）。

人手が無い

○仕事を手伝ってくれる人がいない様子（沒人幫忙，沒有人手）

▲昔と違って人手が無いから、何でも自分でやらなければならない（和以前不一樣，因為沒有人幫忙，所以什麼都必須自己做）。

人手にかかる

○他人の手によって殺される（死於他人之手，被別人殺害）

▲警察では彼の死を自殺と見ているが、私には人手にかかったものと思えてならない（在警方看來，他的死是自殺，但我忍不住認為是他殺）。

人手に渡る

○もとの所有者の手を離れて他人の所有物になる（轉讓他人）。 ▲破産して家屋敷も人手に渡ってしまった（破産後連房産也轉讓給了別人）。

火の手が上がる

○火事が発生して、火が燃え上がる意。また激しい抗議の運動などが起こる（火事騰然而起；發生強烈的抗議活動）

▲町の一角に火の手が上がった（街道的一角燃起了火苗）。

下手すると ＝下手をすると

○事によると。ひょっとすると（也許，說不定）

▲下手すると会えるかと思って彼の事務所を訪ねた(心想或許會遇到,就去拜訪了他的事務所)。

下手の長談義

○話の下手な人が長々と話をすること。口下手な人に限って、長話をする傾向があること(又臭又長的講話,嘴笨話長)

▲下手の長談義と申しますから、私の祝辞はこれで終わらせていただきます(俗話說嘴巴笨的人話長,所以請允許我在此結束我的祝詞)。

下手の横好き ＝下手の物好き

○下手なくせに好きで熱心であること(雖不擅長,但很愛好)

▲絵を書いていると言っても、下手の横好きで人に見られるようなものではない(雖說在畫畫,但也是瞎擺弄,見不得人的)。

下手をすると ＝下手すると

○ある事態への対処のしかたが適切でないとの意で、今後の成り行きによっては悪い結果を招きかねない様子(弄不好的話,不小心)

▲事件のショックで、下手をすると彼女は自殺しかねない(搞得不好的話,她可能會受到事件的打擊而自殺)。

諸手を挙げて

○全面的に、賛成する気持ちを表す言葉(舉雙手贊成)

▲その提案には、諸手を挙げて賛成する(對於這一提案,舉雙手贊成)。

両手に花

○二つのよいものを同時に手に入れること。また、左右に美人をはべらせることの喩え(雙喜臨門;左擁右抱)

▲新大関は優勝と結婚と、まさに両手に花で得意満面だ(新大關獲得勝利又要結婚,真是雙喜臨門,春風得意)。

六十の手習い

○(六十歳で習字を始める意から)年をとってから学問や稽古事を始めること(老而好學;60歲開始學也不算晚)

▲六十の手習いというが、今定年退職してから大学に入る人もいる(說是60歲開始學習也不晚,也有人退休了以後才上大學)。

肉（ニク）

字義　①肌肉　②食用肉　③加工，潤色

苦肉の策

○窮地を脱するために多少の犠牲を払うことを覚悟してとる、思い切った手段（苦肉計）

▲財政再建のために苦肉の策を講ずる（為了財政重整而採取苦肉計）。

肉が落ちる

○痩せて、ふっくらとした感じがなくなる（掉肉了，變瘦了）

▲受験勉強で無理をしたせいか、頬の肉が落ちてしまった（也許因為考試過度讀書，面頰都瘦掉了）。

肉付けをする　＝肉を付ける

○大体の構成がすでにできあがっているものの各部分に手を加えて、肉をより充実させる（充實內容，潤色）

▲計画の基本構想がまとまったので、後は細部に肉付けをするだけだ（因為計畫的基本構想已經定了，所以後面就只要對細節部分潤色了）。

脳（ノウ）

字義　①脳，頭脳　②脳筋，脳力

脳味噌が足りない

○「脳味噌」は「脳」の俗称 知恵が不足している様子（頭腦愚笨，笨蛋）

▲あんないい話を断わってしまうなんて、脳味噌が足りないんじゃないか（拒絕了那麼好的事，難道不是笨蛋嗎）。

脳味噌を絞る　⇒頭を絞る

○難問を解決しようと、ある限りの知恵を出して考える（絞盡腦汁，挖空心思）　▲事故防止のため脳味噌を絞っている（為了防止事故而絞盡腦汁）。

脳裏に焼き付く

○忘れられないほど強烈な印象を植え付けられる（刻在腦海裏，銘記在心）

▲故郷を出るとき、見送ってくれた母の泣き顔が脳裏に焼き付く（離開家鄉時，媽媽送我那哭泣的樣子刻在腦海裏）。

喉（のど・コウ）

字義 ①咽喉，喉嚨 ②嗓音，歌聲 ③要害，致命處 ④書的（中線處）

喉がいい

○声がよく、歌の上手な様子（嗓音好，會唱歌）

▲彼は喉がいいのを自慢にしてやたらと歌いたがる（他很得意自己嗓子好，動不動就想唱歌）。

喉が鳴る ＝喉を鳴らす

○うまそうなものなどを見て、食べたくてうずうずする（想吃，饞得要命）

▲パーティー会場に用意されたご馳走を見て、思わず喉が鳴った（看到宴會上準備好的美味佳餚，不由地想吃）。

喉がひっつく

○非常に乾いてくっつくような感じになる（非常乾渴）

▲炎天下を水一滴飲まずに強行軍して、喉がひっつきそうだった（烈日下滴水未沾地持續行軍，喉嚨非常乾渴）。

喉から手が出る

○何かが欲しくてたまらない様子（渴望到手；心癢癢）

▲禁煙をしたものの、人が吸っているのを見ると、喉から手が出るほど吸いたくなる（雖然戒菸了，但是一看到別人在吸，就想吸得心直癢癢）。

喉元過ぎれば熱さを忘れる

○（熱いものも飲み込んでしまえば）熱さを忘れてしまうことから、苦しいことも、それが過ぎると簡単に忘れてしまうことの喩え（好了傷疤忘了痛）

▲喉元過ぎれば熱さを忘れるようなことはしない。昔苦しかった時に助けてもらったご恩は絶対に忘れない（不會好了傷疤忘了痛的，過去苦難的時候得到您的幫助，這份恩情[我]絕不會忘記）。

喉を押さえる

○大事な所や急所を押して動かぬようにする（抓[卡]住要害）

▲この川口を占領すれば、この町の喉を押さえたことになる（如果占領這個河口，就等於卡住了這個城鎮的咽喉）。

喉を鳴らす　＝喉が鳴る

○おいしい食べ物や飲み物を見て、食べたい気がする。また、甚だしく欲求が起こる（想吃，食慾大增）　▲テーブルの上にずらりと並べられた料理に喉を鳴らす（對擺在桌子上成排的佳餚直嚥口水）。

歯（は・シ）

字義　牙齒

奥歯に衣を着せる　⇒奥歯に物が挟まる　⇔歯に衣着せぬ

○物事をはっきり言わないで、思わせぶりに言う（含糊其辭）　▲奥歯に衣を着せないではっきり言いなさい（請不要含糊其辭，直截了當說吧）。

奥歯に物が挟まる　⇒奥歯に衣を着せる

○自分の思うことをはっきりと言い出さない感じである様子（呑呑吐吐）

▲奥歯に物が挟まったような言い方はやめたまえ（不要說話呑呑吐吐）。

歯牙にかける

○論議の対象とする。取り立てて問題にする（掛在嘴邊；談起，說到）

▲彼はよく連中のことを歯牙にかける（他經常把朋友的事掛在嘴邊）。

歯牙にもかけない

○相手にするほどの価値が無いものとして、全く問題にしない様子（不值一提，置之不理）　▲先輩の忠告など歯牙にもかけない勢いで、強引に事を進める（對前輩的忠告置之不理，強行進行下去）。

白い歯を見せる

○にっこりと笑顔を見せる様子（露出笑容）

▲いつもはむっつりと無愛想な彼も、その時ばかりは白い歯を見せた（總是繃著臉態度冷淡的他，只有在那個時候露出了笑容）。

切歯扼腕

○激しく怒ったりくやしがったりする様子（咬牙切齒）　▲彼はだまされたと知って切歯扼腕した（他知道受騙了，氣得咬牙切齒）。

歯が浮くよう

○それを聞いた人が不快に思うほど、言葉がきざで軽薄な様子（肉麻，輕浮）

▲歯が浮くような心にもないお世辞を、よくも平気で言えるものだ（［他］總
是若無其事地講那些肉麻的恭維話呢）。

歯が立たない

○（硬くて噛めない意から）相手が強すぎてとてもかなわない（咬不動；比不
上，敵不過）

▲私なんか彼にはとうてい歯が立ない（我這種人到底比不上他）。

歯切れがいい　⇔歯切れが悪い

○発音が明瞭で、話し方がきびきびしている意で、物の言い方に曖昧なと
ころがなく、論旨が明快な様子（口齒伶俐，説話清楚明白）

▲歯切れがいい答弁（口齒清晰地答辯）。

歯車が噛み合わない

○協調・協力が必要な者同士の考えや意気がうまく合わずスムーズに事が
運ばない様子（不一致，不協調）

▲設立発起人の歯車が噛み合わず、老人ホーム建設が予定より遅れている
（設立發起人的意見不一致，養老院的建設比預期延遲了）。

歯応えがある　⇔歯応えがない

○こちらがしたことにそれ相応があり、十分に報いられたと感じられる様子
（有嚼頭；令人起勁，有勁頭；有反應）

▲このクラスは歯応えのある学生が多く、講義をするのも張り合いがある
（這個班級有積極回應的學生較多，講課也帶勁）。

歯止めをかける

○物事の進展・進行をとどめる手段や方法を食い止める（剎住）

▲物価の高騰に歯止めをかける（剎住物價的暴漲）。

歯に合う　＝口にあう

○その人の気持ちや性質などに適する（合口味，［性格等］合得来）　▲仕事が
歯に合わんのでおもしろくない（工作不合心意，所以感到沒勁）。

歯に衣着せぬ　＝歯に衣を着せない

○つつみ隠すことなく、思ったままを率直に言う。はっきりと、飾らないで
言う（直言不諱，打開天窗説亮話）

▲どうか歯に衣着せずに思う通りにおっしゃってください（請您直說，怎麼想就怎麼說）。

歯の抜けたよう

○あるはずのものが欠けて、まばらで不揃いになる様子（殘缺不全；若有所失）　▲若者たちが都会へ行ってしまって村は歯の抜けたようだった（年輕人去了大都市，村子裏人煙稀落）。

歯の根が合わない

○寒さや恐怖のために、がたがた震える様子（［因寒冷、恐懼而］上牙打下牙，打顫）

▲寒さで歯の根が合わないほど震えている（因寒冷牙齒都在打顫）。

歯を噛む

○上下の歯を強く合わせる（咬牙）

▲悔しがって歯を噛んだ（後悔得直咬牙）。

歯を食いしばる

○歯を強くかみしめる（咬緊牙關）

▲彼女は歯を食いしばって苦境を乗り越えた（她咬緊牙關渡過了困境）。

肺（ハイ）

字義 肺

肺肝を砕く　⇒心を砕く、肝胆を砕く

○心力のあるかぎりを尽くして考える。非常に苦心する（煞費苦心）

▲黄河の治水に肺肝を砕いた（為治理黃河而煞費苦心）。

肺肝を開く　⇒度胸を開く、肝胆を開く

○心をひらいて語る。真心をあらわす（推心置腹）

▲肺肝を開いて意見を交わした（推心置腹地交換了意見）。

肺腑をえぐる

○（「肺腑」は心の奥底）鋭い表現などによって、人の心に強い苦痛、動揺、または感動を与える（心如刀絞）

▲肺腑をえぐる悲しみに耐えかねた（難以忍住心如刀絞的悲傷）。

肺腑を衝く

○接する人の心に深い感銘や強い衝撃を与える（打動肺腑）

▲観衆の肺腑を衝く演説（打動觀衆肺腑的演説）。

肌（はだ）・膚（フ）

字義 ①皮膚，肌膚 ②表面 ③氣質，風度 ④木頭的紋理

片肌脱ぐ ⇒一肌脱ぐ

○他人の仕事に協力する。助力する（助人一臂之力）

▲君のためなら喜んで片肌脱ごう（為了你，我願意助一臂之力）。

完膚なきまで

○無傷の部分がないほどに。徹底的に（體無完膚；徹底地；落花流水）

▲敵を完膚なきまでに打ちのめす（把敵人打得落花流水）。

鳥肌が立つ ⇒肌に粟を生ずる

○寒さや恐怖などの強い刺激によって、皮膚に鳥肌ができる（［因寒冷、恐懼而］起雞皮疙瘩）

▲鳥肌が立つような恐ろしい話（令人起雞皮疙瘩的恐怖故事）。

肌が合う

○考えや好みが一致し、心を許して付き合える（合得來，對勁）

▲ああいうきざな男とは、どうも肌が合わない（與那種裝模作樣的男人，怎麼也合不來）。

肌触りがいい

○人や物が他の人に与える印象がいい様子（［接觸時］感覺［印象］好）

▲田中さんの奥さんは上品で優しく、肌触りがいい人だ（田中的夫人溫柔典雅，給人印象好）。

肌で感じる

○実際に身をもって体験する（切身感到，親身感受）

▲行政の人間が被災地に赴き、その悲惨さを肌で感じなければ、真の救済活動はできない（如果行政人員不前往受災地親身感受那種悲慘的話，真正的救助活動是無法實現的）。

肌身離さず

○大切なものとして、それを常時携行している様子（不離身）

▲単身で海外へ赴任した彼は、家族の写真を肌身離さず持っている（獨自一

人去國外赴任的他，把家人的照片時刻不離地帶在身上）。

肌を合わせる

○異性との肉体関係を持つ（[和異性]發生性行為）　▲二人はふとしたきっか

けで肌を合わせる仲になった（兩個人因為偶然的機會成為了性伙伴）。

肌を入れる

○肌脱ぎにした着物を、もとのように着なおす（穿好衣服，套上衣服）

▲じいさんは汗を拭いて、肌を入れた（爺爺擦完了汗，套上了衣服）。

肌を汚す　＝肌身を汚す

○女性が、操を破る。また、男性が女性を、むりに犯す（玷污貞操，強姦）

▲彼女の肌を汚すことは同時に彼女の心を汚すことだ（使她失去貞節的同時，

也玷污了她的心靈）。

肌を刺す　⇒骨を刺す

○寒気などが、強く身に感じる（刺骨）

▲肌を刺すような寒風をついて出かけた（冒著刺骨的寒風出門了）。

肌を脱ぐ

○①肌脱ぎになる（打赤膊）　②ある事物に対して力を尽くす（盡力）

▲①彼は肌を脱いで、もっこに土を詰めた（他赤著膊，往籃子裏填土）。

　②彼が危険にさらされているのを見て、誰一人肌を脱ぐものがいなかった

（看到他被置身險境，誰都沒有盡力幫忙）。

肌を許す

○女性が男性の要求に従って、肉体的の関係を持つ（以身相許）

▲彼女は彼に肌を許そうとしなかった（她不想以身相許於他）。

一肌脱ぐ　⇒肌を脱ぐ

○肌脱ぎになって助力する（奮力相助）

▲よし、君のために一肌脱ごう（好，就助你一臂之力吧）！

鼻（はな・ビ）

字義　鼻，鼻子

木で鼻をくくったよう

○（「くくる」は「こくる」の変化したもの。「こくる」は「こする」の意）ひどく冷淡に扱う様子（碰了一鼻子灰，愛搭不理）　▲彼に借金を頼んでみたが、木で鼻をくくったような返事だった（試著向他借錢，結果碰了一鼻子灰）。

小鼻を蠢かす　⇒鼻を蠢かす

○（「小鼻」は鼻の先の左右の膨らんだ部分）得意そうにする様子（得意洋洋）　▲彼は有名人と並んで写真をとっては小鼻を蠢かしている（他與著名人士並排合影後得意洋洋）。

小鼻を膨らませる

○いかにも不満そうな様子（十分不満）

▲小鼻を膨らませがならも、一応はおとなしく僕の話を聞いていた（儘管十分不満，但他暫且乖乖地聽了我的話）。

酸鼻を極める

○戦争や災害などで、ひどく心を痛めて悲しむ（慘不忍睹）

▲事故の現場は酸鼻を極め、爆発のすさまじさを物語っていた（事故現場慘不忍睹，它說明了爆炸的劇烈）。

鼻息が荒い

○気負って激しい意気込みを見せる様子（盛氣凌人，趾高氣揚）

▲相手が誰だろうと必ず勝ってみせると、鼻息が荒いことを言っている（他盛氣凌人地説，不管對方是誰，他都一定會贏）。

鼻息を窺う

○目上の人に接する時に、相手の表情をそれとなく盗み見て、機嫌の良し悪しなどを推測する（仰人鼻息，看人臉色）　▲上役の鼻息を窺いながら、意見を具申する（一邊觀察上司的臉色，一邊匯報意見）。

鼻歌交じり

○鼻歌を歌いながら何かをする意で、浮き浮きした気分で調子よく仕事な

どをする様子([哼著小曲兒]輕鬆愉快地工作)

▲何かいいことがあったと見えて、彼は朝から鼻歌交じりで仕事をしている

（看來有什麼好事了，他從早上就一邊哼著小曲兒一邊高興地工作）。

鼻が胡坐を掻く

○鼻の低くて横に広がっている様子(蒜頭鼻子)

▲彼は鼻が胡座を掻いていて、どうも美男子とは言えない(他有個蒜頭鼻子，
怎麼也算不上是個美男子)。

鼻が利く　⇒鼻を利かす

○匂いを敏感に感じる意で、秘密などを敏感に感じ取る様子(鼻子靈，嗅覺
靈敏)　▲私がここに居るのを突き止めたとは、よく鼻の利く奴だ(能查到
我住在這裏，真是個嗅覺靈敏的傢伙)。

鼻が高い　＝鼻を高くする

○人に自慢できるようなことがあって、得意になっている様子(趾高氣揚，
得意洋洋)　▲世界新記録を出すことができて鼻が高い(能創造出新的世界
紀錄，就驕傲起來)。

鼻がつかえる

○前の方がつかえていて先に進めない様子。また、部屋などが非常に狭い
様子(非常狹窄)　▲鼻がつかえるような部屋に親子四人が寝起きしている
（狹窄不堪的房間裏住著一家四口）。

鼻が曲がる　⇒鼻を突く

○耐え難い悪臭が鼻を刺激する様子(臭不可聞，臭氣沖天)　▲あそこの便所
は臭くて鼻が曲がるくらいだ(那個地方的廁所臭得刺鼻)。

鼻薬を嗅がせる　⇒鼻薬を利かす

○ちょっとした賄賂を贈る(給點甜頭嚐嚐；施小恩小惠，行點小賄賂)

▲鼻薬を嗅がせておいたから、うまくいくだろう(事先給了對方點小賄賂，
所以很順利吧)。

鼻毛を数える　⇒鼻毛を読む

○相手を見くびって適当にあしらう。特に、女が自分に惚れている男の弱
みに付け込んで、思うように弄ぶこと([受女性]擺布，要弄)

▲悪い女に鼻毛を数えられてしまって、彼も気の毒なものだ(被壞女人耍弄了，他也眞是可憐)。

鼻毛を抜く

○相手を見くびって、騙したり出し抜いたりする(乘人不備進行詐騙，引人上鉤；搶先下手)

▲悪い女に引っ掛かって鼻毛を抜かれる(上壞女人的當，中了圈套)。

鼻毛を伸ばす　⇒鼻の下を長くする

○女に現をぬかし、だらしなくなる。女に甘く、でれでれする(被女人迷住；溺愛女人)　▲あの女に鼻毛を伸ばしている間に懐中物をすり取られた(對那個女人心醉沉迷的時候，腰包裏的東西被偷走了)。

鼻毛をよむ

○女が、自分におぼれている男を見ぬいて、思うように弄ぶ([被女人]耍弄[擺布、套住])

▲君はあの女に鼻毛をよまれているよ(你被那個女人給套住了哦)。

鼻声を出す　⇒鼻を鳴らす

○甘えて、鼻に掛かった声を出す(發出鼻音[撒嬌])

▲娘に鼻声を出してねだられて、ついに高い物を買わされてしまった(被女兒哼哼唧唧地央求，最後給她買了一個很貴的東西)。

鼻先であしらう　＝鼻であしらう、鼻で笑う

○相手の言葉に碌に返事もしないで冷淡にあしらう(態度冷淡，嗤之以鼻)

▲彼はジョージを鼻先であしらって黙らせた(他對喬治嗤之以鼻，使他沉默了)。

鼻筋が通る

○鼻が高く形もすっかりと整っている(高鼻梁，鼻子又直又挺)

▲今年うちの課に入った新人は、鼻筋が通った美男子だ(今年我們科新來的是個高鼻梁的美男子)。

鼻っ柱が強い

○向こう意気が強く、容易に挫けたり妥協したりしない様子(固執己見，頑固，好逞強)　▲あの男は鼻っ柱が強く、自説を主張して譲らない(那個

男的很頑固，堅持己見，不讓步）。

鼻っ柱を折る　＝鼻っ柱をへし折る

○相手を痛めつけて、思い上がった気持ちを打ち砕く（挫傷銳氣，給顏色瞧瞧）　▲あの男は付け上がっているから、一つ鼻っ柱を折ってやろう（因為那個男的有些放肆，所以給他點顏色看看吧）。

鼻であしらう　＝鼻先であしらう、鼻の先であしらう

○相手を馬鹿にして、いい加減な応対をする（嗤之以鼻，冷淡對待）
▲借金を申し込んだから、鼻であしらわれた（因為我提出要借錢，所以受到了冷遇）。

鼻で笑う　⇒鼻の先で笑う、鼻先で笑う

○相手をさも軽蔑したようように笑う（嘲笑，冷笑）
▲いくら抗議しても、鼻で笑って相手にされなかった（無論怎麼抗議，［對方］都只是冷笑著不予理會）。

鼻にかける

○人より優れている点を自慢して、何かにつけて得意気に振舞う（自高自大，炫耀，自豪）　▲成績がいいことを鼻にかけ、みんなに嫌われる（炫耀成績好，被大家討厭）。

鼻につく

○いやな臭いが鼻を刺激する。また、飽きていや気が起こる（刺鼻；膩煩）
▲いくら好きでも、毎日同じ料理じゃ鼻についてくる（無論怎麼喜歡，每天都是同樣的菜，也會厭膩）。

鼻の差

○わずかの差を言う（毫釐之差，細微差別）
▲彼は鼻の差で勝つ（他以毫釐之差獲勝）。

鼻の下が長い

○女性に甘く、でれでれしている様子（對女人垂涎三尺，好色）
▲鼻の下が長い男（好色的男人）。

鼻の下が干上がる　⇒顎が干上がる

○生計の道を失って食うのに困る（窮得吃不上飯）　▲今日では、鼻の下が干

上がることもないので、仕事に精を出さない人がいる（如今有些人因為沒到窮得吃不上飯的地步，所以就不努力工作）。

鼻の下を長くする　⇒鼻毛を伸ばす、鼻の下を伸ばす

○女性に甘く、何かにつけてでれでれした態度を取る（好色，對女人著迷）

▲ちょっと綺麗な女性を見るとすぐ鼻の下を長くするから、馬鹿にされるんだ（看到稍微好看一點的女人就迷了魂，所以被人瞧不起）。

鼻持ちならない

○臭気がひどくてがまんできないの意で、その人の言動が見聞に堪えない（臭不可聞，令人作嘔；俗不可耐）　▲きざなことばかり言っていて、全く鼻持ちならない奴だ（總是說些討厭的話，真是個令人作嘔的傢伙）。

鼻も引っ掛けない

○（「鼻」は鼻）汁の意軽蔑しきって全く問題にしない様子（不放在眼裏，無視對方）　▲彼は秀才気取りで、我々などには鼻も引っ掛けない（他自以為是天才，不把我們這些人放在眼裏）。

鼻を明かす

○だしぬいたり思いがけないことをしたりして、優位に立っていた相手をびっくりさせる（令對方刮目相看，使對方吃驚）

▲今日は負けてしまったが、そのうちに鼻を明かしてやるぞ（雖然今天輸了，但是不久就會讓你刮目相看的）。

鼻を蠢かす

○鼻をひくひくさせる意で、いかにも得意げな様子（得意洋洋）

▲自慢の盆栽をみんなに褒められて、鼻を蠢かしている（驕傲的盆景受到大家表揚，因此得意洋洋起來）。

鼻を打つ

○強く嗅覚を刺激する（[氣味]撲鼻，刺鼻）

▲そこまで来ると、あたりに干してある干し魚の匂いが鼻を打つ（一来到這裏，就聞到附近曬的魚乾味道）。

鼻を折る　⇒鼻っ柱を折る

○得意になっている相手を厳しく痛めつけ、恥をかかせる（挫對方傲氣，給對

方顔色看）　▲あの男は少し増長しているから鼻を折ってやろう（那個男的有些囂張了，所以給他點顏色看看吧）。

鼻を高くする　＝鼻が高い

○面目を施すようなことをして得意になる（翹尾巴，得意洋洋，趾高氣揚）
▲彼は美しい娘を持って鼻を高くする（他因有個漂亮的女兒而得意洋洋）。

鼻を突き合わせる

○狭い場所に多数が集まっている（緊挨著，臉貼著臉）　▲狭い部屋に十人もの人が鼻を突き合わせていた（狹小的屋子裏緊緊擠著10個人）。

鼻を突く

○匂いが強く嗅覚を刺激する（[異味]撲鼻，刺鼻）
▲溝の悪臭が鼻を突く（陰溝的惡臭撲鼻而來）。

鼻をつまれても分からない

○まっくらで一寸先も見えない様子（黑得伸手不見五指）　▲突然の停電で、鼻をつまれても分からないような暗闇の中、手探りで蝋燭を探した（由於突然停電，在伸手不見五指的黑暗中，摸摸索索地找到了蠟燭）。

鼻を鳴らす

○甘えたりすねたりして鼻にかかった声を出す（哼鼻子[撒嬌]）
▲子供はおもちゃを買ってもらえず、不服そうに鼻を鳴らしていた（沒能給孩子買玩具，他不甘心地哼著鼻子撒嬌）。

腹（はら・フク）

字義　①腹部，肚子　②内心，想法　③心情，情緒　④度量，氣量　⑤胎内，母胎　⑥肚兒

痛くもない腹を探られる

○腹痛でもないのに、痛い個所はここかあそこかと探られる。身に覚えの無いのに疑われること（無緣無故被懷疑，受到莫須有的猜疑）　▲痛くもない腹を探られて迷惑千万だ（受到莫須有的懷疑，真令人感到煩惱）。

片腹痛い

○おかしくてたまらない。笑止千万である。相手を軽蔑、嘲笑する時に使

う(滑稽可笑，可笑至極)。

▲君が僕に教えるなんて片腹痛い(由你來教我，真是可笑至極)。

魚腹に葬られる

○海や川で水死すること(葬身魚腹，淹死) ▲こんな荒海で泳ぐなんて、魚腹に葬られたいのかね(在這麼波濤洶湧的大海裏游泳，是想葬身魚腹吧)。

自腹を切る ⇒腹が痛む、身銭を切る

○何かの経費を自分で出す。特に、自分があえて出す必要のない費用を負担する場合に用いる(自掏腰包) ▲先生が自腹を切って、学生用の図書を買う(老師自掏腰包，購買學生用的圖書)。

私腹を肥やす ＝腹を肥やす

○公の地位や職権を利用して、不当に自分の利益をむさぼる(貪污，飽私囊，謀私利) ▲公金を横領して私腹を肥やした(侵吞公款以飽私囊)。

すりこ木で腹を切る

○丸い棒で、丸い芋を皿に盛りつけようとしてもできないの意不可能なことの喩え(棒槌剖腹，比喻完全不可能) ▲それはすりこ木で腹を切るようなもんだ、できっこない(這就像用棒槌剖腹一樣，是不可能的)。

詰め腹を切らせる

○(「詰め腹」は、やむを得ずする切腹)責任をとるように強制し、辞職させる(強迫辭職) ▲課長に詰め腹を切られて、事件を収める(被科長強迫辭職，以平息事件)。

土手っ腹に風穴を開ける

○「土手っ腹」は腹を強調した言い方を刃物で突き通したり銃で打ち抜いたりする。やくざなどが脅し文句として用いる語([流氓用語]叫你吃刀子)。 ▲つべこべ言うと土手っ腹に風穴を開けるぞとすごまれた(我被恐嚇道:如果頂撞，就叫你白刀子進去紅刀子出來)！

腹帯を締めてかかる

○覚悟をきめて物事にとりかかる(做好精神準備，下定決心)

▲今度は難工事だから、腹帯を締めてかかれよ(這回工程很艱巨，所以要做好心理準備)！

腹が癒える

○怒りやうらみなどが晴れて満足する（消氣，泄憤）　▲彼が謝るまでは私の腹は癒えない（在他道歉之前，我的氣消不下去）。

腹が大きい　⇒腹が太い、心が大きい　⇔腹が小さい

○度量が広く、細かいことに拘らずに物事に接することのできる様子（度量大，胸襟開闊）

▲腹が大きい人物でないと全体のまとめ役は勤まらない（不是心胸開闊的人是不能勝任全局統一者的）。

腹が決まる　⇒腹を決める

○覚悟をきめる。決心をする（下決心，作決定）

▲辞職するかどうか腹がまだ決まらない（還沒決定辭不辭職）。

腹が腐る　⇒腸が腐る

○心が純粋さを失う。心が堕落する（心靈骯髒，思想腐敗）　▲私腹を肥やすことしか考えない、腹の腐った男（只想著謀求私利、思想腐敗的男人）。

腹が下る

○下痢をする（拉肚子）　▲午前は五回も腹が下った（上午拉肚子拉了5次）。

腹が黒い

○心の中でよくないことばかり考えている様子（心黑，心狠，陰險）

▲あの人は口先だけで、腹が黒いから気を付けた方がいい（那個人就是光耍嘴，心很黑，所以還是當心點兒好）。

腹が据わる　⇒肝が据わる、腹を据える

○いざという時の覚悟ができて、物事に動じなくなる（沉著，不慌張，胸有成竹）　▲百戦練磨の兵だけあって、さすがに腹が据わっている（到底是身經百戰的士兵，眞是沉著）。

腹が立つ　＝腹を立つ、腹を立てる

○許しがたい出来事を経験し、ひどく不快な気持ちになる（發火，生氣）

▲人の親切にも礼を言わないので腹が立った（對別人的好意也不感謝一下，所以生氣了）。

腹が小さい　⇒心が小さい、気が小さい　⇔腹が大きい

○度胸や度量や包容力はあまりない（沒有器量，小肚雞腸）　▲彼は腹が小さいから、折り合いが悪い（因為他沒有器量，所以和人關係處不好）。

腹が出来る

○覚悟を決め、いざという時にもあわてない心構えができる（做好了精神準備）　▲いつでも辞表を出すだけの腹が出来ている（做好了隨時遞交辭呈的心理準備）。

腹がない

○胆力・度胸・度量がない（沒膽量［勇氣、度量］）
▲あの人は腹がないから、新しい企画をやるのには向かない（那個人沒有膽量，所以不適合做新的規劃）。

腹が煮え返る　⇒胸が煮え返る、腸が煮え返る

○ひどく腹を立てる。心中に激しい怒りを燃やす（怒火中燒）
▲嫉妬で腹が煮え返るようだった（因為嫉妒而怒火中燒）。

腹が張る

○①飽きるほど飲食して満腹する（肚子發脹，腹脹）
　②腹がふとって突き出る（肚子凸起，肚子變大）
▲①うどんを一杯食べたら、もう腹が張った（吃過一碗湯麵後，肚子就發脹了）。　②彼は腹が張るほど太った（他胖得肚子都凸起來了）。

腹が膨れる

○①腹が肥えふとる。腹が大きくなる（肚子肥胖，肚子大）
　②腹いっぱいになる。飽食する（吃飽）
　③妊娠する（懷孕）　④言いたいことをいわないので、心に不快の思いがたまる（肚子裏憋著話）
▲①彼は腹が膨れて歩く（他映著大肚子走路）。
　②腹が膨れて、もう食べられない（肚子飽了，不能再吃了）。
　③彼女は結婚してから三年目に腹が膨れている（她婚後的第三年有了身孕）。　④気兼ねして黙っているから腹が膨れるんですよ。思い切って言ってしまいなさい（因顧慮才沉默，把話憋在肚子裏的，乾脆講出來吧）。

腹が太い ⇒腹が大きい、肝っ玉が太い

○①腹がふくれている。満腹である(吃飽，肚子脹)

②度量が広い。胆力が大きい(度量大，胸襟開闊，有膽量)

▲①腹が太いまで食べる(吃到肚子發脹)。

②こんな大胆なことは、よほど腹が太い人間でなければできない(這麼大膽的事，不是相當有膽量的人是做不了的)。

腹が減っては戦ができぬ

○空腹では、何ごとも身を入れてやれない(餓著肚子打不了仗；不吃飯什麼也幹不了) ▲仕事にかかる前に腹ごしらえをしよう。腹が減っては戦ができぬことだ(工作之前先墊墊肚子吧。餓著肚子是幹不了事的)。

腹が減る

○空腹になる。おなかが空く(肚子餓)

▲旅館に着いた時、私は腹が減っていた(到達旅館的時候，我肚子餓了)。

腹が減ると腹が立つ

○人間は空腹になると怒りっぽくなる(肚子餓，容易發火)

▲腹が減ると腹が立つという言い方がある(有肚子餓易發火這種說法)。

腹が見え透く ＝腸が見え透く

○いつわりなどが、みるからにわかる(看穿意圖，識破謊言)

▲口先ではうまいことをいっているが、彼の腹は見え透いているよ(雖然嘴巴上說著漂亮話，但是他的意圖顯而易見啊)。

腹鼓を打つ

○天下がよく治まり、食が足りて安楽な様子(飽腹自樂)

▲それに中国旅行では、毎日中華料理で腹鼓を打つことができますからね(而且，在中國旅行的話，每天都可以飽食中國菜呢)。

腹に一物 ＝胸に一物

○心の中に企むことがある様子(居心叵測)

▲腹に一物あるような物の言い方をする(說話方式居心叵測)。

腹に納める

○そのことを当人が心得ているだけで、他人に話したり態度に表したりし

ないようにする（埋［放］在心裏，心中有數）　▲今の話は君の腹に納めてお

いてくれないと困る（如果你不把剛才的話埋在心底，就不好辦了）。

腹に据えかねる

○ひどく腹が立って、何としても許せないという気持ちになる（忍無可忍，

無法忍受）　▲相手の誠意のない態度が腹に据えかねて、法廷で決着をつ

けることにした（我對對方沒有誠意的態度忍無可忍，決定在法庭上解決）。

腹に持つ

○恨みやわだかまりを抱き続ける（懷恨在心；一直懷有芥蒂）　▲彼はさっぱ

りした気性の人だから、今度のことをいつまでも腹に持つことはないだろ

う（他是性格爽快的人，所以對這次的事不會一直懷有芥蒂吧）。

腹の皮が捩れる

○あまりのおかしさに体全体で笑い転げる様子（笑破肚皮，笑得前俯後仰）

　▲腹の皮が捩れるほど笑った（笑破肚皮）。

腹の筋を縒る　＝腹筋を縒る　⇒腹の皮を縒る、腹を縒る、腹の筋を捩る

○おかしくてたまらず、笑いが止まらない様子（笑破肚皮，捧腹大笑）

▲腹の筋を縒って笑い転げる（笑得前俯後合）。

腹の虫が治まらない　＝腹の虫が承知しない

○ひどく腹が立って、どうにも我慢できない様子（怒不可過，消不了火氣）

▲ちょっとばかり謝られたぐらいでは、腹の虫が治まらない（［對方］只是稍

微道歉一下的話，我消不了火氣）。

腹の虫の居所が悪い

○きげんが悪い（不高興，情緒不佳）

▲今彼は腹の虫の居所が悪いから、傍らへよらないほうがいい（現在他的情

緒不佳，所以你還是不要接近他為好）。

腹も身の内　⇒腹八分目医者要らず

○腹も身体の一部なのだから、むちゃな大食をすれば身体をこわす。暴飲

暴食を戒めて言う（肚子是自己的；節食養身，多食傷身）

▲腹も身の内というから、それくらいでやめておくほうがいいよ（常言道「節

食養身，多食傷身」，所以就到這，不要再吃了）。

腹を合わせる

○心を通じ合わせる。一致協力する（齊心協力）

▲みんなが腹を合わせてやったので、予定より速くできた（大家齊心協力地幹了，所以能比預定計畫完成得快）。

腹を痛める

○自分がその子を生んだ母親であるということ（親生）

▲腹を痛めたかわいい我が子（可愛的親生兒子）。

腹を癒す　＝腹が癒える

○怒りを晴らす。鬱憤を晴らす（消除怒氣，消愁解悶）

▲相手が謝罪したのでやっと腹を癒した（對方賠禮道歉，終於消氣了）。

腹を抉る

○人の意中を見とおして鋭く問い尋ねる（刺入肺腑地追問）

▲腹を抉られるような厳しい追及を受ける（受到了刺入肺腑的嚴厲追問）。

腹を抱える　⇒腹の筋を縒る

○おかしくてたまらず、大笑いをする様子（捧腹大笑）

▲彼の滑稽な仕種に、みんなは腹を抱えて笑い転げた（他那滑稽的動作，讓大家捧腹大笑）。

腹を決める　＝腹を固める　⇒腹が決まる

○こうするしかないと堅く決心する（下定決心）　▲事ここに至った以上は最後まで戦い抜こうと腹を決める（事情既已如此，只能下定決心戰鬥到底）。

腹を切る

○（切腹する意から）責任を取って辞職する（剖腹；辭職）

▲今度の事件は君一人が腹を切れば済むという問題じゃない（這次的事件不是你一個人辭職就能解決的問題）。

腹を括る

○最悪の事態になってもうろたえるまいと覚悟を決める（下決心做好［最壞的］心理準備）　▲かくなる上は倒産も致し方なしと腹を括った（下決心做好最壞的心理準備：不行的話只好破產）。

腹を拵える ＝腹拵えをする

○食事をして、空腹を満たす(吃飽飯)

▲まず腹を拵えて、それから仕事にかかろう(先吃飽飯再去工作吧)。

腹を探る

○それとなく相手の意中をうかがう(揣摩對方意思，查探對方心事)

▲冗談にかこつけて相手の腹を探る(借開玩笑揣摩對方的意思)。

腹を据える ⇒腹が据わる

○いざという時の覚悟を決める(下定決心，做好應急準備)

▲失敗したらそれまでだと、腹を据えて難事業に取り組む(下定決心埋頭於

艱難的事業，失敗了也無話可說)。

腹を立てる ＝腹を立つ

○許しがたい出来事に接し、不快な気持ちが抑えきれず、言葉や態度に表す

(生氣，發怒) ▲あまりのいたずらに腹を立てた父親は子供を怒鳴りつけ

た(為孩子的過分淘氣而生氣的爸爸大聲叱責了孩子)。

腹を見透かす ⇒腹が見え透く

○心の中に抱いている相手の企みや思惑などを察知する(看透心機，看穿意

圖) ▲彼を利用してやろうと思っていたが、腹を見透かされて失敗してし

まった(曾經想要去利用他，但被對方看穿，最終失敗了)。

腹を見抜く

○見かけの言葉に惑われず、相手の本心を察知する(識破[對方的]本意，認清

真面目) ▲彼の話は漠然としていて腹を見抜くのが難しい(他的話含含糊

糊，很難看透他的真實意思)。

腹を読む

○相手の意中を推察する(揣摩[對方的]心事) ▲腹を読まれまいとして、堅

い表情を崩さずにいる(為了不被人猜出心事，一直保持著嚴肅的表情)。

腹を縒る ＝腹を捩る

○ひどくおかしくて、身体をよじって大笑いをする(捧腹大笑，笑得前仰後

合) ▲腹を縒るほど笑い転げた(笑得前仰後合)。

腹蔵ない

○心の内にひめ隠さないこと(坦率，不隱瞞，直言不諱)

▲どうぞ腹蔵なくおっしゃって下さい(請直言不諱地說)。

向かっ腹を立てる

○「向腹」の変化わけもなく腹が立つ(無緣無故生氣，無故發火)

▲彼は自分が無視されたと思って、向かっ腹を立てたようだ(他好像覺得自己被忽略了而無緣無故地生起氣來)。

腸（はらわた・チョウ）

字義 ①腸 ②内臓 ③心地，心臟 ④瓜瓢

断腸の思い ⇒腸がちぎれる

○「断腸」は、腸がちぎれる意から)堪えきれないほど悲しくつらい気持ちを抱くこと(斷腸，萬分悲痛)

▲断腸の思いで母子は生き別れをした(母子俩悲痛欲絕地離別了)。

腸が腐る ⇒腹が腐る

○精神が堕落して、気骨がなくなる(頹廢，墮落) ▲私腹を肥やすことしか考えない、腸が腐った男(一個只想著謀求私利、墮落的傢伙)。

腸がちぎれる ⇒断腸の思い

○ひどい悲しみや後悔のために、耐え難いほどつらく苦しい思いをする様子(肝腸寸斷)

▲一人息子を事故で無くした時は腸がちぎれる思いだった(獨生子在事故中死亡時，[他]感到萬分悲痛)。

腸が煮え返る ＝腸が煮えくり返る ⇒腹が煮え返る

○憤怒に堪えられない様子(非常氣憤，氣得肺都要炸了)

▲それを思い出すと腸が煮え返る(一想到那個，肺都要氣炸了)。

腸が見え透く ＝腹が見え透く

○本心がはっきりとわかる(看透用意)

▲口はどう言おうと、彼の腸は見え透いている(不論嘴巴怎麼說，都看透了他的用意)。

髭（ひげ・シ）

字義 鬍鬚

髭の塵を払う ＝髭を払う

○目上の者にこびへつらう（諂媚，奉承，拍馬屁）

▲彼は上役の髭の塵を払うことしかできない無能な社員だ（他是一個只會拍上司馬屁、無能的公司職員）。

膝（ひざ・シチ・シツ）

字義 ①膝，膝蓋 ②大腿

七重の膝を八重に折る

○丁寧な上にも、さらに丁寧にして願い、または詫びなどする（低聲下氣，卑躬屈膝） ▲七重の膝を八重に折って頼んだが、聞き入れてもらえなかった（低聲下氣地請求過了，但是對方沒有答應）。

膝が抜ける

○①着物やズボンの膝の部分がすれて穴があく（膝蓋處磨破）

②膝の力がなくなる（腿酸[軟、乏力]）

▲①このズボンは膝が抜けている（這條褲子的膝蓋處磨破了）。

②山を降りてから膝が抜けてしまった（下山以後腿都酸了）。

膝が笑う

○山道を下りるときなどに、膝のあたりの力が抜ける（腿脚酸軟）

▲一日中歩きづめで膝が笑っている（一整天一直在走，腿都軟了）。

膝詰め談判

○相手に膝をつめ寄せて談判すること。相手にきびしく迫って圧力をかけて談判すること（促膝談判，面對面談判） ▲彼らは社長と賃上げの膝詰め談判をした（他們與總經理面對面地進行了要求提高工資的談判）。

膝とも談合

○どんな相手でも、相談すればそれだけの成果はあるものだということ（與別人商量總有好處，集思廣益）

▲膝とも談合というから、私にも話すだけは話してごらんなさい（與別人商

量總有好處，所以對我有什麼能說的就說說看）。

膝元を離れる

○父母の保護を離れて生活する（離開父母［獨立生活］）

▲親の膝元を離れて一人暮らしをする（離開父母一個人生活）。

膝を打つ　＝膝をたたく

○はっと思い当たったり、感心したり、また、おもしろいと思ったりしたときなどにする動作を言う（拍膝蓋，拍大腿［想起某事或受感動］）

▲彼は何を思い出したのか、はたと膝を打って立ち上がった（他可能想起什麼了，啪的一聲拍了一下膝蓋站了起來）。

膝を折る　＝膝を屈する

○（膝を折って、からだをかがめる意から）相手に屈従する（屈膝，屈服）

▲権力の前に膝を折った（屈服在權利的面前）。

膝を崩す

○きちんとした姿勢をくずして、楽にすわる（盤腿坐，坐得隨便）　▲無礼講ですからどうぞ膝を崩してください（不講客套，所以請隨便坐）。

膝を進める

○①前へにじり出る。相手に近づく（跪著往前湊近）

　②乗り気になる（感興趣，起勁）

▲①彼の前に膝を進めた（跪著湊到了他的面前）。

　②彼の話に膝を進めた（對他的話感興趣）。

膝を抱く

○①自分の膝をかかえる。孤独な様子（孤單一人）

　②懇願する。頼み入れる（跪下来請求，抱住對方的膝蓋央求）

▲①東京へ出てから、友達も出来ず、アパートの一室で膝を抱いて過ごす夜が続いている（到了東京以來，也沒有交到朋友，每天夜晚都是孤單一人在公寓的房間裏度過）。　②膝を抱いても頼み込んで買ってもらうんだ（就算跪下来也要懇求他幫我買）。

膝を正す

○きちんと姿勢を整えて座る（端坐）

▲上役を見て、彼は膝を正した（看到了上司，他坐正了身子）。

膝を突き合わせる

○関係者同士が問題解決などのために真剣に話し合う様子（認眞商討）

▲膝を突き合わせて相談する（促膝商談）。

膝を乗り出す

○上体を前へ突き出すようにする意で、そのことに興味を感じて積極的に見たり聞いたり、また話したりしようとする様子（凑上去，凑近）

▲おもしろい話に思わず膝を乗り出して聞き入った（因談話有趣，不由自主地凑上去聽）。

膝を交える

○同席して親しく話し合う（促膝交談）

▲我々われは膝を交えて話し合った（我們促膝交談過了）。

肘（ひじ・チュウ）

字義 肘，臂肘

肘鉄砲を食わす　＝肘鉄を食う

○誘いや要求などを拒絶する（碰釘子，碰一鼻子灰）　▲彼女をお茶に誘ったら、あっさり肘鉄砲を食った（邀請她喝茶，結果一下子就被拒絕了）。

肘を張る

○①肘を張り出して武張った様子をする（撐起胳膊逞威風）
　②強情に意地を張る（固執，頑固）

▲①肘を張って、いかにも強そうだ（張牙舞爪的，好像的確很強）。
　②彼は肘を張って、あくまで言い張った（他固執己見，堅持說完）。

額（ひたい・ガク）

字義 額，天庭

猫の額

○（猫の額が狭いところから）面積の狭いことの喩え（[面積]狹小，巴掌大的，彈丸之地）　▲猫の額ほどの庭にせよ、無いよりはましだ（雖然院子只有巴掌大，但是總比沒有強）。

額に汗する

○骨身を惜しまず働く様子（不辭勞苦，辛辛苦苦）

▲ここは祖父が朝から晩まで額に汗して切り開いた土地だ（這裏是祖父從早到晩不辭勞苦開墾的土地）。

額に皺を寄せる　＝額に八の字を寄せる

○深刻に考え込む様子（皺著眉頭，冥思苦想）　▲何をあんなに額に皺を寄せて考え込んでいるんだろう（那樣皺眉頭苦想什麼呢）？

額に八の字を寄せる　＝額に皺を寄せる

○不機嫌だったり考え込んだりして、眉を八の字の形にしかめる様子（皺起眉頭）　▲彼は額に八の字を寄せて黙ったまま私を睨み付けていた（他皺著眉頭一言不發地瞪著我）。

額を集める

○互いに額を付け合うように近寄って相談する（召集大家共同商議）

▲会社の幹部が額を集めて、事故の善後策を協議する（召集公司的幹部，商議事故的善後事宜）。

額を合わせる

○互いに額が付くほどに近く寄る（[面對面]湊近）

▲額を合わせてこそこそ何かを話している（湊到一起嘀嘀咕咕著什麼）。

額を曇らせる

○心配事のために暗い顔をする（沉著臉，滿面烏雲）

▲先生が入院なさったと聞いて、生徒はみな額を曇らせた（聽說老師住院了，學生們都沉著臉）。

瞳（ひとみ・ドウ）

字義　瞳孔，眼珠，眼睛

瞳を凝らす

○一点に目を向け、じっと見つめる（凝視，注視，凝眸）

▲どんな変化が起こるかと、試験管に瞳を凝らしている（注視著試管看看會發生什麼變化呢）？

腑(フ)

字義 内臓

腑に落ちない

○(「腑」は内臓の意で、精神の宿る所とされる)いくら考えても納得できない点がある様子(不能理解，不能領會，不懂)

▲彼の取った行動はどうも腑に落ちない(怎麼也不理解他採取的行動)。

腑の抜けたよう

○魂が抜けたように、全く気力の無い様子(掉了魂似的) ▲長年連れ添った母に先立たれてからというもの、老父は腑の抜けたようになってしまった(自從長年一起生活的媽媽先走後，年邁的父親像丟了魂似的)。

臍(へそ・ほぞ・セイ)

字義 臍，肚臍

観念の臍を固める

○(「臍を固める」は決心すること)もうこれまでと覚悟する(下定決心)

▲証拠をつきつけられて、白状しようと、観念の臍を固めた(證據擺在了眼前，於是決心招認了)。

臍下丹田に力を入れる

○臍の下三寸(約九センチメートル)余りのところ。ここに気力を集めれば、健康を保ち勇気が生じると言われる(氣沉丹田，勇敢對敵) ▲臍下丹田に力を入れて立ち向かっていけば必ず勝つ(勇敢對敵，一定會贏)。

臍で茶を沸かす ＝臍が茶を沸かす、臍が宿替えする

○おかしくてたまらない、また、ばかばかしくてしかたがない喩え。多く嘲りの意をこめて用いる(捧腹大笑，笑破肚皮) ▲あの男が臍で茶を沸かすようなことを言うね(那人講的事讓人笑破肚皮)。

臍の緒を切ってから

○(臍の緒は、出生後すぐ切るものである意から)生まれて落ちてからこのかた(自生下以來，自呱呱墜地以來) ▲こんなおいしい果物は臍の緒を切ってから初めてだ(生來頭一次吃那麼好吃的水果)。

臍を曲げる

○機嫌を損ねて意固地になる（不痛快，鬧彆扭）　▲彼は自分の意見が無視された

といって、臍を曲げている（他因自己的意見被忽視了而不痛快）。

臍を固める

○いざという時に慌てないよう、覚悟を決める（下決心）

▲再び同じ過ちをすまいと臍を固めていた（下決心不再犯同樣的錯誤）。

臍を噛む

○すでに及ばないことを悔やむ（後悔莫及）

▲彼は臍を噛む思いで試験場を離れた（後悔莫及地離開了考場）。

頰（ほお・ほほ・キョウ）

字義　面頰，臉蛋兒

頰被りをする

○都合が悪いために、そ知らぬふりをする（假裝不知道）

▲彼は麻薬密輸ルートを知っているのに頰被りをしていた（他明明知道毒品

走私的途徑，卻假裝不知道）。

頰がゆるむ

○嬉しい出来事に接するなどして、思わず笑みを漏らす（不由地笑了，不禁

露出了笑容）　▲初孫を抱いた母は頰がゆるみっ放しだった（頭一次抱孫子

的媽媽不由地笑了）。

頰桁が過ぎる

○勝手なことを言いすぎる（說話隨便，信口開河）

▲あいつは頰桁が過ぎる。所構わず、話し出したら切りがない（那個傢伙說

話太隨便了。不分場合一張口就沒完沒了）。

頰杖をつく

○肘をついて手のひらで頰を支えること（用手托腮）

▲彼女は頰杖をついて窓の外を眺めていた（她用手托腮望著窗外）。

頰は面　＝頰を顔

○呼び方は違っても実質は同じだということ（叫法不同，實質相同；一個東

西，兩種說法） ▲頬は面、0.5 キロと言おうが五百グラムと言おうが同じことだ（叫法不同，實質相同，說0.5公斤和說500公克是一樣的）。

頬を染める

○恥ずかしさで顔を赤らめる（滿臉通紅）　▲顔を染め、はにかみながら小さな声で答えた（滿臉通紅、羞答答地小聲回答）。

頬を膨らます　＝ほっぺたを膨らます

○不満がありありと現れた表情をする（撅嘴、嘟著嘴［表示不滿］）

▲何が不服なのかその子は頬を膨らませた（可能哪裏不滿意了，那個孩子撅起了嘴巴）。

頬っぺたが落ちそう　⇒顎が落ちそう

○非常に味がよいことのたとえ（口水直流，非常好吃）

▲腹が減っていたので、焼き魚の味は頬っぺたが落ちそうだった（因為肚子餓了，所以烤魚片的味道讓人口水直流）。

骨（ほね・コツ）

字義　①骨　②骨狀物　③骨幹　④骨氣　⑤費事，麻煩事

恨み骨髄に徹する

○心の底から恨む。たいそうひどく恨む（恨入骨髓，恨之入骨，刻骨仇恨）

　▲あいつには恨み骨髄に徹している（對那個傢伙恨之入骨）。

骸骨を乞う

○官を退くことを請う。辞職を願い出る（辭去官職，請求辭職）

▲閣僚の辞表を取りまとめ、首相は陛下に骸骨を乞う（首相匯齊了內閣成員的辭呈，向陛下請求辭職）。

骨肉相食む

○親子、兄弟など血縁関係にある者同士が争いをする（骨肉相殘，其豆相煎）　▲遺産相続で骨肉相食む争いを続けている（為遺産繼承而不斷地骨肉相殘）。

小骨が折れる

○何かをするのにちょっと苦労をする（費點勁，不太容易）

▲この仕事には小骨が折れる（這個工作要費點勁）。

死馬の骨

○かつては傑出したものであったが、今は何の価値もないものの喩え（毫無用處，毫無價值）

▲以前は優れていたが、今は死馬の骨だよ（以前很優秀，現在是無用之徒了）。

死馬の骨を買う

○つまらない者をまず優遇すれば、すぐれた者がおのずから集まってくる（買死馬骨，收羅無用之人以便招攬賢者歸來）

▲いま僕を採用するのは、死馬の骨を買うようなもんだよ（現在任用我就好像買死馬之骨，招攬人才）。

どこの馬の骨　＝どこの牛の骨

○素姓の分からない人を嘲って言う言葉（來歷不明的傢伙）

▲あの男はどこの馬の骨とも分からぬ奴だ（那個男的是個來歷不明的傢伙）。

粉骨砕身　⇒骨を惜しむ

○（骨を粉にし身を砕いて働くという意）力の続く限り努力すること（粉身碎骨，鞠躬盡瘁）

▲国家のために粉骨砕身努力します（為了國家而粉身碎骨）。

骨惜しみをする　⇒骨を惜しむ

○労苦をいやがること（不肯賣力氣，不肯吃苦，懶惰）

▲あの男は骨惜しみをせずによく働く（那個男人賣力地認眞幹活）。

骨折り損の草臥れ儲け

○苦労したことが何の効果ももたらさず、ただ疲労という結果だけが残ること（徒勞無功，白費力氣）

▲苦労して作ったワンピースが寸法違いで体に合わず、骨折り損の草臥れ儲けだった（辛辛苦苦做的連衣裙，因尺寸不對不合身，白費力氣了）。

骨がある　＝骨が太い　⇒気骨がある

○障害に耐え、意志を貫く気力などを持つ（有骨氣）

▲彼は骨のある男だ（他是個有骨氣的人）。

骨が折れる　⇒骨を折る

○そのことをするのが困難で苦労する(費力氣，費勁)

▲彼の主張を理解するのに骨が折れた(理解他的主張費了很大的勁)。

骨が舎利になっても

○(「舎利」は火葬にした骨の意)たとえ死んでも。どんな困難を冒しても(誓死，就算骨頭化成了灰)

▲たとえ骨が舎利になっても初志を貫く(誓死也不改初衷)。

骨と皮

○(骨と皮ばかりで、身がほとんどない意から)極度に痩せている様子(痩得皮包骨頭)　▲大飢饉で人々は骨と皮ばかりになっている(大災荒的時候人人都痩得皮包骨頭)。

骨に刻む　⇒心に刻む、肝に刻む

○決して忘れないように心に堅く記憶すること(刻骨銘心)

▲父の忠告を骨に刻んだ(父親的忠告刻骨銘心)。

骨になる

○死んで遺骨だけになる。また、死亡することを婉曲に言う(死，化為屍骨)　▲三年後に骨になって帰って来た(3年後化成屍骨回來了)。

骨抜きにされる

○①考えや計画の眼目の部分を抜き去ること(被抽去[刪減]主要內容)
②性根などをなくさせてしまうこと。気骨・節操などのないこと(沒有骨氣，失去骨魄[本性])　▲①骨抜きにされた原案はホゴ同然だ(被刪減過主要部分的原案如同廢紙)。　②あいつは彼女に惚れて、すっかり骨抜きにされてしまった(那個傢伙迷戀女友，完全迷失了本性)。

骨の髄まで

○徹底してそういう心持ちになること(深入骨髓)

▲阪神大震災を体験して、地震の恐ろしさが骨の髄まで染みた(體驗了阪神大地震後，對地震的恐懼深入骨髓)。

骨の髄までしゃぶる

○徹底的に人を利用する(徹底利用別人)

▲骨の髄までしゃぶったあげく、あとは放り出して知らん顔とはひどい話だ（徹底利用完以後，就拋到一邊裝作不認識，真是太過分了）。

骨身に応える ⇒骨身に染みる、身に応える

○苦痛などを深く感じ、もうこりごりだと思う（徹骨，透入骨髓）
▲先生の戒めの言葉が骨身に応えた（老師告誡的話刻骨銘心）。

骨身に沁みる ⇒骨身に応える、身に応える

○いつまでも忘れられないほど心身に強く感じる（刻骨銘心，透入骨髓）
▲彼の非難は骨身に沁みた（他的譴責刻骨銘心）。

骨身を惜しまず

○苦労を少しもいとわず、一心に働く様子（不辭勞苦地）
▲彼女は骨身を惜しまず働いてくれた（她不辭辛勞地為我工作）。

骨身を削る

○からだがやせ細るほど苦心や努力をする（費盡心血，嘔心瀝血）。
▲夫の死後、女手一つで一家を支えていくのは骨を削る思いだった（丈夫死後，單憑一個女人的勞動支持整個家，真是費盡心血啊）。

骨休めをする

○仕事の合間に体を休めること（休息，歇息）
▲働き過ぎないで、適当に骨休めをしたほうがいい（不要太勞累了，還是適當休息一下的好）。

骨を埋める

○①その職場や土地に止まって一生を終える（終此一生，死）
　②生涯一つの事に打ち込む（畢生從事）
▲①異国に骨を埋めた（客死他鄉）。
　②若い医師は骨を埋める覚悟でこの無医村へやってきた（年輕的醫生抱著紮根一生的思想準備來到了這個沒有醫生的村莊）。

骨を惜しむ ⇒骨惜しみをする

○苦労することを嫌がって、なすべき仕事などを怠ける（不肯賣力氣，捨不得出力）　▲若い時は何事にも骨を惜しむな（年輕的時候無論什麼事都不要捨不得出力）。

骨を折る

○目的を達成するためにあれこれ苦心したり労力を費やしたりする（賣力，盡力）　▲弟の就職のために友人にいろいろと骨を折ってもらった（為了弟弟工作的事，朋友在很多方面都盡了力）。

骨を拾う

○仕事半ばにして倒れた人の、あとのことを引き受ける（[替別人]善後）

▲おれが骨を拾ってやるから、全力を尽くしてやってくれ（我來為你善後，所以你就盡全力去做吧）。

無駄骨を折る

○苦労したことがなんの役にも立たないこと（白受累，白辛苦）　▲相手がその気にならなければ、いくら君が一人頑張ったって無駄骨を折るだけさ（如果對方沒有那個意思的話，你一個人再怎麼努力也只是白辛苦啊）。

老骨に鞭打つ

○年を取って気力・体力共に衰えた自分を励まして、何かのために努力しようとする（不顧年邁猶自奮勉，鞭策衰軀）

▲支持者に推され、老骨に鞭打って参院選に出馬することにした（受到支持者的推舉，決定鞭策衰軀參加參議院選舉）。

股（また・もも・ワ）

字義　胯，股

內股膏薬　＝二股膏薬

○（内股に張った膏薬が両ももに張り付くように）一定の意見、主張もなく、都合しだいで、あちらこちらと付き従うこと。また、そのような人（兩面派，騎牆派，牆頭草兩邊倒；腳踏兩條船）　▲あの男は内股膏薬だから、当てにはできない（那個男的是個兩面派，所以不能指望他）。

小股の切れ上がった

○女性の体つきがすらりとしていて粋な様子（身材苗條漂亮）

▲さすがもと女優だけあって、小股の切れ上がったいい女だ（正因為以前是女演員，所以是個身材苗條漂亮的女人）。

小股を掬う　⇒足を掬う

○(相撲で、相手の股を内側から掬いあげて倒す意から)他人の欠点に乗じて自分の利益をはかる([趁人不備]暗中使壞，使絆兒，扯後腿)

▲人の小股を掬うようなことは止せ(不要暗中使壞)。

二股膏薬　＝内股膏薬

○内股にはった膏薬のように、あちらにつきこちらにつきして態度が一定しないこと。定見・節操のないこと。また、そのような人(騎牆，兩面派，機會主義者)　▲あいつはあっちへついたり、こっちへついたり、二股膏薬だ(那個傢伙一會兒向著這邊，一會兒向著那邊，是個兩面派)。

二股をかける

○どちらに決まってもいいように、両方に関係をつけておく(三心二意，腳踏兩條船，搖擺不定)

▲国立と私立の二股をかけて受験する(同時參加國立和私立的考試)。

股に掛ける

○ひろく各地を歩きまわる。各地をとび歩いて活動する(漫遊……，走遍……；到處活動)

▲国中を股に掛けて手広く商売をする(走遍全國各地廣泛地做生意)。

眼(まなこ・め・ガン)

字義　①眼珠　②眼睛

お眼鏡にかなう　＝眼鏡にかなう

○上に立つ人から能力・人柄などを高く評価され、気に入られる(被上司、長輩看中[中意])　▲恩師のお眼鏡にかない、この四月から、母校に助教授として迎えられる(被恩師看中，邀請我從4月開始擔任母校的副教授)。

眼下に見下ろす

○高い所から見おろす(俯視，俯瞰)　▲そのホテルからは太平洋が眼下に見下ろせます(從這個旅店可以俯瞰太平洋)。

眼下に見下す

○他を低いものとして見下げる。軽視する(看不起，輕視)

▲一国の首相をも眼下に見下していた(連一國的首相也不放在眼裏)。

眼下に見る

○世間の動向、評価にとらわれない生き方をする(輕視)

▲世間を眼下に見る(輕視世俗)。

眼光炯炯として

○目などが鋭く光る様子(目光炯炯)

▲眼光炯々として威厳があった(目光炯炯，很有威嚴)。

眼光紙背に徹する　＝眼光紙背に徹る

○(書かれている紙の裏まで見とおす意から)書物を読んで、字句の解釈だけでなく、その深意までもつかみとる。読解力がするどい(理解力超強，理解滲透)　▲眼光紙背に徹する者にのみ、この作者の真の意図が汲み取れるだろう(只有理解力超強的人才能領會這個作者的眞正意圖吧)。

眼中に置かない　＝眼中にない、眼中に入れない

○心にとめない。意識しない(不放在心裏，不介意，置之度外)

▲家庭のことは一切眼中に置かない(家裏的事一概都不放在眼裏)。

眼中に無い　＝眼中に置かない、眼中に入れない

○意識や関心の及ぶ範囲には無いの意で、全く問題にしない様子。一般に、他に心を奪われることがあって、そんなつまらないことを問題になどしていられないという場合に用いる(不放在眼裏，不放在心上)

▲今の彼には研究のことばかりで、家庭のことなど眼中に無いらしい(現在他只想著研究，家裏的事完全不放在心上)。

眼中に人無し

○人のことは少しも考えないで、わがままにふるまう。傍若無人(目中無人，旁若無人)　▲彼の態度はまるで眼中に人無しじゃないか(他的態度簡直是目中無人嘛)。

観念の眼を閉じる

○絶望的な状況にあきらめて目を閉じる、いよいよ最後であることを覚悟する意(斷念，死心)　▲いくら弁解しても無駄だと知って、彼はついに観念の眼を閉じた(知道無論怎麼辯解也沒有用了，他終於死了心)。

眼をつける

○因縁をつけるために相手の顔をじっと見る。不良仲間で用いる言葉(有用意地町住對方)　▲眼をつけたと言って、不良に絡まれる(說是町上了，就被流氓纏住了)。

眼が眩む　＝目が眩む

○一つのものに心を奪われて、正常心を失う(鬼迷心竅)

▲金に眼が眩んで過ちを犯すようなことがあってはならない(不該因財迷心竅而犯錯誤)。

眼は広い　＝目が広い

○関係する範囲・眼界・視野・知識などが手広い(眼界開闊，視野廣闊，見多識廣)　▲彼は古今東西にわたって、眼が広い(他博古通今，學貫中西，見多識廣)。

眼鏡が狂う

○物や人を見て、判断を誤る。目ききに失敗する(估計錯誤，看錯人，看走了眼)

▲眼鏡が狂って、とんだ男を信用してしまった(看走眼了，相信了那種不牢靠的男人)。

眉（まゆ・ビ）

字義　眉，眉毛

愁眉を開く　＝眉を開く

○(しかめた眉をもとにもどす意から)悲しみや心配がなくなって、ほっと安心した顔つきになる(展開愁眉，放心)　▲娘が意識を回復したと聞いて愁眉を開いた(聽說女兒恢復知覺了便放下心來)。

焦眉の急　⇒眉毛に火が付く

○(眉が焦げるほどに火の危険が迫っている意から)事態が切迫して、一刻の猶予もなく何かをしなければならない状態にあること(燃眉之急)

▲大都市のごみ処理問題が今や焦眉の急である(大城市的垃圾處理問題如今已是燃眉之急)。

眉目秀麗

○すぐれてうるわしい様子(眉清目秀)

▲眉目秀麗な少女(眉清目秀的少女)。

眉毛に火が付く　⇒焦眉の急

○(「焦眉」から)危険がさしせまる(火燒眉毛,燃眉之急)

▲眉に火が付く状況だった(火燒眉毛的狀況)。

眉唾もの　=眉唾　⇒眉に唾をつける

○だまされる心配のある物。また、真偽の疑わしいこと(不可輕信的,令人懷疑)　▲こんな安物は眉唾ものだぞ(這種便宜貨是不可輕信的)。

眉に迫る

○ある状態に今にもなりそうになる(直逼眼前,近在眼前)

▲このドライブウエイを飛ばしていくと、緑の山々が眉に迫ってくるようだ(在公路上飛馳而過,翠綠的群山好似直逼眼前一樣)。

眉に唾をつける　=眉毛に唾をつける

○(狐、狸などにだまされないように眉に唾をつけるというところから)欺かれないように用心する。信用できないもの、疑わしいものを「眉唾物」という(提高警惕,多加小心)

▲あいつの話しは眉に唾をつけて聞いたほうがいいよ、うそつきだから(聽那傢伙講話還是多加小心為好,因為他是個愛撒謊的人)。

眉一つ動かさない

○それなりのショックを受けたと思われるのに、全く表情を変えず、動揺したそぶりを見せない様子(面不改色)

▲危機に面して、眉一つ動かさなかった(面臨危機面不改色)。

眉を曇らせる　⇒顔を曇らせる

○心配事のために暗い表情をする(滿面愁雲)

▲お兄さんの病状が思わしくないという知らせを受けて、彼は眉を曇らせていた(收到了哥哥病情不好的通知,他滿面愁雲)。

眉を顰める　⇒眉を寄せる

○心配事があったり、他人のいまわしい言動に不快を感じたりして、顔をし

かめる（皺眉，顰眉）

▲社内の不祥事を眉を顰めて語り合っている（皺著眉頭相互談論著公司裏不幸的事情）。

眉を開く　＝愁眉を開く

○心中の心配や憂いがなくなって安心する（展眉，放下心）

▲子供の高熱が平熱に戻り両親は眉を開いた（孩子高熱恢復到了正常體溫，父母展開了眉頭）。

眉を寄せる　⇒眉を顰める

○不快なことがあって、気難しい表情を示す（緊蹙雙眉）

▲何かあったのだろうか、課長は朝から眉を寄せて考え込んでいる（可能發生了什麼事，科長一早就緊蹙眉頭，苦思冥想）。

眉を読む　⇒腹を読む

○相手の顔の表情から、その人の心を推しはかる（推測他人的心理）

▲易者は眉を読むのがうまい（算卦先生很會推測他人的心理）。

柳眉を逆立てる

○美人が眉をつりあげて怒る様子（[美女]柳眉倒豎）

▲彼女は柳眉を逆立てて抗議した（她柳眉倒豎地抗議）。

身（み・シン）

字義①身，身體，身子　②自己，自身　③身份，處境，立場　④心，精神　⑤力量，能力　⑥生命，性命

悪銭身に付かず　＝あぶく銭は身につかない

○不正な手段で得た金銭は、むだなことに使ってしまうから、すぐなくなる（財悖入則悖出，冤枉錢來冤枉去，不義之財、理無久享）

▲競馬で大穴を当てたが、悪銭身に付かずで、あっという間に使ってしまった（賭馬中了大冷門，但是不義之財不得好用，轉眼間就花光了）。

憂き身をやつす

○労苦もいやがることなく、なりふりもかまわないで熱中する（極其熱衷）

▲彼はゴルフに憂き身をやつしている（他極其熱衷於打高爾夫）。

神ならぬ身

○神でない、能力に限りのある、人間の身。凡夫の（身凡夫之身）

▲一瞬の大地震で家財をすべて失うとは神ならぬ身には知るよしもなかった（因為一瞬間的大地震而家産盡失，對此凡夫之身是無從獲悉的）。

獅子身中の虫

○味方でありながら内部から災いを齎すことや、恩を受けた者に仇で報いることの喩え（內奸，害群之馬，心腹之患）　▲あいつは獅子身中の虫だ。摘発しなければならない（那個傢伙是害群之馬，必須揭發他）。

身上を潰す　＝身上をはたく

○「身上」は生活上の基盤となる資産の意から）全財産を使い尽くしてしまう（敗壞家産）　▲あそこのどら息子はギャンブルで身上を潰してしまった（那家的敗家子賭博，把家産都敗光了）。

粋が身を食う　＝粋は身を食う

○粋人ともてはやされたりしていると、遊興に深入りしすぎ、最後には身をほろぼすことになる（風流滅身［毀譽］）

▲あの料理屋で下働きしているお年寄りは粋が身を食ったなれの果てだ（在那家酒店裏打雜的老人就是因風流而落了個身敗名裂的下場）。

捨て身になる

○身を捨てて事に当たること（拼命，奮不顧身，冒著生命危險，全力以赴）

▲捨て身になればなんでもできる（全力以赴的話什麼都能做成）。

晴れの身

○疑いが晴れること（清白無辜，消除嫌疑）　▲真犯人は捕まり、容疑者は晴れの身となった（真正的犯人被逮捕了，嫌疑犯消除了嫌疑）。

半身不随

○病気などで体の半分が動かなくなる意で、組織や機関などが、その運営や活動に必要な資金・設備などに不足をきたし、本来の機能が十分に果たせずにいる様子（半身不遂，癱瘓狀態）

▲この研究所は予算不足で研究員が揃わず、半身不随の状態である（這個研究所因預算不足、研究員不齊備而處於癱瘓狀態）。

身が固まる ＝身を固

○職が決まって身分が安定したり、結婚して身持ちが治まったりして生活が落ち着く（成家立業，生活安定）　▲いい女房をもらったおかげで、彼もやっと身が固まった（娶到了好老婆，所以他也終於成家立業了）。

身が軽い

○動作が軽快な様子。また、行動の自由を束縛するものが何もない様子（身手敏捷；無拘無束）

▲我々われ所帯持ちと違って、君のような独り者は身が軽くていい（與我們拖家帶口的不同，像你那樣的單身漢可以無拘無束）。

身が入る

○気分がのって、一生懸命にそのことが行える（全神貫注；起勁）

▲子供の病気が気になって、仕事に身が入らない（擔心孩子的病，工作也無法專心致志）。

身が持たない

○忙しすぎたり健康が保ちきれなくなる様子（身體吃不消，身子撐不住）

▲毎晩のように徹夜が続いては身が持たない（每天晚上連續熬夜的話，身體吃不消）。

身が持てない

○身持ちや品行が悪くなる。また、身代を保てない（品行變壞；家財不保）

▲あんな生活をしていたのでは、身が持てないね（如果那樣生活的話，會財產不保的）。

身から出た錆

○自分の行為の報いとして禍災を被る（自作自受，自討苦吃）

▲これは身から出た錆だ。誰をも恨まない（這是自作自受，我不怨任何人）。

身軽になる

○足手まといがなくて行動が気楽にできる様子（輕鬆，輕便）

▲子供が成人して身軽になる（孩子成人就輕鬆了）。

身銭を切る　⇒自腹を切る、腹を痛める

○自分の金で支払いをする（自掏腰包）　▲出張費が足りなくなって身銭を

切ることもある(也有出差費不夠自掏腰包的時候)。

身に余る　＝身に過ぎる

○自分の身分や立場として、十分過ぎる様子(過分；擔當不起)　▲過分のお褒めをいただいて、身に余る光栄です(承蒙過分的表揚，感到不勝光榮)。

身に覚えがある

○確かにそのようなことをしたという記憶がある。普通、好ましくない行為について言う(記得，有印象)

▲財布を取ったなどと言われても、私はいっこう身に覚えがない(雖然被説拿過別人的錢包，但我卻一點印象也沒有)。

身に応える

○衝撃を受けて強く感じる(強烈感受)　▲寒さが身に応える(寒氣刺骨)。

身に沁みる

○①深く心に感じる。しみじみと心にはいりこむ(深切感受)
　②刺激がからだにこたえる。また、液体や塩分の刺激で痛みを覚える(深感刺激；刺痛)

▲①ご親切が身に沁みてうれしゅうございます(很高興深切感受到了您的好意)。　②身に沁みる風(刺骨的風)。

身に付く　⇒身に付ける

○知識・技術・習慣などが自分のものとして自由に活用できる(學到手，掌握)　▲習い始めた英会話がどうにか身に付いてきた(總算掌握了剛學會的英語對話)。

身につける　⇒身に付く

○必要に応じて活かせるように技術や学問などを習得する(掌握)

▲若い時に身につけた語学力が海外出張では大いにものを言った(年輕時掌握的外語能力，在國外出差時發揮了很大作用)。

身につまされる

○他人の不幸などが、わが身に引きくらべて同情される(將心比心，同情別人的不幸)　▲交通事故で愛児を失った彼の話を聞くと、身につまされる思いがする(聽了在交通事故中失去愛子的他的話，引起我的同情)。

身になる

○①心身のためになる（有好處；有營養）

②その人の立場になって考える（為他人著想，設身處地）

▲①そんな本を読んでも身にならない（那種書讀了也沒有好處）。

②人の身になってみろ。勝手なことばかり言って（不要光說任性的話，為別人想想看）。

身の置き所がない

○厳しい非難を受けたりして、どうしたらよいか分からず、耐え難い思いをする様子（無處藏身）

▲身の置き所もないほど恥ずかしい思いをする（羞愧得無處藏身）。

身の毛がよだつ

○体の毛が逆立つほど恐ろしいと思う様子（毛骨悚然）

▲身の毛がよだつような恐ろしい事件（令人毛骨悚然的恐怖事件）。

身の縮む思い

○緊張したり恐縮したりする様子（惶恐，緊張，害怕）

▲シンポジウムでは、私一人が若造で、全く身の縮む思いをした（研討會中，就我一個人打扮得比較年輕，感覺十分惶恐）。

身の程を知らない ＝身の程知らず

○自分の身分や能力のうりょくなどの程度・限界をわきまえないこと。また、その人（沒有自知之明，不懂分寸，自不量力）

▲二、三度勝っただけで今度はチャンピオンに挑戦しようとは、身の程を知らないのも甚だしい（只贏過兩三次，下次就想挑戰冠軍，簡直太自不量力了）。

身二つになる

○妊婦が出産する（分娩，生孩子）

▲家内は身二つになるまで里に帰っている（妻子分娩之前回到了娘家）。

身持ちが悪い

○毎日の行為・品行などがよくない（品行不端）

▲彼は身持ちが悪い男だ（他是個品行不端的人）。

身も蓋もない

○露骨すぎて、情味も含蓄もない。直接すぎて、話の続けようがない（不含蓄，過於露骨，直截了當而乏味，殺風景）

▲何事も金のためだと言ってしまえば身も蓋もない（如果說什麼都是為了錢的話就太殺風景了）。

身も細る　＝身が細る　⇒身を削られる

○苦労や心配で身をやせさせる（[因操勞、擔心]身體消瘦）

▲長い間両親の体を心配して身も細る思いでした（因長期擔心父母的身體，覺得身體消瘦）。

身も世もない

○ひどく嘆き悲しみ、絶望感を抱く様子（什麼也不顧，絕望）　▲愛児を失って身も世もなく泣き悲しんでいた（失去了愛子，絕望地悲泣著）。

身を入れる　⇒身が入る

○真剣になって何かをする（全神貫注，投入，認真）

▲最近、自覚してきたのか身を入れて勉強するようになった（最近可能是覺悟了，變得認真學習起來了）。

身を起こす

○恵まれない境遇にあった人が、社会的に認められる立派な地位を得る（翻身，起家）　▲彼は貧しい工員から身を起こして、社会主義の理論家になった人だ（他從貧困的工人起家，成了一名社會主義理論家）。

身を落とす

○落ちぶれて、好ましくない境遇に身をおく（落魄，墮落，淪為……）

▲スラム街で生活しているなんて、あいつも身を落としたものだ（生活在貧民窟裏什麼的，當初他也落魄呀）。

身を固める

○①しっかりと身支度をする（裝束停當，打扮妥當）
　②結婚して所帯を持つ（結婚，成家）

▲①防弾チョッキに身を固めて出動する（穿好防彈背心再出動）。
　②そろそろ君も身を固めたらどうだ（你也差不多該結婚了吧）。

身を切られる

○つらさ・苦しさや寒さなどが耐えがたいほど強く感じられる様子（切膚之痛，像刀割一樣，刺骨）　▲不注意で子供を死なせてしまって、身を切られるようにつらい（疏忽大意讓孩子死了，[我感到]好像刀割一樣難受）。

身を切るよう

○寒さや冷たさ、また辛さなどが耐え難いものである様子（刀割一樣，刺骨）

▲身を切るような木枯らしにさらされて、バスを三十分も待った（置身於刺骨的寒風中，竟等了30分鐘的公共汽車）。

身を砕く　⇒身を粉にする

○力の限り骨を折って努力する（粉身碎骨，費盡心思，竭盡全力，拼命）

▲彼は会社再建のために身を砕いた（他為公司的重建而竭盡全力）。

身を削られる　⇒身も細る

○体が痩せ細るほど、ひどい苦労や心配をする（身體消瘦；非常擔心；十分辛苦）　▲子供が痛がって泣く声を聞くのは、全く身を削られる思いであった（聽到孩子疼得哭的聲音，簡直擔心得不得了）。

身を焦がす　⇒身を焼く

○恋慕の情が抑えきれず、もだえ苦しむ（想得要命，難以抑制愛慕之情，焦思）　▲恋の炎に身を焦がす（難以抑制愛的火焰）。

身を粉にする

○骨惜しみをせず、ある限りの力を出して働く様子（不辭勞苦，粉身碎骨，拼命）　▲身を粉にして働き、やっとマイホームを手に入れた（拼命工作，終於擁有了自己的房子）。

身を晒す

○避けたり隠れたりせず、まともに災害などを被る状態に身を置く（置身於[險境]）

▲危険に身を晒して遭難者の救出に向かう（置身險境，救助遇難者）。

身を沈める　⇒身を投げる、身を落とす

○①水中に身を投げる（投水自盡）

　②身売りして、芸者・娼婦などになる（墮落，沉淪，淪落）

▲①海に身を沈めた（投海自盡）。

②遊郭に身を沈めた（沉淪於烟花巷中）。

身を持する

○誘惑に負けたり怠惰に流れたりしないように、厳しい生活態度を守り通す

（潔身自愛，一貫保持嚴肅的生活態度）

▲身を持して研究生活に勤しむ（一貫保持嚴肅的生活態度，勤勉於研究）。

身を知る雨

○わが身の上の幸、不幸を思い知らせて降る雨。多く涙にかけて言う（[回

想自己不幸身世而下的雨]眼涙）

▲身を知る雨とは涙のことだ（所謂回想自己不幸身世而下的雨就是眼涙）。

身を立てる

○①社会的に認められる立派な人になる（發跡，成功，揚名）　②何かの技
術を身につけ、それによって生計を立てていく（以……為生）

▲①研究者として身を立てるつもりなら、そんな甘い考えでは駄目だね

（如果你想作為研究人員揚名的話，那種天眞的想法是不行的）。

②洋裁で身を立てる（以剪裁西裝為生）。

身を尽くす　⇒一身を捧げる

○一身を投げ打って何かをする（盡心竭力，費盡心血）

▲身を尽くして福祉事業に取り組む（盡心竭力地致力於福利事業）。

身を挺する

○（「挺身」の訓読みから）自分自身を犠牲にする覚悟で、危険な事に当たる

（挺身而出）　▲皆さんは大震災の時に身を挺して児童の身の安全を図って

ください（請大家在大地震的時候挺身而出、考慮兒童的人身安全）。

身を投じる

○困難や危険を恐れず、その事業や運動などの一員に加わる（投身於）

▲彼は若くして祖国の独立運動に身を投じた（他年輕時就投身於祖國的獨立

運動）。

身を投げる　⇒身を沈める

○入水する（投水自盡）　▲川に身を投げる（投河自盡）。

身を退く

○これまでしてきたことと関係を断つ（[自行]辭去，辭退，退出）

▲もう年だから政界から身を退いた（已經老了，所以退出了政界）。

身を翻す

○身を躍らせて飛ばす（翻身，閃身）

▲身を翻して馬に飛び乗った（翻身跳上了馬）。

身を任せる

○女性が男性と性的な関係を結ぶ（[指女性]委身，以身相許）

▲その夜、彼女は激情にかられ、彼に身を任せた（那個夜晚她受激情的驅使，委身於他了）。

身をもがく ＝身をもだえる

○もだえ苦しんで体を動かす（[因痛苦而]掙扎，翻滾）

▲いくら身をもがいても、縄は緩まない（無論怎樣掙扎，繩子也不鬆開）。

身を持ち崩す

○日ごろの品行が悪く、世間からまともに相手にされなくなる（身敗名裂，品行敗壞）　▲賭け事に夢中になり、身を持ち崩してしまった（沉迷於賭博而身敗名裂）。

身を以って

○単に知識として得るだけでなく、自分自身が実際にそのことを経験する様子（親身，親自）　▲高層ビル火災の恐怖は、身を以って味わった者にしか分からない（高層建築火災的恐怖，只有親身經歷過的人才會明白）。

身をやつす

○身なりを変え、みすぼらしく目立たない姿になる（化裝、裝扮[成寒磣的樣子]）　▲革命軍に追われて国王一家は、百姓姿に身をやつして国外に逃れ出ようとした（被革命軍追趕的國王一家，化裝成老百姓的樣子想要逃到國外去）。

身を寄せる

○ある人の家に住みこんで世話になる（投靠，寄居）　▲学生時代、私は上京して知人宅に身を寄せていた（學生時期，我曾赴京寄居在朋友家裏）。

耳(みみ・ジ)

字義 ①耳朵 ②耳垂 ③聽覺，聽力 ④邊，緣

馬の耳に念仏 ＝馬の耳に風、馬耳東風

○人の話が耳にはいっても全然心を動かさないことの喩え(當做耳邊風，對牛彈琴) ▲あの人にいくら親切にいったって、馬の耳に念仏だ(再怎麼好心地對他講也是對牛彈琴)。

壁に耳あり

○どこで誰に聞かれているか分からないということで、密談などの漏れやすい喩え(隔牆有耳)

▲君たちが良からぬことを企んでいることは、壁に耳ありでちゃんと知っているんだ(你們圖謀不軌的事，因隔牆有耳，知道得一清二楚啦)。

聞き耳を立てる

○注意を集中して聞こうとする(豎著耳朵聽，側耳傾聽)

▲隣の部屋の話しに聞耳を立てていた(豎著耳朵聽隔壁房間的談話)。

聞く耳を持たない

○他の意見を聞く気持ちがないの意で、相手の発言を封じる言葉として用いる(不願意聽) ▲そんなくだらない話など聞く耳を持たないね(我才不願意聽那些無聊的話呢)。

牛耳を執る ＝牛耳を握る

○団体、党派などを左右する中心人物となる。会合などの成り行きを支配する(執牛耳，一手操縱，支配) ▲あの人は会長をやめてからも、相変わらず会の牛耳を執っている(他辭掉會長以後，仍然操控著會務)。

小耳に挟む ＝耳に挟む

○ちらりと聞く(略微聽到一點，偶然聽到) ▲そんな話を小耳に挟んだのですが、ご存知ですか(我是偶然聽到那個消息的，您知道嗎)?

耳朵に触れる ⇒耳に触れる、耳目に触れる

○(「耳朵」は耳たぶ)何かの機会にそのことを偶然に聞く(偶然聽到)

▲これは耳朵に触れたことを軽妙な筆で書き綴った随筆だ(這是一篇把偶然

聽到的故事用輕鬆的筆調寫成的隨筆）。

耳目となる

○（ある人の耳や目と同じような働きをする意から）誰かの手先として、その人の仕事をを手助けする（為人耳目，當助手，做手下）　▲大統領の耳目となって国際舞台で活躍する（作為總統的助手，活躍在國際舞台）。

耳目に触れる　⇒耳に触れる、耳朶に触れる

○意図的にそうしようということもなく何かを見たり聞いたりする。多く、それによって何らかの感興をそそられた場合に用いる（觸及耳目，耳聞目睹）　▲初めて異国を訪れ、耳目に触れるものすべてが珍しく感じられた（初次訪問異國，對耳聞目睹的一切都感到新奇）。

耳目を集める

○人々の注意や関心を引きつける（招人耳目，引人注目）
▲人気女優と売れっ子作家の結婚は日本中の耳目を集めた（當紅女星和人氣作家的結合引起了全日本的注目）。

耳目を驚かす

○世の人に衝撃を与え、世間の関心をひく（聳人聽聞，引人［世人］關注）
▲その出来事は世間の耳目を驚かした（這一事件令世人注目）。

俗耳に入りやすい

○（「俗耳」は世間一般の人々の耳の意から）世間一般の人々に理解されやすい様子（易被大眾理解、接受，通俗易懂）
▲彼の説教は俗耳に入りやすい（他的說教易被大眾接受）。

つんぼの早耳

○耳の遠い人は、不必要なことや、自分の悪口をいわれたときなどにはよく聞こえるものだ、また聞こえないのに聞こえたふりをして早合点するものだの意（好話聽不見壞話聽得清；沒有聽到卻裝聽見，貿然斷定）
▲彼はつんぼの早耳の人だ（他是一個好話聽不見壞話聽得清的人）。

寝耳に水

○不意な出来事に驚き慌てる喩え（晴天霹靂，事出突然）
▲彼の死の知らせは寝耳に水で、すぐには信じられなかった（他去世的消息

好像晴天霹靂，令人一時無法相信）。

耳が痛い

○他人のいうことが自分の弱点をついていて、聞くのがつらい（刺耳，不愛聽）　▲彼が先生に注意されているのを聞いていて、私も耳が痛かった（聽著老師對他的警告，我都覺得不愛聽）。

耳が汚れる

○不愉快な話を聞かされて、腹立たしくなる（聽了令人不快）
▲人の悪口ばかり聞かされて、全く耳の汚れる思いだった（聽到的全是講別人的壞話，實在令人不快）

耳が肥える

○音楽・話芸などを聞き味わう能力が豊かになる（[對音樂、說唱藝術等]有鑑賞能力）　▲彼女は幼いころからピアノを習っているためか、非常に耳が肥えている（她從小學習鋼琴，所以對音樂有很強的鑑賞力）。

耳が遠い

○聴覚が鈍くて音がよく聞こえない（耳背，聽力差）
▲年をとって耳が遠くなった（上了年紀耳就背了）。

耳が早い

○人の噂などを聞きつけるのが早い様子（消息靈通，耳朵長）　▲もう知っているのか。君は全く耳が早いね（你已經知道了？你消息可真靈通呵）。

耳に入れる

○噂や情報などを告げ知らせる（說給……聽，告訴）　▲ちょっとお耳に入れておきたいことがあるのですが（有件事想先說給你聽聽）。

耳に逆らう

○自分に対する批判などが素直に聞けず不愉快に感じる（逆耳，聽著不舒服）
▲忠言耳に逆らう（忠言逆耳）。

耳に障る

○人の言葉を聞いて不愉快に思う（刺耳，聽了不痛快）
▲独りよがりの自慢話がひどく耳に障り、途中で席を立ってしまった（那些自以為是的自吹自擂，聽了很不順耳，我中途就離席了）。

耳にする

○あることを偶然に聞く（聽到）　▲町中でふと懐かしい故郷のなまりを耳にした（在大街上忽然聽到了令人懷念的鄉音）。

耳に胼胝ができる

○同じことを何度も聞かされて、もううんざりだと思う（聽膩，聽得耳朵起繭子）　▲その話は耳に胼胝ができるほど聞かされたよ（這些話你已經讓我聽得耳朵都起繭子啦）。

耳につく

○①同じことを何度も聞かされて、聞き飽きている（聽膩，聽厭）　②物音や声などが、いつまでも耳にとまっている（在耳邊回響，聽後忘不掉）
▲①あの話もいいかげん耳についてきた（那些話我已經完全聽膩了）。
②あの時の子供の悲鳴が、今も耳について離れない（那時孩子的慘叫聲至今還在耳邊回響，無法消散）。

耳に留まる

○注意を向けて聞く。聞いて納得がいく（聽到[引起注意]，聽進去）
▲向かいに座っている二人の乗客の話が耳に留まった（聽到對面坐著的兩個乘客的談話，引起我的注意）。

耳に留める

○人から言われた注意などをよく覚えておいて、忘れないようにする（牢記[別人的勸告]）　▲これはお前の一生の大事なのだから、よく耳に留めておくことだ（這可是你的終身大事，所以要好好牢記）。

耳に残る

○誰かの言葉や何かの音などが聞いた当時のままに生々しく記憶に残っている（回響在耳畔，記憶猶新）
▲彼女の別れの言葉が今も耳に残っている（她臨別的話語，至今仍在耳邊回響）。

耳に入る　＝耳に入る　⇒耳にする

○他人のいうことや音、情報などがおのずと聞こえる（傳入耳中，聽到）
▲彼についてへんなうわさが耳に入った（聽到了一些關於他的奇怪談論）。

耳に挟む　＝小耳に挟む

○ちらっと聞く。ふと耳にはいる（偶然聽到，聽到一點風聲）

▲耳に挟んだところでは近く内閣改造があるそうだ（聽到一點風聲，說最近
會有內閣改組）。

耳に触れる　⇒耳朵に触れる

○話し声や物事などが自然に聞こえる（[自然地]聽到，聽見）

▲外国では目に触れ耳に触れるものすべてがおもしろく珍しかった（在國外
看到的、聽到的都十分有趣而新奇）。

耳の正月

○喜ばしく楽しいこと。気楽でのんびりしていること（有耳福，一飽耳福）

▲何年ぶりかで音楽会に行って、よい耳の正月になった（好幾年沒聽音樂會
了，這次好好地飽了回耳福）。

耳寄りな話

○聞いて知るに値すること、聞いて好ましく思われることなど（值得一聽的
話，令人開心的話）

▲試験合格は彼には耳寄りな話だった（考試及格這句話對他來說是開心的
話）。

耳を疑う

○聞いたことが信じられないこと（不能相信自己的耳朵）

▲一位入賞を告げられ、一瞬自分の耳を疑った（被告知得了第一名，刹那
間我不敢相信自己的耳朵）。

耳を打つ

○一つの音だけが聞こえて強い印象を受ける（聽到並留下深刻印象）

▲静かな山間の宿で、一晩中渓流の音だけが耳を打った（因為是在靜謐的
山間留宿，所以整晚只有溪流的聲音，聽後印象深刻）。

耳を貸す

○相手の話を真面目に聞いてやる（聽取意見，聽別人說話）

▲誰一人として私の意見に耳を貸そうとはしてくれなかった（沒有任何一個
人要聽我說的話）。

耳を傾ける

○興味を持って熱心に聞く（側耳傾聽，仔細聽）

▲先生の話に耳を傾ける（仔細傾聽老師的講話）。

耳を汚す　⇒耳が汚れる

○つまらないことや嫌なことを聞かせ、相手に不快感を与える（聽了感到不快）　▲お耳を汚してすみません（讓你聽了感到不快，實在對不起）。

耳を澄ます

○声や音を聞き取ろうとして、精神を集中させて、じっと聞く（注意傾聽，側耳傾聽）　▲耳を澄まして虫の音を聞く（側耳傾聽昆蟲的鳴叫）。

耳を欹てる

○物事や話し声のする方に耳を向けて、聞き取ろうとする（側耳聽，豎起耳朵聽）　▲怪しい物事に耳を欹てる（豎起耳朵聽可疑的事情）。

耳を揃えて

○金額を不足なく整える。借金を返す時に言う言葉（湊齊款項）

▲月末に耳を揃えてお返しします（月末湊齊錢還給你）。

耳をつんざく　⇒耳を聾する

○耳の鼓膜を突き破る意で、突然途方もなく大きな音がする様子（震耳欲聾，振聾發聵）

▲突然、耳をつんざくような爆撃音が聞こえたので、さっと地面に伏せた（突然聽到一聲震耳欲聾的爆炸聲，所以一下子趴到了地上）。

耳を塞ぐ　＝耳を覆う

○他人の意見などを聞こうとしない、頑な態度をとる（充耳不聞，不想聽）

▲彼は友人の忠告に耳を塞いで無茶な生活を続け、身の破滅を招いた（他不想聽朋友的勸告，繼續過著亂來的生活，招致身敗名裂）。

耳を聾する　⇒耳をつんざく

○耳が聞こえなくなる意で、凄まじい物事がする様子（震耳欲聾，振聾發聵）　▲耳を聾する爆撃音と共に窓ガラスが飛び散った（隨著一聲震耳欲聾的爆炸聲，窗玻璃碎了一地）。

胸（むね・むな・キョウ）

字義 ①胸，胸部，胸腔 ②心，心臓 ③内心，心裏，心胸 ④肺

胸襟を開く ⇒胸を割る

○隠し立てをしないで、心の中を打ち明ける（開誠佈公，推心置腹）

▲胸襟を開いて語り合おう（開誠佈公地談談吧）。

度胸が据わる ⇒度胸を据える

○何事をも恐れず、うろたえない気力がある（壯起膽子，有膽量）

▲首になることも恐れず社長に進言するとは、度胸の据わった男だ（不怕
被解雇而向總經理提意見，眞是個有膽量的男子）。

胸糞が悪い ＝胸糞が悪い

○（「胸糞」は胸を卑しめて言った俗語）何かが癪に触ったり不愉快だったり
して、気分のすっきりしない様子（噁心，心情不舒暢，不痛快）

▲つまらない言いがかりをつけられて、実に胸糞が悪い（受到無聊的訛詐，實
在是不痛快）。

胸倉をつかむ

○（「胸倉」は、着物の左右の襟が重なり合うあたり）怒りの余り、相手の胸倉
をつかんで詰め寄る（揪住對方的前襟） ▲遺族は医療ミスを犯した医師の
胸倉をつかまんばかりの権幕で詰め寄った（家屬氣勢洶洶地逼近了過來，
眼看就要抓住犯醫療錯誤的醫師的衣領）。

胸騒ぎがする ＝胸が騒ぐ

○凶事の予感としてなんとなく心が穏やかでないこと（忐忑不安，心緒不
寧） ▲妙に胸騒ぎがしてならない。子供が事故にでも遭ったのではないだ
ろう（莫名其妙地感到非常心緒不寧，不會是孩子遇到什麼事故了吧）。

胸が開く ⇒胸が空く

○心が晴れる。心配事などの心の重荷がなくなる（心情開朗，輕鬆暢快）

▲誤解が解けて胸が開いた（誤解消除了，心情開朗了）。

胸が熱くなる

○胸に熱いものがこみ上げてくるような感動を覚える（心頭一熱）

▲「とにかく体に気をつけて」と見送る母の姿に、私も胸が熱くなった（「總之，要注意身體。」媽媽送我的樣子讓我心頭一熱）。

胸が痛む　⇒胸を痛める

○悲しみや心配で耐え難い気持ちになる（痛心，傷心，難過）

▲飢えに泣く難民の子供たちを思うにつけ胸が痛む（每想到那些餓得直哭的難民孩子，就難過）。

胸が一杯になる

○悲哀・歓喜・感動などで心が満たされる（滿懷感動，激動萬分）

▲優勝の感激で胸が一杯になる（因獲勝而激動萬分）。

胸が躍る　⇒胸を躍らせる

○期待・興奮などで浮き浮きして落ち着かなくなる（心潮澎湃，情緒激動，心直跳）　▲彼は喜びで胸が躍った（他高興得心直跳）。

胸が裂ける　＝胸が張り裂ける

○悲しみ、苦しみ、憎しみ、くやしさなどが大きくて、胸が裂けるような苦痛を感じる（心如刀絞）　▲親友の突然の死に胸が裂ける思いだった（對親友的突然死亡感到心如刀絞）。

胸がすく　⇒胸が開く

○胸のつかえがとれる意で、痛快な気分が味わえて、今までの不快な気持ちもちが拭い去られること（除去了心病，心裏痛快）

▲久しぶりに勝ち星を上げ、胸がすく思いだ（隔了好久獲了獎，心裏痛快了）。

胸が高鳴る

○期待通りのことが実現する時が迫り、落ち着きを失う（情緒激動，心跳加快）　▲始めてのデートの日、レストランで彼女を待つ間、私は胸が高鳴る思いだった（第一次約會的那天，在飯店等待她的時候，我感到心跳得飛快）。

胸が狭い　⇒心が狭い

○度量が小さい（心胸狹窄，氣量小）

▲男として胸が狭いなら、嫌われるよ（男人心胸狹窄的話，會被討厭的）。

胸がつかえる　＝胸につかえる

○心配事などがあって心が平静でなくなる(心裏堵得慌，心事重重)

▲一人息子が冬山で消息を絶ち、毎日胸がつかえる思いで仕事も手につかない(獨生兒子因冬季登山失去了消息，[他]每天心事重重得連工作也不想去做)。

胸が潰れる

○悲しみや心配事で心が強くしめつけられるように感じる([因悲傷、心事]心碎)　▲高熱にうなされている我が子を見ると、胸が潰れる思いだ(看到自己的孩子因發高燒而說夢話，心裏難過極了)。

胸が轟く　＝胸を轟かす

○胸がどきどきする。心が時めいて、胸騒ぎがする(心驚肉跳，忐忑不安)

▲航空事故だと聞いた瞬間、胸が轟いた(聽到飛機失事的那一瞬間，感到心驚肉跳)。

胸が波立つ

○胸が激しくどきどきする(情緒激動，心怦怦直跳，忐忑不安)

▲恋慕の情を打ち明けられ、胸が波立つのを覚えた(對方傾訴了愛慕之情，我感到心怦怦直跳)。

胸が煮え返る　＝胸が煮えくり返る　⇒腹が煮え返る、腸が煮え返る

○ひどく腹を立てる。心中に激しい怒りを燃やす(火冒三丈，怒火中燒)

▲敵の暴虐ぶりを見て、胸が煮え返りそうだ(看到敵人暴虐的樣子，[我]怒火中燒)。

胸が張り裂ける　＝胸が裂ける

○悲しみや悔しさで、耐え難いほど苦しい思いをする様子(心如刀割)

▲胸が張り裂けんばかりに嘆き悲しむ(悲嘆得心都要碎了)。

胸が晴れる　⇒胸のつかえが下りる

○蟠りや心配事などがなくなって、晴れやかで快い気分になる(心情愉快、輕鬆)

▲言いたいことを言ってやったので胸が晴れた(說了想說的話，所以心情輕鬆了)。

胸が塞がる

○悲しみや苦しみなどで気持ちが暗くなり、塞ぎこんでしまう（心情鬱悶，心裏難受） ▲友人の暗い生い立ちを聞いていると、私まで、胸が塞がる思いだった（聽著朋友那暗淡的成長經歷，連我都覺得心裏難受）。

胸が焼ける ＝胸焼けがする

○みぞおちのあたりに焼け付くような感じを覚えたり、痙攣性の痛みを感じたりする（胃裏難受；燒心；吐酸水）

▲このごろは油っこいものを食べると胸が焼ける（最近一吃油膩的東西，胃就難受）。

胸が悪い

○①吐き気がして気分が悪い（想吐，不舒服）
　②むかむかとして腹立たしい（火冒三丈，大動肝火）
　③胸の病気にかかっている。肺結核である（肺病，肺結核）
　④性質がよくない。たちが悪い（惡性，品質惡劣）

▲①どうも胸が悪い。吐きそうだ（還是不舒服，要吐了）。
　②あいつの顔を見ると胸が悪くなる（一見到那個人就怒上心頭）。
　③あの人は若い頃胸が悪かったが、今はもう直っている（那個人年輕的時候有肺病，不過現在已經治好了）。
　④彼は胸が悪い奴だ（他是個品性惡劣的傢伙）。

胸三寸に畳む ＝胸三寸に納める ⇒胸に秘める

○（「胸三寸」は胸を強めた言い方）自分の心の中に納めておき、表面に出して問題にすることを避ける（藏在心裏，埋在心中，不透露）

▲このことは私の胸三寸に畳んでおこう（把這件事就先藏在我心裏吧）。

胸に当たる

○心に思いあたる。心に強く感じる（想起，想到，感到）

▲そういえば胸に当たることがある（這麼一說，讓我想起一件事）。

胸に一物 ＝腹に一物

○心の中にひそかに期するところがあること（居心叵測，別有企圖）

▲あいつは胸に一物のある男だから、気を付けた方がいい（那個傢伙是個居

心叵測的人，你還是當心點兒好）。

胸に浮かぶ

○心に思い起こされる（想起，回憶起）

▲昔の一こまが胸に浮かんだ（回憶起過去的生活片段）。

胸に描く

○実際の様子や情景を心の中で想像する（想像）

▲この町は胸に描いていた故国の面影をどこにも残していなかった（這個鎮子沒有一處還保留著我想像中的故鄉的面貌）。

胸に聞く　⇒胸に手を置く

○心の中でよく考える。心の中を振り返って確かめる（仔細考慮，心裏掂量）

▲自分の胸によく聞いてみればいい（還是自己仔細地考慮一下比較好）。

胸に刻む　＝心に刻む

○しっかりと記憶に留めて、忘れまいとする（銘刻於心，銘記）

▲母の臨終の言葉を胸に刻む（把母親臨終遺言銘記在心）。

胸に応える　＝肝に応える

○身にしみて感じる。いっそう痛切に感じ入る（打動心靈，深受感動）

▲彼の苦言は胸に応えた（他的忠告使我深受感動）。

胸に迫る

○いろいろの思いが胸に満ちていっぱいになる（百感交集，深受感動）

▲彼の演説は聞く人の胸に迫った（他的演說讓聽的人百感交集）。

胸に畳む　⇒胸に納める

○口に出して言わないで、心の中にしまいこんでおく（藏在心裏，埋在心裏）

▲その件は私だけの胸に畳んでおくことにした（決定把那件事只埋藏在我的心裏）。

胸に手を当てる　⇒胸に聞く

○犯した誤りや失敗を反省するように促す時に用いる言葉（把手放在胸前，捫心自問，仔細思量）

▲よく胸に手を当てて考えてごらん（把手放在胸前好好地想想看）。

胸に秘める　⇒胸三寸に納める

○誰にも言わずに、自分の心に大事にしまっておく（藏在心裏）　▲これは胸に
　秘めた恋をうたった詩である（這首是吟唱深埋心底的戀情的詩）。

胸のつかえが下りる　⇒胸が晴れる

○心にかかっていた心配事や心の蟠りが除かれて、すっきりした気分にな
　る（除去心病，去掉了心裏的疙瘩）
▲日ごろの不満を思い切って言ってしまって、やっと胸のつかえが下りた
　（下決心把平常的不滿都說了出來，終於去掉了心裏的疙瘩）。

胸を痛める　⇒胸が痛む

○心を苦しませる（痛心，傷心，難過）
▲彼女は息子の非行に胸を痛めている（她為兒子的流氓行為而感到痛心）。

胸を打ち明ける

○隠さずに心を開けて付き合う（傾訴衷腸，傾吐肺腑之言）　▲彼女には胸を
　打ち明けられる友達がいなかった（她沒有可傾訴衷腸的朋友）。

胸を打つ

○見聞きする人を感動させる（感動，打動）
▲彼の勇気ある行為に胸を打たれる（被他勇敢的行為打動了）。

胸を躍らせる　＝胸が躍る

○喜びや期待、また、不安などで胸をわくわくさせる（心情萬分激動）
▲胸を躍らせて彼女が来るのを待った（心情激動地等著女朋友的到來）。

胸を貸す　⇔胸を借りる

○実力が上の者が下の者の実力をつけるために、相手をしてやること（屈就，
　屈尊，謙讓）
▲プロの棋士に胸を貸してもらって、アマチュア三段の資格を得た（由於得
　到專業棋手的謙讓，[他]取得了業餘三段的資格）。

胸を借りる

○（相撲で上位力士に稽古の相手をしてもらう意から）実力の勝った相手
　に、力をつけてもらう気持ちで積極的に戦いを挑む（抱著向有實力的對
　手學習的態度而參加比賽）

▲今日の試合は勝敗を度外視し、胸を借りるつもりで戦おう(我要把今天比賽的勝負置之度外，抱著向有實力的對手學習的心態來比賽吧)。

胸を焦がす

○ひどく思いわずらう。思いこがれる(苦苦思戀；憂愁，焦慮)

▲彼への愛に胸を焦がしている(為對他的愛而焦慮)。

胸をさする

○気持ちなどを押さえしずめる(穩住情緒，按捺住……的心情)

▲こんな場合には、胸をさすって我慢するほかはない(在這種場合，不得不穩住情緒忍耐)。

胸を反らす　⇒胸を張る

○得意げに胸を張っていること(挺起胸膛，昂首挺胸)

▲彼は胸を反らして相手を見据えた(他昂首挺胸地盯著對方)。

胸を突く

○①急の事態に驚いてどきっとする(吃一驚，嚇一跳)
　②突然何かが心に強い衝撃を与える(衝撃，打擊)

▲①思いがけない彼女の言葉に、はっと胸を突かれた(被她出其不意的話嚇了一跳)。　②不意に悲しみが胸を突き、涙が込み上げてきた(突然受到悲傷的打擊，眼淚湧了出來)。

胸をときめかす

○期待や恥じらいなどで胸をどきどきさせる。心をおどらせる(心情激動，心怦怦直跳)

▲彼は胸をときめかせながら優勝杯を受け取った(他心情激動地接過了獎杯)。

胸を轟かす　＝胸が轟く

○心臓をどきどきさせる(心驚肉跳；忐忑不安)

▲少女は胸を轟かせて手紙を開いた(少女忐忑不安地展開了信件)。

胸を撫で下ろす

○危険や心配がなくなり、安心する(放下心來，鬆了口氣)

▲危機を脱し、一同胸を撫で下ろした(脫離了危險，大家都鬆了口氣)。

胸を弾ませる

○調子よく進む。調子づく（起勁，来勁）

▲彼の顔を見ると喜びで胸を弾ませた（一看到他，心情就高興得雀躍）。

胸を張る　⇒胸を反らす

○胸を突き出し、大きく広げた姿勢になる意で、自信のある堂々とした態度を示すこと（挺起胸膛）　▲どんなに貧しくても心豊かに胸を張って生きていこう（無論再怎麼貧困，也要胸懷寬廣地挺起胸膛，生活下去）。

胸を冷やす　⇒肝を冷やす

○恐れや危険を感じてぞっとする（打寒戰，毛骨悚然，寒毛直豎）

▲ふいに猛犬が飛び掛ってきた時には、胸を冷やした（冷不防撲過來一條惡狗，［我］當時寒毛直豎）。

胸を膨らませる

○期待や喜びなどが心中に満ちあふれる（満心歡喜，満懷希望）

▲新入生の私は希望に胸を膨らませて校門をくぐった（作為新生的我満懷希望地走進了校門）。

胸を患う　＝胸を病む

○胸部の病気を患う。現代では、特に肺結核にかかることを言う（肺病，現在多指肺結核）　▲胸を患って入院している（得了肺結核正在住院）。

胸を割る　⇒腹を割る

○すっかり心をうち明けて言う（推心置腹，坦率）　▲胸を割って噛んで含めるように教えてくれた（推心置腹、不厭其煩地教我）。

目（め・ま・モク）

字義　①眼，眼睛　②眼珠，眼球　③眼神，目光　④看，盯，眼力，視線　⑤注目，注視，注意　⑥看法，見解，觀點　⑦洞察力，識別力，判斷力　⑧經驗，體驗，閱歷　⑨刻度

いい目が出る　⇒目が出る

○（さいころ賭博でねらい通りの目が出る意から）運が向いてきて、自分の思い通りの事態になる（骰子擲出好點數；走運，如意）　▲苦労のかいがあっ

て、やっといい目が出てきた（辛苦沒有白費，終於開始走運了）。

いい目を見る

〇運良く幸せなことを経験する（走好運，遇到好事）　▲君は自分一人いい目を見てずるいよ（就你一個人遇到好事太不像話了吧）。

生き馬の目を抜く

〇生きている馬の目を抜き取るほど、事をするのに素早い様子。また、すばしこくずるくて、油断がならないことの喩え（雁過拔毛；狡猾，不可麻痹大意）　▲生き馬の目を抜く大都市（精明人也免不了受騙的大城市）。

痛い目にあう

〇もうこりごりだというような、つらく苦しい経験をする（倒霉，嘗苦頭，碰釘子）　▲敵の力を甘く見て、さんざん痛い目にあう（看輕了敵人的力量，結果吃盡了苦頭）。

色目を使う　⇒流し目を送る

〇①異性の気を引くような表情を示す。特に女性が男性に示す場合に用いる（暗送秋波，眉目傳情）
②ある物事に関心があるという態度をとる（獻媚）
▲①彼女は君に気があると見え、しきりに色目を使っているね（她好像對你有意思，正不停地暗送秋波呢）。　②大国に色目を使った外交方針は止めるべきだ（向大國獻媚的外交方針應該取消）。

憂き目に遭う

〇何らかの事情で辛い境遇に身を置かざるをえなくなる（境遇悲慘，遭遇苦痛）　▲父親が競馬や競輪に凝り過ぎて、一家離散の憂き目に遭った（父親過度沉湎於賽馬和自行車賽，落入了妻離子散的悲慘境遇）。

憂き目を見る

〇思わぬ失敗などがもとで、つらい体験をする（遭遇不幸，遭難）
▲強力な対立候補の出現で、落選の憂き目を見ることになった（因為強有力的對立候選人的出現，遭遇了落選的不幸）。

鵜の目鷹の目

〇鵜が魚をあさり、鷹が鳥を求める時の目つきのように、鋭く物を捜し出

そうとする目つき（目光銳利，瞪眼巡視，虎視眈眈）

▲今度のボスは、鵜の目鷹の目であら探しをするタイプだ（新來的老闆是屬於目光尖利、吹毛求疵的那種類型）。

裏目に出る

○よいようにと思ってやったことが予期に反して不都合な結果になる（適得其反，事與願違） ▲彼の善意が裏目に出た（他好心辦了壞事）。

大目玉を食う ＝大目玉を頂戴する ⇒お目玉を食う

○悪事や過失などを犯して、ひどく叱られる（被狠狠地訓斥，挨了一頓臭罵）

▲駐車違反をして、警察から大目玉を食った（違章停車被警察狠狠地訓斥了一頓）。

大目に見る

○相手の過失などについてあまり追及せずに、寛大な扱いをする（寬恕，寬大處理，不加追究） ▲悪意はなかったようだから、今回だけは大目に見てやろう（看來並沒有惡意，所以這次就不加追究了吧）。

岡目八目

○（局外から他人の囲碁を見ると、打っている人より八目も先を見越す意から）局外から観察する者のほうが、当事者よりかえって物事の真相や利害得失をはっきり見わけることの喩え（當局者迷，旁觀者清）

▲岡目八目と言うじゃないか。人の意見を聞くもんだよ（不是說當局者迷，旁觀者清嗎？所以要聽別人的意見啊）。

鬼の目にも涙

○無慈悲な者も、時には情け深い心を起こし、涙を流すことがあるということ（頑石也會點頭，鐵石心腸的人也會流淚）

▲鬼の目にも涙で、さすがにあいつも今回の事件では君に同情していたよ（真是頑石也會點頭，連他在這次事件中也在同情你呢）。

お目にかかる

○「会う」の謙譲語目上の人にお会いする（[「會う」的謙讓語]見面，會見，拜會） ▲また、先生にお目にかかる日を楽しみにしております（我熱切地期待與先生再見的那一天）。

お目にかける

○「見せる」の謙譲語ご覧にいれる（[「見せる」的謙讓語]給人看）

▲彼の晩年の作品をお目にかけましょう（給您看看他晚年的作品吧）。

親の欲目

○親はわが子がかわいいため、実際以上にひいき目に見ること（誰的孩子誰愛，孩子總是自己的好）　▲親の欲目と言われるかもしれないが、この子は実に気てのいい娘だ（也許會有人說孩子總是自己的好，但是這個孩子的確是一個性情溫和的女孩）。

折り目正しい

○礼儀作法をよくわきまえている様子（有規矩，有禮貌）

▲あの人は誰に対しても折り目正しく対応する（他無論對誰都以禮相待）。

刮目に値する

○目をこすってよく見る価値がある（值得拭目以待，值得擦亮眼睛看）

▲だれが次期総裁になるか、刮目に値する（誰會成為下屆董事長，值得拭目以待）。

木目が細かい

○心遣いが細部まで行き届いている様子（細緻入微，無微不至）

▲こういう木目の細かい仕事は君には向かないようだ（這種細緻入微的工作好像不適合你）。

死に目に会う

○死にぎわあるいは臨終の時に顔を合わせる（臨終一面，死前最後一眼）

▲国外にいて親の死に目も会えなかった（身居國外，連父母的最後一面也沒見到）。

衆目の一致する所

○多くの人の観察が同じであること（大家一致認為，公認）　▲彼が努力家であることは衆目の一致する所だ（大家一致認為他是一個很努力的人）。

十目の見る所　＝衆目の見る所　⇒十指の指す所

○（「十目」は多くの人の見る目の意から）多くの人の意見や判断が一致すること（大多數人一致認為）　▲十目の見る所、今年の優勝は僕らのチームだ（大

多數人認為今年獲勝的將是我們隊）。

白い目で見る

○敵意を含んだ目つきで冷ややかに見る（冷眼看待，給白眼看）

▲みんなは私を犯人だと疑って、白い目で見る（大家都懷疑我是犯人，都用白眼看我）。

空目を使う

○①見て見ないふりをする（假裝沒看見）
　②上目使いに何かを見る（翻眼皮，眼珠向上看）

▲①顔を合わせたくないので、空目を使って通り過ぎる（因為不想見面，所以就假裝沒看見走過去了）。　②あの子はおもちゃを取り上げられ、恨めしそうに空目を使っている（那個孩子被人搶走了玩具，怨恨地翻著眼皮）。

台風の目

○（「目」は中心の意から）社会的な旋風を巻き起こす事件の中心人物などを表す言葉（颱風中心，颱風眼；關連）　▲激動する世界情勢の台風の目となっているのは、中近東の産油国だと言えよう（可以說中東和近東的石油產國是世界局勢急劇變動的關連吧）。

卵に目鼻　⇔炭団に目鼻

○卵に目鼻をつけたように、色白でかわいらしい顔だちを形容する言葉（臉龐白淨、可愛）　▲田中さんのお嬢さんは卵に目鼻という感じのかわいい女の子で、気立てもとてもいい（田中先生的千金是一個臉龐白淨、可愛的小姑娘，性情也特別溫順）。

注目の的

○目を向けてよく見る目標（目光的焦點，注目的對象）　▲この作品で彼は一躍注目の的となった（這篇作品使他一下子成了[人們]注目的對象）。

遠目が利く

○近いところは勿論、遠方までも普通の人よりよく見ることのできる（有遠見，看得遠）　▲彼は遠目が利く（他很有遠見）。

長い目で見る

○その時の状態だけで判断してしまわずに、将来に期待をかけて見守る（從長

遠看，把目光放遠，高瞻遠矚） ▲この出資も長い目で見れば、必ず当社のプラスになろう（這項投資從長遠來看，一定會給我們公司帶來好處）。

流し目を送る ＝流し目を使う ⇒色目を使う、秋波を送る

○異性の気を引こうとして思わせぶりに横目で見る（送秋波，飛眼，用眼色示意） ▲彼女はさっきから君にしきりに流し目を送っているじゃないか（她不是從剛才起就不斷地向你送秋波嗎）。

二階から目薬

○（二階にいる人が階下の人に目薬をさそうとする意から）思うようにならずもどかしいこと。また、回り遠くて効果がおぼつかないこと（遠水解不了近火，無濟於事） ▲そんなことをしても二階から目薬だ（即使那樣做，也是遠水解不了近火）。

抜け目がない

○他人はどうあれ、自分だけは得をしようと気を配り、要領よく振舞う様子（處世精明） ▲自分の利益になることには抜け目がない（對於關係到自己的利益的事情非常精明）。

猫の目のように

○（猫のひとみは明るさによって形を変えるところから）物事がその時々の事情によって目まぐるしく変わる様子（變化無常）
▲彼女の気分は猫の目のように変わる（她的情緒變化無常）。

贔屓目に見る

○ひいきをする立場から見た好意的な見方（偏心眼，偏愛） ▲どう贔屓目に見ても優勝は無理だ（再怎麼偏心地看，得冠軍也是不可能的）。

人目がうるさい

○他人のことについて、世間の人が好奇の目で見て、あれこれ批評したり噂したりしたがる様子（說別人閒話，指指點點）
▲派手な化粧をすると、隣近所の人目がうるさくて困る（如果妝化得太濃的話，會被街坊鄰居評頭論足，感到為難）。

人目に余る

○行為・服装・様子などが刺激的で、許容できる限界を超えている様子（令

人生厭，讓人看不下去）

▲彼女の振舞いは人目に余る（她的舉止簡直令人生厭）。

人目にさらす

○本来人に見せずに隠しておくようなものを公然と人の目に触れるようにする（在眾目睽睽之下曝光，示眾，暴露於眾人）　▲人生に失敗した惨めな姿を人目にさらしたくない（人生失敗的惨狀不想讓別人看見）。

人目に立つ　⇒人目につく

○他と比べてそれが特に目立ち、人々の注意を引く（引人注意，顯眼，醒目）

▲成人式だからといって、人目に立つ派手な服装をする必要はない（雖說是成人儀式，但也沒必要穿引人注目的華麗服裝）。

人目につく　⇒人目に立つ

○何かが、特に注意して見なくても目立って、誰にでもすぐ分かる状態にある（醒目，引人注目）　▲人目につく所に広告を出しておく（在醒目的地方登廣告）。

人目をくらます　⇒目をくらます

○ごまかしたりして人を欺く（遮人眼目，掩人耳目）

▲人目をくらまそうと思っても、悪事はすぐばれるものだ（即使想要遮人眼目，壞事還是會立即敗露的）。

人目を避ける　⇒人目を憚る

○人に見られないように心をくばる（避人耳目，避開眾人）

▲二人はよく人目を避けて郊外の公園で逢瀬を楽しんだ（兩個人經常避人耳目在郊外的公園裏盡情幽會）。

人目を忍ぶ

○人に見られたり気付かれたりすることを恐れて、行動に気を配る（背著人，偷偷地，避開眾人）　▲彼女は人目を忍んで泣いた（她偷偷地哭了）。

人目を盗む

○人に見つからないように、こっそりと何かをする（背著人，偷偷地，背地裏）　▲まだ高校生なのに、人目を盗んでタバコを吸っていたとは許しがたい（還是高中生就在背地裏抽菸，這難以容許）。

人目を憚る　＝人目を包む　⇒人目を避ける

○後ろめたいことがあって、他人に見られるのを嫌がる(怕人看見，躲避旁人眼目)。　▲人目を憚って、家に引きこもる(怕人看見，躲在家裏)。

人目を引く　⇒人目につく、目を引く

○他に抜きんでて目立つところがあって、人々の注目を集める(吸引衆人目光，引人注目)

▲彼女の帽子は人目を引いた(她的帽子吸引了衆人的目光)。

日の目を見る

○埋もれていたものがやっと世に出て、価値が認められるようになる(見天日，問世)　▲この企画もやっと日の目を見ることになった(這一規劃也總算見天日了)。

二目と見られない　⇒目も当てられない

○二度と見たくないほど、ひどく醜かったり悲惨だったりする様子(慘不忍睹，再也看不下去，不堪目睹)　▲大火傷で二目と見られない顔になってしまった(因為被大火燒傷，臉變得慘不忍睹)。

目の当たりに見る

○ある事態を目前にしていてはっきり見ること(親眼目睹，碰見)

▲彼が盗むところを目の当たりに見た(他偷盗的時候，我正好碰見了)。

見た目がいい

○その内容や機能はともかくとして、外から見た感じがいい様子(看起來不錯，外表好看)　▲この鞄は見た目がいいが、あまり実用的ではない(這個包看起來不錯，但不怎麼實用)。

見る目がある　＝目がある　⇔見る目がない

○何かを的確に判断したり評価したりする能力がある(有眼力，眼光準)

▲彼は人を見る目があるから、いい人を推薦してくれるだろう(他看人很準，會給我們推薦合適的人的吧)。

目明き千人、盲千人

○世間には物の道理のわかる者もいれば、わからない者もいるという意(賢愚各半)　▲目明き千人、盲千人というじゃないか。わけの分かる人もいる

よ（不是說賢愚各半嗎，懂道理的人也是有的）。

目移りがする ⇒目が散る

○見る目が種々の物に移り変わること（看花眼，眼花撩亂）

▲良い品物が多過ぎて目移りがする（好東西太多了，眼都看花了）。

目がいい

○視力があって、物がよく見える意で、細かい違いなども見逃さずにとらえることができる様子（視力好；眼力好，有辨別力）

▲こんな小さなミスに気が付くとは、君はさすがに目がいいね（連這麼小的錯誤都能注意到，你真是好眼力呵）。

目が潤む ⇒目頭が熱くなる

○目やそのまわりが涙でぬれる。涙が滲む様子（眼睛濕潤，眼裏含淚，熱淚盈眶） ▲試合が勝った瞬間、監督の目が潤んだ（比賽勝利的那一刻，主教練的眼睛濕潤了）。

目顔で知らせる

○目を動かすなどして、表情でそれとなく相手に何かを知らせる（以眼神示意，使眼色） ▲それ以上しゃべるなと、一生懸命目顔で知らせたが、彼には通じなかった（我使勁地朝他使眼色叫他不要再說了，可他沒有領會）。

目が堅い

○夜が更けても眠くならない（夜貓子） ▲うちの子は目が堅いので親も眠られない（家裏的孩子是夜貓子，所以連父母也無法睡覺）。

目が利く ⇒目が肥える、目が高い、見る目がある

○鑑識眼が優れ、本物か偽物か、いい物か悪い物かなどの区別がすぐつく（眼尖；有眼力，有鑑賞力） ▲目の利く人にこの絵の鑑定を頼もう（還是拜託有眼力的人來鑑定這幅畫吧）。

目が眩む

○欲望にとらわれたりして、分別がなくなる（眼花，目眩；惟利是圖，見錢眼開） ▲金に目が眩んで悪事に手を出す（因為見錢眼開而參與做壞事）。

目が肥える ⇒目が利く、目が高い

○優れた美術品などを数多く見ているうちに、自然に鑑識力が増す（有鑑

賞力，眼力高） ▲美術館通いをしているうちに目が肥えてきた（在往來於各個美術館的過程中提高了鑑賞力）。

目が冴える

○眠気が一向に起こらず、眠ろうとしても眠れずにいる（夜不成眠，沒有一點睡意） ▲明日は朝が早いから早く眠らなければと、焦れば焦るほど目が冴えてくる（明天要早起，所以必須早睡，結果越急越夜不成眠）。

目が覚める　⇒目を覚ます

○①眠りからさめる。眠気が去る（睡醒）　②心の迷いが去って本来の姿に立ちかえる。自覚して、罪や非を悔い改める（覺醒，覺悟）

▲①階下の物音で目が覚めた（因樓下的聲響而醒過來了）。　②彼もやっと目が覚めて仕事に身を入れ始めた（他終於覺醒，開始投身於工作）。

目が覚めるような

○見る人の目を驚かすような、極めて鮮やかで見事な様子（醒目的，鮮艷的，讓人眼睛一亮的）

▲カーブをすると、一面目が覚めるような紅葉だった（一轉彎，滿是鮮艷的紅葉）。

目頭が熱くなる　⇒目が潤む、目頭を押さえる

○何かに感動したりして、涙が出そうになる（眼眶一熱，感動得要流淚）

▲三十年ぶりの親子再会の場面を見ているうちに、思わず目頭が熱くなってきた（看到闊別30年的母子重逢的場面，不禁感動得要流淚）。

目頭を押さえる　⇒目頭が熱くなる、目が潤む

○目頭を指で押さえて、涙がこぼれて落ちそうになるのを止めようとする（抑制住淚水，不讓眼淚掉下來）

▲娘の花嫁姿を見て、母親は感動の余り、そっと目頭を押さえた（看到女兒新娘的打扮，母親過於感動，偷偷地抑制住眼淚）。

目が鋭い

○目つきが人を刺すように厳しく、心の中を見透かされるような感じを受ける様子（目光銳利，眼力敏銳）　▲彼女の弟は目が鋭く、精悍な感じの青年だ（她的弟弟是一個目光銳利、感覺精悍的青年）。

目が据わる

○一点を見つめたまま、目を動かさずにいる意で、激怒したり酒に酔ったりした時の様子（兩眼發直，目不轉睛）

▲飲むほどに目が据わってきた（越喝兩眼越發直）。

目が高い　⇒目が利く、目が肥える

○鑑賞力が優れ、いい悪いなどが的確に見分けられる様子（有鑑賞力，眼力高，識別能力強）

▲お客さんはさすがに目が高くていらっしゃる（客人您果然有眼力）。

目が近い

○視力が弱く、遠くの物をはっきりと見ることができない（眼睛近視）

▲高校受験の頃から急に目が近くなって、眼鏡を掛け始めた（中考的時候眼睛一下子近視了，就戴起了眼鏡）。

目が散る　⇒目移りがする

○他のものを見てそれにひかれ心が迷うこと（眼花繚亂，看花眼）

▲デパートには商品が多く、目が散って、どれを買ったらいいか迷っている（百貨商店裏商品很多，看得我眼花繚亂，不知道買哪一個了）。

目が潰れる

○事故などで視力を全く失う（眼睛瞎，喪失視力）　▲ガス爆発の際の怪我で目が潰れてしまった（煤氣爆炸時受了傷，所以眼睛瞎了）。

目が出る　⇒いい目が出る

○（振った賽によい目が出る意から）幸運がめぐってくる（走運，時來運轉）

▲今度はいい目が出た（這回走運了）。

目が点になる

○意外なもの、思いもよらない珍しいものなどを見て、驚きの余り、茫然とする様子（目瞪口呆）

▲テレビで昆虫の不思議な行動を知り、思わず目が点になってしまった（從電視上了解到昆蟲的奇異行為，不禁目瞪口呆）。

目が届く　⇒目に付く

○監視や注意が行き届く（注意到，照顧到）

▲親の目が届かない所でいたずらをする(在父母注意不到的地方淘氣)。

目が飛び出る　⇒目玉が飛び出る、目の玉が飛び出る

○①値段が驚くほど高いこと(價格高得驚人)

　②恐ろしい権幕で叱られ、さんざんな目にあう様子(狗血噴頭)

▲①目が飛び出るほど高い(價錢貴得驚人)。

　②目が飛び出るほど叱られた(被斥責得狗血噴頭)。

目が留まる　⇒目を留める

○そのものに注意が引かれたり、興味がそそられたりして、視線を向ける(注意，看到)　▲ある日、花屋の店先で、今まで見たこともない花に目が留まった(有一天在花店的門口，留意到了一種至今從未見過的花)。

目角を立てる　⇒目に角を立てる

○怒った目付きで鋭く見る(怒目而視，瞪著眼睛責難)　▲彼は私のすることにいちいち目角を立てる(他對我所做的事逐個地瞪著眼睛責難)。

目がない

○①心を奪われて、われを忘れるほどそれが好きである(非常喜愛，著迷)

　②正しく判断したり、見きわめたりする知恵がない。物事を的確に判断できない(沒有鑑賞力)

▲①甘い物には目がない(對甜的東西非常喜好)。

　②あの人は絵を見る目がない(他沒有鑑賞繪畫的眼力)。

目が離せない

○常に注意して見守っていなければならない(看好，看牢，不能疏忽)

▲子供たちから目が離せない(要把孩子們看好)。

目が光る

○監視がきびしくなる(監視嚴厲)

▲彼の行動には警察の目が光っている(警察嚴厲地監視著他的行動)。

目が節穴だ

○ただ目をあけているというだけで、物事を十分に観察する力がない(有眼無珠，睜眼瞎)　▲これが見えないなんて、お前の目が節穴だ(這也看不見，你是睜眼瞎啊)。

目が細くなる　⇒目を細くする

○うれしさや目にするものの愛らしさなどに誘われてほほえみが浮かぶ（眼睛笑彎了，笑眯眯）

▲孫の姿を見て、彼は目が細くなった（看到孫子，他眼睛都笑彎了）。

目が回る

○①目まいがする（眼花，目眩）　②非常に忙しい様子（忙得團團轉）

▲①酒のにおいを嗅ぐだけで目が回る（只是聞到酒的味道，就頭暈了）。
　②来客が重なって目が回るほど忙しい一日だった（那是來客不斷、忙得團團轉的一天）。

目が物を言う　＝目は口ほど物を言う

○目つきや目くばせなどで相手に気持ちを伝える（使眼色，擠眉弄眼示意）

▲目が物を言う恋心（眉目傳情）。

目が行く　＝目をやる

○心を引かれてある方向へ目を向ける（被吸引著向某個方向看去）　▲どうしても彼の方に目が行ってしまう（無論怎樣，注意力還是跑到他那裏去了）。

目から鱗が落ちる

○（新約聖書の「使徒行伝」から出たことば）何かがきっかけとなって、急に物事の事態がよく見え、理解できるようになるというような場合のたとえとして用いられる（恍然大悟，茅塞頓開）　▲彼女の忠告に目から鱗が落ちたような気持ちだった（她的忠告讓人感到茅塞頓開）。

目から鼻へ抜ける

○怜悧で物事の判断などの素早い様子（機靈，聰明，腦子好使）

▲彼は目から鼻に抜けるような才人だ（他是個聰明伶俐的才子）。

目から火が出る　⇒目が飛び出る

○顔や頭などを強くうちつけたとき、一瞬光が交錯して見えること（兩眼冒金星）　▲彼と額をぶっつけ合って、目から火が出た（與他撞到了一起，撞得兩眼冒金星）。

目腐れ金

○わずかばかりの金銭を罵っていう語（少得可憐的錢，一點點錢）

▲いずれは、目腐れ金をもらって、追い出されるに決まっている（早晚一定會拿著那少得可憐的錢被趕走的）。

目くじらを立てる

○（「くじら」は「すまくじら」の略で、隅っこの意から）些細なことを取り立てて咎める（吹毛求疵，找碴兒）

▲つまらないことで目くじらを立てるな（不要因為一點小事就吹毛求疵）。

目くそ鼻くそを笑う ＝目鼻を笑う、猿の尻笑い

○目糞が鼻糞をきたないといってあざ笑う意で、自分の欠点に気づかないで他人の欠点をあざ笑う（意禿子笑和尚，五十步笑百步）

▲君が彼を笑うのはまるで目くそ鼻くそを笑うようなものだ（你嘲笑他簡直就是五十步笑百步啊）。

目先が利く

○先を見落とすことができ、気転のきた行動がとれる（預見未來，有遠見）

▲彼は目先が利く男で、株の売買ばいで損をしたことがない（他是可以預見未來的男人，買賣股票從來沒有虧過）。

目先を変える

○違った印象を与えるために趣向を変える（別開生面）

▲修正案もちょっと目先を変えただけで、実質は原案と変わらない（修正案只是稍微別開生面了一點兒，實質上和原案一樣）。

目じゃない

○問題にするに値しない意で、何かを軽蔑して無視する気持ちを表す（不需要放在眼裏，沒必要理會）

▲彼らの反対なんて目じゃない（沒必要去理會他們的反對）。

目尻を下げる

○女性に見とれたり惚れこんだりする様子（[對女性]看呆，看得出神，色眼迷瞪）　▲あの男はちょっときれいな女性を見ると、すぐに目尻を下る（那個男人一看到稍微有點姿色的女人，立刻就看呆了）。

目白押しに並ぶ

○（鳥の目白が木にとまるときは、まるで押し合っているように並んでとま

るところから）大勢の人が先を争って並ぶこと。また、人がこみあって、押し合うこと(一個挨著一個，擁擠不堪)　▲広場は目白押しに並んでいる群衆ばかりです(廣場上淨是擁擠不堪的群衆)。

目玉が飛び出る　＝目玉が抜け出る　⇒目が飛び出る

○びっくりして目を大きく見開くたとえ。ひどくしかられたり、高い値段に驚いたりしたときなどに言う(吃驚得連眼珠子都飛了出來；價格高得驚人)　▲それを聞いて目玉が飛び出るほど驚いた(聽到這個，吃驚得連眼珠子都要飛出來了)。

目で物を言う　＝目に物言わせる

○目くばせをして意思を通ずる(遞眼色，使眼神；眉目傳言)　▲目で物を言う通り、彼の目を見ると、何を考えているのかすぐ分かる(正如眉目傳言，一看他的眼睛，就明白他在想什麼)。

目と鼻の先　＝目と鼻の間

○二つの間の距離のきわめて近いこと(近在咫尺，眼前)　▲家からつい目と鼻の先に郵便局があった(與家裏相隔沒兩步路就有郵局)。

目に余る　⇒人目に余る

○程度がひどすぎて、黙ってみていられないほどである([做得太過分]看不下去，不容默視，不能容忍)　▲彼らの無礼さは目に余った(不能容忍他們的無理)。

目に一丁字なし

○(「一丁字」は、一つの文字の意から)まったく文字が読めない。無学文盲である(目不識丁)　▲父は目に一丁字なしだったので、せめて息子だけは学校へ入れたかった(因為父親目不識丁，所以希望至少兒子能夠上學)。

目に浮かぶ

○そのときの姿や様子が目に再現される(浮現眼前)　▲彼のがっかりした表情が再び目に浮かんだ(他失望的表情又一次浮現在眼前)。

目に映る

○その光景を見て、何らかの印象を受ける(得到的印象)　▲彼女は心から喜んでいるように私の目には映ったのだが、そうでない

のかね(給我的印象是她好像從心裏感到高興，難道不是這樣的嗎)?

目に角を立てる　＝目角を立てる

○怒って鋭い目つきで睨む意で、厳しく咎める様子(怒目而視，瞪著眼責怪)　▲子供のいたずらだから、目に角を立てることもないだろう(是孩子的惡作劇，所以沒必要瞪著眼責怪吧)。

目に障る

○①目にとって毒になる。見て不愉快になる(害眼，傷眼睛，不順眼)
　②見ることを妨げる(礙眼，擋眼)
▲①夜遅くまでそんな細かい仕事を続けると目に障る(幹那麼精細的活兒幹到半夜的話會傷眼睛的)。　②ここを行ったり来たりしないでくれ。目に障って仕事ができない(不要在這裏走來走去，礙眼沒法工作)。

目に染みる

○色彩が鮮やかで、その景色などが印象深く思われる(色彩鮮艷，[景色]給人產生很深的印象)
▲青葉が目に染みるころとなった(已到了綠葉盡收眼底的時候)。

目にする　⇒目に入る

○見たい、見ようなどと思わなくても、自然にそのものが視野に入る(看見)
▲このごろは藁で包んだ納豆もほとんど目にしなくなってしまった(最近連稻草包著的納豆也幾乎看不到了)。

目に立つ　⇒人目を引く、目に付く

○何かの存在が、回りのものからはっきり区別されて見える。目立つ(顯眼，顯著，引人注目)　▲彼は目に立ないように入り口に背を向けて座っていた(他為了不引人注目而背對著入口坐著)。

目にちらつく　＝目の前にちらつく

○何かが心に浮かび、目の前にその形にその形や姿が現れたり消えたりする(不時浮現在眼前，在眼前閃現)　▲あの事故の惨状が目にちらついてよく眠れない(那個事故的慘狀不時浮現在眼前，怎麼也難以入睡)。

目に付く　⇒目に立つ

○よく目立って、見てすぐ分かる(引人注目，顯眼)

▲裏通りの、目に付かない所にある店（位於後街不顯眼之地的商店）。

目に留まる　⇒目を留める

○何かが目に入って、それに関心が引かれる（映入眼簾，看中）

▲散歩中に、おもしろい看板が目に留まった（散步的時候，有一個很有趣的招牌映入了眼簾）。

目に入る　⇒目にする

○何の存在が視野に入る（看見）

▲あまりにも小さくて目に入らなかった（太小了，所以沒有看到）。

目には目、歯には歯　＝目には目を、歯には歯を

○自分が受けた害に対して、同様な仕返しをすることのたとえとして用いられる（以眼還眼，以牙還牙）　▲敵に対しては「目には目、歯には歯」で行く（對敵人要「以眼還眼，以牙還牙」）。

目に触れる

○何かの存在が自然と視野の中に入ってくる（看到）　▲子供の目に触れないようにしまっておこう（先收藏好，不要讓孩子看到）。

目に見えて

○何かの変化が目ではっきりととらえられる様子（眼看著，顯著地［變化］）

▲特効薬のおかげで、傷も目に見えてよくなってきた（多虧了特效藥，傷口眼看著就好起來了）。

目に見えるよう

○話を聞くなどするだけで、その時の情景がたやすく想像できる様子（容易想像，不難聯想到）

▲優勝候補と言われながら、一回選で敗退した彼女の悔しがる顔が目に見えるようだ（不難想像被稱做最有希望奪冠的她在第一次比賽中就敗北的那種遺憾的表情）。

目に物言わせる　＝目で物を言う

○黙ったまま、目くばせなどによって意志や感情を相手に伝える（遞眼色，使眼神）　▲席を立とうとするのを、目に物言わせて押し留める（用眼神制止大家不要離開座位）。

目に物見せる

○憎い相手をひどい目にあわせて思い知らせてやる（給……屬害看看，給……顏色瞧瞧，嚴屬懲處）

▲いつかきっと目に物見せてやるぞ（什麼時候一定要給他顏色看看）。

目に焼きつく

○一度見たのものの印象が強く、いつまでも目に残る（印在眼底，銘記）

▲あの時の悲しげな顔が目に焼きついて離れない（當時悲傷的表情，一直留在了眼裏）。

目の色を変える

○目つきを変える意で、興奮して表情が変わる様子。また、何かに熱中する様子（變色，神情激動）　▲馬券を握り締め、目の色を変えてレースを見守る（緊緊攝著賽馬彩券，神情激動地注視著比賽）。

目の上の瘤　＝目の上のたんこぶ

○自分よりも力が上で、何かと目ざわり・邪魔になるものの喩え（眼中釘、肉中刺，絆腳石，攔路虎）　▲同じ課に大学の一年先輩がいるのだが、私にとっては目の上の瘤というところだ（同一科裏有位大學時代上一届的校友，對我來說就像眼中釘、肉中刺）。

目の敵にする

○許しがたい相手だとして、何かにつけて敵対視する（看做眼中釘）

▲部長は私を目の敵にして、事あるごとに辛く当たった（部長把我看做眼中釘，每每有事就狠狠地拿我撒氣）。

目の皮がたるむ

○眠気を催してきて、とろんとした目つきになる（眼皮發沉，睡眼惺忪）

▲食事が済むと目の皮がたるみ、ついに船を漕ぎ出した（一吃過飯眼皮就發沉，最終打起了瞌睡）。

目の薬　⇔目の毒

○目を楽しませてくれるもの（可供欣賞，有神益）

▲この本は目の薬になる。見てよかった（這本書大有神益，幸虧看過了）。

目の黒いうち

○その人がまだ生きている間（趁有生之年，在活著的時候）

▲私の目の黒いうちは、君たちに勝手なまねはさせない（在我有生之年，是不會讓你們為所欲為的）。

目の正月　⇒目の保養

○「正月」は一年中で一番楽しいときであるところから珍しい物、美しい物などを見て楽しい思いをすることを言う（大飽眼福）

▲こんなすばらしい踊りをいくつも見せてもらって、本当に目の正月になった（你讓我欣賞了好多這麼美妙絕倫的舞蹈，真是大飽眼福）。

目の玉が飛び出る　⇒目が飛び出る

○①値段が驚くほど高いこと（價格貴得驚人）

②激しく叱られる様子（嚴厲斥責，罵得狗血噴頭）

▲①このピアノの値段は目の玉が飛び出るほど高かった（這架鋼琴的價格高得驚人）。　②カンニングで先生に目の玉が飛び出るほど叱られた（考試作弊受到老師嚴厲斥責）。

目の付け所

○何かの中で、特に注意を向ける点（著眼點，注意的地方）　▲さすが金もうけが上手なだけあって、目の付け所が違う（不愧是賺錢高明，所見不同）。

目の毒　⇔目の薬

○それを見ると欲しくなったり悪い影響を受けたりするもの（眼饞；看了有害）　▲子供には目の毒だから、見えない所にしまっておこう（孩子看了有害，所以就放在看不到的地方吧）。

目の中へ入れても痛くない　＝目に入れても痛くない

○子供をかわいくてたまらなく思う様子（非常疼愛孩子）

▲娘は目の中へ入れても痛ほどかわいい（女兒可愛得令人疼愛）。

目の保養　⇒目の正月

○美しいものや珍しいものを見て、目を楽しませること（大飽眼福，大開眼界）　▲美しい庭を見せてもらって目の保養になった（讓我們看了一下美麗的庭院，令人大開眼界）。

目の前が暗くなる　＝目の前が真っ暗になる

○ひどく落胆し、将来に希望が持てない気持ちになる（眼前發黑，前途一片黑暗）

▲恋人の死を知らされて、目の前が暗くなった（得知戀人的死訊，眼前一片黑暗）。

目のやり場に困る

○それを正視するわけにはいかず、どこを見ていたらいいのか、目の持って行き場がなくて困る（不知往哪裏看才好）

▲前の座席の二人連れがあまりに仲がいいので、目のやり場がなくて困った（因為前面座位的兩個人太親密了，所以發愁不知往哪裏看才好）。

目は口ほどに物を言う　＝目も口ほどに物を言う　⇒目が物を言う

○情のこもった目つきは、口で話すのと同じ程度に気持きもちを相手に伝えることができる（眉目傳情勝過語言）

▲目は口ほどに物を言う。口には出さなくてもあなたの心はよく分かるわ（眉目傳情勝過語言。即使你不說出口，我也很明白你的心意）。

目端が利く　⇒目先が利く

○気転がきく。その場その場に応じて、よく才知がはたらく（機智靈敏，會隨機應變）　▲彼は目端が利くから、上役に好かれる（因為他機智靈敏，所以受到上司喜歡）。

目鼻が付く　⇒目鼻を付ける

○大体の事が決まったり、結果の予想が立ったりする（有眉目）

▲工事完成の目鼻が付く（離施工完工不遠了）。

目鼻立ちが整う

○目や鼻のかっこうがよく、容貌が整って美しい様子（五官端正，眉清目秀）

▲目鼻立ちが整った、色白の女（五官端正、皮膚白淨的女子）。

目鼻をつける　＝目鼻がつく

○物事の大体の決まりをつける。大体の筋を決めたり、どうなるか予想を立てたりする（有眉目，有頭緒，有了輪廓）

▲そろそろこの計画に目鼻をつけるころだ（這個計畫就要有眉目了）。

目鼻を笑う　⇒目くそ鼻くそを笑う

○自分の欠点には気が付かず、他人のことをあざ笑う。お互いに欠点のある者同士が貶し合うこと（五十步笑百步，禿子笑和尚）　▲君が彼を馬鹿にするのは全く目鼻を笑うんだ（你瞧不起他，簡直就是五十步笑百步）。

目引き袖引き

○声は出さずに、目付きや袖を引っぱることによって、相手に自分の意思を伝える様子（眉来眼去，擠眉弄眼，捅捅咕咕）　▲女の子たちが目引き袖引き私の悪口を言っているようだ（女孩子們擠眉弄眼地說著我的壞話）。

目星がつく　⇒目星をつける

○大体の見当ができる（推測到，估計到，找到目標）

▲どうやら犯人の目星がついたようだ（好像知道誰是疑犯了）。

目星をつける　⇒目星がつく

○目標をどこにおけばいいか、大体の見当をつける（推測，估測）　▲盗んだのは彼だと最初から目星をつけていた（一開始就懷疑是他偷了東西）。

目も当てられない　⇒二目と見られない、目を背ける

○あまりひどい状態で、まともには見られない様子（慘不忍睹，沒法看，看不下去）　▲地震のために村は目も当てられない状態だった（因為地震，村裏的狀況慘不忍睹）。

目もあやに

○まばゆいほど美しく立派な様子（光彩奪目，燦爛耀眼）

▲歌か手たちは目もあやに着飾っていた（歌手們打扮得光彩奪目）。

目もくれない

○その物事を無視して少しの興味・関心も示さない様子（不屑一顧，不理睬，不理會，無視）

▲部長は私の提案に目れなかった（部長對我的提案不屑一顧）。

目元が涼しい

○きれいに澄んだ目をしていて、爽やかな印象を与える様子（眉清目秀）

▲彼女は目元が涼しい、清潔な感じのお嬢さんだ（她是一位令人覺得眉清目秀、心地純潔的姑娘）。

目安が付く ＝目安をつける

○たぶんこの程度の結果は得られるだろうと言う大体の見当が付く(預設目標，定計畫，對結果作出大致估計) ▲新しく始めた仕事の目安が付くまではしばらく忙しい(在定好新工作的計畫之前要忙一陣)。

目を欺く

○何かに見せかけて相手を騙す(蒙蔽，誘騙) ▲敵の目を欺くために、一時攻撃を中止する(為了蒙蔽敵人，暫時停止了攻擊)。

目を射る

○まともな目があけられないほどの強い光を浴びる意で、見る人に強い刺激を与える(刺眼，刺目，奪目)
▲目を射るどぎつい看板が目立つ歓楽街には子供を行かせてはならない(不能讓小孩子去那些豎有刺目招牌的花花世界)。

目を怒らせる

○相手を怒るようにしむける(惹怒，發怒)
▲彼女は目を怒らせて私をにらみ付けた(她發起怒来直瞪著我)。

目を疑う

○全く予想外の物事に接し、これが事実かと、自分の目が信じられないように思う(驚奇；懷疑自己的眼睛) ▲その老人が走り出した時には目を疑った(那個老人跑起来的時候，我真懷疑起自己的眼睛了)。

目を奪う

○思わず見とれさせるほど強い印象を与える(奪目，炫目)
▲素晴らしい風景に目を奪われた(美麗的風景絢麗奪目)。

目を覆う

○真実の姿を知るのが躊躇われ、思わず目を背ける様子(惨不忍睹)
▲事故現場は目を覆うばかりの惨状だった(事故現場簡直是惨不忍睹)。

目を落とす ⇒目を伏せる

○相手を正視することができずに、下を向く(向下看，俯視，往下瞥)
▲男の差しだした名刺に目を落とした(瞥了一眼男人遞出的名片)。

目を輝かせる

○熱意、希望などの気持目などにあふれさせる（眼睛閃閃發光，兩眼放光，目光炯炯）

▲弟は入学通知を手にし、喜びに目を輝かせた（弟弟拿到了入學通知書，高興得眼睛閃閃發光）。

目を掛ける

○見込みがあると思って、引き立ててやったり面倒を見てやったりする（照顧，照料，關照）

▲息子は上役に目を掛けられているようだ（兒子好像很受上司關照）。

目を掠める

○人に気付かれないように、隙を窺って悪いことをする（遮人眼目，背著人）

▲親の目を掠めてタバコを吸う（背著父母吸菸）。

目をくぐる　⇒目を盗む

○隙をねらって逃げる（趁機，趁不注意）

▲監視の目をくぐって彼と連絡をとった（趁監視人不注意與他取得了聯繫）。

目を配る

○見落としがないように注意しながら全体に渡ってよく見る（四下注意，四處張望）

▲問題が起こらないかと目を配る（四下注意有沒有問題出現）。

目を晦ます　⇒人目をくらます

○人の目をごまかして、本当の姿を知られないようにする（瞞人眼目，避人耳目，偷偷地）

▲容疑者は変装して捜査の目を晦まして逃走した（嫌疑犯喬裝打扮，避過搜查的眼目逃跑了）。

目をくれる

○あるところへちょっと目をやること（看到，瞅到）

▲その貼り紙に目をくれる人はほとんどいなかった（幾乎沒有人瞅到那張貼紙）。

目を凝らす

○目を一点に集中させて、よく見る(凝視，聚精會神地看)

▲目を凝らして、よく見なさい(給我聚精會神地好好看)。

目を逆立てる　⇒眉を逆立てる、目を吊り上げる

○眉をさかさまに立てて癪に触ること(怒目圓睜)

▲これはお前のせいだと、彼は目を逆立てて怒った(他怒目圓睜地衝我發火説「都是你的錯」)。

目を覚ます　⇒目が覚める

○①眠りから覚めるようにする(醒来，睡醒)
　②迷っているのを正しい道にもどす。正気にもどす(醒悟，覺醒)

▲①雨の音に目を覚ました(被雨聲吵醒了)。
　②君はだまされているんだ。すっかり目を覚ましたらどうだ(你是被騙了。該徹底醒悟了)?

目を皿のようにする　⇒鵜の目鷹の目

○目を大きく見開いて、何かをよく見ようとする様子(睜大眼睛)

▲目を皿のようにして指輪を探し回った(睜大眼睛到處找戒指)。

目を三角にする

○怒って怖い目つきをする様子(瞪眼珠子，横眉豎眼)

▲目を三角にして怒る(横眉豎眼地發脾氣)。

目を白黒させる

○目の玉を激しく動かす意で、苦しがっている時やひどく驚いた時の様子(眼珠上下翻動，[因痛苦、驚懼等]翻白眼)

▲餅が喉につかえて、老人は目を白黒させていた(年糕卡在了嗓子裏，老人直翻白眼)。

目を据える　⇒目を凝らす

○目の玉を動かさないで一点をじっと見つめる(凝視，注視，目不轉睛)

▲さっきから身動きもせず、目を据えて睨むようにしているが、何を考えているんだろう(剛才就一動不動地凝視著什麼，[他]到底在想什麼呢)?

目を注ぐ

○どんな小さなことも見落とすまいと、注意して見る（注視，全神貫注地看）

▲子供はじっと虫の動きに目を注いでいる（孩子一動不動地注視著蟲子的動靜）。

目を背ける　⇒目も当てられない、目をそらす

○あまりにひどい様子で、見ているのがつらく、思わず視線を他の方へ向ける（移開視線，不忍正視）

▲ガス爆発の現場は目を背けるほどの惨状だった（煤氣爆炸的現場是一片慘不忍睹的淒慘情景）。

目をそらす

○そのまま見続けるのが具合が悪かったりして、視線を外す（移開視線）

▲彼は身にやましいところがあるのか、私と目が合うと、慌てて目をそらした（他是不是心裏有鬼啊，一碰上我的目光，就慌忙把視線移開了）。

目を血走らせる

○眼球が充血する。多く、興奮・怒り・熱中したときなどの目の形容として用いる（眼球充血，兩眼通紅［充満血絲］）

▲火事場で消防隊員が目を血走らせて駆け回っている（在火災現場，消防隊員們兩眼通紅地來回奔跑著）。

目を付ける

○目を離さずに見続ける意で、何かに関心を抱いたり狙いを付けたりして、注意を払うこと（著眼，注意看）

▲外食産業の将来性に目を付けて投資する（著眼於外賣飲食產業的發展前途進行投資）。

目をつぶる

○①目を閉じる（閉上眼睛）
　②死ぬ（死，去世）
　③過失や欠点に気が付いても、黙って見逃す（放過，睜一隻眼閉一隻眼）

▲①目をつぶって考えた（閉上眼睛思考）。
　②彼は八十歳で目をつぶるまで働きとおした（他一直工作到80歲去世）。
　③悪気はなかったようだから、今度だけは目をつぶってやろう（好像沒什

麼惡意，所以這次我就放過你吧）。

目を吊り上げる　＝眉を吊り上げる　⇒目を逆立てる

○目尻を上げて怒った顔つきをする（豎眉瞪眼，怒氣冲冲）

▲彼は目を吊り上げて私たちをどなりつけた（他豎眉瞪眼地訓斥我們）。

目を通す

○書かれたものを一通り見る（瀏覽，通覽，過目）

▲前もってこの書類に目を通しておいてください（請事先把這個文件瀏覽一下）。

目を留める　＝目に留める

○心をとめてそのものをよく見る（注目，留意，留心）

▲警官はその男の不審な行動に目を留めた（警察留意到了那個男子的可疑行為）。

目を盗む　⇒目を掠める、目をくぐる

○人に見つからないように、こっそりと何かをする（避人耳目，趁人不注意，偷偷地）

▲授業中先生の目を盗んで小説を読んだ（上課趁老師不注意時看小說）。

目を離す

○注意を怠って、見守り続けるべきものから他に視線を移す（放鬆注意，移開視線）

▲ちょっと目を離したすきに、子供がいなくなった（稍稍放鬆注意的空檔兒，孩子就不見了）。

目を光らせる　⇒目が光る

○悪いことができないように、厳しく監視する（嚴屬監視，提高警惕）

▲麻薬の密輸に監視の目を光らせる（嚴屬監視毒品的走私）。

目を引く　⇒人目を引く

○目立つ点があり、人の注意を引き付ける（引人注意）

▲展示品の中で彼の大胆な作品が人々の目を引いた（在展品中，他大膽的作品吸引了大家的注意）。

目を開く

○知識を得たり、また真理を悟ったりして新しい境地を知る（開眼界）

▲その経験が私の目を開いてくれた（這一經歷讓我開了眼界）。

目を塞ぐ　⇒目をつぶる

○進んで対処すべき事柄に対し、見て見ぬふりをする（裝作視而不見）

▲不正行為に目を塞いでいてはならない（對違法行為不能裝作視而不見）。

目を伏せる　⇒目を落とす

○恐縮したり恥らったりして、うなだれ、視線を下に落とす（牽拉眼皮，往下看）

▲いたずらを見付けられた子供は思わず目を伏せた（被發現調皮搗蛋的孩子不由地垂下了雙眼）。

目を細くする　＝目を細める

○嬉しくてたまらず、顔中に笑みを浮かべる（[高興地]眼睛笑成一條縫，笑眯眯）

▲彼は目を細くして、孫の成長ぶりを話した（他笑眯眯地講述了孫子的成長情況）。

目を丸くする　⇒目を見張る

○何かに驚いて目を大きく見開く（[因驚訝]睜大眼睛，驚視）

▲ストリーキングする男たちを老人は目を丸くして見送った（老人們睜大眼睛注視那些裸奔的男人離開）。

目を回す

○①気絶する（氣絕，昏厥）
　②非常に忙しくてあわて惑う（忙得團團轉）
　③予期せぬ出来事などに接し、ひどく驚く（震驚，目瞪口呆）

▲①血を見たとたんに目を回してしまった（一看到血就昏過去了）。
　②今日は来客続きで目を回した（今天來客不斷，忙得團團轉）。
　③彼が特賞になったというので目を回した（他得了特等獎，所以很震驚）。

目を見張る　⇒目を丸くする

○目を大きく見開く意で、すばらしいものなどを見て驚く様子（睜大眼睛，瞠目而視）

▲眼下に広がる風景のあまりの美しさに、思わず目を見張った（眼前呈現的風景真是太美了，我不由地睜大了眼睛）。

目を剥く ＝目玉を剥く ⇒目を三角にする

○怒ったり、驚いたりなどして目を大きく見開く（瞪眼睛）

▲（こんなことも分からないのか）と、父は目を剥いた（爸爸瞪著眼睛說:「連這種事也不明白嗎?」）。

目を向ける

○そちらの方を見る意で、その方面に関心を向けること（投送目光，注意）

▲彼らは私に疑いの目を向けた（他們向我投來了懷疑的目光）。

目をやる ＝目が行く

○そちらに目を向けて見る（朝……看）

▲庭に目をやると、もう梅の花が綻びかけていた（朝庭院看去，梅花已經綻放了）。

目を喜ばす

○嬉しがらせたり、満足させたりする様子（賞心悅目）

▲山の花が登山者の目を喜ばせてくれる（山花令登山者賞心悅目）。

目算を立てる ⇒目鼻が立つ

○目で見てみつもること。大体の見当をつけること（估計，預測）

▲一年で完成させようと目算を立てたが、大幅に遅れそうだ（估計一年完成的，但是看樣子會大大延遲）。

横目を使う

○他人に気付かれぬように何かを観察したり、そっと合図を送ったりするために、顔を前に向けたまま、目だけ動かして横の方を見る（斜眼看，用眼睛瞟；送秋波）

▲彼はさっきから横目を使って人の答案を盗み見している（他從剛才起一直斜眼偷看別人的答案）。

夜の目も寝ずに

○寝る間も惜しんで何かをする様子（徹夜不眠）

▲恋人のために夜の目も寝ずにセーターを編み上げた（為了戀人，徹夜不眠編好了毛衣）。

弱り目に祟り目　⇒泣きっ面に蜂

○悪い条件の時に災いが発生する。不運な上に不運が重ねることを言う

（禍不單行，屋漏偏逢連夜雨，雪上加霜）

▲夫が病気になるやら息子は受験に失敗するやらで、全く弱り目に祟り目だ

（丈夫生病了，兒子考試又不及格，真是禍不單行啊）。

脇目も振らず　⇒面も振らず

○その物事以外に目を向けないで、専心する。一心不乱である様子(目不轉

睛，聚精會神)

▲彼は脇目も振らずに本を読んでいた(他聚精會神地看著書)。

指（ゆび・シ）

字義　指，趾

後ろ指を指される

○背後から指を指れて非難される。陰で悪口を言われること(被別人在背後

指責，被人家戳脊梁骨)

▲人に笑われたり、後ろ指を指れるようなことをするなよ(你不要做那些會

被別人嘲笑或戳脊梁骨的事哦)。

五本の指に入る

○指を折って数え上げる時に、五本までに入るという意で、その存在が非

常に際立っていること(數一數二)

▲彼は党内で五本の指に入る実力者だ(他是黨內數一數二的實權者)。

指呼の間

○呼べば答えが返ってくるほどの近い距離(呼之可聞的距離，近在咫尺)

▲ここからは指呼の間に北方領土を望むことができる(從這裏可以看到北方

領土近在咫尺)。

十指に余る

○(「十本の指で数え切れない」の意から)きわだったものを数えあげていくと

十以上になる(10個以上，許多)

▲彼の著作は十指に余る(他的著作很多)。

十指の指す所　＝十目の見る所

○多くの人が指摘する所の意で、多くの人の意見や判断が一致すること（衆人所指；一致公認）

▲十指の指す所彼の失敗は判断力の欠如から来た（一致公認他的失敗來自於判斷力的缺乏）。

食指が動く　⇒食指を動かす

○ある物事に関心を持ち、それを手に入れたい、また、してみたいなどと思う気持ちが起こる（起貪心，垂涎，有興趣）

▲仕事を紹介されたが、あまり食指が動かず、まだそのままにしている（雖然被介紹了工作，但是沒什麼興趣，一直還是原來那樣）。

指一本も指させない

○人から非難、干渉、嘲笑などを受けるようなことは少しでもさせない（使人無可指責，不准人干渉，不准動一根毫毛）

▲私がいる限り彼女には指一本も指せないぞ（只要有我在，就不許別人動她一根毫毛）。

指折り数える　⇒指を折る

○何かの実現する日が待ち遠しく、後何日と数えながら待つ（屈指等待，數著手指頭等待）

▲父が帰国する日を、子供たちは指折り数えて待っている（孩子們數著手指頭等待爸爸回國的那一天）。

指切りをする

○子供などが、互いに約束を違えないことを誓言するとき、小指と小指をからみ合わせること（拉鉤起誓）

▲私たちはそれを絶対に他言しないと指切りをした（我們拉鉤保證絕對不泄露那件事）。

指を折る　＝指を屈する　⇒指折り数える

○指を曲げて確認しながら数える（屈指計算，扳手指頭算）

▲振り返って指を折ってみると、あの時から足掛け五年になる（回過頭來扳手指頭算算，從那時到現在前後有5年了）。

指を屈する

○指を一本ずつ曲げて、物を数える（掐指一算）

▲指を屈して今年はもう六十九歳になった（掐指一算，今年已經69歲了）。

指をくわえる

○うらやましいと思っても、自分の力ではどうすることもできず、むなしくそばで見ている（垂涎，羨慕地觀看）

▲その子はショーウインドーのおもちゃを指をくわえて見ていた（那個孩子羨慕地望著櫥窗裏的玩具）。

指を染める　⇒手を染める、手を付ける

○物に指を触れる。転じて、初めて手をつける（染指，著手做）

▲抽象画に指を染めたのは最初の個展を開いてからだった（著手搞抽象畫是從第一次舉辦個展開始的）。

脇（わき・キョウ・コウ）

字義　①腋下，胳肢窩　②旁邊，旁處

脇が甘い

○（相撲で、四つ身に組む際、相手に有利な組み手や、はず押しを許してしまう体勢から）相手に付け入られやすい隙が多く、守りが弱い様子（漏洞多，有可趁之機）

▲彼の論文はなかなか目の付けどころは良いが、少々脇が甘い（他論文的著眼點很好，但是稍微有些漏洞）。

脇道に逸れる

○本来進むべき道から外れ、意外な方向に進む。好ましくない道に足を踏み入れたり、話が本筋から逸れたりした場合に用いる（走彎路，誤入歧途，說話離題，跑題）

▲話が脇道に逸れてしまったから元に戻そう（話已經說得跑題了，還是回到原先那裏吧）。

脇目も振らず

→「目」

二、動物（動物）

虻（あぶ・ボウ）

字義 虻，牛虻

虻蜂取らず

○両方ねらってどちらも手に入らないこと（難飛蛋打，務廣而荒）

▲あまり事業を拡張すると、虻蜂取らずになる虞がある（一味地擴大企業規模，恐怕會務廣而荒）。

蟻（あり・ギ）

字義 螞蟻

蟻の思いも天に昇る

○弱小な者でも、一念を貫いて求め続ければ、やがては望みを達成できる（水滴石穿，鐵杵也能磨成針）

▲蟻の思いも天に昇ると言って、あきらめずに続いて頑張ればきっと成功するよ（俗話說鐵杵也能磨成針，只要不懈地努力定能成功）。

蟻の這い出る隙も無い

○警備が厳しく、周囲をすっかり包囲され、入り込んだり逃れ出たりする余地が全くない様子（水泄不通，插翅難飛，戒備森嚴）

▲四方八方を警官に固められ、蟻の這い出る隙も無い（四面八方都有警察嚴加防守，插翅也難飛）。

鮑（あわび・ホウ）

字義 鮑魚，鰒魚，石決明

鮑の片思い ＝磯の鮑の片思い、貝の片思い

○鮑は片貝貝殼が一枚で、ただ磯にへばり着いているだけである。そのように、こちらが先方を恋するだけで、相手は何とも思っていないことのたとえ（單相思，剃頭的挑子一頭熱）　▲きみはよっぽどおめでたいね，いわゆる鮑の片思いだ（你呀，也太傻氣了，眞是剃頭的挑子一頭熱）。

鼬（いたち・ユウ）

字義 鼬鼠，黄鼠狼

鼬ごっこ　⇒鼠ごっこ

○両者が互いに同じことを繰り返し、物事が一向に解決しないこと（扯皮，事情毫無進展，得不到解決）　▲取締りを強化すれば鳴りを静め、緩めればまたはびこるというふうに、警察と暴力団の間で鼬ごっこが続けられている（加強管制就有所收斂，稍一放鬆就又開始猖獗，警察和暴力集團之間就這樣持續著拉鋸戰）。

鼬の最後っ屁

○（鼬が敵に追われた時、悪臭を放って逃げることから）苦し紛れにとる非常手段（最後一招，窮餘之策）

▲売れ行き不振に音を上げ、鼬の最後っ屁で、ついに五割引セールを始めた（銷路難以打開，終於使出最後一招開始5折銷售）。

犬（いぬ・ケン）

字義 狗

犬と猿　＝犬と猿の仲、犬猿の仲

○仲の悪いたとえ（水火不相容）　▲あの二人は犬と猿で、会えば喧嘩ばかりだ（那兩個人水火不容，見面就吵架）。

犬に論語

○道理を説き聞かせても益のないことのたとえ（對牛彈琴，投珠與豕）。

▲彼にこれをやったって犬に論語だ（把這個給他，就是投珠與豕）。

犬の遠吠え

○臆病者がかげで威張る様子（背地裏裝英雄，虛張聲勢）

▲こんな所でいくら非難しても、犬の遠吠えに過ぎない（在這種地方，再怎麼指責別人，也只不過是虛張聲勢而已）。

犬も食わない　＝犬も食わぬ

○非常に嫌がられ、誰からもまともに相手にされない様子（連狗都不理，沒人理睬；臭極了）

▲夫婦喧嘩は犬も食わない（兩口子吵架，誰都不會搭理的）。

犬猿の仲　＝犬と猿

○極めて仲が悪い間柄にあること（水火不容）

▲あの二人は犬猿の仲だから、一緒に仕事をさせない方がいい（那兩個人水火不相容，還是不要讓他們一起工作的好）。

犬馬の労を取る

○自分を犠牲にして相手のために尽くすという意の謙遜した言い方（效犬馬之勞）

▲皆様のために犬馬の労を取る（為大家效犬馬之勞）。

鰯（いわし）

字義　鰮魚，沙丁魚

鰯の頭も信心から

○どんなつまらない物でも、信心するとありがたく思われる（只要信，泥菩薩也變神；對沒有價值的東西，只要信，它就有價值了）

▲君には無駄な物だが、私にはそうはない。鰯の頭も信心からだものよ（對你沒有用的東西，對我卻未必如此。因為我信它就有用了）。

鵜（う・テイ）

字義　鸕鷀，魚鷹

鵜の真似をする烏

○自分の能力、身の程を顧みないで人のまねをする者。また、そのようなまねをして失敗する者のたとえ（東施效顰，畫虎不成反類犬，盲目模仿他人）　▲鵜の真似をする烏のような人はなかなか個性がないね（盲目模仿別人的人真沒有個性呀）。

鵜呑みにする

○人の言葉を、真偽などを考えずに、また十分に理解しないままに受け入れる（囫圇吞棗，不求甚解）

▲彼のようなうそつきの言うことを鵜呑みにするから、とんでもないことになるのだ（正因為盲目相信了他這個騙子說的謊話，才倒了大霉）。

鵜の目鷹の目

→「目」

魚（うお・さかな・ギョ）

字義 ①魚 ②魚類 ③魚肉

魚の木に登る如し

○魚が木に登るように、とうてい不可能な無謀な試みをたとえていう（踩著梯子上天）

▲あのことは、魚の木に登る如し、不可能です（那事情如同踩著梯子上天，不可能）。

魚の水

○密接な関係にあること、親しい間柄のたとえ（魚水相得）

▲魚と水のような深い友情（魚水深情）。

魚の水を得たよう　＝魚の水を得たるが如し

○苦境から脱して、大いに活躍できるようになること（如魚得水）

▲彼女がこの会社に入って仕事をするのは全く魚の水を得たようだ（她進入這家公司工作簡直如魚得水）。

大魚を逸する

○何かの事情で、大きな手柄や利益になる絶好の機会をつかみ損なう（放跑一條大魚，錯失良機，大功未成）

▲一番違いで宝くじの一等を逃し、大魚を逸したと彼はぼやいていた（他嘟嚷著說就差一個數沒中頭彩，失去了一個大好機會）。

鶯（うぐいす・オウ）

字義 ①鶯，黄鶯 ②歌喉好的人

鶯鳴かせたこともある

○今はこんな年寄りになってしまったが、若い時には美しく魅力があって、多くの人の心を引き付けたこともある（[指女性]當初也曾花容月貌；[指男性]過去也曾飛黄騰達）

▲あのお婆さんはしなびているけど、鶯鳴かせたこともある（那個老太太雖說滿臉皺紋了，但當年也曾花容月貌）。

兎（うさぎ・ウ・ト）

字義　兎子

兎の罠に狐がかかる　⇒鰯網で鯨を取る

○思いがけない幸運を掴むこと（意想不到的收穫，天上掉餡餅）

▲今度は思いがけない幸運に恵まれた、本当に兎の罠に狐がかかったね（這次沒想到這麼幸運，真是天上掉餡餅）。

兎の毛でついたほど

○（兎の細い毛で突いたほどという意味から）微小なことのたとえに用いる（微不足道）

▲それは兎の毛でついたほどのことだ。気にしないでね（這是件不足掛齒的事，請不要放在心上）。

脱兎の勢い

○何かを目指して、また、何から逃げようとして、目にも止まらぬほど速く駆ける様子（勢如脱兎，飛快地）

▲脱兎の勢いで逃げ出す（飛快地逃走）。

二兎を追う

○一度に二つのことをしたり、二つの利益を得ようとしたりする意で、結局どちらも失敗に終わる危険性が大きいということ（追兩兔者不得一兔，兩頭落空）

▲インフレ抑制と景気回復を同時に図るのは、二兎を追うような難事だ（既想抑制通貨膨脹又謀求恢復經濟，就像同時追兩隻兔子一樣，是件難事）。

牛（うし・ギュウ）

字義　牛

商いは牛の涎

○商売をするには牛の涎のようでなければならない。一時に大儲けしようとせず、細く長く、僅かな利益を積み重ねて財をなすべきだ（做生意是件細

水長流的事，急不得）

▲商いは牛の涎と言われたように、商売は辛抱（しんぼう）が肝心（かんじん）だ（正如大家所説的，做生意是件細水長流的事，關連在於耐心）。

牛（うし）の歩（あゆ）み

○進（すす）みぐあいの遅（おそ）いたとえ（老牛拉破車，行動遲緩）

▲このことの進展（しんてん）は牛の歩みのようだ（這件事進展緩慢，像老牛拉破車一樣）。

牛（うし）の角（つの）付（つ）き合（あ）い

○近（ちか）い関係（かんけい）にある者同士（ものどうし）なのに仲（なか）が悪（わる）く、何（なに）かにつけていがみ合（あ）っている様（よう）子（す）（窩裏門，鈎心門角，不和）

▲兄（きょう）弟（だい）で牛の角突き合いをしていても始（はじ）まらない（兄弟之間鈎心門角也沒有用）。

牛（うし）の涎（よだれ）　＝牛（うし）の小便（しょうべん）

○だらだら続（つづ）くという意（い）（冗長乏味，漫長而單調）

▲自（じ）分（ぶん）自身（じしん）の日（にち）常（じょう）体（たい）験（けん）を、牛の涎のようにだらだらと書（か）きつづった私（わたくし）小（しょう）説（せつ）（絮絮叨叨地記錄了自己日常生活經歷的、冗長乏味的自敘體小說）。

牛（うし）は牛（うし）連（づ）れ馬（うま）は馬（うま）連（づ）れ

○同類（どうるい）の者（もの）が集（あつ）まって事（こと）を行（おこな）う様（よう）子（す）（物以類聚，人以群分）

▲牛は牛連れ馬は馬連れの友達（ともだち）、招（まね）かざるに来（き）たり（物以類聚，不招自來）。

牛（うし）も千里（せんり）馬（うま）も千里（せんり）

○うまいかまずいか、遅（おそ）いか早（はや）いかの違（ちが）いはあっても、行（い）きつくところは結（けっ）局（きょく）同（おな）じである。慌（あわ）てることはないというたとえ（殊途同歸）

▲そんなに慌てることはないでしょう。牛も千里馬も千里、どうせ、五時（ごじ）に到（とう）着（ちゃく）できるけど（用不著那麼急吧。殊途同歸，總之5點能到達的）。

牛（うし）を馬（うま）に乗（の）り換（か）える　⇔馬（うま）を牛（うし）に乗（の）り換（か）える

○遅（おそ）い牛をやめて速（はや）い馬に乗り換える。都合（つごう）のよい、優（すぐ）れたほうに換える（見風使舵，隨機應變）

▲「牛を馬に乗り換える」と言われたように、劣（おと）った方（ほう）を捨（す）てて、優れた方に乗り換えることは賢明（けんめい）です（就像「隨機應變」這句話所講的，捨劣取優，才是明智的）。

鰻(うなぎ・マン)

字義 鰻鱺，鰻魚

鰻の寝床

○間口が狭くて奥行の長い建物や細長い部屋(狭長的房屋)

▲鰻の寝床のような建物(如同鰻魚洞般狭長的房屋)。

鰻登り

○鰻が身をくねらせて、まっすぐに水中をのぼることから、物価や温度が急速に上がることや、人の立身出世の速いことなどにいう語(直線上升，飛黄騰達，青雲直上) ▲ここのところ土地の価額は鰻登りに急激に上がっている(這裏的土地價格直線上漲)。

馬(うま・バ)

字義 馬

馬が合う

○意気投合する。気が合う(情投意合，投緣，合得來) ▲目上の人と馬が合わず、仕事がやりにくい(因為和上級合不來，工作很難做)。

馬の背を分ける

○「馬の背」は稜線。稜線を境に、片方では雨が降り片方では晴れているというように、地域的に雨や雪の降る様子が異なること(隔街不下雨，陣雨不過道)▲夕立ちは馬の背を分けるというが、なるほど西の方は青空が見えている(俗話說陣雨不過道，果然西邊還是一片藍天)。

馬の骨

○素姓がはっきりせず、心を許して付き合うに値しない人を軽蔑して言う言葉(來歷不明的人，不知底細的人)

▲株で一もうけしたとかで立派な家に住んでいるが、もともとはどこの馬の骨か分からない(可能炒股什麼的賺了大錢，現在住在一座很華麗的房子裏，可是誰知道他原來是幹什麼的)。

馬の耳に風 ⇒兎に祭文、馬の耳に念仏

○言っても効き目のない様子(對牛彈琴，當耳邊風) ▲悪い事はやってはい

けないってあれだけ口酸っぱく言ったのに、馬の耳に風だった（「不能做壊事」，我説破了嘴皮，可是他卻全當耳邊風，絲毫也聽不進去）。

犬馬の労を取る

→「犬」

どこの馬の骨　＝どこの牛の骨

○素姓の分からない人をあざけって言う言葉（來歴不明的傢伙）

▲あの男はどこの馬の骨とも分からぬ奴だ（他還不知道是哪兒來的呢）。

馬鹿当たりする

○商売や興業のねらいが的中し、並外れたよい成績を上げる（非常順利，極為成功）　▲企画が馬鹿当たりして、会場は連日満員の盛況だ（策劃極為成功，會場連日來爆満，盛況空前）。

馬鹿と鋏は使いよう　⇒阿呆と剃刀は使いようで切れる

○切れない鋏も使い方によって役に立つように、愚か者もそれに相応した使い方をすれば、役に立つ仕事をさせることができる（如同傻子和剪刀，就看你會不會使用）。　▲馬鹿と鋏は使いようでもうまくおだて上げれば、思わぬ実力を発揮するものだ（如同傻子和剪刀，就看你會不會使用，如果能充分調動他的積極性，應該會發揮出意想不到的力量的）。

馬鹿にする

○相手を能力のうりょくのない者として見下したり、そのことを軽視したりしている気持きもちを言葉や態度に表す（瞧不起，輕視，愚弄）

▲私が泳げないことを知って、彼は馬鹿にして大声で笑った（他知道我不會游泳後，就輕蔑地大笑起來）。

馬鹿にできない

○無視したり侮ったりはできない様子（不可小看，不能輕視）

▲運賃の値上げでバス代も馬鹿にできない額になってしまった（因為票價上漲，公共汽車的費用也不是小數目了）。

馬鹿にならない

○大したことはないと甘く見ているととんでもないことになりかねない様子（不容輕視，不可小看）　▲父が単身赴任をしてからは電話代も馬鹿になら

なくなってしまった(自從父親單身赴任以來，電話費也不再是小數目了)。

馬鹿になる

○①そのものの本来の機能が失われて役に立たなくなる(不好使，不中用，失靈) ②組織などの中で、無用の摩擦を避けるために、相手にあまり批判的な態度をとらず、適当に妥協する(妥協，讓步)

▲①ねじが馬鹿になって止まらなくなってしまった(螺絲失靈而擰不緊了) ②君がもう少し馬鹿になってくれないと、話がまとまらなくて困る(如果你不稍微讓步的話，事情就談不成，很難辦了)。

馬鹿も休み休み言え

○どんな馬鹿なことを言うなと、相手のあまりにも非常識な言に腹を立てて言う(少説胡話，別胡扯)

▲いい年をして親に小遣いをくれなんて、馬鹿も休み休み言えというものだ(少説胡話，這麼大年紀了還向父母要零用錢)。

馬鹿を言え

○そんなことがあるものかと、相手の言うことや考えを強く否定する言葉(胡説，瞎扯) ▲馬鹿を言え。今どきそんな安い土地があるものか(胡説!如今怎麼會有那麼便宜的地皮)。

馬鹿を見る

○つまらない目にあったり損な立場に立たされたりする様子(吃虧，上當，倒霉)

▲スーパーで安く買えたのに、それを知らずに高い買い物をして馬鹿を見た(本來在超市可以買到便宜的，可是不知道卻花了高價、吃了大虧)。

馬車馬のよう

○他のことには一切目を向けず、ただがむしゃらにそのことをする様子(拼命地幹，埋頭苦幹) ▲朝から晩まで馬車馬のように働いて今日の成功を得た(因為從早到晩拼命苦幹才取得了今天的成功)。

馬力を掛ける

○能率を上げるために、そのことに一段と力を注ぐ(加足馬力，加把勁，鼓足幹勁) ▲工事に馬力を掛けて、完成を急ぐ(加緊施工，儘快完成)。

馬齢を重ねる　＝馬齢を加える

○「馬齢」は自分の年齢を謙遜して言う語。たいしたこともせずに、無駄に年を取るの意で、自らを謙遜して、また自嘲して言うのに用いる（馬齒徒增，虛度年華）　▲あの人は一生涯いたずらに馬齢を重ねてきただけだ（他這一輩子只是虛度年華）。

蝦・海老（えび・カ）

字義　①蝦　②掛鎖

蝦で鯛を釣る　＝蝦鯛　⇒麦飯で鯉を釣る

○（蝦のような小さな餌で大きな鯛を釣り上げるという意味から）与えるものは少ないのに、得る利益は大きいというときのたとえに用いる（一本萬利，吃小虧占大便宜）　▲お返しにこんな立派なものをいただいては、蝦で鯛を釣ったようで恐縮です（您給了那麼厚的回禮，覺得像是以小本圖大利似的很不好意思）。

鰓（えら・サイ・シ）

字義　鰓

鰓が張る

○両あごの下の部分が左右に張る意で、特に、中年を過ぎた男性の、いかにも自信と誇りに満ちているといった印象を与える顔つきを言う（〈尤指中年男性〉充滿自信的樣子，自命不凡）

▲あの人も部長になって、だいぶ鰓が張ってきた感じだね（就連他當了部長之後，也給人感覺架子大了好多）。

鸚鵡（オウム）

字義　鸚鵡

鸚鵡返し

○相手から言いかけられた言葉をそのまま言返すこと（鸚鵡學舌，照話學話）

▲田中さんは鸚鵡返しに「やあ」と言ったきり、横を向いてしまった（田中鸚鵡學舌般地說了句「啊」之後，就把臉轉向了一邊）。

鴛鴦（おしどり・エンオウ）

字義　①鴛鴦　②形影不離的夫妻

鴛鴦の契り

○夫婦仲のむつまじいたとえ（形影不離，訂下白頭偕老的盟約）

▲山田さん夫婦はいつもどこに行く時も一緒で、鴛鴦の契りのようだ（山田夫婦不論去哪裏都一起，形影不離）。

狼（おおかみ・ロウ）

字義　①狼　②騷擾女性的流氓

狼に衣　＝鬼に衣

○凶悪無慈悲な人間がうわべだけはやさしく善人らしくよそおうこと（人面獸心，衣冠禽獸）

▲学者みたいな山田さんは実は狼に衣の奴だよ（看似學者派頭的山田實際上是一個人面獸心的傢伙）。

送り狼

○夜道は危ないからなどと言って親切に女性を送るふりをして、途中でその女性を襲う男（［假裝護送回家等］尾隨婦女用心不良的男人）

▲送り狼とでも思われたのか、ご一緒しましょうと申し出たのに、断られてしまった（對方可能以為我是用心不良的人吧，提議一起走卻被拒絕了）。

蚊（か・ブン）

字義　蚊子

蚊の鳴くような声

○力弱く細い（聲像蚊子叫一樣小的聲音，微弱的聲音）　▲彼女は蚊の鳴くような声でこいねがっている（她用小得像蚊子叫一樣的聲音懇求寬恕）。

蚊の涙

○ほんのわずかの数量しかないこと（數量極少，一點點）

▲いろいろと注文がうるさかった割には、蚊の涙ほどの謝礼しかもらえなかった（嘮嘮叨叨地要這要那的，可是給的報酬卻只有一點點）。

蚊帳の外

〇局外者の立場に置かれ、内部の事情なども全く知らされない様子（置之事外）

▲社長を蚊帳の外に置いて、部長の独断で事を決めたとあっては絶対に許せない（絕對不允許瞞著總經理、任由部長專斷）。

蛙（かえる・かわず・ア・ワ・ワイ）

字義　①蛙，青蛙　②金（錦）襖子

井の中の蛙　＝井の中の蛙大海を知らず

〇知識が狭く偏見にとらわれていて、広い視野に立って物事を判断することができない人を軽蔑して言う言葉（井底之蛙）

▲日本のような島国に育つと、とかく井の中の蛙になりがちだ（在日本這樣的島國長大，很容易成為井底之蛙）。

蛙の面へ水　＝蛙の面に水

〇蛙の顔に水をかけても、平気なことから、どんなことをされても平気でいるさまにいう（滿不在乎）

▲彼にいくら言っても蛙の面へ水だ（對他怎麼說，他也不在乎）。

河童（かっぱ）

字義　①河童　②善於游泳的人　③內捲黃瓜的「壽司」

陸に上がった河童

〇陸に打ちあがった魚のようにばたばたする（上氣不接下氣）

▲久しぶりに山登りをするものだから、息が切れる。まるで陸に上がった河童状態である（很久都沒有爬山了，一爬就氣喘吁吁，上氣不接下氣）。

河童に水泳を教える　＝お釈迦に説法

〇こちら以上に相手がよく知っていることだから、いまさら言う必要はない様子（班門弄斧）

▲玄人の前では河童に水泳を教えるには及ばない（在內行面前不必班門弄斧）。

河童の川流れ

⇒猿も木から落ちる、弘法にも筆の誤り、上手の手から水が漏る

○名人、達人も時には失敗することもある(智者千慮必有一失；淹死會水的)

▲「河童の川流れ」ということわざは「サルも木から落ちる」と同じように「名人も失敗をする」という意味です(「智者千慮必有一失」這句諺語和「人有失手，馬有失蹄」一樣，都表示「就算是專家也會失敗」的意思)。

屁の河童　＝河童の屁

○物事がたやすくできること、取るに足りないというたとえ(輕而易舉，不在話下，易如反掌)　▲この件は彼にとって、屁の河童のようです(這件事對他來說是輕而易舉的)。

蟹(かに・カイ)

字義　蟹，螃蟹

慌てる蟹は穴に這入れぬ　⇒慌てる乞食は貰いが少ない

○慌てると、ふだん慣れていることでも失敗することがある。危急の時ほど落ち着くことが肝心だという戒め(性急吃不了熱豆腐)

▲慌てる蟹は穴に這入れぬ、何事も慌てると、失敗するよ(俗話說性急吃不了熱豆腐，凡事一慌就會失敗哦)。

亀(かめ・キ)

字義　龜，烏龜，海龜

亀の甲より年の功

○長年の経験が大切である(薑是老的辣)

▲亀の甲より年の功で、やっぱり年寄りにはかなわない(薑是老的辣，還是比不了上了年紀的人)。

亀の年を鶴が羨む

○千年の寿命を保つという鶴が、万年の亀を羨ましがる。欲には際限の無いたとえ(慾壑難填，貪得無厭)

▲亀の年を鶴が羨んで、かえって損をする(因為貪得無厭，反而吃虧)。

鴨（かも・オウ）

字義 ①野鴨子　②容易上當受騙的對手，冤大頭

いい鴨

○こちらの思惑通りに利用できそうな相手（容易上當受騙的對手，冤大頭）

▲何度でもだまされて金を出すなんて、全くあいつもいい鴨だ（他也好多次被騙付錢什麼的，簡直是個冤大頭）。

鴨が葱を背負って来る

○こんな都合のいいことはない。おあつらえ向きだ（肥猪拱門；好事送上門來）　▲資金不足で行き悩んでいるのも知らずに、彼が参加を希望してくるなんて、鴨が葱を背負ってきたようなものだ（他不知道我正因為資金不足而苦惱，竟願意加入進來，眞是好事送上門來）。

烏（からす・ウ）

字義 ①烏鴉　②黑色的

烏の足跡

○中年の女性の目じりにできるしわ（中年女性的魚尾紋）

▲いくら若く見せようとしても、烏の足跡は隠せない（不管怎樣往年輕裏打扮，還是遮掩不住眼角的魚尾紋）。

烏の行水

○入浴時間の非常に短いこと（［像烏鴉點水般］快速洗澡）

▲私は烏の行水だから、すぐ出てきます（我洗澡快，馬上就出來）。

烏の鳴かない日はあっても

○毎日決まって鳴く烏がたとえ鳴かない日があったとしてもの意で、毎日必ず何かが行われることを強調するのに用いる言葉（烏鴉也有不叫的時候，但是……；天天如此，從不間斷）　▲烏の鳴かない日はあっても、夫が戦地から無事に帰国こくできることを祈らぬ日はなかった（烏鴉也有不叫的時候，但沒有一天不為丈夫能從戰場上平安無事地回國而祈禱）。

鷺を烏　＝鷺を烏と言いくるめる

○明らかに事実と違っていることを、いろいろとこじつけて言いくるめるこ

と（指鹿為馬，顛倒黑白）　▲鷺を烏というようなことはほんとうに良く出
てきますね（像顛倒黑白這樣的事真的常常出現呢）。

雁（かり・ガン）

字義　雁，大雁

後の雁が先になる

○後から遅れてきたものが先のものを追い越す。油断すれば後から来るもの
　に追い越される。また、若い者が先に死ぬことなどについてもいう（後来
　者居上；英年早逝）　▲これは一つの中国のことわざで言うなら「後の雁が
　先になる」です（要是用中國的一個俗語來說的話就是「後來者居上」）。

雁が飛べば石亀も地団太

○自分の分際を忘れて、みだりに他のまねをしようとすることのたとえ（[龜
　看雁飛心著急]不知自量，自不量力）　▲全く雁が飛べば石亀もじだんだを
　踏んだ。自分の分際をわきまえろ（真自不量力，要明白自己的身份！）。

雁首を揃える

→「首」

牙（きば・ガ・ゲ）

字義　犬齒，獠牙

牙を噛む

○非常にくやしがったり、また、非常に興奮したりして、歯を強くくいしばる
　（咬牙切齒）　▲彼は牙を噛んでものを言っている（他在咬牙切齒地說著）。

牙を研ぐ

○相手をやっつけようと、準備万端整えて機会をねらう様子（磨刀霍霍；蠢蠢
　欲動；伺機加害）
▲牙を研いで復讐の機会をうかがう（磨刀霍霍，伺機報仇）。

牙を鳴らす

○歯ぎしりして悔いしがる様子。また、相手に対し敵意をむき出しにする様子
　（咬牙，懊悔，露出敵意）　▲思わぬミスで試合に負け、牙を鳴らして悔い
　しがる（因為意外失誤而輸掉了比賽，懊悔不已）。

牙を剝く

〇内に秘めていた敵対心をむき出しにする。また、狂暴な面を発揮して襲いかかる(露出獠牙，凶暴地襲撃過來)　▲大雨で増水した濁流は牙を剝いて民家を襲った(由於大雨而氾濫的泥石流凶暴地襲擊了民宅)。

金魚(キンギョ)

字義　金魚

金魚の糞

〇大勢の者がある人の後ろをぞろぞろと付き従って離れない様子や、むやみに長々と続いている様子をからかって言う言葉(形影不離，緊跟不放)　▲大物議員の後ろを金魚の糞のようにくっついて回る取り巻き連中(形影不離地緊跟在重要議員的後面，圍著他們吹捧的一伙人)。

嘴(くちばし・シ)

字義　鳥嘴，喙

嘴が黄色い　＝嘴が青い

〇年が若くて経験が浅い。年若い人をあざけって言う言葉(乳臭未乾，黃毛丫頭，小毛孩子；稚嫩)　▲彼はまだまだ嘴が黄色い(他還相當稚嫩呢)。

嘴を容れる　＝嘴をはさむ

〇他人のすることに対して、あれこれ言って口出しをする。容喙する(插嘴；管閒事)　▲あの人は人の事に嘴を容れる(他愛管別人的閒事)。

蜘蛛(くも)

字義　蜘蛛

蜘蛛の子を散らす

〇大勢のものが、散り散りに逃げることをいうたとえ(人群四散)　▲私が近づくと子供らは蜘蛛の子を散らしたように逃げた(我一靠近，孩子們就四散奔逃了)。

平蜘蛛のよう

〇恐れ入って平身低頭する様子(俯首低頭，低三下四)

▲接客態度がなってないと客にどなられた店員は、平蜘蛛のようにはいつくばって謝っていた（因待客態度欠妥而被客人呵斥的店員，一直低三下四地趴在地上道歉）。

猿（さる・エン）

字義 ①猴子，猿猴 ②小聰明 ③只會模仿別人的人 ④插銷

猿臂を伸ばす

○何かをつかんだりするために、腕を長く伸ばす（伸長手臂）

▲銀行強盗はカウンター越に猿臂を伸ばして、現金をわしづかみにした（銀行劫匪伸長手臂越過櫃台，大把抓住了現金）。

犬猿の仲

→「犬」

猿知恵

○一見、気が利いているようでも実は、浅はかな知恵（小聰明，鬼機靈）

▲あいつの猿知恵で何ができるものか（他那點小聰明能幹什麼）?

猿の尻笑い ⇒目糞鼻糞笑う

○自分のことを顧みないで他人の欠点を笑うこと（烏鴉笑話猪黑；指責別人缺點，不見自己過錯）

▲「猿の尻笑い」と言ったように、人は自分のことは気付かないことが多いようです（正所謂「烏鴉笑話猪黑」，人往往注意不到自己的缺點）。

猿も木から落ちる ⇒河童の川流れ、弘法にも筆の誤り

○その道の達人でも失敗することがあるものだ（智者千慮，必有一失）

▲油断してはいけない、猿も木から落ちるよ（不能大意，智者千慮，必有一失哦）。

獅子（シシ）

字義 獅子

獅子に鰭 ⇒鬼に金棒

○（陸上では百獣の王といわれる獅子に鰭がついて、水中でも自由にあばれまわれるようになるの意から）強い者がますます強く有利になることの

たとえ（如虎添翼）。

▲山田君は英語ばかりでなく、ドイツ語もフランス語もできるから獅子に鰭
　だ（山田君不僅會英語，還會德語和法語，可真是強中手）。

眠れる獅子

○あなどれない実力がありながら、いまだそれを自覚せず、十分に力を出
　し切っていない人や国のたとえ（沉睡的獅子）

▲阿片戦争以前の清は眠れる獅子と呼ばれて、欧米諸国からも恐れられてい
　た（鴉片戰爭之前的清代被稱為沉睡的獅子，歐美各國都怕它三分）。

虱（しらみ・シツ）

字義　虱子

虱つぶし

○物事を片端から一つ残らず処理していく様子（一個不漏；逐一）

▲目撃者がいなかったかどうか、村中の家々を一軒一軒虱つぶしに尋ねて
　回った（挨家挨戶逐一地進行盤問，看有沒有目擊者）。

虱の皮剥き　＝虱の皮

○非常に貪欲なことのたとえ（極為貪慾，極其貪婪）

▲彼はどんなことにも満足していないで、虱の皮剥きみたいな男だ（他對任
　何事情都不滿足，是一個極其貪婪的人）。

雀（すずめ・ジャク）

字義　①麻雀，家雀　②喋喋不休的人　③知道内情的人

着たきり雀

○いつみても同じ服を着ている人を、それしか着る物がないのかとからかっ
　て言う言葉（指老是穿著同一件衣服，似乎只有這一件衣服似的人）

▲安月給の着たきり雀で、晴れがましい席には出られない（那個薪水少，老穿
　一件衣服的傢伙，是不能出席盛大場合的）。

雀の涙

○ほんの僅かなこと（一點點，微乎其微，少得可憐）

▲奉仕活動だから、雀の涙ほどの謝礼しか出せない（因為是義務活動，所以

只能給少得可憐的酬勞）。

象（ゾウ・ショウ）

字義 大象

有象無象

○たくさん集まったくだらない者ども。群集。「象」は形。もと仏教で、形があるもの形がないもののすべて、天地間にある一切のもの、の意（森羅萬象，各種雜七雜八的東西，一群廢物）　▲彼を筆頭に有象無象のタレント候補が出てきた（以他為首的一群廢物演藝界候選人被公佈出來了）。

象牙の塔

○現実から逃避した、観念的な学究生活。また、その研究室（象牙塔，研究領域）　▲象牙の塔を出て、政界に足を入れる（走出象牙塔，步入政界）。

鯛（たい・チョウ）

字義 鯛魚，真鯛，加級魚，大頭魚

蝦で鯛を釣る　＝蝦鯛

○僅かな元手で大きな利益を得る（一本萬利，吃小虧占大便宜）　▲お返しにこんな立派なものをいただいては、蝦で鯛を釣ったようで恐縮です（您給了那麼厚的回禮，我覺得像是以小本圖大利似的很不好意思）。

腐っても鯛

○たとい腐っても鯛は魚の王である。よいものはどんなに悪くなっても、または落ちぶれても、それだけの価値は失わない（瘦死的駱駝比馬大）
▲「腐っても鯛」と言われたように、アメリカは不況でも国民総生産は世界一だ（正所謂「瘦死的駱駝比馬大」，儘管美國經濟不景氣，但是它的國民生產總值是世界最高的）。

竜（たつ・リュウ）

字義 ①龍　②辰，辰時

画竜点睛を欠く

○最後の仕上げが不十分なため、せっかく作ったものの価値が下がってし

まう様子。また、物事の肝心な点が抜けてしまっている様子（缺少畫龍點睛之筆，惟一不足，功虧一簣）

▲素晴らしい画集だと思うが、この装丁はちょっと画龍点睛を欠いたきらいがあるね（我認為這是本非常完美的畫冊，可惟一的不足就是這裝幀）。

鶴（つる・カク）

字義　鶴，仙鶴

鶴の一声

〇権威、権力のある人の一言によって、衆人の言を押さえること（權勢者的一句話；一聲令下）

▲紛糾していた会議も、社長の鶴の一声でおさまってしまった（混亂的會議因社長的一句話而安靜下來）。

鶴は千年、亀は万年

〇鶴と亀とは寿命が長くめでたいものとされ、縁起を祝う言葉に用いられる（千年仙鶴萬年龜，長命百歲）

▲鶴は千年、亀は万年と言われ亀は昔から健康長寿の縁起のいい代名詞になっている（俗話說千年仙鶴萬年龜，烏龜從很早以前就是健康長壽的吉利的代名詞）。

掃き溜めに鶴　⇒ごみために鶴、掃き溜めに鶴が降りる、鶏群の一鶴

〇むさくるしい場所に不似合いに、きわだって優れたものが現われた（鶴立雞群）　▲終戦後日も浅い惨めな実験室にふと現われた先生の颯爽たる姿はまさに掃き溜めに鶴が舞い下りた感じであった（戰後不久，悲涼的實驗室裏突然出現了老師的颯爽英姿，給人以鶴立雞群的感覺）。

天狗（テング）

字義　①天狗　②自負的人

天狗になる

〇能力のうりょくや技量が優れていることを自慢し、人を見下したような態度を取る（自負起來，驕傲自大，翹尾巴）

▲先生に褒められて天狗になる（受到老師表揚就翹尾巴）。

蜥蜴（とかげ）

字義　蜥蜴，四脚蛇

蜥蜴の尻尾切り

○組織などで、不祥事の責任などを下位の者になすりつけて始末し、上位の者や組織全体にその影響が及ばないようにすること（犧牲局部，保全整體；推委責任，嫁禍於人）　▲課長、課長補佐を懲戒免職にして事を済まそうとするのは、どう見ても蜥蜴の尻尾切りだ（免除科長、副科長的職務，以示懲戒，息事寧人，不論怎麼看都是犧牲局部、保全整體）。

虎（とら・コ）

字義　①老虎　②醉漢

張り子の虎

○実力がないのに、外見をよそおったり虚勢を張りたがったりする人をあざけって言う言葉（紙老虎，外強中乾）

▲あの男は親の威光で偉そうにしているだけの張り子の虎だ（那個男人只不過是借著父母的權勢而自覺了不起的紙老虎）。

虎に翼　＝虎に羽、虎に角　⇒鬼に金棒

○ただでさえ威力の備わっているものがさらに威力を加えること（如虎添翼）　▲君が行かれてくれるなら、虎に翼だよ（如果你能去，就更不怕了）。

虎になる

○酔って恐いもの知らずになる。泥酔する（爛醉）

▲彼は大酒を飲んで虎になった（他喝得酩酊大醉）。

虎の尾を踏む

○（強暴な虎の尾を踏むというところから）きわめて危険なことのたとえ（冒風險）　▲虎の尾を踏む心地だった（感覺冒風險）。

虎を千里の野に放つ　＝虎を野に放つ、虎を赦して竹林に放す

○（猛虎を野に放って自由にする意から）猛威を振うものなどを、その力を存分に発揮できる状態におくこと、また、後にわざわいを残すような危険なものを野放しにしておくことのたとえにいう（放虎歸山，遺患日後）

▲彼を帰らせると、まるで虎を千里の野に放つようなものだ（讓他回去，簡直如同放虎歸山）。

竜虎相搏つ

○その世界における二大強豪が優劣を競って対決する（龍虎相鬥，龍爭虎鬥）　▲今場所は東西の両横綱が全勝で勝ち進み、千秋楽で竜虎相搏つ事になった（在這次相撲比賽中，東西兩大橫綱以全勝進入決賽，將在最後一場比賽中決一勝員）。

鳥（とり・チョウ）

字義　①鳥，禽　②鶏，雞肉

一石二鳥

○一つのことをすることによって、同時に二つの利益や成果を得ること（一石兩鳥，一箭雙雕，一舉兩得）　▲野球が見られる上に報酬がもらえるとは、野球好きには一石二鳥のアルバイトだ（又能看棒球賽，又能拿到報酬，這對喜歡棒球的人來說真是一舉兩得的打工機會）。

立つ鳥跡を濁さず　⇔跡を濁す　⇒飛ぶ鳥後を濁さず

○水鳥は水を濁さずに立って行くの意で、不名誉な汚点を残したり、残る人に迷惑がかかったりしないようにしてそこを去るということ（善始善終，有始有終）　▲立つ鳥跡を濁さずで、身辺を整理して政界を引退する（有道是善始善終，處理好身邊的事務後退出政界）。

飛ぶ鳥を落とす勢い　＝飛ぶ鳥も落とす勢い

○不可能なことがないと思われるほど、権勢の盛んな様子（氣勢洶洶，儼然不可一世）

▲あの男は、今や巨大コンツェルンの総帥として飛ぶ鳥を落とす勢いだ（他現在作為一個巨型聯合企業的總裁極具權勢）。

鳥肌が立つ

○急に寒気に触れたり恐怖を感じたりした時に、皮膚が収縮して毛穴がぶつぶつ盛り上がる。また、見聞きするだけで、神経を逆なでされるような不快感を覚える（起雞皮疙瘩）

▲鳥肌が立つような恐ろしい話だ（把人嚇得起雞皮疙瘩的故事）。

鶏（にわとり・ケイ）

字義 雞

鶏冠に来る

○「頭に来る」の強調表現げん（惱火，氣憤）　▲あの男の無責任さは全く鶏冠に来る（那個男人竟然那麼不負責任，真令人氣憤）。

猫（ねこ・ミョウ・ビョウ）

字義 猫

借りてきた猫

○普段よりおとなしく、小さくなっている様子（老實，規矩，聽話）

▲いつもの元気はどこへやら、田中君も社長の前では借りて来た猫だね（平時的銳氣都上哪裏去了?連田中君在社長面前都老老實實的）。

猫に鰹節

○好きなものを近くに置くことは、あやまちを起こしやすくて危険だ、というたとえ（虎口送肉，很危險，小雞托付給黃鼠狼）

▲来客用に買ってきたケーキを食卓に置いておくなんて、子供にとっては猫に鰹節のようなものだ（買給客人吃的糕點放在餐桌上，對孩子來說如同虎口送肉）。

猫に小判　⇒豚に真珠

○貴重な物を持っていても、持ち手によっては何の価値もないことを言う（投珠與豕，對牛彈琴；毫無價值）

▲彼にこれをやったって猫に小判だ（把這個給他就像投珠與豕）。

猫にまたたび

○「またたび」は猫の好物として知られるつる性の植物だ。その人の大好物の意で、それをあてがえば機嫌がよくなるような場合に用いる言葉（投其所好）　▲猫にまたたびで、好物の握り寿司をごちそうしたらすっかり機嫌が直った（正所謂投其所好，請他吃他愛吃的攥壽司他就又高興起來了）。

猫の首に鈴を付ける

○一見名案と思われることも、それを実行できる者がいなければ意味がない

ということで、上の立場の者などに言いにくいことを言わなければならない時、その役目を引き受けるのはだれかを論じる時に用いる言葉（比喩挑頭的人；開路先鋒）

▲相談役に引退してもらいたいのだが、だれが猫の首に鈴を付けに行くかが問題だ（我們想讓顧問引退，但問題是誰去挑頭說這個話）。

猫の子一匹いない

○どこをさがしても誰もいない様子（空無一人）　▲かつては炭鉱で栄えたこの町も、今は猫の子一匹いないゴーストタウンと化している（曾經因煤礦而盛極一時的小鎮，如今已變為空無一人的被遺棄的城市）。

猫の手も借りたい

○非常に忙しくて、人手が一人でも多く欲しい様子（忙得厲害，人手不足）

▲毎日注文に追われて、猫の手も借りたいほど忙しい（每天被定貨所催促，忙得不可開交）。

猫の額

○面積の狭いたとえ（巴掌大的地方，彈丸之地）　▲猫の額ほどの庭にせよ、無いよりはましだ（雖然院子只有巴掌大，但是總比沒有強）。

猫の目のように

○たえず移り変わるさま（變化無常）

▲為替相場が猫の目のように変わり、輸入品の販売価格が決めにくくて困る（外匯行情變化無常，進口商品的價格很難決定，真令人頭痛）。

猫糞

○悪事を隠してそしらぬ顔をする（把拾的東西占為己有）

▲お金を拾っても猫糞しない良い子（拾金不昧的好孩子）。

猫も杓子も

○だれもかも区別なく、みんな同じようなことをする様子（不管張三李四；不管什麼東西，有一個算一個）　▲近ごろは、猫も杓子も大学へ行きたがる（最近，不管是誰都想上大學）。

猫を被る

○本性を隠して、おとなしそうにふるまう（假裝安詳；假裝老實）

▲彼は上役の前では猫を被っているが、意外に喧嘩好きのようだ（他在上司面前假裝老實，但想不到好像很愛吵架）。

鼠（ねずみ・ショ・ソ）

字義 老鼠，耗子

頭の黒い鼠

○物をかすめとる悪い人（家賊）

▲これは頭の黒い鼠のしわざだ（這是家賊所為）。

独楽鼠のよう

○こまめに動き回って忙しく立ち働く様子（忙得團團轉）

▲大家族の中で、母はいつも独楽鼠のように働いていた（在大家庭中，母親總是忙得團團轉）。

ただの鼠ではない

○油断できない者だ（不是一個平凡之輩，不可小視的人）　▲我々の前ではいつもとぼけたようなことばかり言っているのに、あれだけの商談をまとめて来るとは、彼もただの鼠ではないな（雖然在我們面前總是說些傻乎乎的話，但是能做成那樣的買賣，也是一個不可小視的人）。

袋の鼠　＝袋の中の鼠

○どんなにあがいても逃げることのできない状態（袋中鼠，甕中鱉）

▲周囲を完全に包囲され、犯人は袋の鼠だ（周圍已完全被包圍，犯人已成了甕中鱉）。

蜂（はち・フ・フウ・ホウ）

字義 蜂

蜂の巣のよう

○小さな穴が無数にあいている様子（像蜂窩一樣）

▲機銃掃射を浴びたトタン屋根は蜂の巣のように穴だらけだった（遭到機槍掃射的鐵皮屋頂像蜂窩一樣滿是窟窿）。

蜂の巣をつついたよう

○騒ぎが大きくなって収拾がつかなく様子（像捅了馬蜂窩一樣）

▲大地震が起きるというデマが飛んで、蜂の巣をつついたような騒ぎになる（將要發生大地震的謠言一傳開，就好像捅了馬蜂窩一樣亂作一團）。

鰭（ひれ・キ・ギ）

字義 ①鰭 ②鰭旁邊的魚肉

尾鰭が付く

○実際にないことまで付け加わって、話が誇張される（添枝加葉，誇大其詞，添油加醋）　▲話に尾鰭が付いて、夫婦喧嘩が離婚したことになってしまった（話越說越離譜，夫婦吵架最終發展到了離婚）。

豚（ぶた・トン）

字義 猪

豚に真珠　⇒猫に小判

○高価なものでも、その価値を知らない者には役に立たないことのたとえ（投珠與豕，對牛彈琴；毫無價值）

▲この絵を素人の彼にあげるのはまるで豚に真珠のようですよ（把這幅畫送給他這個門外漢，簡直就是浪費）。

豚に念仏、猫に経　⇒馬の耳に念仏

○理解できないものに、どんな有難い教えを説いても無駄である（對牛彈琴）

▲彼にいくら説明しても、豚に念仏、猫に経で、理解してくれない（無論怎麼給他說明都是對牛彈琴，還是不能理解）。

蛇（へび・ジャ・ダ）

字義 蛇，長虫

鬼が出るか蛇が出るか

○次にどんな恐ろしい事態が起こるか予想がつかない（前途吉凶莫測，前途未卜）　▲鬼がでるか蛇がでるか、これからも油断してはいけない（前途未卜，今後也不能大意）。

長蛇を逸する

○惜しいところで、得がたい大物を取り逃がす（放過一條大魚，失掉良機，

與難得的機會失之交臂）　▲あわやホームランかという当たりが風にながさ
れてファウルになり、惜しくも長蛇を逸した（差一點兒就是一個全壘打，可
是球被風吹出界外，遺憾失去了一次良機）。

蛇に蛙　＝蛇ににらまれた蛙のよう　⇒蛇に見込まれた蛙のよう

○恐ろしいものや苦手の前に出て、身がすくんで手も足も出なくなってしま
うことのたとえ（在強敵面前嚇得手足無措，驚恐萬狀）　▲横綱と対戦した
力士は蛇に蛙のように、何もできぬうちに土俵の外に出されていた（與横
綱交手的力士嚇得手足無措，還沒怎麼出招就被摔出了場外）。

蛇の生殺し

○物事を不徹底なままにしておく様子（辦事拖拖拉拉，不徹底；活受罪，半死
不活）

▲ちょっとしたミスがもとで営業の第一線から閑職に追いやられ、蛇の生
殺しにあったような状態だ（因為一點小失誤被從經營第一線閒置下來，處
於一種半死不活的狀態）。

蚯蚓（みみず）

字義　蚯蚓

蚯蚓ののたくったよう　＝蚯蚓の這ったよう

○筆づかいにしまりがなく、下手な字と言う以外はない様子（像是蚯蚓爬似
的，七扭八歪的）

▲こんな蚯蚓ののたくったよう報告書じゃ誰も読めない、きれいに書き直して
もって来なさい（這種像蚯蚓爬似的報告書誰也沒法讀，請清楚地重寫一遍再
拿來）。

虫（むし・チュウ）

字義　①蟲子，昆蟲，蛔蟲，害蟲，蛆　②抽風，疳積　③怒氣，氣憤，鬱
悶　④專心致志，入迷　⑤不知為什麼總覺得

疳の虫が起こる　＝虫が起こる

○小児が夜泣きをしたり癇癪を起こしたりするのが続くこと（小孩鬧夜啼）

▲子供の疳の虫が起こって、一晩中泣き騒いだ（小孩鬧夜啼，哭鬧了一整個

晩上）。

苦虫を噛み潰したよう

○ひどく不機嫌な、また、不快そうな顔をしている様子（感到很不愉快，極不高興，愁眉苦臉） ▲部下が逮捕されたニュースを、局長は苦虫を噛み潰したような顔で聞いていた（局長表情極為難堪地聽著部下被逮捕的消息）。

塞ぎの虫

○ゆううつな気持ちに沈んでいる様子（悶悶不樂，鬱悶） ▲塞ぎの虫にとりつかれ、何をしても楽しくない（心情鬱悶，做什麼都不高興）。

虫がいい

○自分の都合だけを考えて、他人のことなどはまったく考えない（自私自利，打如意算盤）

▲仕事もしないで分け前を主張しゅちょうするなんて、全く虫のいい男だ（他不工作卻要分紅，眞是個自私自利的人）。

虫が知らせる

○何か不幸な出来事がおこるような、嫌な予感がする（預感，事前感到）

▲今にして思えば、虫が知らせたのか、私は同行を断り、難を免れた（現在想起來，也許因為有預感吧，我拒絕了同行，從而避免了一場災難）。

虫が好かない　＝虫が好かぬ

○なんとなく気に入らない（不知為什麼總覺得討厭）

▲あの人はどうも虫が好かない（不知為什麼就是討厭他）。

虫がつく

○未婚の女性に好ましくない男ができる（未婚女孩有男朋友，有情人）

▲この子も悪い虫がつかないうちに早く嫁にやらなければ（趁著這孩子還沒被壞小子纏上，早點把她嫁出去）。

虫酸が走る

○不快なものに接して、嫌でたまらない感じがする（令人作嘔，令人討厭）

▲あいつの顔を見ると虫酸が走るよ（看到那個傢伙的臉就覺得噁心）。

虫の息

○息も絶え絶えで、今にも死にそうな状態（奄奄一息）

▲道ばたに虫の息で倒れていたところを助けてやった（救了一個倒在路邊奄奄一息的人）。

虫の居所が悪い

〇機嫌が悪く、ちょっとしたことにでも腹を立てやすい様子（心情不順，很不高興）

▲虫の居所が悪いらしく、ろくに返事もしない（好像心情不好，愛理不理的）。

虫も殺さない　＝虫も殺さぬ

〇おとなしく上品な様子（非常仁慈，心腸軟）

▲彼女は虫も殺さないような顔をしていて、ずいぶん残忍なことをする（她長著一幅仁慈相，卻幹非常殘忍的事情）。

悪い虫がつく

〇年ごろの娘に余り好ましくない男が近づいて、交際相手となる（少女被壞小子纏上）

▲父は悪い虫がついたら困ると、娘の海外留学を認めなかった（父親怕女兒要是被壞小子纏上就麻煩了，所以沒同意女兒出國留學）。

貉（むじな・カク・バク）

字義 ①貉　②狸

同じ穴の貉　＝一つ穴の貉

〇一見お互いに無関係のように見えても同類の悪人であること（一丘之貉，一路貨色）

▲政界の浄化などと言っている当人自身も結局、同じ穴の貉さ（說要淨化政界的人本身，竟也是一丘之貉）。

貉と狸　⇒狐と狸の化かし合い

〇駆け引きの多いずる賢い者同士が、あらゆる手段を用いて対抗すること（爾虞我詐）

▲これはいわゆる貉と狸の社会だ（這就是所謂爾虞我詐的社會）。

三、植物・野菜（植物、蔬菜）

茨（いばら・シ）

字義　①有刺灌木，荊棘　②植物的刺

茨の道

○苦難の多い事業や人生行路（荊棘的［事業］人生路；艱苦道路）

▲一思想家として茨の道を歩む（作為一個思想家在艱苦的道路上前進）。

芋（いも・ウ）

字義　①薯　②球根

芋づる式

○最初に得たものがきっかけとなって、物事の関連が順次明らかになる様子（順藤摸瓜，連鎖式的）

▲芋づる式に犯人の一味を検挙する（順藤摸瓜將犯人一一逮捕）。

芋を洗うよう

○人が大勢集まって、ひどく混み合っている様子（擁擠不堪，摩肩接踵）

▲年に一度の祭礼で、神社の境内は芋を洗うような混雑だ（一年一度的祭禮上，神社內擁擠不堪，十分混亂）。

瓜（うり・カ）

字義　瓜

瓜二つ

○二つに割った瓜のように、親子や兄弟などの顔かたちがよく似ている様子（長得一模一様）

▲長男は父親に瓜二つだ（長子和父親長得一模一様）。

枝（えだ・シ）

字義 ①樹枝　②分支

枝を交わす

○男女の愛情の深いことをいうたとえ。永久に変わらぬ契りを結ぶ（連理枝，永結同心）

▲太郎さんと花子さんは枝を交わした（太郎先生和花子小姐共結連理）。

枝葉に走る

○本質にかかわりのない、どうでもよいことに目が向き、肝心なことがおろそかになる（捨本求末，走題，脱離中心）

▲話が枝葉に走り、聴衆を魅了することができなかった（講話脱離了中心，無法吸引聽衆）。

木（き・こ・ボク・モク）

字義　①樹木，樹　②木頭，木材，木料　③梆子

金のなる木

○労力を要さずに金を手に入れることができるもとになるものの意で、家賃、地代、金利などの収入源や必要に応じて幾らでも融通してもらえる金づるのこと（搖錢樹）

▲都心に貸しビルを五つも持っているとは、金のなる木を持っているのも同然だ（在市中心擁有5座出租大樓，就等於有了搖錢樹一樣）。

枯れ木に花　⇒老い木に花

○一度は衰えたものが、再びもとのように栄えること（枯樹開花，枯木逢春；死灰復燃）　▲往年の名優が、枯れ木に花を咲かせようと、今月の舞台で久方ぶりに熱演している（以前的名演員在沉寂多年之後於本月重新回到舞台，充満激情地演出著，煥發出新的藝術青春）。

木から落ちた猿　⇒水を離れた魚、陸にあがった河童

○頼るものを失ってどうすることもできないたとえ（出水之魚，如魚離水）　▲彼を行かせるなんて、まるで木から落ちた猿みたいだ（派他去，簡直就像是出水之魚）。

木で鼻をくくる

○ひどく冷淡に扱う様子（帶搭不理，待理不理，非常冷淡）

▲彼に借金を頼んでみたが、木で鼻をくくったような返事だった（我求他借錢，他帶搭不理地回答）。

木に竹を接ぐ

○（木に竹をつぐように性質の違ったものをつぎ合わせる意から）前後のつじつまが合わないこと。つり合いのとれないこと（張冠李戴，驢唇不對馬嘴，不對路子）　▲君のすることはまるで木に竹を接ぐようなものだ（你所幹的簡直不上路子）。

生木を裂く

○愛し合っている男女をむりやりに別れさせること（棒打鴛鴦，强使情侶分開）　▲今二人に別れろと言うのは、生木を裂くようなものだ（現在讓兩個人分開簡直就是棒打鴛鴦）。

草（くさ・ソウ）

字義　①草，花草，雜草，野草　②飼草，草料　③修葺房屋用的稻草　④艾蒿

草木も靡く

○盛んな権威を誇り、すべてのものを従いつかせる様子（人所敬服，勢力强大）　▲あの人は財界の実力者として、今や草木も靡く勢いだ（他作為金融界的實力派人物，現在大有呼風喚雨之勢）。

草木も眠る

○真夜中になり、辺りがしんと静まり返っている様子（萬籟俱寂的深更半夜）

▲草木も眠る丑三つ時に、突然雷鳴が鳴り渡る（深更半夜萬籟俱寂之時，突然電閃雷鳴起來）。

草の根を分けても

○あらゆる手段を尽くして、何かを探し求める様子（千方百計地尋找，到處尋找）　▲いくら逃げたって、草の根を分けても探し出してやる（不管你怎麼躲，也要千方百計把你找出來）。

草葉の陰

○墓の下の意で、死後の世のこと(九泉之下，黃泉)

▲私の受賞を、両親も草葉の陰でどんなにか喜んでくれていることだろう

（父母在九泉之下會為我獲獎而感到非常高興的）。

ぺんぺん草が生える

○家などを取り払った跡地が、その後活用されることのないままに、荒れ果

てた状態になる(雜草叢生，家園荒蕪)

▲バブル景気崩壊後、地上げで住民が立ち退いた後の土地には、ぺんぺん草

が生えている(泡沫經濟崩潰以後，居民搬出後的土地上雜草叢生)。

道草を食う

○本来の目的に向かってまっすぐ進まず、途中で時間を費やす(在途中耽擱，

途中閒逛)

▲在学中、演劇に夢中になって、二年ほど道草を食った(上學期間迷上了演

戲，浪費了兩年時間)。

草鞋を脱ぐ

○長旅を終えて、身を落ち着ける。また、旅の途中で旅館などに宿をとる

（結束旅行生活，到旅店住下）

▲長い放浪生活を終え、弟の家に草鞋を脱いだ(結束了多年的流浪生活，寄居

在弟弟家裏)。

草鞋を穿く

○諸国をめぐり歩く、長い旅にでる(出外旅行，周遊各地)

▲各地に残されている伝統芸能をこの目で確かめようとして草鞋を穿いた

（為了能親眼看到流傳到各地的傳統曲藝而周遊了各地）。

篠(しの・ショウ)

字義　叢生的矮竹

篠を突く　⇒篠を束ねる、篠を束ねる

○大粒の雨が激しい勢いで降る様子(傾盆大雨)

▲篠を突く雨の中を、びしょぬれになって帰って来た(冒著傾盆大雨回來，

身上淋得透濕)。

竹（たけ・たけのこ・チク）

字義 ①竹子 ②竹製樂器

竹の子医者

○へたな医者を藪医者というが、それにも至らない、技術がへたで未熟な若い醫者(庸醫，江湖醫生)

▲竹の子医者にかかって病気をこじらせた(讓庸醫把病耽誤了)。

竹の子生活

○家計が苦しいため、竹の子の皮を一枚ずつはぐように、衣類などをすこしずつ売りながら暮らしていく生活。特に、第二次世界大戦直後の貧乏生活を言う(過日子如剝筍衣；靠變賣度日)

▲終戦直後の竹の子生活を思うと、世の中も変わったものだ(想到戦後靠變賣度日的生活，就感到社會眞的變了)。

竹を割ったよう

○さっぱりとした性質で、物事にこだわらない様子(心直口快，性情直爽)

▲竹を割ったような気性(心直口快的脾氣)。

筍（たけのこ・ション）

字義 竹筍

雨後の筍

○雨の降った後、筍が勢いよくあちこちに出るように、似たような物事が次から次へと続いて多く出てくるたとえ(雨後春筍)

▲この都市には新しいデパートが雨後の筍のように次々と現れた(在這座城市裏，商場如雨後春筍般一家一家地冒了出來)。

種（たね・シュ）

字義 ①種子 ②果核 ③品種 ④根源 ⑤原料 ⑥題材，話題 ⑦秘密

種を明かす

○手品などの仕掛けを説明してやる意で、相手が不審に思う点について、事実を明らかにしてやること(透露眞相，揭開內幕)

▲このアイデアは、種を明かせば、最近読んだ本からヒントを得たものだ
（告訴你實話吧，這個構思是從最近讀的一本書中得到啟發的）

種を蒔く

○新たな事態を引き起こしたり何かを広めたりする原因を作る（播下……的
種子；成為……的原因）

▲君が余計なことを言って喧嘩の種を蒔くから、僕までだいぶ迷惑した（因
為你說了不該說的話引起了爭吵，甚至給我也添了好多麻煩）。

種を宿す

○その人の子をはらむ（懷孕，妊娠）　▲彼女は番頭の種を宿して、奉公先か
ら帰された（她因懷了老闆的孩子而被雇主家解雇了）。

一粒種

○たった一人の大切な我が子（獨苗，獨生子）　▲一粒種の息子の成長せいち
ょうが最大の楽しみだ（看著獨生子長大成人是我最大的快樂）。

棘（とげ・シ）

字義　①荊棘　②草木叢生處　③蓬亂

棘を含む　⇒針を含む

○言葉や目つきなどに相手を突き刺すような意地の悪さが感じられる様子
（話裏帶刺，不懷好意）　▲棘を含んだ言い方で、人の失敗を数え上げる（用
諷刺的語調數落別人的失敗）。

根（ね・コン）

字義　①根　②根底　③根源　④根據　⑤根本

性根を据えてかかる

○いかなる苦難にも耐え抜こうと覚悟を決めてその事に打ち込もうとする
（下定決心去幹，鐵了心去幹）　▲性根を据えてかからねばならない難事業
に取り組む（一項必須下定決心去幹的艱難事業）。

根がなくとも花は咲く

○事実無根であっても、うわさが乱れ飛ぶことをいう（形容即使毫無根據，

謡言也傳得滿天飛）　▲根がなくとも花は咲くが、人の噂も七十五日（儘管毫無根據的謡言也會傳得滿天飛，但是謡言只是一陣風）。

根が生えたよう

○その場にじっと腰を落ち着けている様子（像紮了根似的；一動不動）

▲一枚の絵の前で足をとめ、根が生えたようにたたずんでいた（在一幅畫前面停下腳步，像紮了根一般佇立不動）。

根が深い

○問題になっている事柄の背後には複雑な事情があり、容易には解決することが期待できない様子（根源已久）

▲東西両陣営の対立は根が深いものがある（東西兩陣營對立根源深久）。

根絶やしにする

○好ましくないものとしてそれを徹底的に取り除き、二度と現れないようにする（根除，連根拔起）　▲この世から犯罪を根絶やしにするのは無理というものだろう（從這個世界上根除犯罪恐怕是不可能的吧）。

根に持つ

○人から受けたひどい仕打ちを忘れず、恨みに思い続ける（懷恨在心，耿耿於懷）　▲彼は人前で恥をかかされたことを根に持ち、仕返しを考えているようだ（他對於在別人面前出糗一事耿耿於懷，好像在試圖報復）。

根堀り葉堀り

○細かいことまでしつこく聞き出そうとする様子（打破沙鍋問到底，刨根問底）　▲事故の様子について、根掘り葉掘り尋ねられる（有關事故的情況，受到了刨根問底的盤問）。

根回しをする

○物事が都合よく進展するように、あらかじめ関係する各方面の賛同や了解を得るなどの働きかけをする（事前做好工作，打好基礎；醞釀）　▲この件は次回の会議で審議されるだろうから、それまでに根回しをしておく必要がある（這件事可能會在下次會議上審議，有必要在此之前先醞釀一下）。

根も葉もない

○事実であることを裏付けるための根拠や理由が何もない様子（毫無根據，

無中生有）　▲根も葉もないうわさをたてられて、こんな不愉快なことはない（被無中生有造了謠，沒有比這更令人氣憤的了）。

根を下ろす

○何かがそこにしっかり定着し、生命を保ち続ける（紮根）

▲外来文化が日本の風土に根を下ろし、独自の発達を遂げる（外来文化在日本紮根並得到了獨特的發展）。

根を断つ　＝根を切る

○そのことが二度と起こらないように、原因を根本から取り除く。多く、好ましくない物事について用いる（斬草除根，根除）

▲厳しい懲罰を設けるだけでは、悪の根を断つことはできない（僅制定嚴属的懲罰，是不能根除犯罪的）。

根を絶やす

○今まで続いてきた物事が何かの事情ですっかり失われ、二度と見られなくなる（根絕，失傳）　▲伝統芸能の根を絶やさないためには、何をおいても後継者の養成を急がねばならない（為了不讓傳統的表演藝術失傳，當務之急就是培養接班人）。

根を生やす

○同じ場所に居座り続ける。また、人々の間に何かが定着する（根植於……）　▲徳川三百年の間に根を生やした封建的な物の考え方は、今もなお断ち切られていない（根植於德川時代300年間的封建意識，到現在也沒有被完全清除）。

花（はな・カ）

字義　①花　②櫻花　③梅花　④小錢，賞錢　⑤花道　⑥精華　⑦黃金時代

言わぬが花

○何から何まで口に出して言ってしまわないほうがよい。また、露骨に言ってしまっては、身もふたもないので、言わないほうがよい、という意にも使う（不說為妙，含而不露才是美）　▲このことは非常に微妙で、言わぬが（花這件事非常微妙，還是不說為妙）。

埋もれ木に花が咲く

○世間から忘れられた不遇の身に意外な幸運が訪れることのたとえ（枯樹開花，時來運轉，枯木逢春）

▲ようやく埋もれ木に花が咲いた（終於時來運轉了）。

老い木に花 ⇒枯れ木に花

○一度衰えたものが、再び栄えることのたとえ（衰而復榮，老樹開花，死灰復燃） ▲老い木に花が咲く（枯木逢春）。

枯れ木に花

→「木」

高嶺の花

○ほしいけれどもただ眺めているだけで、手に入れることのできないもの。特に、自分とは格が違い過ぎて結婚を望めない女性（高不可攀，可望而不可即） ▲社長の令嬢などは、我々われ新入社員には高嶺の花だ（社長的女兒對我們這些新來的職員來說是高不可攀的）。

話に花が咲く

○話が弾んで、次々に興味ある話題が続く（越談越起勁，越談越有興致）

▲話に花が咲いて、夜遅くまで語り合う（越談越有勁，一直聊到深夜）。

花道を飾る

○引退する直前に立派な業績を上げ、人に惜しまれながら辞める（光榮引退） ▲その選手は最後の試合に優勝して引退の花道を飾った（那個選手在最後一次比賽取勝後光榮引退）。

花も恥らう

○年頃の女性の、初々しく大変美しい様子（閉月羞花） ▲盛装した令嬢は花も恥らう美しさであった（盛裝下的令嬡有閉月羞花之美）。

花も実もある

○世間的に名が通っているだけでなく、それにふさわしい実質も備わっている様子。また、筋の通った行動をするとともに、義理や人情にも厚い様子（有名有實，情理兼顧）

▲花も実もある人生を送る（度過名實兼備的人生）。

花を咲かせる

○①人々の注目を浴びるようなことをするなどして、当人も満足感を味わう（功成名就，揚名）

②「話に花を咲かせる」の形で、みんな、興を感じて賑やかに話をする（使大家都興致勃勃，為大家助興）

▲①私も年だから、この辺で最後の花を咲かせたいんだよ（我已經上了年紀了，現在想最後揚一次名）。

②十年ぶりに再会した学友と思い出話に花を咲かせ、一晩語り明かした（時隔10年之久，和以前的同學重逢了，我們興致勃勃地追憶往事，談到天亮）。

花を添える

○晴れがましい場で、さらに誇るべきことを付け加える（錦上添花）

▲叙勲の知らせが届き、古稀の祝いの宴に花を添えた（傳來了授勳的消息，70歲的壽宴錦上添花）。

花を持たせる

○相手を喜ばせるために、勝利や功績、名誉などを譲る（給人面子，給……臉上增光，讓……露臉）

▲勝ちを譲って、後輩こうはいに花を持たせた（把勝利讓給低年級同學，讓他們露了一次臉）。

一花咲かせる

○沈滞した状態から抜け出し、華やかに活躍して地位や名声を得る（榮耀一時，取得成功）

▲ここらで一花咲かせたいものだ（真想在這方面取得成功）。

火花を散らす

○互いに激しく争う様子（白刃相交，激烈爭論）

▲両軍、火花を散らして戦う（兩軍激烈交鋒）。

両手に花

○二つの価値あるものを一人占めにすること。多く、同時には得がたいものを得た場合に言う（左擁右抱；名實兼得，雙喜臨門）

▲新大関は優勝と結婚と、まさに両手に花で得意満面だ（新大關得了冠軍又

結婚，真是雙喜臨門，春風得意啊）。

紅葉（もみじ・コウヨウ）

字義 紅葉

紅葉を散らす

○若い女性が恥ずかしさなどで顔を赤くする（年輕女性羞得滿臉通紅）

▲彼女は顔に紅葉を散らして、恥ずかしそうにうつむいてしまった（她羞得滿臉通紅，不好意思地低下了頭）。

紅葉のような手

○幼児の小さくかわいらしい手（嬰幼兒可愛的小手，紅彤彤的手）

▲紅葉のような手をした赤ちゃん（擁有一雙紅彤彤小手的嬰兒）。

柳（やなぎ・リュウ）

字義 柳樹

柳に風

○柳が風になびくように、少しも逆らわないこと（逆來順受；巧妙地應付過去）

▲人の言うことを柳に風と受け流した（把人家的話當耳邊風）。

柳の下にいつも泥鰌はおらぬ

○一度まぐれあたりの幸運を得たからといって、再度同じ方法で幸運が得られると思うのはまちがいであること（不可守株待兔）　▲柳の下にいつも泥鰌はおらぬことなんてよく覚えろ（要記住不可守株待兔）。

柳眉を逆立てる

→「眉」

藪（やぶ・ソウ）

字義 ①草叢　②灌木叢　③竹林

藪から棒

○だしぬけで思いがけないこと。突然なこと（突然，出其不意，沒頭沒腦，憑空

而起）

▲藪から棒にそんなことを言われても返事のしようがない（突然被問到那種
　事，眞是沒辦法回答）。

藪蛇　＝藪をつついて蛇を出す

○余計なことをしたために、思いがけない災難を受けること（自尋煩惱，招惹
　是非）

▲下手なことを言うと、かえって藪蛇になる（若說得不好，反而會招惹是非）。

藁（わら・コウ）

字義　①稻草　②麥稈

藁が出る

○かくしている短所・欠点があらわれる。失敗がばれる（缺點暴露）

▲みんなの前で藁の出る恐れがある（在衆人面前害怕暴露缺點）。

藁にも縋る

○追い詰められて苦しい時には、頼りにならないようなものまでも頼りにし
　たくなるということ（抓救命稻草，急不暇擇）

▲彼は藁にも縋りたい気持きもちで私のところにまで借金にきたのだろう
　（他大概是抱著抓救命稻草的心情來我這裏借錢的吧）。

藁の上から

○生まれたときから。生まれ落ちるとすぐに（一出生就）

▲山田さんは藁の上からお母さんに死なれた（山田一出生就失去了母親）。

藁をも掴む

○今にも溺れようとしている者は、藁のような頼りないものでも、浮いてい
　ればそれにすがって助かろうとする。危急の際にはどんなものにも頼る
　ようになる（溺水者攀草求生）

▲迷子になった弟は、警察官を見ると、藁をも掴んだように、すぐ警察官
　のほうへ走り始めた（迷路的弟弟看到警察後，就像抓住了救命稻草似的，
　立刻奔向警察那裏）。

四、天文・地理（天文、地理）

石（いし・セキ）

字義 ①石頭　②寶石　③鑽石　④棋子　⑤打火石

石に齧りついても

○目的を達成するまでは、どんな苦難にも耐え抜こうと決意する様子（無論怎麼艱苦也要……）　▲志を立てたからには、石に噛り付いても事業を成功させるつもりだ（既然立志了，就打算無論怎樣艱苦也要把事業做好）。

石の上にも三年

○冷たい石の上にも、三年すわり続ければ暖まる。辛くてもがまんして続ければ、必ず成功する。辛抱強く根気よく勤めることが大切だ（功到自然成，功夫不負有心人）　▲石の上にも三年で、どうにか仕事も一人前になってきた（功夫不負有心人，終於能夠勝任工作了）。

石橋を叩いて渡る

○堅固な石の橋でさえ、たたいて安全あんぜんを確かめてから渡る。非常に用心深く、十分に確かめてから物事をなすたとえ。念には念を入れること（小心謹慎，萬分謹慎）

▲彼は石橋を叩いて渡る人間だから、そんな曖昧な話に乗るはずがない（他是一個非常謹慎的人，不可能聽信那麼曖昧的事情）。

一石を投じる

○静かな水面に石を投げて波紋を起こるように、新たな問題を投げかけて、反響を巻き起こす（惹起風波）　▲この新説の発表は当時の学界に一石を投じた（這一新學說的發表，在當時的學術界引起了一場風波）。

捨て石になる

○他日の役に立てるために、当座は無駄のように見えることをしたり、何かを犠牲にしたりする（為……當鋪路石，為……犧牲）

▲彼は会社再建の捨て石となって、自ら進んで職を辞した（他為公司重建當鋪路石，自己主動辭去了職務）。

薬石効無く

○せっかくの手当てのかいもなくの意で、しばらく病床にあった人の死について用いる言葉(醫治無效) ▲薬石効無く、あの人はついに永眠しました(醫治無效,他終於長眠於地下了)。

焼け石に水

○そのことに費やした労力や他から受けた助力がほんの僅かで、効果がほとんど期待できないこと(杯水車薪)
▲この災害に対し、五千万円程度の補助金では焼けた石に水だ(對於這次災害,5000萬日元的救濟金只不過是杯水車薪)。

渦(うず・カ)

字義 ①漩渦 ②混亂狀態

渦に巻き込まれる

○事件、争いなどの混乱状態の中に引き込まれ、そこから抜け出せなくなる(被捲進……漩渦) ▲組織の主導権争いの渦に巻き込まれる(被捲入爭奪組織領導權的漩渦)。

渦を巻く

○種々の要素が絡み合って、複雑な、また、混乱した状態を呈する(混亂,攪成一團) ▲次期政権をめぐって、政界では陰謀が渦を巻いている(圍繞下屆政權問題,政界一片混亂)。

海(うみ・カイ)

字義 ①海,海洋 ②茫茫一片

海千山千　=海に千年山に千年、海に千年川に千年

○あらゆる経験を積み、世の中の表裏に通じていて、悪賢いこと。また、そのようなしたたか者(老江湖,老奸巨滑)
▲相手は海千山千のつわもので、とても私なんかには太刀打ちできない(對方是個老江湖,不是我能對付的)。

海の物とも山の物ともつかない　=海の物とも川の物とも知らない

○将来どのようになるか、全く見当がつかないこと(八字沒一撇,未知數,

捉摸不透）　▲この商売も始めたばかりで、まだ海の物とも山の物ともつかない状態だ（這個生意也是剛開始不久，將來怎樣還是個未知數）。

海を山にする

○きわめて無理なことをするたとえ（移山倒海；很難辦成）　▲海外旅行なんて僕には海を山にすることだ（去海外旅行對我來說不可能實現）。

霞（かすみ・カ）

字義　①霞　②朦朧

霞を食う

○世俗を超越した生き方をする様子（不食人間煙火；喝西北風）
▲あの哲学者は、霞を食って生きているような人で、およそ金銭には執着がない（那個哲學家，好像不食人間煙火一樣，把金錢看得很淡）。

川・河（かわ・カ・ガ）

字義　河

河岸を替える

○何かをする場所を今までとは違う所に変える。特に、飲食をしたり遊んだりする場所について言う（換一個地點；換一樣買賣）　▲飲み足りないから、河岸を替えて飲み直そう（還沒喝夠，換個地方再喝吧）。

川の字に寝る

○夫婦が子を真ん中にして寝る様子を「川」の字にたとえて言う言葉（孩子夾在父母中間睡）　▲狭い家に三世帯が同居なので、我々われ親子三人はいつも川の字に寝ている（因為在狹窄的家裏住了三代人，所以我們一家三口人總是孩子在父母中間睡）。

雲（くも・ウン）

字義　雲；雲彩

雲行きが怪しい

○情勢が不穏になり、成り行きによっては一波乱ありそうな様子（形勢不妙）
▲領土問題で、両国間の雲行きが怪しくなる（由於領土問題，兩國關係前景

不妙)。

雲を霞と

○一目散に逃げて行って、姿をくらましてしまう様子(一溜煙跑得無影無蹤)

▲いたずらの現場をおさえてやろうと思ったのに、私の姿を見るや、雲を霞と逃げて行ってしまった(本想當場抓住搞惡作劇的，可是他們一看到我，就一溜煙地逃跑了)。

雲をつかむよう

○話の内容などがひどく漠然としていて、とらえどころがない様子(虛無縹緲的，不著邊際的)

▲雲をつかむような話でにわかには信じがたい(對於不著邊際的話一時難以相信)。

雲を衝く

○非常に背が高い様子([身材]頂天，大高個兒)

▲バスケットボールの選手だけに、雲を衝くばかりの大男がそろっている(無怪乎是籃球運動員，都是些大高個兒)。

潮(しお・チョウ)

字義　①潮，海潮　②海水　③時機，機會

潮時を見る　＝潮を見る

○何かを始めたりやめたりするのに適当な時機を見計らう(掌握時機，見機行事)

▲潮時を見てそろそろ帰ろう(我們看情況準備回去吧)。

礁(ショウ)

字義　①礁石　②障礙

暗礁に乗り上げる

○思わぬ障害に出会って、物事の進行が行き詰まる(遇到意外，事情受阻而擱淺)

▲資金の援助を打ち切られ、計画が暗礁に乗り上げた(援助資金被中止，計畫就擱淺了)。

砂（すな・サ）

字義 沙（砂），沙（砂）子

砂を噛むよう

○何の味わいもなく、うんざりさせられる様子（枯燥無味，味同嚼蠟）

▲空疎な言葉を並べただけのこの文章は、読んでいて全く砂を噛むような思いがする（這篇文章空話連篇，讀後讓人覺得味同嚼蠟）。

瀬（せ・ライ）

字義 ①淺灘 ②水流急處 ③時機 ④立足之地

浮かぶ瀬が無い

○不運につきまとわれて、苦しい境遇や立場から逃れ出る機械が得られない様子（沒有出頭之日） ▲何とかして汚名をそそがなければ、浮かぶ瀬が無いだろう（如果不想辦法洗清污名的話，恐怕就沒有出頭之日了吧）。

瀬を踏む

○瀬ぶみをする。前もってためしてみる（預先試探，摸底）

▲あの土地をいくらで売ってくれるか地主に瀬を踏んでみよう（事先要向地主打探會以什麼價格出售那片土地）。

立つ瀬が無い

○自分の立場がなくなり、面目をつぶされた様子（處境尷尬，無法做人，無地自容） ▲みんなのためを思ってやったのに、点数稼ぎだなんていわれたのでは、私の立つ瀬が無い（明明是為大家著想，可是卻被說成是自我表現，真叫人無地自容）。

空（そら・クウ）

字義 ①天空 ②天氣 ③心情 ④虛偽

生きた空もない

○あまりの恐ろしさに生きている気持ちがしないほどおびえる様子（怕得要命） ▲大きな揺れのあと、地震が完全に収まるまでは生きた空もない（從搖動開始後到地震完全停止，我一直非常恐懼）。

上の空

○よそに心が奪われて、あることに注意が向かない様子（心不在焉，漫不經心） ▲上の空で聞いているから分からないのだ（不用心聽，所以不明白）。

虚空を掴む

○手を上に伸ばして、何かを掴もうとするかっこうをする（兩手向上伸出亂抓） ▲仰向けに倒れ、体をそらして手は虚空を掴んだ（身體往後仰面朝天地倒在地上，兩手向前抓了個空）。

空を使う　＝空を吐く　⇒嘘をつく

○とぼけて知らないふりをする。また、何食わぬ顔でうそをつく（佯裝不知；裝傻；說謊） ▲後難を恐れてか、事件の目撃者はみな空を使って、本当のことを話してくれない（可能是怕有後患吧，事件的目擊者都佯裝不知，不告訴我實情）。

他人の空似

○全く血のつながりがないのに、親子か兄弟のように顔つきなどがよく似ていること（偶然的相似，沒有血緣關係而相似）

▲他人の空似とはいえ、田中君と実によく似た人がいるものだ（雖說沒有血緣關係，但是真的有人和田中君長得特別像）。

地（ち・ジ）

字義　①大地，地球　②陸地　③土地，地表　④領土　⑤地位，立場　⑥地方　⑦地盤，地勢

危地を脱する

○危険な状態を無事に切り抜ける（脫離險境）

▲資金繰りのめどがついて、わが社もやっと危地を脱した（資金周轉有了著落，我們公司終於走出了險境）。

地が出る　⇒地を出す

○「地」はうまれつきそのものに備わっている性質。気取ったり上品ぶったりしていたのが、何かの弾みでついふだんの調子が出る（露出本質，露底）

▲今日はおとなしくしていようと思ったのに、つい地が出て大声をだしてしまった（今天本想老實一點待著的，可是一不小心還是露底，大聲喊了出來）。

地金が出る

○普段は隠していた好ましくない性質などが何かの機会に現れる（露馬脚，暴露真面目） ▲何としったかぶりをしていたが、今日はとうとう地金が出た（一直裝作知道些什麼的，可是今天還是終於露出了馬腳）。

地団駄を踏む

○身もだえしながら悔しがる様子（捶胸懊悔，跺腳） ▲一番違いでくじに外れ、地団駄を踏んで悔しがる（只差一個數未能中彩，懊悔得直跺腳）。

地で行く

○物語や小説の世界でしか起こり得ないようなことを実際にやる（在實際生活中做只會在故事小說中才會發生的事情） ▲小説を地で行ったような事件が発生した（發生了一件只有在小說中才會發生的事情）。

地下に眠る

○死んで、墓に納められている（長眠於地下，死去）
▲地下に眠る両親（死去的雙親）。

地下に潜る

○非合法な政治活動や社会運動などを行うために、世間の目から姿を隠す（潛入地下） ▲独裁政権に抵抗して、地下に潜ってゲリラ活動を行う（為了對抗獨裁政權，潛入地下開展游擊活動）。

地から湧いたよう

○今まで全く影も形もなかったものが、突如としてどこからともなく現れる様子（像從地下冒出來似的突然出現） ▲この辺には、土曜日の夜になると、地から湧いたように暴走族が集まってくる（在這附近，一到星期六晚上，暴走族就會像從地下冒出來似的聚集在這裏）。

地に落ちる

○権威や名声などが衰え、救いがたい状態になる（名譽掃地，聲名狼藉）
▲盗作問題を起こし、あの作家の評判も地に落ちたね（那位作家因為發生了剽竊問題而名譽掃地）。

地に塗れる　⇒一敗地に塗れる

○再起不能なほど徹底的に大敗する（一敗塗地）

▲激しい販売合戦において一敗地に塗れ、会社倒産の憂き目にあう（由於在
激烈的商業競爭中一敗塗地，公司面臨倒閉的困境）。

地の利を得る

○その場所の位置や地形が、ある事をするのに有利な条件を備えている（得
地利，地理位置優越）

▲飲食店を始めようというなら、まず地の利を得た所を探すことが第一だ
（如果要開飲食店，首先要找一個地理位置好的地方）。

地歩を占める

○自分の立場や地位を確たるものとする（占據地位，穩固地位）

▲この界の権威者として確固たる地歩を占めている（作為該界的權威，有著
極其穩固的地位）。

揺籃の地

○新たな文物がそこに起こり、後の発展の基礎を築いた所（搖籃地，發源
地）　▲長崎は日本における近代医学の揺籃の地だといってよい（可以說長
崎是日本近代醫學的發源地）。

立錐の余地も無い

○人がぎっしりと詰まっている様子（無立錐之地）　▲朝のラッシュで、車内
は立錐の余地も無かった（在早上的上班高峰時間，車裏擠得站不住腳）。

宙（チュウ）

字義　①空中　②背誦

宙に浮く

○計画、構想などが未決定のままにされ、いつ決着が付くのかわからない状
態になる（附在空中，上不著天、下不著地，空中樓閣）　▲バブルの崩壊で、
都市計画が宙に浮き、草ぼうぼうの空き地が広がっている（由於泡沫經濟
的崩潰，城市計畫成了空中樓閣，雜草叢生的空地越來越多）。

宙に舞う

○空中に浮き上がって舞うように動く（在空中飄舞）
▲選手に胴あげされた監督の巨体は三回、四回と宙に舞った（教練那巨大的
身軀被選手拋向空中，在空中飛舞了三四次）。

宙に迷う

○物事の行き着く先が決まらないままの状態が続く（懸而未決）

▲首相の発言をめぐって国会の審議が中断し、法案が宙に迷う（就首相的發言引起爭議，國會審議被迫中斷，法案沒有著落）。

宙を飛ぶ

○目にもとまらないほど速く走る様子（飛快地，迅速地）

▲恐ろしさのあまり、あとも見ずに、宙を飛ぶようにして逃げ帰ってきた（太害怕了，頭也沒回就飛也似的逃回來了）。

月(つき・ゲツ・ガツ)

字義　①月亮　②月光　③月份　④妊娠期

月が満ちる

○①満月になる（満月，望月）　②臨月になる（足月，臨月）

▲①月が満ちる夜（望月之夜）。
　②彼女は月が満ちて女児を産んだ（她足月生下了一個女兒）。

月とすっぽん

○二つのものの違いが常に大きい様子（天壤之別，相差懸殊）

▲あの二人は実の兄弟なのに、月とすっぽんほど性格が違う（他們兩人是親兄弟，可性格卻相差甚遠，十分不同）。

月日に関守なし　⇒光陰矢の如し

○月日は、その運行を止める関所番はいない。年月のたつのは早い（光陰似箭，歲月攔不住）

▲月日関守なし、知らず知らず、十年も去ってゆく（光陰似箭，不知不覺10年過去了）。

月夜に提灯

○道も明るい月夜に提灯をともす。不必要でむだなこと。また、ぼんやりしてはっきりしないこと（月夜打灯籠，多此一舉，畫蛇添足）

▲晴れたのに、傘を持っていくのは月夜に提灯じゃないでしょう（明明是晴天還要帶傘，不是多此一舉嘛）。

土(つち・ト)

字義 ①土地 ②土壌，土質 ③地面

土一升金一升　＝土一升に金一升

○地価がきわめて高いことのたとえ（寸土千金）

▲ここの土地は土一升金一升だ（這裏的土地是寸土千金）。

土が付く

○力士が相撲で負ける。また、広く、勝負に負けることをも言う（[相撲等]著地；[比賽]落敗，輸）

▲優勝候補に早くも土が付いた（有望奪魁的運動員很快就敗了）。

土となる

○死んで、その土地に埋葬されることを美化した表現。特に、外国で死ぬことについて言う（死；客死異國）

▲彼女は帰りたがっていたが、その機会が得られず、異国の土となった（她很想回國的，可是沒有得到機會，最後客死異國）。

天(あま・テン)

字義 ①天空 ②天堂；天國 ③天理 ④天命；命運

運は天にあり　＝運を天に任せる

○各人の運はすべて天命によるもので、いかにあがいてみても人力ではどうすることもできない（命運天注定，聽天由命）

▲運は天にありと思って、単身敵陣に切り込んで行った（我想聽天由命，隻身潛入敵軍陣營去）。

干天の慈雨　⇒渡りに船

○日照り続きの後の待望の雨の意で、待ち望んでいたことがかなえられること。また、困っている時に与えられた、ありがたい援助など（久旱逢甘雨，雪中送炭）　▲今回の彼の資金援助こそまさに干天の慈雨であった（他這次提供的資金援助，真的是雪中送炭）。

天下晴れて

○世間にはばかることなく何かが行える様子（公然地，公開地）

▲無罪の判決が下り、天下晴れて自由の身となる（被判無罪，成為堂堂正正的自由人）。

天寿を全うする

○病気や事故で死ぬのではなく、自然に老衰して死ぬことを美化した言葉（盡享天年） ▲祖父は白寿を越えるまで天寿を全うし、大往生を遂げた（祖父過完99歳壽辰之後，享盡天年，無疾而終）。

天井知らず

○相場や物価が高騰を続け、どこまで上がるか見当がつかない様子（股票、物價等無止境上漲）

▲株が天井知らずの値上がりを続ける（股票持續飛漲）。

天井を突く　⇒天井を打つ

○相場が最高の値になる（［股票、物價等］漲到最高點）

▲今が天井を突いた時と見て、売りに回ろう（看來現在［股票］已經漲到最高點了，就拋出去吧）。

天に唾する

○天を仰いで唾する（仰天吐沫，做不好的事情） ▲天に唾すれば、いつかその報いがある（做不好的事情，總有一天會有報應的）。

天にも昇る心地

○非常にうれしくて、浮き浮きしている様子（歡天喜地，興高采烈）

▲合格の知らせを受け、天にも昇る心地だった（接到錄取通知書，真是欣喜若狂）。

天秤にかける

○どちらを選ぶ方がいいか決めるために、優劣、損得などを比べてみる（權衡，衡量優劣、得失等）

▲公務員と会社勤めを天秤にかけ、結局、会社勤めを選んだ（權衡了一下當公務員和公司職員的利弊，最後選擇了在公司工作）。

天を衝く

○非常に高くそびえている様子。また、勢いの盛んなことをたとえている（高聳入雲） ▲この一角には天を衝く高層ビルが立ち並んでいる（這一帶，

高聳入雲的大樓鱗次櫛比）。

波（なみ・ハ）

字義 ①波・波浪 ②振動波 ③浪潮 ④連綿起伏 ⑤高低起伏

荒波に揉まれる

○社会人として、試練ともなるべきいろいろな苦労を重ねる（在風浪中顛簸，歷盡艱辛，受磨練）　▲世の荒波に揉まれながら、彼は人間としての深みを増していった（他在歷經人世間的艱辛同時，也增加了人生閱歷）。

波風が絶えない

○家庭内や仲間などにいつも争い事やもめごとがある様子（風波連起，糾紛不斷）　▲嫁と姑の折り合いが悪く、家の中に波風が絶えない（婆媳關係不和，家裏糾紛不斷）。

波風が立つ

○それまで平穏だったところに争い事などが生じる（起風波，鬧糾紛）
▲夫婦の間に波風が立つ（夫妻之間鬧彆扭）。

波に乗る

○その時の勢いに調子づいて、ますます勢いを得る（乘勢，順勢）
▲好調の波に乗って一気に勝ち進む（趁大好形勢一鼓作氣連連得勝）。

波にも磯にも着かず

○中途はんぱでどっちつかずの落ち着かない様子（心神不定，忐忑不安）
▲波にも磯にも着かずそこに座っている（忐忑不安地坐在那裏）。

波紋を投ずる

○そのことが無視できない問題となり、今まで平穏だったところに動揺を与える（引起風波；產生影響）　▲彼の論文は学界に大きな波紋を投じた（他的論文在學術界產生了巨大影響）。

波紋を広げる

○ある出来事がそのままおさまらず、その影響が関係各かく方ほう面に次々と及んで大きな問題に発展する（波及……；擴大影響）
▲首相の発言は政界ばかりでなく財界にまで波紋を広げていった（首相的發

言不僅影響到政界，而且還波及了金融界）。

日（ひ・じつ・ニチ）

字義 ①太陽 ②陽光 ③白天 ④一天 ⑤天數 ⑥期限 ⑦節日 ⑧時節 ⑨時候 ⑩天氣

思い立ったが吉日

○しようと思い立った日が、それをするのによい日。暦をめくって縁起のよい日を求めたりせず、すぐに着手しゅ するのが一番よい（說幹就幹，趁熱打鐵，選日不如撞日） ▲思い立ったが吉日とばかりに、草速準備にとりかかった（正所謂選日不如撞日，馬上就開始著手準備了）。

陰になり日向になり

○時には人目に付かぬように、また、時には公然と援助したり保護したりする様子（明裏暗裏，當面背後） ▲先輩が陰になり日向になりして、苦境に立った私をかばってくれた（學長明裏暗裏地袒護了身處困境的我）。

影日向がある

○上に立つ人などの目が届いている所とそうでない所とで言動や態度が異なる（陽奉陰違，當面一套背後一套） ▲あの男は影日向があるから信用できない（那個人當面一套背後一套，不可相信）。

初日が出る ＝初日を出す

○相撲で、負け続けていた力士がその場所で初めて勝つ（相撲屢次失敗之後首次得勝） ▲三日間負け続けた横綱に四日目でやっと初日が出た（連續3天失敗的橫綱終於在第四天的時候首次獲勝）。

同日の談ではない

○全く違っていて比べものにならない（不可同日而語） ▲両者の力量はとうてい、同日の談ではない（兩人的力量無論如何也不可同日而語）。

寧日が無い

○絶えず不安や焦燥にかられ、心のあまる日が一日もない（無安寧之日）
▲政情不安が続き、寧日の無い日々を送っている（政局持續動蕩不安，日子過得不安寧）。

白日の下に晒す

○隠し通そうとしていた事柄が皆の知るところとなる(暴露在光天化日之下)

▲検察陣の取調べで、汚職事件の全貌が白日の下に晒された(透過檢察署的取證,貪污事件的全過程昭然天下)。

日が浅い

○そのことが行われてから、また、その状態になってからまだ、それほど日時が経過していない(日子淺,日子短)

▲結婚してまだ日が浅いので、家事も慣れないことばかりです(因為結婚以來日子還不長,家務事也不熟練)。

日陰の梨

○見かけは立派であるが、中身が悪いもののたとえ(金玉其外,敗絮其中;外強中乾)

▲この品物は日陰の梨だよ。買わないほうがいい(這種東西只是徒有外表而已,還是不要買的好)。

日陰の身

○人々から冷たい目で見られ、世間をはばかって生活しなければならない身の上(見不得人,湮沒於世,出不了頭地)

▲犯罪者の烙印を押され、日陰の身で一生を送らねばならなかった(被打上罪犯的烙印,這輩子就得過見不得人的生活了)。

日陰の桃の木

○細くてひょろひょろしている人のたとえ([比喩]瘦弱,羸弱,纖細)

▲あのひょろひょろした子供は日陰の桃の木のようです(那個瘦弱的孩子就像背陰處的桃枝一樣羸弱)。

日が高い

○日中の太陽が高い位置にある時間だととらえられる様子(日上三竿,時間不早了;太陽尚高,天還未黑)

▲ここから二千メートルも登るのだから、日が高くなってから歩きだしたのでは、明るいうちには頂上に着けまい(從這裏要爬2000公尺,所以如果日上三竿才開始爬的話,恐怕天黑之前到不了山頂)。

日が西から出る

○絶対にあり得ないことのたとえ（太陽從西邊出來；不可能的事情）

▲それは日が西から出ることだ（那眞是太陽從西邊出來了）。

日に焼ける

○日光に照らされて体や顔の色が黒くなる。また、物が長い間日光に晒されたために、変色したり色あせたりする（被太陽曬黑，曬褪色）

▲それほど日が当たらないのに、こうして見るとこの絨毯もだいぶ日焼けているわね（又沒怎麼被太陽曬，可是看起來這塊地毯褪色褪得很厲害呢）。

日の出の勢い

○短い間に勢力を著しく伸ばし、今後の発展が測り知れないほど、勢いが盛んな様子（旭日東升之勢，蒸蒸日上）　▲若くして常務になった彼は、今や日の出の勢いで次期社長を目指している（他年紀輕輕就當上了常務董事，現在正以旭日東升之勢準備角逐下屆總經理）。

日の目を見る

→「目」

日を改めて

○その日できなかったことを後日、その機会を得て行おうとする様子（改日，改天）　▲今日はお忙しいようなので、また日を改めて伺います（今天您好像很忙，那麼我改日再來拜訪）。

夜も日も明けない

○それがないと一時もがまんできない意で、何かに非常に執着する様子（片刻也離不開；愛不釋手）

▲酒がないと夜も日も明けない（時時刻刻離不開酒）。

星（ほし・セイ）

字義　①星星　②星號　③斑點　④靶心　⑤目標　⑥得分　⑦星相

綺羅星の如く

○美しく着飾った人々が大勢集まっている様子（星羅棋布，顯貴雲集）

▲人気スターの結婚式だけあって、芸能界の人々が綺羅星の如く居並んでい

た（無怪乎是當紅明星的婚禮，演藝界的名人雲集一堂）。

彗星の如く

○前触れなしに突然に現れ、世間の注目を浴びる様子（如彗星閃現）

▲歌謡界に彗星の如く現れた歌手（像慧星閃現般出現在歌壇的一位歌手）。

図星を指す

○相手の弱点や隠し事を見抜き、ぴたりと言い当てる（撃中要害，一語道破）　▲ずる休みをしたのだろうと図星を指れて慌てた（被「你逃學了吧」一語道破，一下子慌了神）。

星が割れる

○何かが手掛かりとなって、犯人が判明する（查明罪犯，破案）　▲現場に残された足跡から星が割れた（從現場遺留下來的腳印入手破了案）。

星を挙げる

○犯罪容疑者を検挙する（檢舉嫌疑犯；逮捕犯人）　▲警察の地道な捜査で、ついに星を挙げた（在警察徹底的搜查下，終於逮住了罪犯）。

星を戴く

○まだ星が出ている明け方の暗いうちから、また、星が出る夜遅い時刻まで、何かをする（披星戴月）　▲頂上で日の出をみようと、星を戴いて歩き始めた（為了到山頂上看日出，披星戴月開始走）。

星を稼ぐ

○「星」は相撲の勝敗を示す白と黒の丸い印。勝負に勝つ。また、勝って勝率をよくする（爭取得分）

▲今日も勝って、また一つ星を稼いだ（今天也勝了，又贏得了一分）。

星を指す　＝星を食わす

○言当てる。見破る（猜中，說中心事）

▲彼の考えにはうまく星を指た（恰好猜中他的想法）。

星を列ねる

○多くの人が威儀を正して居並ぶ（很多人嚴肅地坐成一排）

▲政界の大物が星を列ねている（政界的要人威嚴地坐成一排）。

星を分ける

○対戦した双方の勝ち負けが等しくなる（平分秋色，平局）

▲両チームは第六戦まで三勝三敗と星を分けている（兩隊到第六局結束時三勝三員，平分秋色）。

水(みず・すい)

字義 ①水 ②液體 ③洪水

我田引水 ⇒我が田に水を引く

○自分の都合のよいように強引に事を進めたり話をこじつけたりすること（只顧自己，自私自利）

▲君の話は我田引水で、虫がよすぎる（你的話只顧自己，太自私了）。

水火も辞さない

○どんな苦しみや危険をも恐れずに力を尽くそうと決意する様子（赴湯蹈火，在所不辭） ▲国家の危機を救うためには、水火も辞さない覚悟で戦うつもりだ（為了拯救國家的危機，我願赴湯蹈火，奮戰到底）。

水泡に帰する

○今まで努力して得た成果が、すべて無駄になる（化為泡影）

▲突然計画が中止され、これまでの労苦が水泡に帰した（計畫突然被中止，之前的努力都化為了泡影）。

背水の陣を敷く

○追い詰められ、一歩も後ろへは引けないと覚悟して、万全の態勢をとる（背水一戰） ▲是が非でも優勝しようと、排水の陣を敷いて強敵と対戦する（與強敵決一死戰，無論如何都要取得勝利）。

水が合わない

○その土地の人たちの気質や自分の属している組織などの体質が自分とは合わず、うまくいかない様子（不適應，不習慣，水土不服）

▲この土地はどうも私には水が合わない（這個地方我怎麼也適應不了）。

水際立つ

○技量などが一段と目立って見事に見える（格外出色，非常精彩）

▲さすが世界選手権保持者だけあって、水際立った演技を見せた（真不愧是
世界冠軍，表演得非常精彩）。

水で割る

○ある液体の中に、他の液体をまぜる。多く、まぜて薄めるのをいう（對水，
用水稀釋）　▲水で割ったミルク（兌了水的牛奶）。

水と油　⇒氷と炭

○両者の性質が正反対で、うまく融和しない様子（水火不相容，格格不入）

▲あの二人は性格が水と油で、何かにつけて対立している（那兩個人的性格
格格不入，不管什麼事都對著幹）。

水と魚

○きってもきれない密接な間柄のたとえ（魚水情）

▲わたしと彼とは水と魚同様の間柄です（我和他魚水情深）。

水に絵を描く

○水に絵を描いてもあとに残らない。物事がはかなく消え去ること、骨折り
損のことを言う（徒勞無功，白費力氣）　▲それは水に絵を描いたように、
骨折り損のくたびれ儲けだ（那是徒勞無功，白費力氣）。

水にする

○無駄にする（付諸流水，使之成為泡影）

▲大学進学を諦めるなら今までの努力を水にするよ（如果放棄上大學的話，
就會把以前的努力付諸流水了）。

水に流す

○今までのいざこざなどをすべて無かったことにして、こだわらないことに
する（付諸東流，一筆勾銷）　▲過去のことは水に流して、協力しよう（過
去的事情就讓它一筆勾銷，好好合作吧）。

水になる　＝水の泡になる

○無駄になる（歸於泡影，化為泡影）

▲いままでの蓄積はすべて水になった（以前的積蓄全都化為泡影了）。

水に馴れる

○新しい土地の風土、暮らしに馴れる（適應）　▲夫の転勤で見知らぬ土地に

来て三か月、そろそろこちらの水にも馴れて来た（因為丈夫調動工作而来到這個陌生的地方，3個月後也慢慢地適應了）。

水の泡になる　＝水になる　⇒水泡に帰する

○それまでの努力や苦労などがいっさい無駄になる（成為泡影）

▲ここで諦めては今までの苦労が水の泡になってしまう（若就此放棄的話，之前的努力就將化為泡影）。

水もしたたる　＝水のしたたる

○若々しく、極めて美しい様子。特に、役者や若い女性について言う（指女演員等年輕貌美，嬌艷美麗）

▲水もしたたるような女の子（年輕貌美的姑娘）。

水も漏らさぬ

○①警戒が厳重で、少しのすきもない様子（戒備森嚴，水泄不通）

②非常に親密な間柄で、他人が割って入る余地がない様子（親密無間的關係）　▲①水も漏らさぬ警護に、ついに忍び込むことを諦めた（由於戒備森嚴，終於放棄了潛入計畫）。

②あの二人は今や水も漏らさぬ仲間だ（那兩個人如今親密無間）。

水をあける　⇒水があく

○競争相手に大きく差をつけて優位に立つ（在比賽中遙遙領先）

▲二位に大きく水をあけて優勝した（遙遙領先於第二名獲得冠軍）。

水を打ったよう

○その場に集まった大勢の人たちが物音一つたてないでいる様子（鴉雀無聲）　▲場内は水を打ったように静まり返っていた（場內靜得鴉雀無聲）。

水を得た魚のよう

○自分の性に合った場を得て、生き生きと活動している様子（如魚得水）

▲事務系の仕事からデザイナーとしての腕が発揮できる職に変わり、水を得た魚のように元気になった（我由事務方面的工作轉為能夠發揮自己才能的設計師，感到如魚得水般地精神煥發）。

水を掛ける

○順調に進んでいる物事や円満に運んでいる状態の邪魔をする（半路殺出

個程咬金)

▲せっかくうまくいっていた話し合いに横から水を掛けるようなことを言うな(商談進展順利不容易,別説什麼来妨礙它了)。

水を差す

○①仲のいい二人をわざと仲たがいさせるように仕向ける(挑撥離間)

②途中でじゃまをして、何かをし続ける気をなくさせる(澄冷水)

▲①二人の仲に水を差す(挑撥兩人的關係)。 ②せっかくの話に水を差れて、嫌気がさす(難得的一件事被攪黃了,真煩人)。

水を向ける

○それとなくほのめかして、相手に関心をもたせようとする(以話套話;引誘;露點口風)

▲彼から事情を聞きだそうと水を向けてみる(為了從他那裏套出事情的實情来,向他透了點口風)。

呼び水になる ⇒誘い水になる

○そのことが何かを引き起こすきっかけになる(成為起因,成為導火線)

▲新聞の投書が呼び水になって、廃品利用運動が盛んになる(報紙上的讀者来信引發了廢品回收再利用活動的蓬勃開展)。

山(やま・サン)

字義 ①山 ②堆 ③礦山 ④最高峰,關頭 ⑤冒險,押寶

お山の大将

○小さな集団の中で、自分が一番偉いと得意がっている人(山中無老虎,猴子稱大王;稱王稱霸的人)

▲あいつもいつまでお山の大将でいられるかね(看那傢伙還能稱王稱霸到什麼時候)。

関の山

○いくらうまくいっても、そのくらいが限度だということ(最大限度,充其量)

▲頼みに行っても怒られるのが関の山だから、やめた方がいい(就算去求他,充其量就是朝我發頓脾氣而已,還是不去的好)。

山が当たる　⇔山が外れる

○大体の見当をつけてやったことが、予想通りうまくいく（押中，猜中）

▲試験の山が当たり、満点に近い点が取れた（猜中考題，幾乎得了満分）。

山が見える

○難関を乗り切って、先の見通しがつく（大功即將告成，勝利在望）

▲内装工事を残すだけとなり、工事も山が見えてきた（只剩下內部裝修了，工程即將大功告成）。

山師の玄関

○見かけだけが立派なことのたとえ。山師は普通には投機や詐欺まがいのことをする人を言うが、本来は山の鉱脈探しや鉱石の採掘を職業とする人を言う（騙子手）

▲山師の玄関にかかって、財産をなくした（上了騙子的當，把財產弄光了）。

山場を迎える

○物事が進行しんこうし、今後の成り行きを決める上でもっとも重要な場面になる（到了緊要關頭，到了關鍵時刻）

▲労資双方のトップ会談に入り、賃上げ交渉の山場を迎える（勞資雙方進入高級會談，提高工資的談判到了關鍵時刻）。

山々だ

○そうしたい気持ちは非常に強いが、実際にはそうはいかない様子（很想……，非常渇望……）

▲買いたいのは山々だが、金の工面がつかない（很想買，可是搞不到錢）。

山を当てる

○万一の可能性をねらってやっとことがうまくいく（僥倖成功）

▲相場で山を当てて、一財産を築く（搞投機買賣僥倖成功而發上一筆大財）。

山をかける

○相手の出方などに大体の見当をつけ、そこに狙いを定める（投機；押題；碰運氣）

▲カーブに山をかけていたら、直球で攻められた（估計是個曲線球，沒想到卻受到直線球的攻擊）。

五、色（顔色）

青（あお・セイ）

字義　①青，藍　②綠燈

青息吐息

○困難な状況から抜け出すうまい策が見出せず、弱りきっている様子（長吁短嘆；一籌莫展）

▲年末なのに資金繰りがつかず、青息吐息だ（年末了，可是資金還是周轉不過來，簡直是一籌莫展）。

青くなる

○顔から血の気が消えうせる意で、何かにひどく驚いたりおびえたりする様子（嚇得臉色發綠，面如土色）

▲チンピラに絡まれたが、一喝したら青くなって逃げて行ってしまった（被一群小流氓纏繞上了，但是朝著他們大喝一聲後，他們全都嚇得面無血色地逃掉了）。

青写真を描く

○将来の計画を立ててみる（繪製藍圖，制訂未來計畫）

▲頭の中にはすでに定年後の青写真が描かれている（腦海中已經描繪出了退休後的生活計畫）。

青筋を立てる

○額に静脈の青い筋を浮き上がらせる意で、ひどく怒って、けわしい表情になる様子（[氣得]青筋暴出，面紅耳赤）

▲額に青筋を立てて怒る（氣得額頭青筋暴出）。

青田買い

○企業が人材確保のために、卒業年次になったばかりの学生の採用を早々ときめてしまうこと（提前錄用即將畢業的學生）

▲青田買いをあまり派手にやられると、四年生が落ち着かなくなって困る

（一旦大張旗鼓地提前錄用即將畢業的四年級學生，他們就會情緒不穩，令
人困惑）。

青菜に塩

○すっかり元気をなくして、しおれている様子(垂頭喪氣，無精打采)

▲彼は入社試験に落ちて、青菜に塩の状態だ(他沒有通過公司的錄用考試，
一副垂頭喪氣的樣子)。

青は藍より出でて藍より青し

○教えを受けた弟子が先生よりも優れた人になるたとえ(青出於藍而勝於藍)

▲青は藍より出て藍より青しといって、学問はやめてはならない(正所謂青出
於藍而勝於藍，做學問是不能停下來的)。

赤(あか・セキ)・朱(あか・あけ・シュ)

字義 紅，紅色

赤くなる

○顔に血が上る意で、恥ずかしくていたたまれないような思いをする様子
(羞得滿臉通紅，面紅耳赤，無地自容)

▲聞いている方が顔が赤くなるようなことを、人前でよく言えるね(聽的人
都會面紅耳赤的話，虧你說得出口)。

赤信号が付く

○事態が差し迫ってきて、緊急に対策を講じなければならない状態になる
(亮紅燈，出現危險信號) ▲空梅雨に終わり、東京の水不足に赤信号が付く
のは必至だ(梅雨季節沒有下雨，東京的旱情肯定會亮紅燈的)。

赤の他人

○縁もゆかりもない全くの他人(毫無關係的人，陌生人，路人)

▲もう、今日から君とは赤の他人だ(從今天開始，我們就是陌生人了)。

赤恥をかく ⇒恥をかく

○人前でひどい恥をかく(當眾出糗，丟人現眼，丟臉)

▲皆正装をして来ていたのに、私だけ平服でとんだ赤恥をかいた(別人都穿
著禮服來的，只有我穿著便服，真丟人)。

朱に染まる

○血まみれになる（満身是血）

▲浪人に切り付けられた娘は朱に染まってばったり倒れた（被流浪武士砍傷的姑娘滿身是血，倒下了）。

朱を入れる　＝朱筆をいれる

○詩歌、文章などの訂正や添削をする（用紅筆修改、批改）　▲少し朱を入れれば、いい文章になる（稍微修改一下的話就是一篇很好的文章了）。

朱を注ぐ　＝満面朱を注ぐ

○顔全体を真っ赤にして怒っている様子（［氣得]滿臉通紅）

▲公衆の面前で恥をかかされ、満面朱を注いだようになって怒っていた（在大眾面前被迫出了糗，氣得滿臉通紅）。

色（いろ・ショク）

字義　①顔色　②色澤　③膚色，臉色　④景象　⑤色情　⑥種類

色が褪せる

○古臭くなったり見かけだおしであることが分かったりして、当初に感じられた新鮮な魅力が失われる（黯然失色，失去魅力）

▲あの流行作家も盗作問題を起こしてからは、すっかり色が褪せてしまったね（那位暢銷書作家自從出現剽竊問題後，就不再受歡迎了，對吧）?

色とりどり

○種類がいろいろある様子（各式各樣，形形色色，五彩繽紛，五光十色）

▲色とりどりの服装（各式各樣的服裝）。

色眼鏡で見る

○先入観や偏見にとらわれて物事を見る（戴有色眼鏡看人，有成見）

▲外国人だからといって色眼鏡で見るのはよくない（雖說是外國人，也不應該對人家抱有偏見）。

色よい返事

○相手の期待にかなった望ましい返事（令人滿意的答覆）

▲そんな虫のいい頼みに色よい返事のできるわけがない（對那種自私自利的

請求，是不可能給予滿意的答覆的）。

色を失う

○驚きや恐怖で顔色が青ざめる意で、意外な事態に直面したり思いがけない失敗を犯したりして茫然とすること（大驚失色，驚慌失色）

▲味方の猛攻に敵は色を失う（在我方的猛烈攻擊下，敵方驚慌失色）。

色を替え品を替える　＝色を易え様を易う

○さまざまに手を尽くす。さまざまに手段を講じる（想方設法，用盡各種手段，變換各種花招）　▲色を替え品を替えて人を騙す（用各種花招騙人）。

色を付ける

○サービスとして少しお負けをする。値引きをしたり景品を添えたりすることや、規定の報酬より多く支払ってやることなど（讓價；送贈品）

▲お客さんには多少色を付けて売っている（稍微讓利出售給顧客）。

色を成す

○顔色を変えて怒る意で、非常に激しく怒ること（勃然大怒）

▲子供の悪口を言ったら、色を成して怒った（說了幾句孩子的不是，對方便勃然大怒起來）。

難色を示す

○相手の申し出や提案などに対し、受け入れがたいという意（露出難色，很為難）　▲父は当初私の留学には難色を示していた（父親當初對我留學的事情很為難）。

旗色が悪い

○形勢が不利な状況である（形勢不好，形勢不利）

▲この戦い、どう見ても君のほうが旗色が悪い（在這場比賽中，怎麼看都是你的形勢不利）。

黄色い（きいろ）

字義 黄色

黄色い声

○若い女性のかん高い（聲年輕女性的尖叫聲，假聲）

▲人気歌手の登場にファンの黄色い声が飛ぶ(當紅歌星一上場，歌迷們就尖叫起來)。

黒(くろ・コク)

字義 ①黒色 ②黒棋子 ③罪犯，嫌疑人

黒白を付ける

○ことの善し悪しをつけること(辨別黑白，辨清是非)

▲そう簡単に黒白を付けられない(明辨是非不是那麼簡單的)。

紅(くれない・べに・コウ)

字義 ①紅花 ②鮮紅色

紅の涙

○①深く感動して流す涙。感涙(深受感動而流下的眼淚，感激的眼淚)
②女性の流す(令女性流的眼淚)

▲①紅の涙にむせぶ(由於感動而流淚抽泣)。
②紅の涙を催した映画(令女性流淚的電影)。

紅一点

○多くの男性の中に、ただ一人の女性がいること(萬綠叢中一點紅，唯一的女性)

▲荒くれ男どもの中の紅一点だから、目立つのも無理はない(一群粗野男人中唯一的女性，自然很顯眼)。

紅涙を絞る

○悲劇的な場面に接したり相手の立場に同情したりして、若い女性が涙を流す(年輕女性珠淚交流，催人淚下)

▲紅涙を絞る悲恋の物語(催人淚下的愛情悲劇故事)。

白(しら・しろ・ハク)

字義 ①白色 ②白子 ③無罪；清白 ④一本正經的面孔

白羽の矢が立つ

○大勢の中から何かの候補としてまず第一に選び出される(指定，選中，第一

候選人）

▲君に次期委員 長 の白羽の矢が立ったそうだ（聽說你被推舉為下屆委員長的

第一候選人了）。

座が白ける

○今までの楽しかった雰囲気がこわされ、気まずい 状 態になる（令人情緒低

落；冷場；掃興）

▲彼のとげのある一言で、すっかり座が白けてしまった（他的一句帶刺的話，

使在座的人一下子都沒了興致）。

白壁の微瑕　⇒ 玉にきず

○立派な人または物にもごく僅かの欠点があるたとえ（白玉微瑕，美中不足）

▲気が弱いのは白壁の微瑕だ（懦弱是他美中不足的地方）。

白を切る

○自分を守るために、知っていることでも 全 く知らないというふりをする（佯

裝不知，裝糊塗）

▲いくら君が白を切ったところで、ちゃんと 証 拠が挙がっているんだ（不管你

怎樣裝糊塗，我們都已經掌握了證據）。

白い歯を見せる

→「歯」

白い目で見る

→「目」

白旗を掲げる

○投降すること、敗北を認めることのたとえ（舉白旗，投降，認輸）

▲白旗を掲げて降参する（舉白旗投降）。

白星を挙げる

○勝負に勝つ（比賽獲勝）

▲あの投手は今日の試合に勝つと、 全 球 団から白星を挙げたことになる（那

個投手如果在今天的比賽中勝出，就等於全球隊獲勝）。

白日の下に晒す

→「日」

白紙で臨む

○事前に対策を立てたり先入観を抱いたりせずに、その事に当たる（事先毫無準備，沒有先入為主）

▲和平交渉の場に白紙で臨む（事先毫無準備地出席和談）。

白紙に戻す

○それまでのいきさつをすべて無かったことにして、もとの状態に戻す（恢復原狀；從頭做起）

▲用地の買ばい収でつまずき、計画を白紙に戻さざるを得なくなった（購買地皮受到挫折，不得不重新制訂計畫）。

六、季節・氣象（季節、氣象）

秋（あき・シュウ）

字義　秋，秋天

秋風が立つ

○男女間の愛情が冷えてしまった様子（男女之間的愛情冷淡下去）

▲交際が長過ぎたせいか、あの二人の間には、秋風が立ち始めたようだ（可能因為交往時間太長了吧，那兩個人的關係好像開始冷淡下來了）。

秋の空は七度半変わる　＝秋の空

○秋の空は変わりやすいことから、心の変わりやすいことにたとえ（變化無常，多變）　▲彼女は秋の空は七度半変わって、態度がすぐ変わった（她的態度就像秋天的氣候，說變就變）。

雨（あめ・ウ）

字義　雨

雨晴れて傘を忘れる　⇒暑さ忘れれば陰忘れる

○困難が過ぎると、その時に受けた恩義を忘れてしまう。受けた恩を忘れることは早い、ということ（好了傷疤忘了疼）

▲君、雨晴れて傘を忘れるぞ（你不要好了傷疤忘了疼啊）。

雨降って地固まる

○雨の降ったあとはかえって地面が堅固になるところから、変事の後は、かえって事態が落ち着いて、基礎がかたまること（不打不成交）

▲雨降って地固まるように口喧嘩をしてから二人はいい友達になった（正如不打不成交一樣，吵過架以後兩人成了好朋友）。

雨が降ろうと槍が降ろうと　＝雨が降ろうが槍が降ろうが

○どんなことがあっても。決心した以上は、どんな障害があろうと、必ずやりとげようとの固い決意をいう（無論發生什麼事情）

▲雨が降ろうと槍が降ろうと、最後までやり遂げようとする(無論發生什麼都要堅持到最後)。

雨を止める　＝雨を休める

○雨宿りをする。雨を避ける(避雨，等待雨停)

▲木の下で雨を止めている(在樹下避雨)。

雨後の筍

→「筍」

遣らずの雨

○来客が帰るのを引き止めるかのように降ってくる雨(留客雨)

▲食事時になる前に腰をあげなくてはと思いながら、遣らずの雨でつい長居をしてしまった(本想在飯前就告辭的，沒想到遇上了留客雨，竟不知不覺坐了很長時間)。

嵐(あらし・ラン)

字義　暴風雨

嵐の前の静けさ

○有事の前の、不気味なまでに静かで緊迫した状態のたとえ(暴風雨前的平靜)　▲その年は平穏無事に過ぎたが、翌年戦争勃発。今から思えば、嵐の前の静けさ(那年平安無事地度過了，可是第二年戰爭就爆發了。現在想來眞是暴風雨前的平靜啊)。

コップの中の嵐

○当事者が大騒ぎをしているだけで、大勢には何ら影響を与えないで終わってしまうような事件(小題大做，大驚小怪)

▲一私学の不正入試事件など、しょせんコップの中の嵐に過ぎない(一所私立學校的入學考試作弊事件，不過是小題大做而已)。

風(かざ・かぜ・フウ)

字義　①風　②様子，態度

浮世の風

○人の世の厳しさや冷たさ(世態炎涼)

▲浮世の風が身にしみる(飽嘗世態炎涼的滋味)。

臆病風に吹かれる

○おじけづいて、何かをする気力を失う(膽怯起來，感到害怕)

▲臆病風に吹かれてしり込みする(畏縮不前)。

風上に置けない　＝風上にも置けない

○自分たちの仲間に入れておくわけにはいかないと、品性の劣った人を軽蔑して言う言葉(頂風臭四十里，對品行惡劣、不願與之為伍的人的輕蔑的說法)

▲甘い言葉で女性を騙したとは、男の風上に置けない奴だ(用甜言蜜語來欺騙女人的男人，頂風臭四十里)。

風向きが悪い

○①形勢が自分に不利な方向に進む様子(風頭不對，形勢不利)

②相談などを持ちかけようと思っても、相手の機嫌が悪く、うまくいきそうもない様子([對方]情緒不佳)

▲①君が試合に出られないとなると、わが軍の風向きが悪くなる(你要是不能上場比賽的話，我隊的形勢將會很不利)。　②今日は社長の風向きが悪いから気をつけろ(今天社長情緒欠佳，要小心點啊)。

風当たりが強い

○その人に対する周囲からの非難や攻撃などが激しい様子(強烈譴責；猛烈攻擊)　▲経済政策をめぐって、政府に対する風当たりが強い(圍繞經濟政策，對政府的攻擊很強烈)。

風に柳　＝柳に風、柳に風と受け流す

○柳が風になびくように、他人の文句などを、上手に受け流して逆らわない(委婉地應付過去，巧妙地搪塞過去)

▲非難めいたことを言われたが、風に柳と受け流しておいた(我雖然受了點責難，但都巧妙地應付過去了)。

風の便り

○ある人の消息などについての、どこから伝わってきたとも分からないうわさ(風傳，風聞)　▲別れた妻が最近になって再婚したという話を風の便りに聞く(聽說前妻最近再婚了)。

風を食らう

○大あわてで逃げ去る様子。特に、悪事が露見しそうになって逃げ出すこと（慌忙逃走，望風而逃）　▲いたずらを見付けられて、子供たちは風を食らって逃げた（孩子們見惡作劇敗露，便望風而逃了）。

風を引く

○セロファンテープや絆創膏が乾燥して粘着力を失う（[膠帶等]乾燥後失去黏性）　▲テープが風を引いているらしく、はってもすぐにはがれてしまう（膠帶好像沒黏性了，貼上立刻就掉下來）。

利いた風

○よく分かりもしないくせに、いかにもその面には通じているといった受け答えをする様子（不懂裝懂，假裝內行）。
▲素人のくせに利いた風な口をきくじゃないか（你這不是不懂裝懂嗎）?

順風に帆を上げる

○時機を得て、万事好都合に事が運ぶこと（一帆風順）
▲彼は戦後の混乱に乗じて、順風に帆を上げる勢いで今日の財を築き上げた（趁著戰後混亂，他順利地積聚起了今天的財富）。

台風の目

○社会的な旋風を巻き起こす事件の中心人物などを表す言葉（颱風眼；風雲人物）　▲激動する世界情勢の台風の目となっているのは、中近東の産油国だと言えよう（可以說中東產油國已成為動蕩的世界局勢的中心）。

どういう風の吹き回しか

○物事に対する態度や考え方などが、その時どきの状況の変化に応じて変わることを言う（不知刮得哪陣風，不知道為什麼）
▲どういう風の吹き回しか、あのけちな男がみんなにごちそうした（也不知道刮得哪陣風，那個小氣的男人竟然請大家吃了飯）。

どこ吹く風

○自分とは無関係であると全く気にかけない様子（不當回事，置若罔聞）
▲親の心配などどこ吹く風と遊び回っている（根本不把父母的擔心當回事，一味地到處遊蕩）。

風雲 急を告げる

○戦争や革命など、大きな社会変動が今にも起こりそうな緊迫した情勢になる（形勢告急，風雲突變）

▲両国の対立は深刻になり、今や風雨急を告げる情勢である（兩國的對立嚴重，現在形勢危急）。

風采が上がらない

○容姿や服装などの外見がやぼったく、また、貧弱な印象を与える様子（其貌不揚）

▲彼は風采が上がらないが、営業マンとしては非常に優秀だ（他雖然其貌不揚，但是作為營業員非常出色）。

風雪に耐える

○長年にわたる数多くの労苦や困難にくじけず、それを乗り越える（飽經風霜）　▲十年の風雪に耐え、今ここに新事業を発足させる運びとなった（經歷了10年的風雨，現在就要在這裏開創新事業了）。

風前の灯

○危険に直面し、滅亡寸前であること（風燭殘年）

▲あの会社は最近とみに経営状態が悪くなり、今や風前の灯だ（那個公司最近經營狀況突然惡化，現在如風中殘燭一樣）。

役人風を吹かせる

○役人であることをことさらにひけらかして、威張った態度をとる（擺官架子）

▲あの人は本省に三十年も勤めながら、役人風を吹かせたことが一度もない（他在部裏工作了30年，一次也沒擺過官架子）。

雷（かみなり・ライ）

字義 雷

雷が落ちる

○目上の人からひどくどなりつけられる様子（大發雷霆，被上司嚴屬訓斥）

▲夜遅くまで騒いでいたら、おやじの雷が落ちた（一直鬧到深夜，被老爸狠狠訓了一頓）。

氷（こおり・ヒョウ）

字義　氷

氷と炭　⇒水と油

○両者の性質が正反対なこと。また、両者がはなはだしく仲の悪いことのたとえ（水火不相容）

▲二人はまったく氷と炭だ（他倆簡直是水火不相容）。

深淵に臨んで薄氷を踏む　＝薄氷を踏む

○非常に危険なことのたとえ（如臨深淵，如履薄冰）

▲不況の乗り切るまでは深淵に臨んで薄氷を踏む思いだった（在走出經濟蕭條期之前，一直都感到如履薄冰）。

氷山の一角

○明るみに出たのはごく一部分に過ぎず、その背後に大きな問題が隠されている様子（冰山的一角，整個事物顯露出來的一小部分）

▲今回摘発された汚職事件などは氷山の一角だ（這次揭發出來的貪污事件只是冰山一角）。

雪崩（なだれ）

字義　雪崩

雪崩を打つ

○雪崩のように、大勢の人がどっと押し寄せたり、押し倒されたりする様子（蜂擁而至，擁擠不堪）

▲待ちかねた客は、開店と同時に雪崩を打って売り場に殺到した（等得不耐煩的顧客，一開門就蜂擁而至，衝到了櫃台）。

雪（ゆき・セツ）

字義　①雪　②雪白

雪と墨　⇒鷺を烏、月とすっぽん、提灯に釣り鐘

○正反対なことのたとえ（黑白分明，完全不同，天壤之別）

▲あの二人の性格は雪と墨だと言ってもいい（那兩個人的性格完全不同）。

雪を欺く

○雪のように真っ白な様子。特に、女性の肌の白さを言う（［特指女性］皮膚潔白如雪）

▲彼女のドレスはかなり派手で、雪を欺く白い肌を大胆にさらけ出していた（她的禮服相當華麗，把雪白的肌膚大膽地露在了外面）。

春（はる・ション）

字義 ①春天 ②青春期

春に目覚める ＝春の目覚め

○青春期に達して、性の欲望の起こること（情竇初開）

▲春に目覚めた少年少女（情竇初開的少男少女）。

春を売る ＝春を鬻ぐ

○女が男に身をまかせて報酬を得る。売春行為をする（賣淫）

▲春を売った女（賣淫女／蕩婦）。

我が世の春

○物事がすべて順調にいき、得意の絶頂にある時期（春風得意之時，黃金時代）

▲今にして思えば、あのころがまさに我世の春であった（現在想起來，那時正是我春風得意之時）。

七、方位・數字（方位、數字）

後（あと・ゴ・コウ）

字義 ①後邊 ②以後 ③其次 ④將來的事 ⑤結果 ⑥其餘 ⑦子孫 ⑧後繼者 ⑨死後

後車の戒め　⇒前車の覆るは後車の戒め

○前人の失敗は後人の戒めとなる。前に行く車がひっくり返るのを見たら、後ろから行く車は注意せよ、という意（前車之覆、後車之鑑）

▲後車の戒めといって、昔の間違いを再びしてはいけないよ所（謂前車之覆、後車之鑑，可不能再犯以前的錯誤啊）。

後家の頑張り

○夫に先立たれた女性が一家を支えるために、なりふり構わず頑張ること（寡婦為了培養孩子長大成人而拼命努力）

▲叔母は後家の頑張りで二人の息子を立派に育て上げた（守寡的嬸嬸拼命努力，終於將兩個孩子培養成人）。

後家を立てる

○夫の死後、ずっと再婚せずに通す（守寡）

▲彼女は後家を立てて戦中、戦後を生き抜き、三人の子供を一人前に育て上げた（她守寡熬過了戰爭和戰後的艱難歲月，把3個孩子撫養成人）。

後生大事

○あるものを非常に大切にすること（極其重視，特別珍重）

▲妹は赤ん坊の時に買ってもらった人形を後生大事に抱えている（妹妹很寶貝地抱著小時候給她買的布娃娃）。

最後の切り札を出す

○それを用いればまず負けることはない、取っておきの有力な手段を用いる（亮出最後一張王牌，使出最後一招）　▲住民が反対運動を続けていれば、政府は土地収用法という最後の切り札を出してくるに違いない（如果居民繼續搞反對運動的話，政府肯定會使出土地徵用法這最後一招）。

最後を飾る

○物事の終わりをいっそう立派なものにして締めくくる（壓軸戲）

▲次の一番は、いよいよ本日の最後を飾る好取組みです（接下來，就要輪到今天壓軸的節目了）。

最初で最後

○たった一度きりの機会で、これを逃したら、再び同様の機会が得られるとは思えない状態（第一次也是最後一次，惟一一次）

▲私には、これが世界選手権大会に出場できる最初で最後のチャンスだろう（對我來說，這是我惟一一次能參加的世界冠軍爭奪賽）。

上（うえ・かみ・うわ・あ・のぼ・ジョウ）

字義 ①上，上部 ②表面 ③(地位等)高 ④(年齢)大 ⑤(順序)前 ⑥關於……，在……方面 ⑦而且，另外 ⑧既然

上げ潮に乗る

○時機を得て、物事が順調に進む（趁勢，勁頭足） ▲事業は上げ潮に乗って急速に発展した（事業順勢迅速發展起來）。

上げたり下げたり

○ある点を褒めたかと思えば、すぐ他の点をけなしたりして、どっちが本音なのかつかみどころがない様子（一漲一落；忽褒忽貶）

▲あの人の美術評は上げたり下げたりで、結局何が言いたいのかよく分からない（那個人評論美術作品忽褒忽貶，不知他到底想說什麼）。

上に立つ

○組織や集団を統率し、監督、指導する立場になる（當領導，指揮）

▲君のように上に立つ者としての心構えができていないようでは部長失格だ（如果像你這樣還沒做好當領導的心理準備的話，就不配當部長）。

上には上がある

○これが最上だと思っていても、それよりも更に上のものがあるものだ。度を過ぎた欲望やうぬぼれを戒める言葉としても用いる（天外有天，人外有人；強中更有強中手；貪得無厭） ▲将棋の天才とうたわれた彼を五十手足らずで負かすとは、上には上がるものだ（被稱為象棋天才的他，沒到

50步就輸了，眞所謂强中更有强中手啊）。

上を下への

○突発的な事件が起きるなどして、人々があわてふためいて混乱状態になる様子（亂作一團，一片混亂）　▲大地震が起きるというデマが飛んで、上を下への大騒ぎになる（將發生大地震的謠言使人們亂作一團）。

上を見れば方図がない

○よりよいものやより望ましい状態というものは求めていけば際限がないの意で、何事も適当てきとうなところで満足すべきだということ（得隴望蜀，這山望著那山高）　▲上をみれば方図がない。この程度の暮らしができれば十分だ（這山望著那山高，能過上這樣的生活我已經很知足了）。

産声を上げる

○新しい組織、団体などが作られ、活動を始めること（組織、團體等的新生，誕生）　▲長い戦争によって独立を勝ち得、ここに新国家が産声を上げることになったのである（經過長期戰爭獲得獨立，這才誕生了新的國家）。

上手に出る

→「手」

上手を行く

→「手」

男を上げる　⇔男を下る

○立派な行為によって男としての評価を高める（給男人爭光）　▲オリンピックで優勝して男を上げた（在奧運會上得了金牌，眞給男人爭了光）。

凱歌を上げる

○戦争、試合などで、勝利を得る（唱凱歌，勝利）

▲この選挙区では、新人候補が現職を破り、見事に凱歌を上げた（在這個選區，新候選人打敗現任議員，大獲全勝）。

覚悟の上　⇒覚悟の前

○何かをするに先立って、望ましくない結果になることも予想して覚悟を決めていること（做好精神準備）　▲冒険に踏み切る以上は、危険は覚悟の上だ（既然下決心冒險，對危險性也就有了心理準備）。

株が上がる

○何かをしたことが皆に認められ、評価が高まる（聲譽高漲，威望提高）

▲夏休み中毎日ち子供の相手をしてやったので、このところ、父親の株が上がっている（暑假裏每天都陪孩子玩，所以近來父親的威望有所提高）。

机上の空論

○理屈の上でそうなるというだけで、現実の役にはたたない論（紙上談兵）

▲企画としては面白いが、机上の空論になりかねないね（作為一項計畫是很有意思，但恐怕是紙上談兵吧）。

砂上の楼閣

○見掛けは立派に出来上がっているようでも、基礎がしっかりしていないために長続きしない物事。また、構想は立派でも、実際には実現不可能なこと（空中樓閣）

▲小説の中の帝国は、しょせん砂上の楼閣に過ぎなかった（小説中的帝國，最終也只不過是空中樓閣而已）。

軍配が上がる

○勝負に勝つ。また、勝ったと認められる（獲勝，得勝）

▲会社との工場建設をめぐる紛争はついに住民側に軍配が上がった（和公司之間的、圍繞著建設工廠的糾紛案，最終居民一方獲勝）。

呱呱の声を上げる

○新しい物事が誕生する（新事物誕生）

▲1868年、ここに明治の新政権が呱呱の声を上げた（1868年，明治新政權誕生了）。

諸式が上がる

○物価が上がること（物價上漲）　▲近頃は諸式が上がって、生活も楽でない（最近物價上漲，生活也不輕鬆）。

上昇気流に乗る

○運が向いてきて、物事が順調に運ぶ状態になる（時來運轉，青雲直上）

▲経営状態もこのところやっと上昇気流に乗ってきた（經營狀況最近也終於好起來了）。

俎上に載せる

○議論や批判の対象として取り上げる（置於俎上，拿出來進行評論）

▲最近の女流作家を俎上に載せて、大いに論じ合う（對最近的女性作家大加討論）。

畳の上で死ぬ

○旅先で死んだり事故に遭って死んだりするのではなく、自分の家で家族に見取られながら穏やかに死ぬこと（無疾而終，善終）

▲若い時分は考えたこともなかったが、年を取ると気が弱くなって、やっぱり畳の上で死にたくなるものだ（年輕時從未考慮過，可是一上年紀就變得膽怯了，還是希望能無疾而終）。

棚に上げる

○問題として取り上げずに、そっとしておく。特に、自分の不利になる事柄に触れないでおくこと（束之高閣，暫不處理）

▲人は誰でも、自分のことは棚に上げて、他人の言動を批判しがちである（人總是容易不顧自己的問題，而去批判他人的行為）。

吊るし上げを食う

○そこに集まった人々から問い詰められたり非を責められたりする（受衆人譴責，遭衆人圍攻）

▲連休にどこへも連れて行かなかったと、子供たちに吊るし上げを食った（[大人]受到孩子們一致的抱怨說，放長假的時候哪裏也沒帶他們去）。

床を上げる

○寝床を片付ける意で、病気で寝込んでいた人が、治って普通の生活ができるようになること（離開病床）　▲手術後三か月たって、やっと床を上げることができた（手術後3個月，終於開始離開病床了）。

名乗りを上げる

○①その存在が公表されて、世間の関心を呼ぶ（自報姓名，通報名稱）

②自分から進んで立候補する。また、何かの競争に加わる意志を表明する（提名為候選人）

▲①国産原子炉第一号の名乗りを上げる（通報名稱國產原子爐第一號）。

②次期大会の開催地として名乗りを上げた（提名為下次大會的舉辦地的候

選地）。

音を上げる

○弱音を吐く意で、困難に耐えきれず、弱気なことを言ったり気力を失ったりすること（受不了；叫苦；服輸）　▲練習の厳しさに音を上げて、運動部を辞める（因為受不了嚴格的訓練而退出體育部）。

狼煙を上げる

○革命や暴動など、大事件に発展するきっかけとなる行動を起こす（燃起烽火）　▲一研究会の学生たちがまず最初に大学改革運動の狼煙を上げた（某研究會的學生們最先點燃了大學改革運動的烽火）。

箸の上げ下ろし

○そのマナーが問題にされる、日常のちょっとした動作（雞蛋裏挑骨頭，[對一點點小事也]挑毛病）　▲母は娘の箸の上げ下ろしにまでうるさい人だった（母親是一位對女兒吹毛求疵的人）。

恥の上塗り

○恥をかいた上に、それを取り繕おうとしてさらに恥になるようなことをすること（醜上加醜，越發丟臉）　▲いまさら見苦しい弁解をするのは恥の上塗りだ（事到如今再做拙劣的辯解就更丟人了）。

ピッチを上げる

○速度を速める意で、少しでも早く目標を達成しようと、物事を休みなく精力的に行うこと（加速）　▲約束の期限が迫って、工事ピッチを上げる（約定的期限快要到了，得加快工程的速度）。

悲鳴を上げる

○仕事などが多過ぎたりして困り果てている様子（喊叫；叫苦連天）
▲注文が殺到して、うれしい悲鳴を上げている（訂單一湧而至，忙得大家不亦樂乎）。

見上げたものだ

○心の持ち方や言動が優れていて、賞賛に値する様子（值得贊揚，令人尊敬）　▲親代わりに幼い兄弟の面倒を見ながら大学に通っているとは本当に見上げたものだ（一面代替父母照顧幼小的弟妹一面讀大學，眞令人欽佩）。

メートルを<ruby>上<rt>あ</rt></ruby>げる

○<ruby>酒<rt>さけ</rt></ruby>を<ruby>飲<rt>の</rt></ruby>んだ<ruby>勢<rt>いきお</rt></ruby>いで、<ruby>盛<rt>さか</rt></ruby>んに<ruby>論<rt>ろん</rt></ruby>じたり<ruby>騒<rt>さわ</rt></ruby>いだりする（喝酒後興高采烈）

▲<ruby>気<rt>き</rt></ruby>の<ruby>合<rt>あ</rt></ruby>った<ruby>者同士<rt>ものどうし</rt></ruby>でだいぶメートルを上げている（志同道合的伙伴們喝得興高采烈）。

<ruby>槍<rt>やり</rt></ruby><ruby>玉<rt>だま</rt></ruby>に<ruby>上<rt>あ</rt></ruby>げる

○<ruby>非難<rt>ひなん</rt></ruby>、<ruby>攻撃<rt>こうげき</rt></ruby>などの<ruby>対象<rt>たいしょう</rt></ruby>として<ruby>取<rt>と</rt></ruby>り<ruby>上<rt>あ</rt></ruby>げる（受到攻擊，把……當做責難的對象） ▲<ruby>政界<rt>せいかい</rt></ruby>の<ruby>腐敗<rt>ふはい</rt></ruby>を槍玉に上げて、<ruby>鋭<rt>するど</rt></ruby>い<ruby>論評<rt>ろんぴょう</rt></ruby>を<ruby>加<rt>くわ</rt></ruby>える（尖銳地批評政界的腐敗現象）。

後（ろうし）

字義 ①後，後面 ②背後 ③範圍內 ④我，我們 ⑤自己的丈夫或妻子

<ruby>後<rt>うし</rt></ruby>ろを<ruby>見<rt>み</rt></ruby>せる

○<ruby>勝<rt>か</rt></ruby>ち<ruby>目<rt>め</rt></ruby>がないと<ruby>見極<rt>みきわ</rt></ruby>めて、<ruby>恥<rt>はじ</rt></ruby>も<ruby>外聞<rt>がいぶん</rt></ruby>もなく<ruby>逃<rt>に</rt></ruby>げ<ruby>出<rt>だ</rt></ruby>す（敗走，望風而逃）

▲まともに<ruby>勝負<rt>しょうぶ</rt></ruby>をせずに後ろを見せるとは<ruby>卑怯<rt>ひきょう</rt></ruby>だ（還沒真的開戰就望風而逃，真是個懦夫）。

内（うち・ナイ）

字義 ①內 ②期間 ③我，我們 ④範圍內，當中

<ruby>内<rt>うち</rt></ruby><ruby>兜<rt>かぶと</rt></ruby>を<ruby>見透<rt>みす</rt></ruby>かす ⇒<ruby>内懐<rt>うちぶところ</rt></ruby>を見透かす

○<ruby>兜<rt>かぶと</rt></ruby>のうち<ruby>側<rt>がわ</rt></ruby>を<ruby>見透<rt>みとお</rt></ruby>す。<ruby>相手<rt>あいて</rt></ruby>の<ruby>内情<rt>ないじょう</rt></ruby>や<ruby>弱点<rt>じゃくてん</rt></ruby>を<ruby>見抜<rt>みぬ</rt></ruby>く（看破底細，看穿內幕）

▲内兜を見透かす<ruby>鋭<rt>するど</rt></ruby>い<ruby>目<rt>め</rt></ruby>（能看穿對方底細的敏銳目光）。

<ruby>内<rt>うち</rt></ruby>の<ruby>人<rt>ひと</rt></ruby> ⇔内の<ruby>奴<rt>やつ</rt></ruby>

○うちにいる<ruby>人<rt>ひと</rt></ruby>の<ruby>意<rt>い</rt></ruby><ruby>主人<rt>かしゅじん</rt></ruby>。<ruby>特<rt>とく</rt></ruby>に、<ruby>妻<rt>つま</rt></ruby>が<ruby>第三者<rt>だいさんしゃ</rt></ruby>に<ruby>対<rt>たい</rt></ruby>して<ruby>夫<rt>おっと</rt></ruby>のことを<ruby>言<rt>い</rt></ruby>う<ruby>語<rt>ご</rt></ruby>（我家那口子，我丈夫）

▲内の人はいま<ruby>留守<rt>るす</rt></ruby>です（我丈夫現在不在家）。

<ruby>内<rt>うち</rt></ruby><ruby>懐<rt>ぶところ</rt></ruby>を<ruby>見透<rt>みす</rt></ruby>かす ＝<ruby>内兜<rt>うちかぶと</rt></ruby>を見透かす ⇒<ruby>陰弁慶<rt>かげべんけい</rt></ruby>

○<ruby>相手<rt>あいて</rt></ruby>の<ruby>他人<rt>たにん</rt></ruby>に<ruby>知<rt>し</rt></ruby>られたくない<ruby>内情<rt>ないじょう</rt></ruby>や<ruby>心<rt>こころ</rt></ruby>の<ruby>内<rt>うち</rt></ruby>を<ruby>見抜<rt>みぬ</rt></ruby>く（看透［對方的］心思，看穿［對方的］心事）

▲いくら<ruby>強<rt>つよ</rt></ruby>がりを<ruby>言<rt>い</rt></ruby>っても、とうに<ruby>君<rt>きみ</rt></ruby>の内懐は見透かされている（無論你怎麼嘴硬，你的心思其實早就被看穿了呀）。

内弁慶

○家の内ではいばっているが、外ではいくじがなくて小さくなっている（人在家是英雄、在外是狗熊；窩裏横）　▲うちの子は内弁慶で困ります（我家的孩子在家是英雄，在外是狗熊，真沒辦法）。

内股膏薬

→「股」

内を外にする

○外出が多く家にいることがほとんどない。遊蕩することにいう（老不在家，總在外遊蕩）　▲彼は高校を出てから内を外にしている（他自高中畢業以後一直都在外遊蕩）。

裏（うら・リ）

字義　①背面　②後邊　③内幕，背後　④反面　⑤簡略方法

裏表がない

○言動が常に一貫していて、表向きと内実とが異なったりするような点が全くない様子（表裏如一）

▲彼は裏表がない人間だから、人に信頼されている（他是個表裏如一的人，所以大家都信賴他）。

裏で糸を引く　⇒陰で糸を引く

○裏面に隠れていて、人を意のままに動かす（幕後操縦）

▲暗黒街のボスが裏で糸を引く（黑社會頭目在幕後操縱）。

裏には裏がある

○事情が複雑で、簡単には真相がつかめないこと（錯綜複雑，話中有話，戲中有戲）

▲どこの世界にも、裏には裏があるものだ（任何地方都是錯綜複雜的）。

裏の裏を行く

○相手がこちらの裏をかくつもりでいるのを見抜き、その逆をやって相手の意表を衝く（將計就計）

▲裏の裏を行って、敵の出鼻をくじく（將計就計，挫一挫敵人的銳氣）。

裏へ回る

○表面はさりげないふりをしていながら、人目に付かない所でこそこそ何かをする様子(背後搗鬼)

▲面と向かえば何も言えないくせに、裏へ回って私の悪口を触れ回っている(當面也說不出什麼來，可背地裏逢人便講我的壞話)。

裏を返せば

○逆の見方からすればの意で、表面に現れていない物事の真実や本心を問題にする様子(反過來看，話又說回來)

▲こまごまと注意してくれるのはありがたいが、それも裏を返せば、僕を信用していないということだろう(雖然我感謝他細緻的提醒，可是話又說回來了，也是對我不夠放心吧)。

裏をかく

○相手の予想や期待に反することをして、狙いをくじく(鑽空子，將計就計，順水推舟)　▲直球に山をはっていたら裏をかかれ、シュートで攻められた(懷著僥倖心理覺得會是直線球，對方順勢攻打了一個曲線球)。

裏を取る

○犯人また容疑者の供述などの真偽を、実際の証拠によって確かめる意を表す警察の用語(對證查實，核實)

▲検証によって自白の裏を取る(通過檢驗，核查口供)。

楽屋裏を覗く

○ふとしたきっかけで、物事の内情を知る(了解內情，發現內情)

▲楽屋裏を覗かれてしまった以上は、正直に実情を打ち明けるしかない(既然內幕已經被對方知道了，只好老實地說出實情了)。

数(かず・スウ)

字義　①數　②多數　③有價值的事物

数ある

○数量や回数、種類が多いこと(有數的，很多的)

▲数ある小説の中からこれを選んだ(從很多小說當中選擇了這一本)。

数でこなす

○一品ずつの利益は小さいが、大量に売ることによって採算がとれるようにする（薄利多銷）　▲単価の安いものだから、数でこなさなければ商売にならない（因為單價低，不大量銷售就沒有利潤）。

数寄を凝らす

○建て物や道具などにいろいろ工夫して、風流な感じを出す（建築物、道具等考究）　▲数寄を凝らした日本間（考究的日式房間）。

数ならず

○取り立てて評価の対象とするものの中にも入らないの意で、取るに足りない様子（不值一提・算不了什麼）　▲数ならぬ身の私も、ひそかにお慕い申し上げておりました（無名小卒的我，也在偷偷地仰慕您）。

数の内

○それと同類だと認められる範囲の中に含まれること（算數，包含在……之內）　▲たいして上手ではないが、僕だって選手の数の内だ（雖然不是很棒，但我也算是個選手啊）。

数の外

○何かの同類であることは否定できないが、それにふさわしい価値はないこと（不算數的，不值一提的）　▲これほど傷みがひどくなっていては、マンションと言っても数の外だ（損壊得如此嚴重，根本算不上是高級公寓）。

数を知らない　＝数知らず、数知れず

○（数がわからないの意から）数えようとしても、数が多くて数えられない。限りもなく多い（不計其數，不勝枚舉）
▲空には数を知らない星が瞬いていた（天空中有無數顆星星在眨眼）。

数を頼む　＝数を頼む

○何かをする際に人数の多いことを当てにする（依仗人多）
▲数を頼んで抗議に出かける（仗著人多勢衆，前去抗議）。

点数を稼ぐ

○自分の立場をよくするために、相手に気に入られるようなことをする（討好，賣乖，提高自己的身價）　▲損な役を買って出て、点数を稼ぐ（主動接

受苦差事，給大家留個好印象）。

亡き数に入る

○死者の仲間になる意で、人に死に別れることの婉曲な言い方(故去，名登鬼錄)　▲なまじ長命を保ったばかりに、妻子や友もすでに亡き数に入り、孤独の寂しさを味わわされている(只因為自己活得長，才不得不在妻兒、朋友均已故去之後，獨自一人體味孤獨)。

場数を踏む

○実地に数多くの経験を積み、場慣れする(多次經歷，積累經驗)

▲場数を踏んだベテラン刑事(經驗豐富的資深刑警)。

命数が尽きる

○死を迎える(壽數已盡)

▲彼はその才能を惜しまれながらも、二十五歳にして命数が尽きた(雖然他的才幹倍受珍視，可是他25歲就英年早逝了)。

物の数でない

○特に取り立てて問題にするほどのものではない(算不上，數不清)

▲君たちが二人や三人一度にかかってきても、私にとっては物の数でない(就算你們兩三個人一齊上，也不是我的對手)。

先(さき・セン)

字義 ①尖　②最前部　③前面　④目的地　⑤對方　⑥將來　⑦後來　⑧首先　⑨事先　⑩以前

言葉の先を折る

○相手の話の先を言い続けられないようにする(打斷話頭，插話)

▲田中さんに言葉の先を折られて、言たいことも満足に言えなかった(田中先生老是打斷我的話，致使我說得不盡興)。

幸先がいい　⇔幸先が悪い

○物事の初めに当たって何かいいことがあり、今後が期待できそうだと喜ぶ様子(好兆頭)　▲試合が始まってすぐに得点できたとは幸先がいいじゃないか(比賽一開始就得了分，這不是個好兆頭嗎)?

先が見える

○将来どうなるか予想がつく。多く、悲観的な事態が予想される場合に用いる

（將來可想而知[一般用於悲觀的場合]，沒多大前途）

▲あの人も五十過ぎて今の地位じゃ、もう先が見えたね（那人都快過50歲了才到現在的位置上，看來沒多大前途了）。

先立つ物

○何かをしようとする時に、まず第一に必要とする物。特に、資金を指す

（第一必需品；資金）　▲計画は立てたものの、先立つ物が足りなくて実行に移せない（計畫雖然制定了，但資金不足無法付諸實施）。

先棒を担ぐ

○事の是非も考えずに、人の手先となって軽軽しく動き回る（被人利用，當走狗）　▲政府の先棒を担ぐ御ご用商人（充當政府走狗的御用商人）。

先を争う

○自分が先になろうと、互いに競い合う（爭先恐後）　▲開店と同時に、客は先を争って特売場へ向かった（店門一開，顧客爭先恐後地湧向特賣場）。

先を越す　＝先を越す

○相手がしようとする前に何かをしてしまう（搶先）　▲文句を言おうと思ったら、先を越されて謝られてしまった（剛想表示不滿，對方卻搶先賠不是了）。

先を読む

○将来の事態の変化などを予測する（預測未來，預見）　▲先物取引きに手を出すなら先を読む能力が必要だ（要從事期貨交易的話必須要有預見力）。

先見の明

○今後の成り行きを前もって見通すことのできる判断力（先見之明）

▲地価の安いうちにこの土地を買っておいたのは、先見の明があった（趁土地價格便宜的時候買了這塊地，眞有先見之明）。

先陣を争う

○物事を自分が一番先に行おうと互いに争う（爭先恐後，充當先鋒）

▲エベレストを目指して、各国の登山隊が先陣を争った（各國登山隊都爭先恐後地登珠穆朗瑪峰）。

降らぬ先の傘　⇒転ばぬ先の杖

○雨が降らないうちに傘を用意しておく。先のことを考えて行動することのたとえ(未雨綢繆)

▲降らぬ先の傘といって、先に準備しておいたほうがいい(所謂未雨綢繆，還是預先做好準備的好)。

矛先を転じる

○議論などで、攻撃の目標を別の相手や事柄に変える(調轉矛頭，改變攻擊方向)　▲こっちに非難の矛先を転じてきそうになったので、あわてて逃げ出して来た(責難的矛頭好像要轉向我們這邊，便慌忙逃了出來)。

下(した・しも・お・くだ・さ・カ・ゲ)

字義 ①下面　②低下　③年紀小　④差　⑤少　⑥便宜　⑦裏面　⑧馬上

縁の下の力持ち

○他人のために陰で骨を折ること。また、その人。多く、表面で活躍している人に対し、陰でそれを支える力となっている人を言う(在背地裏賣力氣，無名英雄)　▲この研究が完成したのは、君が縁の下の力持ちになってくれたからだ(這次研究之所以能完成，多虧有你在背後鼎力相助)。

男を下げる　⇔男を上げる

○面目を失うようなことをして、男としての評価を落とす(丟男人的臉，自貶)　▲いまさら見苦しい弁解をしても男を下げるだけだと思うね(事到如今再做那些拙劣的辯解，也只是自貶罷了)。

重荷を下ろす

○思い責任や義務を果たして気が軽くなる。また、心配事がなくなってほっとする(卸下重擔，如釋重員)　▲長引いた交渉も無事に終わり、重荷を下ろしたところだ(持續已久的談判終於順利結束，這才如釋重員)。

竈の下の灰まで

○その家の中の物は残らずすべての意(家中全部物品)　▲誰が何と言おうと、竈の下の灰まで私の物なのだから、絶対にこの家は明け渡さないぞ(家裏所有的東西都是我的，無論誰說什麼，也決不讓出這所房子)。

看板を下ろす

○商店が廃業する（關門，停業）　▲この店も跡継ぎがなく、ついに看板をおろすことになった（這家店也因為沒有繼承人而最終關門了）。

器量を下げる

○たいした人物ではないと評価されるようなことをして、男としての面目を失う（丟臉，自貶）　▲約束の時間に遅れ、彼女の前ですっかり器量を下てしまった（沒能按時赴約，在她面前丟臉了）。

下へも置かない　⇒下にも置かない

○客などを非常に丁重に扱う様子（特別懇切款待）

▲後輩の家に招かれ、下へも置かないもてなしを受ける（應邀到學弟［學妹］家做客，受到了特別懇切的款待）。

声涙ともに下る

○感きわまって涙ながらに話す（聲淚俱下）　▲悲憤慷慨して、声涙ともに下る演説を行った（慷慨激昂、聲淚俱下地發表了一番演說）。

袖の下

○賄賂（賄賂）　▲この役所は袖の下がきくなどとうわさされている（據說這個機關受賄成風）。

断を下す

○こうしろ、また、こうするなと最終的に決める。また、その決定を言い渡す（做最後決定，下結論）　▲役員会では結論が出ず、最後に社長が断を下（董事會沒有得出結論，社長做了最後決定）。

荷が下りる

○責任や義務を果たして、ほっと一安心する（卸掉重負，減去負擔）
▲約束通りに工事が終わって、やっと肩の荷が下りた（按照約定時間完成了工程，終於卸下了肩上的重負）。

暖簾を下ろす

○商店が廃業する。特に老舗が廃業すること（關門，歇業［特指老店］）
▲時代の流れに押され、江戸時代から続いた店もついに暖簾を下ろさざるをえなくなった（在時代潮流的衝擊下，從江戶時代一直持續至今的老店也不

得不關門了）。

一つ屋根の下に住む

→「一」

幕が下りる

○①催しなどが終わりとなる（閉幕，落下帷幕）

②事態の結末がつく（結束，完結）

▲①横綱同士の優勝決定戦をもって、大相撲の幕が下りる（大相撲比賽在横綱的冠軍戦中落下帷幕）　②今回の判決で永年の紛争も幕が下りた（透過這次判決，多年來的糾紛結束了）。

無下にする

○相手の好意などを、自分の都合で無視する（置之不理，棄之不顧）

▲せっかくの人の親切を無下にするわけにも行かない（不能冷淡對待人家的一番好意）。

底（そこ・テイ）

字義　①底　②最低線　③最底下　④到頭　⑤内心

底が浅い

○外見がいいだけで、内容に深みがない様子（内容淺，膚淺）

▲安っぽく、底が浅いヒューマニズムを振り回されるのはごめんだ（少跟我囉嗦那一套毫無價值、膚淺的人道主義理論）。

底が知れない

○うかがい知れないほど程度がはなはだしい様子（無底，無限，深不可測）

▲あの役者の芸の深さには底が知れないものがある（那個演員的演藝功底深不可測）。

底が割れる

○話の途中で、うそを言っていることが見破られたり、真意を見透かされたりする（露餡兒，被識破）

▲すぐに底が割れるようなうそを平気でつく（滿不在乎地編造一些立刻就會被戳穿的謊言）。

底に底あり　⇒裏に裏がある

○表向きのほかに深い事情が潜んでいること。裏には裏がある（戲中有戲；錯綜複雜）　▲その件は底に底あり、真剣に処置したほうがいい（那件事錯綜複雜，還是認眞些處理比較好）。

底を突く

○①貯蔵していた物が全部出尽くしてなくなる（用盡）
　②相場が低値になる（股市跌到最低）
▲①生産が追い付かず、在庫が底を突いた（生產跟不上，庫存見底了）。
　②政情不安で株の相場が底を突いた（因為政局不穩，股市跌到了最低點）。

底を払う

○蓄えておいたものを出し尽くして、何も残らなくなる（用盡，用光）
▲多少は買い置きがあったが、それも今は底を払ってしまった（多少準備了一些備用品，可現在連那些也都用光了）。

底を割る

○①心中を包み隠さずに打ち明ける（表明內心，開誠佈公）
　②相場が低値よりもなお下がる（[行市]跌破最低線）
▲①底を割って話す（打開天窗說亮話）。
　②相場が底を割る（行市跌破最低線）。

千（ち・セン）

字義　千

千鈞の重み

○非常に尊い値打ちがあること（千鈞之重，一言九鼎）
▲今となってみれば、亡父の言葉には千鈞の重みが感じられる（現在看來，眞覺得已故父親說的話有千鈞之重）。

千秋の思い　⇒一日千秋の思い

○何かの実現が待ち遠しくて、そのことばかりを思って日を送ること（一日千秋；急不可耐）
▲恋人の帰国を千秋の思いで待ちわびる（急不可耐地等待戀人回國）。

千に一つ
せん　　ひと

○何かが極めてまれにしか起こり得ないこと(一千個裏面中的一個，千中之
一)　▲明日の試合は、千に一つも負けることはないだろう(明天的比賽應
該會萬無一失了吧)。

千鳥足
ち　どり　あし

○足を、左右踏みちがえて歩くこと。特に、酒に酔った人がふらふらしなが
ら歩くことのたとえ([醉酒後]跌跌撞撞，跟跟蹌蹌)
▲父が酔っ払って千鳥足で帰ってきた(父親醉得跟跟蹌蹌地回來了)。

十(とお・と・ジュウ・ジッ)

字義　十，十个

十字架を負う
じゅう　じ　　　　お

○一生消えることのない罪や苦難を我が身に負う(受苦受難，忍受一輩子苦難)
▲社会正義を貫くために、十字架を負った人生を歩む(為了堅持社會正義，
走充滿荊棘的人生道路)。

十人十色
じゅう　にん　と　いろ

○好みや考えなどは、人によってそれぞれ異なるものだということ(十個人
十個様，因人而異)　▲食べ物の好き嫌いなどは十人十色だから、人に無理
強いするのはよくない(對食物的喜愛一個人一個様，不要勉強別人)。

十年一日の如く
じゅう　ねん　いち　じつ　　　ごと

○長い期間、同じ状態を続けたり、同じことを飽きずに繰り返したりして
いる様子(十年如一日)　▲十年一日の如く平凡なサラリーマン生活に明け
暮れ、一生を終える(十年如一日地過著平凡的工薪生活而終此一生)。

十年一昔
じゅう　ねん　ひと　むかし

○十年経てば世の中は変わらないようでも何らかの変化が見られ、今から見
れば昔ととらえられるということ(十年如隔世)
▲十年一昔で、この辺りの風景はすっかり変わってしまった(十年如隔世，
這一帶的風景完全變了)。

十目の見る所
じゅう　もく　　　み　　ところ

→「目」

中（なか・チュウ・ジュウ）

字義 ①中間，中央，當中 ②裏邊，内部 ③之中 ④其中 ⑤中等

手中に収める

→「手」

術中に陥る

○相手の計略に引っ掛かる（落入對方的圈套，中計）

▲敵の術中に陥り、惨敗を喫する（中了敵人的圈套，遭受慘敗）。

中を取る

○①中庸をとる。折衷する（保持中庸，折衷）

　②間へはいる。仲裁ちゅうさいする（幹旋，調停，仲裁）

▲①いつでも中を取れば安全だ（任何時候保持中庸才安全）。

　②中を取って家庭争議を解決した（調停解決了家庭糾紛）。

七（なな・なの・シチ）

字義 七，七个

七つ道具

○何かをするためにいつも身近にそろえておいたり、持ち歩いたりする一そろいの（道具隨身帶的工具；整套工具）

▲冬山に備えて、ピッケル・アイゼンなどの七つ道具の手入れをする（保養登山鎬、冰爪等整套登山用具，以備冬季登山之用）。

七光り　＝親の七光

○本人はそれほど実力がないのに、親が偉いということで世間で重んじられること（有雙親當靠山，沾父母的光）

▲主演女優になれたのは七光（她能當上女主角，全仗父母當靠山）。

東（ひがし・トウ）

字義 東，東方

東西を失う

○方角が分からなくなる意で、どうしたらよいか分からなくなり、途方に暮

れる(迷失方向，不知所措)。

▲資金源を断たれ、東西を失う(資金來源被切斷了，不知如何是好)。

東西を弁えない　＝東西を弁せず

○物の道理が少しも分からない様子(不明事理，不懂事)。

▲いい年をして、東西を弁えないのには困ったものだね(這麼大年紀的人了還不明事理，眞夠直白呀)。

西も東も分からない

○その土地に来たのが初めてで、何も様子が分からず不安に思う様子(人生地不熟，陌生)。

▲西も東も分からない外国で受けた親切は、本当にありがたかった(在人生地不熟的異國他鄉得到了親切的關懷照顧，眞是不勝感激)。

洋の東西を問わず

○東洋とか西洋とかといった区別なく、何かが認められる様子(不論東方還是西方，在世界的每個地方)　▲民族と国家の問題は、洋の東西を問わず、絶えず対立、紛争の種となっている(無論是東方還是西方，民族和國家的問題總是成為對立和紛爭的根源)。

一(ひと・イチ)

字義　①一　②最初，首先　③最好，第一

一応も二応も

○一度だけでなく二度もの意で、何かが決して不十分であったり不徹底であったりするはずがない様子(再三，屢次)。

▲その件については、彼は一応も二応も承知してくれているはずだ(關於那件事，他應該不止一次地向我承諾過)。

一か八か

○うまくいくかどうか予想の立たぬことを、運を天に任せて思い切ってやってみる様子(不管三七二十一，聽天由命，孤注一擲)。

▲一か八かの大勝負に出る(孤注一擲地決一勝負)。

一から十まで

○事の大小にかかわりなく、そのすべてにわたっている様子。何から何まで

（全部，自始至終）　▲明治生まれの父には、今の若者のしていることが一
から十まで気に入らないようだ（生於明治時代的父親，似乎對現在的年輕
人的所作所為全都看不慣）。

一言居士

○何にでも自分の意見を言わずにはいられない性質の人（愛發表意見的人）
　▲彼は一言居士だから、我々だけで決めたことに黙って賛成するはずがない
（他是個愛發表意見的人，不可能會贊成我們決定的事情）。

一期一会

○一生に一度しか巡り会える機会がないものと心得で、何かとの出会いを大
切にすべきである、という戒めの言葉（一生僅遇一次，千載難逢）
▲一期一会の心構えで、悔いの残らないように客をもてなす（抱著一生僅
遇一次的心情，盛情款待客人）。

一言も無い

○自分の過ちを認めて、ひと言も弁解できないと恐縮する様子（無話可説，
無言以辯）　▲すべて私の責任で、どんなに罵倒されても一言もありません
（都是我的責任，再怎麼罵罵我，我都不會説什麼的）。

一事が万事

○そのことだけが例外なのではなく、ほかのすべてについても大体同じよう
なことがいえるの意で、多く、他人の好ましくない言動を取り上げて言う
時に用いる（舉一反三，窺一斑而見全豹）
▲あの男は何とか言い訳をして責任を逃れようとしているが、一事が万事の
調子だ（他在找藉口逃避責任，由此可見他的人品）。

一段落つく　⇒一段落をつける

○当面の問題が一応片付き、区切りのいい状態になる（告一段落）　▲仕事が
一段落ついたところで食事にしよう（等工作告一段落的時候去吃飯吧）。

一日千秋　⇒一日三秋

○非常に、想い慕うこと。わずか一日会わないと、三年も会わないようにか
んじられて待ち遠しい（一日不見如隔三秋，度日如年）
▲一日千秋の思い（度日如年的感覺）。

一にも二にも

○他の何よりも、それを最優先すべきだという意（最重要的是，關鍵的是）

▲車に乗る時は一にも二も安全運転を心掛けなさい（開車的時候最重要的是注意安全駕駛）。

一二を争う

○その世界でトップの位置を占めていると言っても言過ぎでない（數一數二）　▲彼は学生時代から一二を争う短距離走者だった（他從學生時代開始就是數一數二的短跑選手）。

一枚噛む

○ある計画などにその人も加わり、何らかの役割を果たす。多く、好ましくない事柄に関係する意に用いる（參與；插一手）

▲あの国有地払い下げの一件には、政界の大物が一枚噛んでいるといううわさだ（風傳有政界大人物插手了那起國有土地拍賣事件）。

一枚看板

○①大勢の中の、他に誇りうる中心人物（主角，主要人物）

②ほかに取り柄はないが、それだけがほかに誇りうるものであること（惟一招牌，金字招牌）

▲①一枚看板の役者が病気で出演できないのだから、客の入りの悪いのは当然だ（主角因病不能演出，收視率自然就不高了）。

②実直さを一枚看板にして売り込む（把誠信當做金字招牌而聞名）。

一脈相通じる

○一見何のつながりもないように見えるものの間に、何らかの共通点があること（一脈相通）

▲極左思想と極右う思想には一脈相通じるものがある（極左思想和極右思想之間有共通之處）。

一網打尽

○犯人などの一味を一度に捕らえること（一網打盡）

▲空港に網を張って、麻薬取引の一味を一網打尽にする（在機場佈下羅網，將毒品販子一網打盡）。

一も二も無く

○とやかく言うことがなく、即座に同意する様子（立刻，馬上，二話不說就同意） ▲私は彼の提案に一も二も無く賛成した（我二話沒說就同意了他的提議）。

一文にもならない

○労力を費やすだけで、自分の利益にはまったくならない様子（費力不討好，白費力氣，一無所獲） ▲君は何でそんな一文にもならないことを一生懸命やっているんだね（你為什麼非要拼命幹那種白費力氣的事呢）?

一翼を担う

○事業などの一部を分担して、責任を持つ。また、その世界の実力者の一人として勢力をふるう（承擔一部分責任，獨當一面） ▲難民救済運動の一翼を担って奉仕活動を行う（義務承擔難民救濟活動的部分工作）。

一を知りて二を知らず

○知識や考え方が狭く浅いこと。一つのことだけを知って、その他の場合を知らないこと（只知其一不知其二） ▲彼は毎日勉強しているのに、一を知りて二を知らず、専攻以外の知識はあんまり知らないのです（他雖然每天都在讀書，可是只知其一不知其二，專業以外的知識都不太知道）。

一家を成す

○学問や芸術の分野で独自の説や流派を立てて、その世界の権威とされる（自成一派） ▲民俗学の分野で一家を成した柳田国男（在民俗學領域裏自成一派的柳田國男）。

一巻の終わり

○続いてきた物事がそこで終わること。特に、身の破滅つを招いたり、死んだりすること（全完，完蛋，了結一生） ▲下は谷底だから、うっかり足を滑らしたら一巻の終わりだ（下面就是谷底，一不小心滑下去的話就沒命了）。

一計を案じる

○目的を達成するために、うまい策を考え出す（心生一計，計上心頭）
▲交渉を有利に進めるために一計を案じる（為使談判向有利的方向發展而心生一計）。

一考を要する

○簡単には扱えず、ある程度慎重に考えなければならない点がある(需要想一想，需要考慮一下) ▲ここに工場を作るとなると、安全対策の上で一考を要する(如果在這裏辦工廠的話，在安全措施方面需要考慮)。

一刻を争う

○事態が差し迫っていて、時間的な余裕が全くない状態に置かれる(爭分奪秒) ▲一刻を争って手術をしなければ、病人の命が危ない(如果不立刻動手術，病人就會有生命危險)。

一札入れる ⇔一札取る

○念書や始末書などの文書を相手に差し出す(提交保證書，立字據) ▲この件については一札入れておいてもらおう(關於這件事，請立個字據為證吧)。

一糸まとわず

○衣類を何一つ身に着けていない様子(一絲不掛，赤身裸體) ▲彼女は芸術のためならと、一糸まとわぬ姿で舞台に立った(她說只要是為了藝術做什麼都可以，一絲不掛地出現在舞台上)。

一糸乱れず

○秩序正しく整然としている様子(一絲不亂，井然有序) ▲鼓笛隊の演奏に合わせて一糸乱れぬ行進を続ける(在鼓笛隊的伴奏下，人們有條不紊地向前行進著)。

一笑に付する

○つまらないことだと全く問題にしない様子(付之一笑，一笑置之) ▲辞退を申し出たが、一笑に付されてしまった(儘管提出了辭職申請，但卻被一笑置之)。

一生の不作 ⇒百年の不作

○何かをしたことが一生取り返しのつかない失敗だったということ。特に、悪妻に失望した時に使う言葉([特指妻子不賢惠]一生的不幸，倒八輩子霉) ▲今の家内と結婚したのは一生の不作だ(娶了現在的這個老婆，我真是倒了八輩子霉)。

一笑を買う

○ばかげたことを言ったりしたりして、笑い者にされる（成為笑柄）

▲そんなことをしたら、仲間の一笑を買うに決まっている（幹那種事，肯定會成為同伴們的笑柄）。

一矢を報いる

○ほかからむけられた攻撃に対して負けずにやり返す（報一箭之仇，報復）

▲敵に先制点を取られるとすぐ、ホームランで一矢を報いた（在對方先得分的情況下，立刻用全壘打回擊了對方）。

一世一代

○一生に一度しか行えないような晴れがましいことを、見事にしてみせること（最後的拿手戲，一生難得的一次）　▲僕としては一世一代の名演説をしたつもりだが、聴衆の反応は期待したほどではなかった（我自認為是進行了一次絕無僅有的演說，但是聽眾的反應不像預期的那樣強烈）。

一世を風靡する

○その時代の多くの人々の受け入れるところとなり、広くもてはやされる（風靡一時）　▲今から三十年も前に一世を風靡した歌が、近頃また流行りだした（30年前風靡一時的歌曲，最近又開始流行起來）。

一石二鳥

○一つのことをすることによって、同時に二つの利益や成果を得ること（一箭雙雕，一舉兩得）　▲野球が見られる上に報酬がもらえるとは、野球好きには一石二鳥のアルバイトだ（既能看棒球比賽，又能拿報酬，這對喜歡棒球的人來說，真是一舉兩得的打工機會）。

一席ぶつ

○多数の聴衆を前にして話をする。特に、自信満々で得意げに話をすること（演說一通）　▲マラソンの効能について一席ぶって来た（發表了一通關於馬拉松的功效的講話）。

一席設ける

○料理屋などに宴席を用意して、人を招待する（設宴招待）

▲昇進の祝いに先輩が一席設けてくれた（學長設宴招待我祝賀我晉升）。

一戦に及ぶ

○戦い合う事態になる（開戦，交鋒）

▲会社側との交渉が決裂すれば、組合としては一戦に及ばざるをえない（如果和公司一方談判決裂的話，工會就不得不向公司開戦了）。

一線を画する

○境界線を引いて、はっきり区別をつける（劃清界線）

▲彼は選挙で既成の政党とは一線を画して戦った（在選舉中，他與現有政黨劃清界線並進行了鬥爭）。

一点張り

○一つのことだけを頑固に押し通す様子（專從事一件事，堅持一點）

▲何を聞いても知らないの一点張りで話にはならない（問什麼都一口咬定説不知道，眞不像話）。

一途を辿る

○とどまることなくある方向に向かって進み続ける（向一個方向發展，日益……）　▲好景気の波に乗って、会社は発展の一途を辿った（趁著經濟繁榮的勢頭，公司日益發展壯大）。

一杯食わされる

○人の言うことをうっかり信じて、まんまと騙される（受騙，上當）

▲だれも来ないところをみると、彼に一杯食わされたようだ（發現沒有人來，才知道被他騙了）。

一発噛ます

○相手の気勢をそいだり脅かしたりするために、集中的に鋭い攻撃などを加える（狠狠教訓一頓，給點顏色看）

▲文句が多すぎるから、一発噛ましてやったらおとなしくなった（他那麼多牢騷，被我狠狠教訓一頓之後變老實了）。

一筆入れる

○後の証拠とするために、そのことを書き添える（添上一筆，注明一下）

▲このことは今回に限るということを一筆入れておこう（此事下不為例，我們這樣注明一下吧）。

一服の清涼剤

○見聞きする人の気持ちを明るくさわやかにさせるような善行や快挙（一服清涼剤）　▲暗い出来事が多い中で、現代版足長叔父さんのニュースはまさに一服の清涼剤となった（在衆多反映黑暗面的事件當中，現代版長腿叔叔的新聞眞的是一服清涼劑）。

一服盛る

○毒薬を飲ませて殺す（放毒，毒死）

▲保険金欲しさに亭主に一服盛るとは、恐ろしい女がいたものだ（為了獲取保險金而毒死丈夫，眞是個可怕的女人）。

一歩譲る

○相手の意見や主張しゅちょうを全面的に否定しようとせず、ある点については受け入れる（退一歩）

▲仮に一歩譲って部下が勝手にやったことだとしても、君が責任をとるべきだ（退一步說，即使是手下擅自所為，你也應該員責任）。

一本とられる　⇒一本参る

○相手にやり込められる（輸了一招，被［對方］駁倒、整了一下）

▲あのことはやっぱり私の思い違いだった、一本とられたな（那件事確實是我估計錯了，被整了一下）。

いの一番

○真っ先に何かをする様子（首先，最先）　▲海外出張を終えて三年ぶりに帰国し、いの一番に恋人の所へ駆けつけた（結束了在海外的工作，回到闊別三年的國家，第一件事就是趕到戀人那兒）。

打って一丸となる

○関係者全員が一致団結して、全力をあげて事に当たろうとすること（團結一心，齊心協力）

▲社長を初めとして、全社員が打って一丸となって不況の波を乗り切った（在社長的帶領下，全體職員齊心協力渡過了經濟蕭條的難關）。

お家の一大事

○主君の家の存亡にかかわる大事件という意で、他人の家に起こった出来事

について冗談めかして言ったり、また、それで大騒ぎをすることを皮肉って言う(關係到家族存亡的大事) ▲社長が入院と聞くや、お家の一大事とばかりに、彼は出張先から飛んで帰ってきた(他剛一聽説社長住院了，就立刻從外地趕回來，因為這是關係到公司存亡的大事)。

老いの一徹

○老人の、一度思い定めたらどうしてもそれを通そうとする頑固な性質(老頑固) ▲祖父は老いの一徹で、最後まで日本の敗戦を認めようとしなかった(祖父是個老頑固，直到最後也不肯承認日本戰敗)。

一昨日来い ⇒一昨日おいで

○二度と来るなの意で、嫌な虫を投げ捨てたり、嫌いな人を追い返したりする時に言う言葉(永遠不要再來；滾蛋)

▲ぐずぐず言わずに一昨日来い(少囉嗦，快滾開)。

窮余の一策

○困り果てたあげく、苦しい紛れに思いついた方法(窮極之策，極其無奈之策) ▲窮余の一策で、管理職の給与をカットする(無奈之策就是減少管理人員的工資)。

好一対

○よく似合った一組の意で、特に、似合いの夫婦を言う(天生一對，般配)

▲新郎新婦は、東男に京女といった感じで、申し分のない好一対だ(新郎新娘宛如關東健男配京都靚女，是無可挑剔的天生一對)。

ここ一番

○その後の運命にかかわる、決定的な局面(關鍵時刻) ▲練習ではうまくできていたのに、ここ一番という時に失敗し、優勝を逃してしまった(練習的時候做得很好，可是到了關鍵時刻卻失敗了，與成功失之交臂)。

ここは一つ

○①相手に依頼する時に用いる言葉([用於請求對方，向對方保證]下不為例) ②どんなことになるかちょっと試しに何かをしてみようという時に用いる(言葉就嘗試一次看看)

▲①ここは一つ、この白髪頭に免じて許してください(你就看在我滿頭白髮的分上原諒我吧，下不為例)。 ②ここは一つ、気分転換に旅行でもしてみ

ようか(試著去旅行散散心吧)。

一泡吹かせる　＝泡を吹かせる

○人の意表を衝いて、驚きあわてさせる(使……大吃一驚，把人嚇一跳)

▲油断しているすきに、敵に一泡吹かせてやろう(趁敵人麻痺大意的時候，打他們個措手不及)。

一息入れる

○仕事の途中などで、ほっと一休みする(喘口氣，休息一會兒)

▲だいぶ根を詰めてやったから、この辺りでちょっと一息入れよう(已拼命幹了很多，到這兒就稍稍休息一下吧)。

一方ならず

○その人の努力や献身が並大抵でない様子(不一般，不尋常)

▲父がこの世界の頂点に立つまでには、一方ならぬ苦労があったそうだ(據說父親達到該領域頂點之前，付出了非同尋常的努力)。

一皮剥く

○取り繕っているうわべの部分を取り除のぞく(剝去偽裝，剝去假面具)

▲勇敢な英雄も一皮剥けば、単なる野心家だった(如果剝去所謂勇者的偽裝的話，他也僅僅是個野心家而已)。

一皮剥ける

○経験や試験を経て、一段階成長を遂げる(脱胎換骨，成熟)

▲前回に負けたこの選手は再び出場した時、一皮剥けた感があった(上次這位落敗的選手再次出場時，給人一種脱胎換骨的感覺)。

一癖も二癖もある

○その人の言動から奇策に類するようなことをするのではないかと感じられ、油断のできない様子だ(很難對付，刺頭)

▲今度の対戦相手は一癖も二癖もある業師だから、心してかかれよ(這次比賽對手是一個很難對付且善用招數的人，一定要留神啊)。

一言多い

○言わないほうがいいような皮肉などを、話の最後に付け加えて相手に嫌がられる様子(多嘴)

▲大学合格おめでとうはいいが、何度目の正直だったかねとは一言多いよ(祝
賀人家考上大學倒也罷了，可是直接問人家是第幾年考上的，真是多嘴)。

一芝居打つ　⇒芝居を打つ

〇人を騙そうとして、計画的に作り事を言ったりしたりする(花招，要手腕)

▲もっともらしい一芝居を打って窮地を逃れる(煞有介事地要了個花招，以擺
脱困境)。

一筋縄ではいかない

〇扱いがやっかいで、普通のやり方では思うようにならない(一般方法解決
不了，難對付)　▲一筋縄ではいかない奴だから用心した方がいい(那個傢
伙很難對付，要小心啊)。

一たまりもない

〇他から加えられる強い力に対して、僅かの間も持ちこたえられない様子
(說垮就垮，一會兒也堅持不了)　▲大地震が来ればこの橋など一たまりも
なく落ちてしまうだろう(如果發生大地震，這座橋大概說垮就垮)。

一粒種

→「種」

一つ間違えば

〇一つでも悪い条件が加わっていた場合にはの意で、最悪の結果になるこ
とが十分にあり得る(一不小心，最壞的情況)　▲一つ間違えば、死んでい
たかもしれないんだぞ(一不小心要出人命的)。

一つ屋根の下に住む

〇同じ家に住む(住在同一屋檐下)

▲親子三代が一つ屋根の下に住んでいる大家族(三代同堂的大家族)。

一旗揚げる

〇新しく事業などを始めて、社会的な地位や財力を得る(開創新事業)

▲一旗揚げようと、故郷を捨てて上京してきたが、はかない夢に終わった(為
開創新事業而背井離鄉來到京城，可最終還是一場夢)。

一肌脱ぐ

→「肌」

一役買う

○ある役目を自分から進んで引き受けて行う（主動幫忙，充當一個角色）

▲地域の環境整備運動には、私も一役買っているんですよ（在地區環境保護運動中，我也在幫忙出力呀）。

一人歩き

○①人の助けを借りずに、独力で生きること（獨立生活，自食其力）
　②物事が初めの予想や意図に反して思わぬ方向に進んでいくこと（事與願違）

▲①大学を卒業してやっと一人歩き始めたばかりで、まだとても結婚なんて考えられない（剛大學畢業，好不容易才自食其力，還沒有能力考慮結婚的事情）。　②設立当初の目的を離れて規約だけが一人歩きをするようになり、妙な形式主義に陥ってしまった（規章制度違背了當初制定時的意願，陷入了不可思議的形式主義中）。

一人相撲ひとりずもうを取る

○他人が関心を示さないようなことに自分一人が気負って取り組み、むなしい結果に終わる様子（唱獨角戲）

▲いざとなったら誰も協力してくれず、一人相撲を取る結果になった（關鍵時刻誰都不幫忙，結果成了我一個人唱獨角戲）。

役者が一枚上

○相手と比べて、身の処し方や駆け引きが一段と上手なこと（手腕高人一等，棋高一著）　▲彼の方が役者が一枚上で、いいようにあしらわれた（他[比我]有本領，我被他狠狠地奚落了一頓）。

二（ふた・に）

字義　①二，兩　②第二　③其次

命から二番目

○命の次に大切なものの意で、その人にとって非常に大切なもの（僅次於生命的寶貴東西，第二生命）

▲私のような商人には、信用が命から二番目だ（對我們商人來說，信用是僅次於生命的寶貴東西）。

二世を契る

○夫婦として末長く連れ添うことを誓う（夫妻訂白首之約）

▲二世を契った夫に先立たれた妻の悲しみ（相約白頭偕老的丈夫先己而去，妻子萬分悲痛）。

二進も三進も行かない

○窮地に追い込まれて、どうにもならない様子。特に、金銭の融通がきかない様子（進退維谷，［資金周轉不過來而］一籌莫展）　▲借金だらけで、もう二進も三進も行かない（負債累累，已是寸步難行）。

二の句が継げない

○相手の言に飽きれたり気おくれしたりして、次に言うべき言葉が出なくなる様子（沒話可說，無言以對）　▲あまりにも人を食った返事に、二の句が継げなくなる（對於那些極其目中無人的回答，無言以對）。

二の次にする

○それほど大事な、また、急ぐことではないとして、後回しにする（放到以後，往後推）　▲文句は二の次にして、まず仕事を片付けてくれ（埋怨以後再說，先給我把工作做完）。

二の舞

○前の人がやった失敗をもう一度繰り返すこと（重蹈覆轍）

▲関東大震災の二の舞を演じないために防災訓練を繰り返し行う必要がある（為了不重演關東大地震的悲劇，有必要反覆進行防災訓練）。

二番煎じ

○同じようなことの繰り返しで、新鮮味が感じられないこと（翻版，重複；換湯不換藥）

▲新番組のドラマは前作の二番煎じで、少しも面白くない（新上演的電視劇只是前一個劇作的翻版，一點意思也沒有）。

二つに一つ

○両立させることができず、二つのうち、どちらか一つを選ばなければならない様子（兩者取一）

▲イエスかノーか答えは二つに一つだ（「是」還是「不是」，回答只有一個）。

二つ返事で

○「はいはい」とすぐさま快く承知する様子（立刻同意，滿口答應）

▲山田さんは私の頼みを二つ返事で引き受けてくれた（山田滿口答應了我的請求）。

欲と二人連れ

○欲につられて何かを一生懸命にすること（惟利是圖，貪婪）

▲口では社会福祉のためだなどと言っても、あの男の本心は欲と二人連れなのだから、損をしてまでするはずがない（雖然嘴上説什麼是為了社會福利事業，可是他內心是很貪婪的，因此他是不可能做自己吃虧的事情的）。

前（まえ・ゼン）

字義 ①前，以前 ②前方 ③差，不到 ④面對，當……的面前 ⑤事先，預先

落とし前をつける

○もめごとなどに決着けっちゃくを付ける。特に、その手段として、分の悪い方が、相手や仲裁役を買って出たものに金銭を差し出すこと。やくざ仲間の隠語（［流氓間］了事；調解糾紛；花錢買通）

▲ただ謝られただけでは納まりが付かないから、落とし前をつけてもらおうじゃないか（光道歉是解決不了問題的，還是給點賠償費吧）。

前後の見境もなく

○ひどく興奮して、冷静な判断ができなくなる様子（不顧後果；輕率地，魯莽地） ▲かっとなって、前後の見境もなく、相手を殴りつけてしまった（勃然大怒，不顧後果地將對方痛打了一頓）。

前後を忘れる

○ひどく興奮したりショックを受けたりして、その場の状況が正常に判断できなくなる。正体なく酔う意にも用いる（失去理智，忘乎所以，酒後神志不清） ▲あまりにもずるい彼の態度に腹が立ち、前後を忘れてどなってしまった（被他那種厚顏無恥的態度激怒，竟失去理智大吼起來）。

前座を勤める

○講演会、発表会などの催し物で、その催しの中心となるものに先立って

自分が何かを演じる（作鋪墊，當配角）

▲僭越ながら私が鈴木博士すずきはかせの講演の前座を勤めさせていただきます（恕我冒昧，在鈴木博士演講之前，請允許我先講幾句）。

前轍を踏む　＝前車の轍を踏む

○前の人がしたのと同じ失敗を、後の人が繰り返すことのたとえ。前に行く車がひっくり返った通りに行って、同じようにひっくり返る意（步人後塵，重蹈覆轍）

▲前轍を踏まぬように慎重にやれ（要謹慎行事，以免重蹈覆轍）。

前面に押し出す

○はばかるところなく、ある事柄を表面にはっきりと出す（表面化；放在首位，提上日程）　▲経営陣は人員整理を前面に押し出してきた（管理層將裁員問題提上了日程）。

大事の前の小事

○大きなことを成し遂げようとする際には、小さな犠牲を払うのもやむを得ないということ。また、大事を行う前には、どんな小さなことにも油断をしてはならないの意にも用いる（大事當前捨小事，大事之前無小事）

▲大事の前の小事で、つまらぬ中傷など気にしてはいられない（大事當前捨小事，沒閒功夫在意那些無聊的中傷）。

左前になる

○仕事がうまくいかなくなり経済的に苦しくなる（倒霉，衰敗，變困難）
▲不況が長引いて、商売が左前になる（經濟持續不景氣，生意難做）。

人前を繕う

○他人の前で、真実を隠して体裁をつくる（裝門面，維持體面，在人面前裝出……的樣子）　▲あの夫婦は人前を繕って仲良く見せかけているが、実は離婚寸前まできているんだ（那對夫妻在人面前裝出很和睦的樣子，實際上已經到了要離婚的地步）。

人前を憚る

○はしたないこととして、他人の居る所ではそのようなことしないようにする（怕人看見，在他人面前有所顧忌）
▲人前を憚らず大あくびをする（在他人面前毫無顧忌地打呵欠）。

前景気をつける

○事が順調に運ぶように、それに着手するに先立って何か勢いづけるようなことを行う（事先打氣，事先造聲勢，事先創造好氣氛）

▲明日の開店を控え、前景気をつけようと、みんなで飲みに出かける（明天開張在即，大家一起去喝一杯為自己打氣吧）。

前向きの姿勢で

○過去のことにとらわれず、将来に期待をかけて、積極的な態度で事に当たる様子（以向前看的姿態，採取積極的態度）

▲前向きの姿勢で取り組む（抱著積極的態度努力去做）。

三（み・サン）

字義 ①三　②第三

石の上にも三年

○辛くても我慢して続ければ、必ず成功する。辛抱強く根気よく勤めることが大切だ（功夫不負有心人，水滴石穿）　▲石の上にも三年で、どうにか仕事も一人前になってきた（功夫不負有心人，終於能夠勝任現在的工作了）。

いやいや三杯

○口で辞退しながら、進められるままに飲み食いを過ごすこと。遠慮は口先ばかりであるのを笑うのにも使う（嘴上推辭說不喝不喝了，但是一旦被勸酒還是會喝的；對「只是嘴上客套」的人譏笑時所說的話）

▲彼はいやいや三杯で、ついに飲みすぎてしまった（他光嘴上說不能再喝，但是別人勸酒，他還是繼續喝，最後喝醉了）。

三味線を弾く

○相手に本心を見破られまいとして、適当てきとうに相づちを打ったり出まかせを言ったりする（敷衍，搪塞）　▲相手を警戒させないように適当に三味線を弾いておいた（為了不讓對方起疑心而適當地敷衍了一下）。

三日にあげず

○三日と間をおかない意で、毎日のように何かをする様子（三天兩頭，經常）　▲彼は三日あげず私を訪ねてきた（他曾三天兩頭來找我）。

三日坊主
<ruby>三<rt>みっ</rt></ruby><ruby>日<rt>か</rt></ruby><ruby>坊主<rt>ぼうず</rt></ruby>

○転じて飽きやすく、一つのことが長続きしない人をあざけって言う言葉(三天打魚，兩天曬網；沒有常性)

▲このように三日坊主のままでは、何をやっても成功できないよ(這樣三天打魚，兩天曬網，做什麼也不會成功)。

右(みぎ・ウ・ユウ)

字義 ①右，右邊 ②上文 ③勝過的 ④右傾

回れ右をする

○体全体を回して後ろを向く意で、もと来た方向に逆戻りする姿勢をとること(轉身向後，掉頭往回走)

▲悪童連は先生の姿を見ると回れ右をして一目散に逃げて行った(那群頑童一看見老師的影兒就掉頭一溜煙地逃走了)。

右から左へ

○手に入れたものが自分の手元にとどまらず、すぐ他に移ってしまう様子(左手進右手出，有錢就花，到手就光)　▲月給は家賃や食費で右から左へ出て行ってしまう(為了支付房租和伙食費，工資一手進一手出)。

右といえば左

○他人の言うことにいちいちことさらに反対する様子(你說東，他偏說西；別人說什麼都反對，故意作對)　▲右といえば左で、あんなに逆らわれては何もできない(無論說什麼他都反對，那樣作對是什麼也做不成的)。

右に出る者がない

○多くの者の中で、その人が一番優れている様子(無出其右者，沒人比得上)

▲計算の速さにかけては、この課で彼の右にでる者がない(就計算速度而言，這個科裏沒人能比得上他)。

右の耳から左の耳

○聞いたことが少しも頭に残らないこと(左耳進右耳出，耳邊風)

▲何を言っても、彼にとって、右の耳から左の耳だ(無論說什麼，對他而言，都是耳邊風)。

右へ倣え

○他人の言動を無批判に受け入れ、そのまねをする様子（人云亦云；競相效仿）　▲自然食品が健康にいいと言う者があると、右へ倣えですぐに皆がとびつく（只要一有人說天然食品有益身體健康，大家就會競相效仿）。

向（こうむ）

字義 ①前面，對面　②另一側　③那邊　④對方　⑤從現在起，今後

向こうに回す

○相手にしてやり合う（以……為對手）　▲先輩を向かうに回して、大いに議論をする（以前輩為對手進行了激烈的討論）。

向こうを張る

○相手が何かをしたのに対し、負けずに張り合う（和……較量，較勁）　▲君の向こうを張って、僕も別荘を買ったよ（不能落後於你，我也買了別墅）。

百（もも・ヒャク・ハク）

字義　①百　②許多

お百度を踏む

○頼み事を聞き入れてもらうために何回となく訪問する（三番五次懇求，百般央求）　▲お百度を踏んで、やっと会長かいちょうを引き受けてもらった（在三番五次的懇求下，終於同意接受會長一職了）。

百年の計

○長い将来を見通した考え（從長計議，百年大計）
▲国家百年の計を建てる（建樹國家的百年大計）。

百年の不作

○一生の失敗（遺恨終身的憾事）　▲彼女と結婚したのは百年の不作だった（和她結婚是一件遺恨終身的憾事）。

百年目

○もうこれ以上は逃れられない決定的な場面を迎えた様子（氣數已盡，劫數已到，完蛋）　▲見つけられたが百年目だ（被發現了可就完蛋了）。

百も承知
○そのことを十分知っている様子(全知道，瞭如指掌，一清二楚)

▲そんなことはわざわざ君に言われなくても百も承知だ(那件事你不用特意告訴我，我也知道得一清二楚)。

百家争鳴
○いろいろな立場の学者や文化人が、自由に意見を出し合い論争する様子(百家争鳴)　▲百家争鳴の論争(百家争鳴的論争)。

百歩譲っても
○相手の言い分などをある程度受け入れて考えたところで、基本的な部分には変わりがないということ(就算退一百步説也……)

▲不可抗力に近かったという君の言を信じ、百歩譲っても、責任は免れないだろう(説那是近乎不可抗拒的，我相信，但是就算是退一百步，也不能説你毫無責任吧)。

八(や・よう・ハチ)

字義 ①八　②八個

八方美人
○誰からもよく思われようとして、相手に合わせて自分の意見や態度を無節操に変え、何事によらず人と対立しないように振舞う(人八面玲瓏，八面霊光的人)　▲彼は自分では誰とでもうまく付き合っていると思っているが、八方美人だと見抜かれて信用されていない(他自認為自己和別人相處的都很好，其實別人都看透了他是個八面玲瓏的人而並不信任他)。

八方塞がり
○現在の行き詰まった状態を打開しようとしても、種々の障害に妨げられ、どうにも動きがとれない様子(到處碰壁，四面楚歌)

▲売り上げは落ちる、原料は値上がりする、銀行融資は断られるなど、八方塞がりで会社はついに倒産した(公司因為銷售額下降、原料價格上漲、銀行拒絕貸款等走投無路而最終破産了)。

八方破れ
○相手に対し、構えたところがなく、どこからでも攻め込まれるような、す

きだらけである様子。また、生活態度が自由奔放な様子（破綻百出，漏洞
百出；生活放蕩不羈）

▲やりたいほうだいのことをしてきた八方破れの人生で、出世にはついに縁
がなかった（他一生為所欲為、放蕩不羈，最終也沒能出人頭地）。

自棄のやん八

○物事が思うようにならないため、もうどうなってもいいという投げやりな気
持ちになっている様子（自暴自棄，破罐子破摔，不管三七二十一）

▲どうにでもなれ、もう自棄のやん八だ。有り金全部賭けてやる（豁出去了，
不管三七二十一，乾脆賭上所有的錢）。

四（よ・よん・シ）

字義　四，四個

四角張った

○ことさらにまじめくさった、堅苦しい態度をとる様子（一本正經，鄭重其
事，令人拘謹的）

▲四角張った挨拶は抜きにして、気楽に話し合おう（免去那些令人拘謹的話，
咱們隨便聊聊吧）。

四の五の言う

○相手のやり方に不満があって、あれこれとうるさいことを言う（說三道四，
嘮嘮叨叨）　▲四の五の言わずについて来ればいいんだ（不要嘮嘮叨叨的，
跟著來就行了）。

四つに組む　＝四つに組む

○双方が正面から堂々と勝負をいどむ。また、ある問題にまともに取り組
む（雙方開始交手，全力以赴）

▲我々われが四つに組んで考えなければならないほどの大問題ではない（並
不是非要我們認真思考的大問題）。

四つに渡り合う　＝四つに渡り合う

○相手と互角の勝負をする。また、堂々と応戦する（交鋒，論戰）

▲負けたとは言え、強敵と四つに渡り合ったのだからたいしたものだ（雖說
輸了，但與勁敵交了一回手，也非常了不起）。

横（よこ・オウ）

字義 ①横 ②寬度 ③側面 ④旁邊

横紙破り

○無理を承知で、自分の考えを押し通そうとすること（蠻不講理，蠻橫無理）

▲部長の横紙破りに、下の者はいつも泣かされる（部長蠻不講理，下屬經常叫苦不迭）。

横車を押す

○筋の通らないことを無理に押し通そうとする（蠻不講理，橫加干涉）

▲軍部が横車を押して、政府の外交方針を変えさせる（軍部橫加干涉改變政府的外交方針）。

横になる

○体を横たえて休む（躺下，橫臥）

▲気分が悪いなら、向こうの部屋で少し横になっていたほうがいい（如果不舒服的話，還是到對面的房間稍微躺一下的好）。

横の物を縦にもしない

○ちょっとしたことでも面倒に思って、しようとしない様子（油瓶子倒了也不扶一下）

▲昔は男は家へ帰れば何もしなかったのが普通で、父なんかは横の物を縦にもしなかった（過去男人回家後一般什麼也不幹，像父親就是油瓶子倒了也不會扶一下的）。

横道に逸れる

○話題などが本筋から外れる（跑題，離題）

▲彼が口を挟むから、話が横道に逸れてばかりいた（因為他老插嘴，所以總是跑題）。

横目を使う

→「目」

横槍を入れる

○他人の話や仕事にわきから非難めいたことを言う（橫加干涉，從旁插嘴責

難）

▲政府の見解に野党が横槍を入れて、審議が長引いた（在野黨干涉政府的看
法，使得審議延長了）。

横を向く　＝そっぽを向く

○相手の言うことを拒否したり無視したりする（加以拒絕，不予理睬）

▲協力を呼びかけたが、みんなに横を向かれる（呼籲大家給予積極配合，但遭
到大家的冷遇）。

万（よろず・マン・バン）

字義　①眾多　②一切，萬事　③萬

万策尽きる

○もうこれ以上取るべき方法、手段が見出せず、どうすることもできない
状態に追い込まれる（無計可施）

▲自分なりに精一杯努力してきたが、ついに万策尽きて離婚することにな
った（自己能做的都已經努力去做了，但最終實在沒辦法，還是離婚了）。

万難を排する

○そのことを実行するために、あらゆる困難や障害を押しのけて立ち向かう
（排除萬難）

▲約束した以上は万難を排して協力する（既然已經約好了，就會排除萬難盡
力給予協助的）。

八、衣食類（衣食類）

味（あじ・ミ）

字義 ①味道 ②趣味 ③滋味 ④甜頭

味なことをやる　⇒味をやる

○思いがけなく、気のきいた、巧みなことをやる（出乎意料地幹得漂亮）

▲君も見かけによらず、なかなか味なことをやるね（你真是人不可貌相，幹得蠻漂亮嘛）。

味も素っ気もない

○何の味わいもない様子（索然無味，乏味）　▲型にはまった、味も素っ気もない年賀状（拘於形式而毫無趣味的賀年片）。

味を占める

○一度うまくいったことが忘れられないで、次にもまたそれを期待する（嘗到了甜頭）　▲あの男は一度金をやったら味を占めて何度でも来る（那傢伙給他一回錢後得到甜頭就總來個不停）。

後味が悪い

○何かが終わった後に不快なしこりが残って、すっきりしない感じだ（[事後]感覺不爽）　▲途中で座が白け、後味が悪い会になった（中途冷場，會開得很不愉快）。

油（あぶら・ユ）

字義 ①油 ②發油

油が切れる

○体を酷使し過ぎて、精力が続かなくなる（筋疲力盡）　▲三日三晩徹夜続きで、とうとう油が切れた（經過三天三夜的通宵作戰，終於筋疲力盡了）。

脂が乗る

○仕事などに調子が出て、意欲的に取り組める状態になる（興致正濃，正在

勁頭上）　▲やっと要領が分かって、仕事に脂が乗ってきた（總算掌握了工作的要領，正幹得起勁）。

油を売る

○仕事を途中でサボって、長々と話込む（磨蹭，偷懶；閒聊）

▲配達中に油なんか売っていると、帰って主人に叱られるぞ（要是送貨時磨磨蹭蹭的，回來要被老闆罵的）。

油を絞る

○もうこりごりだと思わせるまで厳しく叱ったり詰問したりする（訓斥，教訓）　▲スピード違反をして、警察でこってり油を絞られる（由於超速駕駛，在警署被狠狠地教訓了一番）。

油を注ぐ　＝火に油を注ぐ

○ある感情の高まりや何かをしようとする意欲をいっそう激しくかきたてるようなきっかけを与える（火上澆油，煽動）　▲大臣の失言が野党攻勢に油を注ぐ結果となった（大臣的失言助長了在野黨的攻勢）。

油断も隙もならない

○少しも油断することができない様子（不容有絲毫閃失，絲毫不能疏忽）

▲彼はなかなかの策士で、油断も隙もならない（他是個相當精明的謀士，不容有絲毫大意）。

飴（あめ・イ）

字義　糖

飴と鞭

○人を支配したり教育したりする際に、褒めたり褒美を与えたりすることと、厳しいノルマや罰則を与えることの両方をうまく使い分け、相手を思い通りにコントロールしようとすること（恩威並施，軟硬兼施）

▲管理職には、部下を飴と鞭で操縦する能力も必要だ（管理人員需要有恩威並施、支配手下的能力）。

飴をしゃぶらせる

○①勝負事などで、相手を喜ばせたり油断させたりするために、わざと負けてみせる（故意輸，伴裝落敗）

②言葉巧みに相手の気を引くようなことを言って、手なずける（投其所好，給對方一點甜頭）

▲①まともに相手にする気にもならず、適当てきとうに飴をしゃぶらせてやった（沒心情和對方動眞格的，就故意落敗）。

②これくらい飴をしゃぶらせておけば、何でも言うことをきくだろう（給他這麼多甜頭，這回應該對我們言聽計從了吧）。

襟（えり・キン）

字義　①領子　②後腦勺

襟を正す

○事に接するに当たって、今までのいいかげんな態度を改め、気持ちを引き締める（正襟危坐，端正態度）

▲襟を正して先生の話を聞く（認眞傾聽老師講話）。

笠（かさ・リュウ）

字義　①斗笠，草帽　②傘

笠に着る

○強力な後ろ盾があるのをいいことにして、好きな勝手なことをしたり、傲慢な態度をとったりする（仗勢欺人，狐假虎威）

▲親の威光を笠に着て、したい放題のことをしている（仗著父母有權有勢，肆意妄為）。

笠の台が飛ぶ

○打ち首の刑に処せられる意で、解雇、免職になること（被炒魷魚，被解雇，被免職）

▲この不景気ではぼやぼやしていると我々も笠の台が飛ぶぞ（這種不景氣的情況下還只知道發呆的話，我們會被炒魷魚的）。

兜（かぶと・ト・トウ）

字義　頭盔

兜を脱ぐ

○相手あいての力に及ばないことを認め、降参すること（甘拜下風，認輸）

▲彼の頑張りには、さすがの私も兜を脱いだ（他的拚勁連我也只能甘拜下風）。

裃（かみしも）

字義 上下身禮服

裃を着る

○威儀を正し、ことさらに堅苦しい態度をとる（古板，拘謹）

▲あなたにそう裃を着ていられたのではかえって話がしにくい（你一副一本正經的樣子，我反而很難開口）。

裃を脱ぐ

○相手に対する用心や気兼ねがなくなり、打ちとけた態度をとる（不拘謹，無約束，無戒心）

▲あの人とも何度か会っているうちに、お互いに裃を脱いで付き合えるようになった（和那個人在接觸的過程中，彼此逐漸消除戒心交往了起來）。

絹（きぬ・ケン）

字義 ①絲綢，絲織品 ②絲

絹を裂くよう

○叫び声が非常にかん高く鋭い様子（尖叫聲，高聲尖叫）

▲林の中から絹を裂くような女の叫び声が聞こえてきた（林子裏傳來一個女人刺耳的尖叫聲）。

衣（きぬ・ころも・イ・エ）

字義 衣服

衣紋を繕う

○襟元をかき合わせるなどして、衣服の乱れを直す（整理衣衫）

▲衣紋を繕って来客の前に現れる（穿戴整齊出來見客）。

濡れ衣を着せられる

○策略さくりゃくにはまり、無実の罪を負わされる（背黑鍋，當替罪羊）

▲仲間に裏切られ、濡れ衣を着せられる（被朋友出賣而蒙受不白之冤）。

食（く・た・ショク）

字義 ①餐，飲食 ②食品

食が進む

○食欲が出て、食事の際にたくさん食べられる（胃口好，食慾旺盛）

▲このところ、暑さ負けであまり食が進まない（近来，天氣太熱，沒有什麼胃口）。

食が細い

○体質的にたくさん食べることができない様子（吃得少）

▲この子は小さい時から食が細くて、いくつになっても体が貧弱だ（這個孩子從小就吃得很少，身體一直很弱）。

食指が動く

→「指」

食膳に上る

○何か料理として、食事の時に出る（出現在飯桌上）

▲近頃はマツタケなどというものはめったに庶民の食膳には上らなくなった（最近像松菇之類的食物很少在百姓人家的飯桌上出現了）。

食膳を賑わせる

○珍しい料理などが数多く出て、食事を豪華な感じにする（使飯菜豐盛添新菜）　▲山海の珍味が食膳を賑わせた（山珍海味使得筵席很是豐盛）。

寝食を忘れる

○休む間もないほど、何かに熱中する（廢寢忘食）

▲寝食を忘れて研究に打ち込む（廢寢忘食地埋頭研究）。

薬（くすり・ヤク）

字義 ①藥 ②釉子 ③火藥 ④好處

薬が効く

○ある人に与えた忠告や罰などの効果が現れる（見効，起作用）

▲今度そんなことをしたら退学だと脅かした薬が効いたのか、あの生徒も

すっかりおとなしくなった（或許是因為下次再那樣做就要勒令退學的警告
起了作用吧，那個學生變得很安份了）。

薬にしたくも無い

○そのような望ましい点は少しも持ち合わせていない様子（根本沒有）
▲そんな親切心は薬にしたくも無い（沒半點人情味）。

薬にするほど

○ほんの少ししかない様子（少得可憐）
▲あんな自分勝手な人間がどんな目にあおうとも、同情する気は薬にする
ほどもない（那種自以為是的人再怎麼倒霉，也勾不起我絲毫的同情心）。

薬になる

○苦い経験などが後にいい結果をもたらすものとなる（有好處）
▲若いうちに苦労をさせることは本人にとっていい薬になる（年輕時吃點苦，
對地本人有好處）。

薬より養生

○病気になってから薬を飲むよりも、病気にならないように、平素の養生が
大切である（服藥不如養生）　▲健康のポイントは「薬より養生」ということ
で、薬を乱用することは健康を損じ、かえって病気を悪化させる（健康的要
訣是「服藥不如養生」，亂用藥會損害健康，反而使病情惡化）。

下駄（ゲタ）

字義　木屐

下駄を預ける

○問題の処理をその人に一任する（全權委託給……）
▲学生の処分問題は学長に下駄を預けた（處分學生的問題全權委託給了校
長）。

下駄を履かせる

○物の値段を偽って高く言う。また、試験の成績を実際よりもよくつける
（哄抬價，漫天要價抬高分數，虛報）
▲下駄を履かせて及第にしてやる（抬高分數讓你及格）。

胡麻（ゴマ）

字義　芝麻

胡麻を擂る

○他人にへつらって自分の利益を図る（拍馬屁，阿諛逢迎）

▲私なんかに胡麻を擂っても無駄だよ（對我這號人拍馬屁也是白搭）。

茶（サ・チャ）

字義　茶

お茶を濁す

○その場を何とか無事に切り抜けようと、いいかげんなことを言ったりしたりしてごまかす（含糊其詞，搪塞）

▲即答を迫られたが、何とかお茶を濁してきた（雖然對方要求立即回答，但我還是支支吾吾搪塞過去了）。

茶々を入れる

○人が話をしている時に、わきから冗談を言ったり冷やかしたりして、話の邪魔をする（打岔，瞎攪和）　▲まじめな話をしているんだから、茶々を入れないでくれ（正在談正經事，別打岔）。

茶腹も一時

○お茶を飲んだだけでもしばらくは空腹をしのげる。少しばかりのものでも、口に入れれば一時しのぎにはなる（喝茶也只能充一時之飢，少總比沒有好）　▲茶腹も一時というから、こんなものしかないけど食べていきなさい（雖然只有這些，但總比不吃強，還是吃點兒吧）。

酒（さけ・さか・シュ）

字義　①酒　②喝酒

お神酒が入る

○酒を飲んで、言動がしらふの時とは異なった状態になる（醉醺醺）

▲お神酒が入っている時に仕事の話を持ち出しても、聞いてくれはしないよ（喝得醉醺醺的時候，跟他談工作也聽不進去）。

酒に飲まれる

○酒を飲み過ぎて、自制心を失ったり健康を害したりする(多飲酒誤事)

▲酒を飲むのもよいが、ほどほどにしておかないと、酒に飲まれてしまうぞ

(喝酒並非壞事，但是如果不節制的話，就會因酒誤事)。

梯子酒をする　⇒梯子をする

○次から次へ店を変えて酒を飲み続ける(一家接一家地喝，串酒館)

▲ちょっと一杯のつもりだったのが、誘われるままについ梯子酒をしてしまった(本來打算只喝一點的，結果應邀後就一家接一家地喝了起來)。

刺身(さしみ)

字義　生魚片

刺身のつま

○単なる添え物として他を引き立てるだけで、それ自身はたいした価値のないもの(可有可無的陪襯，微不足道的陪襯)

▲どうせ私は刺身のつまだからと、彼女はひがんでいる(她懷有偏見地說，「反正我不過是個可有可無的陪襯而已」)。

サンドイッチ

字義　三明治

サンドイッチになる

○物と物との間に挟まれた状態になる(被夾在中間)

▲ついに我が家もビルのサンドイッチになってしまった(我家也終於被夾在了高樓大廈中間)。

塩(しお・エン)

字義　①鹽　②鹹度

傷口に塩を塗る

○苦痛や困難にあえいでいるところに更に打撃が加えられる(往傷口上撒鹽，落井下石)

▲失恋のショックからようやく立ち直ろうとしている彼に彼女の話をする

なんて、傷口に塩を塗るようなものだよ(對好不容易才從失戀的打擊中重新站起來的他來說，談論有關他前女友的事，就是在傷口上撒鹽)。

シャッポ

字義 帽子

シャッポを脱ぐ

○自分の負けを認める(認輸，服了；佩服) ▲彼の頭の良さには皆がシャッポを脱いだ(對他的聰明勁兒，大家都甘拜下風)。

汁(しる・ジュウ)

字義 ①汁液 ②湯 ③利益，好處

甘い汁を吸う

○他人をうまく利用して、自分は何もせずに利益だけを得る(坐收漁人之利，坐享其成)

▲名前だけ貸して、ただ甘い汁を吸おうとしたって、そうはさせないぞ(只掛個名，就想不勞而獲，我們是不會答應的)。

旨い汁を吸う

○自分の地位や他人の労力などを利用して、何の苦労もせずに利益を得る(以權謀私，不勞而獲)

▲職権を利用して旨い汁を吸っていたとは許しがたい行為だ(以權謀私的行為是不容許的)。

苦汁を嘗める

○二度と繰り返したくないような、嫌な経験をする(吃苦頭)

▲相手の力を見くびって試合に臨んだばかりに、とんだ苦汁を嘗めさせられた(只因低估了對手的實力，比賽時吃了大苦頭)。

袂(たもと)

字義 ①袖子 ②山脚 ③旁，側

袂を連ねる

○利害、得失を同じくする仲間が行動を共にする(聯袂，一致行動)

▲腐敗しきった党の上層部に愛想を尽かし、袂を連ねて脱党する（[大家]對黨內腐敗透頂的上層領導深惡痛絕，聯袂退黨）。

袂を分かつ

○それまで一緒に行動していた人と別れる。また、それまで続いた親密な関係を絶つ（分道揚鑣，決裂，絕交）

▲感情的に対立して、友人と袂を分かつことになった（由於感情上的對立，和朋友斷交了）。

錦（にしき・キン）

字義 ①織綿 ②華麗衣服

錦を飾る

○出世して故郷に帰る（衣錦還郷，榮歸故里）

▲故郷に錦を飾る日を夢見て、日夜仕事に励む（日夜勤奮工作，夢想有朝一日能榮歸故里）。

豆（まめ・ズ・トウ）

字義 ①豆 ②大豆

鳩が豆鉄砲を食ったよう

○突然の出来事にあっけにとられ、きょとんとしている様子（大吃一驚，目瞪口呆） ▲いきなりどなられ、鳩が豆鉄砲を食ったような顔をしている（冷不防受到大聲訓斥，嚇得呆住了）。

豆を煮るにその萁を焚く

○兄弟の不和をいうたとえ（煮豆燃萁；骨肉相殘）

▲豆を煮るにその萁を焚くとは曹植が七歩の間に作った詩だ（所謂「煮豆燃萁」是曹植所做的七步詩）。

水（みず・スイ）

字義 ①水 ②液體 ③洪水

誘い水になる ⇒呼び水になる

○そのことが何かを引き起こすきっかけになる（導火線，起因，誘因）

▲新聞の投書が誘い水になって、廃品利用運動が盛んになる（報紙上的一封讀者來信，使得廢品再利用運動蓬勃發展起來）。

死に水を取る

○臨終に際し、唇を湿してやる意で、だれかの身近に居て死ぬまで世話をしてやること（送終）

▲あの人は妻子に先立たれ、死に水を取ってくれる人もない寂しい最期だった（他的妻兒都已先他而去，臨死他連個送終的人也沒有，真是淒涼）。

味噌（ミソ）

字義 ①醬 ②得意之處

糠味噌が腐る

○聞くに耐えないほど歌が下手だということをからかって、また自ら謙遜して言う（令人作嘔；掃興，敗興）

▲私は歌はほんとに駄目なんです。糠味噌が腐るといけませんからやめておきます（我唱歌真是不行，肯定會掃大家的興的，還是不唱了）。

＋味噌も糞も一緒にする

○性質の異なるものを区別せずに同一視する。特に、どちらも低く評価すること（好壞不分，一視同仁，不分青紅皂白）

▲味噌も糞も一緒にした扱いをされては迷惑だ（如果不分青紅皂白就被處置了可就麻煩了）。

味噌を付ける

○失敗して恥をかかされたり信用を失ったりする（丟臉，出洋相；聲譽掃地）

▲今度のことでは、彼も味噌を付けたな（這次的事情讓他也丟了臉）。

飯（めし・ハン）

字義 ①飯 ②飯碗；生計

朝飯前

○そのことをするのが極めて容易であること（易如反掌，輕而易舉）

▲そんなことは朝飯前だ（那種事真是太簡單了）。

同じ釜の飯を食う

○生活や行動を共にして、苦楽を分かち合った親しい間柄にある（同甘共苦，同舟共濟）

▲あの人とは同じ釜の飯を食った仲だ（我和他是同甘共苦的朋友）。

臭い飯を食う

○罪を犯して刑務所に入れられる（坐牢，進監獄）

▲そんなことをすれば、また臭い飯を食うことになる（幹那種事的話還會再進監獄的）。

他人の飯を食う

○親のひざ元を離れ、他人の間でもまれて実社会の経験を積む（寄人籬下，出外闖蕩）

▲他人の飯を食って、人の世の厳しさが分かった（寄人籬下懂得了人世間的艱難）。

冷や飯を食う

○職場などで不当に冷遇される（受冷遇，坐冷板凳）

▲彼の下でこの五年間ずっと冷や飯を食わされてきた（在他手下的這5年間，一直坐冷板凳）。

無駄飯を食う

○仕事もせずにぶらぶら暮らす（吃閒飯，光吃不做事）

▲無駄飯を食ってばかりいないで、少しは働くことを考えろ（不要光吃閒飯，要想想幹點什麼呀）。

飯の種

○生活の支えとなる収入を得るためにする仕事（謀生之計，謀生手段）

▲絵筆一本を飯の種に生きるのも楽じゃない（靠一支畫筆來維持生計也不是件容易的事）。

飯を食う

○生計を立てる（謀生）

▲芸能界で飯を食っていくには相当の覚悟が必要だ（要在娛樂圈生存下去，需要做好充分的心理準備）。

餅(もち・ヘイ)

字義　年糕

絵にかいた餅　＝画餅

○絵にかいた餅は食べられない。観念的、空想的なものは役に立たない（畫餅充飢，望梅止渴，紙上談兵）

▲それについていろいろな案が提出されましたが、それを実現させる方法がなければ単なる絵にかいた餅になってしまいます（雖然就此提出了很多方案，但是如不能設法使其成為現實，那也只是紙上談兵而已）。

棚から牡丹餅　＝たなぼた、開いた口へ牡丹餅

○何もしないでいて思いがけず意外なよい運に巡り合う（天上掉餡餅，福從天降）

▲棚から牡丹餅っていう事もあるけど、基本的には、幸せになるための努力が必要だと思う（雖然也有天上掉餡餅的好事，但我想，基本上幸福還是需要努力爭取的）。

餅は餅屋

○物にはそれぞれの専門家があって、素人はやはり専門家には及ばない（辦事還是要靠行家，各有所長）

▲餅は餅屋で、法律的ことは弁護士に任せておいたほうがいい（辦事還是要找行家，法律上的事還是交給律師辦比較好）。

焼き餅を焼く

○嫉妬する（嫉妒，吃醋）

▲僕の課には若い女性が多いので、女房が焼き餅を焼いている（我們科裏年輕女性很多，所以妻子總在吃醋）。

湯(ゆ・トウ)

字義　①熱水　②洗澡水　③温泉

煮え湯を飲まされる

○信用していた人に裏切られて、ひどい目にあわされる（被親信出賣而倒大霉）

▲彼を見損なったために、とんだ煮え湯を飲まされた（因為看錯了他，所以被他出賣而倒了霉）。

ぬるま湯につかる

○これといった不快な刺激を受けることもなく居心地がいいので、その環境に甘んじてのんきにしている（貪圖安逸，安於現狀）

▲会社から人員整理案が出されて、ぬるま湯につかったような気分の社員をあわてさせた（公司提出了裁員方案，使那些安於現狀的員工慌了神）。

湯気を立てる

○ひどく腹を立て、怒りや興奮のあまり顔が上気する様子（怒髮衝冠，怒氣沖天，怒不可遏）

▲君がうそをついたといって、彼は頭から湯気を立てて怒っていたよ（他氣得火冒三丈，説你撒了謊）。

湯水のように使う

○金を、あるにまかせて無駄に使う（揮金如土，揮霍無度）

▲交際費を湯水のように使えた時代もあった（曾有段時期應酬費可以隨便花）。

九、其の他（其他）

あ

ああ言えばこう言う
○相手の言葉に対して素直にならずに、あれこれと屁理屈をつけて肯定しないこと（強詞奪理，你説東他偏説西）
▲彼はああ言えばこう言うで、なかなか人の言うことを聞かない（他總是強詞奪理，聽不進別人的話）。

合縁奇縁
○環境・性格の違う者同士が、ふとした事から親しくなり、あるいは夫婦となり親友となって一生変わらないこと（奇緣，千里姻緣一線牽，天作之合）
▲合縁奇縁は本当に不思議なものだ（緣分眞是不可思議）。

愛敬を振りまく
○だれかれの区別無く、周囲の人々に明るくにこやかな態度で接する（笑容可掬，和藹可親）　▲開店当日の店主は客に愛敬を振りまいている（那天，店主對顧客笑脸相迎）。

合言葉にする
○仲間同士の結束を図り、行動の目標を明確に示すために、自分たちの主義・主張を端的に表した言葉を掲げ、その実践に努める（以……為口號，以……為標語）　▲民主主義を合言葉にしてきた戦後政治も、最近は一つの転換期に差し掛かってきたようだ（一直以民主主義為口號的戰後的日本政治，最近也好像面臨著轉折）。

愛してその醜を忘る　⇒痘痕も笑窪、恋は盲目
○本気に愛してしまうと、その相手のよい所ばかりが目について悪いところはわからなくなるもの。しまいには悪いところも逆によく見えてくる（情人眼裏出西施）
▲愛してその醜を忘るというように、恋愛中の人は時々盲目だ（所謂情人眼

裏出西施，戀愛中的人有時是盲目的）。

愛想が尽きる　⇒愛想を尽かす

○余りのばからしさにあきれて相手をするのがすっかりいやになる（討厭，厭煩，厭惡）　▲分からず屋のあの子には、もう愛想が尽きる（我很討厭那個不懂事的孩子）。

愛想もこそも尽き果てる

○「あいそが尽きる」の強調表現（極其討厭，厭惡至極）

▲姉に生まれているのに、その卑怯さに、実に愛想もこそも尽き果てた（身為姐姐，居然如此卑鄙，實在令人厭惡至極）。

相槌を打つ

○人の話に調子を合わせたり、うなずいたりする（隨聲附和，搭腔）

▲彼は口では相槌を打っているが、心では反対しているかもしれない（他嘴上雖然稱是，也許心裏在反對）。

相手のない喧嘩はできぬ

○どんな乱暴者でも相手がなければ喧嘩はできない（一個巴掌拍不響）

▲相手のない喧嘩はできないから、向こうだけが悪いのではない（一個巴掌拍不響，不是只有對方有錯）。

愛の鞭

○愛するがために涙をしのんできびしい態度をとること（愛護的鞭撻）

▲あの学生を停学処分にしたのは、教育者としての愛の鞭だ（給那個學生以停學處分，是作為教育者的一種愛護的鞭撻）。

合間を縫う

○物事の途切れる間の短い時間を活用していく（抽空，見縫插針，利用空隙）　▲仕事の合間を縫って、二カ月ぶりに床屋へ行ってきた（工作中抽空去了趟兩個月未曾光顧的理髮店）。

会うは別れの始め

○会えば必ず別れのときがある（相逢必有別離時，有聚必有散，天下沒有不散的筵席）　▲会うは別れの始めといわれるが、やはりお別れはつらいことだ（雖說有聚必有散，但離別的滋味還是苦澀的）。

阿吽の呼吸

○共に一つの事をする時などの相互の微妙な調子や気持きもち（氣息相合，配合默契）

▲指揮者と楽団の阿吽の呼吸が合った見事な演奏は聴衆を魅了した（指揮和樂團配合默契的精彩演奏征服了聽衆）。

煽りを食う

○周囲の情況の激しい変化から、思わぬ被害を受ける（受……的影響；遭受……的打擊）

▲円高の煽りを食って、経営が苦しい（受到日元升值的影響，經營艱難）。

垢が抜ける

○①気がきいている。洒脱である（時髦，不土氣）
　②汚名がすすがれる（污名得以洗刷）

▲①東京で大学生活をするうちに、あの子も垢が抜けてきた（在東京上大學期間，那孩子也變得時髦起来了）。　②いつまでも彼は垢が抜けられまい（也許他永遠也無法洗刷自己的污名了）。

証を立てる

○自分の潔白であることを証明する（證明自己的清白）　▲自ら真犯人をつきとめ、身の証を立てた（親自抓住了眞正的犯人，證明了自己的清白）。

飽きが来る

○もうたくさんだという気持ちになる（厭倦，膩煩）

▲いつも同じでは飽きが来る（老是一個樣就會讓人膩煩）。

商いは本にあり

○商売の成功、不成功は、投下された資本の大小に支配される（做買賣要看投入多少本錢）　▲商いは本にありというように、元金が多いほど儲けが多い（所謂做買賣要看本錢，本錢越多，賺的越多）。

商人に系図なし

○家系だけでは商人は成功しない（商人成功與否不取決於門第）

▲商人に系図なし、商人は実力で勝負するのだ（商人成功與否不取決於門第，而是看實力）。

灰汁が強い

○人の性質や文章などに感じられる癖や個性が強すぎてなじみにくい（個性強，倔強） ▲灰汁の強い人はチームワークの必要な仕事には向かない（個性強的人不適合從事需要協作的工作）。

灰汁が抜ける

○強い自己主張や独断的なところなどがなくなり、人に接する態度が洗練される（文雅；圓滑） ▲彼女は灰汁が抜ければ、いい女になるのだ（如果她文雅一些，會是個好女人）。

アクセントを置く

○全体の中で、特にそのことに重点を置く（把重點放在……）
▲防衛力の増強にアクセントを置いた（把重點放在增強防禦力量上）。

悪態をつく

○ひどい悪口を言う（出言不遜，惡語傷人，罵街）
▲彼は僕に悪態をついた（他大罵了我一頓）。

悪の温床

○人を悪事に誘い込む原因を作り出している、好ましくない環境（作惡的溫床）
▲大都会の歓楽街は悪の温床だ（大城市的娛樂街是滋生惡勢力的溫床）。

欠伸を噛み殺す

○出かかった欠伸を抑える（忍住呵欠，強打精神）
▲校長の話を生徒は欠伸を噛み殺しながら聞いている（學生們強打精神，在聽校長講話）。

胡坐を掻く

○①両足を横に広げ前に組んで、楽に座る（盤腿而坐）
②既得の地位や権力をよりどころとして、自分では何もしないで、いい気な態度でいる（安於現狀，不思進取）
▲①彼は胡坐を掻いて新聞を読んでいる（他盤腿坐著，在看報紙）。
②あの会社は現状に胡坐を掻いて、経営改善を怠っている（那家公司安於現狀，不積極改善經營）。

挙句の果て

○最後の最後。とどのつまり（最後，終於，結果）

▲些細なことから口論となり、挙句の果ては殴り合いの喧嘩になった（因為一點小事開始吵架，最後發展成了鬥毆）。

明けても暮れても

○何日も同じ状態が続く様子。来る日も来る日も（每天，從早到晚）

▲明けても暮れても同じものばかり食べさせられては、だれでもうんざりする（如果每天都被迫吃同樣的東西，誰都會厭煩的）。

明後日の方

○全く見当違いの方角（錯誤的方向）。

▲明後日の方へ行く（走向錯誤的方向）。

与って力がある

○あることの実現に、有力な助けとなる（對……有貢獻，起作用）

▲事業の成功には彼の参加が与って力があった（他的參加對事業的成功做出了貢獻）。

明日に備える

○将来事に当ってうまく対処できるように前もって準備する（為了將來，以備日後）　▲明日に備えて、十分に体を鍛えておいたほうがいい（為了將來，還是先充分鍛鍊身體的好）。

汗水流す

○労苦を厭わず一生懸命働く（辛勤勞動）　▲多くの人が汗水流して、北海道を開拓してきた（很多人辛勤勞動，開拓了北海道）。

汗をかく

○練り物のような食品が古くなって、表面がへどつく（食物表面發黏）

▲このソーセージは少し汗をかいてきた（這根香腸有點發黏了）。

当たって砕けろ

○成る成らないにかかわらず敢えて行い、だめならそれでもよいという覚悟でことをせよ（不管成敗與否，姑且大膽試試）　▲そんなにおじおじしないで、当たって砕けろ（不要那麼畏首畏尾，大膽嘗試一下）。

あだや疎か

○おろそか、いいかげん、かりそめ(漫不經心，不當回事)

▲人の好意をあだや疎かに思うな(別把人家的好意不當回事)。

当たらず障らず

○どこにも摩擦や抵抗が起こらないように気を付けて何かをする様子(模稜兩可)　▲山田君は当たらず障らずの返事をした(山田的回答模稜兩可)。

当たりがいい　＝人当たりがいい

○応対の仕方がいい(待人和藹)　▲あの人は当たりがいいが、意外に陰険な面がある(他待人和藹，可沒想到還有陰險的一面)。

辺り構わず

○周りの人や場所柄をわきまえず無神経に振舞うこと(不分場合，不顧一切)

▲あの人は腹を立てると、辺り構わず大きな声で怒り散らす(他一旦生起氣來，就會不顧場合地大發雷霆)。

当たりをつける

○本格的に何かをするに先だち、大体そのようにやっていいものかどうかためしてみる(估計，推測)　▲この辺だろうと当たりをつけて捜す(推測大概就在這附近而試著尋找)。

あたりを取る

○見込み通り、成功する(取得成功)

▲今度の計画はあたりを取った(這次計畫取得了很大的成功)。

辺りを払う

○そばのものを寄せつけないくらい堂堂としている(威風凛凛；令人敬畏)

▲老いたりとはいえ、その威厳は辺りを払うものがある(雖已年邁，還是氣勢逼人)。

当たるを幸い

○向かってくる者を片はしから相手にする様子。また、夢中になって手当たり次第に何かをする様子(隨手，順手，有一個算一個)

▲当たるを幸い、向かってくる敵を投げ飛ばした(敵人上來一個就摔倒一個)。

熱くなる

○一つのことに熱中し、他を忘れた状態になる。特に、異性に夢中になること（熱衷，迷戀）　▲彼女は山田君にだいぶ熱くなっているようだね（看來她對山田相當著迷啊）。

あっという間

○非常に短い間に。一瞬間に（轉眼間，一刹那）

▲あっという間に船が沈んでいった（轉眼間船就沉下去了）。

あっと言わせる

○意外な事で人をびっくりさせたり、感心させたりする（令人驚嘆，讓人大吃一驚）　▲彼の業績は世間をあっと言わせた（他的業績讓大家大吃一驚）。

圧力をかける

○権力・財力などで圧迫を加えて、意のままに従わせようとする（施加壓力）　▲財界が政府に圧力をかける（金融界對政府施加壓力）。

当てが外れる

○予想や期待に反する結果になる。また、そのために、何かに支障が生じる（估計錯誤；希望落空）　▲お年玉は一万円ぐらいと期待していたが、当てが外れた（原指望能拿到1萬日元的壓歲錢，可結果落了空）。

後押しをする

○力になってくれる人。後援。うしろおし（後援，支援，撐腰）　▲財界が積極的に後押しをしてくれたおかげで、予想外に立派な留学生寮ができた（多虧金融界的大力支援，留學生宿舍蓋得比預想的還要漂亮）。

後が無い

○もうどこにも逃げ場や余裕がなく、極限まで追い詰められた状況だ（背水一戰，無路可退）　▲もう後が無いのだから、当たって砕けろ（已經沒有退路了，豁出去了）。

後釜に据える

○前にその地位や職務にあった人の後を誰かに受け継がせる（……繼任，讓……接替）　▲息子を後釜に据えて、社長を引退する（讓兒子繼任總經理，自己退下來）。

後釜に座る

○前任者のかわりにある地位につく（接任，繼任）
▲外務大臣が首相の後釜に座る（外交大臣繼任首相）。

後先になる

○後のものが前となる。順序が入れかわる（前後顛倒，本末倒置）
▲話が後先になったが、来月から半年ほどアメリカに出張しなければならない（雖然話說顛倒了，但下月起我不得不去美國出差半年）。

後に引けない

○譲歩出来ない（不能譲歩）
▲これ以上は一歩も後に引けない（一步也不能再譲了）。

後にも先にも

○それを除いては、他に同種の例が全く見当たらない様子（空前絶後，絶無僅有）　▲あんなこわい目に遭ったことは後にも先にもない（我從來沒有遇見過那麼可怕的事）。

後の祭り

○時機におくれてどうにも仕様のないこと。手おくれ（時機已過，馬後炮，雨後送傘）　▲事故が起きてから安全対策を論じ合っても、後の祭りだ（出了事故後，再怎麼討論安全對策也是馬後炮了）。

アドバルーンを揚げる

○世間の反響や相手の出方をうかがうために、意図的に声明や談話を流す（吹風，透露部分內情，試探……的反應）　▲記者会見の席で、新党結成のアドバルーンを揚げる（在記者招待會上，放出風說要組建新黨）。

後へ引かない

○自分の主張などを引っこめて、相手に譲歩しない（不譲歩）　▲彼は言い出したら後へ引かない人だ（他是一個一言既出、絕不收回的人）。

後棒を担ぐ

○主謀者の手助けとして事に加わる。加担する（幫著幹，助紂為虐）
▲おどかされて、彼は銀行強盗の後棒を担いでしまった（在強盜們的威脅下，他幫助強盜們搶劫了銀行）。

跡を晦ます

○行方を隠す。出奔する(銷聲匿跡，潛逃)

▲彼は公金を横領して跡を晦ましました(他盜用公款後潛逃了)。

跡を絶たない

○次々と起ってなくならない(不斷發生，絡繹不絕)

▲会場へ向かう人の列が跡を絶ない(朝會場走去的人絡繹不絕)。

跡を濁す

○去った後に見苦しい痕跡を残す(留下劣跡，留下麻煩)

▲跡を濁すようなことはしないで、しっかり働いてください(不要幹遺留劣跡的事，好好幹活)。

後を引く

○①何かが済んでからも、その影響が残る(仍有影響) ②それを食べ(飲み)終わってから、また同類を食べ(飲み)たいと感じる(上癮，無休止)

▲①後遺症が長く後を引く(後遺症會長時間有影響)。
②ピーナツを食べ始めると後を引く(一吃起花生來就沒完沒了)。

穴が開く

○そこを埋めていた物が無くなって不自由する、あるいは困る(出現虧空，空缺) ▲委員に穴が開いた(委員出現了空缺)。

穴があったら入りたい

○恥じ入って身を隠したいほどに思う。恥ずかしくてたまらない(羞得無地自容) ▲こんなひどい成績で、穴があったら入りたいほど恥ずかしい(成績如此糟糕，眞叫人無地自容)。

穴が埋まる

○不足や欠陥が補われ、あるべき状態になる(填補空缺)

▲君が引き受けてくれたので、彼の欠場の穴が埋まった(由你承擔下來了，所以他沒到場的空缺就填補上了)。

あなた任せ

○他人に頼って言いなりになること(聽之任之，任人擺佈)

▲事故の原因はあなた任せの無責任な管理体制にある(事故的原因在於聽之

任之、不負責任的管理體制）。

穴の開くほど

○何かをじっと見詰める様子（凝視，目不轉睛）

▲穴の開くほど人の顔を見つめている（目不轉睛地盯著別人的臉）。

穴を開ける

○経済的な損失を生じさせる。赤字を出す（使……出現虧空）

▲帳簿ぼに百万円の穴を開けた（使帳面上出現了百萬日元的虧空）。

穴を埋める

○足りない所や欠損を補うこと。穴ふさぎ（填補虧空，補缺）

▲パートをして、家計の穴を埋める（打零エ以補貼家用）。

あに図らんや

○一体、だれがそうなることを予期しただろうか。思いがけず（孰料，豈知） ▲まじめな人だと思っていたが、あに図らんや彼が張本人だった（本以為他是老實人，孰料他是罪魁禍首）。

痘痕も笑窪 ⇒愛してその醜を忘る、恋は盲目

○愛すれば欠点まで好ましく見える意（情人眼裏出西施）

▲痘痕も笑窪で、あの男には彼女が世界一の美人に見えるようだ（正所謂情人眼裏出西施，在他看來，她是世界上最美的人）。

甘く見る

○大したことはないと物事を安易に考える（輕視，不放在眼裏）

▲難しい仕事ではないが、甘く見ると失敗するよ（エ作不難，但小看它的話會失敗的）。

余す所無く

○残らず。ことごとく（無遺，全部）

▲日本中余す所無く歩き回った（走遍了整個日本）。

網の目を潜る

○悪事をはたらきながら、法律や取締りなどの規制にはかからないように行動する（鑽法律的空子；逃脱法網） ▲監視の網の目を潜って侵入する密入国者が絶えない（不斷有偷渡者偷越入境）。

網を張る

○人をつかまえる手はずを整えて待つ(設埋伏，佈下天羅地網)

▲あの道に網を張れば、犯人は必ずつかまえられる(如果在那條路上設下埋伏，就肯定能抓到犯人)。

争えない

○否定することができない。いかにももっともだと思われる(不容置疑)

▲血筋は争えないもので、息子も父親に劣らぬ名優になった(血統是不容置疑的，兒子成了不遜於父親的名演員)。

有り金をはたく

○手元にある現金を全部出す(傾囊，掏出身上所有的錢)

▲有り金を全部はたいても足りない(把錢全部掏出來也不夠)。

有るか無きか

○①その気になれば、やっと有ることが認められる程度(似有似無，不明顯) ②存在理由が余り認められない様子(可有可無)

▲①机の上に有るか無きかのきずがある(桌上有道不明顯的痕跡)。
②彼は有るか無きかの存在だ(他是一個可有可無的人)。

有る時払いの催促なし

○前もって期限を決めずに、金の有る時に払う、前近代的な支払い方法(有錢就還不用催，自覺還錢) ▲有る時払いの催促なしで、誰か金を貸してくれないかな(誰能借點錢來用，我有了錢就還)。

慌てる乞食は貰いが少ない ⇒慌てる蟹は穴に這入れぬ

○慌てることは失敗のもとである。せっかちな人を戒めるのに用いる(心急吃不了熱豆腐) ▲慌てる乞食貰いが少ない、そんなに慌てないでください(心急吃不了熱豆腐，別那麼慌慌張張的)。

泡を食う

○驚きあわてる(驚慌失措) ▲彼にそのニュースを知らせると、泡を食って帰っていった(一告訴他那個消息，他就慌慌張張地跑了回去)。

泡を吹かせる

○予想外のことで人を驚き慌てさせる(使人吃驚，嚇人一跳) ▲油断してい

る敵に奇襲をかけて泡を吹かせた（偷襲大意的敵人，使他們大吃一驚）。

案に相違して

○予想していたこととは違う（出乎意料）

▲案に相違して、一人も来なかった（出乎意料，一個人也沒來）。

い

言い得て妙

○実にうまく言当てている様子（説得妙）　▲あの喜劇俳優を「河童」とは言得て妙だね（把那個喜劇演員稱作「河童」眞是太妙了）。

言いがかりを付ける

○理由にもならないことを無理に理由にして、相手にくってかかること（找碴兒；找借口）

▲何とか言がかりを付けてゆすりをする（千方百計找碴兒勒索）。

いい薬になる

○あとで役に立つものになる（有益的經驗；是種鍛錬）　▲あの失敗は、私にもいい薬になった（那次失敗對我來説也是一種鍛錬）。

いい子になる

○他人をさしおいて、自分だけが人にほめられる振舞いをする（裝好人）

▲自分一人がいい子になろうとするから、彼はみんなに嫌われるのだ（他總是想自己一個人裝好人，所以大家都很討厭他）。

いい仲になる

○恋愛関係・同棲関係になることの婉曲な表現（成為相愛的伴侶）　▲ふとしたことがきっかけで、二人はいい仲になった（偶然的機會使他們相愛了）。

いい迷惑だ

○関係ないことで迷惑を被ること（無端受牽連，池魚之殃）

▲お土産だといってこんな重たいものを持ち帰らせられるのもいい迷惑だ（説是一些禮品，竟讓我帶這麼重的東西回去，眞是無端受累）。

いいようにする

○他人の意向など無視して、自分の都合のいいように事を運ぶ（我行我素，

任意妄為）　▲みんながおとなしくしているから、あの人一人にいいように
されてしまうのだ(因為大家都太老實，所以才使得他為所欲為)。

言うことなし

○どんな点から見ても満足できる状態だ(沒說的，好極了)

▲わずか一ヵ月の実習でここまで運転できるとは言うことなしだ(僅實習了
1個月就駕駛得如此之好，真是沒說的)。

言うだけ野暮

○誰しも暗黙のうちに了りょう解していることをわざわざ話題にするのは、
人情の機微を解さない人のすることだの意を表す(把大家都知道的事特
地說出來是很傻的)　▲今さらあの二人がどうだこうだというのは、言うだ
け野暮だよ(事到如今再說那兩個人如何如何，真是老土)。

言うなれば

○言ってみれば。いわば(可以說)

▲彼女は、言うなれば時代の申し子だ(她可以說是時代的產物)。

言うに言われぬ

○①言表しようがない。言尽くせない(無法形容的，難以名狀的)　②言たく
ても言うことができない。差し障りがあって言えない(不可與人言)

▲①言うに言われぬ快感を覚える(有一種無法形容的快感)。　②彼にも言う
に言われぬ悩みがあったのだ(他也有過無法對外人說的煩惱)。

言うに事欠いて

○言うときに、相手が聞いてどう思うかの注意もせずに(說話時不顧別人的
感受)　▲言うに事欠いておれのことを色狂いと言やがった(竟然不顧我的
感受，叫我色情狂)。

言うも愚か

○言うまでもない(自不待言，不言而喻)

▲彼のしたことが我々に対する裏切り行為であることは言うも愚かだ(不用
說，他的所作所為是對我們的背叛)。

家を外にする

○外出・外泊が続きがちで家族との団欒や家庭内の用向きなどが疎かにな
る(有家不回，離家在外)　▲仕事の関係で家を外にすることが多い(因為工

作關係，經常離家在外）。

家を畳む

○そこでの生活をやめ、家財道具などを整理してよそへ移る（收拾家當）

▲勤務先が変わったので、いっそのこと現在の家を畳むことにした（因為工
作地點變了，所以決定乾脆搬離現住的地方）。

鋳型に嵌めたよう

○いつも決まりきっていて、その場その場に応じた変化や特徴がない様子
（老一套，一成不變）　▲鋳型に嵌めたような方法で子供を教育する（用老
一套方法來教育孩子）。

いか物食い

○常人と違った趣味や嗜好を持つこと。また、その人（怪癖，有怪癖的人）

▲あんな女にほれるとは、お前も相当ないか物食いだな（竟然迷上那種女人，
你這個人也太怪了）。

怒りを買う

○相手を怒らせる結果になる（惹人生氣）

▲私の発言は社長の怒りを買った（我的發言激怒了總經理）。

如何せん

○どうしようにも。残念ながら（無奈，怎奈）

▲如何せん暇がない（無奈沒有空閒時間）。

遺憾なく

○申し分なく。十分に（充分地）

▲実力を遺憾なく発揮する（充分發揮自己的實力）。

行き当たりばったり

○どうするかという方針を初めからは立てず、その時の様子や成行きに任
せ、適当てきとうにすること（漫無計畫，臨時應付）

▲旅館の予約などはせずに、行き当たりばったりの旅行をする（這次旅行沒
有預定旅館，走到哪裏算哪裏）。

生き恥を曝す

○生きながらえて、恥を人目にさらす（活著受辱，丟人現眼）　▲生き恥を曝

すよりは死んだほうがましだ(與其活著受辱,不如死了算了)。

委曲を尽くす

○物事の事情について細かい点まで明確にする(詳詳細細,詳盡)　▲その経緯について、委曲を尽くして説明する(詳細說明了其来龍去脈)。

威儀を正す

○身なりを整え、まじめな態度で礼儀正しく振舞う(衣冠整齊,一本正經)
▲制服・制帽に威儀を正して式に臨む(穿好制服、戴上制帽,出席儀式)。

生ける屍

○生きる意欲を失い、ただ惰性的に命を長らえている人。また、正常な心身作用を失った状態で生きている人(行屍走肉)　▲今は彼はほとんど生ける屍に化してしまった(現在的他幾乎成了行屍走肉)。

委細構わず

○事情がどうかにかかわらず(不管三七二十一)
▲いくら反論が出ても、委細構わず自分のやり方で進めていく(即使有反對意見,[他]也不管三七二十一繼續我行我素)。

異彩を放つ

○それだけが特別目立って(すぐれて)見える(獨放異彩,出類拔萃)　▲彼の才能は学界でも異彩を放っている(他的才能在學術界也是出類拔萃的)。

いざ鎌倉

○大事の起った場合(緊要關頭,一旦情況緊急)
▲いざ鎌倉という時には、真っ先に駆けつけるつもりだ(一旦緊急之時,我準備率先趕到)。

潔しとしない

○自分の良心や誇りから、受け入れにくい(不肯,不屑)
▲人の援助を受けるのを潔しとしないで、自力で頑張っている(不肯接受別人的援助,自力更生)。

いざ知らず

○…はどうか知らないが。…はともかく(姑且不談)　▲子供ならいざ知らず、君は大人だろう(如果是孩子就姑且不論,可你是大人啊)。

意地が汚い

○①食い意地が張っている（嘴饞）

②物欲や性欲がはなはだしく旺盛である（貪婪，慾望很強）

▲①酒飲みは意地が汚くて、酒が飲めると聞くとどこへでも出かけていく（貪杯的人饞得只要一聽説有酒喝，就不管哪裏都要趕著去）。

②あの男は金にかけては意地が汚い（那傢伙在錢財上貪得無厭）。

意地が悪い

○わざと人を困らせるような事ばかりする様子だ（故意刁難，心眼壞）

▲あの男はよく意地の悪い質問をする（他常提些故意刁難人的問題）。

意地でも

○どんな無理を押してでも（爭口氣，賭口氣）

▲負けることは知っているが、意地にでも戦ってみるつもりだ（雖然明知會輸，但還是準備爭口氣打一場）。

意地になる

○あくまでも自分の思うことを押し通そうとする（意氣用事，賭氣） ▲彼の提案にみんなは意地になって反対した（對他的提議，大家都賭氣反對）。

意地を通す

○自分自身の損得や他からの非難などを無視して、一度こうしようと思ったことを最後までやり抜く（固執己見，堅持到底） ▲彼は最後まで自分の意地を通した（一直到最後，他都堅持自己的意見）。

意地を張る

○自分の置かれた立場や周囲の状況を顧みず、どこまでも我意を押し通そうとする（一意孤行，固執）

▲あまり意地を張ると、嫌われるよ（過於固執會令人討厭的）。

居住まいを正す

○座っている姿勢を正しくする（端正坐姿） ▲主人の足音が聞こえたので、慌てて居住まいを正した（聽到主人的腳步聲，慌忙端正了坐姿）。

急がば回れ

○成果を急ぐなら、一見迂遠でも着実な方法を取ったほうがよい（欲速則不

達） ▲急がば回れで、基本練習からやり直しているところだ(欲速則不達，現在正在重新練習基本功)。

痛し痒し

○どうしたらよいか迷うときにいう。どのようにしても結局自分に具合の悪い結果になる(左右為難)

▲やっと見つかったが、家賃が高いので、痛し痒しだ(好不容易找到了，可是房租太貴，真讓人為難)。

板につく

○①俳優の芸が出演に慣れて、ぎこちなさを感じさせない状態になる(演技嫻熟) ②経験を積んだ結果、職業・任務などがその人にぴったり合った感じになる(工作得心應手，稱職)

▲①あの人の芸は板についている(他的表演很熟練)。
②教壇に立って半年、先生ぶりもやっと板についてきた(當了半年老師，終於像個老師的樣子了)。

板挟みになる

○両立しない二者の間に立って、どちらにつくこともできない苦しい立場に立つこと(進退兩難；受夾板氣) ▲義理と人情の板挟みになって苦しむ(夾在道義和人情之間，進退兩難，實在痛苦)。

至れり尽くせり

○心づかいやもてなしが、大層よく行き届いていること(無微不至，十分周到) ▲彼らは安藤氏から至れり尽くせりのもてなしを受けた(他們受到了安藤先生熱情周到的款待)。

いちゃもんをつける

○文句を言うために無理に言がかりを作る(找碴兒)

▲君にそんないちゃもんをつけられる覚えはない(我問心無愧，你沒理由找我碴兒)。

市を成す

○訪問客の絶え間が無い形容(門庭若市)

▲ご利益があるといううわさがあって、あの寺あたりは市を成した(傳説那座佛寺靈驗，於是那裏就門庭若市了)。

言って退ける

○普通なら言うのをためらうようなことを大胆にも堂々と言う（直言不諱，直言無隱；直言） ▲一日でこの仕事を仕上げて見せると、彼は社長の前で言って退けた（他在社長面前直言，一天之內把這個任務完成）。

居ても立っても居られない

○不安や苛立ち、喜びなどで、落ち着いていることができない（坐立不安）
▲彼女が無事かどうか早く知りたくて居ても立っても居られない（我坐立不安地想早點知道她是否平安）。

糸を引く

○①操り人形を糸で動かすように、裏面で人を思うように操る。また、ことがうまく運ぶように、裏で力添えをする（幕後操縱，暗中出力）
②あとまで続いて、長く絶えない状態になる（留有影響）
▲①彼が自分の考えでやったとは思えない。誰かが裏で糸を引いているのだろう（很難想像這是他按照自己的想法做的，也許有人在幕後操縱吧）。
②あの時に受けたショックが今でも糸を引いている（那時受的打擊，至今還有影響）。

意に介さない

○少しも気にかけない（不介意）
▲彼はそんなことは全然意に介さない（那種事他毫不介意）。

意に適う

○気に入る。満足する。意に添う（合心意，正中下懷） ▲部長の意に適った企画を出してほめられた（做出的計畫正合部長的意，所以受到了表揚）。

イニシアチブを取る

○会議や組織の中で、特定の人がある事の必要を唱え、全体をリードする（發起，倡導，掌握主動）
▲日本の学者がイニシアチブを取って、人口問題に関する国際会議を開くことになった（結果，由日本學者發起召開了有關人口問題的國際會議）。

意に染まない

○自分の考えや思いと合致せず、気に入らない（不合心意，不喜歡）

▲意に染まないことはすべきではない(不應該做自己不喜歡的事)。

意に満たない

○不満足である。気に入らない(不満意，不稱心)

▲最善を尽くしたつもりだったが、意に満たない結果となった(雖然盡了最大努力，結果卻不能令人満意)。

意のある所

○言葉では十分に伝えられなかったかもしれない誠意(眞心實意)

▲意のある所をお汲み取りください(請您理解我的一番誠意)。

命あっての物種

○何事も命があっての上のこと。死んではおしまい(留得青山在，不怕沒柴燒)

▲命あっての物種だから、功を焦って無茶なことをするな(留得青山在，不怕沒柴燒，切不可急於求成而胡亂行事)。

命に替えても

○死ぬ覚悟で事に当る(誓死，即使付出生命也……)

▲命に替えても、この貴重な文化遺産を敵の手から守らなければならない(即使犧牲生命也要保護這件珍貴的文化遺產，不讓它落入敵手)。

命の親

○生命を救ってくれた恩人(救命恩人)

▲医者からも見放されるような難病に苦しむ私に、生きる勇気を与えてくれた彼女は命の親だ(我患了連醫生也無能為力的絕症，是她給了我求生的勇氣，她是我的救命恩人)。

命の洗濯

○日ごろの苦労から解放されて気ままに楽しむこと(消遣，散心)

▲たまには命の洗濯に旅行でもしたい(偶爾也想出門旅行散散心)。

命の綱

○生命や生活の支えとして大事と頼むもの(命根子，命脈)

▲三日目には、命の綱の水筒の水も空になってしまった(到了第三天，水壺裏維繫生命的水也沒有了)。

命拾いをする

○もう少しで死ぬはずの命が助かること（死裏逃生）

▲救助隊のおかげで、命拾いをした（多虧了救援隊，我才能死裏逃生）。

命を預かる

○相手から信頼され、その人の生死にかかわる重大事を任される（掌握生死大權）

▲患者の命を預かる医者としては、一刻も早く手術を受けるようお勧めします（作為一名對患者生命負有責任的醫生，我勸您儘快接受手術治療）。

命を預ける

○他のものに自分の生死を託する（把生命託付給……，以命寄託）

▲一本のロープに命を預けて、絶壁をよじ登る（把生命寄托在一根繩索上，攀登絕壁）。

命を懸ける

○失敗すれば死ぬ覚悟で、物事に打ち込む（拼命，豁出命來）

▲命を懸けて川に落ちた人を救う（拼命搶救溺水者）。

命を擲つ

○そのことを決死の覚悟で行う（奮不顧身）

▲祖国のために命を擲って戦う（為了祖國奮不顧身地戰鬥）。

命を投げ出す

○ある事のために死んでもよいとする（捨身，拼命）

▲自分の命を投げ出しても我が子の命だけは助け出したい（即使拼了老命也要救出我孩子的性命）。

衣鉢を継ぐ

○師からその道の奥義を受け継ぐ（繼承衣鉢）　▲恩師の衣鉢を継ぎ、すぐれた業績を上げる（繼承恩師的衣鉢，力爭卓越的成就）。

意表に出る

○突拍子もない事をやって、あっと言わせる（出乎意料）

▲意表に出た行動で世間をあっと言わせる（出乎意料的行動，讓世人大吃一驚）。

意表を衝く

○相手の予想外のことをする（出其不意）　▲敵の意表を衝き、さんざんに痛めつけた（出其不意地給敵人迎頭痛撃）。

今の今まで

○迂闊にも、その時になって初めてそのことを知り、愕然とする様子（直到剛才）　▲彼が帰国したなんて、今の今まで知らなかった（直到剛才我還不知道他回國了呢）。

今わの際

○死にぎわ、臨終（臨終之時）

▲父は今わの際になって、私の出生の秘密を明かした（父親臨終之時說出了我身世的秘密）。

今を時めく

○現在、世にもてはやされ、栄えている（風靡一時）

▲彼は今を時めく歌手だ（他是當今風靡一時的歌星）。

否が応でも　⇒否でも応でも

○承知でも不承知でも。ぜひとも（無論如何）

▲あなたは否が応でも行かなければならない（你無論如何都得去）。

嫌というほど

○これ以上は受け入れることが出来ないほど（非同一般）

▲魚を嫌というほど食べた（他吃了很多很多的魚）。

居留守を使う

○家に居ながら居ないと、うそを言う（假裝不在家）

▲山田さんが来たけれど、会いたくないので、居留守を使って帰ってもらった（山田先生雖然來過，但我不想見他，所以謊稱不在，把他打發走了）。

入れ替わり立ち替わり

○次から次へと人が来ては帰りして、客の絶えることが無いたとえ（絡繹不絕）　▲入れ替わり立ち替わり生徒が中を覗きにやってきて、そんな所で先生は何をしているんだろうと怪しんだ（學生們絡繹不絕地來看，他們覺得奇怪，老師在那種地方幹什麼呢）。

曰くつき

○①何か特別の事情のあること。また、そのようなもの（有來歷）

②犯罪の前歴などがあること（有前科）

▲①曰くつきのダイヤモンド（有來歷的鑽石）。

②かれは曰くつきの男だ（他是個有前科的男人）。

言わずと知れた

○言わなくてもわかっている（不言而喻，不說就知道）

▲こんないたずらをするのは言わずと知れた隣の子に違いない（搞這種惡作劇的，不用問就知道是鄰居家的孩子）。

言わずもがな

○①言わない方がいい（不說為妙） ②言うまでもない（當然；不言自明）

▲①言わずもがなのことを言って相手を怒らせてしまった（說了不該說的話，讓人生氣了）。 ②初心者は言わずもがな、慣れた人でも難しい（初學者就不必說了，即使對熟練的人來說，也是有難度的）。

言わでもの事

○その場においては言う必要のない、また、言わないほうがいい、余計なこと（多餘的、不該說的話）

▲公の席で言わでもの事を言、失笑を買ってしまった（在公共場合說了不該說的話，貽笑大方）。

言わぬことじゃない

○悪い事態に陥った時、警告を無視して行った相手を非難する言葉（又不是沒有提醒過你，又不是沒說過）

▲こんなに怪我をして、だから言わぬことじゃない（受傷了吧，又不是沒有提醒過你）。

言わぬは言うに勝る

○口に出して言うよりも、何も言わずに黙っているほうが、喜怒哀楽の情が一層深く、強く相手に感ぜられるものである（以心感心，勝於說教）

▲言わぬは言うに勝る、お前の気持ちは言葉に表さなくともきっと先方に通じるに違いない（以心感心，勝於說教。你的心情，即使不說出來，對方也一定會感應到的）。

意を酌む

○人の考えを親身になって察する（體諒，理解）

▲親の意を酌んで勉強に励む（體諒父母，努力學習）。

意を決する

○それしか方法が無いと思い切る（決意）

▲商売がはかばかしくないので、意を決して転業することにした（做生意不順利，決意改行了）。

意を尽くす

○思っていることを十分に表現する（充分，詳盡）

▲私は意を尽くして説明したが、誰も理解してくれなかった（我詳細地加以解釋了，可是誰都不理解）。

意を強くする

○支持や激励を得て、自分の考えややり方に自信を持つ（加強信心）

▲君が賛成してくれて、大いに意を強くした（得到你的支持，大大地增強了我的信心）。

異を唱える

○相手と違う意見を述べる。反対する（唱反調，提反對意見）

▲政府案に野党が異を唱える（在野黨對政府的議案唱反調）。

威を振う

○権勢や威力を見せつける（耀武揚威）

▲近隣諸国に威を振う（向鄰近的幾個國家耀武揚威）。

意を迎える

○相手の意向に従って振舞う（迎合，逢迎）

▲大国の意を迎え、屈辱的な外交に甘んじる（趨附於大國，甘於屈辱性外交）。

意を用いる

○特別に心を配る（特別注意）

▲もっと言葉遣いに意を用いて話をしないと、かえって反感を買うおそれがある（如果再不注意措辭的話，恐怕反而會招致反感）。

陰影に富む

○深く味わって初めて分かる含みと変化に富む（意味雋永，耐人尋味）

▲これは陰影に富んだ小説で、人の世の真実を描き出した（這部小説意味雋永，描繪出了眞實的世間百態）。

因果を含める

○どうしてもそうなるより仕方が無いんだと、事情を説明して、あきらめさせる（說明原委，使人斷念） ▲早いとこ彼女に因果を含めておいた方がいいよ（早些對她說明，讓她斷念比較好）。

慇懃無礼

○うわべは丁寧過ぎるほどだが、実は相手を見下していること（表面恭敬而内心輕蔑） ▲彼は僕に対して、慇懃無礼のようだ（他對我好像是表面恭敬而内心輕蔑）。

員数を揃える

○質の相違は問題外にして、数だけ所定のものに要領よく合わせる（濫竽充數） ▲学校図書館として員数を揃えてはあるものの、内容は貧弱なものだ（學校圖書館，湊數的書不少，内容卻實在貧乏）。

引導を渡す

○最終的な結論を言い渡して、あきらめさせる意にも用いられる（宣佈最終結論，下最後通牒） ▲この件については先方に引導を渡してある（於這件事，已經向對方下達了最後通牒）。

陰に籠る

○不平・不満などが外にあらわれず、内にこもる（不動聲色，悶在心裏，陰沉） ▲寺の鐘が陰に籠ってごーんと鳴った（寺廟的鐘聲發出「鐺」的一聲陰沉的聲音）。

員に備わるのみ

○数の中に加えられるばかりで、役には立たない。その職にはあるが、実権はない（湊數；有職無權）

▲僕も相談の席に列するが、いわゆる員に備わるのみだ（我也出席了那次商談，但只是個湊數的）。

陰に陽に

○かげになりひなたになり、あらゆる機会に（明裏暗裏）

▲彼は陰に陽に私を助けてくれた（他明裏暗裏幫助過我）。

因縁を付ける

○ゆすったりする目的で、言いがかりをつける（無事生非，找碴兒）

▲なんだかんだと因縁を付けて、厚かましくも三百万円出せと言い出した

（這裏那裏找著碴兒，厚著臉皮要我交300萬元）。

う

浮いた噂

○夫婦以外の異性と関係があるらしいというううわさ（緋聞，桃色新聞）

▲浮いた噂など一つもなかった彼に愛人が居たなんて、信じがたいことだ

（從未傳出過緋聞的他居然有情人，眞是令人難以置信）。

ウエートを置く

○重要なものとして扱う（重視）　▲職場より家庭にウエートを置くサラリーマンが多くなった（與工作相比，更重視家庭的職員多起來了）。

伺いを立てる

○上級の官庁や上役からの指示や説明を願う（向上級請示）　▲これからの仕事はどうすればいいかと上司に伺いを立てる（向上級請示今後的工作）。

浮名を流す

○悪い評判、特に、男女間の浮いた噂が世間に広まる（傳出緋聞）

▲映画界きっての二枚目であった彼は、若いころはよく浮名を流したものだ

（他曾是電影界的美男子，年輕時傳出過不少緋聞）。

浮き彫りにする

○物事の様子・状態をはっきりと目立たせること（突出顯示，突出表現）

▲最近の調査でアメリカにおける未婚の母の増大が浮き彫りにされた（最近的調查突出顯示，美國國內的未婚媽媽數目增多了）。

受けがいい　⇔受けが悪い

○評判がいい（受歡迎，受到好評）　▲今度開発されたこの商品はなかなか

受けがいい（這次開發出的新產品頗受好評）。

受けて立つ

○向かってくる相手に対し、負けてなるかとまともに立ち向かう（應戰）

▲彼らの挑戦をいつでも受けて立つ用意はできていた（隨時準備迎接他們的挑戰）。

有卦に入る

○幸運にめぐりあう（走運，時來運轉）

▲良縁を得て有卦に入る（喜結良緣之後，時來運轉）。

受けに回る

○こちらから攻める機会が得られず、ただ相手の積極的な攻撃を防ぎ守らねばならない立場に立つ（處於守勢；只有招架之功，沒有還手之力）

▲次の選挙では与党は受けに回るだろう（下次競選，執政黨應該要轉為守勢了吧。）

動きが取れない

○制約があって、体を動かすことができない。進退に窮する（進退維谷，進退兩難） ▲あっちを立てれば、こっちが立ずで、動きが取れない（首尾不能相顧，真是進退兩難）。

氏無くして玉の輿

○女は家柄が卑しくても、美貌で貴人の寵を得れば貴い地位になる（女人利用美貌可以改變地位）

▲氏なくして玉の輿といったように、美貌の女の子は出世が早い（正如女人利用美貌可以改變地位，美貌的女子更容易出人頭地）。

氏より育ち

○人間形成に大事なのは、家柄よりも育った環境の方だ（教養重於門第）

▲氏より育ちで、親のしつけが悪いから、怠け者になってしまったのだ（正是「教養重於門第」，因為父母沒有管教好，所以才成了個懶漢）。

薄紙を剥ぐよう

○病気が日に日よくなる様子の形容（日見好轉，日見起色）

▲薬が効いてきたのか、痛みが薄紙を剥ぐように引いてきた（也許是因為藥

物起了作用，疼痛逐漸減輕了）。

嘘から出た真

○初めはうそのつもりで言ったことが、偶然、事実となること（假戲真做，弄假成真）　▲まさに嘘から出た真で、あの冗談は本当になってしまった（真是弄假成真，那個玩笑變成了事實）。

嘘つきは泥棒の始まり

○嘘をつきはじめるとそれが平気になり、やがて泥棒をしはじめるようになってしまうから、嘘はついてはいけない、ということ（說謊是萬惡之端）。

▲嘘つきは泥棒の始まりだから、嘘をついてはいけない所（謂說謊是萬惡之端，因此不能說謊）。

嘘で固まる

○うそばかりで話を作り上げる（謊話連篇，滿嘴謊話）

▲嘘で固まった自伝を読まされた（硬著頭皮讀了其謊話連篇的自傳）。

嘘の皮が剥がされる

○嘘をついてごまかしていたことが何のきっかけで見破られる（謊話被揭穿）

▲警察の厳しい追及を受け、とうとう嘘の皮が剥がされてしまった（在警署受到嚴厲追問，謊言終於敗露）。

嘘八百を並べる

○辻褄を合わせるために、いくつも嘘をつく（謊話連篇）

▲嘘八百を並べてごまかそうとしても、そう簡単には騙されないぞ（想用滿嘴謊話來蒙人，我可不會輕易上你的當喲）。

嘘も方便

○方便のためには、時に嘘をつかねばならないこともある（說謊有時也是權宜之計）　▲嘘も方便で、窮地を逃れるためにはやむを得なかった（所謂說謊有時也是權宜之計，為了擺脫困境，不得已而為之了）。

嘘をつけ

○嘘だと分かっているが、言たいなら言なさい、の意。「嘘を言うな」と同意（儘管說謊好了；反語，與「不要說謊」意思相同）　▲なに今日の遅刻は電車が遅れたって、嘘をつけ、本当は電車に遅れたのだろう（說什麼今天電車

晚點，你儘管說謊好了，實際上是乘車遲到了才對吧）。

疑いを挟む

○ある事柄について疑いの気持ちをもつ（懐疑）　▲立証があまりにも明瞭で疑いを挟む余地は全くなかった（證據確鑿，不容置疑）。

打たねば鳴らぬ

○行動を起こさなければ事は成就しないと言うこと（不做就不會有結果）

▲打たねば鳴らぬというように、やってみないと、いつまでも成功できない（就如不做就不會有結果一樣，不試一下的話，永遠不會成功）。

うっちゃりを食う

○相手をぎりぎりの所まで押し詰めておきながら、最後に形勢を逆転される（最後形勢逆轉）　▲最後の切り札を出して、土壇場でうっちゃりを食わせる（使出殺手鐧，在緊要關頭轉敗為勝）。

現を抜かす

○心を奪われて、夢中になる（神魂顛倒，著迷）　▲賭け事に現を抜かして、家業を怠る（沉湎於賭博，不事家業）。

打って出る

○①存在を認められて、はなやかに活動を始める（登台；躋身於……）

②乗り出す。自分から進んで出てゆく（出馬）

▲①文壇に打って出る（登上文壇）。

②彼は国会に打って出るつもりらしい（看來他打算躋身於國會）。

打てば響く

○すぐに反応がある。すぐに結果が現れる（反應快，一點即通）

▲彼にものを尋ねると、打てば響くような答えが返ってくる（問他什麼，都會一點即通地反應過來）。

唸るほど

○非常にたくさん（多得不得了，非常多）

▲金が唸るほど有る（有的是錢）。

旨い物は宵に食え

○旨い物を惜しんで一晩おくと味が落ちるから、早く食べたほうがいい。いい

ことは早くしたほうがいい（有花堪折直須折）　▲旨い物は宵に食えだ。ぐ
ずぐずしていないほうがいい。とにかく頂戴しておきましょう（有道是有
花堪折直須折，別磨磨蹭蹭啦，快點收下吧）。

うまくいったらお慰み

○成功する可能性が少ないことをする際に、当人がふざけて、また他の人が
　軽い皮肉を込めて言う言葉（要是成功了，就算是你走運）

▲あんなずさんな計画で大丈夫かな。うまくいったらお慰みだ（那異想天開
　的計畫能成功嗎?要是真成功了，就是老天爺開恩嘍）。

倦まず弛まず

○飽きたり怠けたりしない（堅持不懈，不屈不撓）

▲倦まず弛まず研究を重ね、画期的な論文を完成した（堅持不懈地反覆研究，
　完成了具有時代意義的論文）。

生まれた後の早め薬　⇒喧嘩過ぎての棒千切、後の祭り

○時機におくれて用をなさないたとえ（馬後炮，事後諸葛亮）

▲今さらそんなことを言っても、生まれた後の早め薬だ（現在即使那樣説了，
　也是馬後炮，沒用了）。

産みの苦しみ

○物を作り出し、事を始めるときの苦しみ（創業艱辛，創業艱難）

▲今はまさに連立政権による政治改革の産みの苦しみの時である（聯合政權
　進行的政治改革，現在正是創業最艱難之際）。

膿を出す

○抜本的な改革を行って、組織の害になるものを取り除く意にも用いられ
　る（鏟除積弊）

▲徹底的に膿を出して、会社の立て直しを図る（徹底鏟除積弊，以期重建公
　司）。

有無相通じる

○一方にあって他方にないものを融通しあう（互通有無）

▲原料を輸入するかわりに、こちらからは工業技術を提供し、有無相通
　じて両国の発展てを図る（對方出口原料，我方提供工業技術，雙方互通有
　無，以期兩國的發展）。

有無を言わせず

○承知・不承知にかかわらず（不容分說）　▲遅刻した生徒は有無を言わせず校門から閉め出された（遲到的同學，不容分說被關在校門外）。

恨みを買う

○人から恨まれることをする（招人怨恨，得罪人）

▲つまらぬことから人の恨みを買った（因為一點小事而招人怨恨）。

恨みを呑む

○恨めしい気持ちを心の底に隠す（飲恨，含恨）

▲彼は恨みを呑んで自殺した（他含恨自殺了）。

売り言葉に買い言葉

○相手の暴言に対し、同じ調子で言葉を返すこと（你有來言我有去語；相互對罵）　▲張君と王君は、売り言葉に買い言葉でお互い同士を侮辱しあった（小張和小王你一句我一句，互相攻擊）。

嬉しい悲鳴

○多忙などで悲鳴をあげながらも実はそれが嬉しいことをいう語（高興的叫喊聲）　▲豪雪でスキー場の人は嬉しい悲鳴をあげている（因為下了大雪，滑雪場裏的人發出高興的叫喊聲）。

噂をすれば影が差す

○ある人の噂をすると当人がそこに現れるものだ（說曹操曹操到）

▲まったく噂をすれば影が差すんだ。ほら、山田さんが来た（真是說曹操曹操到。看，山田君來了）。

運が開ける

○幸運なことが続けて起こり、逆境から抜け出せそうだと思える状態になる（時來運轉，否極泰來）

▲今年も運が開ける良い年となりますようにと神仏に祈る（向神靈祈求今年時來運轉）。

運が向く

○幸運がめぐってくる（運氣來，有好運）

▲僕にも運が向いてきたようだ（我好像也要轉運了）。

蘊蓄を傾ける

○自分の学識・技能の精一杯を発揮する（拿出所有的學識）

▲得意になってこの種の魚に関する蘊蓄を傾けてくれた（得意起來，把有關這種魚的知識傾囊相授）。

うんともすんとも

○まったく言葉を言ってこないことを言う〔接否定〕（一聲不響，不置可否，石沉大海）

▲問い合わせの手紙を出したのに、うんともすんとも言ってこない（發出信去詢問，可是信卻石沉大海）。

え

得たり賢し

○物事とがうまくいって得意になったとき、しめた、これはありがたいなどと発する語（正中下懷，好極了）

▲得たり賢し、これでは我々の勝ちだ（好極了，這樣一來，我們贏了）。

得たりやおうと　⇒うまくいったぞ

○心得て受け留めるとき、またはうまくし遂げた時などに発する語（好極了，太好了）

▲得たりやおうと立ち上がる（太好了，於是站了起來）。

悦に入る

○物事が思うとおりにいって、心中で大いに喜ぶ（満心喜悦，心裏高興）

▲思い通りになって、悦に入る（如願以償，満心喜悦）。

笑壷に入る

○思い通りになったという顔つきをして笑う（喜笑顔開，眉開眼笑）

▲山田君は誰よりも早く就職先が決まり、一人笑壷に入っている（山田最先找到了工作，獨自喜笑顔開）。

絵に描いたよう

○①絵のように美しい様子（精湛，美麗如畫）

　②ある状態や事柄のまさに典型である様子（非常……）

▲①絵に描いたような浜辺の景色(如畫的海邊景色)。

②君は健康を絵に描いたような人だ(你是一個非常健康的人)。

絵になる

○①それを題材にしてよい絵がかける(美如畫)

②姿・形がその場にぴったり合っている([與當時的氣氛]相稱，協調)

▲①ここから見た富士山は絵になる(從這裏看富士山優美如畫)。

②彼は何をやっても絵になる(他做什麼都很協調)。

得も言われぬ

○何とも言表せないほどよい(妙不可言)

▲この花は得も言われぬいい香りがする(這花的香氣簡直妙不可言)。

選ぶ所がない

○他のものと少しも変わった所がない。同様だ(沒有差別，沒有區別)

▲両者の間には何の選ぶ所がない(者之間沒有差別)。

縁起でもない

○縁起が悪い(不吉利)　▲もし負けたら、なんて縁起でもないことを言わないでほしい(你少說些如果敗了等不吉利的話)。

縁起を担ぐ

○何をする場合にも、縁起のいい・悪いを気にする(迷信，遇事愛講吉凶)

▲ホテルの部屋が四号室だったので、縁起を担いで隣の部屋に換えてもらった(原來住飯店的4號房間，但覺得不吉利，就請求換到隔壁的房間了)。

エンジンがかかる

○仕事に取り掛かろうと言う気になる。また、仕事に調子が出る(工作上手，工作有勁兒了)

▲どうも気乗りがせず、なかなか仕事にエンジンがかからない(對工作實在不感興趣，所以總也不想動手)。

円転滑脱

○人と衝突しないで、うまく物事を進行しんこうさせる様子(圓滑周到)

▲事務長は三十四、五の円転滑脱な男だ(事務長三十四五歲，是個圓滑周到的人)。

縁は異なもの ＝縁は異なもの味なもの

○男女の縁は不思議なものであるの意（男女間的緣份是不可思議的）。

▲縁は異なもので、あの二人が結婚するなんて思いもよらなかった（緣份是不可思議的，真沒有想到，他們兩人會結婚）。

煙幕を張る

○本当の意図や行動を隠すため、別の言動をしてごまかす（放煙幕）

▲肝心な点になると、煙幕を張ってごまかしてしまう（一到關鍵的地方，就放煙幕蒙混過去）。

縁もゆかりも無い

○関係はまったくない。何のつながりもない（沒有任何關係）

▲彼とは近所に住んでいたというだけで、縁もゆかりも無い（和他只是住得近，沒有任何關係的）。

遠慮会釈なく

○相手にかまわず、事を強引に進める様子（毫不客氣）　▲先輩の作品さくひんを遠慮会釈なく批判する（毫不客氣地批評前輩的作品）。

縁を切る

○関係をなくす。特に、親子・夫婦・友人などそれまでの関係をなくす（斷絕關係）　▲腐敗した政治に愛想を尽かし、政界と縁を切った（因厭惡政治腐敗，和政界斷絕了關係）。

お

お愛想を言う

○お世辞を言う（說恭維話，說好聽的）

▲身に疚しいことがあるものだから、あの人は私にやたらとお愛想を言うようになった（因為他心中有愧，所以一個勁地對我說恭維話）。

お預けを食う

○期待されていることの実現が、何かの事情で引き延ばされている（[期待的事情因故]延緩進行，推遲進行）　▲母の病気で海外旅行はお預けを食っている（因母親生病，海外旅行延期）。

お誂え向き

○かねて希望していたとおりであること。要求にぴったりなこと（正合適，恰好）　▲その日はゴルフにはお誂え向きの天気でした（那天的天氣，打高爾夫是最合適不過的了）。

追い討ちをかける

○それまでの攻撃により少なからぬ打撃を受けている者に、さらに決定的な一撃を加えること（窮追猛打，乘勝追擊）

▲父の死の悲しみにまるで追い討ちをかけるように母が病に倒れた（禍不單行，父親死後，接著母親又病倒了）。

お家芸

○その家に伝わる独特の芸。また、他人にはまねのできない、その人の独特の芸（拿手好戲，看家本領）　▲同時にいくつかの料理をするのは彼女のお家芸だ（她的看家本領是同時做多種料理）。

追い込みを懸ける

○最終段階に入って、残っている力を全部出してがんばる（做最後衝刺，做最後努力）　▲試験日も迫って、いよいよ追い込みを懸けねばならない（考期迫在眉睫，終於到了最後衝刺階段）。

追いつ追われつ

○優勢・劣勢の逆転を繰り返す様子（反覆爭奪，拉鋸戰）

▲追いつ追われつの好試合（反覆爭奪的激烈比賽）。

老いの繰言

○老人が同じことを繰り返して、くどくど言うこと（老人的嘮叨，老人的牢騷）　▲老いの繰言だと思って聞き流してもらいたい（希望你姑且當做老人的嘮叨話，一聽了之）。

老いらくの恋

○老いての恋、老人の戀（黄昏戀）　▲おじいさんは老いらくの恋をはじめて、みんなを驚かせた（爺爺開始了黄昏戀，這讓大家大吃一驚）。

往生際が悪い

○もう駄目だと分かっているのに、あきらめきれないで未練がましくしてい

る様子(不肯死心，不肯放棄)　▲まだあきらめられないのか。往生際が悪い奴だ(還不死心嗎?真是個想不開的傢伙)。

大当たりを取る

○都合よく大成功すること。特に、芝居・相撲などの興行で客の入りがよいこと(獲得極大成功，賣座好)

▲「忠臣蔵」で大当たりを取る(《忠臣藏》取得很大成功)。

多かれ少なかれ

○多くても少なくても。いずれにしろ(或多或少，多多少少)

▲六十を過ぎれば多かれ少なかれ体にがたが来るものだ(一過60歲，身體或多或少出毛病)。

大きなお世話

○要らないお節介はかえって迷惑だ(多管閒事，少管閒事，用不著你管)

▲人がどうしようと、大きなお世話だ(別人愛幹什麼就幹什麼，用不著你管)。

大台に乗る

○金額や数量が上限の目安となる数値を上回る([金額、数量]突破……大關，超過上限)　▲この新聞の発行部数は三百万の大台に乗った(這種報紙的發行量突破了300萬大關)。

大鉈を振う　⇒鉈を振う

○思い切って省略・処理する(大刀闊斧)

▲文教予算に大鉈が振われた(大刀闊斧地改革文教預算)。

大船に乗った気持ち

○他の信頼できるものに頼って、すっかり安心しきった気持ちでいることのたとえ(完全放心，安心)　▲私がお引受けした以上大船に乗った気持ちでいて下さい(我既然答應了，你就放心吧)。

大風呂敷を広げる

○実際にはできそうにないことをいったり、計画したりする。ほらをふく(說大話，誇誇其談)　▲大風呂敷を広げていた割には彼は体力がないみたいだね(雖然他說了大話，但他似乎沒有那樣的體力呀)。

大見得を切る

○ことさらに大げさな表情・動作をする。自信のほどをことさらに強調する（誇海口，吹噓）

▲そんなことは朝飯前だと大見得を切ったてまえ、いまさら断れない（我已經誇海口說那是輕而易舉的事，事到如今也無法回絕了）。

大向こうをうならせる

○大向こうにいる見物客の賞賛を博する。転じて、大衆的人気を集める（博得全場喝彩，受到大家歡迎）　▲彼は話がうまくて、今日の演説も大向こうをうならせた（他善於辭令，今天的演說也博得了全場喝采）。

お門違い

○目指す家・人を間違えること。転じて、見当違い（找錯了人，打錯了主意）

▲私を恨むのはお門違いだ（你怨我是怨錯了人）。

お株を奪う

○相手の得意とする事を自分がやる（學走別人的專長，學別人的拿手戲）

▲日本のお家芸の柔道も、近頃では外国にお株を奪われてしまったようだ。（日本的國技柔道，近來好像被外國人掌握了）。

お冠だ

○機嫌が悪い。怒っている（生氣，發脾氣，心情不好）

▲すこしお冠だ（有點兒生氣）。

嚔にも出さない

○ある物事を深く秘して少しも口に出して言わない（隻字不提，不露聲色）

▲このことは嚔にも出さないでください（請對此事守口如瓶）。

奥行きが無い

○知識・考えなどが奥深さを欠く（缺乏深度，才疏學淺）

▲彼の学問は間口は広いが奥行きが無い（他的知識博而不淵）。

お蔵になる

○作品の発表や新企画の実施などが取りやめになる（停止演出［計畫］，中止）　▲計画が周辺の住民の反対でお蔵になった（由於受到周邊居民的反對，計畫中止進行了）。

後れを取る

○競争などにおいて劣者の位置に立つ（[能力、技術等]落後，落在後面）

▲だれにも後れを取らない（不落後於任何人）。

おけらになる

○有り金を使いきって、無一文になる（花得精光，分文不剩）

▲買った馬券が全部外れ、おけらになってしまった（買的[賽馬]馬票全都沒中，落得個身無分文）。

お声が掛かる

○目上の人、勢力のある人が、特に言葉をそえて意向を示す（推薦，打招呼）

▲政府からお声が掛り、地方の町村も環境の浄化に乗り出した（在政府的號召下，各地的村鎮也開始致力於環境的淨化工作）。

お言葉に甘えて

○相手の親切・好意をそのまま受け入れる（恭敬不如從命）

▲お言葉に甘えて頂戴します（我就恭敬不如從命，收下了）。

瘧が落ちる

○何か夢中になっていた状態から急にさめることのたとえ（興趣一落千丈，大夢初醒）　▲一時は競馬に夢中になっていたが、一度大金をすってからは、瘧が落ちたように熱が冷めてしまった（曾一時沉迷於賭馬，但自從輸掉一大筆錢後才幡然醒悟，沒了興趣）。

押さえが利く

○人々を服従させる力がある（控制得住，壓得住）　▲あの暴れん坊ぞろいのクラスの担任は、よほど押さえが利く先生でなければ勤まるまい（那個班全是調皮搗蛋的傢伙，班主任要是沒兩下子的話，肯定幹不了）。

お先棒を担ぐ

○軽々しく人の手先になる（當走狗，幹嘍囉的事）　▲なぜ彼は敵のお先棒を担ぐ行為に走ったのか（他為什麼要當敵人的走狗呢）？

お先真っ暗

○前途の見通しが全くつかないこと（前景暗淡，沒有前途）

▲こう不況が長引いては、この商売もお先真っ暗だ（經濟若長期蕭條下去

的話，這個買賣也沒什麼前途了）。

お座敷が掛かる

○芸者・芸人などが、客に呼ばれる（被邀請，被招待）

▲彼女は京都では一番の売れっ子芸妓の一人で、一晩に二、三度はお座敷が掛かる（她是京都最受歡迎的藝妓，一個晚上要接到兩三處地方的邀請）。

お里が知れる

○ちょっとした言行により、その人の育ちや経歴などが分かる（露原形，露馬腳，泄老底）

▲そんなみっともない食べ方をしては、お里が知れるぞ（那種不成體統的吃相一來，就會露出老底的喲）。

収まりが付かない

○うまくかたづかない（難以收場，無法解決）　▲先方がひどく怒っているから、社長から謝ってもらわなければ、収まりが付かないだろう（對方非常惱怒，所以不請社長出面道歉的話，恐怕難以收場吧。）

お寒い

○規模が不十分だったり内容が貧弱だったりして、感心出来ない様子だ（貧乏，寒酸）　▲欧米に比べると、日本の福祉行政の中身はお寒い限りだ（與歐美相比，日本的社會福利眞是貧乏至極）。

押しが利く

○他を威圧し思い通りに事を運ぶ（有威信，有魄力）　▲もっと押しが利く人に交渉を頼むべきだった（應該委託一位更有魄力的人來談判的）。

押しが強い

○何としても自分の意見や希望を押し通そうと、根気よく粘る様子（頑強，有毅力，有自信）。

▲彼のような押しが強い男にはかなわない（我可比不上他那麼頑強）。

押し出しがいい

○人中へ出た時の態度・風采がいい。恰幅がいい（有風度，有氣質）

▲さすが大企業の経営者だけに押し出しがいい（不愧是大企業的老闆，眞是氣度不凡）。

押し付けがましい

○何かを無理に押し付けるように感じられる様子(強迫別人，強加於人)

▲押し付けがましいお願いで恐れ入りますが、明日は私の代わりに会に出ていただけませんでしょうか(我有一個冒昧的請求，明天可否代我出席會議呢)？

押して知るべし

○考えてみればすぐ分かる。簡単に推量できる(可想而知，可以想像)

▲こう不勉強では、成績は押して知るべしだ(這樣不愛學習，其學習成績也可想而知了)。

押しも押されもしない

○実力があって堂々としている([實力]不可否認，得到公認)　▲押しも押されもしない不動の地位を確立する(確立了其不可動搖的地位)。

お釈迦様でも気が付くまい

○だれ一人、そのことを知っている者はいないはずだということ(沒人知道，神不知鬼不覺)　▲我々が謀反を企てているとは、お釈迦様でも気が付くまい(我們策劃謀反的事沒人會知道)。

お釈迦になる

○出来そこないの製品になる(成了廢品，報廢了)

▲帽子がふまれてお釈迦になった(帽子給踩壞了)。

おじゃんになる

○事が不成功に終わること(失敗，[計畫]告吹)　▲その事故で彼の昇進はおじゃんになった(因為那件事情，他的升職告吹了)。

お相伴にあずかる

○他人に便乗してその利益を受けること(沾光)

▲田中さんのお相伴にあずかって、僕までお土産をもらってしまった(沾了田中君的光，連我也收到了禮物)。

押すな押すな

○その場所に人がたくさん一時に集まって来て、収拾がつかないほど混雑する様子(人山人海，擁擠不堪)

▲セールは押すな押すなの大盛況でした（折價活動現場人山人海）。

押せ押せになる

○仕事が次々に重なって延び延びになる様子、期限が目前に迫る様子（［事情］堆積如山）　▲先月神田君が病気で三週間ほど休んだので仕事が遅れて押せ押せになり、期限に追われて大忙しだ（上個月神田君因為生病，請假3週。現在耽誤的工作堆積如山，期限又迫在眉睫，他非常繁忙）。

お節介をやく

○余計な世話をやくこと。他人の事に不必要に立ち入ること（多嘴多舌，多管閒事，瞎操心）　▲君に関係のないことだから、お節介をやかないでくれ（這件事與你無關，少管閒事）。

お膳立てが揃う

○すぐ何かに取りかかれるような準備ができている（準備就緒）　▲二人を引き合わせるお膳立てが揃っていた（介紹兩人認識的準備已經就緒）。

遅かれ早かれ

○遅い早いの違いはあるが、いずれそのうちに（早晚，或早或晚）

▲これは遅かれ早かれ私たちが皆青春時代に経験することだ（這是我們在青春時代或早或晚都會經歷到的）。

遅きに失する

○時機に遅れて役に立たない。遅すぎて間に合わない（錯失良機；錯過，沒趕上）　▲遅きに失した悔恨（錯失良機而後悔可惜）。

お題目を唱える

○口先で唱えるだけで実行できそうもない（唱高調，空喊漂亮口號）

▲お題目を唱えているだけの選挙演説（空喊漂亮口號的競選演說）。

お高く止まる

○見くだした態度を取る（自命不凡，高傲自大）　▲彼女はお高く止まっていて俺たちには口も利かない（她自命不凡，對我們連話也不說）。

おだてに乗る

○人におだてられていい気になり、事の是非も考えずに軽率な行動を取る（被人吹捧，受人慫恿）

▲おだてに乗って会長を引き受けたが、こんな大役だとは思わなかった（在別人的慫恿下接受了會長一職，可沒想到擔子這麼重）。

お陀仏になる

○死ぬ（玩完，完蛋，死）　▲山道で自動車がスリップし、危うくお陀仏になるところだった（汽車在山路上打滑，差一點兒沒命了）。

お為ごかし

○相手のためにするように見せかけて、実は自分自身の利益をはかること（假仁假義；黃鼠狼給雞拜年，沒安好心）　▲あの男の親切はみなお為ごかしだ（那個男人是黃鼠狼給雞拜年，沒安好心）。

おだを上げる

○勝手な気炎をあげる、集まって談笑する（高談闊論，胡吹瞎聊）
▲一杯やっておだを上げる（邊喝酒邊高談闊論）。

お猪口になる

○さしていた傘が、風のあおりを受けて、逆の方向に開く（傘被風吹得翻了過去）　▲私のかさは風でお猪口になった（我的傘被風吹得翻了過去）。

落ちをつける

○聞き手を笑わせたり感心させたりなどするように、話などの結末を、効果的に締めくくる（說話加噱頭收場）
▲話し上手の彼は、いつもちゃんと話に落ちをつける（他會說話，總是以打諢收尾）。

押っ取り刀で駆けつける

○非常の場合、刀を手に持ったまま腰に差さないで、現場に駆けつけること。大急ぎで駆けつける様子に言う（風風火火地趕去，急急忙忙地跑去）。
▲記者たちは事故現場に押っ取り刀で駆けつけた（記者風風火火地趕到現場）。

乙に澄ます

○つまらぬことにはかかわっていられないというような、気取った態度を取る（裝腔作勢，裝模作様，擺架子）
▲今日は新しい背広を着て乙に澄ましてるね。どうしたの?（今天裝模作様穿

了新西裝了嘛，怎麼了呀)?

お釣りが来る

○何かに要する費用や時間に余裕があり、その点では何の心配もない（[在時間或金錢方面]綽綽有餘）

▲家計費を十分賄ってお釣りが来る（用於家庭開銷的錢綽綽有餘）。

汚点を残す

○その物事に関する不名誉な点として、後まで伝えられる（留下汚點）

▲名声にぬぐうべからざる汚点を残す（在名譽上留下不可洗去的污點）。

男が廃る

○男としての面目が立たなくなる（丟男人的臉，沒面子）

▲ここで彼を見捨てては僕の男が廃る（這樣丟下他我就太沒面子了）。

男が立つ

○男としての面目が保てる（保住面子，露臉）

▲ここでやめては男が立たない（若就此作罷，就沒面子了）。

男になる

○一人前の働きができる立派な男に成長する（成年，成人，成名立業）

▲彼も長い下積み生活を経て、やっと主役が与えられ、男になることができた

（他也是經歷了久居人下的生活之後，終於有機會扮演主角而成名了）。

男を売る

○義侠心に富んだ行動により一躍有名になる（[因侠氣而]揚名天下）

▲ハイジャック事件で、人質の身代わりとなり、男を売った（在劫機事件中，[他]以自身替代人質而揚名天下）。

男を磨く

○男伊達の修業をする（[特指培養侠義心腸]磨錬男子漢氣概）

▲男を磨くためだなどと言って、やくざまがいのことをするのはやめたまえ

（別借口說什麼磨錬男子漢氣概而去學流氓地痞幹的那一套）。

音沙汰が無い

○便りや消息がない（杳無音信，再無消息）

▲それっきり彼から音沙汰が無い（從那以後，再也沒有他的消息）。

落とし穴にかかる

○相手の仕掛けた策略にまんまと引っかかる（中計，落入圈套）

▲調子に乗りすぎて思わぬ落とし穴にかかる（過於得意忘形而意外地上當）。

音に聞く

○評判が高い（聞名，有名）

▲音に聞く香港の夜景（享有盛名的香港的夜景）。

お縄になる

○現行犯や被疑者として警官に捕まる（被捕）

▲現金受渡しの場所に来たところを誘拐犯はあっさりお縄になった（在交易地點，拐騙犯被當場抓獲）。

鬼が笑う

○実現性のないことや予想のつかないことを言った時にからかう言葉（想入非非，做白日夢）

▲来年のことを言うと鬼が笑う（提起將来的事，就如做白日夢）。

鬼に金棒

○ただでさえ強い者が、強力な武器などを手に入れて無敵となるたとえ（如虎添翼） ▲彼のような優秀な選手が獲得できて、我がチームは鬼に金棒だ（得到他這樣優秀的選手，我隊如虎添翼）。

お鉢が回る

○順番が来る（輪到，順次輪班） ▲僕にお鉢が回ってきた（輪到我了）。

お払い箱になる

○使用人が解雇される。また、不要になった品が捨てられる（廢物被清除；被解雇）

▲使い込みが見つかり、会社をお払い箱になる（因被發現挪用公款而被公司解雇）。

オブラートに包む

○相手に強い刺激を与えないよう、どぎつい表現を避けて遠まわしな言い方をする（［說話］委婉含蓄）

▲不快な事実をオブラートに包む（婉轉地說令人不高興的事情）。

おべっかを使う

○自分の利益をはかるために、上の人の御機嫌をとること（阿諛奉承，拍馬屁）　▲彼は課長に昇進したくて、部長に盛んにおべっかを使っている（他為了當上科長，一個勁地拍部長的馬屁）。

覚えがめでたい

○信用絶大だ（受[上級]的賞識，受[上級]的器重）

▲社長の覚えがめでたい（得到社長的器重）。

お呪いほど

○お呪いのために形ばかり何かをした程度だの意で、ほとんどないに等しいほどわずかである様子（少得可憐，一丁點兒）

▲ごま油をお呪いほどでいいから垂らすと、ぐんと味がよくなる（滴上一點點香油，味道一下子會好很多）。

お迎えが来る

○死期が迫ることを婉曲に指す（接近死期，不久於人世）

▲八十を過ぎた祖母は、そろそろお迎えが来ると思うよと、もらすようになった（年過八旬的祖母已流露出自己將不久於人世的意思）。

汚名を雪ぐ

○立派なことをすることによって、不名誉な、また、悪い評判を消し去ろうとする（洗雪污名）　▲全優勝全優勝を果たし、弱い横綱の汚名を雪ぐ（爭取全勝奪得冠軍，以洗刷無能橫綱的惡名）。

怖めず臆せず

○少しも気おくれしないで堂々と（毫不畏懼，無所畏懼）　▲あの子は怖めず臆せず大男の目をにらんだ（那個孩子毫不畏懼，盯著彪形大漢）。

思いも寄らない

○今まで得た知識や経験から推論して、そういう事実が有るだろうとは全く考えることが出来ない（意想不到，出人意料）

▲彼が犯人なんて思いも寄らない（萬萬沒想到他是凶手）。

思いを致す

○そのことに思いをめぐらす（聯想，想到）

▲幼くして父母を失った遺児のことに思いを致せば、胸がふさがる思いだ

（一想到幼年就失去父母成了孤兒，[自己]心裏就很難過）。

思いを焦がす

○誰かに、また何かに強い思慕の情を抱き、いちずにそればかりを思う（熱戀）　▲若いときは、私も彼女に思いを焦がして夜も眠れぬほどであった

（年輕的時候，我也曾因為思念她而夜不能寐）。

思いを馳せる

○遠く離れているもののことを思う（思念，想念）

▲異郷にあって故国に思いを馳せる（身居他鄉，思念故土）。

思いを晴らす

○思い通りのことを成し遂げて胸に積もっていた不満が解消でき、快感を味わう（雪恨，解恨）　▲以前に惨敗を喫した強敵を打ち破り、やっと思いを晴らした（打敗曾使我遭到慘敗的強敵，終於解了心頭之恨）。

思う壺にはまる

○計画や作戦が当たり、期待通りの結果になる（正中下懷，恰如所願）

▲作戦が思う壺にはまり楽勝する（對方的行動計畫正中下懷，我方輕鬆取勝）。

思うに任せない

○思うように事が進まない（不遂人願，不順心）

▲何しろ世の中は思うに任せないものなんだから（世事不會事事順心的）。

重きを置く

○重視する（重視，著重）　▲あの作家はしばしば社会的背景の描出に重きを置く（那位作家總是著重於社會背景的刻畫）。

重きを成す

○重んじられている（受重視，承認其重要性）　▲彼の見解はつねに我々のあいだで重きを成している（我們總是很重視他的意見）。

玩具にする

○相手をなぐさみものにする（要弄，玩弄）

▲人の気持ちを玩具にする（玩弄別人的感情）。

表看板にする

○世間に示す表面の名目とする（以……為幌子）

▲レストランを表看板にして、実はスパイ活動を行っている（以開飯店為幌子，進行間諜活動）。

表に立つ

○公然と、当事者であることが分かるような行動をとる（出面，公開活動）

▲謹慎中の身だから、私が表に立つわけにはいかないが、援助は惜しまないつもりだ（雖然我正在禁閉之中，不便出面，但我將盡全力支持）。

表を繕う

○内実を見透かされないように、うわべをもっともらしく飾る（修飾外表，保持體面） ▲さりげなく表は繕っているが、内情はだいぶ苦しいらしい（表面上若無其事地維持原狀，但實際上似乎覺得很難受）。

お安い御用

○人から頼まれたことに対して、それはわけのないことだと気楽に応じる時にいう言葉（小事一椿，小菜一碟） ▲お安い御用です。すぐにやらせていただきましょう（那是小事一椿，我馬上去辦）。

お安くない

○男女が恋愛関係にあること（［男女］非常親密） ▲噂だと二人はお安くない間柄だそうだ（據說那兩個人的關係可不一般）。

御呼びでない

○だれからもついに呼ばれることの無い、無用の存在だ（沒用，廢物）

▲彼女にとっては、家事が何もできない男なんて、全く御呼びでないようだ（對她來說，我是個什麼家務都不會做的男人，簡直是毫無用處啊）。

及びも付かない

○ある段階までとても達しない。とてもかなわない（望塵莫及，不可企及）

▲こと数学にかけては、あの人にはとても及びも付かない（特別是數學方面，實在是比不上那個人）。

折り合いがつく

○立場や意見の異なる者が話し合って妥協した結果、うまく物事が解決する

（互相讓步，和解）　▲早く売ってしまいたいのだが、値段の点で折り合い
がつかない（雖然希望早點賣出去，但價格方面還沒有談妥）。

折り紙をつける

○保証する（保證，打保票）

▲彼のまじめなことは私が折り紙をつける（我可以擔保他是個認真的人）。

折に触れて

○機会あるごとに（一有機會就……；時常，常常）

▲折に触れて注意してきたのだが、一向に耳を貸そうとしない（一有機會就
提醒他要當心，但他根本聽不進去）。

折も折とて

○ちょうどその時（時不湊巧；偏巧此時）　▲八月の中旬に東北地方を旅行
りょこうしたが、折も折とて帰省客で列車がひどく混んでいた（八月中旬去
東北一帶旅行，可偏巧此時列車被回鄉省親的客人擠得滿滿的）。

お留守になる

○他に気を奪われて不注意になること（思想不集中，開小差）

▲勉強がお留守になる（學習開小差）。

折れて出る

○自分の主張を無理に通そうとせず、相手の主張を受け入れるという態度
をとる（妥協，讓步）　▲双方が折れて出たので話は円満に解決した（雙方
作出讓步，事情得到圓滿的解決）。

尾を引く

○物事の影響や余波がずっとあとまで続く（留下後遺症，留下影響）

▲前の日のいさかいがまだ尾を引いていた（前幾天的吵架還留著餘威）。

恩に着せる

○恩を施したことを相手にありがたく思わせるような言動をとる（施恩圖報，
以恩人自居）　▲彼は私が学生時代に世話をしてくれたことを恩に着せて
ばかりいる（他老是說在學生時代幫過我，要我感恩戴德）。

恩に着る

○恩を受けたのをありがたく思う（感恩戴德，感激）　▲もしそうしてくれた

ならいつまでも恩に着るよ（若您答應，我會感謝您一輩子）。

御の字

○予期以上であり、ありがたいこと（求之不得，再好不過）

▲半日で五千円なら御の字だ（半天有5000日元的話，再好不過了）。

おんぶに抱っこ

○何から何まで他人の世話になって、自分では積極的な行動を一つもしないこと（一味依靠別人，自己從不主動做事）　▲あの若夫婦は今でも親におんぶに抱っこだ（那對年輕夫婦現在還是什麼事都靠父母）。

恩を売る

○相手からの見返りを予期して恩を施す（賣個人情，幫助別人）

▲今これを引き受けて恩を売っておけば、後で仕事が頼みやすい（現在答應下來，賣他這個人情的話，以後有事也好拜託他了）。

か

快哉を叫ぶ

○大声で愉快だと言う（大聲歡呼，拍手稱快）

▲入賞の知らせを受け、快哉を叫ぶ（得到獲獎消息，大聲歡呼起來）。

甲斐性がない

○意気地のないこと（沒有上進心，沒出息）

▲甲斐性のない人と夫婦になったばかりに、新婚のころから苦労が絶えない（就因為和沒出息的男人結了婚，從新婚時起，苦日子就沒有斷過）。

灰燼に帰する

○火事で残らず焼けてしまう（化為灰燼）　▲強風にあおられ、町は瞬く間に灰燼に帰した（大火借著風勢越燒越旺，城鎮頃刻間化為灰燼）。

返す刀

○一方へ切りつけた刀を手元に引き戻すや否や、もう一方の相手へ切りつけること（同時對……發動攻撃）

▲彼女は夫の不実をなじり、返す刀でその女を泥棒猫とののしった（她責罵丈夫的薄情，同時罵那個女人偷漢子）。

返す言葉がない

○自分の誤りなどを相手から端的に指摘され、弁解の余地がなく恥じ入る様子(無言以對，無話可說)

▲社長から計画案の致命的なミスを指摘され、返す言葉がなかった(社長指出了方案中的致命錯誤，我無言以對)。

帰らぬ人となる

○「死ぬ」意の婉曲な言い方(去世)　▲父は家族に見とられながら帰らぬ人となった(父親在家人的看護下去世了)。

我が強い

○他人の意向を無視しても自分の意志を押し通そうとする気持きもちが強い様子(犟，固執)

▲彼は我強いので団体生活には向かない(他個性强，不適合團體生活)。

限りを尽くす

○あらゆるものに及ぶ。ありったけのものを出し尽くす(窮盡，竭盡)

▲贅沢の限りを尽くす(窮奢極慾)。

垣を作る

○他人との間に隔てをおく(保持距離；製造隔閡)

▲彼は他の人との間に垣を作って人と付き合おうとしなかった(他與其他人保持距離，不願和人交往)。

隔世の感

○変化・進歩が急で、時代が甚だしく移り変わったという感じ(隔世之感)

▲当時を思うと隔世の感がある(當時已恍如隔世)。

欠くべからざる

○欠くことができない(不可或缺)

▲彼は当社にとって欠くべからざる人材だ(他是本公司不可或缺的人才)。

隠れ蓑にする

○真相を隠す手段として用いる(披著……的外衣，以……為幌子)

▲政治献金の名を隠れ蓑にして、多額のリベートを贈る(打著政治捐款的幌子，贈送巨額回扣)。

隠れもない

○世間に知れ渡っている。誰でもよく知っている（無人不知，無人不曉）

▲若い人の間に活字離れが進んでいることは隠れもない事実だ（衆所周知，年輕人中間對文字越來越疏遠）。

影が薄い

○何となく元気がなく見える（奄奄一息，沒有生氣；不顯眼；相形見絀）

▲そういえばこの間彼に会った時どことなく影が薄いような気がした（這麼說來，覺得前幾天見到他總有些沒精打釆）。

影が差す

○①そのものの影が見える（看見影子）　②悪いことの起りそうな気配が現れる。悪い徴候がかすかに出る（情況不妙，出現不好的苗頭）

▲①噂をすれば影が差す（説曹操曹操到）。

②両国間の友好関係に影が差している（兩國關係出現不妙的苗頭）。

陰で糸を引く

○人形遣いが人形を操るように、舞台裏で指図して自分の思い通りに他を動かす（幕後操縱）

▲暗黒街のボスが陰で糸を引く（黑社會頭目在幕後操縱）。

陰に回る

○他人に気づかれないよう、表立たずに行動する（暗中做手脚）

▲あの人は裏表のある人だから、陰に回って何をしているか分かったものじゃない（他是個表裏不一的人，誰知道背後會幹些什麼）。

掛け値なし

○話を大げさにしたり体裁を繕ったりせずに、ありのままを言う様子（實話實說，毫不誇張）　▲掛け値なしにいって彼は大した詩人ではない（說實話，他不是一個了不起的詩人）。

影の形に添うように

○二つのものが常に離れないことのたとえ、また、そむかず従順にすることのたとえ（如影隨形，形影不離）　▲彼女はよほど鈴木君に熱を上げていると見え、影の形に添うようにいつも一緒に歩いている（看來她對鈴木君相

當著迷，走到哪兒跟到哪兒，簡直形影不離）。

影も形もない

○そのものの存在を思わせるものが、そこに何も無い（無影無蹤，面目全非）
▲犯人の影も形もなかった（凶手蹤跡全無）。

影を落とす

○以前の出来事の悪い影響がある（留下陰影，帶來不好的影響）　▲戦争が今も人々の生活に陰を落とす（戰爭至今還給人們的生活留下陰影）。

影を潜める

○誰にも気づかれぬよう、表立たず行動をせずじっとしている（銷聲匿跡，潛影）　▲警察の厳重な取り締まりのおかげで近ごろ犯罪はすっかり影を潜めている（在警署嚴厲的打擊下，最近犯罪活動銷聲匿跡了）。

嵩に掛かる

○①優勢に乗じて攻撃に出る（乘勝追擊）
　②頭から抑えつけるような態度をとる（盛氣凌人，飛揚跋扈）
▲①嵩に掛って攻める（乘勝出擊）。
　②嵩に掛った（態度盛氣凌人的態度）。

がさを入れる　＝がさをかける

○警察による強制家宅を捜査する（警察強行搜查家宅）
▲麻薬販売のアジトにがさを入れ、容疑者を一網打尽にする（警察強行搜查毒品販子的地下窩點，將嫌疑犯一網打盡）。

舵を取る

○①舵を操作して乗り物を動かす（掌舵）
　②進むべき方針を定めて、誤り無く導く（操縱，掌握，調控）
▲①急に反対の舵を取る（突然把舵轉向相反的方向）。
　②日本経済の舵を取る（控日本的經濟）。

掠りを取る

○仲介をした者などが、他人の利益の一部を自分の物にする（［中間人］等拿好處，撈油水）
▲学生アルバイトの斡旋をして掠りを取るとは、ずいぶんみみっちい話だ

（從給學生介紹打工的工作中撈油水，也太會算計了。）

粕を食う

○小言を言われる（挨批，被數落）　▲書類を書き間違えて、課長にさんざん粕を食わされた（寫錯了文件，被科長狠狠地批評了一頓）。

数えるほど

○指を折って簡単に数えられるほど、わずか（屈指可數）

▲そんな人は数えるほどしかいない（那樣的人屈指可數）。

片意地を張る

○頑固に自分の考えを立て通すこと（固執己見，固執）

▲彼は選に漏れたことが悔しくて、あんなに片意地を張っているのだ（他是因為落選感到窩心才那麼固執己見的）。

がたが来る

○①機器などが古くなって、ぐあいが悪くなる（［機器、用具因使用過度］不好使，運行不正常）　②人間が年をとって、体のあちこちにぐあいの悪い所が出てくる（因衰老出現病痛）

▲①十年も使っているうちに、この機械もがたが来た（這台機器用了十來年，開始出毛病了）。

②年をとってあちこちにがたが来た（上了年紀，渾身都是病）。

片がつく

○物事が処理される。始末がつく（解決掉，處理好）

▲あの事件はまだ片がつかない（那件事情還沒有處理好）。

堅くなる

○緊張のため、その場に応じた考え・動きができなくなる（過度緊張，拘謹）　▲決勝戦で堅くなる（因決賽而過度緊張）。

固唾を呑む

○事の成り行きを案じなどして息を凝らす様子に言う（［緊張得］屏住呼吸）

▲観客は固唾を呑んで試合を見守った（觀眾屏住呼吸，觀看比賽）。

形が付く

○その物としてなんとか見られる状態になった（像樣，成形）

▲これで形が付いた(這樣一來就像樣了)。

容を繕う

○化粧をしたり、身なりを整えたりする。また、人前に出して恥ずかしくないように、体裁を整える(穿戴整齊，打扮得像個樣子)

▲たいした内容ではないが、一応論文らしく容を繕うことができた(雖然沒有什麼內容，不過基本上修改得像篇論文了)。

刀折れ矢尽きる

○窮状を打破するために試みた手段・方策がすべて実を結ばず、絶望的な状態になる(彈盡糧絕，山窮水盡，窮途末路)

▲彼らは刀折れ矢尽きるまで戦った(他們戰鬥到最後一顆子彈)。

型に嵌る

○世間一般の方式に従っていて、独創性・新鮮味がない(循規蹈矩，老一套)

▲型に嵌った挨拶(老套的寒暄)。

型に嵌める

○決まった枠にはめて個性や独創性をなくす(搞成一個模式，成為一種類型)

▲子供を型に嵌める(按照一種模式培養孩子)。

形の如く

○本来あるべきやり方に従ってその事をやる様子(照例，按慣例)

▲式は形の如く行われた(儀式按慣例舉行了)。

片棒を担ぐ

○一緒にある企てをする。多く、悪い仕業にいう(合伙幹；當幫凶)

▲犯罪の片棒を担ぐ(給罪犯當幫凶)。

固めの杯

○約束を固めに取り交わす(杯交杯酒)

▲夫婦の固めの杯を交わす(夫妻共飲交杯酒)。

語るに落ちる ⇒問うに落ちず語るに落ちる

○話しているうちに、うっかり本当のことを言ってしまう(說走嘴，不打自招) ▲犯行現場に居合わせた者しか知らないようなことを言うとは、語るに落ちたね(說出只有在犯罪現場才知道的事，真是不打自招啊)。

語るに足る

○語る相手としての価値がある。相手にして語る甲斐がある（值得一提，值得交談） ▲彼はともに語るに足る男だ（他是個值得與之交談的男人）。

傍ら痛い

○その人があんなえらぶった事をするなんて、おかしくて見ていられない（滑稽可笑，可笑至極）

▲知ったかぶりをして偉そうに話ているのを聞くのは、何とも傍ら痛いことだ（聽到那些不懂裝懂的大話，總覺得滑稽可笑）。

勝ちを拾う

○戦い・試合などで、勝てるはずがない状況であったのに、偶然の好機を得て形勢を逆転し、勝利を収める（僥倖取勝）

▲相手チームの主力選手が怪我で退場したおかげで、勝ちを拾うことができた（幸虧對方主力隊員因傷下場，我方才僥倖取勝）。

かちんと来る

○相手の無神経な言動が、自分の癪にさわる（感到生氣，惱火） ▲あの男の傲慢な態度にはかちんと来たね（他那傲慢的態度真讓人惱火）。

恰好が付く

○一応形式が整い、何とか恥ずかしい思いをしないで済む（像樣子，成體統） ▲横綱が三連敗もしていては、恰好が付かない（身為橫綱，連敗3次的話，不像樣子）。

勝手が違う

○何かに接したときの様子が、それまでの経験や知識から予測していたことと違っていて、どう対処してよいか分からず、戸惑うこと（情況與料想的不一樣，不順手） ▲海外生活は、いろいろと勝手が違うことが多い（在國外生活有很多情況與預想的不同）。

勝手が分からない

○その場所の様子やその物の扱い方が分からず、思うように何かができない様子（不了解情況，不熟悉情況） ▲初めての土地で勝手が分からないから、ぜひ案内を頼む（初來乍到不熟悉情況，希望您給介紹介紹）。

勝手が悪い

○使って不便だ（不方便）

▲今の家は、子供も増えたし、何かと勝手が悪いので、引っ越すことにした

（又添了孩子，現在的房子有些不方便，所以決定搬家了）。

買って出る

○自分から進んで引き受ける（[多用於別人不願幹的事情]自告奮勇）

▲彼は労使間の調停役を買って出た（他主動承擔了勞資雙方間的調停工作）。

勝手な熱を吹く

○聞かされる人の気持ちや立場を無視して、自分一人得意になって言いたい

放題のことをいう（信口開河，大吹大擂）

▲あの男は、酒を飲んだ勢いで一人勝手な熱を吹いている（那個男人借著

酒勁，一個人在那裏大吹大擂）。

勝手を知る

○その場所の様子に詳しかったり、その物の扱い方を心得ていたりして、

ためらわずに何かができる（熟悉情況，知道內情）

▲いくら勝手を知った家だからといって、無断で上がりこむ奴がいるか（即

使再熟悉，也沒有不打招呼就到別人家去的道理呀）。

活路を開く

○苦しい立場から逃れ出る手段を見出す（打開一條生路）

▲思わぬ方面に一条の活路を開いた（在意想不到的地方打開一條生路）。

渇を癒す

○長い間ほしくてたまらなかったものを与えて満足させる（如願以償）

▲中国チームが予想以上に健闘して、決勝戦まで勝ち進むことができ、関

係者は渇を癒す思いだ（中國隊比想像的還要努力，終於進入了決賽，相關

人員都感到如願以償）。

活を入れる

○元気付ける（鼓勁兒，打氣）

▲沈滞した経済に活を入れるために政府は思い切った措置を取るべきである

（政府應該採取一些決斷措施，給低迷的經濟注入活力）。

合点が行く

○理由や事情などが分かり、納得できる（能理解，明白）

▲前評判が高かったのに、どうしてこんなに客の入りが悪いのか、いくら考えても合点が行かない（開張前以為一定會紅，可為什麼現在客人來得這麼少?眞想不通）。

角が立つ

○人間関係の上に妨げとなるような非妥協点が目立つ（不圓滑，態度生硬）

▲嫁の私が口を出しては角が立つから、黙って見ているのだ（我這個當媳婦的要是插嘴肯定會惹人不高興，因此才默默看著）。

角が取れる

○年をとったり苦労を積んだりして、昔と違って円滑になる（變圓滑，變老練）

▲年とともに人間の角が取れてきた（隨著年齡增長，人也變得圓滑起來）。

角番に立つ

○その成否が以後の運命を決する事態に至る（決定勝負的關鍵時刻，處於決定勝敗的緊要關頭）

▲人生の角番に立つ（處於人生的轉折點）。

角を立てる

○ことを荒立てる（態度生硬；彆扭）

▲君が素直に謝ってさえいれば、彼も角を立てることはなかった（要是你坦率地道個歉的話，他也不會鬧彆扭的）。

金縛りにあう

○金銭で自由を束縛ばくされる（被金錢左右，被金錢鎖住自由）

▲彼女は金縛りにあって、なかなか水商売から足が洗えないようだ（看來她為錢所困，很難放棄歡場的行當）。

金縛りにあったよう

○驚きや恐怖で、身動きができない状態になる様子（[因吃驚、恐懼等]動彈不得，呆若木雞）

▲彼女は恐ろしさのあまり、金縛りにあったように、その場に立ちすくんでしまった（她嚇得呆若木雞，一動不動地站在那裏了）。

金棒を引く

○他人のうわさなどを大げさに触れ回ること（搬弄是非，散布謠言）

▲あの人には本当のことを言わないほうがいい。すぐ金棒を引いて回るから

　（跟她還是少講真話，因為她馬上就會四處亂講的）。

金がうなる

○多くの金銭を貯え持つことのたとえ（很有錢）

▲金がうなるほどある（家財萬貫）。

金が物を言う　＝地獄の沙汰も金次第

○決着の困難な事柄でも金を出せば解決する。金銭の威力の絶大なことをいう（有錢能使鬼推磨）　▲金が物を言うのだから、彼に金を渡せば、承知してくれるかもしれない（有錢能使鬼推磨，給他點錢也許就會答應的）

金で縛る

○金の力で人の自由を奪う（用金錢束縛人）

▲金を貸してやっているからって君を金で縛るようなまねはしないから、いやならいやと断ってくれていいんだよ（借錢給你並非是想以此來束縛你，不願意的話，你可以拒絕嘛）。

金に飽かす

○そこまでする必要があるのかと思われるほど、一つの目的のために、ふんだんにお金を使う（不惜花重金）

▲金に飽かして建てた豪邸（花重金建造了豪宅）。

金に糸目をつけない

○金銭を惜しげもなく十分に出す（不惜重金）　▲一番高いのをくれ、金に糸目はつけない（給我最貴的，不要擔心付不起）。

金離れがいい　⇔金離れが悪い

○出すべき時に惜しまずに金を出す様子（捨得花錢，出手大方）　▲人は金をたくさん持っているときより持っていないときの方が金離れのいいことがある（有的時候，人有了錢反而不如沒錢那會兒出手大方）。

金回りがいい

○収入が多く、経済的に余裕がある様子（手頭寬裕，經濟狀況好）

▲鈴木さんは近頃金回りがいいと見えて、よく我々にごちそうしてくれる
（鈴木最近好像手頭挺寬裕的，老是請我們吃飯）。

金持ち金使わず

○金持ちがとかくけちなことを言う（有錢人吝嗇）

▲金持ち金使わずというように、鈴木さんは本当にけちだ（所謂有錢人吝嗇，
鈴木可真是個小氣鬼）。

鉦や太鼓で探す

○やっきになって探す（敲鑼打鼓地到處尋找）

▲あんないい人は鉦や太鼓で探したってそう簡単に見つかるものじゃない（打
著灯籠也難以找到他這樣的好人）。

金を食う

○費用がかさむ（費錢）

▲この自動車は燃料費・補修費などに金を食う割には、性能がよくない（這
汽車汽油費、維修費等一點兒也不少花，可性能卻不怎麼樣）。

金を寝かす

○金銭を利殖したり活用したりせず、そのままにしておく（讓錢閒著不用）

▲金を寝かしておいてもばからしいから、少し株でも買ってみよう（讓錢就
這麼荒著也夠蠢的，買點股票看看吧）。

金を回す

○持っている金を融通する（投資；周轉資金）

▲関連事業に多額の金を回し、一大コンツェルンを築き上げる（把大量資金
投入到相關事業上，以建立一個龐大的壟斷集團）。

黴が生える

○物の表面に黴がつく。転じて、古くさくなる、時代遅れになる意（陳腐，
老舊，過時）　▲私のような黴の生えた学者、学会に出ても恥をかくことば
かりだ（像我這樣的老朽出席學會，也只是丟臉而已）。

壁に突き当たる

○それ以上進むのが困難な状況に陥る。仕事などが行き詰まる（碰壁，遇到
阻礙）　▲交渉は厚い壁に突き当たってしまった（談判遇到了巨大的阻礙）。

壁を作る

○自分や自分の仲間と他との間をはっきり区別して、別け隔てをする（製造隔閡、障礙） ▲あの人たちは我々との間に壁を作って、寄せ付けようとしない（那些人製造隔閡，不讓我們接近）。

噛ませて呑む

○人に噛み砕かせた物を呑むことから、骨を折らずに功をなすことのたとえ（坐享其成） ▲部下が何もかもやったから、あの上司は噛ませて呑むだけだ（下屬什麼都幫著做，所以那個上司只是坐享其成）。

鎌をかける

○上手に問い掛けて、本当の事を相手に言わせようとする（套話） ▲いくら鎌をかけられても僕はしゃべらなかった（無論對方怎麼套話，我都沒說）。

神掛けて

○自分の証言は神に誓って偽りが無いと主張すること（老天作證）
▲神掛けて私は無実です（老天作證，我是無辜的）。

紙一重の差

○薄い紙一枚の厚さほどの違いしか無いこと（毫釐之差）
▲天才と狂人は紙一重の差だ（天才和瘋子只有一步之遙）。

神も仏もない

○苦痛・つらさの連続で、救ってくれるはずの神も仏も現れない。懸命な努力や忍耐が報われないときのことば（老天不開眼）
▲罪もない幼い子供が犠牲になるとは、この世に神も仏もないものか（老天真是不開眼啊，讓無辜的小孩子犧牲）。

可もなく不可もなし

○特に良くも悪くもない。平凡・普通であること（無可無不可；還好，湊合）
▲この店のラーメンは安くて量も多いが、味の方は可もなく不可もなし、といったところだ（這家店的拉麵便宜而且量多，味道也還不錯）。

殻に籠る

○かたくなに自分だけの世界を守り、他人との交際などを避ける（孤僻，離群索居） ▲事故のあと彼女は自分の殻に籠って心を開こうとしなかった（事

故發生後，她就封閉自我，變得孤僻起來）。

柄にもない

○地位・能力・性格などにふさわしくない（不合身份，不配）

▲柄にもないことを言う（說話有失身份）。

空振りに終わる

○意気込んで企てたことが失敗に終わる（白幹；落空，瞎忙乎）

▲台風は途中で進路を変えたのですべての準備は空振りに終わった（颱風中途改變了方向，所有的準備工作都白費了）。

借りを返す

○他人から受けた恩恵に見合うことをこちらからしたり、ひどい仕打ちに対する仕返しをしたりする（報復；回敬；酬謝）

▲この前の勝負では君に手ひどくやられたが、今度は借りを返すつもりで頑張るぞ（上次的比賽被你打得慘敗，這次我可要好好回敬你啦）。

渇きを覚える

○何かに激しい欲求を感じ、無性にそれを充足させたくなる（渴望）

▲久しく芸術的な雰囲気に接する機会がなく、しきりに渇きを覚えるようになった（很久沒有接受藝術陶冶了，非常渴望有欣賞藝術的機會）。

変われば変わる

○ここまですっかり変わってしまうものかと、呆れたり感心したりする気持ち（變了很多，大變樣）

▲十年ぶりに故郷に帰ってきたが、村の様子も変われば変わるもんだ（10年後回到故鄉一看，村子已經大變樣了）。

我を折る

○自分の意志を主張することをやめ、他人に従う。譲歩する（放棄己見；妥協，讓步）　▲父もついに我を折って、私の結婚に賛成してくれた（父親也終於讓步，同意了我的婚事）。

我を通す

○説得などに応じず、どこまでも自分の考えや気持ちに従って行動しようとする（固執己見）

▲うちの社長はワンマンで、どんなことでも我を通さなければ気が済まないようだ(我們社長剛愎自用，不管什麼事情都要固執己見)。

我を張る
○自分の考えを無理にでも通そうとする(固執己見)
▲彼はつまらぬことに我を張る癖があって困る(他有個愛在小事上固執己見的毛病，真叫人頭痛)。

癇が高ぶる
○神経が過敏になっていて、ちょっとしたことにもすぐ興奮しやすい状態になる(神經質；肝火旺) ▲彼は連日の徹夜で癇が高ぶっているようだ(他連日熬夜，似乎肝火挺旺)。

干戈を交える
○戦争をする(交戰，交鋒) ▲両国が干戈を交えるような事態は起こりえない(兩國之間不可能出現大動干戈的局面)。

勘気に触れる
○目上の人から咎められる(受訓斥，被懲罰) ▲先生の勘気に触れて、出入りを禁じられた(受到老師的懲罰，被禁止外出)。

感極まる
○感激が極限に達する。非常に感動する(非常感激；感動莫名)
▲感極まって泣き出す(感動得哭了)。

間隙を生ずる
○お互いの間に隙間ができるという意で、人間関係が不和になること(產生隔閡)。 ▲遺産相続の問題で兄弟きょうだいの間に間隙を生じた(因遺產繼承問題，兄弟間產生了隔閡)。

間隙を縫う
○切れ目なく続く物事のすきまを何とか見つけて何かを行う(抽空幹某事)
▲仕事の間隙を縫って、好きな音楽会に出かけていく(趁工作間隙，去聽喜歡的音樂會)。

勘定高い
○金銭の勘定が細かく、けちである。また、利害に敏感で、打算的である

（斤斤計較，精打細算）

▲彼は勘定高い男だ（他是個斤斤計較的男人）。

勘定に入れる

○何かをする際に、あらかじめそれを考慮する（事先想到，估計到）

▲土曜日だということを勘定に入れるのを忘れていたので、道が混んでだいぶ遅れてしまった（因為事先沒有想到是星期六，所以道路擁擠，遲到了很長時間）。

奸知にたける

○悪賢い性格で、陰謀・策略などに優れた才能を発揮する（奸猾，詭計多端） ▲彼は奸知にたけているから、用心するほうがいい（他詭計多端，還是提防著點兒好）。

缶詰になる

○外出・連絡を拘束された状態で一か所にとどめて置かれる（被封閉起来，被隔離起来） ▲締め切りが近づくと作家はホテルに缶詰になって原稿を書かされる（一臨近截稿日期，作家就被關在飯店裏面寫稿子）。

噛んで吐き出すよう

○不快な態度でそっけなく言う様子（咬牙切齒；惡狠狠地説）

▲あんな恩着せがましいことをされてはかえって迷惑だ、と噛んで吐き出すように彼は言った（他咬牙切齒地説：「讓他得人情，想也別想。」）

噛んで含める

○十分に理解するように言い聞かせる（淺顯易懂地講解；詳細地講解）

▲噛んで含めるように教える（詳細地給我們講解）。

勘所を押さえる

○何かをする際の、一番大切な所を十分に把握する（把握關鍵，抓住要點）

▲彼の話はやや冗舌のきらいはあるが勘所は押さえている（他説話雖然有點饒舌，要點倒是抓住了）。

癇に障る

○腹立ちのもとになる（[用言語]觸怒，冒犯）

▲彼女の出すぎたことばがボスの癇に障った（她過分的話語觸怒了老闆）。

感に堪えない

○深く感動する様子（深受感動的樣子）

▲彼は感に堪えない様子であった（他看上去深受感動）。

看板に傷が付く

○客の信用を失うようなことをして、信用が損なわれ、評判ひょうばん が落ちる（失去信用，砸了招牌）

▲欠陥商品を売ったなどと言われたら、店の看板に傷が付く（要是被説成賣次品的話，商店的招牌就砸了）。

看板にする

○①何かを人目を引くためのスローガンや表向きの名目にする（掛著……招牌，打……招牌）
②飲食店や酒場などがその日の営業を終わりにする（結束當天的營業）

▲①二十四時間営業を看板にしたスーパーが近所にできた（附近開了一家掛著24小時營業招牌的超級市場）。 ②客がいなくなったから、今日はこの辺で看板にしよう（沒有顧客了，今天的營業就到此結束吧）。

看板を掲げる

○世間に公然と名乗る（打著……的旗號）

▲平和国家の看板を掲げながら、侵略戦争に荷担する（打著和平國家的旗號，幹的卻是參與侵略戰爭的勾當）。

冠を曲げる　⇒旋毛を曲げる

○機嫌を悪くする（鬧情緒，不高興）

▲彼は自分だけのけ者にされてしまったと、冠を曲げている（他不高興，只是自己受到排斥）。

款を通じる

○内通する（通敵）　▲祖国を裏切り、敵国に款を通じる（叛國通敵）。

歓を尽くす

○互いに打ち解けて話し合ったりして、大いに楽しむ（盡歡，盡情）

▲久しぶりに旧友が集まり、一夜の歓を尽くした（闊別許久的老朋友重逢，盡情歡聚了一個晚上）。

き

聞いて呆れる

○聞くことと実際とが違いすぎて、あきれる（聽了笑掉大牙，聽了生厭）

▲これで名人とは聞いて呆れる（說這是名人，聽了簡直叫人笑掉大牙）。

聞いて極楽見て地獄　⇒聞くと見るとは大違い

○話に聞いては極楽のように思われるものも、実際を見れば地獄のようであるの意から聞くと見るとで大きな違いがあること（看景不如聽景，看到的跟聽到的相差甚遠）　▲練習の厳しさは、まさに聞いて極楽見て地獄であった（訓練的嚴格勁兒，眞是看到的跟聽到的相差甚遠）。

忌諱に触れる　⇒忌諱に触れる

○目上の人の嫌っていることを言ったりしたりして、機嫌をそこねる（觸犯［別人的］忌諱）

▲師匠の忌諱に触れて破門になった（觸犯了師傅的忌諱，被逐出師門）。

聞きしに勝る

○うわさに聞いていた以上に程度が優れている（勝於傳聞，比傳聞的更好）　▲この間初めて会ったが、石川君の妹さんは聞しに勝る美人だ（前幾天第一次見到了石川君的妹妹，她比傳聞的還要漂亮）。

聞き捨てならない

○そのまま聞き流して、平気でいるわけにはいかない（不能置若罔聞，不能聽之任之）　▲私が嘘つきだなんて、聞捨てならないことを言うね（竟然說我撒謊，告訴你，這可不能聽之任之喲）。

聞こえよがし

○悪口・皮肉などを問題にされる人の耳にも入るように、わざと大声で言ったりすること（［故意大聲］講壞話；罵街）　▲彼女は聞こえよがしに僕の悪口を言った（她故意大聲地講我的壞話）。

生地が出る

○何かの弾みで、それまで包み隠していた、その人の持って生まれた性質が現れる（現出原形，露出眞相）　▲利益配分の問題になったら、日ごろ紳士

ぶっている吉田君も生地が出た感じだった（一碰到利益分配的問題，連平日裏一副紳士派頭的吉田君也現出了原形）。

傷が付く

○その人や家などの不名誉な点とされ、世間の評価が下がる（[名聲被]玷污，敗壞）

▲そんな事をしたらあの人に傷が付く（做那樣的事，會玷污他的名譽）。

帰する所

○あれこれ策を考えたものの、案外平凡な結果に落ち着くものだということ（總之，歸根到底）

▲彼の主張も帰する所は同じだ（他的主張歸根到底也是相同的）。

犠牲を払う

○目的を達成するために、命を捨てたりかけがえのない物を失ったりする（做出犠牲，付出代價）　▲平和を得るために大きな犠牲を払わなければならなかった（為了贏得和平，必須付出巨大的代價）。

鬼籍に入る

○死んで亡者の籍に記入される（死亡，去世）　▲学生時代の仲間も今では鬼籍に入った者の方が多くなった（學生時代的伙伴有很多已經作古了）。

期せずして

○偶然に一致する場合についていう（不約而同）

▲期せずして意見が一致した（意見不約而同地一致了）。

機先を制する

○他に先んじて事を行い、その気勢・計画を抑えて自らを有利に導く（先發制人，先下手為強）

▲敵の機先を制して、攻撃をしかける（先發制人，對敵人發起攻擊）。

危殆に瀕する

○非常に危険な状態になる（面臨危機）

▲今や世界の平和は危殆に瀕している（現在世界和平正瀕臨危機）。

機知に富む

○巧みな表現などがとっさに口をついて出て、その場の雰囲気を和やかに

したり、自分の立場を有利にしたりする才能がある（富於機智，很機靈）

▲彼の講義は機知に富んだ味わい深いものであった（他的課風趣，意味深長）。

切った張った

○乱暴なことをする様子（大打出手）

▲切った張った大喧嘩（大打出手的吵架）。

切って捨てる

○情け容赦なく切り捨てる（毫不可惜地放棄）　▲能力のない者は切って捨てる覚悟をしなければ、我が社は生き残れそうもない（如果不準備好裁減沒有能力的員工，我們公司就無法生存下來）。

切っても切れない

○断ち切ろうとしても切れないほど強いつながりがある（十分密切，非常親密）

▲あの二人は切っても切れない関係にある（那兩個人關係十分親密）。

機転が利く

○事に当ってとっさに頭が働き、その場にふさわしい行動が取れる（機靈，反應快，精明）　▲彼は体が丈夫で機転が利く（他身體結實，反應靈敏）。

軌道に乗る

○予定通りに事が運ぶ（步入正軌；發展順利）

▲うちの会社もようやく軌道に乗ってきた（我們公司也總算走上了正軌）。

機に乗じる

○その時の情勢を絶好の時機ととらえてすかさず行動に出ること（趁機）

▲信長は、機に乗じて一気に桶狭間に攻め入った（信長趁機一鼓作氣攻入桶狹間）。

機に投じる

○その時の情勢を、得がたい好機として抜け目なく利用する（抓住時機，趁機）

▲機に投じて事業を拡張し、巨万の富を得る（趁機擴展事業，獲得巨額財富）。

昨日の今日

○昨日続いての今日。或る事件があって、それからまだ日のたっていないこと（一兩天）

▲それは昨日の今日の事ではない（那不是一天兩天的事）。

昨日や今日

○つい近頃のこと（一天兩天，最近）　▲お前との仲は昨日や今日のことではない（和你也不是一天兩天的交情了）。

着の身着のまま

○着ている着物のほか、何物も持っていないこと（隻身；空手；只有身上穿的衣服）　▲着の身着のままで避難する（隻身逃了出来）。

決まりが付く

○決着がつく（有結果；解決）

▲そうすれば万事決まりが付く（這様的話，什麼事都解決了）。

決まりが悪い　＝決まり悪い

○その場を取りつくろうことが出来ず、恥ずかしい気持ちだ（不好意思，難為情）　▲髪をとかさないままでは、決まりが悪くて外に出られない（不梳頭髪的話，不好意思出門）。

決めて掛かる

○初めからそうなるものと思い込む（先入為主）

▲できないと決めて掛る（先入為主地認為做不到）。

客が付く

○買い手が付く（有主顧，有常客）　▲売り場面積を拡張することで、あのデパートは客が付いた（因為増加了賣場的面積，那個百貨商店也有了客人）。

客をする

○客として招き、接待する（招待客人）

▲休みの日には家で客をすることが多い（休息日大多待在家裏招待客人）。

キャスティングボートを握る

○少数党やグループが、大勢を左右する力となる（擁有決定性的一票，［由少數人］掌握決定權）

▲我々の意見が二つに割れてしまったから、今日欠席の石田さんがキャスティングボートを握る（我們的意見分成了兩派，勢均力敵，所以今天缺席的石田君便擁有了決定性的一票）。

久闊を叙する

○久しぶりに会って話をする（久別重逢，暢敘離別情）　▲クラス会に出席して、互いに久闊を叙した（參加同學會，相互暢敘了一番闊別之情）。

旧交を暖める

○旧友に久しぶりに会って、昔を懐かしむ（重溫舊情，重敘舊好）
▲久し振りに佐藤君と会い旧交を暖めた（和佐藤君好久不見，互敘了舊情）。

急所を衝く

○物事の核心となる部分を的確にとらえて、問題にする（擊中要害，觸及關鍵之處）　▲その容疑者は急所を衝いた質問に一瞬たじろいだ（那個嫌疑犯被提問擊中要害，一下子軟了下來）。

急所を握る

○相手の致命的な弱点を的確に見抜く（抓住致命弱點，抓住關鍵之處）
▲彼女は佐藤夫人の急所を握っているようだ（她似乎抓住了佐藤夫人的把柄）。

急場を凌ぐ

○一時の間に合わせでなんとかその場を切り抜けること（應急，[暫時]渡過難關）　▲急場を凌ぐのに役立つ（有助於暫時渡過難關）。

灸を据える

○痛い目にあわせる。強く叱る（懲戒，嚴加訓誡）　▲そんないたずらをすると、先生に灸を据えられるぞ（那樣淘氣的話，老師會懲罰你的）。

興が醒める

○今まで抱いていた興味が失われたり、愉快な雰囲気が損なわれたりする（掃興）　▲その事件でパーティーの興がすっかり醒めてしまった（那件事把晚會搞得很掃興）。

行間を読む

○文字面には現れていない、表現主体の真の意図を汲み取る（領會字裏行間的含義；理解文章的實質）

▲そこまで行間を読んでいただければ、作者としてこれに過ぎる喜びはありません（若能將文章的含義理解到這種程度，作為作者，沒有比這個更開心的了）。

興に入る

○面白さや楽しさが最高潮に達する（進入高潮；興致正高）

▲宴も興に入って、座も乱れてきた（宴會進入高潮，座次也散亂了起來）。

興に乗る

○おもしろさに引かれて思わずその事に熱中する（乘興）

▲興に乗って、つい深酒をしてしまった（乘酒興無意中飲酒過量了）。

教鞭を取る

○教師になって教える（執教，當老師）　▲父は大学卒業後、郷里で四十年間教鞭を取った（父親大學畢業之後，在家鄉當了40年老師）。

興を添える

○楽しさを増すようにする（助興）　▲趣向を凝らしたアトラクションで同窓会に興を添える（獻上一個精心準備的節目，為同學會助興）。

曲が無い

○①面白みがない（無趣，乏味）

②愛想がない。すげない（冷淡的，薄情的）

▲①いつも同じ料理で接待するのでは曲が無い（老是用同樣的幾道菜來招待客人，太單調了）。　②曲が無い返事をする（作出冷淡的回答）。

去就に迷う

○その地位や役職などにとどまるべきかどうか判断がつかず、思い悩む（不知何去何從；為去留問題而苦惱）　▲彼は部長として、新社長の経営方針になじめず、去就に迷っているようだ（作為部長，他無法適應新社長的經營方針，好像正在為去留問題而苦惱）。

虚勢を張る

○からいばりをする（虛張聲勢）　▲いばり散らしているが、実は虚勢を張っているにすぎない（亂耍威風，實際上只不過在虛張聲勢而已）。

挙措を失う

○精神的に被った打撃が余りに大きいために平常心を失い、なりふり構わず取り乱す（舉止失措）　▲息子の死の知らせに、母親は挙措を失って激しく泣き崩れた（得到兒子死去的消息，母親舉止失措，痛哭起來）。

虚を衝く

○相手の備えのないのにつけ込んで攻める（攻其不備，乘虛而入）

▲私は虚を衝かれてうろたえた（我被突然攻擊，驚慌失措了）。

義理が立つ

○相手から受けた恩惠に対し、こちらもそれ相応のことができて、面目が保てる（盡人情，盡禮數）　▲君が引き受けてくれれば、先方に対し私の義理が立つ（你若答應，我對對方也有個交代了）。

切りがいい

○終わりとするのに適当だ（正好告一段落）

▲切りのいい所でやめなさい（請適可而止）。

義理にも

○単に挨拶として述べるに過ぎないものであるにしても。お世辞にも（從情理上也……；無論如何也……）

▲義理にもそうしなければならない（從情理上來講也非這樣不可）。

切り札を出す　⇒最後の切り札を出す

○それを用いればまず負けることはない、取っておきの有力な手段を用いる（拿出王牌，拿出最後招數）　▲住民が反対運動を続けていれば、政府は土地収用法という切り札を出してくるに違いない（若居民繼續進行反對活動，政府必定會拿出土地徵用法這張王牌）。

義理を立てる

○相手から受けた恩惠などに対し、こちらからもそれに応じた行為をする（盡情分，盡禮數）　▲彼も発起人の一人だというので、義理を立てて大口の寄付をした（他也是發起人之一，為盡心意拿出了一大筆捐款）。

切りを付ける

○区切りをつける（告一段落）

▲仕事に切りを付けて帰る（待工作告一段落後回去）。

岐路に立つ

○将来進むべき方向が二つに分かれ、どちらを選択するのがよいか迷わざるを得ない立場に置かれる（站在十字路口，徘徊於歧路口）

▲このままの生活を続けるか否か、いま人生の岐路に立っている（現在正站在人生的十字路口，思考是否繼續目前的生活）。

機を逸する

○事を運ぶのによい機会を逃す（坐失良機，失去機會）

▲この機を逸してはならなぬと、閉店のバーゲンセールに大勢の人が押しかけてきた（很多人抱著良機莫失的心情，湧入這家開展減價活動的即將停業的商店）。

奇を衒う

○中身はたいしたことが無いのに、他の注意を引き付けようとして、わざと変わったことをする（標新立異，別出心裁）

▲あの歌手は奇を衒った服装で人気を得ようとしている（那個歌星想以奇裝異服取悅觀眾）。

機を見るに敏

○今がそれをするのにまたとないチャンスであると察して、素早く行動に移す様子。また、そのような事態であることを察知する力がある様子（善於見機行事；善於判斷）　▲彼は機を見るに敏で、残っていたらろくなことはないと、さっさと引き上げてしまった（他善於見機行事，發現留下來沒什麼好事，就趕緊溜之大吉了）。

禁じえない

○その気持ちをとどめることが出来ない（不禁，忍不住）

▲事故で息子を失った山田君に同情の念を禁じえない（［大家］對事故中失去兒子的山田君不勝同情）。

琴線に触れる

○読み手や聞き手に大きな感動や共鳴を与える（動人心弦）　▲その小説は読者の琴線に触れるものだった（這部小說觸動了讀者的心弦）。

金的を射落とす

○だれもが得たいと思いながら、なかなか手に入れがたい物を自分の物とする（獨占鰲頭；得到人所共慕之物）

▲やつも金的を射落としたもんだ、大金持ちの娘と結婚したなんて（那傢伙揀了個大便宜，和富豪的女兒結婚了）。

く

食い足りない

○①十分に食べていない（沒吃夠）

②不満足である。物足りない（不満足，不夠勁）

▲①すしを二十個も食べてまだ食い足りないと言う（吃了20個壽司，還在那裏喊不夠）。　②あの映画の結末はなにか食い足りなかった（那部電影的結局有點不夠勁）。

食い物にする

○自分の利益のために他人を利用する（利用他人，剝削他人）

▲あの連中は君の友達どころか君を食い物にしているだけだ（那傢伙哪裏把你當朋友呀，他只是在利用你罷了）。

食うか食われるか

○相手を倒すか相手に倒されるか。命がけの争いにいう（不是你死就是我亡；魚死網破）　▲食うか食われるかの戦い（不是你死就是我亡的戰鬥）。

ぐうの音も出ない

○詰問されて一言も返す言葉がなく、閉口することにいう（啞口無言，無言以對）　▲新聞でこっぴどく叩かれても彼はぐうの音も出なかった、自分が悪いと知っていたから（在報紙上受到激烈的攻擊也不出聲是因為他自知有愧）。

食うや食わず

○たいそう貧乏して生計の苦しい様子に言う（食不飽腹，衣不蔽體；生活非常拮据）　▲夫婦で月収十二万円では食うや食わずの生活だ（夫婦兩人月薪12萬元，過著非常拮据的生活）。

食えない

○①生活できない（無法生活）

②ずるかしこくて油断ができない（狡猾，奸猾）

▲①この程度の給料では親子三人とても食えない（這樣的薪水一家三口是無法生活的）。

②一見おとなしそうに見えるが、なかなか食えないやつだ（乍一看是個老實人，實際上非常狡猾）。

釘付けになる

○自由を拘束されたり、何かに心を奪われたりして、そこから動けない状態になる（固定住，困住；一動不動）　▲驚きのあまりその場に釘付けになった（太吃驚了，以至於當場呆立了）。

釘をさす

○あらかじめ念を押す。警告する（説定，講妥；叮囑）　▲あの男には気をつけるようにと釘をさしておいたのに、彼女はそれを無視した（已經叮囑過她了，要小心那個男人，可是她充耳不聞）。

苦言を呈する

○本人のためを思って、気に障るような意見をあえて言う（進忠言，進逆耳之言）　▲先輩として一言君に苦言を呈しておきたい（作為前輩，想忠告你一句）。

臭い仲

○男女特別な関係にあること（[男女]關係曖昧；關係不正常）　▲君はいつも彼女と一緒にいるのだから、臭い仲だと疑われてもしかたないよ（你總是和她在一起，被人家懷疑關係不正常也是很自然的）。

臭みがある

○気取っている。きざだ（矯揉造作，裝腔作勢）
▲彼は個性的な役者だが、演技に少々臭みがある（他是一個有個性的演員，但是演技稍嫌做作）。

腐るほど

○物が有り余るたとえ（[特指無價值的東西]比比皆是）
▲ここには腐るほど食べ物がある（這裏食物多得是）。

糞食らえ

○その人や物事の存在をまったく意に介さなかったり、のろわしく思ったりする気持ち（吃屎去吧！狗屁！）
▲彼は僕に糞食らえと言った（他對我說，吃屎去吧）。

管を巻く

○酒に酔ってとりとめのない事をくどくどと言う（酒後說絮叨話）

▲彼と一緒に飲むのもいいけど、管を巻かれるのには閉口だ（和他一起喝酒倒是沒什麼，只是受不了他酒後嘮叨）。

愚痴をこぼす

○言ってもしようがないような不平・不満を言って嘆く（埋怨，發牢騷）

▲彼女はいつも何か愚痴をこぼしている（她老是發牢騷）。

屈託が無い

○少しぐらいの失敗や気まずい事が有っても、気にかけないでいられる（開朗，無憂無慮）　▲彼はそれまで何の屈託も無い生活を送ってきた（在此之前，他一直過著無憂無慮的日子）。

食って掛かる

○激しい口調で立ち向かう（頂撞；反抗；反駁）

▲彼は怒って僕に食って掛った（他氣得反駁我）。

轡を並べて

○馬首をたて並べる。転じて、揃って一緒に（並駕齊驅；一起，一齊）

▲一流のマラソン選手が轡を並べて優勝を争う（一流的馬拉松選手們在一起爭奪冠軍）。

苦肉の策

○考えあぐね、苦労した末に考えた策。苦肉の計（苦肉計，忍痛採取斷然措施）　▲苦肉の策で急場をしのぐ（施苦肉計暫時渡過了難關）。

苦にする

○気にして悩む（為……而苦惱）

▲彼女は就職が決まらないことをひどく苦にしている（她為找不到工作而非常苦惱）。

苦になる

○ある物事が負担に思われる（為……苦惱，發愁）

▲雪はちっとも苦になりません（一點兒也不為下雪發愁）。

愚にもつかない

○ばかばかしくて取るに足りない（愚蠢至極，糊塗透頂）

▲そんな愚にもつかない話を彼女は本当に信じていたのだろうか（她真的會

相信那種糊塗透頂的話嗎)?

苦杯を嘗める

〇思い通りに事が運ばず、苦しくつらい経験をする(吃苦頭，嘗到苦頭)

▲敵を甘く見て苦杯を嘗めさせられた(不得不嘗到了輕視敵人的苦頭)。

工夫を凝らす

〇最善の方法を見出したり、最上の結果を得たりしようとして、あれこれと考えをめぐらす(開動腦筋[想辦法、找竅門])

▲工夫を凝らした計画案(動了一番腦筋的企畫方案)。

苦も無く

〇何かが苦労せずにたやすくできる様子(輕而易舉，很容易，不費力)

▲大きな石を彼は苦も無く持ち上げた(他輕而易舉地把大石頭舉了起來)。

位人臣を極める

〇仕えて働く者として最高の位につく(位極人臣)

▲学歴のない彼は、人一倍の努力で位人臣を極め、今や飛ぶ鳥を落とす勢いだ(他沒有學歷，卻透過個人的努力位極人臣，現在有炙手可熱的權勢)。

倉が建つ

〇大金持ちになる(發大財，賺大錢)

▲あの調子では今に倉が建つ(照那樣下去的話，不用多久就要發財了)。

暮らしを立てる

〇収入源を得て、何とか暮らしていけるようにする(維持生活；能糊口)

▲月十五万円で暮らしを立てる(以每月15萬日元維持生活)。

ぐるになる

〇悪事を働くために結託する(勾結，串通一氣，狼狽為奸)

▲政治家の中には軍部とぐるになっている者もいた(政治家中也有與軍部狼狽為奸的人)。

車の両輪

〇互いに欠くことのできない密接な関係にあることのたとえ(相互依存，互為依托)

▲両者は車の両輪のようなものだ(兩者互為依托)。

来る者は拒まず

○向こうから自分のところにやってくる者は誰でも拒むことなく、快く受け入れて仲間に入れるの意（来者不拒）

▲来る者拒まず、去る者追わずで、この会に入るには特別な資格は要らない

（来者不拒，往者不追，入這個會不需要特別的資格）。

軍配が返る

○相撲で制限時間が一杯になり、行司の軍配が翻って取り組みが始まる（相撲比賽中正式比賽開始）　▲軍配が返って、両者立ってがっぷり四つに組む

（相撲比賽正式開始，兩個人緊緊纏纏到了一起）。

軍門に降る

○戦争に負けて敵に降参する（投降，認輸）

▲力尽きて敵の軍門に降る（力量耗盡，向敵方認輸）。

群を抜く

○多くの者にぬきんでている。非常にすぐれている（超群，出衆）

▲この作品は群を抜いている（這部作品很出衆）。

け

芸が細かい

○細部にわたるまで気を配って、物事のやり口が綿密である（做工精細，精巧）　▲この車の模型は走るときに煙まで出させるのだから、実に芸が細かい（這個汽車模型行駛起來還會冒煙，做工非常精巧）。

芸が無い

○着想・やり方が平凡で、心を惹かれるものが一つも無い（沒意思；平庸）　▲それではあまり芸が無いと思ったのでデザインを変えてみた（覺得那樣太平庸了，因此試著改變了設計）。

計算に入れる

○当然考慮すべきものとして扱う（事先考慮在內）

▲乗り物に乗る時間を計算に入れて旅程を組む（把在車上的時間計算在內來組織旅遊的行程）。

檄を飛ばす

○考えや主張を広く人々に知らせて同意を求める。また、元気の無い者に刺激を与えて活気付ける(發出號召，呼籲)

▲同窓生に檄を飛ばして、母校の廃校反対運動に立ち上がった(呼籲校友掀起反對停辦母校的運動)。

けじめを付ける

○して良いことと悪いことの区別を、態度・行動ではっきりさせる(分清是非，劃清界限)　▲政治家として、公私のけじめを付けた行動を取るべきだ(作為政治家，辦事應該公私分明)。

桁が違う

○あまりにも差がありすぎて比べものにならない(不是一個檔次，相差懸殊)

▲東京と地方とでは、地価の桁が違う(東京和外省的地價相差懸殊)。

桁が外れる

○普通の尺度でははかりきれないほどに並外れている(極不尋常，異乎尋常，很特殊)

▲彼が描いている構想は桁が外れていて、どんな形で実現するか全く見当がつかない(他描繪的構想是異想天開，完全無法想像如何實現)。

けちが付く

○何かをする際に、先の見通しを暗くするような、嫌なことが起きる(不順利；出岔子；走背運)　▲こうけちが付いては仕事をやる気が起らない(若出這樣的岔子的話，會失去幹勁的)。

けちを付ける

○①縁起が悪くなるようなことをいう(澆冷水，說喪氣話)
　②欠点を挙げて貶す(吹毛求疵，挑毛病)

▲①そんなにけちを付けるな(別那樣說喪氣的話)。
　②人の話にけちを付ける(對別人的話吹毛求疵)。

決を採る

○議案の採否を賛成者の多寡によって決める(表決)。　▲決を採りますから、賛成の方は挙手をお願いします(現在表決，請賛成的舉手)。

煙に巻く

○気炎をあげて相手を戸惑わせる（連蒙帶唬；蒙騙）

▲むずかしい哲学の話をしては我々を煙に巻くことがあった（有時說高深的哲學來蒙我們）。

けりが付く

○長い間の懸案であった物事の結末がつく（終結，完結）

▲二人の意見は平行線をたどり、いつになっても話し合いにけりが付かない（兩人的意見不一致，到什麼時候也談不出個結果來）。

けれんみがない

○はったりやごまかしなどが全く見られない様子（誠實，實在，淳樸）

▲彼は素朴でけれんみがなく、実に誠実な人間だ（他是一個樸素、實在、非常誠實的人）。

験がいい

○縁起がいい（好兆頭，吉利）

▲一番の番号をもらうとは験がいい（得到第一號，真是個好兆頭）。

剣が峰に立つ

○事が成るか成らぬかのぎりぎりの分かれ目に来る（存亡之秋，關鍵時刻）

▲首相として生き残れるかどうか剣が峰に立されている（現在對首相來說是生死存亡之秋）。

喧嘩を売る

○喧嘩を仕掛ける（找碴兒打架；採取激怒對方的行為）

▲君は喧嘩を売るつもりでそんな失礼なことを言うのか（說那樣失禮的話，想找碴兒吵架嗎）?

言語に絶する

○言葉で言い表せないほど甚だしい（難以言喻，無法形容）

▲その風景の美しさは全く言語に絶する（風景美得難以形容）。

言質を取る

○約束事などで、あとの証拠となる言葉を相手から得る（抓住話柄；得到許諾）

▲前に断ったとき、次回は引き受けると言う言質を取られているから、やらざるを得ないのだ（上次拒絕的時候曾說過下次答應，現在讓人抓住了話柄，所以不得不幹了）。

けんつくを食わせる　⇒けんくつを食う

○①荒あらしくしかりつける（痛斥一頓；極力挖苦）
　②相手の申し出をぴしゃりと断わる（嚴詞拒絕對方的請求）
▲①ミスを犯した野村さんにけんつくを食わせた（把犯錯誤的野村狠批了一頓）。　②あまりにも虫のいい申し出に腹が立ったので、けんつくを食わせてやった（這樣的要求厚顏無恥，讓人火冒，所以嚴詞拒絕了）。

原点に帰る

○現象面にとらわれないで、そのものの持つ最も根源的な問題にまでさかのぼる（回到根本點，回到出發點）　▲民主主義の原点に帰って議会政治のあり方を考える（回到民主主義的根本點去思考議會政治應有的狀態）。

見当が付く

○いろいろな点から大体こうだろうと推測できる（有頭緒，有眉目，有線索）
▲彼を殺害した犯人がだれなのかまるで見当が付かない（是誰殺害了他呢，真是一點頭緒也沒有）。

見当を付ける

○多分こんなところだろうと大体のところを予測して何かをする（估計到……，預料到……）　▲君が大方ここにいるだろうと見当を付けてやってきた（估計你應該在，就過來了）。

けんもほろろ

○無愛想に人の相談などを拒絶する様子。取り付くすべもない様子（［對他人的請求］極其冷淡）
▲郷里の先輩を頼って上京したが、けんもほろろの挨拶だった（想投靠故鄉的前輩而去了京城，卻只得到極其冷淡的幾聲問候）。

言を構える

○あれやこれやとうそ偽りをいう（說謊；托詞）
▲発言する立場にはないと言を構えて意見をのべなかった（借口沒有發言的立場，所以沒有發表意見）。

妍を競う

○美女が数多く集まって華やかに人目を引く様子。また、花が美しく咲き乱れている様子（[指美女或花]争奇鬥艷） ▲これは四人のスターが妍を競っている映画だ（這是一部4位明星競相媲美的電影）。

言を左右にする

○はっきりしたことを言わず、その場をごまかす（閃爍其詞，顧左右而言他，支吾搪塞） ▲彼は言を左右にして借金を返さない（他支支吾吾不肯還錢）。

言を俟たない

○すでに分かっていることなので、改めて言うまでもない（自不待言，不用說） ▲アメリカ政府が報復に出るのは言を俟たない（不用說，美國政府會報復的）。

こ

ご愛嬌だ

○ちょっとした失敗などが、かえってその場の雰囲気を和やかにする様子（倒也逗樂，倒也有意思） ▲素人芝居なんだから、たまにはとちるのもご愛嬌だ（因為是業餘演出，所以偶爾出現破綻倒也有趣）。

ご挨拶だ

○相手の非礼などに対して、皮肉を込めて応える言葉（[講話]沒道理，不講理） ▲せっかく心配して訪ねてきたのに、帰ってくれとはご挨拶だね（放心不下特地來看看的，讓我回去也太沒道理了吧）。

恋の鞘当

○一人の女性の愛情を得ようとして、二人の男が争うこと（[兩個男人]争奪一個女人；争風吃醋）▲彼は恋の鞘当に、僕について妙なうわさをまき散らしている（他争風吃醋，到處散播我的流言蜚語）。

恋の柵

○恋の邪魔をするもの（愛情的障礙，愛情的羈絆）
▲病弱で手がかかる妹が彼女の恋の柵となって、相手に逃げられてしまった（多病而費事的妹妹成了她結婚的障礙，對方因此而離開了她）。

甲乙が付けがたい

○二つのもののどちらが優れているかを決めるのが難しい。互いに匹敵している（不相上下，難分高低）

▲両者ほとんど甲乙が付けがたい（兩者幾乎難分高下）。

後顧の憂い

○立ち去った後の心配（後顧之憂）

▲後顧の憂いがないように、きちんと仕事を片付けて会社を辞める（把工作全部處理完再辭職，以免後顧之憂）。

功罪相半ばする

○なされた行為について、いい点も悪い点もあり、どちらとも決めかねる様子（功過兼半，功過參半）

▲その政策は功罪相半ばする（那項政策利弊各半）。

光彩を放つ

○他を圧倒してすぐれて見える（大放異彩，出類拔萃）

▲芸達者ぞろいの中でも、彼女の演技は光彩を放っていた（即使在眾多知名演藝人士當中，她的演技也是出類拔萃的）。

好事魔多し

○好事にはとかくじゃまが入りやすいものだ（好事多磨）

▲好事魔多しだから、事業が順調な時ほど不測の事故に意を用いるべきだ（好事多磨，因此事業越是進展順利，越應該防止不測之事發生）。

攻守所を変える

○互いの立場が反対になる（攻守易位［指雙方立場互換］）

▲今回の選挙では野党が大勝を収め、攻守所を変えることになった（在野黨在這次大選中獲勝，攻守易位成了執政黨）。

強情を張る

○自分の方に分がないのに、一度言い出したことをあくまでも押し通そうとする（固執己見，執拗）

▲そんなに強情を張っていないで、早く謝りなさい（別那麼固執，快點道歉！）

公然の秘密

○表向きには秘密ということになっているが実情は世間に広く知られていること（公開的秘密）　▲近く大幅な人事異動があることは、社内の公然の秘密になっている（近期將有大的人事變動，這在公司內已經是公開的秘密）。

功成り名を遂げる

○手柄をあげ、名声も得る（功成名就）　▲クラス会に招かれ、功成り名を遂げたかつての教え子たちに囲まれて楽しい一夜を過ごした（應邀參加了同學會，在這些功成名就的學生中間，我度過了一個愉快的夜晚）。

効能書きを並べる

○それがいかに有用なものであるかと宣伝文句をいろいろ言い立てる（鼓吹；宣傳其效果）　▲彼はさんざんジョギングの効能書きを並べて帰っていった（他一個勁地鼓吹了一番慢跑的好處之後回去了）。

甲羅を経る

○年数を経て、老練になったり厚かましくなったりする（老練；有經驗；臉皮厚）　▲あの人のような甲羅を経た人には、我々などとても太刀打ちできない（像他那樣老練的人，我們可不是對手）。

甲羅を干す

○うつぶせになったりして、背中に日光を浴びる（曬太陽，日光浴）
▲海へ行ったといっても砂浜で甲羅を干していただけだ（說是去了海邊，也只是在海灘曬了曬太陽而已）。

稿を起こす

○原稿を書き始める（起稿）　▲稿を起こして半年が経つが、いまだに脱稿していない（起稿至今已有半年，但還未完成）。

香を聞く

○香のかおりを嗅ぐ。また、それが何の香かを嗅ぎ分ける（聞香）　▲一人静かに香を聞くのが無上の楽しみだ（一個人靜靜地聞香氣是再愉快不過的）。

業を煮やす

○腹立たしさに、心がいらいらする（不耐煩；發急；生氣）
▲いくら待っても来ないバスに業を煮やして歩き出した（等了很久公車也沒

来，一氣之下走著去了）。

声が潤む

○涙声えになる（聲音顫抖，哽咽） ▲彼女は死んだ娘の話をしているうち

に声が潤んできた（提起去世的女兒的事，她講著講著就哽咽起來）。

声が掛かる

○①宴席や会合に招かれる。誘われる（被邀請）

②その位置に就くように推される（被推薦，被舉薦）

▲①以前勤めていた学校の同窓会に、先生も是非と声が掛り喜んで出かけ

た（老師受到了邀請，也欣然出席了以前工作過的學校的同學會）。

②演技力が認められ、新人女優に大河ドラマ主演の声が掛った（這個新人

女演員的演技得到了承認，被推舉主演大型電視劇）。

声が潰れる

○大声を出し過ぎて、声が出なくなる（嗓子喊啞）

▲立候補者は投票日近くのころには選挙演説でみんな声が潰れていた（到了

臨近投票的日子，候選人都因競選演說而喊啞了嗓子）。

声が弾む

○抑え切れないうれしさのために、ふだんと違ってうきうきした声が出る

（[高興]聲音都變了） ▲大学受験に合格したことを知らせる娘の電話

は、声が弾んでいた（女兒打電話告知考上了大學，激動得聲音都變了）。

声を落とす

○話す声を小さくする（放低聲音，壓低嗓門） ▲妙な話を耳にしたんだが

と、彼は声を落として語りだした（他低聲說他聽到了一件怪事）。

声を限り

○大きな声の続く限り叫ぶこと（拼命大聲叫）

▲彼女は助けを求めて声を限りに叫んだ（她拼命大聲叫救命）。

声を掛ける

○話しかける。誘う（打招呼，邀請）

▲音楽会にいらっしゃる時は私にも声を掛けてください（去音樂會的時候也

来叫我一聲）。

声を嗄らす

○出し過ぎて声がかすれる（聲嘶力竭地喊叫，嘶啞著聲音大喊大叫）

▲母親は声を嗄らして波に呑まれた子供の名を呼び続けた（母親聲嘶力竭地喊著被波浪捲走的孩子的名字）。

声を曇らす

○声や顔に、悲しそうな様子をたたえる（[因悲傷]聲音顫抖）

▲娘ははかばかしくない父の病状を声を曇らして語った（女兒聲音顫抖地說父親病得不輕）。

声を殺す

○声を抑えて低い声で言う（壓低聲音，壓低嗓門）

▲声を殺して泣く（低聲哭泣）。

声を絞る

○①出ない声を無理に出す（擠出聲音）

　②声を小さくする（壓低聲音，小聲）

▲①病人は苦しい息の下から声を絞って語った（病人艱難地喘著氣，用微弱的聲音講了起來）。

　②声を絞って言う（壓低嗓音說）。

声を大にする

○自分の考えを受け入れてもらおうと懸命に主張する（大聲疾呼）

▲環境問題の深刻さを、私は声を大にして訴えたい（我想大聲疾呼環境問題的深刻性）。

声を立てる

○出していけない所で、思わず声を出してしまう（出聲）

▲録音中ですから、見学の人は声を立てないでください（正在錄音，請參觀的人不要出聲）。

声を作る

○わざと普段の声とは違えた声を出す（揑著嗓子，拿腔拿調）

▲お見合いだというので、彼女は声を作ってしとやかに挨拶した（因為是相親，所以她假聲地斯文地問候了對方）。

声を尖らせる

○怒ったりして、きつい語調で言う（[因生氣而]大聲，厲聲；提高嗓門）

▲彼は非難を浴びるや、声を尖らせて反駁してきた（他一受到指責，就扯起嗓門進行反駁）。

声を呑む

○①声を出さず、黙る。物を言かけてやめる（不出聲）　②強い驚き・悲しみなどのあまり声が出ない（[因吃驚、感動、悲傷]說不出話）

▲①その状況を見て、彼は声を呑んだ（看見那樣的狀況，他說不出話來）。
②あまりの美しさに、一同は声を呑んだ（因為太美了，大家都說不出話來）。

声を弾ませる

○嬉しさや興奮のため、調子づいて勢いに乗った声を出す（歡呼，開心地叫）　▲遠足に行った息子が声を弾ませて帰ってきた（去遠足的兒子開心地叫喊著回家來了）。

声を潜める

○周囲の人に聞こえないように声を小さくする（小聲說，壓低聲音說）

▲彼が入ってくると、彼女は突然声を潜めた（他一進來，她就一下子把聲音壓低了）。

声を振り絞る

○出しうる精一杯の声を出す（竭盡全力地喊，拼命呼喊）

▲声を振り絞って応援した（拼命喊加油）。

呼吸が合う

○人と力を合わせて一つの事をする場合に、お互いの調子がうまく合う（配合默契，合得來）

▲彼とは呼吸が合わず、どうも一緒には仕事がしにくい（和他合不來，很難一起共事）。

呼吸を呑み込む

○物事を行うときの、微妙なこつや調子・要領をよく心得ている（掌握訣竅，掌握竅門）　▲間もなく彼とつき合う呼吸を呑み込んだ（不久就掌握

了與他交往的技巧）。

呼吸をはかる

○物事をうまく行うための微妙な調子やこつを心得ていて、慎重にその時機をうかがう（掌握火候，把握時機）

▲魚が食いついても、焦らずに呼吸をはかって竿を上げないと、逃げられてしまう（若不看準時機沉著起鉤，即使魚兒上了鉤，也還是會跑掉的）。

極印を押される

○好ましくない物事に関して、間違いなくそうであると決め付けられる（[用於不好的事物]被打上……烙印）

▲殺人犯の極印を押される（被打上殺人犯的烙印）。

苔が生える

○いかにも古くなった形容（古老，陳舊）

▲あの人はよほど物持ちがいいと見え、いつも苔が生えたような洋服を着ている（那個人似乎非常愛惜東西，老是穿舊衣服）。

こけつまろびつ

○転んだりつんのめったりしながら、慌てて走っていく様子（連滾帶爬）

▲彼女はこけつまろびつ逃げだした（她連滾帶爬地逃了出去）。

虚仮にする

○ばかにする（愚弄人）

▲あまり人を虚仮にするな（別太愚弄人了）。

沽券にかかわる

○評判・品位・体面などに差し障りとなる（有失體面，有失身份）

▲そんなことをしたら君の沽券にかかわるよ（做那種事可有失你的身份呀）。

ここを先途と

○現在の状態が最も大切な瀬戸際であるとすること（將此看成是最後關頭）

▲この試合に敗れればシード権を失うとあって、ここを先途と戦った（若輸了這場比賽就不是種子選手了，因此將此看成是關鍵一戰而進行戰鬥）。

御託を並べる

○勝手な言い分をくどくどと言い立てる（振振有詞，誇誇其談）

▲くどくど御託を並べていないで、さっさと仕事を始めなさい（別在那裏誇誇其談了，快點開始工作吧）。

ご多分に漏れず

○他の大部分のものと同じく。予想通り（無例外地；和其他多數人一様）

▲競馬狂のご多分に漏れず、彼も全財産をつぶしてしまった（他這個賽馬狂也無例外地花光了所有財産）。

事が運ぶ

○物事が進捗する（事情如期發展，事情有進展）

▲そう簡単に事が運ぶとは思えない（我不認為事情會這麼容易地順利進行）。

事ここに至る

○どうにもならない現在の局面になる（事到如今）

▲事ここに至っては戦いは避けられない（事到如今，開戰在所難免）。

事と次第によっては

○事情いかんによっては（根據情況［有可能］，看情況）

▲事と次第によっては考慮しないでもない（根據情況，也不是不能考慮）。

事ともせず　⇒ものともせず

○たいした事態とも考えずに（不當一回事，不屑一顧，不在乎）

▲世評などは事ともせず、自分の主義を押し通す（對社會與論不屑一顧，堅決貫徹自己的主張）。

事なきを得る

○大きな事件や災害にならずに済む（有驚無險；沒出意外；沒造成事故）

▲失火は発見が早かったために事なきを得た（失火發現得早，因此沒有釀成事故）。

事に当たる

○問題や事件を処理する（處理事務）

▲一層の心構えで事に当たって欲しい（希望你更加用心處理）。

事に触れて

○その事をするチャンスがある度に（隨時，動不動）

▲礼儀作法は親から事に触れてしつけられた（父母隨時教我禮儀修養）。

事<ruby>こと<rt></rt></ruby>によると　⇒ひょっとすると

○事柄の如何によっては（有時，可能）

▲事によると彼は家にいないかもしれないよ（可能他不在家）。

言葉が過ぎる

○言ってはいけないことを言う（説過頭，説過火）　▲私の言葉が過ぎたのでしたらお許しください（如果我説話過火了，請您原諒）。

言葉の綾

○言葉を飾って上手に言いなすこと（[特指易被誤解的]措辭，修辭）

▲それは単なる言葉の綾だ（那只是措辭而已）。

言葉を返す

○相手の言ったことに対し、反対の意見を言う（頂嘴，還嘴，反駁）

▲お言葉を返すようですが、それは何かお考え違いではありませんか（恕我大膽地説一句，您是不是對那件事有什麼誤解）?

言葉を飾る

○巧みに言う。偽りを言う（花言巧語；辭藻華麗）

▲いくら言葉を飾っても内容はお粗末ではしようがない（不管語言多麼華麗，內容粗淺的話也於事無補）。

言葉を尽くす

○あらん限りの言葉を用いて十分に言う（費盡口舌，好話説盡）

▲言葉を尽くして頼んだが、許可してもらえなかった（好話都説盡了，還是沒有得到允許）。

言葉を濁す

○はっきりと言わない。曖昧に言う（含糊其詞，支吾其詞）

▲あの人も立場上そうはっきり反対もできないんだろう。言葉を濁していたよ（那人因所處的地位而不便公開表示反對吧。話説得含含糊糊）。

言葉を呑む

○強い感動や驚きのため、言葉が出なくなる。また、状況を考えて、言おうとした言葉を言わないでおく（[因感動、吃驚等而]説不出話來；[考慮情況]先忍著不説）　▲雄大な滝を目にし、しばし言葉を呑んで立ち尽くした

（看到壯觀的瀑布，一時間無言地佇立）。

事もあろうに

○よりによって（竟然，偏偏）

▲彼は事もあろうに田中さんのような男に恋文の橋渡しを頼んだ（他竟然請田中這樣的男人作傳遞情書的信使）。

事も無く

○何事もないかのように平気な様子（輕而易舉，不費事）

▲事も無く難問を解決する（輕而易舉解決了難題）。

子供の使い

○要領を得ず役に立たない使い（不得要領的無用之輩）

▲子供の使いじゃあるまいし、言われないところは自分で判断しなさい（又不是不得要領的無用之輩，人家沒說的話就自己判斷好了）。

事を起こす

○大きな事業・行動などを始める。また、事件を引き起こす（起事）

▲同士と事を起こし、革命を成功させた（[他]與同志共同發起行動，使革命成功了）。

事を欠く

○必要なものが無くて、何かをするのに支障が有る（缺少，不足）

▲食事にも事を欠く有様だった（食不果腹的樣子）。

事を構える

○好んで事件を起こそうという態度を取る（小題大做；挑起爭端）

▲我々は会社側に対して事を構えるつもりなど毛頭ない（我們絲毫沒有跟公司鬧事的打算）。

事を好む

○何か事件の起ることを望む。求めて争おうとする（好事，喜歡鬧事）

▲彼は平穏を望み、事を好まぬ性格だ（他生性喜歡平靜，不喜歡惹是生非）。

事を運ぶ

○その事を実行・推進する（[照計畫]辦事，行事）

▲計画通りに事を運ぶ（按計畫行事）。

事を分ける

○事情・理由などを、相手が十分納得するように、条理を尽くして説明する（有條理地辦事） ▲事を分けて説明する（有條有理地説明）。

ご破算にする

○今までのことをすべて破棄して最初の状態に戻す（過去的都算了；一筆勾銷） ▲いままでのことはご破算にして、もう一度初めからやり直そう（過去的就讓它過去，重新開始吧）。

ご破算になる

○今までやってきたことがすっかり無駄になる（白費，白搭）
▲雨で計画がご破算になる（因為下雨，計畫泡湯了）。

媚を売る

○①相手に気に入られようとして、相手に媚びた動作や態度を取る（討好，阿諛奉承）
②女が色っぽい態度を取る（[女人]獻媚，出賣色相，賣弄風情）
▲①あの男は大して仕事はできないくせに、上役に媚を売るのだけは上手だ（那傢伙工作不怎麼樣，討好上司倒是挺拿手的）。
②そんなに媚を売るな（別那麼賣弄風情）。

御幣を担ぐ

○縁起を気にする（講迷信）
▲母親が御幣を担ぐので、引っ越しをあきらめた（由於母親迷信，所以放棄了搬家）。

小間物屋を広げる

○へどを吐く（嘔吐） ▲酔って小間物屋を広げる（喝醉了酒嘔吐）。

小回りがきく

○①小さな半径で回れる（轉彎子；活動自如） ②情勢に即応してすばやく身を処することが出来る（看風向；隨機應變）
▲①小さい車のほうが小回りがきいて便利だ（還是小型車輛比較靈巧，用起來方便）。 ②不況時は中小企業の方が小回りがきく（經濟不景氣時，還是中小企業善於隨機應變）。

駒を進める

○次の段階へ進み出る（進入下一個階段）

▲初戦に勝って、二回戦へ駒を進める（初戦告捷，進入了第二輪比賽）。

ご免蒙る

○①相手の人の許しを得て退出する（得到允許而告退；告辭）

　②いやだと断る（拒絕；夠了）

▲①もう遅いからご免蒙ります（已經不早了，我就告辭了）。

　②あんな料理はご免蒙る（不想再吃那種菜）。

これ幸いと

○思いもよらない好都合が生じた時に言う語（正好；正中下懷）

▲転んで寝たきりになってしまった姑を、嫁はこれ幸いと施設に預けてし

　まった（婆婆摔了一跤，癱在床上了，這倒正中了媳婦的下懷，就把她送到

　養老院去了）。

これと言って

○特別に取り立てて言うほどのことはない（沒有什麼特別需要說的）

▲今日はこれと言って報告すべきこともなかった（今天沒有什麼特別需要報

　告的）。

これはしたり

○驚いたりあきれたりする時に言う言葉。これはとんでもない（沒想到）

▲これはしたり、まさかそんな誤解をされているとは思いもよりませんでし

　たよ（真沒有想到，會被那樣誤解呢）。

これ見よがし

○これを見ろと言わんばかりに自慢そうに見せつけること（炫耀，顯示）

▲彼は高い新車を手に入れてこれ見よがしに乗り回している（他買了一輛高

　價新車，正在開著到處炫耀）。

転んでもただは起きない

○欲が深く、どんな場合にも利益を得ようとする者のことをいう（雁過拔毛；

　總忘不了撈一把）　▲彼は転んでもただは起ない男だから、株で損をした

　なんて言っているがわかったものじゃない（他是個總忘不了撈一把的人，

説什麼在股票上虧了本，鬼才信呢）。

恐いもの見たさ

○怖いものは好奇心を刺激されてかえって見たいものであること（越怕越想看）　▲恐いもの見たさに彼はちょっとのぞいて見た（他越怕越想看，就稍微看了一下）。

今昔の感

○昔と今とを思い比べ、変化の大きいのに驚いておこす感慨（今昔之感，恍如隔世）　▲人間が月にまで行けるようになったかと思うと、今昔の感に堪えない（一想到人類已經登上月球了，就讓人有無盡的今昔之感）。

コンマ以下

○普通以下のもの。物の数に入らないもの（不夠格，不值一提）

▲あんなコンマ以下の人間と言い争ったところで始まらない（和那種不值一提的人爭論沒有意義）。

根を詰める

○少しの間もたゆみなく仕事に没頭する（竭盡全力，拼命）

▲そんなに根を詰めてやると、体を壊すよ（你那麼拼命幹，會把身體搞壞的）。

さ

才覚が付く

○物事をうまく進めて行くための知恵が働く意で、特に、何かに必要な金を工面することができること（[特別是在籌措必要資金方面]有辦法，有點子）

▲金の才覚が付かなければ、計画がお流れになってしまう（如果不想辦法籌到資金，計畫就要泡湯了）。

最期を遂げる

○死ぬ。生涯を終える（死去）　▲あえない最期を遂げた（死於非命）。

採算が取れる

○費やした以上の収入が得られる。利益がある（划算，划得来）

▲この仕事は時間ばかりかかって採算が取れない（這工作太花時間，不划

算)。

細大漏らさず

○細かいことも大きいことも、全て漏らすことなく(全部，無遺漏)

▲細大漏らさず報告する(事無鉅細，全部報告)。

才に走る

○自分の才能を過信して、地道に事を運ぼうとする謙虚を失う(恃才傲物，過於自信，盲目自信)

▲彼は才に走って、経験者の意見に従わず、結局失敗した(他自恃才高，不聽從有經驗者的意見，結果失敗了)。

采配を振る

○指揮をする。指図する(發號施令，指揮)

▲彼は数百人の雇い人に采配を振っている(他指揮著百來號雇佣工人)。

財布の底をはたく

○持つ金を全部使う(傾囊，拿出所有)

▲財布の底をはたいて買ってしまった(拿出所有的錢買了下來)。

財布の紐が緩む

○むだな金を使う(亂花錢，大手大腳)

▲旅行りょこうに出ると解放的な気分になり、つい財布の紐が緩んでしまう(一出去旅行就沒了約束，不知不覺大手大腳起來)。

財布の紐を締める

○むだ遣いしないようにする(不亂花錢；勒緊褲腰帶)

▲財布の紐を締めてかからないと、足を出すぞ(如果不緊縮開支，就要出現虧空了喲)。

財布を握る

○家計など、金銭出納の権限を握る(掌握財政大權，管錢)

▲一家の財布を握っている(掌握一家的財政大權)。

逆立ちしても

○どんなにがんばっても(怎麼樣也，無論如何也)

▲君が逆立ちしても、とても彼にはかなわないよ(你無論如何也比不上他的)。

逆捩を食う

○相手を非難・攻撃したつもりが、逆に手厳しい反論や反撃を受け、ひどい目にあう（被反駁，被反擊，被倒打一耙）　▲揚げ足取りのようなことを言われたので、君こそ勉強不足だと逆捩を食わせてやった（對方說話有點兒吹毛求疵，所以我就回敬了一句「你才不夠用功」）。

座が持たない

○共通つうの話題がなかったり気まずい気分になったりして、会などの雰囲気が盛り上がらない様子（冷場；沒有氣氛）
▲初対面の者同士の集まりだから、酒でもないと座が持たない（聚會者都是第一次見面，沒有酒就熱鬧不起來）。

盛りが付く

○動物が、一年の決まった時期に発情すること（[動物等]發情）
▲盛りの付いた犬じゃあるまいし、みっともない（又不是隻發情的狗，不像話）。

探りを入れる

○相手の意向や状況をそれとなく探って、反応を見る（試探，刺探，摸底）
▲結婚する意志があるのかどうか、私がそれとなく探りを入れてみよう（我來委婉地試探一下，看他究竟想不想結婚）。

策を講じる

○あることを解決するための手段を考えて実際に行う（採取措施，採取對策）
▲深刻化するごみ問題について、もっと地域全体で策を講じなければならない（有關日益嚴重的垃圾問題，整個地區必須進一步商量對策）。

策を弄する

○はかりごとを必要以上に用いる（耍手腕，想辦法）
▲下手に策を弄すると、かえってまずいことになるから、成行きに任せた方がいい（冒冒失失地耍手腕反而會弄巧成拙，還是順其自然的好）。

差しつ差されつ

○互いに酒をつぎ合って飲む様子（觥籌交錯）　▲部屋の五人の間には差しつ

差れつの献酬が続いていた(房間裏，5個人觥籌交錯，相互舉杯敬酒)。

匙を投げる

○医師が治療の方法がないと診断する。また、物事に救済や改善の見込みこみがないと断念する([醫生]認為不可救藥而放棄；認為[事物]無法挽救而死心[放棄])

▲いくら練習させても上手にならないので、私もとうとう匙を投げた(不管怎麼讓他訓練還是沒有長進，最後我也放棄了)。

雑音を入れる

○関係者以外の者が無責任な事を、あれこれ言う(胡亂插嘴，亂打岔)

▲まじめな話をしているのだから、わきから雑音を入れないでほしい(正在談正事呢，希望你不要在旁邊插嘴)。

察しが付く

○その場の状況や相手の表情・態度などから、わざわざ説明されなくてもそれが推察できる(想像到；體會到；覺察到；看出)

▲彼女は黙ってはいたけれど、その計画に反対だということは容易に察しが付いた(她雖然沒有說話，但是很容易看出，她反對這項計畫)。

札片を切る

○惜しげもなく大金を使う(揮金如土，花錢如流水)

▲彼はよほど金があるとみえて、派手に札片を切っている(看來他似乎很有錢，花起錢來如流水)。

様になる

○何かをする様子や、しとげた結果が、それにふさわしい格好になる(像樣，有模有樣) ▲君が来ないと様にならないよ(你不來，就不像樣了嘛)。

様は無い

○体裁・格好が悪いことなどをあざけったり恥じたりして言う(不像樣子，不像話) ▲素人に負けては様は無い(輸給外行就不像話了)。

様を見ろ

○人の失敗を嘲って言う(活該) ▲様を見ろ。あんまりいい気になっているからあんな目に遭うんだ(活該!太得意忘形了才會吃那樣的苦頭)。

さもありなん

○もっともだ。勿論だ（應該的，當然的）

▲彼としてはさもありなんというところだ（對他來說是當然的）。

鞘を取る

○売買の仲介や転売などをしてその価格差の一部を利益として取る（賺差額，吃差價）

▲宝石商にダイヤの指輪を売ったのだが、よほど鞘を取られたとみえ、あまり高く売れなかった（把鑽戒賣給珠寶商了，可是沒賣到好價錢，看來被賺了不少差額）。

晒し者になる

○大勢の人の前で恥をかかされる（當眾出醜，當眾丟人現眼）

▲晒し者にはなりたくない（我不想當眾出洋相）。

さればこそ

○思った通りの結果になったという気持ち（正因為如此，果然如此）

▲賭け事は君のようにとかく深みにはまりやすい。さればこそ、あれほど手を出すなと言ったのだ（像你那樣賭法容易越陷越深。正因為如此，叫你不要賭那麼大的）。

騒ぎではない

○のんきに何かをしている場合ではない（豈是；哪裏還談得上；根本不是……的時候）

▲野球見物どころの騒ぎではない（哪裏還談得上去看棒球）。

触らぬ神に祟りなし

○物事に関係しなければ、禍を招くことはないの意（多一事不如少一事；不管閒事無是非） ▲社長はひどく機嫌が悪いから、触らぬ神に祟りなしで、今日は近づかない方がいい（多一事不如少一事。今天總經理心情特別差，最好離他遠一點兒）。

差を付ける ⇒差が付く

○引き離す（拉大差距，處於優勢） ▲次位の得票者に五百票の差を付けて当選した（以高出第二名500票當選）。

座を取り持つ

○注意の行き届いた応接をする(小心接待，小心應酬；出面應酬)

▲今度の集まりは初対面の人が多いから、君に座を取り持ってもらいたい(這次聚會初次見面的人很多，想請你出面接待一下)。

座を外す

○遠慮・用事などで、席を立ってその場から一時いなくなる(離座，離席)

▲我々だけで相談することがあるから、君たちはちょっと座を外してくれ(我們有事要商量，你們暫時回避一下)。

算段が付く

○何かをするに当たって、それに必要な金や品物のやりくりがつく([錢或物品]籌措到，弄到，籌集到) ▲資金面の算段が付いたら、すぐ工事にかかろう(一籌集到資金，就馬上開工吧)!

し

思案に余る

○いくら考えてもよい知恵が浮かばない(沒辦法；一籌莫展)

▲思案に余って先輩に相談してみたら、いい知恵を貸してくれた(沒辦法找前輩商量了一下，結果得到了很大的啟發)。

思案に暮れる

○どうしようかと考えあぐねる(不知所措，不知如何是好)

▲うまい解決策がなく、思案に暮れている(沒有妥善的解決方法，正不知如何是好)。

思案の外

○こと恋愛に関しては、男女の取り合わせも、その経緯も、結末も、常識で考えられる範囲外のことが起こる(不可思議，出乎意料，意想不到)

▲恋は思案の外だ(愛情是不可思議的)。

死活に関する

○今後の運命を決する重大な問題であること(生死攸關)

▲国土開発の名で行われている自然破壊がこれ以上進めば、我々の死活に

関する問題に成りかねない(如果以開發國土的名義繼續破壞大自然，很可能
會因此出現關乎生死的大問題)。

時間の問題

○遠からずそういう結果を生む見通しが付き、あとは時間を待つだけである
こと(只是個時間問題)　▲勝利は時間の問題だ(勝利只是個時間問題)。

時間を食う

○目的を達成するまでに、予想外のことで多くの時間を費やす([比預想的
要]費時間)　▲ひどい交通渋滞にあって、だいぶ時間を食ってしまった
(遇上了嚴重的交通阻塞，耗費了相當多時間)。

時間を割く

○忙しい中で、その事のために特に時間を使う(抽空兒，擠時間)
▲今日はお忙しい中を、私のためにお時間を割いていただきまして申し訳ご
ざいません(今天眞是不好意思，讓您百忙之中為我抽出時間)。

敷居が高い

○不義理または面目ないことなどがあって、その人の家に行きにくい(不好
意思登門拜訪)　▲ご無沙汰ばかりして敷居が高くなりました(好久沒拜訪
了，變得有點不敢登門了)。

敷居を跨ぐ

○家に入る、または家を出る(進家門，出門)
▲二度とこの家の敷居を跨ぐな(不要再進這家的門)。

時機に投じる

○適当てきとうな機会をうまく利用する(順應時勢，順應形勢)　▲事業は、
時機に投じて飛躍的に発展した(事業順應形勢得以迅速發展)。

児戯に等しい

○子供の戯れと同じで、一顧の価値もない(等於兒戲；毫無價值)
▲現状を無視した世界平和論なんて、児戯に等しい(脱離現實的世界和平論
毫無價值)。

死者を鞭打つ

○死んだ人の言行を非難・攻撃する(鞭屍，詆毀死者)　▲死者を鞭打つよう

な発言は慎んでもらいたい（希望你不要出言詆毀死者）。

姿勢を正す

○従来のやり方を反省する（端正態度）　▲今こそ派閥をなくし、政治の姿勢
を正すべきときだ（現在正是應該消除派系，端正政治態度之時）。

死線をさまよう

○病気などで、生死が危ぶまれる状態にある（掙扎在死亡線上，在生死之間
徘徊）　▲高熱で三日間死線をさまよったが、どうにか持ち直した（因高熱
在死亡線上掙扎了3天，終於挺過來了）。

士族の商法

○商売に不適任な者の商いのたとえ（外行人做生意）
▲脱サラを図って会社を作ったが、しょせん士族の商法で、二年と持たずに
倒産してしまった（離職下海辦起了公司，但畢竟是外行人做生意，不到兩年
就破產了）。

時代が付く

○年月を経て古びたために、かえって古風で重厚な雰囲気が備わる（年代久
遠；古色古香）　▲さすが旧家だけあって、時代の付いた家具・調度が目
立つ（到底是名門世家，家倶、日用器具古色古香，引人注目）。

自他共に許す

○自分も他人も共にそうだと認める（公認）
▲彼が我が国第一のゴルファーであることは、自他共に許すところである
（他是我國公認第一的高爾夫選手）。

実がある

○その人の言動や態度に誠意が感じられる（有誠意）
▲料金が安い割りに、この旅館のサービスには実がある（這家旅店收費低，
但是服務卻實實在在）。

失笑を買う

○自分としてはまともな言行のつもりなのに、相手からはとんでもない事だ
として笑われる（惹人發笑，令人恥笑）
▲そんなことをすれば、子供じみているといってみんなの失笑を買うだけだ

（那様做的話太孩子氣了，只會惹人發笑）。

失態を演じる

○人前で、物笑いの種になるようなみっともないことをする（出洋相，出糗）
▲酔っぱらって、とんだ失態を演じてしまった（喝醉酒，出盡了洋相）。

実を挙げる

○いい結果を出す（取得實效；取得成果）　▲政府の物価抑制策が次第に実を挙げてきた（政府採取的控制物價的政策逐漸取得了成效）。

実を取る　⇒名を捨てて実を取る

○名声よりも実利を選ぶ。体面や名目については譲っても実質を得る方がよいということ（要實惠，捨名求實，不圖虛名求實利）　▲彼が大学教授をやめて、民間会社の招きに応じたのは、実を取ったということだ（他辭去大學教授之職，捨名求實，接受了民營企業的邀請）。

舐犢の愛　⇒犢を舐る

○親が子を溺愛するたとえ。また、自分の子を愛することの謙辞にも使う（舐犢情深）　▲田中さんが息子に対する愛はまさに舐犢の愛だ（田中先生對待兒子可真是舐犢情深呀）。

死なば諸共

○行動を共にする者が最後の命運までも共にしようという、覚悟の気持ち（同生共死）　▲死なば諸共の覚悟で、全員一丸となって戦おう（做好同生共死的心理準備，團結一致進行戰鬥）。

嬌態を作る

○女性が男性に対して媚びるような表情や態度を見せる（[女性對男性]故作媚態）　▲男の気を引くような嬌態を作る（故作媚態勾引男人）。

死の商人

○軍需品を製造・販売して巨利を得る大資本を指していう語（軍火商，發戰爭財）　▲彼らのような死の商人は、どこかで戦争が始まるのを待ち望んでいるのだ（像他們這樣的軍火商，總是巴望著哪裏出現戰爭）。

芝居を打つ

○人を騙そうとして作り事を言ったり行ったりする（耍花招，耍手腕，玩把

戯）　▲もっともらしい芝居を打って窮地を逃れる（煞有介事地耍了個花招，以擺脱困境）。

痺れを切らす

○待ちくたびれて、がまんが出来なくなる（等得不耐煩，等不下去）

▲約束の客がいつになっても来ないので、痺れを切らして出かけてしまった（約好的客人左等右等等不來，等不下去就走了）。

渋皮が剥ける

○皮膚・容貌などがあかぬけしてくる（[皮膚、容貌]變得漂亮起来）

▲彼女も都会生活を続けているうちに、だいぶ渋皮が剥けてきた（她到城裏生活後，變得漂亮多了）。

始末に負えない

○容易には処理が出来ない（棘手，難辦，難對付）

▲あの男はのらりくらりと言い逃ればかり言っていて、始末に負えない（那個男人態度曖昧，言辭躲閃，難以對付）。

始末を付ける

○物事にきちんと決着をつけたり、最終的な処理を行ったりする（妥善處理，了結）　▲今やっている仕事の始末を付けたら、四五日休暇を取って旅行りょこうに出るつもりでいる（處理好手頭的工作之後，打算請四五天的假出去旅行）。

締りが無い

○緊張を欠いて、だらけた状態だ（鬆懈，散漫，不嚴謹）

▲彼女は口元に締りが無いのが欠点だ（她的缺點是説話隨便）。

自明の理

○当然のこととして分かりきっており、いまさら証明したり説明したりする必要がないこと（自明之理，不言而喻）

▲自明の理だが、国民の福祉を顧みない政府は長くは存続し得ないだろう（不照顧人民福利的政府，壽命不會長久，這是不言而喻的）。

示しが付かない

○他人を教え諭すための手本にならない（不成表率，不能起到榜樣作用）

▲先生がそんなことをしては生徒に示しが付かない（要是老師做那樣的事，對學生就起不到表率作用）。

紙面をにぎわす

○新聞や雑誌などの記事として大きく取り扱われ、世間の話題となる（成為熱門話題）　▲最近は金融関係の犯罪が紙面をにぎわしている（最近，報上登滿了有關金融犯罪的消息）。

社会の窓

○主に男子のズボンの前開きをいう俗語（男褲前開口處）

▲社会の窓が開いているよ（大前門開著吶）。

視野が広い　⇔視野が狭い

○物の見方や考え方が広い範囲に及び、大局たいきょく をとらえた判断ができる様子（視野廣闊，目光遠大，遠見卓識）

▲彼は視野が広い（他目光遠大）。

杓子定規

○一定の標準で強いて他を律しようとすること。形式にとらわれて応用や融通のきかないこと（死板，墨守成規）

▲杓子定規に解釈する（死板地解釋）。

癪に障る

○いまいましく思い、思わず腹を立てる（令人生氣，氣人）

▲さんざん自慢話を聞かされ、癪に障ったので、こっちも法螺を吹いてやった（聽他一個勁地吹牛，真令人生氣，所以我也對他大扯牛皮）。

癪の種

○いまいましく思い、何とか反撃したくなること（令人生氣的事，氣人的事）

▲いつも負かされてばかりいるのが癪の種だ（老是被打敗，真令人生氣）。

車軸を流す

○大雨のたとえ（大雨滂沱，大雨傾盆）

▲車軸を流すような雨だった（瓢潑般的大雨）。

射程距離に入る

○何かをしてきて、いよいよ自分の力が及んだり手中に収められたりする

範囲に達する(進入射程；進入勢力範圍；勝利在望，有把握)

▲苦しい選挙戦だが、当選も射程距離に入ったと見ていい(選舉戰相當辛苦，總算當選已指日可待)。

斜に構える

○改まった態度をする。身構える(擺好架勢；做好準備)

▲初めからそう斜に構えられては話がしにくくなるよ(要是一開始就那樣鄭重其事的話，就不好說話了)。

娑婆っ気が多い

○世俗の名声や金銭的な利益を求めたり世間体を飾ろうとしたりする気持ちが強い(看重名利，名利心重)

▲あの謹厳な先生も意外に娑婆っ気が多く、しきりにテレビに出たがっている(令人意外的是那位嚴謹的老師也很看重名利，老想上電視)。

邪魔が入る

○何かに邪魔されて、物事が順調に進まなくなる(受到干擾，被妨礙)

▲邪魔が入るといけないから、この計画は我々だけの秘密にしておこう(這項計畫不能受到干擾，所以只限於我們幾個人知道)。

終止符を打つ

○そこで、おしまいにする(畫上句號，完結，結束)

▲ついに僕の青春に終止符を打つ時が来たらしい(似乎終於到了給我的青春時代畫上句號的時候了)。

宗旨を変える

○従来の趣味・職業・主義などを捨てて他の方面に転ずる(改變觀點，改變思想，改變愛好) ▲彼は前にはテニスをやっていたが、近頃はゴルフに宗旨を変えている(他以前打網球，最近改打高爾夫了)。

重点を置く

○大切な点だと考える(將……作為重點，將重點放在……) ▲景気回復に重点を置いた経済政策をとる(採取以復甦經濟為重點的經濟政策)。

重箱の隅をつつく

○取り上げなくてもよい、細かな事までを問題にする(吹毛求疵，鑽牛角尖，

追求細節） ▲重箱の隅をつつくような議論はやめよう（停止那些吹毛求疵
的議論吧）。

衆望を担う

○多くの人の信望を得、期待をかけられる（身負衆望）

▲彼は衆望を担って立候補した（他身負衆望，成為候選人）。

衆を頼む

○人数の多いことをいいことに、強引に何かをする（恃衆） ▲政府与党が、
衆を頼んで強行採決をする（執政黨自恃議席多而強行表決）。

祝杯を挙げる

○祝う気持ちを表す。祝って喜ぶ（舉杯祝賀，舉杯慶祝）

▲一位入賞の報に接して、仲間と祝杯を挙げる（接到獲得第一名的消息後，
和伙伴們一起舉杯慶賀）。

趣向を凝らす

○何かをする時、今までのものには見られない新鮮味や面白みが出るように
いろいろ工夫する（下工夫；努力創新，別出心裁） ▲趣向を凝らした料理
で遠来の客をもてなす（精心烹製飯菜款待遠方来客）。

数珠つなぎ

○数珠玉を繋いだように、多くの者を縛って繋ぐこと。犯罪者などを多く繋
ぎ縛ること（連成串）

▲渋滞で車が数珠つなぎになる（因為堵車，汽車連成串了）。

寿命を縮める

○寿命を短くする（縮短壽命）

▲あの時の苦労で彼は寿命を縮めた（那時候受的苦縮短了他的壽命）。

背負い投げを食う ⇒背負い投げを食う

○もう少しという所でそむかれ、ひどい目にあう（讓人要了，被人騙了；被人
出賣） ▲その女に背負い投げを食わされて、彼はすっかりふさぎ込んで
しまった（被那個女人要了，他非常鬱悶）。

性が合う

○お互いの性格がしっくり合う。気が合う（合得来，對脾氣）

▲私は山本さんのような気位の高い人とはどうも性が合わない(我跟山本先生那種驕傲自大的人怎麼也合不來)。

情が移る

○常に身近に接している人や物に、愛情や親しみを感じるようになる(産生感情，有了感情) ▲一緒に暮らしていると、他人の子でも情が移ってくる(即使是別人的孩子，一起生活了也會産生感情)。

常軌を逸する

○世間で普通に認められている範囲から外れたことをする(越軌，出格) ▲彼の行動はたしかに常軌を逸していた(他的行為確實出格了)。

性懲りもなく

○幾度懲らしめられても、懲りることがなく(好了瘡疤忘了痛) ▲性懲りもなく博打に手を出す(好了瘡疤忘了痛，又開始賭博)。

消息を絶つ

○連絡来なくなる。行方不明になる(杳無音信，下落不明) ▲その日彼はたばこを買ってくると言ってふらりと出かけたまま消息を絶った(那天他說去買包菸，出門後就再也沒有了音信)。

正体が無い

○酒に酔うなどして、正常な意識が失われる様子([因醉酒等]神志不清，不省人事) ▲ひどく酔って正体が無い(醉得不省人事)。

焦点を合わせる

○人々の注意や関心が向けられている点に狙いを定めて何かをする(以……為重點；對準焦點，針對……) ▲今月号の編集方針は公害対策に焦点を合わせていくことにしよう(把本月的編輯方針的焦點放在公害對策上吧)。

焦点を絞る

○一点に注意を集中させる(抓住重點，集中重點) ▲議論の焦点を絞る(集中討論的重點)。

性に合う

○その人の性格や好みにしっくりと合う(對脾氣，適合……)

▲のんびりやるのが性に合う（適合不緊不慢地做）。

衝に当たる

○①何かをするのに大切な場所である（正當要衝，處於要衝）

　②重要な任務を受け持つ（身員重任，肩員重任）

▲①この峠は甲府から東海道に出る鎌倉往還の衝に当たっていた（這個山嶺位於甲府到東海道一線進出鎌倉的要衝）。

　②だれがこの難局の衝に当たるか（誰堪當此任）?

情に引かされる

○相手の立場に同情して決断が鈍る（礙於情面；受同情心支配而難以決斷）

▲情に引かされて、厳しい処分ができなくなる（礙於情面，難以給予嚴屬的處分）。

情にほだされる

○人情に引かれて、そうあってはいけないと思いながらも、つい甘い態度を取る（被感情束縛，成為感情的俘虜）

▲親子の情にほだされて、つい我が子をかばってしまう（出於骨肉親情，不覺之中袒護自己的孩子）。

情に脆い

○人情に動かされやすい（感情脆弱；心腸軟）

▲彼は情に脆いタイプだ（他是個心腸軟的人）。

正札付き　⇒札付き

○①値札がついていること（明碼標價）

　②定評がある（名副其實；惡名昭彰）

▲①店にある品はみな正札付きだ（舖子裏的物品全是明碼標價）。

　②正札付きの悪党（惡名昭彰的壞蛋）。

しょうもない

○なんでそんなくだらないことをするのだと呆れかえる気持ち（無可救藥；沒辦法）

▲あれほど注意したのに飲酒運転をするなんて、しょうもない奴だ（那樣提醒，他還是酒後駕駛，眞是個無可救藥的傢伙）。

小を捨てて大に付く

○大局を見渡して、末梢的な利害にこだわらず、より重要な面に力を注ぐ（捨小求大，顧全大局）

▲彼がボランティア活動に身を投じたのは小を捨てて大に付いたというわけだ（他獻身志願者活動，説明他肯捨己為公）。

情を通ずる

○①敵に内通する（通敵）
　②男女がひそかに肉体関係を結ぶ。私通する（男女私通，通姦）

▲①政府の要職にありながら、敵国に情を通ずる（身居政府要職卻私通敵國）。　②妻子のある男性とひそかに情を通ずる（暗地裏和有婦之夫私通）。

曙光を見出す

○前途にかすかな希望が見えてくる（看到曙光，見到希望）

▲停戦協定の締結に人々は平和の曙光を見出した（停戰協定的簽署使人們看到了和平的曙光）。

所在が無い

○することがなくて退屈である（無聊，無事可做）　▲所在が無くて、子供を相手に半日暮らした（無事可做，和孩子玩了半天）。

如才が無い

○①愛想がよい。調子がよい（善於應酬）
　②器用に立ち回る（圓滑；辦事周到）

▲①あの家のおかみさんは愛嬌者で如才が無い（那家旅館的老闆娘為人圓滑，善於應酬）。
　②私がいつでも出掛けられるように、如才なく弁当の用意までしてくれていた（非常仔細，甚至幫我預備了盒飯，讓我什麼時候都能出門）。

所帯を畳む

○一家を構えていたのをやめる（不再自立門戶，不再單過）　▲夫に死別し、所帯を畳んで実家に戻った（丈夫死後，不再單過，搬回了娘家）。

所帯を持つ

○狭義では、結婚を指す（自立門戶；結婚成家；成家立業）

▲息子もいよいよ所帯を持つ（兒子也快要成家立業了）。

背負って立つ

〇全責任を一身に負う（承擔全部責任）　▲彼は会社を一人で背負って立っているような気がする（他覺得公司由他一人撐著）。

緒に就く　⇒緒につく

〇軌道に乗り始める（［工作］就緒，走上正軌）　▲研究けんきゅうが緒に就いたばかりで病に倒れた（研究工作剛剛就緒［他］就病倒了）。

調べが付く

〇十分に調べられる（充分調査，調查清楚）　▲白を切ってもむだだ、お前が一枚かんでいることはちゃんと調べが付いているんだから（你裝不知道也沒用，我們已經調查清楚了，你確實參與了此事）。

時流に乗る

〇その時の社会の動きを利用して順調に物事を進める（順應潮流；趕浪頭）

▲あの店はうまく時流に乗って、だいぶ儲けたようだ（那家商店很會順應時代潮流，好像賺了不少錢）。

知る人ぞ知る

〇多くの人に知られてはいないが、一部の人にはその真価は十分に理解されている（知情人了解，懂行人知道）　▲彼が現内閣の黒幕だということは知る人ぞ知るだ（知情人都知道，他是本屆內閣的暗中操縱者）。

知る由もない

〇知るための手がかりも方法もない（無從知曉，不得而知）

▲行く手にどんな危険が潜んでいるか神ならぬ身には知る由もなかった（此去會有何種危險，若非神仙，就無從得知）。

刺を通じる

〇名刺を出して面会を求める（通謁；遞名片要求見面）

▲彼の学識や人柄を慕って、刺を通じる者が後を絶たなかった（因仰慕他的學識和人品而登門求見的人絡繹不絕）。

辞を低くする

〇丁重な言葉づかいをする（謙遜其詞，言辭謙恭）

▲辞を低くして頼む（言辭謙恭的懇求）。

新紀元を画する

○状況が大きく変わり、新しい時代の出発点となる（開闢新紀元，開闢新時代）　▲石油に代わるエネルギー源が出現すれば、新紀元を画することになる（如果出現能代替石油的能源，將成為劃時代的大事件）。

新規蒔き直し

○事を改めてやりなおすこと（從頭開始；重新做起）

▲新規蒔き直しをはかる（試圖東山再起）。

仁義を切る

○形式的な儀礼にこだわりそうな人に対し、交渉や相談に入る前に初対面の挨拶をしておく（[對講究形式的人]行見面禮；盡禮數）

▲地元の世話役に一応仁義を切っておかないと、後で面倒なことが起きそうだ（看來要是不去給當地的頭頭們行個禮，今後會有麻煩的）。

深窓に育つ

○上流階級の娘が実社会から隔離されたまま成人する（[上層社會中的小姐]養在深閨）　▲彼女は深窓に育った世間知らずのお嬢様だ（地是養在深閨、不諳世事的大小姐）。

死んでも死に切れない

○あまりに心残りで、そのまま死ぬことができないほどである（就是死也死不瞑目）　▲子供が一人前になるのを見届けるまでは、私は死んでも死に切れない（不看到孩子成人，我就是死也死不瞑目）。

神に入る

○人間わざとはおもえないほど、技術などがすぐれている。また、そのようなすぐれた段階に到達する（出神入化，爐火純青，精湛絕倫）

▲名優といわれる役者は多いが、徳川家康を演じて神に入る技を見せるのは彼一人だ（被稱為名演員的固然不少，但把「徳川家康」演得出神入化的只有他一人）。

真に迫る

○本物と同一のように見える。いかにも本当らしく見える（逼真）

▲真に迫った演技(逼真的演技)。

しんにゅうを掛ける

○物事をいっそう甚だしくする(更甚，更加一層；誇大)

▲田中も間抜けだが、小野はそれにしんにゅうを掛けたような大間抜けだ

(田中是個糊塗鬼，小野是比他更糊塗的糊塗鬼)。

身命を賭する

○命をかけるほどの心意気で取り組む(豁出性命，捨命，拼命)

▲身命を賭してでも敵からあなたをお守りいたします(捨命抗敵保護你)。

信を問う

○信頼しているか、また信任するかを尋ねる(問問是否信任自己)

▲選挙で国民に信を問う(選舉中，問問國民是否信任自己)。

陣を取る

○場所を占める(占地盤；布陣，擺陣)

▲枝振りのいい木の下に陣を取って、花見の宴を繰り広げる(在姿態優美的樹下占個位子，開個賞花會)。

す

随喜の涙を流す

○心からありがたいことだと思い、嬉しさのあまり涙をこぼす(流下感激的眼淚，感激涕零)

▲高僧の熱のこもったお説教を聞いた聴衆は、随喜の涙を流した(聽了高僧的充滿激情的傳道，聽眾流下了感激的眼淚)。

垂涎の的

○欲しがっても簡単には手に入らないものや皆から羨ましがられているもの(可望不可及；望塵莫及) ▲一昔前までは海外旅行は垂涎の的であった(十幾年前，海外旅行還是可望不可及的事情)。

粋を利かす

○人情の表裏に通じていて、情愛に関する事柄などをものわかりよく、とりなす(會體貼人，善解人意)

▲彼は粋を利かす男だ（他是一個體貼的男人）。

姿を消す

○今まであった物や事がなくなる（消失；銷聲匿跡）

▲戦後十年にして戦禍の跡は姿を消し、昔ながらの落ち着いた町並みになった（戦後10年，戦禍的痕跡消失了，城鎮又恢復了往日平和的面貌）。

すかを食う

○期待はずれな目にあう（竹籃打水一場空，落空）

▲とんだところで邪魔が入り、すかを食ってしまった（沒想到出現了麻煩，竹籃打水一場空了）。

救いが無い

○前途に希望がなく、接する人にどうにもやりきれないといった感じを与える様子（無可救藥，無可奈何）

▲このところ、親殺し・子殺しなど救いの無い事件が相次いでいる（最近，殺父母、殺子女的事情連續發生，真是無可救藥）。

すこぶる付き

○普通の程度以上にすぐれたこと（出類拔萃，才華出衆）

▲すこぶる付きの美人（千裏挑一的美人）。

凄みをきかせる

○恐ろしい態度・言葉で相手を脅迫する（嚇唬人，恐嚇人）

▲凄みをきかせて金を巻き上げる（用恐嚇的手段搶奪錢財）。

筋がいい

○将来伸びる素質が有る（素質好，有潛力）

▲この子の踊りはなかなか筋がいいから、本格的に習わせてみよう（這個孩子很有舞蹈天份，讓她接受一些正規訓練試試吧）。

筋書き通り

○計画通り（按計畫，按部署）

▲万事筋書き通りに運んだ（全部按計畫進行）。

筋が立つ

○事の首尾が一貫する。道理・原則にかなう（合乎邏輯，合情合理）

▲子供なりに筋が立った理屈を言われ、親の方がたじたじになる（孩子講出合情合理的理由後，父母也讓了步）。

筋が違う

○道理に合わない。また、目指す方向や判断などが間違っている（沒道理，判斷錯誤）　▲そんな苦情を私のところへ持ち込むのは筋が違うと思う（我認為你沒道理到我這裏來訴苦）。

筋が通らない

○道理に合わない点があって、納得できない（不合邏輯，無理）　▲そんな筋が通らない要求は受け入れられない（那種無理的要求沒法接受）。

筋金入り

○筋金が入っているように、精神・身体などがしっかりしていること（千錘百錬，久經磨錬）　▲この腕は筋金入りだ（技術爐火純青）。

筋道を踏む

○何かをする際に、踏むべき手続きや手順をきちんと守る（按規定；按步驟，按照程序）　▲筋道を踏んで大臣に面会を求める（按照程序求見大臣）。

筋を通す

○だれもが納得する手順を踏む（照章［辦事］，按規定［辦理］）

▲工場建設に当たって、筋を通して地域住民の了解を求める（建工廠的時候，要照章辦事，求得當地居民的諒解）。

鈴を転がすような

○女の澄んだ美しい声のたとえ（珠圓玉潤的［聲音］）

▲彼女の鈴を転がすようなあのソプラノにしばし聞きほれる（聽她那珠圓玉潤的女高音聽入迷了）。

すったもんだ

○意見の相違などでさんざんごたつき、なかなか決着がつかないこと（摩擦，糾紛，爭吵；事情沒有進展）　▲すったもんだのあげく、ようやく話がまとまった（爭吵過後，終於談出了結果）。

捨てたものではない

○まだ役に立つ。まだ使い道がある（還有用，還有價值）

▲あの野球選手は、体力が衰えたものの、経験があるので、捨てたものではない（那位棒球運動員雖然體力衰退，但作為一名有經驗的運動員，他那風格獨特的球技不可小覷）。

図に当たる

○計画または予想の通りになる（如願以償，稱心如意）

▲商売が図に当たった（生意做得稱心如意）。

図に乗る

○思い通りになったと思って、つけあがる（得意忘形，忘乎所以）

▲うまくいったからといって図に乗ってはだめだ（因為進展順利就得意忘形可不行吶）。

滑ったの転んだの

○つまらない事を、あれこれとやかましく騒ぎ立てることのたとえ（為一點小事不依不饒；為一點小事嘮嘮叨叨）

▲滑ったの転んだのと言うのを、まともに聞いていたらきりがない（為一點小事就嘮嘮叨叨，要是認真去聽就沒完沒了了）。

スポットライトを浴びる

○世間の注目を集める（引人注目）　▲デビュー曲がヒットし、新人歌手として一躍スポットライトを浴びる存在となった（初次登台演唱的歌曲引起轟動，一躍而成為引人注目的明星）。

スポットを当てる

○特にその点に注目して問題にする（注目，重視，關注的焦點）

▲石油危機をきっかけに、海底油田開発にスポットを当てられる（以石油危機為契機，開發海底油田成為關注的焦點）。

隅から隅まで

○すべての隅に至るまで残る所なく（連角角落落都，處處）　▲私はこの辺は隅から隅までよく知っている（這一帶我每個角落都清楚）。

隅に置けない

○思いのほかに技量・才能があって侮りがたい。案外、世間を知っていて油断ができない（不可小看，不容輕視）　▲あの男は一見無器用そうだが、

なかなか隅に置けない、女の子の扱いがうまいのだ(那個男人乍看似乎笨笨的，實際上不可小看，對待女孩子非常有一套)。

相撲にならない

○力の差が大きすぎて勝負にならない(不是對手，不能相比)

▲大型スーパーマーケットと地方の商店では相撲にならない(大型超市和地方上的商店是沒法相比的)。

巣を食う

○巣を作る(盤踞；築巢，建立窩點)

▲盛り場に巣を食う暴力団(盤踞在鬧市的暴力集團)。

寸が詰まる

○丈が短くなる(縮水，不夠尺寸)　▲このズボンは洗濯屋に出せばよかったのに、自分で洗ったもんで、寸が詰まってしまった(要是把這條褲子送到洗衣店洗就好了，自己洗給洗縮水了)。

寸暇を惜しむ

○休む間も惜しんで何かに打ち込む(爭分奪秒，把握時間)

▲彼は寸暇を惜しんで読書している(他正在爭分奪秒地讀書)。

寸暇を盗む

○ちょっとの暇さえ利用して熱心に何をする(見縫插針，爭分奪秒)

▲寸暇を盗んで作品の完成を急ぐ(爭分奪秒抓緊完成作品)。

せ

正鵠を射る　⇒正鵠を得る

○核心を付く(擊中要害，抓住關鍵)

▲その推察は正鵠を射ている(那個推論抓住了要害)。

精根を傾ける

○全ての気力を注いでその事に当る(專心致志，投入全部精力)

▲博士論文の完成に精根を傾ける(投入全部精力完成博士論文)。

生彩が無い

○生き生きとしたところがなく、これといっていい点が見られない様子(無

精打采，沒有精神）

▲主力選手の欠場で、チーム全体に何となく生彩が無い（由於主力選手的缺席，全體隊員不知怎麼有點兒沒精打采）。

生彩を放つ

○生き生きとしていて目立つ。はなばなしい活躍などで際立つ（大放異彩）　▲平凡な作品が多い中で、彼の作品さくひんは一人生彩を放っていた（在眾多平庸的作品中，他的作品一枝獨秀）。

精も根も尽き果てる

○体力も精神力も使い果たしてしまう（體力和精神上都筋疲力盡）

▲十年に渡る姑の看病で、妻は精も根も尽き果ててしまった（看護生病的婆婆10年，妻子無論是體力上還是精神上都筋疲力盡了）。

正論を吐く

○他人の思惑などを気にせず、道理にかなった正しい意見を述べる（發表正確言論）　▲彼は常に正論を吐くが、なかなか容れられない（他常常講一些很有道理的話，卻很少被人接受）。

精を出す

○一生懸命働く（拼命，努力，賣力）

▲クラブ活動もいいが、もっと勉強に精を出さないと、就職はおろか卒業も危なくなるぞ（倶樂部活動固然可以參加，但若不加把勁兒學習的話，別說找工作了，就是畢業也成問題呀。）

贅を尽くす

○できる限りの贅沢をする（極盡奢華）

▲あの男は身なりには一向に気を使わないが、食べ物には贅を尽くしている（他一向不注意穿戴，但在飲食方面卻極其奢侈）。

是が非でも

○「ぜひ」の強調表現（務必）

▲是が非でも武力介入は避けなければいけない（一定避免武力介入）。

席の暖まる暇も無い

○忙しくて、ろくに席についていられないことのたとえ（席不暇暖；忙得不

可開交）　▲会議や来客の応対、席の暖まる暇も無い（開會加上接待來客，忙得不可開交）。

席を改める

○話し合いの場所などを変える（換地方，換會場）　▲会議が済んだら、席を改めて懇親会を開く予定だ（打算在會議結束後換個地方開聯誼會）。

堰を切ったよう

○押さえていたものがどっと流れ、動き出す様子（如同決堤一般，如同潮水一般）　▲堰を切ったように彼はしゃべり出した（他滔滔不絕地說了起來）。

席を蹴って

○怒ってその場を立ち去る（拂袖而去，憤然離席）
▲議長の横暴に怒り、彼は席を蹴って出て行った（他對議會主席的蠻橫態度很生氣，憤然離席而去）。

席を外す

○遠慮・用事などでその場を一時去る。途中で出る（不在；暫時離席）
▲部長に呼ばれ席を外している間に、得意先から電話があったそうだ（聽說被部長叫去的那一會兒工夫，有顧客來過電話）。

世間がうるさい

○世間の人々にあれこれ取りざたされ、内々の問題として済ましてはいられなくなる様子（人言可畏）　▲世間がうるさいから、そんな家の恥になるようなことはしないでくれ（人言可畏，不要幹那種使家門蒙羞的事）。

世間が狭い　⟺世間が広い

○①交際範囲が狭い（交際不廣，見識少）　②肩身が狭い（吃不開）
▲①あの人は世間が狭い（他的交際窄）。
　②あちこちに不義理をして、すっかり世間が狭くなってしまった（到處幹對不起人的事，在社會上已經混不下去了）。

世間が広い　⟺世間が狭い

○社交性があって、交際範囲が広く、また、諸方面で活躍している様子（交友廣泛；吃得開）　▲あの人なら世間が広いから、誰かいい人を紹介してくれると思う（那個人交友廣泛，我想他會給我介紹個合適的人）。

世間を騒がせる

○誰も予想していなかったことをやってのけたり事件を起こしたりして、世間の興味や関心を集め、人々の話題となる（轟動社會；轟動輿論）

▲派手な選挙違反で世間を騒がせ、ついに議員を辞めざるを得なくなった（公然在選舉中做手腳，使輿論嘩然，最後不得不辭去議員之職）。

世故に長ける

○世の中の事情をよく知り、世渡りや世間付き合いがうまい（世故，老練；善於處世）　▲彼は世故に長けた商売人だ（他是個老練的買賣人）。

世事に疎い

○世間的な常識や社交上のしきたりなどに通じておらず、対人関係で失敗する様子（不諳世事，不善處世）

▲学者は概して世事に疎いものだ（學者一般不善處世）。

節を曲げる

○自分の主義・主張を変える（屈膝，變節）　▲彼がそう簡単に自分の節を曲げるとは驚いた（沒想到他那麼容易變節了，真是吃了一驚）。

節を全うする

○節操を守りとおす（堅持信念，保全節操，守節）

▲彼は自由主義者として節を全うし、戦争中に獄死した（他堅持作為一個自由主義者的信念，戰爭期間死在了獄中）。

是非に及ばない　⇒是非も無い

○仕方がない。やむを得ない（不得已，沒辦法，沒有選擇）　▲事ここに至っては、人員を整理し、事業を縮小することも是非に及ばないであろう（事到如今，裁減人員並縮小事業規模也是不得已的事）。

狭き門

○競争が激しくて入学・就職などの難しいこと（競爭激烈的地方）

▲オックスフォード大学はまったく狭き門だ（牛津大學真是個競爭激烈的地方）。

責めを負う

○罪や不始末・不祥事について責任を取る（引咎；承擔全部責任）

▲外交上の不手際、外相自ら責めを負って辞任する（因外交問題處理失當，外務大臣引咎辭職）。

世話が無い

○①手数が掛からない（簡單，容易）

②あきれてどうしようもない（簡直沒轍）

▲①ご飯を炊くと言っても、炊飯器だから世話が無い（說是做飯，但因為是用電飯鍋，很省事）。　②自分から言い出しておいて反対するなんて世話が無い（自己提出的，又要反悔，真是沒轍）。

世話が焼ける

○他人の手助けが必要で手数が掛かる（麻煩，費事，費心）

▲おとなしくて、世話の焼けない子だ（這孩子很老實，一點也不費心）。

世話を掛ける

○自分のことで他人に面倒な思いをさせる（[給別人]添麻煩，增加員擔）

▲弟の就職のことで、君にすっかり世話を掛けてしまった（我弟弟就業的事，實在給你添了不少麻煩）。

世話を焼かせる

○その人の不始末が原因で、他人に余計な負担を負わせる（給別人添不必要的麻煩）

▲そんなことも自分でできないなんて、世話を焼かせるにもほどがある（自己連那種事情也不能做，就是給別人找麻煩也得有個限度）。

世話を焼く

○進んで他人のために尽力する（關照；照顧，幫助）　▲下宿のおばさんが親切で、いろいろ世話を焼いてくれる（房東大嬸待人熱情，對我很照顧）。

線が太い

○考える事も水準より規模が大きく、人を容れる度量も大きい（氣量大；有魄力）　▲線が太い政治家（有魄力的政治家）。

線が細い

○見るからに繊細で、ちょっとしたショックにも、すぐにくじけてしまいそうな感じを与える様子（懦弱，軟弱）　▲あの人は意外に線が細く、管理職

には向いていないようだ(那個人比想像的懦弱，似乎不適合當管理者)。

前車の轍を踏む　⇒轍を踏む

○前人のした失敗と同じ失敗をすることにいう(重蹈覆轍)

▲前車の轍を踏まぬように慎重にやれ(要謹慎從事，不要重蹈覆轍)。

線を引く

○その部分で仕切りをつける(劃線，為界；定標準)

▲七十点で線を引いて、そこまでを合格にする(以70分為及格線)。

そ

造詣が深い

○学問や芸術などについて、深い知識を身につけ、優れた理解を示す様子
(造詣深)　▲ジョーンズ博士が日本の古典文学に造詣が深いことはよく知
られている(衆所周知，瓊斯博士在日本古典文學方面造詣很深)。

相好を崩す

○顔をほころばせて大いに笑い、または大いに喜ぶ様子に言う(喜笑顏開，
笑逐顏開)　▲その知らせを聞いて父は相好を崩した(聽見那個消息，父親
喜笑顏開)。

造作も無い　＝造作無い

○たやすい(容易，簡單，不費事)

▲造作も無いことです、僕にまかせてください(小事一樁，交給我吧)。

造作を掛ける

○手数を掛ける(添麻煩，找麻煩)　▲息子の就職に際しまして、とんだ造
作をお掛けいたしました(兒子找工作的時候，給您添了很多麻煩)。

総好かんを食う

○周囲のみんなから嫌われる(遭大家厭惡，被大家嫌棄)　▲うそがばれ、彼
は皆に総好かんを食った(謊言被揭穿了，他遭到了大家的厭惡)。

相談に乗る

○相談事の相手になって助言や忠告をする(參與商量；幫助出主意)

▲内容によっては相談に乗らないわけでもないが、借金の話なら断るよ(跟

我商量倒是可以，但得看是什麼事，要是借錢可不行）。

総嘗めにする

○①被害が全体に及ぶこと（殃及全體；城門失火，殃及池魚）

②相手を全部負かすこと（把對手全部打敗）

▲①火は早くも商店街を総嘗めにした（火災很快殃及了商業街）。

②国際柔道大会初出場ながらその高校生は出場選手を総嘗めにした（那個高中生雖說是初次參加國際柔道大賽，卻把上場的對手全部打敗了）。

相場が決まる

○世間一般の評価（[社會上的]定論，公認，一般看法）

▲夏は暑いものと相場が決まっている（一般來說，夏天總是熱的）。

糟粕を嘗める

○先人の残したものをまねるだけで、創意や進歩が見られない（一味模仿，沒有創意）　▲先生が偉大でありすぎたためか、弟子はその糟粕を嘗めるもんばかりであった（可能是因為老師太厲害了，學生只是一味地模仿他。）

そこへ行くと

○その点から考えると（這様看來）

▲そこへ行くと君などはのんきなものさ（這様看來你們挺悠閒的嘛）。

そこへ持ってきて

○さらにその上（另外，而且）

▲そこへ持ってきて雨も降りだした（而且，又下起了雨）。

謗りを免れない

○当然のこととして、非難されても仕方がない状態だ（難辭其咎）

▲彼は怠慢の謗りを免れない（他難辭怠慢之惡名）。

育ちは育ち　⇒氏より育ち

○育った境遇の影響で、何かにつけて自然に外に現れるものであるということ（江山易改，本性難移）　▲育ちは育ちで、その人の悪癖は隠そうとしても隠し切れない（江山易改，本性難移，那人的惡習怎麼也掩藏不了）。

そつが無い

○無駄がない。手落ちがない（無懈可擊，滴水不漏，天衣無縫）

▲彼は何をさせてもそつが(無い 無論讓他做什麼都無可挑剔)。

ぞっとしない

○それほど感心かんしんしたり面白いと思ったりするほどでもない(感到不怎麼樣；不感興趣)　▲肉はあまりぞっとしない(對吃肉不感興趣)。

袖に縋る

○頼みこんで助けを求める(求助；乞憐)

▲どんなに困っていても彼の袖に縋るようなまねはできない(無論多麼困難，不能做出向他乞憐的舉動來)。

袖にする

○今までの関係を絶って、疎かにする。ないがしろにする(絕交，割袍斷義)

▲酒癖の悪いのがたたって、恋人に袖にされる(由於醉酒的惡習，被女友甩了)。

袖を絞る

○涙で袖がびしょびしょになるほど泣く(痛哭流涕，淚如泉湧)

▲袖を絞って悲しい物語に聞き入る(淚流滿面地聽悲傷的故事)。

袖を連ねる

○行動や進退を共にする(共同行動，結伴，聯袂)

▲袖を連ねて辞職する(一起辭職)。

袖を通す

○衣服を着る。特に、初めて着る(穿衣服，特指初次穿)

▲祖母の手縫いのこの浴衣にはまだ一度も袖を通していない(祖母親手縫製的浴衣，我還一次也沒有穿過呢)。

袖を引く

○①人を誘う(邀請)
　②袖を引っ張ってそっと注意する([拽衣袖]悄悄提醒)

▲①政府と組合側の双方から袖を引かれる(受到政府和工會方面的邀請)。
　②我々は先に帰ろうと思って、高橋君の袖を引いて席を立ったが、彼は気が付かないようだった(我們想先回去，就悄悄提醒了高橋君，並站了起來，可他似乎沒有注意到)。

外堀を埋める

○ある目的を達成するために、遠まわしに既成事実を作る（[首先]要清除外圍障礙）　▲暴力団壊滅のためには、資金源を絶って外堀を埋めるのがいい（消滅暴力集團最好先切斷其財源，以清除外圍障礙）。

反りが合わない

○気心が合わない（合不来，性情不合，不對脾氣）
▲彼とは最初から反りが合わなかった（和他一開始就合不来）。

それ来た

○予測通りに事が起きた場合や物の受け渡しの場合に発する掛け声（[一定]是那個）　▲「田舎から小包が届いたぞ」「それ来た。きっと採れたてのりんごだ」（「你家鄉有包裹寄来啦。」「是那個。一定是剛採下来的蘋果。」）

それはそれは

○賛意・謝意を表しまたは驚いた時にいう語（那太好[感謝]了，不敢當；非常）　▲それはそれは恐ろしい夢だった（那是一個非常恐怖的夢）。

それ見たことか

○以前自分の言ったことを無視しなければよかった、と思い知ったことだろう（不聽好人言，吃虧在眼前）　▲それ見たことか、君には絶対無理だといったのに（不聽好人言，吃虧在眼前，我早就說過你是不行的）。

揃いも揃う

○同類の、好ましくない条件の者のみが集まっている様子。まれに好ましい意味にも用いる（清一色，全部是）　▲このクラスの連中は揃いも揃って悪戯者だ（這個班裏的學生清一色都是搗蛋鬼）。

算盤が合う

○勘定が合う。収支が償う（合算，上算，划得来）　▲こんな仕事に一週間もかけて算盤が合わない（花上一週時間做這種工作，眞不划算）。

算盤高い

○損をしないことばかり考えている様子だ（算盤精；門檻精）　▲ここの店主は算盤高いことで有名だから、値引きセールと言っても大したことはないだろう（這家店的老闆算盤精得出名了，即使打折也不會便宜太多吧）。

算盤をはじく

○損得を考える(盤算，算計)　▲どう算盤をはじいても、この仕事は割に合わない(不管怎麼算，這項工作都划不來)。

損がいく

○損をする(賠錢，虧本)　▲野菜や果物は取れすぎてもかえって損がいくのだから、農家の経営も難しいものだ(蔬菜、水果生産過剰反而會賠錢，因此從事農業生産的人也不容易)。

た

大概にする

○ほどほどにする。いい加減なところでやめておく(適可而止，適度)

▲ふざけるのも大概にしろ(惡作劇也要適可而止呀)。

対岸の火事

○自分には全く関係のない出来事で、少しも痛痒ようを感じない物事のたとえ(隔岸觀火，袖手旁觀，坐視不理)

▲我が国にとってエネルギー危機は対岸の火事だとはいっていられない問題だ(對我國來說，能源危機可不是一個無關緊要的問題)。

乃公出でずんば

○この俺様が出ないで、他の者に何ができるものかの意(捨我其誰，非我莫屬)　▲乃公出ずんばと気負い立ったのはいいが、自分には荷が重過ぎるようだ(自告奮勇固然好，但對我來說擔子似乎重了些)。

太鼓判を捺す

○決してまちがいないと保証する(下保證，打保票)

▲危険はないと太鼓判を捺す(打保票説沒危險)。

太鼓を持つ　⇒太鼓を叩く

○他人の言うことに調子を合わせて機嫌を取る。迎合する(幫腔，迎合，溜鬚拍馬)

▲うちの課長は、我々の意向を無視して、すぐに部長の太鼓を持つから困ったものだ(科長無視我們的意見馬上給部長幫腔，眞是的)。

大上段に構える

○相手を恐れず、居丈高な態度で立ち向かう（盛氣凌人，氣勢洶洶）

▲問題が問題だけに、そう大上段に構えられては、話がまとめにくい（問題歸問題，那樣氣勢洶洶地也解決不了什麼）。

大事を取る

○用心して事をする（小心對待，謹慎行事）

▲大事を取って安静にしている（小心謹慎，保持安静）。

大層もない

○とんでもない（異想天開）　▲昔は月旅行がしたいなどというと、大層もないことを考えると笑われたが、今では現実のものになった（以前若説想去月球旅行的話，會被人笑異想天開，可現在這已經成為現實了）。

大抵にする

○ほどほどにする（適可而止）

▲いたずらも大抵にするがいい（惡作劇也要適可而止）。

台所を預かる

○家庭や組織などで、金銭の出し入れを任される（掌管家計）

▲台所を預かる主婦にとって、公共料金の値上げは頭が痛い（對掌管家計的主婦來説，公用事業費的上漲是件令人頭痛的事）。

大なり小なり

○程度の差はあるにせよ、概してそのような傾向が認められること（多多少少，或多或少）

▲大なり小なり欠点のない者はない（人或多或少都會有些缺點）。

高が知れる

○大したことはない（有限；也就這個程度）　▲上手だと言っても素人では高が知れている（雖説屬害，但是個業餘的，屬害也有限）。

箍が緩む

○①年を取って鈍くなる（人老不中用）
　②当初有った緊張が無くなる（鬆懈，鬆弛，鬆散）

▲①あの男もそろそろ箍が緩んできた（那個男的也漸漸老朽了）。

②このごろ警察は箍が緩んでいる(最近警察也鬆懈下來了)。

高くつく

○普通よりは出費が小さくて済むだろうと思ってしたのに、意外な面の出費がそれに加わり、かえって多額の出費になる(原以為可以省錢，最後反而多花錢)　▲安いと思って中古車を買ったが、修理代がかさみ、結局は新車以上に高くついてしまった(想省錢買了二手車，但幾次修理費花下來，結果反而比買新車花了更多的錢)。

高飛車に出る

○相手に対し有無を言わせないような高圧的な態度を取る(態度強硬，採取高壓政策)　▲ああいうずうずうしい奴には少し高飛車に出たほうがいい(對待那種厚顔無恥的傢伙最好來點硬的)。

高見の見物　⇒拱手傍観をする

○直接関係のない気楽な立場で、事の成り行きを傍観すること(作壁上觀，袖手旁觀)　▲うちの父はいつも家族のけんかには高見の見物をきめこむ(對待家庭內部的糾紛，我父親一直採取袖手旁觀的態度)。

高を括る

○せいぜいそんな程度だろうと決めてかかる(輕視，小看，不屑一顧)　▲落第することはあるまいと彼は高を括っていた(他一直不太重視，認為不會落第的)。

箍を外す

○興じたあまり、規律もなくなり大騒ぎする(無拘無束，放縱)　▲若いうちは、多少箍を外すぐらいなところのあった方が活発でいい(年輕時多少有些不受拘束的人反倒有活力)。

多士済々

○優れた人材が多くあること(人才濟濟)　▲当社は多士済々だ(該公司人才濟濟)。

出しにする

○自分の利益のために、何かを不当に利用する(巧妙利用，打著幌子)　▲受験生を出しにして金儲けを図るなんて、ひどいね(利用考生來賺錢，太

過分了）。

ただでは置かないぞ

○何か仕返しが有るものと覚悟しろ（不善罷甘休，不輕易放過）

▲今日は大目に見てやるが、今度また万引きしたら、ただでは置かないぞ

（今天暫且作罷，若繼續小偷小摸的話，決不善罷甘休）。

踏鞴を踏む

○目がけた目標から外れたりかわされたりしてよろめく足を、なんとかしてその場に踏みとどまろうとする（踉腳）

▲逃げる犯人を追いかけていた警官は、曲がり角でその姿を見失い、思わず踏鞴を踏んだ（追逃犯的警官在拐角處跟丟了犯人，不禁踉了踉腳）。

駄々をこねる

○幼児が自分の思い通りにならないとき、泣いたり暴れたりして、わがままを言い張る（撒嬌；磨人；要脾氣）

▲この子は駄々をこねて親を困らせる（這小孩子耍脾氣為難父母）。

太刀打ちができない

○相手の力がまさっていて、張り合っても勝ち目がない（不是對手，敵不過）

▲数学ではとても彼には太刀打ちができない（數學方面比不上他）。

立ち往生する

○①列車などが、何かの原因で途中で止まり、目的地まで行くことも出発点に引き返すことも出来ない状態でいること（中途拋錨）
　②質問攻めにあったりやじられたりして、どうしたらいいか分からず、その場で棒立ちになること（進退兩難，進退維谷）

▲①列車は大雪のために立ち往生した（列車因大雪而中途拋錨）。
　②先生はその質問に立ち往生した（老師被那個問題問倒了）。

立場がない

○その人の役割が果たせないことになり、面目が失われる様子（丟臉，沒面子，失體面）

▲そんなことをされては推薦者としての私の立場がない（做出那種事讓我這個推薦人很沒面子）。

立ち回りを演じる

○派手に、つかみ合いの喧嘩をする（扭打在一起，動手打架，大打出手）

▲酔っぱらって口論し、ついに立ち回りを演じてしまった（喝醉酒發生口角，最後大打出手）。

タッチの差

○手を触れたか触れないか程度のわずかな差（差一點兒，只差一點點）

▲道が混んでいたので、タッチの差で列車に乗り遅れてしまった（道路擁擠難行，所以差了一點點，沒趕上火車）。

盾に取る

○言い訳や言がかり、主張などの材料とする（作擋箭牌，當借口）

▲人質を盾に取って要求する（以人質為要挾提出要求）。

伊達の薄着

○見栄を張り、着ぶくれを嫌って寒いのを我慢して薄着をすること（要風度不要温度，愛漂亮不穿棉）

▲今日は冷えるからセーターを着て行きなさい。伊達の薄着で風邪を引いたら大変よ（今天天冷，穿著毛衣去。因愛漂亮不穿棉而著了涼就不妙了）。

盾を突く

○反抗する。敵対する（頂撞，反抗，不服從）　▲この子はちょっと叱ると、すぐ親に盾を突く（父母稍微批評兩句，這孩子馬上就頂撞）。

多とする

○無視出来ないものと認める（高度評價，值得感謝，歸功於……）

▲あなたのご好意を多とします（非常感謝您的好意）。

棚上げにする

○問題の解決・処理を一時保留する（擱置，暫不處理）　▲この問題はいつまでも棚上げにしておくわけにいかない（這個問題不能老擱置起來不處理）。

棚卸しをする

○他人の欠点を一つ一つかぞえあげて、悪口を言うこと（挑別人的毛病；議論別人的缺點）　▲古参選手が集まって、新入部員の棚卸しをする（老隊員湊在一起，挑新隊員的毛病）。

他人行儀

○親しい仲であるのに、他人に接する時のようによそよそしく振舞うこと
（見外，客氣）　▲他人行儀のあいさつは抜きにして、早速相談をしよう（省
去那些客套，快點商量吧）。

頼みの綱

○その人がたよりとする最後のもの。絶対信頼して、よりかかるもの（指望，
依靠）　▲今の僕には、君だけが頼みの綱だ（現在，我只有指望你了）。

束になってかかる

○おおぜいの者が一緒になって、一人に対抗こうする（圍攻，群起而攻之）
▲あの人のような策略家には、君たちが束になってかかったところで勝っ
てこないと思う（像他那樣足智多謀的人，你們就是合起來去對付，也是不
會取勝的）。

荼毘に付す

○死者を火葬にする（火葬，火化）　▲遭難者の遺体は現地で荼毘に付され、
遺骨にして持ち帰られた（遇難者的遺體在當地被火化，遺骨被帶回去了）。

魂が抜けたよう

○ひどいショックを受け虚脱状態になる様子（像掉了魂似的，失魂落魄）
▲あの人は一人息子を交通事故で失ってからは、魂が抜けたようになって
しまった（自從獨子死於交通事故之後，那人像掉了魂似的）。

玉に瑕　⇒白壁の微瑕

○申し分のないほど完全に立派であるが、ほんのわずかの欠点があること
（白璧微瑕，美中不足）
▲彼は優柔不断なのが玉に瑕だ（他優柔寡斷，是美中不足之處）。

玉の汗

○大粒の汗。激しく出る（汗大顆汗珠，大量出汗，揮汗如雨）
▲彼は額に玉の汗を浮かべてわき目も振らずに働いていた（他額頭上滲出
大顆大顆的汗珠，目不斜視地工作著）。

たまるものか

○そのような状態のままにしておいてよいはずがないなどの意（無法忍受，

不可忍受）

▲あんな奴に馬鹿にされてたまるものか(被那個傢伙耍了，如何能忍受)。

矯めつ眇めつ

○いろいろの向きから、よく見る様子(仔細端詳)

▲骨董屋のおやじが壺を手にとって、矯めつ眇めつ見ている(古玩店的老闆把瓷罐拿在手裏正在仔細端詳)。

駄目で元元

○初めから成功を夢見たりせず、失敗するのが当然だという気持ちでとにかくやってみようということ(死馬當活馬醫，不抱希望地試試)

▲駄目で元元と思って彼女にプロポーズしたところ、意外にも承諾してくれた(不抱希望地試著向她求婚，她竟意外地答應我了)。

駄目を押す　⇒念を押す、駄目押しをする

○分りきったことを、念のために更に確かめる(再三叮囑，一再囑咐；再次確認)　▲彼には、今日の会に必ず出席するようにと、昨日駄目を押しておいた(昨天再次提醒過他，務必出席今天的會議)。

駄目を出す

○演劇で、演出者が役者に演技の欠点を指摘・注意する(向演員交待[指出]注意事項；指出不足)　▲監督が駄目を出して、そのシーンは撮り直しになった(導演指出演員的不足，重拍了那段戲)。

他力本願

○もっぱら他人の力をあてにすること(依賴別人，全靠他人)

▲彼はいつも他力本願だ(他老是依靠別人)。

誰とはなしに

○広まったうわさなどの出所がはっきりしない様子(不知是誰說的)

▲近く大幅な人事異動があるというが、誰とはなしに社内に広まっている(不知是誰說的，公司裏傳開了，說是最近要有大幅度的人事變動)。

たわいがない　⇒たあいがない

○①しっかりした所が無い。思慮分別に欠ける様子だ(天真)

②正常な意識を失った状態だ(不省人事)

③張り合いがない。手ごたえがない（輕而易舉）

▲①たわいがないことを言うな（別說那些無聊的事）。

②たわいがなく眠っている（睡得很深）。

③たわいがなく勝負がついた（一下子就分出了勝負）。

俵を割る

○相撲で、相手の攻めに屈して土俵の外に出る（〔相撲中〕被對方攻擊出局）

▲相手の激しい突っ張りに、ひとたまりもなく俵を割った（在對方的猛推之下，馬上就被攻擊出局）。

啖呵を切る

○歯切れのよい言葉で、相手を圧倒するように、まくし立てる（威嚇；大聲呵斥；氣勢洶洶地說）

▲必ずやって見せると啖呵を切ったてまえ、いまさら引っ込みが付かないのだ（大聲說了要做給〔他〕看看，事到如今，想退縮也不行了）。

丹精をこめる

○何かを作ったり育てたりするに際し、労を惜しまず、心を込めて行う（盡心，竭盡全力）

▲丹精をこめて育てた菊が見事な花をつける（精心培育的菊花綻放出美麗的花朵）。

旦夕に迫る　＝命旦夕に迫る

○今夕か明朝が限りという切迫した状態になる（危在旦夕，生命垂危）

▲あの作家は、命旦夕に迫りつつも、なお筆を執り続けた（那位作家在垂危之際還繼續寫作）。

単刀直入

○前置きや遠回しの表現を避け、直接に本題に入る様子（單刀直入，開門見山，直截了當）

▲先生は単刀直入に私を批判した（老師直言不諱地批評了我）。

弾力に富む

○状況の変化に応じて自由に対応できる能力がある（富有彈性，靈活）

▲弾力に富んだ外交政策（靈活的外交政策）。

暖を取る

○日などに当たって、冷えた体を暖める（取暖）

▲寒中水泳を終えた子供たちが海岸の焚き火で暖を取っている（冬泳結束後的孩子們靠著海岸上的篝火取暖）。

端を発する

○それをきっかけとして、物事が始まる（發端，開始）

▲民族問題に端を発する紛争（由民族問題引發的紛爭）。

端を開く

○物事が、そこから始まる（開端；開創）　　▲「解体新書」が日本の近代医学の端を開いた（《解剖新書》開創了日本的近代醫學）。

短を護る

○人の短所や欠点を庇ってやること。また、自分の短所をさらけ出さないようにすること（護短）　　▲短を護るのでは、いつまでも進歩できないよ（要是護短的話，永遠都不會進步的喲）。

ち

小さくなる

○①威張らないで縮こまる（畏縮，縮）
　②恐縮または遠慮しながらそこにいる（抬不起頭；卑下）

▲①猫が部屋の隅で小さくなっていた（貓在屋角縮成一團）。
　②新人賞を受賞した彼は、文壇の先輩に囲まれ、小さくなっていた（獲得新人獎的他被文壇的前輩們包圍著，很謙卑）。

知恵が無い

○機転がきかなかったり工夫が足りなかったりして、その場に応じた処置が取れない様子（不機靈，遲鈍，愚蠢）　　▲汽車の混む時期に、旅行に出るのも知恵が無い話だ（在鐵路運營的高峰時期外出旅行不夠明智）。

知恵が回る

○とっさにその場に合った判断ができる。頭の回転が速い（聰明，機靈，腦筋靈活）　　▲私のように年を取ると、若い人のようには知恵が回らなくなる

ものだ(像我這樣上了年紀，就不可能像年輕人那樣腦筋靈活了)。

知恵を借りる

○人に相談していい考えや方法を教えてもらう(咨詢；求教)

▲多くの人の知恵を借りる(向許多人求教)。

知恵を絞る

○ありったけの知恵を出す(想盡辦法，絞盡腦汁)

▲僕なりに知恵を絞ってみたが、これはといういい考えが浮かばない(我絞盡腦汁，也沒能想出一個好辦法)。

知恵を付ける

○傍から知恵や策略を授ける(給[別人]出主意；灌輸思想；唆使，煽動)

▲交渉がうまくいくように、少し知恵を付けてやろう(為使談判順利進行，幫你出個主意吧)。

力及ばず

○精一杯頑張ったにもかかわらず、力不足で好ましくない結果になること力(不從心)

▲善戦したが、力及ばず敗れ去った(英勇戰鬥了，但力不從心而敗北了)。

力瘤を入れる

○重要な事と考え、熱心に援助する(全力以赴，花大力氣)

▲その企ては力瘤を入れる程のものではない(那個計畫不值得花大力氣)。

力に余る

○自分の力ではとても処理できない(力所不能及，不能勝任)

▲私の力に余る(我不能勝任)。

力にする

○助けてもらえることを期待して、頼りにする(依靠，憑藉)

▲今日まで君を力にして事業を進めてきたが、どうしても手を引くというなら、やむを得ない(靠你的協助才使事業發展到了今天，若你一定要收手，我也沒有辦法)。

力になる

○ある人が事を進める際に、その支えとなって助ける(幫助，協助)

▲お互いに力になりましょう（我們互相幫助吧）。

力を入れる

○①努力する（致力於……）　②後援する（支持）

▲①新人養成に力を入れる（致力於培育新人）。

②才能うを見込んで力を入れる（相信[他]有才能而支持[他]）。

力を得る

○助けや励ましによって元気が出る（得到力量）

▲声援に力を得る（從聲援中得到力量）。

力を落とす

○失望する。落胆する（泄氣，灰心，失望）　▲試験に落ちたからといって、そんなに力を落とすなよ（就算考試沒及格，也用不著如此沒精打采）。

力を貸す

○助ける。助力する（幫助，援助）

▲困ったときには、僕にできることがあれば、いつでも力を貸しますよ（遇到困難的時候，只要我力所能及，隨時都可提供幫助）。

力を付ける

○①そのことに関する知識や技能を十分に身につけ、必要に応じて役立たせることができるようにする（充分掌握技能、知識）

②落胆している人を励まして、元気を取り戻させる（鼓勁兒，打氣）

▲①若手選手が力を付けてくれれば、来年は我がチームの優勝も夢ではないだろう（如果年輕選手進一步提高水準，來年我隊奪冠也不無可能）。

②彼は試験に失敗して意気消沈しているようだから、みんなで力を付けてやろうじゃないか（他因為沒考好，很沮喪，大伙一起給他打氣吧）。

契りを結ぶ

○夫婦として変わらない約束をする（締約，結盟；[特指]立婚約，結為夫婦）

▲夫婦の契りを結ぶ（結為夫婦）。

注文をつける

○相手に自分のしてほしいことをあれこれと言う（提出要求，說出條件）

▲そんな難しい注文をつけられたら、とても期日までに間に合わない（難度

那様大的話，恐怕不能按時交貨）。

昼夜をおかず

○昼夜の別がなく、やむ時がない。絶えず行う（不分晝夜，夜以繼日）

▲嫌がらせの電話のベルは昼夜をおかず彼を悩まし続けた（騷擾電話的鈴聲不分晝夜地困擾著他）。

昼夜を分かたず

○昼夜の区別無く行われる（日夜不停，不分晝夜）

▲少年は病床にあって、母親の昼夜を分かたず看護を受けていた（母親晝夜不停地照顧著病榻上的少年）。

調子が合う

○物事に対する態度や考え方が一致して、相手とうまくやっていくことができる（合拍，投緣，對脾氣）　▲彼は慎重すぎて、どうもみんなと調子が合わない（他過於謹慎，總和大家不合拍）。

調子がいい

○①相手の言動に調子を合わせることがうまい（會迎合，會來事兒）

②実際はやりもしない事を言ったりして、人の気を引くことがうまい（又説不做，會引人注意）

▲①かなり調子がいい男だな（是一個很會迎合的人啊）。

②あの男は口先で調子のいいことを言っているだけで、何一つ実行したことがない（他盡耍嘴皮子，從未辦過一件事）。

調子が付く

○①はずみがつく（有節奏）

②得意になって、うわついた行動をする（起勁，帶勁）

▲①調子が付いて朗読する（有節奏地朗讀）。　②試合の後半調子が付いて、一気に得点を重ねた（比賽到下半場很起勁兒，連連得分）。

調子に乗る

○①仕事などが順調に進む（進展順利）

②おだてられて、いい気になって物事を行う（得意忘形，忘乎所以）

▲①すべては調子に乗っている（一切進展順利）。

②久しぶりのクラス会で、つい調子に乗って飲みすぎてしまった（難得一

次老同學聚會，一高興不覺喝多了幾杯）。

帳尻が合う　⇒帳尻を合わせる
○決算の結果、収支が正しく合う（帳目相符，收支平衡）　▲何度も計算して
みたんだが、どうしても帳尻が合わない（核算了多次，總是不能對上帳）。

調子を合わせる
○相手に逆らわない対応をする（幫腔，恭維，順應）　▲どんな人とでも調子
を合せて、うまくやっていける（他什麼人都恭維，處世圓滑）。

調子を下げる
○俗受けをねらって程度を落とす（[為使對方理解]降低水準，降低程度）
▲あの先生は高校生だからといって調子を下て話すようなことはなさらなか
った（那位老師沒有因為[對方]是高中生就降低難度說話）。

調子を取る
○物事の動きを、ちょうどよい状態に整える（保持平衡）
▲腰でうまく調子を取りながら天秤棒を担いでいく（一邊巧妙地用腰部保持
著平衡，一邊挑著擔子走）。

丁丁発止
○刀などで互いに打ち合う音。また、激しく打ち合う様子（互不相讓，爭論
不休）　▲防衛問題をめぐって、与野党が丁丁発止と渡り合った（圍繞著防衛
問題，執政黨和在野黨互不相讓，爭論不休）。

提灯を持つ　⇒鞄持ち
○自ら進んで他の宣伝や手先に使われること（溜鬚拍馬，抬轎子）
▲こんな提灯を持つ記事にいい気になってはいけない（不能因為這種溜鬚拍
馬的報導就洋洋得意）。

掉尾を飾る　⇒掉尾を飾る
○物事の最後を立派に仕上げる（善終，圓滿結束）　▲大会の掉尾を飾る見事
な閉会式の演出（給大會畫上圓滿句號的閉幕式上的精彩演出）。

帳面づらを合わせる
○使い込みなどを隠すために、数字をごまかして記入し、収支決算が合う
ようにする（造假帳）　▲いくら帳面を合せておいても、不正を隠しきれる

ものではない（不管怎様造假帳，都不能掩蓋挪用公款的行為）。

ちょっかいを出す

○①横から口を出す。干渉する（多管閒事，插手）

②軽い気持ちで女性に手を出す（調戲，挑逗［婦女］）

▲①関係のない人は横からちょっかいを出さないでくれ（請閒人不要多管閒事）。　②女にちょっかいを出すな（不要調戲女人）。

ちょっとした

○①わずかの。少しの（一點點的）　②かなりの。相當な（相當的）

▲①ちょっとした油断が命取りになることがある（有因為一點點粗心而送命的）。　②ちょっとした財産（相當的財産）。

ちょっとやそっと

○（否定の語を伴って）ちょっとしたこと。少しばかり（［接否定］僅僅一點點）　▲ちょっとやそっとでは動かない（輕易是不會動搖的）。

ちょんになる

○何かの事情で、予定されていたことなどが駄目になる（落空，告吹，結束）

▲先方の都合で、まとまりかけた契約がちょんになる（由於對方的原因，即將談妥的合同告吹）。

沈黙を破る

○一時活動を停止していた人が、再び活動し始める（打破沉默，再次活躍）

▲結婚して以来芸能界から遠ざかっていた彼女が沈黙を破って舞台に立つことになった（結婚之後一直遠離演藝界的她，再次活躍在舞台上了）。

つ

付いて回る

○離れずに一緒に動く（糾纏，纏住不放）

▲悪評がどこまでも付いて回る（壞名聲到哪裏都洗不掉）。

ついのすみか

○終生住んでいるべきところ。また、最後に住むところ（老死之鄉；墳墓）

▲この開拓地をついのすみかと定め、困難に立ち向かおうと思う（想迎難而

上，把這片開拓地作為老死之鄉）。

痛棒を食らわす

○きびしくしかる（嚴加斥責，嚴厲訓斥）

▲彼はこの頃いい気になり過ぎているから、痛棒を食らわしてやった（最近他太得意忘形了，就狠狠地管教了他一下）。

痛痒を感じない

○痛くも痒くもない。何らの利害や影響をも受けない（無關痛癢，不痛不癢）　▲彼が失敗したところで僕は少しも痛痒を感じない（他的失敗對我來說無關痛癢）。

杖とも柱とも頼む

○非常に頼みにすることのたとえ（完全信賴，完全依賴）

▲彼女は老後の杖とも柱とも頼んだ一人息子に死なれてしまった（她年老時惟一能夠依靠的獨生兒子也死去了）。

付かず離れず

○二つの物事が、付きすぎも離れすぎもせず、ほどよい関係を保つこと（不即不離，不遠不近）

▲付かず離れずの関係でつきあう（保持若即若離的關係）。

付かぬこと

○前の話と関係のないこと。突飛なこと（冒昧，貿然）

▲付かぬことを伺いますが、お嬢様のお相手はお決まりでしょうか（恕我冒昧地問一下，您家的千金有對象了嗎）?

掴み所が無い

○そのものの価値評価などをする場合に基準となると考えられる点がない（捉摸不透，難以理解）

▲彼の議論はいつも掴み所が無い（他的言論總是讓人捉摸不透）。

付きが回る

○運がよくなる（時來運轉，交好運）

▲このところ付きが回ってきたとみえ、いいことばかり続く（最近好像時來運轉，好事不斷）。

付けが回ってくる

○してはならないことをしたり、すべきことを怠っていたりした結果、ひどい目にあう事態に至る（有報應）

▲いくら酒が好きでも、毎晩浴びるように飲んでいたら、いずれ付けが回ってくるぞ（再怎麼喜歡喝酒，若每晚盡情痛飲的話，總會有報應的）。

辻褄が合う

○細かい点まで食い違いがなく、筋道が通る（有道理，合情合理）　▲それでは話の辻褄が合わないじゃないか（那樣一來，你的話不就沒道理了嗎?）

綱を張る

○横綱になる。また、横綱の地位を守る（成為冠軍，衛冕冠軍）

▲十年間綱を張った名力士（蟬聯10年的衛冕冠軍）。

角を折る

○今までの強い態度を引っ込めて、協調的になる（讓步，折服）

▲相手もついに角を折って、話し合いの姿勢を示してきた（對方也終於態度變軟，作出了讓步的姿態）。

角を出す

○女性が嫉妬心を起こす（吃醋，嫉妒）

▲いつも秘書の女性を連れて出歩いていたら、それを知って家内が角を出した（妻子知道我總是帶著女秘書進進出出，就吃起醋來了）。

鍔迫り合いを演じる

○全く互角に激しく勝敗を争う（格鬥，短兵相接，激烈角逐）

▲知事の椅子をめぐって3人の候補者が激しい鍔迫り合いを演じた（3位競選者激烈角逐市長的位子）。

唾を付ける

○あるものを他人に取られないように、前もってかかわりをつけておく（插上一手）　▲マネキンが着ていた服が現品限りだというので、唾を付けておいた（模特身上的衣服據說是僅限現貨，所以先插上一手）。

粒が揃う

○集まった人がいずれも優れている（個個都不錯）

▲あのチームは選手の粒が揃っているから、強いわけだ(那個隊的選手個個都很棒，難怪厲害)。

潰しがきく

○本来の職以外の事をしても、うまくやる能力がある(多面手，様様通，多才多藝)

▲彼は潰しがきく(他多才多藝)。

壺に嵌る

○①要点を突いている。勘所を押さえている(抓住要害)

②予想した通りに物事が運ぶ(正中下懷)

▲①君の答えは壺に嵌っている(你的回答抓住了要害)。

②計画が壺に嵌った(計畫正中下懷)。

詰まる所

○結局(總之，總而言之)

▲詰まる所は本人の自覚の問題だ(總而言之，這是本人的自覺性的問題)。

罪が無い

○無邪気である(沒壞心眼，天真，純潔)

▲子供は罪が無い(孩子是天真的)。

罪なことをする

○相手を傷つけるような無慈悲なことをする(造孽，幹缺德事)

▲みんなの前でからかうなんて、君も罪なことをしたもんだ(當著衆人的面奚落她，你也真夠缺德的)。

罪を着せる

○罪のない人に罪を押し付ける(栽贓，嫁禍)

▲部下に罪を着せて責任を逃れる(把罪責推給部下，逃脫責任)。

罪を塗る

○自分の悪事や失敗をごまかして、他人がやったように見せかける([把壞事或失敗]推給別人，轉嫁罪責)

▲友人に罪を塗って、何食わぬ顔をしている(把責任推給朋友，自己卻一副若無其事的樣子)。

て

出来ない相談
○まとまるはずのない相談。応じられない誘いかけ（辦不到的事；無法商量的事）　▲立ち退くなど出来ない相談だ（離開是辦不到的）。

敵もさる者
○敵も相当に手ごわい者であるということ（對手也非等閒之輩）

▲敵もさる者で、そう簡単にしっぽは出さない（敵人也非等閒之輩，不會那麼容易露餡的）。

梃入れをする
○援助を与え難局を打開すること（撐腰，支撐，支持，援助）　▲政府が梃入れをして景気の回復を図る（政府採取措施，以圖恢復經濟的繁榮）。

梃子でも動かない
○どういう手段を使っても動かせない。決心・信念などを変えない（毫不動搖，雷打不動；死頑固）

▲彼は一度こうだと言い出したら、梃子でも動かない（他一旦做出決定，九頭牛也拉不回來）。

出たとこ勝負
○計画的でなく、その場その場の成行き次第で事を決めること（順其自然，走一步算一步）

▲心配するな。出たとこ勝負でいこう（別擔心，順其自然吧）。

出て失せろ
○顔も見たくない相手をその場から追い出す時に用いる言葉（滾開，快點從我眼前消失）　▲お前のような無礼な奴は出て失せろ、二度とおれの前に顔を出すな（你這個無禮的傢伙快點從我眼前消失，不要讓我再看到你）。

出る所に出る
○警察・法廷などへ訴え出て、どちらの言い分が正しいかを、決着してもらう（去法院等評理的地方去評理）

▲出る所へ出て決着をつけよう（到評理的地方去解決吧）。

出る幕ではない

○でしゃばるべきところでない。口をさしはさむ場合でない（不是插嘴之處，
不是出頭露面之時）　▲君の出る幕ではない（不是你出頭露面的地方）。

と

とうが立つ

○年頃が過ぎる。盛りが過ぎる。（［女性］妙齡已過；［演員等］極盛之時已過）
▲彼女もそろそろとうが立ってきた。なにしろもう三十近いから（她也漸漸
過了妙齡，不管怎麼說已是30歲出頭了）。

等閑に付する

○いい加減にして放っておく（等閒視之；忽視）　▲青少年犯罪の増加は等閑
に付することのできない問題（青少年犯罪增加是個不容忽視的問題）。

峠を越す

○盛りの時期、極限の状態を過ぎて物事の勢いが衰えてくる（渡過危險期，
渡過艱難時期；過了高峰期）　▲病も峠を越した（疾病已過了危險期）。

どうにかこうにか

○不十分ながらも一応は目的を達成できる様子（好歹，總算，湊合著）
▲どうにかこうにか間に合った（好歹趕上了）。

どうにもこうにも

○対処・解決の方法がなく、困り果てたり、耐え切れなくなったりする様子
（無論如何也，實在）
▲熱帯地域に半年暮らしたが、あの暑さにだけはどうにもこうにも耐えられ
なかった（在熱帶地區生活過半年，實在受不了那樣的酷暑）。

当を得る

○道理にかなっている。適切だ（得當，恰當，恰到好處）
▲この提案はまことに当を得ている（這個提案很得當）。

通りがいい

○①一般の人々に価値のある、また信用できるものとして認められやすい
（被認可，被認同）

②一般の人々に分かりやすい（為人所熟悉，容易讓人懂）

▲①くず屋と言うより廃品回収業という方が世間の通りがいい（把收破爛的說為廢品回收商，更容易被社會認可）。　②あの人はあだ名で呼んだ方が通りがいいそうだ（據說稱呼那人的綽號反而更容易讓人懂）。

度が過ぎる

○限度をひどく超えている（過度，過分）　▲いくら子供でも度が過ぎたいたずらは許せない（就算是孩子，也不能過分淘氣）。

時に遇う

○好時機にめぐりあう（遇上好時候，交好運，適逢良機）

▲時に遇って富を築く（遇上良機，積累財富）。

時に臨む

○今まさに何かが行われようとしていて、気持ちを新たにしなければならない事態に直面する（面臨……時刻，正當……之時）　▲国家存亡の時に臨み、国民の奮起を促す（值此國家存亡之際，呼籲國民奮起）。

時によりけり

○ある時にうまくいったからといって、それがいつも通用するとは限らないということ（要看時間場合）

▲冗談も時によりけりで、通夜の席で言うなんて不謹慎すぎる（開玩笑也要看場合，守靈席上說笑，太不嚴肅了）。

時を争う

○少しでも早く物事をしようとする（越早越好，爭先恐後）

▲この手術は時を争う（這個手術越早越好）。

時を失う

○好機会を逃がす（錯失良機）

▲引き抜きの話が合ったが、ぐずぐずしているいうちに転職の時を失った（有人來挖過我，但我磨磨蹭蹭，失去了改行的機會）。

時を移さず

○何かをし終えてから、間を置かず（立刻，立即）

▲決断したら時を移さず実行せよ（決定了的話，馬上實行呀）。

時を得る

○好時期にめぐり合って栄える(走運，逢時，抓住有利時機) ▲時を得て財界の実力者のし上がる(抓住有利時機，爬上金融界實力派的地位)。

時を稼ぐ ⇒時間を稼ぐ

○当面の難局を切り抜けるため、他の事で引き延ばして、時間を作り出す(爭取時間，贏得時間) ▲牛歩戦術で時を稼ぎ、会期切れ廃案をねらう(採取拖延戰術贏得時間，企圖使議案來不及被審議而成為廢案)。

鬨を作る

○戦闘開始の際や勝利の際、指揮を鼓舞するために、一斉に大声を上げる(吶喊助威) ▲総崩れで逃亡する敵を見て我が軍は一斉に鬨を作った(看到敵軍潰逃，我軍一齊高聲吶喊)。

時を待つ

○好機の訪れるのを待つ(等待時機)

▲あわてずに、じっくり時を待て(別著急，慢慢等待時機)。

とぐろを巻く

○①数人が一ヵ所にたむろして、不穏の気勢を示す(盤踞，結夥)
②その場所に腰を落ち着けてなかなか動こうとしない(久坐不走)
▲①裏通りには不良がとぐろを巻いているから近寄らないほうがよい(小胡同裏有流氓結夥聚集，還是不要靠近為妙)。
②酒場でとぐろを巻いている連中(老泡在酒巴裏的一幫人)。

毒を仰ぐ ⇒毒をあおる

○毒薬を、あおるように飲む(飲毒，服毒)
▲彼女は絶望の余り、毒を仰いだ(她絕望之極，飲下了毒藥)。

床に就く

○病気・けがなどで、床に入って休む。病臥する(臥床不起)
▲床に就いたきりの老人の世話をする(照顧臥床不起的老人)。

所嫌わず

○場所を問題とせずに。どこでもかまわずに(不分場合，到處) ▲所嫌わずタバコの吸殻を投げ捨てるのはやめたまえ(不要到處亂扔菸蒂)。

ところてん式

○なんの苦労もせずに次の段階に進むこと（機械式地循序漸進，按部就班）

▲この学校に入って四年すれば、ところてん式に卒業する仕組みだ（在這個學校經過4年就能按部就班地畢業）。

所を得る

○自分にふさわしい地位や仕事に就く（適得其所）　▲経理から営業に回り、やっと所を得る感じだ（従財務部調到銷售部，這才覺得適得其所）。

床を取る

○布団などを敷き、寝所を作る（鋪床）

▲床をお取りしてもよろしいでしょうかと旅館の帳場から客室に電話が掛かってきた（旅館的帳房有電話打到客房，問是否可以鋪床了）。

床を払う

○病気がよくなり、寝たきりの状態から脱する（離開病床，病癒）

▲長い間寝込んでいた父がようやく元気になり、床を払うことができた（長年臥床不起的父親終於離開病床，恢復了健康）。

どさくさに紛れる

○取込みにまぎれて事を行う（渾水摸魚，趁火打劫，趁忙亂做……）

▲どさくさに紛れて盗みを働く（渾水摸魚偷東西）。

年が改まる

○年号が変わる。改元となる（改換年號）　▲平成に年が改まってから生まれた子供も増えてきた（年號換成平成後，出生的孩子也增多了）。

年が行く

○高齢である（上年紀）

▲だいぶ年が行っているから無理ができない（上了年紀了，不能勉強）。

年には勝てぬ

○年を取れば、体力が衰え、若い時と同じようにはいかないものだということ（年紀不饒人，不服老不行）

▲さすがの横綱も年には勝てぬと見えて、取りこぼしが目立つようになった（畢竟年紀不饒人啊，橫綱輸的次數也越來越多）。

年は争えない

○まだまだ若いという気力はあっても、肉体的な衰えは、誰が何と言おうとも明らかである(年紀不饒人，不服老不行)

▲年は争えないものだ(年紀不饒人啊)。

年端も行かぬ

○まだ幼い様子(年幼，未成年)　▲年端も行かぬ子供を働かせるわけには行かない(不能讓未成年的孩子做工)。

年を追う

○ある傾向が歳月の流れに従って強まったり弱まったりするのが認められる様子(逐年，隨著年齡增長)

▲彼女は年を追うごとに美しくなる(她一年一年變得漂亮起來)。

年を食う

○想像したよりも実際の年齢が多い([比想像得]年紀大，上年紀)

▲彼は大学新卒にしては、ずいぶん年を食っているね(作為剛畢業的大學生來說，他的年紀可夠大的呀)。

どじを踏む

○間の抜けた失敗をする。へまをする([因馬虎把事情]搞砸，失敗)　▲今度どじを踏んだら進退きわまることになる(下次失敗的話，就會進退兩難了)。

どすがきく

○すごんでみせる(威脅，恐嚇)

▲どすのきいた声で脅かされる(被可怕的聲音恐嚇)。

どすを呑む

○懐中の短刀などを隠し持つ(懷裏藏刀，身藏匕首)

▲どすを呑んでいるような連中に盛り場をうろつかれるのは迷惑だ(不能讓一群身藏匕首的傢伙在鬧市區閒逛)。

取っ替え引っ替え

○一つに落ち着かず、続けざまにあれこれと取り替える様子(無法定心，不斷改變)　▲今日のパーティーには何を着ていこうかと、彼女は洋服箪笥から取っ替え引っ替え服を取り出しては胸に当てている(她從衣櫥裏不斷拿

出衣服在身上比劃著，想著該穿什麼衣服去今天的晚會）。

どっちもどっち

○不十分な点が、関係者の双方に存在すると考えられること（雙方都有過失）　▲どっちもどっちだ（雙方都有不對的地方）。

取って付けたよう

○無理に後から付け加えたように、わざとらしく不自然な様子（不自然，假惺惺，做作）

▲取って付けたようなほほ笑み（假惺惺的笑容）。

とっ拍子もない

○常軌を逸する（[言行]異常，奇怪，離奇）

▲とっ拍子もないことを考える人だ（一個異想天開的人）。

トップを切る

○いろいろな物事で、仲間に先立つ（率先，領頭；居首位）
▲同期生のトップを切る（在同期學生裏名列前茅）。

途轍もない

○まったく道理に合わない。また、途方もない（毫無道理，極不合理；出人意料）　▲途轍もなく広い家（大得出奇的房子）。

とてもじゃないが

○どんなにしても。とうてい（到底，無論如何也）

▲とてもじゃないが私にはそんな残酷なことはできない（我無論如何也做不出那樣狠心的事情）。

徒党を組む

○良からぬことを企む者が一団となって行動するために寄り集まる（結夥）
▲深夜徒党を組んでオートバイを乗り回す暴走族に悩まされる（暴走族深夜結夥開摩托車，眞是讓人心煩）。

とどのつまり

○結局。多く、不結果や平凡な結果、もしくは否定的表現を伴う（[常用於不好的結果]最後，最終，到頭來）

▲とどのつまりは妥協という事になった（最後妥協了）。

止めを刺す

○①物事の最後に、急所をおさえてそれ以上反撃・反駁等のできないようにする(給以致命打擊)　②AについてBが最も優れている(數……最好)

▲①盗作問題で、作家生命に止めを刺された(因為剽竊問題，斷送了作家生涯)。　②花は吉野に止めを刺す(櫻花數吉野櫻花最好)。

土俵を割る　＝俵を割る

○相撲の場所を出て負ける(出了圈，戰敗)

▲力士がついに土俵を割った(相撲力士終於戰敗了)。

途方に暮れる

○どうしてよいか分からないで、困りきる(束手無策，一籌莫展，無可奈何)

▲彼女はどうしてよいやら途方に暮れていた(她不知如何是好，一籌莫展)。

途方も無い

○①条理に外れている。とんでもない(毫無道理)

　②図抜けている。比すべきものもない(不平常，出奇)

▲①途方も無いことを考えたものだ(想入非非[異想天開])。

　②途方も無い時間にやってきた(深更半夜[一大清早]跑來了[不合常情的時候來了])。

止め処が無い

○限りがない(沒完沒了)

▲彼は話し出すと止め処の無い人だった(他一說起話來就沒完沒了)。

取り付く島が無い

○どこにすがりついていいか、手がかりさえ分からない(無依無靠，沒有著落；[冷淡得使人]無法接近)　▲彼女のつっけんどんな態度に彼は取り付く島も無かった(她的態度冷淡得讓他難以接近)。

取り止めが無い

○①一貫性に欠け、要領を得ない(不得要領，不著邊際)

　②際限がない(沒有止境)

▲①取り止めの無い話(不著邊際的話)。

　②会議は取り止めがなく続いた(沒完沒了地開會)。

取りも直さず

○前件がそっくりそのまま後件の原因・結果・根拠・証拠あるいは具体例として疑う余地なく当てはまること（即［是］，就［是］，簡直［是］，不外［是］）

▲あなたの喜びは取りも直さず私の喜びです（你的快樂就是我的快樂）。

取るに足りない　⇒取るに足らない

○問題として取り上げる価値が無い（微不足道，無足輕重，不值一提）

▲彼の意見など取るに足りない（他的意見無足輕重）。

取る物も取り敢えず

○急な事態に際して、まずその事だけを大急ぎでする様子（匆匆忙忙，慌忙，急忙）　▲その知らせを受けて、彼は取る物も取りあえず現場に急行した（他一接到通知，就匆匆忙忙地趕往現場）。

泥をかぶる

○関係者全員の責任を自分一人が負う（獨自承擔責任）

▲失敗したら私が泥をかぶるから、君たちは思い切ってやってくれ（如果失敗了，由我一人承擔，你們大家放手幹吧）。

泥を吐く

○調べられ問い詰められて、隠しきれずに犯罪を白状する（招供，招認，坦白交代）　▲警察で厳しい取調べを受け、ついに泥を吐いた（在警署的嚴厲審訊下，終於坦白交代了）。

どろんを決める

○行方をくらます（逃之夭夭，忽然不見）　▲その小切手をふところにして彼はどろんを決めた（他揣上那張支票，決定逃之夭夭了）。

度を失う

○恐れや驚きで狼狽して取り乱す（驚慌失措，慌了手脚）

▲野党議員の意表を衝いた質問に、大臣は一瞬度を失って返答に窮した（面對在野黨議員突如其來的質問，大臣一下子慌了手脚，無言以對）。

度を過ごす

○適当てきとうな程度を越える意（過分，過度，過火）

▲運動も度を過ごしては何にもならない（運動過度沒有好處）。

丼勘定

○予算を立てたり決算をしたりせず、手元にある金に任せて支払いをすること。また、それに似た大まかな会計（亂花錢；籠統帳，一本糊塗帳）
▲あの店の経営は丼勘定だ（那家店的經營是籠統帳）。

な

無い知恵を絞る

○いい考えがないかと、一生懸命に考える（冥思苦想，絞盡腦汁）
▲無い知恵を絞って、やっと考え付いた解決策（絞盡腦汁才好不容易想到的解決辦法）。

泣いても笑っても

○どのようにしたところで（無論如何，不管怎樣）
▲泣いても笑っても試験まであと二日だ（不管怎樣，離考試還有兩天）。

無いものねだり

○そこにないものを無理を言ってほしがること（奢望，硬要，強求[不可能得到的東西]）　▲予算に限度があるのだから、無いものねだりをされても困る（因為預算是有限度的，你硬要強求的話我就不好辦了）。

なおのこと

○いっそう程度の進んだ事（更加，更是）
▲アメリカならなおのこと行ってみたい（美國就更想去了）。

名が売れる

○名前が世間に広く知られるようになる（大名鼎鼎，聲名顯赫）
▲作曲家として名が売れる（[他]作為作曲家而大名鼎鼎）。

鳴かず飛ばず

○将来の活躍にそなえて何もしないでじっと機会を待っている様子。現在では、長いこと何も活躍しないでいることを軽蔑して言うことが多い（默默無聞；銷聲匿跡）　▲他日を期して彼はしばらく鳴かず飛ばずの生活を続けた（為圖將來，他暫時開始了韜光養晦的生活）。

名が高い

○評判んが高い（知名，聞名）

▲その町は避暑地として名が高い（那個城市作為避暑勝地很有名）。

名が立つ

○世間のうわさにのぼる（出名，成名，揚名）

▲安くて、おいしい店だという名が立った（那家飯館以味美價廉出了名）。

名が通る

○世間によく知られる（遠近聞名，知名）

▲世界的に名の通った人（舉世聞名的人）。

名が泣く

○名前だけは聞こえが良いが、実際の内容はそれに背くことはなはだしく、あきれられる徒（有虛名，浪得虛名）

▲そんなことで、もう音を上げているようでは、鉄人の名が泣くぞ（因為那樣的事就叫苦的話，鐵人之名就徒有其表了）。

仲に立つ

○両者の間に入ってお互いがうまくいくようにする（説和，斡旋，調解）

▲田中君が仲に立って今の家を世話してくれた（現在的房子是田中君出面斡旋才得到的）。

仲に入る

○争っている両者を仲裁する。また、仲介する（調解，仲裁，説和）

▲仲に入って丸くおさめる（透過調解圓滿解決）。

流れに棹さす

○棹を使って流れを下るように、大勢のままに進む（一帆風順，順暢無阻，順應潮流）　▲彼はうまく流れに棹さして、今日の地位を築き上げた（他巧妙地順應潮流才擁有了今日的地位）。

流れを汲む

○その系統・血統に属する。その流儀・流派を受け継ぐ（繼承……血統；屬於……流派）

▲彼は細川家の流れを汲んでいる（他繼承了細川家的血統）。

仲を裂く

○親しい者同士を仲違いさせる。また、引き離す(拆散，離間)。
▲ロミオとジュリエットは両家の親に仲を裂かれた(羅密歐與朱麗葉硬是被兩家父母拆散了)。

仲を取り持つ

○直接接することのできない人の間に入って、双方の関係がうまくいくように取り計らう。特に、縁談をまとめる意に用いる(做媒；介紹；牽線搭橋)。
▲部長が鈴木君と僕の姪の仲を取り持ってくれて、秋には式を挙げることになった(部長為鈴木君和我姪女做了媒，他們定於秋季舉行結婚儀式)。

泣き出しそう

○今にも雨が降ってきそうな天気(陰雲密布的天空，陰沉的天氣)。
▲今にも泣き出しそうな空模様(陰沉欲雨的天氣)。

無きにしも非ず

○ないわけではない。少しはある(不是完全不可能，不是沒有)。
▲成功の望みは無きにしも非ずだ(成功不是完全沒有希望)。

泣きの涙で

○ひどく悲しむ様子に言う(忍痛，傷心至極)。
▲泣きの涙で別れる(忍痛分別)。

泣きべそをかく

○子供などが顔をしかめて泣きそうになる(做出要哭的臉，一副想哭的樣子)。
▲試験に落ちてから泣きべそをかいても始まらないから、今から準備を進めておかなければだめだ(等到沒考上再怎麼哭也是白搭，還是得從現在開始做準備才行)。

亡き者にする

○相手を殺す(殺死)。
▲主君織田信のぶ長を亡き者にした明智光秀もしょせんは三日天下に終った(殺死主公織田信長的明智光秀到頭來也只做了3天皇帝)。

泣きを入れる

○①泣きついて詫びを入れたり頼んだりする(哭著道歉，哭著哀求)。

②取引所で相場の暴騰・暴落などにより受渡しができなくなった時、売方または買方が相手方に対し相当の値段で解約を懇願する（[市價暴漲或暴跌時]賣方[或買方]懇請對方給以合適的價錢）。

▲①後で泣きを入れてきた（之後哭著來哀求）。

②泣きを入れて株を引き取ってもらった（懇請對方認購了自己的股票）。

泣きを見せる

○自分のせいで、身の者などにつらく悲しい思いをさせる（[因自己的緣故而]令人難過，使人悲傷）

▲あまり賭け事にばかり凝っていると、最後には家族には泣きを見せることになるぞ（一味貪賭的話，最後肯定會讓大家傷心難過的呀）。

泣きを見る

○自分の行為の結果、悲しい目にあう（結果悲慘；吃苦頭；遭殃）

▲その仕事で彼は泣きを見ることになった（因為那個工作他吃了苦頭）。

泣く子も黙る

○泣いている子も泣き止んで黙ってしまうほどの恐ろしい存在であることのたとえ（威勢強大，威力巨大）

▲村人は地主を恐れ、その名を聞けば泣く子も黙るほどだった（村上的人害怕地主，聽到地主的名字連孩子都怕得不哭了）。

泣くに泣けない

○泣こうと思ってもなかなか涙が出られない（欲哭無淚，懊喪至極）

▲あんな負け方では泣くに泣けない（那樣失敗，真是欲哭無淚）。

情け容赦もなく

○同情して許すことなどしない。きわめて厳しい（毫不留情，不講情面）

▲情け容赦もなくしかりつけるので、あの部長は下の者に嫌われている（那位部長批評起人來毫不留情，所以部下都討厭他）。

情けを掛ける

○思いやりを込めた言動をする（表示同情）

▲あんな自分勝手な男に情けを掛けてやる必要なんかない（沒必要對那種任性妄為的男人表示同情）。

情けを知る

○①人情の何たるかを知る（通情達理）

　②男女間の情愛に通じている（知春，知道男女情愛）

▲①彼は情けを知っている男だ（他是個通情達理的男人）。

　②あの女はもう情けを知っている（那個女人已經通曉情事了）。

生さぬ仲

○肉親でない親子の仲（非親生關係；繼[養]父母與繼[養]子女的關係）

▲彼は生さぬ仲の子です（他是養子）。

謎を掛ける

○遠回しにそれと悟らせるように言いかける（暗示；繞彎兒說，委婉地說）

▲本の値上がりがひどいと、親父に謎を掛けたんだけど、小遣いを増やして

　やろうとは言ってくれなかった（我暗示父親說書價漲得厲害，可他並未表

　示要給我增加零花錢）。

なっていない

○水準にとても及んでいない（不成樣子，糟糕極了，一塌糊塗）

▲彼は教師としてなっていない（他當教師當得糟糕極了）。

何かと言うと

○何かにつけて同じことを話題にしたがる様子（一張口就說……，老是

　說……）

▲彼女は何と言うと人のことに口出しする（她一張口就說人是非）。

何が何でも

○どんなことがあっても。絶対に（無論如何，不管怎樣）

▲何が何でもそれは無理だ（不管怎樣，那是不行的）。

何かにつけて

○その事の認められるのは、一つ二つの場合に限らないこと（總愛……，動

　不動就……）　▲何につけてサボる（總愛偷懶）。

何から何まで

○こまごました事柄までも含めて、全て（所有，一切，全部）

▲社会の何ら何まで知り尽くしている（知道社會上的一切）。

なにくれと無く

○何と定まったこともなく、いろいろと（照顧周到，細心照料）

▲彼はなにくれと無く私を助けてくれた（他無微不至地照顧我）。

名にし負う

○名高い。有名だ（久員盛名，著名）

▲名にし負う黒部川の急流も、黒四ダムができてからは、だいぶ緩やかになった（著名的黒部川急流在黒四水庫建成後也緩和多了）。

何するものぞ

○一体何ができようか、大したことはない。相手を見下ろしてかかろうとする気持ち（不算什麼，算不了什麼）

▲悪天候も何するものぞ（天氣不好算得了什麼）。

名に背く

○名声に反した行いをする（有違其名）

▲名門の名に背く（有違名門之名）。

何はさておき

○他の事はそのままにおいても、これだけは。まず第一に（首先；別的姑且不論）　▲何はさておき昼飯だ（首先要吃午飯）。

名に恥じない

○その人の社会的な地位や評価にふさわしい実質を備えている様子（不愧為……，名副其實）

▲一流企業の名に恥じない製品を作り続ける（不斷生產出與一流企業的形象相稱的產品）。

何はともあれ

○ほかのことはどうあろうとも（無論如何，不管怎樣，總之）

▲何はともあれ無事でよかった（總之，你平安無事眞是太好了）。

何は無くとも

○ほかの物は何もいらないが、それだけは欠かすことが出来ないことを表す（［別的東西可有可無］只要有……）

▲何は無くとも健康が一番です（別的什麼沒有都行，只要健康就好）。

何分にも

○何といっても（不管怎麼說）　▲何分にもまだ子供ですから、お許しくださ
い（不管怎麼說他還是個孩子，就原諒他吧）。

浪花節的

○言動や考え方が義理人情に重きを置き、古風で通俗的な様子（重人情的，
講義氣的）　▲社長の浪花節的な発想が人事の合理化を阻むもとになって
いる（社長那種重人情的處世方法，已經成為影響人事工作合理化的障礙）。

何をか言わんや

○驚き呆れて言葉も無い（沒法說；已無話可說，還有什麼可說的）
▲一日や二日ならまだしも十日も無断欠勤をしているんですから、もう何を
か言わんやですよ（一兩天也就罷了，無故曠工10天還有什麼可說的呢）。

何を隠そう

○何も隠すつもりはない。正体や真実などを包み隠さず言う気持ち（不想再
隱瞞，沒必要再隱瞞）
▲何を隠そう、張本人は私だ（打開天窗說亮話，肇事者是我）。

鍋底景気

○景気の不況局面が長く続く状態（持續蕭條，極不景氣）　▲鍋底景気にや
っと回復の兆しが見えはじめた（蕭條之中終於看到了復甦的兆頭）。

生唾を飲み込む

○手に入れたいと思うものを目の前にして、欲しくてたまらなくなる様子
（垂涎三尺，垂涎欲滴）　▲その札束の山を見て思わず生唾を飲み込んだ（看
著一堆堆的錢不禁垂涎三尺）。

生の声

○表立った発言の場も与えられずにいる人々の、率直な意見（[百姓的]呼聲，
心聲；坦率的意見）　▲政治家は国民の生の声に、もっと耳を傾けるべきだ
（政治家應該多聽聽國民的心聲）。

生身を削る

○何かの事情で、身を切られるほどつらい思いをする（痛苦，心如刀割）
▲生身を削る思いで我が子と別れた（痛苦地和孩子分別了）。

涙にくれる

○泣いて暮らす（以淚洗面，悲痛欲絕）

▲彼女は終日涙にくれていた（她每天以淚洗面）。

涙に沈む

○泣き沈む（悲痛欲絕，終日哭泣）

▲その知らせを聞いて彼女は涙に沈（聽到那個消息，她悲痛欲絕）。

涙に咽ぶ

○息をつまらせて泣く（泣不成聲，哽咽）

▲二十年ぶりの兄弟きょうだいの再会で、二人は涙に咽んで抱き合った（時隔20年重逢，兄弟二人泣不成聲地擁抱在一起）。

涙を誘う

○かわいそうで思わず涙が出てしまう（催人淚下；潸然淚下）　▲彼は飢餓に苦しむ子供達を見て涙を誘われた（他看著被飢餓折磨的孩子們，潸然淚下）。

涙を呑む

○①泣きたいのを泣かずにこらえる（把眼淚往肚裏呑）　②泣きたくなるような経験をする。多く勝負に敗れた時に用いる（痛苦惜敗）

▲①病に倒れ、涙を呑んで出場をあきらめる（病倒後，忍痛放棄出場）。
　②わずかの差で涙を呑んだ（只差一點而惜敗）。

涙を振う

○私情を殺して、やむをえず（揮淚；不計私情）

▲涙を振って被告人に死刑を宣告する（不講私情宣布被告死刑）。

並々ならぬ

○一般に予測しうる程度をはるかに越えている様子（非同尋常）

▲女手一つで三人の子供を育てた母の苦労は並々ならぬものがあった（靠一人之力撫養3個孩子成人，這位母親所受的辛苦非同尋常）。

蛞蝓に塩

○すっかり恐れて萎縮する様子。苦手のものに出会ったときなどに言う（霜打的茄子——蔫[植物因失去水分而萎縮]了）

▲山田さんは奥さんがこわくて、奥さんの顔を見ると、蛞蝓に塩だ（山田先

生怕老婆，一見到老婆面就像霜打的茄子——蔫了）。

嘗めてかかる

○大したものではないと、相手を見くびる（輕視，小瞧，看不起）

▲相手が弱いからといって嘗めてかかってはいけない（不可以因為對方弱小就小瞧他）。

並ぶ者が無い

○匹敵する者がないほど抜きん出て優れている様子（無與倫比，獨一無二）

▲全校生徒の中で、水泳にかけては彼に並ぶ者が無い（論游泳，全校學生中無人能與他相比）。

鳴り物入り

○物事に大げさな宣伝などを伴うこと（大肆宣傳，大張旗鼓）

▲鳴り物入りで宣伝する（大肆宣傳）。

鳴りを静める

○物音を立てずに静かにしている（安靜下來，保持沉默）

▲浅間山も最近は鳴りを静めている（淺間山最近也沉寂了下來）。

鳴りをひそめる

○表立った動きをやめる（無聲無息，偃旗息鼓）

▲鳴りをひそめていた過激派が、またゲリラ活動を始めた（一度銷聲匿跡的過激派又開始了游擊活動）。

なれの果て

○落ちぶれた結果（結局悲慘，窮途末路）

▲彼女があの大スターのなれの果てだなんて、とても信じられない（她那樣的大明星落得個可悲下場，真令人難以置信）。

縄に掛かる

○犯人が捕まる（被捕，落網）　▲国外逃亡の寸前、犯人が縄に掛った（犯人是在即將逃往國外之前被捕的）。

名を揚げる

○名声を世に表す。有名になる（出名，揚名）

▲彼はその本で名を揚げた（他因為那本書而出名了）。

名を著わす

○立派な業績をあげて、世間にその存在が知られるようになる（成名，著名，出名）　▲難病の病原体を発見したことによって、その若い細菌学者は一躍名を著わした（由於發現了疑難病的病原體，那位年輕的細菌學家一舉成名）。

名を売る

○名が世間に知れ渡るようにする（沽名，宣傳自己，擴大知名度）

▲次の選挙に出るために、ここで会長を引き受けて名を売っておこう（為了參加下屆競選，現在就接受會長一職以擴大知名度吧）。

名を得る

○名声を得る（獲得名譽，出名）　▲画期的な論文によって、学界に名を得た（一篇具有劃時代意義的論文使他在學術界聲名鵲起）。

名を惜しむ

○名前や名声が汚れるのを残念に思う（惜名，珍惜名譽）

▲私は名を惜しむから、そんな危ない仕事にはかかわりません（我看重名譽，所以那樣的事情我不會做）。

名を借りる

○①他人の名義を用いる（假借他人之名）
　②自分の行為を正当化するための口実とする（以……為借口）

▲①課長の名を借りて店の主人に借金をした（假借科長的名義向店老闆借錢）。　②視察に名を借りて、世界一周旅行りょこうをする（借視察之名周遊世界）。

名を汚す

○名誉・名声に反する行いをして、評判を落とす（玷污名聲，有損名譽）

▲母校の名を汚す（有損母校的名譽）。

名を立てる

○名声を揚げる（揚名，出名）　▲エベレストの単独登頂に成功して、名を立てた（因獨自一人成功地登上了珠穆朗瑪峰而揚名於世）。

名を連ねる

○公の場で関係者の一人として名前を並べる（出席，列席）

▲政界の大物達がそのパーティーに名を連ねていた（政界的大人物都出席了那個晚會）。

名を取る

○何かで有名になる。また、それを端的に言い表したような名前を付けられる（因……而得名，得了一個……的綽號）　▲あの男は若いころは鬼検事の名を取ったほど情け容赦のない取調べをしたものだ（他年輕的時候審訊起來不留情面，還得了一個魔鬼檢察官的綽號）。

名を流す

○名声を世に伝わらせる（臭名遠揚）　▲彼はプレーボーイとして会社中に名を流している（他是個花花公子，在公司內名聲很差）。

名を成す　＝功成り名を遂げる、名を遂げる

○ある分野での業績をあげ、世間に知られるようになる（成名，功成名就）　▲この本の著者はトルストイの研究で名を成した人だ（這本書的作者是一個因研究托爾斯泰而成名的人）。

名を残す　＝名を留める

○歴史に残るような功績を立てる（流芳百世，名傳後世）
▲後世に名を残す大事業を成し遂げる（完成流芳百世的大事業）。

名を辱める

○名声を傷つける（有損名聲）
▲魔が差したのか、目先の利益に目がくらんでオリンピック金メダリストの名を辱めることをしてしまった。（好像中邪了一樣，被眼前的利益迷住了眼睛，以致做出了有損奧運金牌選手之名的事情）。

名を馳せる

○名が広く知られる（馳名，有名）
▲画壇の奇才として名を馳せた（作為畫壇奇才而有名）。

名を広める

○世間から注目されるようなことをして、その名が広く人々に知られるようになる（廣為人知，出名）　▲汚職事件でマスコミをにぎわし、一躍名を広めた（因貪污事件轟動了新聞界，一下子出了名）。

難癖をつける

○わずかな欠点を見つけて非難する（找碴兒，挑毛病，刁難）

▲もらい物に難癖をつけるな（別人給的東西，就別再挑這挑那了）。

何でも来い　＝何でもござれ

○どんなことでも引き受けること。また、その面に関することなら、どんなことにでも応じられる能力や技術を身につけている様子（［在某方面］全能，様様通）　▲彼は運動なら何でも来いの万能スポーツマンだ（要説體育運動，他可是位様様都行的全能運動員）。

何と言っても

○他にどのような事情があろうとも。ある事を強調する意（不管怎様，別的我不管）

▲何と言ってもこれだけは譲れない（別的我不管，這件事我決不讓步）。

何とかして

○あることを実現するために、考えられる方法・手段をすべて尽くそうとする気持ち（想想辦法）　▲何とかして今年じゅうに住宅ローンを返済してしまいたい（想想辦法，爭取今年一年把住房貸款還清）。

何としても

○①「どうしても」の意のやや古風な言い方（［文語］無論如何）
　②どんな観点から見ても、そのような見解が成立するということ（無論從哪方面看都可以説）

▲①何としても成し遂げたい（無論如何都想做成）。
　②ことばを通して、その社会の風習に染まりながら成長していくことは、何としても人間の特徴でしょう（無論從哪方面來看都可以説，透過語言，邊了解社會風俗邊成長，是人類的特徴）。

何の事は無い

○大したことではない。取り上げて問題とするほどのことではない（不值一提）

▲何の事は無い、ただの思い過ごしだった（沒什麼事，只是想得太多了）。

何のその

○人が恐れる物事について、気にかける所が少しも無いこと（那算什麼）

▲雷^{かみなり}なんて何のその（打雷算什麼）。

に

煮^にえ切^きらない

○態度^{たいど}がどっちつかずで、はっきりしない（猶豫不決，優柔寡斷）

▲彼の煮え切らない態度にはいらいらした（他猶豫不決的態度讓人著急）。

荷^にが重^{おも}い

○能力^{のうりょく}の割^{わり}には仕事^{しごと}の責任^{せきにん}や負担^{ふたん}が大^{おお}きい（責任大，擔子重）

▲この難役^{なんやく}は彼には荷^にが重い（這項艱巨的任務對他來說擔子重了）。

荷^にが勝^かつ

○荷物^{にもつ}が重^{おも}すぎる。また、負担^{ふたん}や責任^{せきにん}が重過^{おもす}ぎる（擔子太重，責任太大）

▲病気^{びょうき}の母親^{ははおや}の世話^{せわ}は、小^{ちい}さい娘^{むすめ}には荷が勝つ仕事^{しごと}だった（照料患病的母親對一個少女來說負擔太重了）。

肉^{にく}が落^おちる

○やせる（瘦削，清減）　▲頬^{ほお}の肉が落ちる（兩頰瘦了）。

憎^{にく}さも憎^{にく}し

○甚^{はなは}だしく憎^{にく}い（非常憎恨，恨之入骨）　▲憎さも憎し、親^{おや}の仇^{かたき}とばかりにかかっていかなければ、あの剣術^{けんじゅつ}の先生^{せんせい}に勝^かてないだろう（不恨上加恨，為雙親報仇努力練習的話，是贏不了那個劍客的）。

肉付^{にくづ}けをする

○原稿^{げんこう}・計画^{けいかく}などについて、骨組^{ほねぐみ}の出来^{でき}ているものの内容^{ないよう}をさらに豊^{ゆた}かにすること（充實內容，補充加工）

▲計画の基本構想^{きほんこうそう}がまとまったので、あとは細部^{さいぶ}に肉付けをするだけだ（計畫的基本方案已經做成，剩下的只是在細節上補充加工而已）。

逃^にげも隠^{かく}れもしない

○責任^{せきにん}を回避^{かいひ}したり追求^{ついきゅう}を逃^{のが}れたりせずに、潔^{いさぎよ}く正面^{しょうめん}から堂々^{どうどう}と対決^{たいけつ}しようとする様子^{ようす}（不怕追究；不逃避責任）

▲身^みにやましい点^{てん}は一^{ひと}つもないのだから、逃げも隠れもしないつもりだ（我問心無愧，準備坦坦蕩蕩面對審查）。

逃げるが勝ち

○強いて争わずに逃げる方が勝利に至る道である（[三十六計]走為上策）

▲酔っ払いなどに絡まれた時は逃げるが勝ちだ（被醉鬼糾纏時，走為上策）。

逃げを打つ

○責任などを逃れようとして、あらかじめ、手立てをしておく（做好逃跑準備；躲避責任）　▲予算がないと逃げを打ってばかりいて、積極的に防災対策を立てようとしない（總是藉口沒有預算，不積極地制定防災對策）。

似た者夫婦

○仲のよい夫婦はその性質・趣味などが似るということ。また、性質・趣味などが似ている（夫婦志同道合成夫妻，性格與愛好相似的夫妻）

▲似た者夫婦とはよく言ったもので、食べ物の好き嫌いから趣味まで全く同じだ（眞是一對志同道合的夫妻，從飲食習慣到興趣愛好都完全一樣）。

似たり寄ったり

○あまり差異のないこと。大同小異（大同小異，不相上下）

▲その点ではこの両者は似たり寄ったりだ（在那方面兩者不相上下）。

煮て食おうと焼いて食おうと

○どのようなひどい扱いをしようとも、他人にとやかく言わせない様子（自己做主，別人管不著）　▲子供も一個の人格なのだから、煮て食おうと焼いて食おうと親の勝手だとは言えない（孩子也有他自己的人格，所以他愛怎麼辦就怎麼辦，不能一切都是父母說了算）。

似ても似つかない

○全く似ていない（截然不同）　▲その子は「しずか」という名前とは似ても似つかないおてんばだった（這孩子與她的名字「靜」完全不同，是個瘋丫頭）。

煮ても焼いても食えない

○こちらを上回るほど世故にたけていて、どうしようもない（軟硬不吃，難以對付）　▲あいつは世故に長けた、煮ても焼いても食えない男だ（他老於世故，是個軟硬不吃的傢伙）。

にべも無い

○あいそが全く無くて、取りつきようが無い（冷若冰霜，很冷淡）

▲協力を求めたが、にべも無く断られた。(請求協助一下，卻被很冷淡地拒
絕了)。

睨みが利く

○その人の威令が行われる(鎮得住，能服人)

▲僕は子供たちにも少しも睨みが利かない(我一點兒也管不住孩子)。

人情の機微に触れる　＝機微に触れる

○対人関係などにおける言動を通して、人の心の微妙な動きや人間らしい
思いやりの気持ちをしみじみと感じさせられる(觸及人情微妙之處)

▲この小説を読んで、人情の機微に触れる思いがした(讀了這部小說，感到
它的確刻畫出了人情的微妙之處)。

人情の機微をうがつ　＝機微をうがつ

○人間関係における、人の心理や行動などを鋭く見抜き、的確に指摘する
(洞悉人情世故；道破人情世故的奧妙)

▲人情の機微をうがった小説(洞悉人情世故的小說)。

ぬ

抜き差しならぬ

○身動きできない。どうにもならない(進退兩難；一籌莫展)

▲抜き差しならぬ状況に陥る(陷入進退兩難的地步)。

抜きつ抜かれつ

○互いに競ってほぼ互角の勝負をしている様子(勢均力敵，勝負難分)

▲レースは最後まで抜きつ抜かれつの接戦だった(比賽直到最後，一直是勝
負難分的拉鋸戰)。

抜け駆けの功名

○競走相手に知られないうちに事に着手し、勝利や成功を得ること(搶頭
功，搶先立功)

▲現代の情報社会では、新製品開発においても抜け駆けの功名は難しくな
ってきている(在現代訊息化社會，要想在開發新產品方面處於領先地位變
得十分困難)。

抜けるよう

○空がすっかり晴れ渡り、青く澄み切って美しい様子。また、肌がたいへん白く美しい様子（湛藍的[天空]；清澈的[湖水]；[膚色]潔白如玉）

▲抜けるような青空の下で秋の運動会が行われた（在湛藍的天空下舉辦了秋季運動會）。

ね

寝返りを打つ

○味方を裏切って敵方につく（倒戈，叛變）

▲信頼していた部下に寝返りを打たれる（被一直信賴的部下出賣了）。

願ったり叶ったり

○先方の申し込み・条件が自分の希望とぴったり一致するたとえ（稱心如意，如願以償，心満意足）　▲そうさせていただければ願ったり叶ったりです（如果讓我這樣的話就心滿意足了）。

願っても無い

○自分がいくら努力しても実現しそうにない好ましい事態が都合よく起り、両手を上げて歓迎するたとえ（求之不得，正中下懷，巴不得）

▲願っても無いチャンスだ（求之不得的機會）。

値が張る

○値段が普通よりかなり高い（價錢昂貴）

▲もちろんこの方が品物はよろしいのですが、ぐっと値が張る（當然這邊的東西品質好，但價錢一下子就上來了）。

寝覚めが悪い

○自分のした悪い行いが気になりあと味が悪い（過意不去；問心有愧）

▲彼女は両親に本当のことを話さなかったことで寝覚めが悪かった（她沒有對父母說實話，心裏有愧）。

ねじが弛む

○必要とされる緊張感が欠けていて、だらしなさが目立つ状態だ（鬆懈，散漫，吊兒郎當）

▲ねじが弛んでいるから遅刻をするのだ（[這樣]慢吞吞地就要遲到了）。

ねじり鉢巻で

○懸命に何かに取り組んでいる様子（勁頭十足，有拼勁）

▲ねじり鉢巻で勉強する（拼命學習）。

ねじを巻く

○だらしなくなっている生活態度などをもっときちんとするように、強く注意する（給……打氣，加油）　▲近ごろたるんでいるから、ねじを巻いてやる必要がある（最近他有點散漫，該給他打打氣了）。

ねたがあがる

○犯罪の証拠が見つかる（掌握證據，找到犯罪證據）　▲ねたはあがっているんだ。白状した方がよさそうだな（證據找到了，似乎坦白比較好一點兒）。

ねたが割れる

○手品などの仕掛けがばれる。隠していた企みなどがあらわになる（露餡，露出馬腳）　▲いくらもったいぶって話していても、とうに話のねたは割れてしまっているんだよ（儘管說得一本正經，其實話中早就露出馬腳啦）。

寝た子を起こす

○①すでに治まっている問題を、何かのきっかけを与えて、不必要に再燃させる（再起風波，無事生非）　②忘れかけている事柄を、不必要に思い出させるような事をする（沒事找事，自尋煩惱）

▲①示談をえらび寝た子を起こさないことにした（決定選擇和解，避免再起風波）。　②もうあきらめようと思っていたことなのだから、寝た子を起こすようなことを言わないでくれ（[那事]我已經想開了，所以不要再提那事了）。

熱が冷める

○熱心の度が薄くなる。一時の興奮からさめる（熱情減退，興致不高）

▲彼の彼女への熱が冷めた（他對她的熱情減退了）。

熱が無い

○積極的にそれに取り組もうとする意気込みが感じられない様子（不積極，不熱心）　▲旅行りょこうに誘って見たが、熱が無い返事だった（邀他一起去旅行，可他卻不太積極）。

熱が入る

○自分自身の関心の深まりやその場の雰囲気などから、そのことに一段と熱中する（熱衷，入迷）

▲人権問題について講演をしているうちに、次第に話に熱が入り、こぶしを振りあげ振りあげ、聴衆に命の尊さを訴えかけた（就人權問題發表演講時，慢慢地興致高起來，揮舞起拳頭做起手勢，向聽衆宣傳生命的寶貴）。

熱しやすく冷めやすい

○物事に熱中するのも早いが、飽きてしまうのも早い様子（熱得快、冷得也快）　▲過剰包装廃止運動が一年ほどで衰えたことなどは、熱しやすく冷めやすい世論の典型といえるかもしれない（廢除過剰包裝運動開展了一年左右就衰弱了，也許可以說這是輿論熱得快也冷得快的典型例子）。

熱に浮かされる

○何かに夢中になって、のぼせる（著迷，熱衷，狂熱）

▲若者はみな海外旅行熱に浮かされる（年輕人都狂熱於海外旅行）。

熱を上げる

○当人だけが何ゆえか特定の対象に引かれて夢中になる（迷上，對……入迷）　▲彼女は兄に熱を上げている（她迷上了我哥哥）。

寝ても覚めても

○その事ばかりを心に思い続ける様子（時時刻刻，日日夜夜）

▲寝ても覚めてもそのことが気にかかっている（時時刻刻想著那事）。

狙いをつける

○特に何かに目標を置いて、それを達成する機会をうかがう（盯住不放；瞄準目標）

▲山本さんに狙いをつけて、協力を要請してみたが、あっさり断られてしまった（盯上山本先生並請他給予合作，但被他斷然拒絶了）。

寝る子は育つ

○よく眠る子供は、健康ですくすく成育する（睡眠好的孩子身體好）　▲寝る子は育つ。この赤ちゃんはぐっすり眠っているから、きっと健康な子になるよ（睡眠好的孩子身體好。這個孩子睡得這麼香，一定是個健康的孩子）。

念が入る

○注意が行き届く（謹慎，周密）　▲念の入った方法（周密的方法）。

年季が入っている

○一つの仕事に長年従事して、腕が確かである（［工作、技術等］熟練；工夫到家，工夫很深）

▲彼は庭師としてずいぶん年季が入っている（他作為園藝師造詣很深）。

年貢の納め時

○悪事が露顕して、処分を受けるべき時期（罪人伏法的日子）

▲年貢の納め時がきた（罪人伏法的日子到了）。

懇ろになる

○男女が打ちとけてつきあい、情を通じる（親密交往；［男女］私通）

▲彼は秘書と懇ろになったことはもっぱらのうわさだ（説他與秘書私通純屬謠言）。

念を入れる

○落ち度がないように深く注意する（充分注意，非常仔細）　▲十分に念を入れて、最後の仕上げをする（仔細認真做好最後的收尾工作）。

念を押す

○間違いがないよう、相手に十分に確かめる（叮囑，一再提醒）

▲彼女は外出の前に戸締りをするよう夫に念を押した（她叮囑丈夫外出前一定要鎖門）。

の

能書きを並べる

○自分の得意なことを吹聴する（自吹自擂）　▲彼は面接試験で、語学が堪能だとか協調性があるのだとか、能書きを並べて自己PRに懸命だった（他在面試時拼命推銷自己，自吹自擂說自己精通語言學，富有協調性）。

能が無い

○①能力がない。才能がない（無能，沒本事）

②工夫が足りない。面白みが無い（工夫沒到家；無趣）

▲①仕事以外に能が無い男（除了工作外別無長處的男人）。

②いつも同じでは能が無い（老是一個樣就沒意思了）。

能じゃない

○それだけで終わるのは困る、もっとほかに大きな目的が有るはずだ（不算能耐，不算本事）　▲学者は本を読むばかりが能じゃない。よく考えることもまた大切である（作為學者，光知道讀書不算本事。勤於思考也很重要）。

軒を争う

○軒と軒が相接して家が建てこんでいる様子に言う（鱗次櫛比）　▲表通りは商店軒を争っているが、一歩裏に入れば静かな住宅街だ（大街上商店鱗次櫛比，可一拐進後面的小道，便是一片安靜的住宅區）。

熨斗を付ける

○丁重に贈り物をする意（情願奉送）

▲熨斗を付けてやると言っても要らないよ（送給我，我也不要）。

望みを託す

○希望をかける（寄托希望）　▲子供に望みを託す（對孩子寄予希望）。

のっぴきならない

○どうしても動きが取れない。どうしてもやらなければならない（無法逃脱，推脱不掉）　▲不用意な発言で、大臣はのっぴきならない立場に追い込まれた（因為説話不注意，大臣下不了台了）。

のべつ幕なし

○ひっきりなしに続く様子（連續不斷地，接連不斷地）

▲のべつ幕なしに自動車の通過音が響く（汽車經過的聲音接連不斷）。

飲む打つ買う

○大酒を飲む、ばくちを打つ、女を買う。男の代表的だいひょうてきな放蕩とされるもの（吃喝嫖賭）

▲飲む打つ買うの極道者（吃喝嫖賭樣樣來的浪子）。

飲めや歌え

○宴会などがにぎやかに盛り上がっている様子（載歌載舞）

▲飲めや歌えの大騒ぎ（載歌載舞，非常熱鬧）。

乗りかかった船

○いったん着手した以上、中止するわけにいかないこと(騎虎難下，欲罷不能)　▲乗りかかった船だ、今さら後へは引けない(現在已經騎虎難下，就堅持到底吧)。

糊と鋏

○自分の頭脳を使わずに、他人の著作を切りばりして自著とする(剽竊，不動腦筋剪拼湊)　▲糊と鋏だけの仕事をする(只幹不動腦筋剪拼湊的工作)。

矩を踰える

○その社会の一員として守るべき道徳や規範を無視した行動をとる(越軌，違背準則)　▲矩を踰えた言動は厳に慎むべきである(應該謹慎行事，不可有越軌的言行)。

伸るか反るか

○成功するか、失敗するか。いちかばちか(不管怎樣；不管成功與否)
▲伸るか反るかやってみよう(不管怎樣，做一下試試吧)。

暖簾を分ける

○長年忠実に勤めた奉公人に、店を出させて同じ屋号を名乗ることを許す(開分店，開分號)
▲すし屋に十五年勤めて、去年暖簾を分けてもらったばかりだ(在壽司店工作了15年，去年才剛剛獨自開了個分店)。

呑んでかかる

○戦争や試合などで、相手の力を見くびって高圧的な態度に出る(輕視，小看，瞧不起)　▲我々を弱いと見て、相手チームは呑んでかかっているようだ(對方好像小看我們，沒把我們隊放在眼裏)。

は

吐いた唾は飲めぬ

○一度口にした言葉は、取り返しがきかないこと(說出的話難收回)
▲吐いた唾は飲めぬ。今さら後悔してもしょうがない(說出的話難收回，如今後悔也沒用)。

掃いて捨てる程

○あり余るほど多いたとえ（到處都是，比比皆是）

▲戦前と違い、今は大学出も掃いて捨てる程いる（與戰前不同，如今大學畢業的人到處都是）。

灰になる

○火葬にされて灰に変わる（化為灰燼，死去）

▲灰になった老母に香華を手向ける（給去世的母親上香獻花）。

売文の徒

○文章を作り、または添削などをしてその報酬によって生活すること（賣文之徒，耍筆杆子的）　▲作家などと気取っていても、しょせんは売文の徒ではないか（不管怎麼擺作家的架子，歸根到底也不過是個耍筆杆子的）。

パイを分ける

○関係者や関係する組織・国家などが、獲得した利益を自分の取り分を主張しながら配分する（分配利益）　▲海底資源を巡って、大国間でいかにパイを分けるかが話し合われた（大國間討論了該如何分配海底資源）。

はかが行く

○仕事が順調に進む（有成效，進展順利）

▲機械の調子が悪く、思うように仕事のはかが行かない（機器運轉得不正常，工作不像設想的那樣順利）。

秤にかける

○比較考量する（比較）　▲二つの仕事の口を秤にかけて給料のいい方を選んだ（比較兩個工作，選擇了待遇較好的一個）。

吐き出すよう

○我慢しきれず、不愉快に思う気持ちを一言乱暴に口に出して言う様子（發洩一般的，衝口而出）

▲吐き出すように一言言った（衝口說了一句）。

箔が付く

○よい値打ちが付く（鍍金，更有威信）　▲むかしは留学すると箔が付くと思われていた（以前認為留學就渡了金）。

拍車をかける

○物事の進行しんこうに一段と力を加える（加緊，加速）　▲円高が経済の不況に一層の拍車をかけた（日元增值進一步加速了經濟蕭條）。

博打を打つ

○失敗の危険が多い物事を思いきって、やってみる（下賭注，賭博；孤注一擲）　▲社運をかけて博打を打ったのが見事に当たった（以公司的命運作賭孤注一擲，沒想到取得了巨大的成功）。

化けの皮が剥がれる

○隠していた正体が見破られる（原形畢露）　▲誘導尋問に引っかかり、化の皮が剥がれた（中了誘供的圈套，現出了原形）。

箸が転んでもおかしい

○日常のたわいないことでもおかしく感じる（對什麼都感到好奇）

▲まじめに話したことでも笑い出す、箸が転んでもおかしい年頃の女子高生が相手の授業は疲れるよ（說正經的話她們也笑，給對什麼都感到好奇的女高中生上課真累啊）。

梯子酒をする

○次から次とへ店を変えて酒を飲み続ける（由這家喝到那家，串酒館）。

▲彼はきのう梯子酒をして終電車で帰った（他昨天從這家喝到那家，[最後]坐末班電車回的家）。

梯子を外される

○気負い立って何かをしようとしているところを、まわりの者に足をすくわれてむなしく挫折する（被拆台，被挖牆脚）

▲海外出張中に梯子を外され、帰国したら閑職に回されていた（去國外出差期間被人挖了牆脚，回國後被調去幹一個閒差）。

端無くも

○①何かのきっかけを得て、そういう事態が具現すること（偶然，碰巧）
　　②意想外の結果に繋がることを表す（沒想到）

▲①真の株式会社ではないことを、私は今回端無くも知った（我這次偶然知道了那不是真的股份公司）。

②端無くも違和解きの会は、かえって、違和を表面化する会になってしまった（沒想到調解不和的會反而成了使不和表面化的會了）。

始まらない

○効き目がない。無駄である（無濟於事）

▲今さら嘆いても始まらない（事到如今，即使悲嘆也於事無補了）。

恥も外聞も無い

○ある目的のために自分の体面など全く気にせずに行動する様子（不顧體面，不管三七二十一）

▲こうなったらもう恥も外聞も無い（到了這一步就顧不上體面了）。

橋渡しをする

○直接、交渉する方法の無い両者の間に立って、仲を取り持つこと（調解，幹旋）　▲中立国が橋渡しをして、停戦協定を結ばせる（中立國從中幹旋，使停戰協定得以簽訂）。

恥をかく

○人前で恥ずかしい思いをする（有失體面，丢人現眼）

▲知ったかぶりをして、とんだ恥をかいた（不懂裝懂，丢盡了面子）。

恥を曝す

○公衆の面前で恥をかく（出糗，丢人）　▲兄弟きょうだいの醜い遺産争いで世間に恥を曝した（因兄弟間爭奪遺産的醜事而丢盡了顏面）。

恥を知れ

○自分のしたことがどんなに恥ずべき行為であるかをよく考えてみろの意（眞不害臊，恬不知恥）

▲子供を金で大学に入れようとする親に、大きな声で恥を知れと言いたい（眞想對那些準備用錢把子女送入大學的父母大聲說「恬不知恥」）。

恥を雪ぐ

○名誉を挽回する（雪恥）

▲贈賄の疑いをかけられたまま死んだ父の恥を雪ぐため、濡れ衣を着せた会社幹部の罪を暴き出した（為了替背負賄賂嫌疑而死去的父親雪恥，揭發了嫁禍他人的公司幹部的罪行）。

箸を付ける

○食べ始める（開始吃） ▲姑は私が作った料理には決して箸を付けようとしなかった（婆婆絕不肯吃我做的菜）。

弾みがつく

○何か刺激を受けて、物事とに勢いが加わり、押さえがたい状態なる（起勁，來勁） ▲テストに満点をもらってますます勉強に弾みがついた（考試得了滿分，學習更加來勁了）。

弾みを食う

○思いがけず余勢を受ける（受……牽連，受……影響）
▲親会社倒産の弾みを食って、下請会社までが倒産してしまった（受總公司破產的影響，連承包公司也倒閉了）。

裸一貫

○自分の身体のほかには何も資本がないこと（一無所有，赤手空拳）
▲裸一貫になって再出発する（變得一無所有，再次白手起家）。

裸になる

○見えを捨てて、率直な態度をとる（坦率，直率）
▲裸になって話し合う（坦率地交談）。

畑が違う

○専門とする分野・方面が違う（專業不同，隔行，不是一行[專業]）
▲法律のことは畑が違うので、私にはさっぱり分からない（法律不是我的專業，我一竅不通）。

旗印にする

○団結して事に当る際に、あることをその行動目標として掲げる（以……為旗幟，把……當做目標）
▲この国では工業化を旗印にして、工場建設や技術者養成が進められている（這個國家以工業化為目標，推進工廠建設和技術人員的培養）。

旗を揚げる

○①軍を起こす。兵を挙げる（起兵，舉兵）
②新しく事業などを起こす（開創，創辦）

▲①旗を揚げて入城した（舉兵進城了）。

②前衛的な演劇活動の旗を揚げる（開創前衛派戲劇活動）。

旗を掲げる

○目標を掲げ、活動を始める（提出奮鬥目標，創辦事業）

▲現代化の旗を掲げて、新しい国づくりを進めている（舉起現代化的旗幟，推進建設新國家的運動）。

旗を巻く

○①降参する（投降；敗逃；收兵）

②見込みがつかず、中途で手を引く（打退堂鼓；收攤）

▲①弱い者が旗を巻いた（弱者投降了）。　②形勢我に利あらずと見て、旗を巻いて引き下がることにした（發現形勢對己不利，於是決定罷手不幹）。

罰が当たる

○悪事や思い上がりを戒める言葉。また、災難にあったことは、当然の報いであるという意（遭報應，受處罰）

▲そんなことをすると罰が当たるぞ（那樣做會受到懲罰的）。

ばつが悪い

○その場の成行き上、きまりが悪い（難為情，尷尬）

▲間違った返事をしてばつが悪い（回答錯了，難為情）。

罰金ものだ

○規則違反や他人の迷惑になるような行為をそのまま許すわけにはいかないということ（不能容忍，不能允許）　▲約束の時間に三十分も遅れてくるなんて罰金ものだ（比約定的時間遲到了30分鐘，眞是不能原諒）。

はったりをかける

○嘘など言ったりして相手を恐れさせ、自分に有利に事を進めようとする（故弄玄虚；説大話）　▲ちょっとはったりをかけたら、ちんぴらは恐れをなして逃げてしまった（小阿飛不經嚇嚇逃走了）。

はったりを利かせる

○物事を大げさに言ったりもっともらしく言ったりして、自分を実際より優れているように見せかける（誇誇其談；故弄玄虚）

▲あの男ははったりを利かせているのだから、信用しないほうがいい（那個傢伙總是誇誇其談，還是不要相信他為好）。

ぱっとしない

○見ばえがしない。また、状態があまりよくない（不好看；狀態不好）
▲実験の結果は今ひとつぱっとしなかった（實驗的結果不太令人滿意）。

発破をかける

○何かをするように、強い言葉で励ましたりする（激勵，激發，鼓勵）
▲リーダーがチームの者に発破をかけた（領導為隊員鼓勁）。

ばつを合わせる

○その場のやりとりの進行しんこうにうまく調子を合わせて、収拾をはかる（迎合，隨聲附和）　▲会議の席上では、部長の勝手な発言に仕方なくばつを合わせていた（在會上，對部長的隨便發言只好隨聲附和）。

バトンを渡す　＝バトンタッチを渡す

○後継者に地位を譲る（交班；讓位）　▲次期社長にバトンを渡して、実業界から引退する（向下屆社長交代完工作後退出實業界）。

話が合う

○話題・趣味・好みなどが一致して、打ち解けて話ができる（説話投機，談得來）　▲彼女とは話が合う（和她談得來）。

話がうま過ぎる

○いいことずくめで、全面的には信用出来ない（誇大其辭）
▲百万円出資すれば一年後には二倍以上の収益が保証されるなんて、どうも話がうま過ぎる（説什麼出資100萬日元一年後保證獲得兩倍以上的收益，真是說的比唱的還好聽）。

話がこわれる　⇒話を壊す

○まとまりかけていた交渉などがだめになる。特に、縁談について言う（談判破裂，親事告吹）
▲あの人との結婚の話はこわれてしまった（和那個人的婚事吹了）。

話が違う

○最初の約束に反する（説話不算數，不守信用）　▲一週間で仕上がるといっ

たのに十日たってもできないとは、話が違うじゃないか（説是一週內完成，可10天都過了還未完成，這不是不守信用嗎？）

話が付く

○相談がまとまる。物事の決着がつく（談妥，商量好）
▲費用を折半することで話が付く（雙方達成協議，費用均攤）。

話が弾む

○互いに興味の有る話題が続いて、話に活気を呈する（談得投機，談得起勁）　▲ロンドン留学時代の仲間と五年ぶりに会い、当時の思い出に話が弾んだ（與在倫敦留學的伙伴相隔5年後重逢，回憶起當年的情形真是越談越起勁）。

話が早い

○話そうとする内容を相手が容易に理解し、短い時間で結論が出る（不用多費口舌）　▲彼に頼めば話が早い（拜託他的話，事情就簡單多了）。

話が分かる

○世間の事情に通じていて、相手をよく理解する（通情達理，懂道理）
▲苦労人だけあって話が分かる（受過苦的人就是懂道理）。

話にならない

○①話し相手とするに足りない（不像話）
　②話題として取り上げるに足りない（沒法談，不值一提）
▲①彼の講演はお話にならないものだった（他的演講太不像話了）。
　②そんな条件では話にならない（那樣的條件的話，就沒法談了）。

話に乗る

○相手から持ちかけられた相談などに応じる（搭腔，參與意見）
▲君に話に乗ってもらいたいことがある（有事想請您參謀一下）。

話に実が入る

○興に乗って話に夢中になる（越談越有興致）　▲これといった話題も無く、話に実が入らない（也沒什麼有趣的話題，越談越沒勁）。

話半分

○話に誇張や虚構が多く、半分に割り引いて聞くと真実に近くなること（只

能信一半）　▲話半分に聞く（半信半疑地聽）。

羽が生えて飛ぶ

○商品が非常によく売れるたとえ（非常暢銷）　▲羽が生えて飛ぶように売れ、生産が追いつかない（賣得非常好，供不應求）。

羽を伸ばす

○束縛から解放されて、のびのびと行動する（自由自在，無拘無束）

▲親が旅行中子供たちは思いっきり羽を伸ばした（父母正在旅行，孩子們盡情地玩耍）。

幅を利かせる

○地位・勢力などを利用して、威勢を振う（有勢力；有威望）

▲この会社では、どちらかといえば、技術系の人の方が幅を利かせている（在這個公司裏，要說什麼人吃得開的話，那就是技術人員啦）。

幅を持たせる

○厳しく枠を決めてしまわずに、一定の範囲内で融通がきくように配慮する（留有餘地；有伸縮性）

▲委員会の方針決定に当たって議長に多少の選択の幅を持たせる必要があろう（在決定委員會的方針時，有必要給議長一點選擇的餘地吧）。

羽振りがいい

○財力や権力を得て、思いのままに振舞う様子（［因有錢有勢而］為所欲為，吃得開，有權勢）　▲同期生の中では、彼が一番羽振りのいい生活をしている（在同期生中，數他生活得最自在）。

浜の真砂

○浜にある砂。数多いたとえ（如河岸上的細沙數一樣多，非常多）

▲神田の神保町の本屋は浜の真砂多い（神田神保町的書店非常多）。

羽目になる　⇒羽目に落ちる

○嫌でもそうせざるを得ないような、ありがたくない立場に立たされる（陷入困境，到了……的地步）

▲私の忠告を聞いていたらこんな羽目にはならなかったのに（要是聽從我的忠告就不會落到這步田地）。

羽目を外す

○興に乗って度を過ごす（盡情，盡興；過度）　▲決勝戦に勝って一晩中羽目を外して騒いだ（在決賽中獲勝，整晚盡情地喧鬧）。

早いが勝ち

○やり方やできばえのいい悪いよりも、とにかくそのことを早くすることが大切だということ（先下手為強）

▲やけどの手当ては早いが勝ちで、すぐ水で冷やせと言われている（據說燙傷處治得越快越好，應趕緊用水冷敷一下）。

早い話が

○簡単に言うと（簡單說來；直截了當地說）　▲早い話が、君にぜひ協力してもらいたいということだ（簡單說來，請您一定協助）。

早い者勝ち

○人に先んじた者が遅れた者より多く利益を得ること（先下手為強，捷足先登）　▲早い者勝ちに殺到する（大家都蜂擁過來，想捷足先登）。

早い者に上手なし

○仕事がはやくできるものは、あまり上手でないのが欠点である（快不一定好，快了沒好貨）　▲早い者に上手なしで、早い方が必ずいいとは限らない（快了沒好貨，快不一定就好）。

張り合いが無い

○いくらそのことに力を尽くしても手ごたえがないために、続けてする意欲が持てない様子（沒勁，沒奔頭兒）

▲子供のない生活は張り合いが無い（沒有孩子的生活沒勁）。

張り合いが抜ける

○何かをしてやろうと意気込んでいたのに、その必要が無くなり、がっかりすること（洩氣，敗興）　▲大会の中止は発表されて練習の張り合いが抜けてしまった（大會中止的消息一公布，頓時就沒了練習的勁頭）。

張りがある

○①生き生きとしていて、しまりが有ること（有氣力，充滿活力）

②やろうとする意欲が生じること（有幹勁）

▲①目に張りが無い（眼睛沒有神）。　②息子を亡くして、すっかり生きる張り
がなくなりました（兒子死後，完全沒有了生活的勁頭）。

針を含む

○言葉や目つきなどに相手を突き刺すような意気地の悪さが感じられる様子
（話裏帶刺；不懷好意）　▲針を含んだ（言葉話裏帶刺）。

晴れの舞台

○世間の注目を集めるような、華やかな場（盛大的場所，隆重的場面）
▲彼にとってその公演は一世一代の晴れの舞台だった（對他來說，那次演出
是一生中僅有的盛大場面）。

晴れの身

○身の潔白が証明され、世間をはばかる必要がない状態になること（清白
無罪）　▲真犯人が捕まり、容疑者は晴れの身となった（眞正的犯人落網，
嫌疑犯被證明無罪）。

腫れ物に触るよう

○気難しい人などを、恐る恐る取り扱う様子のたとえ（提心吊膽，小心謹
愼）　▲みんなが腫れ物に触るように扱うから、あの男はかえっていい気
になるんだよ（大家對他總是很客氣，他反倒來勁了）。

覇を争う　⇒覇を競う

○権力の座につこうとして、互いに争う。また、競技などで優勝を目指し
て争うことにも言う（爭霸；奪冠）　▲今度のマラソンでは世界の各地から
五十人余りの有名選手が集まって覇を争う（這次的馬拉松比賽上，集合了
世界各地的50多位有名的選手來爭奪冠軍）。

覇を唱える

○権力の座につき、多くの者を従える。また、競技などで優勝する（爭奪
冠軍，爭雄稱霸）　▲戦国時代は大名が各地で覇を唱え天下をとろうとして
いた（戰國時代，諸侯在各地爭雄，逐鹿天下）。

反感を買う

○自分の言動がもとになって相手に反感を持たれる（招人反感）
▲会議の席での発言が女性差別につながると、列席の女性全員の反感を買った

（在會議上，發言一旦涉及歧視女性的話題，就會受到在座全體女性的反感）。

反旗を翻す

○今まで従わされてきた者に突然背き、反抗する（造反，反叛）　▲一部の不平分子は政府に対して反旗を翻した（一部分不滿分子叛變了政府）。

半畳を入れる　⇒半畳を打つ

○他人の言動に対し非難・揶揄などの声を発する（喝倒彩；打岔）

▲そう半畳を入れないで、最後まで聞いてくれ（別打岔，聽我把話講完）。

半身不随

○脳出血の後などに起る、体の左右どちらかが思うままに動かせない症状

（半身不遂；[組織、機構等]半癱瘓狀態）

▲この研究所は予算不足で、研究員がそろわず、半身不随の状態である

（這個研究所因為預算不足且研究人員不齊全而處於半癱瘓狀態）。

パンチが利く

○迫力があり、相手に強烈な印象を与える様子（有氣魄；能打動人）

▲彼のせりふはあまりパンチが利いていない（他的台詞不太動人）。

パンチを食う

○相手から痛烈な打撃を加えられる（遭到痛擊，受到沉重打擊）

▲ドイツチームはブラジルチームから強烈なパンチを食った（德國隊遭到巴西隊沉重的打擊）。

判で押したよう

○形式的に同じ事を繰り返す様子。いつも決まっている様子（老一套，千篇一律）

▲皆判で押したように同じ返事をした（大家給出了千篇一律的回答）。

蛮勇を振う

○事の是非や結果のよしあしを考えずに、無茶と思われることでもためらわずに行う（蠻幹，不顧一切）　▲反対意見も多かったが、蛮勇を振って実行した（儘管反對意見很多，但還是不顧一切地實施了）。

範を仰ぐ

○手本として見習う（視為榜樣）　▲先学の業績に範を仰ぎ、研究に精進する

（敬仰先輩的功績，專心於研究工作）。

範を垂れる

○自らが実践して模範を示す（垂範，以身作則）

▲社長自ら勤倹力行の範を垂れる（社長以身作則，力行勤倹）。

ひ

贔屓の引き倒し

○贔屓することによって、かえってその人を不利に導くこと（過於偏袒反害其人；慣子如殺子）

▲褒め過ぎるのは贔屓の引き倒しだ（過分誇獎反倒害了他）。

火が消えたよう

○寂しくなったたとえ（毫無生氣，冷冷清清）

▲子供たちが都会に働きに出てしまい、家の中が火が消えたようになる（孩子們都去城裏工作了，家裏變得冷冷清清的）。

火が付いたよう

○幼児などが、突然激しく泣き出して、容易には泣き止まない様子（[小孩]突然大聲哭泣，大聲哭個不停）

▲赤ん坊が火が付いたように泣く（小寶寶大聲哭個不停）。

火が付く

○今まで対岸の火災視していたものが急迫して、直接当事者が収拾しなければならない事態に立ち至る（影響到……，波及……）

▲汚職事件が摘発され、政府高官にまで火が付く（貪污事件被揭發，甚至牽連到政府的高級官員）。

光を放つ

○かけがえのない価値を有するものとして、他に抜きん出て、その存在が目立つ（大放異彩，光彩奪目） ▲漱石と鴎外は近代文学史上に燦然と光を放つ存在だ（漱石與鴎外在近代文學史上大放異彩）。

引かれ物の小唄

○負け惜しみで強がりを言うこと（嘴硬，逞強，硬充好漢）

▲今さら引かれ物の小唄でもあるまい（事到如今也不能硬充好漢了）。

引き合いに出す

○証拠や参考として、例に引く（舉例） ▲中国の故事を引き合いに出して、人の道を説く（舉中國的故事為例，論為人之道）。

引き金になる

○そのことを引き起こす直接のきっかけになる（成為導火線） ▲この成功が引き金になって日本も本格的な地熱発電所地熱発電所を造ることになった（這件事的成功成為導火線，日本也開始正式建造地熱發電站）。

引き金を引く

○紛争や事件に発展するきっかけを作る（發起糾紛）
▲一部の過激分子が引き金を引いて、両国の紛争を巻き起こした（一部分的過激分子發起糾紛，挑起兩國的紛爭）。

引きも切らず

○申し込み・注文・問合わせ・情報などがとぎれること無く次から次へと入って来る（絡繹不絕） ▲引きも切らず来客がある（來客絡繹不絕）。

びくともしない

○気持ちがしっかりしていて、何に対しても少しも動じない（毫不動搖）
▲何と言われてもびくともしない（無論別人說什麼也毫不動搖）。

引くに引けない

○退きたいと思っても退かれない（欲罷不能，進退兩難，進退維谷）
▲強硬に自説を主張した以上、反対者が多いからと言って今さら引くに引けない（既然強硬地主張了自己的觀點，雖說反對者很多，現在也是欲罷不能了）。

引けを取る

○おくれを取る。負ける（落敗）
▲努力では誰にも引けを取らない（用功的話，不會落後於任何人）。

引っ込みがつかない

○何らかの責任を負うべきことを言ったりしたりしたため事態の予想外の展開に対して、面目を失わずにうまく収拾することが出来ない様子だ（無

法收場）　▲あまり強気なことを言ったので、いまさら引っ込みがつかない（因為說了強硬的話，以致現在無法收場）。

人が好い

○他人の言行を頭から信じ、恨んだり憎んだりする所が全く無い（心腸好）　▲彼は人が好いのを利用されて騙されたのだ（他的好心腸被人利用，以致受騙）。

人が変わる

○まるで別人かと思われるほど、人格や顔つきが変わる（大變様）

▲数年ぶりに再会した彼はまるで人が変わったようにすさんでいる（幾年之後再見到他，他落魄地都快讓人認不出了）。

人が悪い

○人が善意で言ったことをも逆にとったり何か皮肉を言って人を困らせたりするような傾きを持っている（心眼不善）

▲あいつは人が悪い（那傢伙心眼不善）。

人聞きが悪い

○知らない人に聞かれたら、とんでもない誤解を受けて具合が悪い様子（容易被誤解）　▲そんな人聞の悪いことはしないでくれ（請不要說那樣的容易被人誤解的話）。

人心地がつく

○はっきりした平常の意識が戻る（恢復常態）

▲やっと人心地がついた（總算恢復了常態）。

人事でない

○他人の事だと思ってはいられない。やがては自分の身にもふりかかって来る（不僅僅是別人的事）　▲老人問題というのはすべての人にとって人事でない問題だ（老人問題對所有人來說都是切身的問題）。

人並み外れる

○世間一般の標準から程度がひどくかけ離れている（非同尋常）

▲あの人たちは人並み外れた努力をしたからこそ成功したのだ（那些人因為付出了非同一般的努力所以成功的）。

人の皮を被る

○見た目は人間だが、人間らしい思いやりの気持ちなどを持っていないような人をののしる言葉(披著人皮的狼)　▲こちらの事情も聞かず家財道具まで差し押さえるなんて、人の皮を被った獣のすることだ(也不問問我，就把家俱都沒收了，真是披著人皮的狼)。

人の事より我が事

○他人の世話を焼くより、我が身を反省することが先である。人に同情するより自分の利益が大切である(先管好自己)　▲人の事より我が事、今は他人の世話をする余裕はない(先管好自己，現在沒空去管別人的事了)。

人を得る

○ある地位や役目に、それにふさわしい有能な人材に就いてもらうことができる(找到人才)

▲会長に人を得て、本会はますます発展が期待される(找到了合適的人來當會長，本協會愈發讓人期待)。

人を担ぐ

○ふざけて人を騙し、面白がる(開別人玩笑)　▲人を担いで喜んでいるのは、あまりいい趣味じゃない(開別人玩笑引以為樂，可不是好做法)。

人を食う

○相手をばかにする(瞧不起人)　▲あいつの人を食った態度は実に不愉快だ(他瞧不起人，那態度真讓人不愉快)。

人をそらさない

○相手の気持ちをうまくつかんだ言動で、接する人に好感を与える様子(抓住聽眾)　▲人をそらさぬ巧みな話術で聴衆を魅了する(他巧妙地抓住了聽眾，其說話藝術吸引了聽眾)。

人を立てる

○①仲介のために第三者を立てる(引第三者來)
　②他人の立場を尊重したり、よい立場を譲ったりする(尊重他人)

▲①人を立てて縁談を勧める(引第三者來撮合婚約)。
　②彼は人を立てることが上手だ(他善於恭維別人)。

人を人とも思わぬ

○えらぶり思い上がって、他人を顧みない（不把別人放在眼裏）

▲彼は人を人とも思わぬ（他不把別人放在眼裏）。

人を見て法を説け

○相手にふさわしい働きかけをすることのたとえ（因材施教；看人說話）

▲人を見て法を説けというように、子供を相手にそんな話をしても分かる
はずがない（所謂看人說話，對孩子說那樣的話，他們也聽不懂）。

非の打ち所が無い　⇒点の打ち所が無い

○非難するところがない。完璧である（毫無瑕疵，完美）

▲この作品は非の打ち所が無い（這部作品毫無瑕疵）。

檜舞台

○腕前を示す、晴れの場所（大顯身手的舞台）　▲ついに彼の息子は政界の檜
舞台に立った（他的兒子也終於登上了大顯身手的政界舞台）。

火の車

○経済状態が非常に苦しい（生活非常拮据）

▲うちは一年中火の車です（我們家整整一年生活非常拮据）。

火の粉が降りかかる

○直接関係のない所で起きた事件などの影響が自分にまで及んで、災害や
迷惑を受ける（殃及池魚）

▲隣国で内戦が起こり、わが国にも火の粉が降りかかってきた（鄰國起了內
戦，我國也受到了危難）。

火の無い所に煙は立たぬ

○噂が立つ以上、何らかの事実があるはずだ（無風不起浪）

▲火の無い所に煙は立ぬというから、うわさ通りではないにせよ、疑わしい
点があるのだろう（所謂無風不起浪，雖然不全如傳言，但總是有點可疑之
處的）。

ひびが入る

○人間関係などがうまくいかなくなること（出現隔閡）

▲友情にひびが入る（友情出現了隔閡）。

火蓋を切る

○戦闘行動を開始する（開戦）

▲今こそ攻撃の火蓋を切る時だ（現在正是開戦之時）。

日干しになる

○食物が無くて飢えてやせてしまうこと（挨餓，缺少食物而消瘦）

▲補給路を絶たれては日干しになってしまう（若補給線被切斷的話，就要挨餓了）。

暇に飽かす

○暇なのをよいことにして長い時間をかける（豁出時間來，不惜耗費時間）

▲暇に飽かして本の整理をする（豁出時間來把書整理了一下）。

暇を出す　⇒暇をやる

○奉公人などを解雇する。また、妻を離縁する（解雇；休妻）

▲店の金を盗んだのが発覚して主人に暇を出された（因被發現偷店裏的錢而被主人解雇）。

暇を潰す

○暇な時に、何かする事を見つけて時間を費やす（消磨時間）

▲開幕まで食事でもして暇を潰そう（在開幕之前，吃點東西消磨時間）。

暇を取る

○奉公人などが、自分の都合で奉公先を辞める（請假；辭職）　▲彼女は病気の親の看病のために暇を取った（她為了看護生病的父母而請假）。

暇を盗む

○忙しい中を、無理して必要な時間を作る（忙中偷閒）

▲暇を盗んで推理小説を読む（忙中偷閒讀偵探小説）。

暇を貰う　⇒暇を取る

○奉公人が主人から休暇を与えてもらう（請假）

▲一週間暇を貰って郷里に帰った（請一週的假，回到了家鄉）。

紐付きの金

○使用目的などに条件の付いている金（有附加條件的款項）

▲政府補助金は紐付きの金だから、使い道がやかましい（政府的補助金是有附加條件的，使用方法很複雜）。

冷や汗ものだ

○後になって思い返すと、冷や汗が出るほど恥ずかしく思う様子（後怕；極不好意思）　▲あの大先生の前で得々として自説を述べたのは、今考えると全く冷や汗ものだ（在那個大專家面前洋洋得意地陳述自己觀點，現在回想起來，真是難為情）。

冷や汗をかく

○取り返しがつかないことになったり、恥さらしな結果になったりしないかと心配するあまり、ひどく緊張する（非常緊張，直流冷汗）

▲予定よりだいぶ遅れているので、社長から工事の進捗状況を聞かれた時は全く冷や汗をかいた（因為比預期時間落後很多，所以被社長問及工程進度時[我]冷汗直冒）。

拍子を取る

○歌や音楽のリズムに調子を合わせて、手を打ったり体を動かしたりする（打拍子）　▲若者たちはつま先で拍子を取りながらジャズを聞いている（青年們一邊用腳尖打著拍子，一邊聽爵士樂）。

秒読みに入る

○決定的な瞬間に至るまでの残された時間がほんのわずかしかないこと（進入最後階段）

▲首相の退陣はすでに秒読みに入っているといってよい（首相下台可以說是指日可待了）。

平たく言えば

○分かりやすく言えば（簡單說）
▲一流選手であっても学生の本分を忘れずに、というのは平たく言えば勉強もしっかりしろということだ（雖說是一流選手，也不應該忘記學生的本分，簡單地說，就是也要好好讀書）。

ピリオドを打つ

○進行してきた物事をおしまいにする。終止符を打つ（畫上句號）
▲選手生活にピリオドを打つ（給運動員生涯畫上句號）。

火を落とす

○調理場や釜の仕事を終える（結束厨房的工作）　▲もう客も来ないようだから、火を落として店を閉めよう（已經沒有客人來了，所以熄火打烊吧）。

火を出す

○不注意で自分の家から火事を起こす（不小心在家裏引起火災）

▲うちから火を出したとあっては隣近所に申し訳ない（因為疏忽在自己家引起了火災，愧對街坊）。

火を付ける

○騒ぎのきっかけを作る。また、刺激して怒らせる（挑撥離間）

▲二人の関係に火を付ける（挑撥兩人的關係）。

火を通す

○煮たり焼いたりして、食物に熱を加える（加熱食物）

▲豚肉は中までよく火を通してから食べるほうがいいそうだ（據說猪肉要煮到裏面也熟了再吃比較好）。

非を鳴らす

○激しく非難する（強烈反對）　▲政府の強引な政策に対し、野党はいっせいに非を鳴らした（對於政府的強硬政策，在野黨一致強烈反對）。

火を見るよりも明らかだ

○物事の道理や結果などが極めて明白で、疑う余地のないことにいう（洞若觀火）

▲核兵器の使用が人道上許しがたいことは、火を見るよりも明らかである（核武器的使用是不人道的，這是非常清楚的事）。

ピンからきりまで

○最上等のものから最下等のものまで（從第一到末等）

▲教師にもピンからキリまである（教師也有好有壊）。

顰蹙を買う

○不快感を与えるようなことをして嫌われ、軽蔑される（讓人皺眉頭）

▲彼は結婚披露宴で自分の離婚の話をして、出席者の顰蹙を買った（他在結婚宴席上說起自己離婚的事，讓在座者大皺眉頭）。

ピントが外れる

○肝心な点を外れている。話題・議論の中心からずれている(離題)

▲彼の議論はピントが外れている(他的討論離題了)。

ピントがぼける

○物事のとらえ方が肝心な点からずれていて、何を意図しているのか曖昧になる(沒有重點,沒有主題) ▲散漫でピントのぼけた話にすっかり退屈した(對散漫而沒有重點的談話感到非常無聊)。

ピンと来る

○相手の態度やその場の雰囲気から、事情や訳が直感的に分かる(馬上明白,恍然大悟) ▲車を見たとたんに、指名手配中の逃走車だとピンと来た(一看見那車,就馬上明白是那輛被通緝的逃跑車)。

ピンはねをする

○他人の利益の一部分を勝手に自分のものにする(把他人利益的一部分據為己有)

▲会計係が会費をピンはねをした(出納員把會費的一部分據為己有)。

貧乏暇なし

○貧乏なために生活に追われ暇のないこと(越窮越忙,窮忙) ▲相変わらず貧乏の暇なしで、読書する時間もない(依舊,窮忙,沒有讀書的時間)。

ふ

不意討ちを食う

○予期していない時に、突然相手から攻撃を仕掛けられたり、思わぬ災害に襲われたりする(遭到突然襲擊) ▲敵の不意打ちを食って味方は大敗した(我方遭到敵人的突然襲擊而慘敗)。

ふいになる

○せっかく得たチャンスや今までの努力の成果などが、ちょっとしたことによって全く失われたり無駄になったりする(化為泡影,一場空)

▲その失敗で出世のチャンスがふいになった(由於那次失敗,出人頭地的機會化為了泡影)。

不意を討つ
ふ　い　　う

○突然相手に攻撃をしかけること。また、予告なしに事を行うこと（乘其不
とつぜんあいて　　こうげき　　　　　　　　　よこく　　　こと　おこな

備；突然襲擊）　▲まさかそんな質問をされるとは思ってもおらず、不意を
しつもん　　　　　おも

討たれて、しどろもどろの返事しかできなかった（實在沒有想到會被突然
う　　　　　　　　　　　　　へんじ

問及那樣的問題，因而回答得牛頭不對馬嘴）。

不意を突く
ふ　い　　つ

○相手に対し、出し抜けに事を行う（乘人不備；攻其不備）　▲犯人は護送
あいて　たい　　だ　ぬ　　こと　おこな　　　　　　　　　　　　　　はんにん　　ごそう

警官の不意を突いて逃げ出した（犯人趁押送警官不注意逃跑了）。
けいかん　　　　　　　に　　だ

分がある　⇔分がない
ぶ

○勝負などで勝ち目がある（可望取勝，有望占上風）
しょうぶ　　　　か　　め

▲彼の方に分がある（他有望取勝）。
かれ　ほう

分がいい　⇔分が悪い
ぶ

○自分の方が有利な条件を得ている様子（占有利條件，占便宜）
じぶん　ほう　ゆうり　じょうけん　え　　　ようす

▲この組み合わせなら、僕らのチームはかなり分がいいんじゃないか（這種
く　あ　　　　　ぼく

搭配對我們隊難道不是很有利嗎?）

不覚の涙
ふ　かく　なみだ

○思わず知らず流す涙（不由得落淚）
おも　　し　　なが　なみだ

▲あまりの哀れさに不覚の涙を流した（太過悲傷，不由得留下眼淚）。
あわ

不覚を取る
ふ　かく　と

○油断や不注意で、思わぬ恥をかいたり失敗したりする（因疏忽而失敗、丟
ゆだん　ふちゅうい　　おも　　はじ　　　　　しっぱい

醜）　▲横綱が新進の若手力士に思わぬ不覚を取った（橫綱因為疏忽大意而
よこづな　しんしん　わかてりきし

輸給了嶄露頭角的年輕選手）。

深みにはまる
ふか

○深入りし過ぎて抜け出せなくなる。特に、好ましくない状態から抜け出
ふかい　　す　　ぬ　だ　　　　　とく　　この　　　　じょうたい　　ぬ　だ

せなくなること（越陷越深，不能自拔）

▲遊び半分に賭け事に手を出しているうちに、ずるずると深みにはまってし
あそ　はんぶん　か　ごと　て　だ

まった（鬧著玩兒開始賭博，不知不覺越陷越深，已不能自拔）。

不帰の客となる
ふ　き　　きゃく

○再びこの世に帰らぬ人となる。死ぬ（命赴黃泉，仙逝）
ふたた　　よ　かえ　　ひと　　　　し

▲二十世紀絵画の巨匠ピカソもついに不帰の客となった（就連20世紀的繪畫巨匠畢加索也最終離開了人世）。

不興を買う

○目上の人の機嫌を損じる（惹上司不高興，冒犯上級）　▲ボスの不興を買わないようにたえずピリピリしていた（為了不惹老闆生氣，整天戰戰兢兢）。

伏線を張る　⇒伏線を敷く

○後で事がうまく運ぶようにあらかじめそれとなく手を打っておくこと（埋下伏筆；設下埋伏）　▲後日のため、いまちゃんと伏線を張っておくほうがよい（為了以後，最好現在就打下埋伏）。

不俱戴天の敵

○一緒にこの世に生きていたくないと思うほど恨みのある相手（不共戴天之敵）　▲高田さんは自分の計画をことごとく邪魔する渡辺さんを不俱戴天の敵とみなした（高田把妨礙自己全部計畫的渡邊看成是不共戴天之敵）。

含む所がある

○恨み・怒りなどを心中に抱いている（懷恨在心，心懷不滿）

▲彼は僕に何か含む所があるようだ（他似乎對我心懷不滿）。

袋叩きにあう

○大勢の人に取り囲まれて、さんざんに叩かれる意で、大勢から一斉に非難・攻撃を受けること（遭到圍攻；遭到非議）　▲女性の聴衆の前でうっかり女の悪口を言ったら、みんなから袋叩きにあった（一不小心在女聽衆面前說了女人的壞話，就受到了她們所有人的圍攻）。

吹けば飛ぶよう

○ちょっとした風でも飛んでしまいそうなほど、貧弱な様子。取るに足りない、つまらないことのたとえ（少得可憐的，極少的）

▲吹けば飛ぶような財産（少得可憐的財產）。

不幸中の幸い

○ありがたくない出来事の中でも、幾らか慰めになること（不幸中的萬幸）

▲だれにもひどいけががなかったのは不幸中の幸いであった（大家都沒有受重傷，真是不幸中的萬幸）。

不足は無い

○①その点では全く不満のない様子（正合適；達到要求）

②対戦相手が自分に勝るとも劣らない実力を備え、戦い甲斐のある相手だととらえられる様子（棋逢對手；是個好對手）

▲①彼は課長候補として、年に不足は無いが、指導力の点で問題がある（他作為課長助理，年齢雖然正合適，可是指導能力上有問題）。

②彼なら相手にとって不足は無い（如果是他，則是個好對手）。

札付き

○世に知れ渡っていること。悪い意味に用いる（聲名狼藉，惡名昭彰）

▲彼のような札付きの悪党にかかっては、君などとても太刀打ちできまい（碰上他那種惡名昭彰的惡棍，你恐怕不是他的對手吧）。

蓋を開ける

○①物事を実際に始める（開始）

②劇場などで、興行を始める。幕を開ける（開幕，開演）

▲今回の選挙もどうなるか、蓋を開けてみなければわからない（這次的選舉結果如何只有等揭曉後才能知道）。

物議をかもす

○世間の人々の議論を引き起こす（引起議論，引起糾紛）　▲不用意な発言をして外国で物議をかもす日本の政治家が絶えないのはまことに困ったことだ（日本不斷有政治家不注意言辭而引起外國的非議，真是難辦）。

ぶっつけ本番

○①映画や演劇で、下稽古なしにいきなり撮影・上演すること（電影、戲劇等未經過排演就拍攝、上演；上場就演）。

②練習・準備なしに事を行うこと（[毫無準備地]做某事）

▲①リハーサルの時間がなくてぶっつけ本番でやらなければならなかった（沒有彩排的時間了，只有直接上演了）。

②あの先生の講義はぶっつけ本番だ（那個老師授課不備課，上課就講）。

降って湧いたよう

○全く予期しない何かが急に身のまわりに起こった（[令人難以置信地]宛如天降，從天而降）

▲これは降って湧いたような災難だ(這真是從天而降的災難)。

筆が滑る

○書いてはいけない事を、うっかりして書いてしまう(失筆,寫走筆)

▲調子に乗って筆が滑り、単なる仮設に過ぎないことを学界の定説のように扱ってしまった(興頭上寫走了筆,把只不過是假設的東西當成了學術界的定論)。

筆が立つ

○文章を書くことが巧みである(善於寫文章,文筆好)

▲自分では筆が立つとは思っていない(不認為自己文筆好)。

筆に任せる

○勢いに乗って思いのままに書く(乘興信筆而書)　▲筆に任せて書き連ねた随想を一冊の本にまとめる(將信筆寫的隨筆匯編成一本書)。

筆を擱く

○文章を書くのをやめる(擱筆,寫完)　▲論ずるべきことは多々あるが、ひとまずここで筆を擱く(還有很多地方不及贅述,暫且就此擱筆)。

筆を起こす

○著作物を書き始める(開始寫)　▲長年構想を練っていたが、ようやく筆を起こした(經過了長年構想斟酌,終於開始提筆寫了)。

筆を染める

○筆で書く。揮毫する。始めて書く(用筆寫,揮毫,開始寫)　▲短編の得意な彼が今度は長編小説に筆を染めたというので、注目を集めている(擅長寫短篇小說的他這次寫起了長篇小說,因而引起了廣泛的關注)。

筆を断つ

○今まで文筆生活をしていた人が、物を書くのをやめる(停止創作活動,輟筆)　▲彼はその後小説の筆を断った(自那以後,他就不再寫小說了)。

筆を執る

○書画や文章を書く(提筆作畫,提筆寫文章)

▲一言御礼を申し上げたく、筆を執った次第です(為了表示感謝而提筆作畫)。

筆を走らせる

○すらすらと書く（筆走龍蛇，形容寫得流暢）

▲冒頭では書き悩んだが、途中からは一気に筆を走らせて書き上げた作品さくひん（這部作品開始時寫得比較滯澀，寫到中間後就流暢了，一口氣寫完）。

筆を揮う

○書画を書く（揮毫）　▲記念に一筆と言われて、色紙に筆を揮った（希望我寫點什麼作為紀念，我便在彩紙上作了一幅畫）。

不徳の致す所

○自分及び自分をめぐる不結果一般につき、社会的責任を感じている旨を表明する、形式的な謝罪の言葉（［道歉的話］我方的責任）

▲みな私の不徳の致す所です（都是我們不好）。

太く短く

○したいことをして楽しく過ごせるのなら長生きなどしなくてもいいという生き方（人生苦短及時行樂，人生短暫而充實）

▲太く短く世を渡る（人生苦短及時行樂）。

懐が暖かい

○所持の金銭が豊かにある（手頭寬裕）

▲ボーナスをもらったばかりで、懐が暖かい（剛領到獎金，手頭很寬裕）。

懐が寒い

○持合わせの金が少ない（手頭緊，拮据）　▲無駄遣いをしすぎて、懐が寒くなってしまった（因亂花錢而弄得手頭很緊）。

懐が深い

○包容力がある。度量が広く、寛容である（度量大，大度）

▲彼は大胆な反面懐も深く、まさに経営者にふさわしい器だ（他大膽而且大度，確實是經營的人才）。

懐を痛める

○自分の所持金を使う（自己掏腰包，自己破費）

▲自分の懐を痛めずに手に入れたものだから、粗末に扱うんだろう（因為不是自己掏腰包買的東西，所以才不愛惜的吧）。

懐を肥やす ⇒私腹を肥やす

○不当の利を得る（中飽私囊，謀取私利）

▲職権を濫用して、懐を肥やす（濫用職權，中飽私囊）。

舟を漕ぐ

○居眠りをする（打瞌兒，瞌睡）

▲今日の講演は退屈な話で、聴衆の中には舟を漕いでいる人もいた（今天的講演枯燥無味，有的聽衆在打瞌兒）。

不発に終わる

○しようとしていた大きな計画が、何かの事情で実行できなくなってしまう（告吹，落空，以失敗告終）

▲その計画は始めはうまくいきそうに見えたが、結局不発に終わった（那項計畫剛開始時似乎很順利，結果卻以失敗告終）。

不評を買う

○多くの人から好ましくないという評価を受ける（招致不滿；得到批評）

▲新築の公団アパートは狭い上に家賃が高いため、世間の不評を買ってしまった（新建的社會住宅狹小而且房租貴，因而引起了世人的不滿）。

不平を鳴らす

○不平を言い立てる（鳴不平，發牢騷）　▲組合員は夏のボーナスが少なすぎると不平を鳴らしている（工會會員埋怨夏季獎金太少）。

踏み台にする

○目的達成のための足掛かりとして、一時的に利用する（以……為跳板，以……為基礎）　▲科学者は先人の業績を踏み台にして新しい発見をする（科學家都是在前人的基礎上進行新的發現的）。

不問に付する

○当然問題にすべきことを問いたださず、そのまま見逃す（置之不理，不予追究）　▲今度の政府の失態は不問に付するわけにはいかない（不能不追究這次政府的失態）。

プラスアルファ

○ある状態に、さらにいくらかを付け加えること（附加，再加一點）

▲年末手当は二か月分プラスアルファだ(年終津貼相當於兩個月的工資)。

振り出しに戻る

○新たにやり直すために出発点に戻る(回到起點)

▲捜査は振り出しに戻った(捜査又回到了起點)。

無聊をかこつ

○不遇な状態に置かれた我が身を嘆く(懷才不遇，埋怨自己運氣不好)

▲閑職に回され、無聊をかこっている(因被派去幹閒差而埋怨自己懷才不遇)。

篩にかける

○多くの中からよいものだけを選び出す(篩選，選抜)

▲二十人の候補者のうち篩にかけられて残った者はただの3名であった(20位候選人經過篩選只剩下了3位)。

古傷に触る

○自分でも思い出したくないような、過去に犯した罪やつらい経験などを話題にされたりして、嫌な思いをする(被提起傷心事，被揭開舊瘡疤)

▲前歴を知らない人ばかりの中なら古傷に触られることもないだろうから安心だ(處在不知道自己身世的人中間也許就不會被提起那段辛酸的往事，因而感到安心)。

振っている

○風変わりな点があって、意表をついた面白さが感じられる様子(非同一般，新奇；離奇)　▲落第したくせに言うことが振っているよ、じっくり勉強するなんて(落了榜還振振有詞吶，説什麼要專心致志好好讀書什麼的)。

ブレーキをかける

○物事の進行しんこうを抑える(制止，阻止；澆冷水)

▲高田君が参加したことが仕事の進行にブレーキをかける結果となった(結果是高田君的參加阻止了工作的開展)。

触れなば落ちん

○女が色っぽくて、男が誘えばすぐ応じそうに見える(嫵媚)

▲肩を震わせて涙を拭く彼女の可憐な姿は、触れなば落ちん風情だった(地

一邊聳肩一邊擦淚的楚楚可憐的樣子不勝嫵媚)。

踏ん切りがつかない

○思い切って決心出来ない(難下決心，優柔寡斷)

▲彼のプロポーズを受けるかどうかまだ踏ん切りがつかない(還是難以決定是否接受他的求婚)。

踏んだり蹴ったり

○不運な出来事が重なったり続けざまにひどい仕打ちを受けたりして、さんざんな目にあう様子(禍不單行，雪上加霜)

▲これじゃまるで踏んだり蹴ったりだ(這簡直就是雪上加霜)。

褌を締めてかかる

○固く決心をし、覚悟して事に当る(嚴陣以待；下定決心幹)

▲褌を締めてかからないと負けるぞ(不嚴陣以待的話會輸的喲)。

へ

兵を挙げる

○叛乱などの軍事行動を起こす(起兵)　▲源頼朝は1180年に平氏追討の兵を挙げた(源頼朝於1180年起兵追討平氏)。

ベストを尽くす

○全力を尽くす(竭盡全力，盡最大努力)

▲医師たちはベストを尽くしたが、患者の生命を救うことはできなかった(儘管醫生們盡了全力，但還是未能挽救患者的生命)。

べそをかく

○子供などが顔をしかめて泣きそうになる([小孩]咧嘴欲哭，哭相)

▲子供がお金を落としてべそをかきながら帰って来た(孩子丟了錢，邊咧著嘴，邊回到了家)。

ぺてんにかける

○巧みな手段で人を騙す(欺詐，花言巧語騙人)

▲もっともらしいことを言って人をぺてんにかけようとしたって、騙されないぞ([他那]花言巧語說得跟真的似的，我才不會上當呢)。

反吐が出る

○その物事に対し、非常な嫌悪感を覚える様子（討厭；令人作嘔）

▲彼のお世辞を聞くと反吐が出そうになる（他的恭維話真令人作嘔）。

屁とも思わない

○軽んじて眼中におかない（狗屁不値；根本不當回事）　▲近ごろの子供は親の言うことなど屁とも思わない（現在的孩子根本不把父母的話當一回事）。

ペナントを握る

○優勝する（獲得冠軍）

▲今シーズン、ペナントを握るのははたしてどのチームか（本賽季究竟哪個隊能得冠軍）?

屁理屈をこねる

○筋の通らない理屈をいろいろと言う（強詞奪理，胡攪蠻纏）

▲勝手な屁理屈をこねて、なかなか承知しない（他胡攪蠻纏不講理，硬是不答應）。

弁が立つ

○弁舌が巧みである。雄弁である（能言善辯，能說會道）

▲彼は弁が立つ（他很雄辯）。

弁慶の泣き所

○力を持っている者の、人に触られたくない弱点（強者的惟一弱點）

▲外角の変化球が彼にとっては弁慶の泣き所だ（外角的曲線球對他來說是最致命的）。

ベンチを暖める

○補欠として残る（坐冷板凳，當替補）

▲僕などは野球選手といっても、もっぱらベンチを暖めているだけだった（我雖說是個棒球隊員，但只不過是替補而已）。

変哲も無い

○何らの変わった所もない。平凡である（不稀奇，極普通）

▲一見何の変哲も無いランプだが、実は魔法のランプだった（乍一看不稀奇，但實際上是一盞魔燈）。

弁当を使う

○弁当を食べる(吃盒飯)

▲軒先を借りて弁当を使う(在人家的屋簷下吃盒飯)。

ペンを折る ⇒筆を折る

○やむをえず、書くことを一切やめる(不得已停筆，不得已輟筆)

▲彼は戦時中、軍の圧力でペンを折らざるを得ない(戰爭期間，他在軍方的壓力下被迫停止了寫作)。

ほ

ポイントを稼ぐ

○事に当って他から高く評価されるような言動をし、競争相手より有利な立場を得る(贏得聲譽，爭取到有利地位)　▲大統領は外交政策の成功により、次期選挙に向かって大きくポイントを稼いだ(總統在外交政策上的成功使他在下届選舉中處在了相當有利的地位)。

方図が無い

○限りがない。また、とんでもない(沒完沒了，沒有節制)

▲方図の無い飲み方を続けていると体を壊すはめになるぞ(老是這樣沒有節制地喝下去的話，會把身體搞垮的)。

忙中閑あり

○忙しいとは言っても、たまにはひまな事が有るものだ(忙裏偷閒)

▲忙中閑ありで、結構テレビを見たり子供の相手になったりしている(忙裏偷閒，也能看看電視，陪孩子玩玩)。

法に照らす

○物事の是非などについて、法律に基づいて考え、判断する(參照法律，按照法律)　▲今回に不祥事は法に照らすまでもなく、明らかに犯罪事件だ(這次發生的不幸的事件不用參照法律，很明顯是犯罪)。

棒に振る

○今までの努力や苦心を無にする(斷送，白白浪費)　▲彼は特に何もせずに丸一日を棒に振った(他也沒有幹什麼事情，白白浪費了一整天)。

法網を潜る

○法の裏をうまくかい潜って悪事をする（鑽法律的漏洞）　▲巧みに法網を潜って、手形詐欺を働く（巧妙地鑽法律的漏洞，從事票據欺詐的活動）。

他でもない

○次に述べることを強調しようとしていう語（[強調]別無其他；的確）
▲これは他でもない、君のことだ（不是別人，就是你）。

墓穴を掘る

○滅びる原因を自ら作ってしまう（自掘墳墓）
▲彼の行為は、自ら墓穴を掘るような者だ（他的行為簡直就是自掘墳墓）。

反故にする

○約束・契約などをなかったことにする（爽約；變卦）　▲彼は一旦約束したことは決して反故にしなかった（他一旦約好就決不變卦）。

矛を納める

○戦闘をやめる（收兵，停戦）　▲平和交渉が実現し、ひとまず矛を納めることになった（和平談判成功，暫時停止了交戦）。

矛を交える

○戦争を始める（開戦）　▲外交交渉が決裂すれば、隣国と矛を交えることとなろう（外交交渉失敗的話，就要和鄰國開戦了吧）。

細く長く

○細々とではあっても長く続く様子（平凡而安定；持之以恒）
▲僕には地道に細く長く一生を送る方が向いているようだ（我好像比較適合過踏踏實實的平凡而安定的生活）。

菩提を弔う

○死者の冥福を祈り、供養する（做法事）
▲両親の菩提を弔って法要を営む（做法事為父母祈禱冥福）。

ボタンを掛け違える

○物事が本来の目的に反する方向に進んでいる原因が、計画段階における検討不足や見込み違いにあることに気づいたこと（開始階段出了差錯）

▲どこでボタンを掛け違えるのか、平和交渉が成立するどころか、対立を
あおる結果になってしまった(不知道是哪裏出了差錯，不僅沒能達成和平
協議，反而弄得對立起來了)。

歩調を合わせる

○統一的な行動をする(統一步調，使步調一致)

▲考えの異なる彼は立案作業で同僚と歩調を合わせようとしなかった(想
法與衆不同的他在制定方案時拒絕和大家步調一致)。

没にする

○原稿を掲載しないこと(不予採用，不被採用)

▲私の原稿を理由も言わず没にするとはひどいじゃないか(連理由都沒說就
把原稿退還給我，這是不是太過分了)?

程がある

○許容される限度を超えていて、話にならない(太……，過於……)

▲物を知らないにも程がある(太無知了)。

ほとぼりが冷める

○事件が終わった後しばらく続いていた人々の興奮もおさまり、関心も薄れ
る(平靜下來，平息)　▲事件のほとぼりが冷めるまで東京へは戻ってくる
な(在事件平息下來之前，你暫且別回東京)。

炎を燃やす

○怒りや嫉妬などの感情を相手に対して強く抱く(燃起怒火，嫉恨)

▲市長が賄賂を受け取ったことが公になると市民は怒りの炎を燃やした
(市長收取賄賂的事被揭發後引起了市民的公憤)。

法螺を吹く

○大言を吐く。でたらめを言う(吹牛，說大話)　▲彼はアメリカに金持ちの
おじさんがいると法螺を吹いた(他吹牛說在美國有個有錢的叔叔)。

彫が深い

○額が出、目がへこみ、また、鼻が高いなど顔立ちが平坦ではなく、古代ギ
リシアの彫刻に見られるように美しい様子(輪廓清晰，輪廓鮮明)

▲彫りの深い顔をした人(面部輪廓清晰的人)。

掘り出し物

○思いがけずに手に入った珍物。安価で手に入れたよい品物（物美價廉的東西；偶然得到的珍品）

▲今度の助手は掘り出し物だ（這次的助手是個意外得到的人才）。

惚れた腫れた

○色恋に気を取られた状態にあることを、冷やかしや軽蔑をこめていう語（被愛情弄得神魂顛倒）　▲あの男は惚れた腫れたとかで仕事に身が入らなくなったようだ（他好像被愛情冲昏了頭腦，不能進入工作狀態中）。

襤褸を出す

○具合の悪い点が露見する（露出破綻，暴露缺點）

▲彼は襤褸を出さないうちに辞任した（他在尚未露出破綻之前辭職了）。

歩を進める

○①前進する。進行しんこうする（前進）
　②ある主張に基づく一連の行動を促進する（進入新階段）

▲自分で最善と思う方向へ歩を進めなさい（請向著自己認為最好的方向前進）。

歩を運ぶ

○一足ずつ歩いて行く意で、目的の場所まで労を厭わず出かけていくこと（一步步邁進，前往）　▲資料を捜し求めて、日本中くまなく歩を運ぶ（為搜集資料不辭辛苦走遍全日本）。

歩を回らす

○どこかへ向かう途中で、もと来た方向へ引き返す（向後轉，[中途]折回）

▲家族の事故を知らされ、旅の途中で歩を回らすこととなった（得知家人出事，從旅行途中折了回去）。

本音を吐く

○思わず本心を口に出して言う（吐露眞情，說眞心話）

▲酔わせたら、とうとう本音を吐いた（他被灌醉之後，終於吐露了眞情）。

本場仕込み

○技術や技能が、それが生まれた土地や最も正式に行われている土地で習得したものであること（地道的，在當地學到的）

▲本場仕込みのフランス料理の腕を振う（露一手地道的法國菜）。

ま

枚挙に暇が無い

○非常にたくさんありすぎていちいち数え切れない（不勝枚舉）

▲この種の犯罪例は枚挙に暇が無い（這種犯罪案例很多）。

間がいい

○何かをするのにちょうどよいころあいである様子（湊巧）

▲なんて間がいいんだろう（真是湊巧啊）。

魔が差す

○悪魔が心に入りこんだように、ふと普段では考えられないような悪念を起こす（中邪；鬼使神差）

▲あんなことをするなんて、自分でも何の魔が差したのかわかりません（居然做那樣的事，自己也不知道是中了什麼邪）。

間が抜ける

○肝心なところが抜けている。馬鹿げて見える（愚蠢，糊塗）

▲夏休み近くになって入学祝いを届けるなんて間が抜けた話だ（都快放暑假了才去送升學賀禮，真是天大的笑話）。

間が持てない

○することや話題がなくなって、時間を持て余す（閒得慌；尷尬）

▲彼は気難しいから冗談も言えず、二人きりになると話の間が持てなくて困る（他性格古板且不苟言笑，只有我們倆的時候很尷尬）。

曲りなりにも

○十分とまでは行かないが。どうにかこうにか（勉強，湊合；好歹）

▲曲がりなりにも生計を立てている（勉強糊口）。

間が悪い

○①決まりが悪い（不好意思，難為情）

　②運が悪い。折が悪い（不湊巧，運氣不好）

▲①仕事をサボって喫茶店に入ったら、課長がいたので、何となく間が悪

かった(工作中偷懶去了趙咖啡館，恰恰科長也在，眞是不好意思)。

②臨時休業とは、何と間が悪いときに来たものだ(竟然臨時停業，來得眞不是時候)。

巻き添えを食う

○自分には直接かかわりのない事件に巻き込まれ、被害や損失を受ける(受連累，受牽連)

▲喧嘩の巻き添えを食って大怪我をした(別人打架殃及自己，受了重傷)。

紛れも無い

○紛れるはずもなく明白である(的確，無疑)

▲それは紛れも無いあの人の声であった(那的的確確是他的聲音)。

幕があく

○幕が開いて芝居が始まる。転じて、事の始まるのに言う(開演，開幕，開始)　▲今年もいつものように受験戦争の幕があいた(今年的應試戰爭照例開始了)。

枕を欹てる

○寝床にありながら耳を澄まして何かの物音を聞こうとする(側耳傾聽)

▲小鳥の声に枕を欹てて、山荘生活つの一日が始まるのである(側耳傾聽小鳥的聲音，開始山荘生活的一天)。

枕を濡らす

○寝ながらひどく泣き悲しむ(哭濕枕頭)

▲父を失った悲しみに、毎晩枕を濡らしていた(父親死後，因為悲傷，[我]每晚都哭濕枕頭)。

幕を切って落とす

○物事を始める(開始)

▲オリンピック競技の幕が切って落とされた(奧運會開幕了)。

幕を閉じる　⇒幕を引く

○引幕を閉じて芝居が終る。転じて、事が終りに成る(閉幕，結束)

▲彼は眠るがごとき大往生で、その波瀾に富んだ人生の幕を閉じた(他像睡著似的無疾而終，結束了波瀾起伏的一生)。

負けが込む

○負けた回数が勝つ回数よりも多くなる（屢屢失敗）

▲連敗が続いて負けが込んできたので、上位にランクされるのは難しい（屢屢失敗，看來名列前茅是不可能的了）。

負けるが勝ち

○強いて争わず、相手に勝ちを譲るのが結局は勝利となる（敗中取勝）

▲相手がだいぶ興奮しているので、負けるが勝ちで、ここはひとまず謝ってしまおう（他現在非常激動，退一步海闊天空，暫且先給賠個不是吧）。

紛う方も無い

○他のものと間違えようもないほどはっきり識別できる様子（沒錯，無疑）

▲近づいてよく見ると紛う方も無い、二十年前に別れた我が子だった（走近一看，沒錯，他就是我20年前離別的兒子）。

孫の代まで

○あることが子孫の代までずっと続いていく様子（到子孫後代）。

▲そんないい加減な仕事をしたら、孫の代まで恥になる（工作幹得那麼馬虎，恐怕連子孫後代也會感到羞恥）。

摩擦を生じる

○周囲の人々との間に意見や感情の対立が生じ、いざこざを起こす（發生摩擦，產生矛盾）　▲習慣の違いから土地の人と外国人の間に摩擦を生じることがよくある（由於習慣不同，當地人和外國人之間經常產生摩擦）。

勝るとも劣らぬ

○少なくとも同等以上だ（不亞於……，有過之而無不及）

▲彼は兄に勝るとも劣らぬ勇敢だった（他的勇敢不亞於哥哥）。

間尺に合わない

○割に合わない。損になる（吃虧，划不來）

▲間尺に合わない仕事をやらされる（迫不得已做些吃虧的事）。

マスコミに乗る

○新聞・テレビ・ラジオなどで派手に扱われ、そのおかげで知名度が高まる（[因宣傳而]聲名大震）

▲アマチュアバンドがマスコミに乗ってあっという間にスター的存在になった(這個業餘樂隊借著宣傳名聲大震，一下子成了明星樂隊)。

またと無い

○二度とない。二つとない(僅有一次，惟一)

▲こんな機会はまたと無い(這樣的機會沒有第二次)。

間違っても

○どう考えても起こり得ない偶然を想定することを表す(怎麼想也……)

▲間違ってもそんな事のあるはずがない(怎麼想那也不可能有那種事)。

待ちぼうけを食う

○待っていた人が来ないで、ばかをみる(白等，傻等)

▲相手が約束の日を勘違いしていて、待ちぼうけを食ってしまった(對方把約定的日期搞錯了，結果白等了一場)。

抹香臭い

○その場の雰囲気やその人の言動が仏教じみている様子(念佛般的絮叨，說教氣味十足的) ▲抹香臭いお説教は若者に受けない(年輕人不會接受說教氣味十足的傳教)。

末席を汚す

○自分がその地位にいることの謙称(忝居末座) ▲私は重役の末席を汚す田中と申します(我是在董事會忝居末座的田中)。

待ったなし

○少しの猶予もできない場面(不容遲疑，刻不容緩)

▲待ったなしの催促(刻不容緩的催促)。

待ったをかける

○中止を求める(要求暫停，要求暫緩) ▲地元住民が工場建設に待ったをかける(當地居民要求暫緩建造工廠)。

的が外れる

○見当違いのことが問題として取り上げられる(離題；不得要領)

▲的が外れた質問をして、みんなの失笑を買う(提了不得要領的問題，遭到大家的嘲笑)。

的になる

○目立つことをして、多くの人から賞賛や非難・攻撃を受ける立場に立たされる（眾矢之的）

▲彼は世間の非難の的になった（他成了輿論批評的焦點）。

的を射る

○意見や評論が問題の核心を鋭く衝いている（抓住要點，擊中要害）

▲的を射たなかなかいい質問が出て、活発な討議が行われる（提了一個擊中要害的好問題，使討論變得活躍）。

的を絞る

○問題として取り上げる対象を特にそれと限定する（集中目標，把重點放在……）　▲日本語の表現を問題にするわけですが、今日は特に慣用語に的を絞って考えてみたいと思う（雖然討論的是日語的表達形式這個問題，但今天想重點探討一下慣用句）。

眦を決する

○目を見開く。怒ったり決意したりする様子（怒目而視）

▲彼は眦を決して立ち上がった（他怒目而視地站起來）。

真に受ける

○本当だと思う（信以為眞，當眞）

▲彼女の言うことを真に受けた（把她的話當眞了）。

招かれざる客

○歓迎されない客。こちらから呼びもしないのにやってきた客（不速之客）

▲招かざる客が三人来た（來了3位不速之客）。

丸くおさまる

○物事が円満に解決する（圓滿解決）　▲君が折れてくれれば、八方丸くおさまるのだが（如果你能讓步的話，就圓滿解決了）。

丸くなる

○角が取れて、穏やかで円満な人柄になる（圓滑）

▲父も年をとったせいか、このごろは丸くなってきた（父親也可能是上了年紀的緣故，人變得圓滑起來了）。

丸裸になる

○体のほかに何も持ち物が無くなる（成為窮光蛋）

▲戦災で丸裸になった（因戦乱而變成了窮光蛋）。

間を持たせる

○あいだの時間をうまく取り繕う（消磨時間，打發時間）

▲あと十分は何とか間を持たせるが、講演者は何時に来るのですか（還剰10分鐘能打發打發，但是演講者什麼時候到呢）?

満更捨てたものでもない

○まだそれなりに利用価値が残っており、全く駄目だとは言い切れない様子（並非毫無價值）　▲若い者に混じって完走したのだから、私も満更捨てたものでもない（混在年輕人中間跑完全程，所以説我也並不是完全不頂用）。

満更でもない

○必ずしも悪くない（未必不好，並非全不好）

▲嫌だ嫌だと言っていたけど、お見合いとしてみたら、娘も満更でもない様子だ（女兒雖然嘴上説不願意，可在相親後好像並非不願意）。

まんじりともしない

○一睡もしない（一夜沒睡）

▲一晩中まんじりともしなかった（一整夜都沒有合上眼了）。

満を持す

○準備を十分にして機会を待つ（做好準備[等待時機]，引満以待）

▲彼らは連立政権樹立の日がおとずれるのを満を持して待った（他們做好準備，等待聯合政權成立那一天的到来）。

み

見得を切る

○自分を誇示するような態度を取る（故作誇張，自我炫耀）

▲闘牛士は大きく見得を切って退場した（鬥牛士故作誇張地退場了）。

見栄を張る

○うわべを繕って必要以上によく見せようとする（裝門面，講排場）

▲彼は見栄を張って十万円も寄付した（他擺闊氣，捐了10萬日元）。

磨きが掛かる　⇒磨きを掛ける

○修練を積んだり経験を重ねたりして、芸などがいっそう優れたものとなる

（精湛，造詣很深）

▲あの役者も年とともに芸に磨きが掛ってきた（那位演員也是隨著年齡的增

長，演技更加精湛了）。

見掛け倒し

○外観はいいが中身はそれほどよくないこと（華而不實，虛有其表，外強中

乾）　▲今度の新人はまったくのところ見掛け倒しだ（這次的新手完全是名

不副實）。

未完の大器

○まだ未完成で欠点もあるが、将来大成し得る素質を備えていると思われて

いる人物（將成大器）　▲今年の新人選手は未完の大器だと評判が高い（對今

年的新人評價很高，說他們將成大器）。

見切り発車

○議論が十分つくされないまま、実行に移すこと（勿忙行事，倉促行事）

▲十分な審議をつくさぬまま、公共料金値上げは見切り発車した（未經充分

審議，就勿忙地提高了公用事業費）。

見切りを付ける

○これ以上やっても見みがないと判断する（覺得沒有盼頭，感到絕望）

▲この仕事にもそろそろ見切りを付けて、何か新しい仕事を探そう（這項工

作快要幹膩了，找個什麼新工作吧）。

御輿を担ぐ

○他人をおだて上げる（抬轎子，吹捧人）

▲若い連中に御輿を担がれて、とうとう会長を引き受けさせられた（在一

幫年輕人的吹捧下，終於無奈地接受了會長一職）。

御輿を据える

○尻を据えて動かない（坐著一動不動）　▲話に興が乗って、つい御輿を据

えてしまった（談得高興，不知不覺一坐就是老半天）。

操を立てる

○貞操を守り通す。また、志を換えない（守節，保住貞操）

▲彼女は亡き夫に操を立てようと決意して、尼僧になった（她決意給亡夫守節，出家做尼姑了）。

微塵もない

○全然ない（完全沒有）

▲そんな事をする気は微塵もない（絲毫沒有做那件事的意思）。

見せ物にする

○本人の意志を無視して、他人から興味本位で見られるような場に立たせる（戲弄人，作弄人）　▲他人の不幸を見せ物にする俗悪週刊誌が氾濫しているのは嘆かわしい風潮だ（炒作他人不幸的低級庸俗的周刊雜誌氾濫成災，不由得讓人嘆息）。

店を畳む

○商売をやめる。店じまいをする（歇業，關門停業）

▲新設のスーパーに押され、店を畳まざるを得なくなった（受到新開業超市的排擠，不得不關門停業了）。

店を張る

○商人が店を設けて商品を並べる（開商店，開鋪子）

▲銀座で店を張る（在銀座開一家商店）。

店を広げる

○①品物などを取り出していっぱいに並べる（把東西擺開）　②店舗を拡張する。比喩的に、扱う対象の範囲を広大（店面；擴大買賣）

▲①机の引き出しを片付けると言って、部屋中に店を広げている（說是整理抽屜的東西，便把東西擺了一屋子）。　②店を広げるために、銀行から金を借りなければならない（為擴大經營規模，必須從銀行貸款）。

溝ができる

○何かの原因で感情的な隔たりができ、それまでうまくいっていた関係がしっくりしなくなる（產生隔閡，出現裂痕）　▲かつては同盟国であったが今では両国に大きな溝ができた（以前兩國是同盟國，現在出現了裂痕）。

道が開ける

○行き詰まっていた事態が解決して、進路を妨げるものがなくなる（打開局面；前途光明）　▲そのうちきっと道が開ける（不久就一定會有希望）。

道無き道

○行く手に道が全くない所の意で、未開の新天地を求める時などに使う言葉（柳暗花明，絕處逢生）　▲道無き道を進んで、学問の新領域を打ち立てた（絕處逢生，開創了從事研究的新領域）。

道を付ける

○先に立って、後に続く人々に進むべき方向を示す（開路，指路）
▲我が国の化学研究の道を付けた人々（我國化學研究領域的開拓者們）。

見ての通り

○説明されるまでもなく、見ればどんな程度・状態かすぐに分かる様子（一目了然，一看就知道）
▲見ての通りひどい怪我です（一看就知道，受了重傷）。

見て見ぬふり

○実際には見ても見なかったような振舞い。また、きびしく咎めず見逃してやる（裝看不見，睜一隻眼閉一隻眼）　▲最近は電車の中などで子供や学生などの行儀が悪くても、乗客は見て見ぬふりをしている（最近在電車裏，即使學生和兒童的行為不端，乘客們也只是睜一隻眼閉一隻眼）。

見所がある

○同類の他のものに見られぬ長所や将来性がある（有前途，有出息）
▲あの男に一体どんな見所があるのかね（那個男人到底哪裏好呢）?

脈がある

○前途の見込みがある（尚有希望，還有一絲希望）
▲はっきり断られたわけではないから、まだ脈がある（並沒有被一口拒絕，因此還有一線希望）。

脈を取る

○脈搏をしらべ、診察する（診脈，號脈）
▲先祖は徳川将軍の脈を取ったこともあるという医家の名門だ（先祖是曾給

徳川將軍診過脈的名醫世家）。

冥利に尽きる　⇒冥利に余る

○この上ない大きな恩恵を受けてありがたく感じること（[感到]無上榮幸，非常幸運）

▲立派になったかつての教え子に囲まれて、教師冥利に尽きるとしみじみ感じられた（在已成為出色人才的從前教過的學生們簇擁下，我深深地感受到了作為一名教師的莫大光榮）。

見られたものじゃない

○体裁・内容などがいかにも粗末で、まともに見られない（看不得，看不下去）

▲芝居と言っても下手くそで、全く見られたものじゃない（説是演戲卻也太彆腳了，簡直讓人看不下去）。

見る影も無い

○昔のりっぱな姿とは見違えるほど、みじめだ（不復當年；潦倒，落魄）

▲彼は今や見る影も無くなった（他現在變得落魄潦倒）。

見るからに

○一見しただけで、そう感じられる様子（一看就……）

▲その果物は見るからにうまそうだった（這水果一看就覺得好吃）。

見るに忍びない

○あまりに気の毒で見ているのがつらく思われる様子（目不忍睹，不忍看）

▲苦しそうな姿は見るに忍びなくて、病室を出てきてしまった（那痛苦的樣子真是目不忍睹，於是走出了病房）。

見るに見かねる

○当事者ではないが見て放っておけない（看不下去，不能熟視無睹）

▲見るに見かねて経済的援助を申し出た（因為看不下去而申請了經濟援助）。

実を結ぶ

○いい結果となって現れる（成功，結出碩果）

▲この分野では医学者の努力もあまり実を結ばないようである（在這個領域，醫學家的努力也沒什麼成果）。

む

向かう所敵なし

○とびぬけて強く、どんな相手にも負けない(所向披靡)

▲向かう所敵なしの勢い(所向披靡的氣勢)。

無冠の帝王

○その世界で実力が認められ、一目置かれる存在でありながら、タイトルなどを取ったことの無い人をからかい気味に言う語(無冕之王)

▲痩せても枯れても無冠の帝王としての誇りは失っていないつもりだ(無論怎麼落魄,也不會丟棄作為無冕之王的尊嚴)。

向きになる

○客観的にはそうまでする必要は無いと思われるのに、本気になって対抗的な言動をとる(當真;認真;頂真)

▲冗談を言うと向きになる男だ(説句玩笑就當真的男人)。

無に帰する

○そのものが全くなくなってしまう。また、無駄になる(化為烏有,化為泡影)　▲結果は失敗に終っても、今までの努力が無に帰することはない(即使以失敗告終,以前的努力也不會白費)。

無にする

○相手の好意や苦労などを無駄にする(辜負;使之落空)

▲せっかくのご好意を無にするのはまことに残念です(非常遺憾,辜負了您的一片好意)。

無になる

○労苦などが無駄になる(白費,白搭,徒勞)

▲試験に失敗したからって、今までの勉強が無になったわけではない(雖說考試失敗了,但以前的學習也不會白學)。

むべなるかな

○背後にひそむ事情などから考えれば、確かに道理であると思う気持ち(有道理)　▲時は金なりという言葉はまことにむべなるかなと思わせる(時間

　　就是金錢，這句話確實有道理）。

無用の長物

○あってもかえって邪魔になるもの（無用之物）　▲雪山でもないのに、ピッケ
　ルなどは無用の長物だ（又不是登雪山，像雪鎬之類的東西實屬無用之物）。

無理も無い

○もっともだ。道理だ（有道理；難怪；怪不得）
▲君が怒るのは無理も無い（怪你生氣）。

め

明暗を分ける

○成功と失敗、勝利と敗北などがそれによって分かれる（決定勝負；勝負可見
　分曉）　▲その選択が彼の明暗を分けた（那個選擇決定了他的命運）。

命運が尽きる

○何もかも望みが失われ、これ以上生き延びる手立てがなくなる（山窮水
　盡；走投無路）　▲不渡り手形を出し、ついにこの会社も命運が尽きた（開
　出空頭支票，這家公司也終於倒閉了）。

名実共に

○世間の評判通りに実質も十分に備わっている様子（名副其實）
▲彼は名実共に偉大な学者だ（他是一個名副其實的偉大學者）。

名状しがたい

○何かにたとえることもできず、何とも言葉では言い表せない様子（難以形
　容，不可名狀）　▲西の空に沈む夕日は名状しがたいほど美しい（西沉的落
　日美得不可名狀）。

冥土の土産

○老い先短い老人がいい思いをしたという喜びをいう語（最後的安慰）
▲冥土の土産に本当のことをおしえてやろう（作為最後的安慰，把真相告訴
　你吧）。

命脈を保つ

○細細と生き長らえる（保住性命，保全生命）

▲会社は今わずかに命脈を保っている（公司現在是苟延殘喘）。

芽が出る

○幸福や成功のチャンスがめぐってくる（擺脱困境；運氣好轉）

▲この頃さっぱり芽が出ない（最近運氣不太好）。

めっきが剥げる

○外面の飾りが取れて悪い中身が暴露する。本性が現れる（露餡兒，暴露眞相）　▲初めのうち人は彼が親切だと思っていたが、すぐにそのめっきは剥げた（剛開始時人們認為他很熱心，不久就原形畢露了）。

メスを入れる

○隠されていた事実を明らかにし、問題点を徹底的に追求する。多く、抜本的な解決を図る意に用いる（刨根問底，徹底根治）

▲政界の腐敗にメスを入れる（徹底整治政府的腐敗問題）。

滅相も無い

○とんでもない。有り得べきことでない（沒有的事兒，豈有此理）　▲僕が君に嘘をついたなんて、滅相も無い（說什麼我對你撒了謊，眞是豈有此理）。

めどが付く

○今後の見通しがはっきりする（有希望，有盼頭）

▲これらの問題は解決のめどがついている（解決這個問題也有了著落）。

芽を摘む

○これから大きくなる可能性のあるものを小さいうちに取り除く（扼殺在搖籃裏，防患於未然）　▲早いうちに悪の芽を摘んでしまうことが大切だ（重要的是趁早把這個壞苗頭扼殺在搖籃裏）。

面倒をかける

○面倒な事で、手数をかけさせる（讓人費心，給人添麻煩）

▲君にもいろいろ面倒をかけたが、おかげで事件も片付いたよ（給您也添了許多麻煩，但托您的福，事情終於也解決啦）。

面倒を見る

○人の世話をする（照料，照顧）　▲私が働きに出ると、子供の面倒を見てくれる人がいなくなる（我一上班，就沒有人照顧孩子了）。

も

儲け物だ

○思いがけなく得た利益や幸運の意（意外收穫，意外之財）

▲入賞できれば儲け物だ（要是能得獎的話就是意外的收穫）。

申し分が無い

○これといって非難すべき点がなく、十分満足できる様子（無可挑剔，沒什麼可説的） ▲品質の点は申し分が無い（品質方面無可挑剔）。

申し訳ばかり

○何とか、するにはしたという程度の、形式だけの（很少，微不足道；敷衍了事） ▲患者が多すぎるためか、あの医者は申し訳ばかりの診察しかしてくれない（也許是由於患者太多吧，那位醫生只敷衍了事地給我診察了一下）。

盲点を衝く

○当人が気づかずにいる点を攻撃する。また、その点を悪用する（鑽漏洞）

▲法の盲点を衝いて悪事を働く人間がいつまでもあとを絶たない（總是有鑽法律的漏洞來犯罪的人）。

蒙を啓く

○道理に暗いのを教え導く（啟蒙） ▲本書は世人の蒙を啓かんがために書かれたものである（本書是為啟蒙世人而寫的）。

モーションをかける

○他に働きかける。特に、異性の気を引くように働きかけることに言う（送秋波，求愛，獻殷勤） ▲彼はきれいな女の子を見れば片っ端からモーションをかける（他一見到漂亮女孩子就會一個個地送秋波）。

藻屑となる

○水難・海戦などで死ぬ（葬身海底，葬身魚腹） ▲貨物を満載した船は海難事故にあい海の藻屑（滿載貨物的船在海難事故中葬身海底）。

文字通り

○その言葉が意味する額面の通りであること（簡直；不折不扣，的的確確）

▲文字通り骨と皮ばかりになっていた（簡直變成了皮包骨頭）。

もしものこと

○万一の事。特に、死など好ましくない出来事（萬一，萬一有個三長兩短）

▲私にもしものことがあったら、あとはあなたに頼みます（我要是有個三長兩短，一切就拜託你了）。

持ちがいい

○品質などが変わらず、そのままの状態を長く保つことができる（耐久，耐用，結實）　▲塀にはペンキを塗っておいたほうが持ちがいい（圍牆塗上漆會更耐用）。

持ち出しになる

○不足分は自分で負担する（自己掏腰包，自己補貼虧空）

▲せっかくの催しも参加者が少なく主催者側の持ち出しになった（好不容易舉辦的活動，由於參加的人少，舉辦方自掏腰包補貼了虧空）。

持ちつ持たれつ

○互いに助けたり助けられたりする様子（互相幫助；彼此支持）

▲世の中は持ちつ持たれつだ（人世間要互相幫助）。

勿怪の幸い

○予想もしていなかったことで、幸運がもたらされること（飛來福，意外的幸運）　▲彼がまだ来ていなかったのはもっけの幸いであった（他還沒來，真是意外的幸運）。

勿体をつける

○ことさらに重々しい態度を取る。もったいぶる（裝腔作勢，裝模作樣）

▲どんな話か、勿体をつけないで早く教えてくれ（到底是怎麼回事，別賣關子了，快點告訴我）。

持って生まれた

○生まれてくるときから身につけている。生まれつきの（天生的）

▲持って生まれた才能（天生的才能）。

以ての外

○①思いのほか。意外（意外，意料之外）

　②とんでもない。常軌を外れた（毫無道理，豈有此理）

▲①こんな夜中に出かけようなどとは以ての外だ（沒想到這麼晚還要出門）。　②公務員でありながら賄賂を要求するとは以ての外だ（身為公務員卻索取賄賂，真是豈有此理）。

以て回った言い方

○遠回しな言方（拐彎抹角的説法，兜圈子的説法）　▲持って回った言方をして相手の心をいらいらさせる（説話兜圈子，吊人家的胃口）。

以て瞑すべし

○物事が非常にうまくいったから、もう死んでもかまわない気持ちを言う（心満意足）　▲まともに勉強したとは言えないのだから、合格できさえすれば以て瞑すべしだ（也沒怎麼用功讀書，所以只要及格就心満意足了）。

もっぱらにする

○①自分のものとして、ほしいままにする（專權，獨攬）
②専念する（一心一意）
▲①権力をもっぱらにする（獨攬大權）。
②読書をもっぱらにする暮らしをする（一心一意過著讀書的生活）。

持てる者の悩み

○何もなければ悩むこともないが、財産があるばかりにしなければならない心配（富人的煩惱）　▲土地の管理が大変だなんて、持てる者の悩みと言うべきだ（説什麼土地管理很麻煩，這可真是富人的煩惱呀）。

元が取れる

○注いだ労力に応じた報酬を受けることができる（收回成本；得到報酬）
▲これだけ手伝って、缶ジュース一本でごまかされたんじゃ、元が取れない（這樣幫她忙，只得到一罐果汁敷衍，不划算）。

元の鞘に収まる

○いったん離縁した者または仲違いをした者が、再び元の仲に戻る（破鏡重圓；言歸於好）　▲あの夫婦は二年前に別れたが最近また元の鞘に収まった（那對夫婦兩年前分手了，最近又破鏡重圓了）。

元はと言えば

○元の原因やきっかけに言及すること（歸根到底，本來，原來）

▲失敗したのも元はと言えば彼のせいだ(失敗歸根到底是因為他的錯)。

元も子も無い

○せっかくの今までの努力がすべて無駄になってしまうこと(難飛蛋打，本利全丟)　▲体を壊してしまったら元も子も無いから、そんなに無理をしないで少しはやすみなさい(把身體搞垮了就什麼都沒有了，別那麼拼命，休息一會兒吧)。

元を正す

○物事の原因や起りをはっきりさせる(正本，清源)

▲元を正せば君が悪いんじゃないか(追根究底是你不好)。

もぬけの殻

○人が逃れ去った後の家または寝床などのたとえ(金蟬脫殼，人去樓空)

▲警察が踏み込んだら、家の中はもぬけの殻だった(警察闖進來時，已經是人去樓空)。

物言いがつく

○一度決定されたことなどに異議が出される(提出異議)

▲政府原案に野党から物言がつく(在野黨對政府的提案提出異議)。

物が分かる

○物事の道理や人情がよく分かっている(懂事理，通情達理)

▲あの人は物が分かる人だから、一度相談して御覧なさい(那人通情達理，和他商量一下看看)。

物ともせず

○困難や障害を何とも思わない(等閒視之；不當一回事)　▲世の批判を物ともせずに信念を貫き通した(不顧世人的批評堅持信念)。

物にする

○自分の所有物にする。自分の思い通りの結果や状態にする(學會，掌握)

▲英語を物にするのは容易ではない(掌握英語不容易)。

物になる

○ちゃんとしたものになる。自分の意図したようになる(成功，成器)　▲彼女は流行歌手として物になりそうだ(她似乎成為了一名成功的流行歌手)。

物の勢い

○そうならざるを得ない事の成行き（必然趨勢，順勢）

▲初戦で強敵を倒し、物の勢いで一気に優勝戦まで勝ち進んだ（在初賽中打敗了強敵，就勢一鼓作氣進入了決賽）。

物の弾み

○その場の成行きから思いがけない事態になること（鑑於當時的情況）

▲物の弾みで、言ってはならないことをつい口に出してしまった（迫於當時的情況，一不小心說出了不該說的話）。

物の見事に

○やり方が鮮やかで感心かんしんさせられる様子（很出色，很漂亮，高超）

▲さすが名匠だけあって、物の見事に作り上げた（不愧是位能工巧匠，做得漂亮極了）。

物は言いよう

○同じ物事も話し方によってよくも悪くも聞こえるものだ（話要看怎麼說了）　▲そんな露骨な言方はしないほうがいい。物は言ようで、まとまる話もまとまらなくなってしまう（說話別那麼露骨。說話要注意方式，不然好事也會變成壞事）。

物は考えよう

○物事の考え方一つでよくも悪くも解釈できるものだ（事情要看怎麼想了）

▲転勤の多い仕事も、物は考えようで、いろいろな土地に住めて、全国に友だちができると思えば楽しいものだ（調職多的工作，也要看怎麼想了，想想能夠住在不同的地方，在全國各地都有朋友，也是一大樂事）。

物は相談

○難しそうに見える事も、人と相談をすれば意外に解決つ法が得られるものだ、の意（商量好辦事，事怕商量；有事好商量）

▲物は相談だが、今度の企画にひとつ手を貸してもらえないか（事怕商量，就這次的計畫能否幫個忙）?

物は試し

○物事は一度試みない限り成否は分からない（凡事要試試）

▲物は試だ、ひとつやってみよう（凡事要試試，幹一下看看吧）。

物は使いよう

○物は使い方ひとつで、つまらない物が役立ったり、よい物を損ねてしまったりするものである（東西要看怎麼用了）

▲物は使いようで、粗大ごみの中から拾ってきた深鍋で植木鉢を作った（東西要看怎麼用，從粗大垃圾中撿來的深鍋可以用來種盆栽）。

物を言う

○効果がある。役に立つ（起作用，見效）

▲海外出張が多くなると、学生時代に習った語学が物を言う（到國外出差的機會一多起來，學生時代學的外語即可以起作用）。

諸刃の剣

○一方では大層役に立つが、他方では大害を与える危険を伴うもののたとえ（雙刃劍）　▲薬はよい効果もあるが副作用もあって、いわば諸刃の剣だ（藥物效果不錯，但是有副作用，是把雙刃劍）。

門戸を開く

○制限を設けず、外部との交渉に応じる（打開門戶；開綠燈）

▲それらの大学が女子に門戸を開いたのはつい二十年前のことである（那些大學開始招收女生還僅僅是20年前的事情）。

門前払いを食う

○来訪者が面会せずに追い返されること（吃閉門羹，鐵將軍把門）

▲大臣に面会を申し込んだが、多忙を理由に門前払いを食ってしまった（要求晉見大臣，卻以公務繁忙為由被拒門外）。

問題にならない

○あまりにも隔たりがあり解決や比較の対象にならない。問題とする価値がない（不值一提；相差甚遠）

▲彼はたいした収入は無いと言っても、私たちと比べたら、問題にならない（他雖說沒有多少收入，可與我們一比，我們還是相差甚遠）。

問答無用

○議論の必要はないこと（不必爭辯，不容爭論）

▲自分の考えをいい終えるや、問答無用とばかりに席を立って出て行ってしまった（一説完自己的想法，就不容爭辯地離席而去）。

もんどりを打つ

○とんぼがえりをする（翻跟頭，翻筋斗）

▲もんどりを打って倒れる（摔了個大跟頭）。

門を叩く

○弟子入りを願って訪れる（敲門；登門求教）

▲名優の門を叩く（登門求教名演員）。

や

刃に掛かる

○敵対する者に刀で切られて死ぬ（死於刀下）　▲時の首相は革命軍の兵士の刃に掛って一命を落とした（當時的首相死於革命軍戰士的刀下）。

焼きが回る

○年を取って、頭の働きが鈍ったり腕前が落ちたりする（上了年紀，頭腦昏聵不中用）　▲さすがの名人も年を取って焼きが回った（就連名人上了年紀腦子也會不中用了）。

焼きを入れる

○規律に反した者などに制裁を加える（對犯規者進行制裁，懲罰，教訓）

▲クラブの練習を怠け、先輩から焼きを入れられる（在俱樂部練習時偷懶，被高年級的學長教訓了一頓）。

薬餌に親しむ

○病気がちで、絶えず医者にかかったり薬を飲んだりしている様子（因為生病而不停地看醫生、吃藥）　▲彼は晩年、薬餌に親しみながら、なおも研究を続けていた（他晩年雖然經常生病而藥不離身，但仍然堅持研究工作）。

役者が揃う

○何かをするのに必要な顔ぶれが全部そこに集まる。また、それぞれにユニークな面を持った人が何かの関係者として名を出す（人員到齊；人才齊全）

▲役者が揃ったところで、具体案について検討してみよう（人員都到齊了，

現在我們就具體方案來討論一下吧)。

疫病神

○疫病を流行らせる神の意で、接する人に不幸をもたらしたり、迷惑を掛けたりするものとして忌み嫌われる人(瘟神，喪門神)

▲疫病神にとりつかれたと見えて、このところろくでもないことばかり続く(像是喪門神纏身似的，最近淨碰見倒霉事)。

益も無い

○何の役にも立たないばかりか、かえって人に迷惑をかけたり不快感を与えたりする様子(徒勞無益，毫無益處)

▲益も無いことをしてくれた(白白給我添麻煩了)。

自棄を起こす

○物事が思うようにならず、もうどうなってもいいという投げやりな気持ちになる。また、そのような行動をとること(自暴自棄，破罐子破摔；不管三七二十一)

▲そんな自棄を起こさないで、もう一度じっくりやってみなさい(別那麼自暴自棄，再好好地做一次試試看吧)。

野次を飛ばす

○演説会の観衆やスポーツの試合の観客などが、大声で非難やからかいの言葉を投げかける(喝倒彩，發出奚落聲)

▲山田さんはどんなに野次を飛ばされても、平然と話を続けた(不管觀衆怎麼喝倒彩，山田先生都若無其事地繼續往下講)。

安かろう悪かろう

○値段が安ければ、それ相応に品質も悪いこと(一分價錢一分貨，便宜無好貨) ▲長く使うのだから、安かろう悪かろうでは困るのだ(要長期使用的，只圖價錢便宜，要是東西品質不好，可就麻煩了)。

安きにつく

○安直な方法を選ぶ(避難就易)

▲人間、とかく安きにつきがちだから、それが本当に一番いい方法かどうかじっくり考えてみる必要がある(人總是喜歡避難就易，所以那是不是最好的辦法還需要好好考慮)。

安く見られる

○相手から不当に侮られ、耐えがたい思いをする(被小看，被輕視，被打發)

▲親身になって就職の世話をしてやったのに、電話一本で礼を済ませるなんで、私も安く見られたものだ(我像對待親人一様幫你找工作，而你一個電話就把我打發了，你也太小看我了吧)。

安物買いの銭失い

⇒一文惜しみの百知らず、値切りて高買い、安物に化物が出る、安物の銭費え、安物は高物

○あまり値段の安いものを買うと、品質が悪いために使い物にならなかったり、すぐ買い替えねばならなかったりして、結局損をする(貪小便宜吃大虧；圖便宜白扔錢)

▲安くていいけど、消しゴムなんかだと、たまに消えないのがあったりして、「安物買いの銭失い」ってことになったりします(便宜雖然好，但是如果橡皮一類的東西有時擦不掉的話，就成了貪小便宜吃大虧了)。

痩せても枯れても

○今はどうあろうとも、元を正せば人から軽蔑されるようなことはないという気概を表す言葉(不管怎麼落魄也……，再不行也……)　▲この店は痩せても枯れても、古くから老舗だから、そんな安物を売るわけにはいかない(這家商店再不景氣，也是延續至今的老字號，決不能賣那種便宜貨)。

痩せの大食い

○痩せているのに意外なほどよく食べる、ということ(人瘦吃的反而多，瘦人飯量大)　▲彼は痩せの大食いで物凄い量を食べますが、ずっと痩せたままです(瘦人飯量大，他吃那麼多卻一直很瘦)。

屋台が傾く

○財産を使い尽くし、その家を支えきれなくなる(傾家蕩產)

▲さすがの旧家も放蕩息子のおかげで、屋台が傾いてきた(連有名的世家也因為有個放蕩不羈的兒子而落得傾家蕩產)。

厄やっ介になる

○生活面でいろいろ世話せになる(受到照顧)

▲あそこに立っている人は学生のころ厄介になった下宿のおばさんだ(站在

那裏的人是我學生時代曾經照顧過我的房東大嬸）。

厄介払い

○迷惑をかけられていた者を追い払うこと（擺脫麻煩，擺脫煩惱）

▲私がいなくなれば、厄介払いができたとみんなが喜ぶでしょう（如果我不在就少了一個麻煩人，大家一定會很高興吧）。

躍起になって

○いらだって、むきになる様子（急不可耐，趕緊；激動地）

▲昨日はお楽しみだったねとからかったら、躍起になって弁解した（開了句玩笑說「昨天玩得很開心吧」，他［她］便趕緊辯解）。

野に下る

○公職を退き、一私人としての立場に立つ（下野，下台，引退）

▲野に下って金権政治を批判する（下台後批判金錢政治）。

矢の催促

○厳しい催促をしきりに繰り返すこと（不斷催逼，緊催）

▲早く返せと、矢の催促を受ける（不斷被催逼還債）。

破れかぶれ

○もうどうにでもなれと、やけくそになって行動する様子（置之死地而後生；死馬當活馬醫）

▲破れかぶれになって取った作戦が大当たりで、急場を切り抜けることができた（這次破釜沉舟的戰鬥取得了很大成功，從而擺脫了危急情況）。

闇討ちを食う

○相手の予想外の卑怯なやり方で不利な立場に立たされる（遭暗算，出其不意）　▲委員会の抜き打ち解散に我々は闇討ちを食わされた感じだ（委員會的突然解散，使我們感到冷不防吃了一驚）。

闇に葬る

○世間に知られては都合の悪いことをこっそり始末してしまう（不見天日；暗中處理；暗地遮掩）

▲国際問題に発展することを恐れ、事件は闇に葬られた（擔心這次事件發展成國際性的問題，於是就悄悄把它遮掩起來）。

闇夜に鉄砲　⇒暗闇の鉄砲、闇に鉄砲、闇夜に礫

○当たるか当たらないかおぼつかないこと（無的放矢）

▲ホテルの過去の売上げや経費などの実態を把握せずに企画を打つことは闇夜に鉄砲を撃つようなもの（沒有掌握飯店過去的營業額和經費等的實際情況就擬訂計畫，眞是無的放矢啊）。

止むに止まれず

○やめようとしても、どうしてもそうせずにはいられないと思う様子（萬不得已，無可奈何）　▲会社側との交渉がこじれ、止むに止まれず、住民運動を起こした（和公司方面的談判陷入僵局，迫不得已而掀起了居民運動）。

止むを得ない

○他に方法、手段がなく、心ならずもそうする様子（不得已，無可奈何，毫無辦法）　▲この不況が乗りきれなければ、自主廃棄も止むを得ない（如果不能渡過這個難關的話，也只能主動廢棄了）。

矢も楯もたまらず

○思い詰めて、じっとしていられなくなる様子（迫不及待，急不可待）

▲留学中の恋人に会いたくて、矢も楯もたまらずフランスに渡る（非常想念正在留學的戀人，迫不及待地到法國去）。

矢を向ける

○相手を攻撃する（象矢之的）　▲彼の失言に対し、会場の人は一斉に非難の矢を向けた（因為他的失言，會場的人一齊把矛頭指向了他）。

ゆ

有終の美を飾る

○最後の仕上げまできちんとやって、立派な成果を上げる（善始善終，有始有終；曲終奏雅）　▲善戦健闘して、有終の美を飾る（勇敢善戰，有始有終）。

融通が利く

○その場その場に応じた適切な対応、処理ができる。困った時などに形式、習慣にとらわれない考え方、気運の利いた判断ができることや、経済的に余裕があり、不時の出費などにもあわてずに応じられることを表す（隨機

應變，靈活應付；經濟寬裕）

▲役所という所は予算に縛られ、実に融通が利かないものだ（政府機關這種地方由於受預算的限制，在開支方面的確不能通融）。

雄弁に物語る

○何かが疑いのない事実であることを端的に表している（雄辯，雄辯地證明） ▲この写真は核兵器の恐ろしさを雄弁に物語る貴重な資料として、永く後世に残すべきである（這張照片無可辯駁地説明了核武器是多麼可怕，應該作為寶貴資料永遠留給後世）。

勇名を馳せる

○勇敢なことをやって、世間に名が知れ渡る。多少な皮肉な気持ちを込めて用いることがある（[有時也用於諷刺]成名遠揚；馳名於世）

▲あの教授は学生運動弾圧で勇名を馳せた人物だ（那位教授是因為鎮壓學生運動而出了名的人物）。

悠々自適

○煩わしい俗世間を避け、平穏な心境で、自分の好きなことをして暮らすこと（悠閒自得） ▲彼は定年になったら、田舎に帰って悠々自適の生活がしたいと思う（他想退休後回到故鄉過悠然自在的田園生活）。

悠揚迫らず

○切迫せっぱくした事態や困難な状況にあっても、平生と変わらず落ち着きはらっている様子（從容不迫，泰然自若，悠然自得）

▲何十年ぶりかになる録音のはずなのに、悠揚迫らず、ゆったりと良いジャズを聞かせてくれます（都是十多年以前的錄音了，還讓我們能悠然地欣賞到那優美的爵士樂）。

勇を鼓して

○勇気を奮い起こして何かをする様子（鼓起勇氣）

▲勇を鼓して上司に諫言する（鼓起勇氣向上司進諫）。

行き当たりばったり

○先の見通しを立てず、成行きに任せて行動すること（漫無計畫；聽其自然）

▲ホテルの予約などはせずに、行き当たりばったりの旅行りょこうをする（這次的旅行沒有預定酒店，走到哪兒算哪兒）。

揺さぶりをかける

○相手の気持ちを動揺させたり相手側に混乱を起こさせたりするようなことを仕掛ける(擾亂對方)　▲彼は田中さんの揺さぶりをかける言葉にはまったく動揺しない(聽到田中那擾亂人心的話語，他毫不動搖)。

茹で蛸のよう

○酒に酔ったり長湯をしたりして、顔や体がすっかり赤くなる様子(面紅耳赤；渾身發紅)

▲山下さんはお酒が弱いらしく、コップ一杯のビールで茹で蛸のような顔をしている(山下先生好像酒量不大，喝一杯啤酒就會滿臉通紅)。

弓折れ矢尽きる

○戦いに敗れて散々な目にあう意で、力が尽きて、どうにもならない状態になること(矢盡弓折，彈盡糧絕，窮途末路)　▲すべての手段を尽くしたが経営は悪化する一方で、弓折れ矢尽きた感じだ(想盡了所有的辦法，可是經營狀態一直惡化，覺得到了窮途末路的地步)。

弓を引く

○恩を受けた人などを裏切って、敵側に回る(拉弓射箭；倒打一耙，反叛)

▲いくら他社の誘いがあっても、今の社長に弓を引く気にはなれない(不管其他公司再怎麼誘惑，我都不能背叛現在的總經理)。

夢が覚める

○何か心を奪われ、ほかのことを考える余裕のなかった人が、それではいけないと気付き、本来の自分のあり方に立ち戻る(夢醒；覺醒；覺悟)

▲あの人は成功する当てもない発明に凝って家族を困らせていたが、最近やっと夢が目覚めたようだ(那人曾醉心於沒有成功希望的發明，給家人帶來了許多煩惱，最近好像總算醒悟過來了)。

夢から覚めたよう

○何かに夢中になり、物に疲れたようになっていた人が、ふと現実の自分自身の姿に気付く様子(如夢初醒)

▲競馬にうつつを抜かしていた彼も、奥さんに家を去られてからというものは夢から覚めたように仕事に精を出している(妻子的離家出走，使以前一直迷戀賽馬的他如夢方醒，努力地工作起來)。

夢の夢　⇒夢のまた夢

○ただ想像するだけの、ひどく現実離れしたはかない事柄。また、過ぎ去った日の、遠くはかない思い出（渺茫，虛無縹緲）　▲サラリーマンには、庭付きの一戸建て住宅などは夢の夢になってきた（對於工薪階層來說，要擁有一座帶庭院的獨門獨戶的住宅是十分渺茫的事情）。

夢枕に立つ

○神や仏が夢のなかに現れて、なにかを告げることをいう（在夢中出現；託夢）　▲死んだ父が夢枕に立って、ひどく寂しげな顔をしていたのが気になってしかたがない（已故的父親在睡夢中出現，他那孤寂萬分的面容真叫人牽掛）。

夢を描く

○こんなことが実現できたらすばらしいと、自分の将来や社会の未来像などについて想像をめがらす（夢想；空想；幻想）
▲理想的な未来都市の夢を描いて日夜構想を練る（心中描繪著理想中的未來城市並日夜潛心構思）。

夢を追う

○実現の可能性がないに等しいにもかかわらず、こうしたいと思う理想を追い求める（追求夢想，追求不現實的理想）
▲君のように夢を追ってばかりいたのでは、現実の問題はいっこうに解決できない（像你這樣一味追求不現實的理想，根本解決不了現實問題）。

夢を託す

○こうしたいと思いながら実現できなかったことが、代わりに他の人によって成し遂げられることを期待する（寄希望於別人）
▲あの親方は自分が果たせなかった横綱への夢を託して、弟子に激しいけいこをさせている（那位相撲教練把自己未能實現的橫綱夢寄托在弟子身上，對他們進行嚴酷的訓練）。

夢を見る

○何かに心を奪われたりとりとめもない空想にふけったりして、なすべきことを忘れた状態になる（做夢；幻想；空想）　▲君も子供じゃないのだから、いつまでも夢を見ているようなことばかり言っていては駄目だ（你也

不是小孩子了，不能總說些不著邊際的夢話了）。

夢を結ぶ

○眠る意の雅語的な言い方（睡覺，做夢，進入夢鄉）

▲旅の宿なのに、周囲が騒がしくて安らかに夢を結ぶこともできない（本来是旅館，可是周圍太吵了根本無法安然入睡）。

よ

酔が回る

○酒に酔って、正常な判断力や運動感覚が失われた状態になる（醉意，酒勁兒上來了）　▲睡眠不足が続いていたためか、ひどく酔の回るのが早い（可能因為一直睡眠不足的緣故吧，醉意來得特別快）。

用が足りる

○用件を処理したり必要を満たしたりすることができる（能辦妥；能滿足需要）　▲電話では用が足りないようですから、そちらにお伺いして説明いたします（打電話好像無法解決，我到府上說明一下吧）。

要求をのむ

○相手の要求を認め、そのまま受け入れる（接受要求，滿足要求）

▲交渉の末、経営者側は、ついに組合側の要求をのんで、大幅な賃上げを認めるに至った（經過商談，經營方最終接受了工會提出的要求，答應大幅度提高工資）。

様子ありげ

○その人の表情、態度やその場の雰囲気から、いつもと違う特別な事情があるらしいと感じられる様子（神情異様；然有介事）

▲吉田さんはさっきから様子ありげに窓の方ばかり見ている（吉田先生從剛才開始就神情異様地一直盯著窗戶看）。

夜討ち朝駆け

○夜るに人の家を訪問し、翌朝また同じ家を訪れる意で、用事があって、時間に構わず何度も同じ家を訪れること（深夜去敲門；一早去登門；多次拜訪）

▲夜討ち朝駆けで原稿をもらいに行って、やっと間に合わせた（多次登門索稿，總算趕出來了）。

杳として

○事情が全くわからない様子。特に、行方が知れなくなった人について用いる（杳然，杳無音信） ▲その後、あの人の行方は杳として知れない（從那之後，那個人便去向不明，杳無音信）。

用に立つ

○何かと応用がきき、いざという時に役に立つ（有用，管用）
▲田中君は陰で昼行灯などと言われているようだが、仕事をさせてみると、案外用に立つ男だよ（好像大家背地裏都說田中君是個廢物，可試著讓他幹了一下活兒，出乎意料發現他是個很能幹的人）。

要領がいい

○うまく立ち回り、自分の立場を有利にする才能がある様子（精明，手腕高；善於鑽研） ▲彼は要領がいい男で、嫌な仕事は引き受けたことがない（他是個很精明的人，從未接受過自己不願意幹的工作）。

要を得る

○要点を押さえている（得要領，抓住要點） ▲金を貸してくれというのか借りなくてもいいというのか、どうも彼の話は要を得ない（是要我借錢給他還是不用借也可以？總覺得他的話意思表達不清）。

用を足す

○用事を済ませる。また、大小便を済ませる意の婉曲な表現（事情辦完；「解完手」的委婉説法）
▲会社の帰りに二、三用を足してくるから、帰りは九時ごろになると思う（下班回來的路上還要辦兩三件事，我想到家要9點左右）。

用をなさない

○そのものの機能が正常に発揮されず、役に立たない（不中用，沒用）
▲一日に十分も遅れるようでは、時計の用をなさない（竟然一天慢10分鐘，這錶也太沒用了）。

世が世ならば

○現在が自分にとって昔と同様にいい時代だったらの意で、今の恵まれない境遇を嘆いて言う言葉（如果是當年的話……，若還是那個世道的話……）

▲世が世ならば、こんな貧乏暮らしとは縁がなかったのに（要還是當年那種境遇的話，就不會過現在這種貧窮的日子了）。

余儀なくされる

○ほかにどうしようもなく、心ならずもその方法を選ばざるを得なくなる（不得已，無可奈何）　▲マスコミにスキャンダルを暴かれて、市長は辞任を余儀なくされた（市長因為醜聞被媒體曝光而不得不辭職）。

よく言う

○大それた物言いをした相手に対して、よくもぬけぬけと厚かましくそんなことが言えたものだと、あきれに気持ちを表す言葉（眞敢説）

▲自分がいたから夫は出世できたなんて、全く彼女もよく言うよ（説什麼多虧了她丈夫才會成功的，她還眞敢説呢）。

欲が深い

○欲求や願望の度が過ぎていて、利害得失にひどく執着する様子（貪心不足，貪得無厭）　▲みんなの協力があったからできた仕事だというのに、君一人が利益を独占しようなんて欲が深い（這項工作是在大家的合作下完成的，你想一個人獨占好處，也太貪心了）。

よくしたもの

○世の中は不合理なことばかりのように見えて、案外うまく釣り合いがとれているものだということ（老天有眼，好人有好報）

▲世間はよくしたもので、正直者がいつも損ばかりするわけでもない（老天爺有眼，不會讓老實人吃虧的）。

欲の皮が張る　＝欲の皮が突っ張る、欲が張る

○むやみに欲張る（貪得無厭，貪婪）

▲欲の皮が張っているから、もうけ話にはすぐ飛びつく（[他]貪得無厭，搶著幹掙錢的事）。

欲も得も無い

○事態が差し迫ったり、窮地に立たされたりして、利害得失を考えている余裕がない様子（顧不得屬害得失，什麼都顧不上）

▲疲れ果てて、もう欲も得もなくただ眠るだけだった（太疲勞了，什麼都顧不上，只想睡上一覺）。

欲を言えば　＝欲を言うと

○今のままでも不足はないが、なおいっそう望ましい状態を期待するとすれば(如果提更高要求的話)　▲なかなかよくかけている絵だと思うが、欲を言えば、冬の海の感じをもう少し強調してほしかった(我認為這幅畫畫得挺好，但如果要提更高要求的話，希望能再強調些冬天的大海的感覺)。

欲を掻く

○ほどほどのところで満足すべきなのに、もっともっとと欲張る(貪得無厭)　▲君は自分一人の手柄にしようなどと欲を掻いて無理をしないでください(不要想一個人獨占功勞，貪得無厭)。

誼を通じる

○打算的な目的があって、親しい関係を結ぼうと働きかける(拉關係，結成友誼)　▲政界の実力者と誼を通じて利権の独占を図ろうとする(和政界的實力派拉關係，企圖獨攬大權)。

余勢を駆る

○何かをやりとげた勢いに乗って、さらに別のこともやってしまおうとする様子(趁勢，乘勢)　▲一回戦に大勝した余勢を駆って、一気に決勝戦まで勝ち進む(第一場比賽大獲全勝，乘勝追擊，一鼓作氣打進決賽)。

余喘を保つ

○何かがかろうじて存続していること(苟延殘喘，勉強維持)　▲ひところは全盛を誇ったこの地方の絹織物も、今や化繊に押され、二、三の業者が余喘を保つだけになった(此地曾經盛極一時的絲綢織品受到了化纖織品的排擠，現在只剩下兩三個廠家在勉強維持著)。

装いを新たにする

○今までと違った印象を与えるように外観などを新しく作り変える(裝飾一新，修飾一新)　▲ショーウインドーを作り変えるなど、装を新たにして営業を再開する(改變一下櫥窗裝飾等，把店舖修飾一新後再重新開業)。

余所に聞く

○自分とは何の関係もないこととして、何かを聞く(當耳邊風，漠然視之)

▲世俗の出来事を余所に聞ながら、ひたすら研究一筋に打ち込む(對社會上發生的事漠不關心，一心一意埋頭研究)。

余所にする

○自分に関係ないこととして、無視する(漠不關心，置之不理)

▲あの人は勉強を余所にしてアルバイトばかりをしている(他個人把學習放在一邊而一個勁兒地打工賺錢)。

余所に見る

○傍観者の立場で何かを見る(袖手旁觀，置之不理)

▲不況の波が我々の業界にまで及び、他社の倒産を余所に見ているわけにはいかなくなった(經濟不景氣已波及我們行業，我們對其他公司的倒閉已經不能袖手旁觀了)。

涎が出る

○何かを見て、それが手に入れたくてたまらない気持ちになる(垂涎，流口水；非常羨慕)

▲今度の古書展には、目録をみただけでも涎が出るような本がたくさん出品されている(在這次的舊書展上，光從目錄上就可以看到展出了許多讓人垂涎三尺的書)。

涎を垂らす

○非常に羨ましく思ったり欲しくてたまらなく思ったりしながら、それをみたり聞いたりしている様子(垂涎，眼饞；流口水)

▲こんな高級車は、涎を垂らしてみているだけだ(這麼高級的車，只能流口水看一看飽飽眼福而已)。

与太を飛ばす

○ふざけて、冗談やでたらめを言う(閒談，胡扯，胡說八道)

▲そんな与太を飛ばしている暇があったら、少しは仕事のことでも考えろ(有那工夫胡扯，不如考慮一下工作的事吧)。

予断を許さない

○事態が深刻で、楽観的な見通しは期待できない様子(不容樂觀；前途叵測)

▲ここしばらくは、予断を許さない国際情勢が続きそうだ(眼下這段時間，不容樂觀的國際形勢看來還要持續下去)。

因_よって来_{きた}る

○その事柄_{ことがら}の後_{うし}ろに潜_{ひそ}む、元々_{もともと}の原因_{げんいん}に言及_{げんきゅう}する時_{とき}に用_{もち}いる言葉_{ことば}（根源，歸根到底） ▲今回_{こんかい}の騒動_{そうどう}の因_よって来_きるところは、すべて彼女_{かのじょ}の被害妄想_{ひがいもうそう}にあった（這次的風波歸根到底全是她的被迫害妄想症造成的）。

寄_よってたかって

○大勢_{おおぜい}の人_{ひと}が一_{ひと}つのことに取_とりかかる様子_{ようす}（一哄而上，聯合起來）
▲みんなが寄_よってたかって僕_{ぼく}をいじめようとする（大伙兒一哄而上想要欺負我）。

世_よに逢_あう

○時機_{じき}を得_えて世間_{せけん}にもてはやされたり得意_{とくい}な時_{とき}を過_すごしたりする（生逢其時）
▲世_よに逢_あうこともなく不遇_{ふぐう}な一生_{いっしょう}を終_おえる（生不逢時，終生不得志）。

世_よに入_いれられる

○その存在_{そんざい}が広_{ひろ}く世間_{せけん}に認_{みと}められ、人々_{ひとびと}にもてはやされたり、高_{たか}い評価_{ひょうか}を得_えたりする（得到社會認可，博得好評）
▲彼_{かれ}の小説_{しょうせつ}はあまりにも難解_{なんかい}なため、ついに世_よにいれられることがなかった（他的小說太晦澀難懂了，最終未能得到社會的認可）。

世_よに聞_きこえる

○世間_{せけん}に知_しらぬ人_{ひと}がないほど、広_{ひろ}く知_しれ渡_{わた}る（譽滿天下，揚名四海）
▲これが世_よに聞_きこえた左甚五郎作_{ひだりじんごろうさく}の眠_{ねむ}りの猫_{ねこ}か。意外_{いがい}に小_{ちい}さいものだね（這就是聞名天下的左甚五郎創作的「眠貓」嗎?真沒想到這麼小啊）。

世_よに出_でる

○一人前_{いちにんまえ}の社会人_{しゃかいじん}として、会社_{かいしゃ}、役所_{やくしょ}などに勤_{つと}めたり商売_{しょうばい}を始_{はじ}めたりなどする。また、立身出世_{りっしんしゅっせ}する意_いにも用_{もち}いる（踏入社會，出息，發跡）
▲彼_{かれ}はまだ世_よに出_でて間_まもないのだから、この程度_{ていど}の失敗_{しっぱい}は大目_{おおめ}に見_みてやらねばなるまい（他剛踏入社會不久，對他犯的那點兒錯應該從寬處理）。

世_よに問_とう

○論説_{ろんせつ}や芸術作品_{げいじゅつさくひん}などを通_{とお}して、世間_{せけん}に何_{なん}らかの問題_{もんだい}を提起_{ていき}し、人々_{ひとびと}の反応_{はんのう}や評価_{ひょうか}を得_えようとする（讓社會來評價，向社會徵詢意見）
▲人間_{にんげん}いかに生_いきるべきかを世_よに問_とうた作品_{さくひん}（作品向世人提出了人

應該怎麼活著的問題）。

余念が無い

〇一心に一つのことに打ち込んでいる様子（專心致志，埋頭）

▲彼は学者だなどと言っても、研究そっちのけで、金もうけに余念が無いようだ（他雖説是位學者，卻根本不去做研究而一門心思想發財）。

世の習い

〇人の世の常で、だれしも一度は経験しなければならないようなこと（人世之常；普通）

▲出る杭は打たれるのが世の習いだ（槍打出頭鳥乃人世之常）。

呼び声が高い

〇何かの有力な候補として、うわされる様子（[選舉、任命等]呼聲高，人氣旺）　▲彼は若手ながら、次期院長の呼び声が高い（他雖然年輕，但出任下屆院長的呼聲很高）。

予防線を張る

〇不利な立場に立たされたり責任を負わされたりするのを防ぐために、前もってうまく逃れる手段を講じる（設防線，預先防範，採取預防措施）

▲彼に幹事役を頼もうとしたら、家に帰る暇もないほど忙しい予防線を張られてしまった（想委託他做幹事的工作，他馬上就推托說已經忙得沒時間回家了）。

輿望を担う

〇世間から信頼や期待を寄せられて何かをする（肩負衆望，身負重托）

▲国民の輿望を担って新内閣が発足する（肩負人民的衆望，新內閣走馬上任）。

読みが深い　⇔　読みが浅い

〇物事の表面に現れている部分から隠された内部を的確に察知したり、現状から今後の動向を十分に見通したりする様子（理解深刻，深謀遠慮）

▲彼はさすがに読みが深く、十年以上も既に将来のエネルギー危機きを予言していた（他確實很有預見力，早在10多年前就預言將來會發生能源危機）。

世も末

〇未来に明るいことが何も期待できそうもないと、現状を嘆く言葉（末世，

世界末日；沒指望） ▲中学生がこんな大それた犯罪をしでかすんじゃ、世も末だなあ(如果中學生都這樣無法無天地犯罪的話，真是沒指望了)。

選りに選って

○最悪の事態に至って、もう少しましな事態もあるだろうに、なんでこんな不運な目にあうのだと嘆く気持ち(偏偏) ▲選りに選って私とは水と油の彼とペアを組まされるとは(偏偏讓我和水火不相容的他做搭檔)。

縒りをかける ＝腕に縒りをかける

○身に付けた技量を十分に発揮しようと、張り切ってそのことに取り組む(使出渾身解數，竭盡全力) ▲縒りをかけて作った料理で、おいしいよ(使出看家本領做出的菜餚，真香啊)。

縒りを戻す ＝縒りが戻る

○仲たがいなどをして切れていた関係を、再び元に戻す。特に、男女の関係について言う(恢復關係，[男女間的關係]和好如初，破鏡重圓) ▲別居きょしていた夫婦が縒りを戻す(一度分居的夫妻和好如初)。

寄ると触ると

○人が集まるごとにの意で、どこででも同じことを話題にする様子(議論紛紛，到處都在談論著) ▲寄ると触ると事故じこの話で持ちきりだ(到處都在談論事故的事)。

宜しきを得る

○方法などが適切で、好ましい結果を得る(得當，相宜) ▲先輩の指導宜しきをえて、無事に検定試験に合格できた(由於學長指導得當，我順利地通過了鑑定考試)。

弱音を吐く

○苦しさや困難に耐えかねて、意気地がないことを言う(說泄氣話，叫苦) ▲一年や二年浪人したぐらいで、大学進学を諦めたいなどと弱音を吐くようでは、何をやっても物になるまい(才復讀了一兩年就叫苦連天地說什麼不想再考大學了，這樣下去幹什麼大概都會一事無成吧)。

弱みに付け込む

○相手の弱点や欠点を見抜き、うまくそれを利用して自分の利益を図る(乘

人之危，乘虛而入）

▲利用者の弱みに付け込む悪質なサラ金業者は許しがたい（乘人之危、姿態惡劣的高利貸者實在讓人難以饒恕）。

世を去る

○死ぬの意の婉曲な言い方（去世，故去）

▲不世出の天才と言われながら、彼は二十五歳の若さで世を去った（他被譽為曠世天才，可年僅25歲就英年早逝了）。

世を忍ぶ

○世間に知られないよう、人目を避けて隠れる（遁世，隱居）

▲あの行商人は世を忍ぶ仮の姿で、実は親の仇を探して今まで諸国を巡っていたのだ（那個小販假裝遁世，實際上一直在巡遊各國尋找殺父仇人）。

世を捨てる

○出家したりどこかに身を隠したりして、俗世間との付き合いを断つ（遁世，隱居，出家）

▲戦争の悲惨さを体験した彼は戦地から帰り、そのまま世を捨てて山にこもってしまった（他體驗了戰爭的悲慘後，從戰地回來便隱居山中了）。

世を拗ねる

○世の中が自分の思い通りにならないことに不満を抱き、ことさらに反社会的な態度を取ったり無関心を装ったりする（玩世不恭，憤世嫉俗）

▲あの男は学界で自説が否定されて以来、世を拗ねた生き方をしている（自從自己的學術觀點被學術界否定後，他就一直玩世不恭地生活著）。

世を背く　＝世に背く

○俗世間を逃れて隠遁する。特に、出家すること（出家，隱居）

▲心中思うところがあって、世を背いて山にこもる（心中有難解之事，於是就離開俗世而隱居山中）。

夜を徹する

○一晩中、寝ずに何かをする（通宵達旦，徹夜）

▲労資の交渉は夜を徹して行われたが、結局話し合いがつかず、ストに突入するに至った（勞資雙方的談判徹夜進行，但最終未能達成協議而導致了罷工）。

世を憚る

○後ろめたいことなどがあって、表立つところには現れないようにする（避人耳目，離群索居）

▲かつての政界の大物も、汚職事件で有罪判決をうけてからは世を憚る身となった（曾經政界的大人物也因為貪污被判有罪之後離群索居了）。

世を渡る

○生計を立てながら、社会人として生活する（處世，生活，度日）

▲幼い子供を抱えて、女の細腕ひとつで世を渡っていくのは決して生易しいことではなかった（一個弱女子帶著年幼的孩子過日子，真不是件容易的事）。

ら

烙印を押される　⇒極印を押される

○ぬぐ去ることのできない不名誉な評価を受ける（被打上烙印，承受無法洗去的污名）　▲口が災いして、ペテン師の烙印を押された（禍從口出，被打上了騙子的烙印）。

ラストスパートをかける

○目標達成を目前に控え、いよいよ最後だというので、全力を出して頑張る（作最後的衝刺，盡全力拼一下）

▲大学入試を一か月後に控え、勉強にラストスパートをかけなければならない（離大學考試還有一個月，所以必須在學習上作最後的衝刺）。

埒が明かない

○何かの事情で事が進まず、決着が付かない（事情沒有進展，沒有著落）

▲君が相手じゃ埒が明かないから責任者に合わせなさい（和你說是解決不了問題的，所以請讓我見見你們的負責人）。

埒も無い

○取るに足りないことを言ったりしたりする様子（沒頭沒腦，雜亂無章）

▲ほろ酔い気分で、埒も無いことを語り合う（有點醉，說些語無倫次的話）。

ラッパを吹く　⇒大言壮語する、法螺を吹く

○実現できる当てもないくせに、大きなことを言う（吹牛皮，說大話）

▲あまりラッパを吹くと、引っ込みがつかなくなるぞ（牛皮一旦吹過了頭可
就無法收場了噢）。

り

理解に苦しむ

○どうしてそのようなことが起こったのか、納得できる理由が見出せず考
えあぐねる（難以理解）　▲あの人が、どうして公金を使い込むようなこと
をしたのか、私は理解に苦しむ（他為什麼會侵吞公款呢，我真搞不懂）。

理屈が付く

○一応筋が通った説明になる（合情合理，合乎情理）　▲彼の言い分も、それ
なりに理屈が付いているのだから、一方的に責めるわけにはいかない（他
的辯解也是有一定道理的，所以不能一味地責怪他）。

理屈を捏ねる

○なんとかして話の筋を通し、自分の主張を合理化しようとする（強詞奪
理）　▲この子はなんとか理屈を捏ねて、自分の非を認めようとしない（這
個孩子強詞奪理，不想承認自己的錯誤）。

理屈を付ける

○自分の主張を正当化しようとして、いかにももっともらしい理由を述べる
（捏造理由；找借口）　▲なんとか理屈を付けて、代金の支払期限を一週
間延ばしてもらった（想方設法找借口把貨款的支付期限延長了一週）。

理に落ちる

○話などが理屈っぽくなる（鑽牛角尖，死摳理，講大道理）
▲彼は話が理に落ちてきたから、話題を変えた（因為他把談話變成講大道理
了，於是換了個話題）。

理に適う

○話などが道理に合っている（合情合理，合理）　▲彼の批判は、いちいち理
に適っていて耳が痛かった（他的批評每條都有道理，但是很刺耳）。

利に走る

○利益を追求することにのみ熱中する（追逐利益）

▲利に走って道を忘れる(逐利忘義)。

流血の惨事

○不測の事故や争乱などによって、死傷者が出るような事態になること(流血惨案)

▲過激派の学生と機動隊が激しくもみ合い、流血の惨事を招くに至った(激進派學生與機動部隊發生了激烈衝突,最終造成了流血事件)。

両天秤をかける

○一方を失っても、もう一方とうまくいくように、相対する二つの立場の両方ともに関係をつけておくこと(腳踏兩條船,雙保險,騎牆)

▲両天秤をかけて二つの大学を受験する(為了保險起見,報考了兩所大學)。

両刀使い

○相入れないような物事を同じようにしてのけること。また、その人。特に、酒が好きな上に、甘い物も好きな場合に言う(身懷兩種技能[的人],兩藝兼優[的人],又好飲酒又好吃甜食[的人])

▲あの酒豪が両刀使いだとは意外だった(沒想到那個海量的人既愛喝酒又愛吃甜食)。

諒とする

○相手の言をもっともだとして受け入れる(諒解,接受)

▲君の提案は諒とするものの、具体化は慎重に行わねばなるまい(雖然我贊成你的提案,但是付諸具體實施時必須謹慎)。

両刃の剣　＝もろはの剣

○一方では非常に役に立つが、使い方を誤ったりすると害になる危険性も持っているというもの(雙刃劍;有利有弊)

▲原子力の開発はまさに両刃の剣である(原子能的開發確實是有利有弊)。

両々相俟って

○双方が互いに欠点に補い合って、優れた力を発揮する様子(相輔相成)

▲あのことは、彼の綿密な計画と田中さんの行動力とが両々相俟って成し遂げられたものだ(那件事是他的周密計畫和田中先生的辦事能力相輔相成才得以成功的)。

る

類が無い

○似ているもの、同じようなものがほかにはない様子（獨一無二，絕無僅有）

▲地下鉄のサリン事件は今までに類が無い凶悪な殺人事件だった（地鐵的沙林事件是史無前例的凶殘殺人事件）。

累を及ぼす

○自分のしたことが原因で、他人にまで迷惑をかける（連累，牽連，影響）

▲子供じゃないのだから何をしてもいいが、親や兄弟に累を及ぼすようなことだけはするなよ（已經不是小孩子了，做什麼都可以，只是不要連累父母兄弟啊）。

坩堝と化す　＝興奮の坩堝と化す

○一か所に集まった多くの人々が興奮して、その場が混乱状態になる（群情激奮）　▲審判の判定をめぐって、場内は興奮の坩堝と化した（圍繞著審判的判決結果，場內一片歡騰）。

れ

レールを敷く

○順調に物事が進むように、前もって対策を立てたり準備をしたりする（鋪平道路，納入軌道）

▲和平交渉実現へのレールが敷かれる（為實現和平談判鋪平道路）。

烈火の如く

○非常に激しく怒る様子（勃然大怒，暴跳如雷，大發雷霆）

▲信頼していた弟子に裏切られ、師匠は烈火の如く怒り狂った（師傅被自己信賴的弟子出賣了，氣得暴跳如雷）。

レッテルを貼る

○一面的な見方で型にはめる評価を下す。特に、一方的に悪い評価を下すこと（戴上……的帽子，給人以評價）

▲粗悪品のレッテルを貼られる（被列為劣質產品）。

列に入る

○ある地位、資格などを得て、他の仲間と同じ立場になる（進入……的行列）

▲敗戦国でありながら、日本と西ドイツは戦後いち早く先進工業国の列に
入った（日本和西德雖說是戰敗國，但戰後都迅速地進入了發達工業國的行
列）。

ろ

老醜を晒す

○なまじ人目につくようなことをしたために、年を取って醜くなった姿や
頑迷な考え方などを人前に晒し、恥をかく結果になる（丟老臉）

▲いい年をして会長などを引き受けたために、とんだ老醜を晒すことにな
った（到了這般年紀還接受會長一職，真是丟盡老臉了）。

労を多とする

○相手の働きに感謝する気持ち（感謝［對方的］勞苦功高）

▲この企画の成功に当たって、諸君の労を多とする（值此計畫成功之際，感謝
各位為此付出的巨大努力）。

労をとる

○面倒がらずに、何かのために骨を折る（操勞，斡旋）

▲友人が斡旋の労をとってくれたので、やっと銀行から融資が受けられるこ
とになった（多虧朋友從中出力斡旋才從銀行貸到了款）。

禄を盗む

○たいした働きもぜずに高給を取る。非難の気持ちを込めて用いる（無功
受禄）　▲禄を盗むだけだなどと言われないような仕事をしているつもりだ
（我想我正在做著絕非無功受禄般的工作）。

禄を食む

○俸給を得ることによって生計を立てる。特に、公務員について言う（食俸
禄［特指公務員］）

▲公僕などと言っても、ただ禄を食んでいるだけの役人が居るのは嘆かわし
い（雖說是公僕，可是有的官員只拿俸禄不做事，真是可悲可嘆）。

路線を敷く

○今後の方針を定め、その通り進めるような対策を立てる（制定方針、路線）

▲工業化社会への路線を敷く（制定向工業化社會發展的方針）。

路傍の人

○自分とは何の関わりもない（人素不相識的人，陌路人）

▲彼などは私には単なる路傍の人に過ぎないのだが、その日の暮らしにも困っていると聞けば、ほうってもおけまい（雖然他們對我來說只不過是陌路人而已，但是聽說了他們生活有困難也不能袖手旁觀）。

呂律が回らない

○酒に酔ったりして舌がよく回らず、言葉が不明瞭になる様子（[醉酒後]口齒不清，舌頭不聽使喚）

▲呂律が回らなくなるほど飲むのはやめた方がいい（最好不要喝到舌頭不聽使喚的地步）。

論陣を張る

○相手の反論まで十分に予想してそれを封じ得る堅固な論理を組み立てた上で論議を展開する（擺開辯論的陣勢）

▲彼女はベテランの政治評論家や大物政治家を相手に、堂々と論陣を張っている新進気鋭の政治学者だ（她是敢於和老練的政治評論家、政界大人物展開辯論的嶄露頭角、很有前途的政治學家）。

論を俟たない

○事実であることが明らかな様子（毫無疑問，不足論）

▲彼が脳外げ科の権威であることは論を俟たない（他是腦外科的權威，這一點是毋庸置疑的）。

わ

我が意を得る

○物事が自分の思い通りになり、気をよくする様子（正合我意，正中下懷）

▲見込んだ通りの結果になり、我意を得た思いだ（結果和我設想的完全一樣，覺得正合我意）。

わけが無い

○そのことの実現に、大して時間や労力を要しない様子(輕而易舉，毫不費力)　▲彼の顔の広さをもってすれば、資金調達などわけが無いことだ(如果有他那麼廣的交際，那籌集資金等就是輕而易舉的事情了)。

わさびを利かせる

○問題の核心を鋭くえぐりだして、相手に強い印象を与えるような話をする様子(言辭辛辣諷刺，談鋒犀利)
▲今日の講演はわさびを利かせた話ができて、聴衆の共感も得られたようだ(今天的演講談鋒犀利，似乎也贏得了聽衆的共鳴)。

私としたことが

○間違いや失敗をした時、自分としては常に日頃そのようなことがないよう気をつけていたはずであったのにと、意外さと悔しさを表す言葉(我怎麼會……)　▲私としたことが、今日のゼミに使う資料を家に忘れてきてしまった(我怎麼會把今天研討會的資料忘在家裏了呢)。

綿のよう

○非常に疲れ、体中の力が抜けてしまったように感じられる様子(精疲力竭，筋疲力盡)　▲一日中歩き回り、綿のように疲れて帰宅する(走了一整天，筋疲力盡地回到家裏)。

渡りに船

○何かをしようとしている時に、うまく好都合なことが起こり、さっそく利用すること(急奔渡口，恰遇停舟；見台階就下；困難時遇救星，雪中送炭)
▲出かけようとしていたら、友達が車で来たので、渡りに船と便乗させてもらう(正要出門，剛好朋友開車來了，於是就勢搭了個便車)。

渡りをつける

○面識のない相手と交渉を持とうとして、関係をつける(搭上關係，掛上鈎，聯繫上)　▲友人を介入して、政界に渡りをつける(透過朋友介紹和政界搭上關係)。

割って入る

○何かの中へ、かき分けるようにして強引に入る。特に、人ごみの中や喧嘩

をしている双方の間に入る意に用いる（強行介入，擠進）
▲取っ組み合いの喧嘩になったので、慌てて割って入って、どうにかその場を治めた（雙方扭打在一起，我急忙介入調停，總算平息了一場風波）。

罠に掛ける

○計略をめぐらして、うまく相手を騙す（使……上圈套，使……落入陷阱）
▲逃げると見せて罠に掛け、敵を四方から包囲する（佯裝逃跑，誘敵上當，從四面包圍敵人）。

罠にはまる

○相手の計略にまんまと騙される（落入圈套，上當）
▲ゆさぶりをかけてやろうという敵の罠にはまり、味方チームはすっかり普段の落ち着きをなくしてしまった（落入了敵人的圈套而被打亂陣腳，我隊完全失去了平時的鎮定）。

罠を掛ける

○相手を陥れようとして、計略をめぐらす（設圈套，設陷阱）
▲政敵を失脚させようとして、巧妙な罠を掛ける（為了搞垮政敵設下巧妙的圈套）。

輪に輪をかける

○輪をかけた上にさらに輪をかけるということで、はなはだしく誇張することをいう（誇大其詞，變本加厲）
▲その評判は一層輪に輪をかけることになった（那種風言風語越發變本加厲了）。

詫びを入れる

○自分の非を認め、相手に謝る（賠禮，賠不是，道歉）
▲先方が詫びを入れて来るまでは、絶対に会わないつもりだ（在他賠禮道歉之前絕不打算同他見面）。

笑いが止まらない

○予想以上に大きな利益をえるなどして、嬉しくてたまらない様子（笑個不停，高興得不得了）
▲新製品が売れに売れて、木村君の会社は笑いが止まらないようだ（新産品供不應求，木村的公司裏一片歡騰）。

笑い事ではない

○第三者から見れば笑って済まされるようなことでも、当人には深刻な問題である様子(不是玩笑，非同小可)　▲君は笑うけれど、いかにして痩せるかということは、僕にとっては笑い事ではない問題なんだ(說起來你可能會笑，可是如何才能瘦下來對我來說卻是件大事)。

笑いを噛み殺す　＝笑いを殺す

○笑い出しそうになるのを一生懸命こらえる(憋住不笑，忍住笑)　▲ひどく調子っぱずれの歌を聞かされ、みんなは笑いを噛み殺すのに苦労した(聽了嚴重走調的歌，大家費了很大勁才憋住沒笑出來)。

割が悪い

○他と比べて損な立場に置かれている様子(不合算，划不來，吃虧)　▲面倒な仕事になるとみんな私のところに持ち込んでくるんだから、全く割が悪いよ(一有棘手的工作，大家就全都推給我做，真是太吃虧了)。

割り切れない

○十分に納得できないところがあって、気持ちがすっきりしない様子(想不通，難以理解)　▲今回の事故は不可抗力として処理されたが、何か割り切れないものがある(這次的事故雖然以不可抗力為理由處理完了，可是總覺得還有想不通的地方)。

割に合わない　＝割が合わない

○苦労しただけの効果が上がらず、損になる様子(不划算，划不來)　▲こんなに一生懸命やっているのに、誰も分かってくれないなんて、全く割に合わない話だ(這麼拼命地幹卻沒人理解我，真是划不來)。

割を食う

○不利になる(吃虧，划不來)　▲僕だけが割を食うのはごめんだ(就我一個人吃虧，我才不幹呢)。

悪いようにはしない

○決して損なことにはならないようにするから自分に任せてくれと、相手を説得する時に用いる言葉(絕對不會做錯，絕對不會搞砸)

▲その件は一つ私に任せてください。決して悪いようにはしませんから（請把那件事交給我吧，我絕對不會搞砸的）。

我に返る

○意識を失っていた人が正常な意識を取り戻したり、何かに心を奪われていた人が本来の自分に返ったりする（恢復意識，清醒過來，醒悟）

▲一瞬気を失ったが、ふと我に返って事の重大さに気が付き、愕然とした（一時昏了頭，猛然清醒過來意識到事情的嚴重性後不禁愕然）。

我にも無く

○日ごろの自分からは予測できないようなことをする様子（不知不覺地，並非存心地，無意中）

▲友人から借りた小説を読んでいるうちに、我にも無く泣けてきてしまった（讀著讀著從朋友那裏借來的書，不知不覺地哭了起來）。

我を忘れる

○何かに心を奪われ、自分の置かれた立場やなすべきことなどが意識されない状態になる（忘我，出神，發呆）

▲あまりの美しさに、我を忘れてその場にたたずむ（太美了，竟出神地佇立在那裏）。

輪を掛ける

○一回り大きくする意で、一段と程度がまさる様子（更加，更勝一籌）

▲お姉さんも美人だが、妹さんはさらに輪をかけて美しい（姐姐是個美女，不過妹妹更漂亮）。

ワンクッション置く

○事がうまく運ぶように、間に一段階を置いて当たりを和らげる（緩和一下，緩衝一下）

▲あの人には直接話を持っていくより、ワンクッション置いた方が無難だ（與其直截了當地跟他說，不如緩和一下再說為好）。

參 考 文 献

［1］三省堂編修所. 故事・ことわざ・慣用句辭典. 東京：三省堂，2000.

［2］北京對外經齊貿易大學，商務印書館，小學館. 中日辭典.北京：商務印書館，1998.

［3］新村出. 廣辭苑. 5版. 東京：岩波書店，1998.

［4］金田一京助，山田忠雄，柴田武，等. 新明解國語辭典. 5版. 東京：三省堂，1997.

［5］小學館. 國語大辭典. 東京：小學館，1998.

［6］小學館. 日本國語大辭典. 2版. 東京：小學館，［2001］.

［7］竹林滋，吉川道夫，小川繁司. 新英和中辭典. 6版. 東京：研究社，1998.

［8］Martin Collick，田邊宗一，金子稔，等. 新和英中辭典. 4版. 研究社，1998.

［9］郭潔梅. 日語慣用詞組辭典. 吉林：吉林教育出版社，1986.

［10］倉持保男，阪田雪子. 迷你日語慣用句詞典. 李燕，莊鳳英，譯. 北京：外語教學與研究出版社，2003.

［11］楊詘人. 漢例解常用熟語諺語詞典. 上海：同濟大學出版社，1991.

［12］李宗惠. 例解日漢成語詞典. 北京：科學技術文獻出版社，1995.

［13］王宏. 日語慣用語例解手冊. 上海：上海譯文出版社，1983.

歡迎至本公司購買書籍

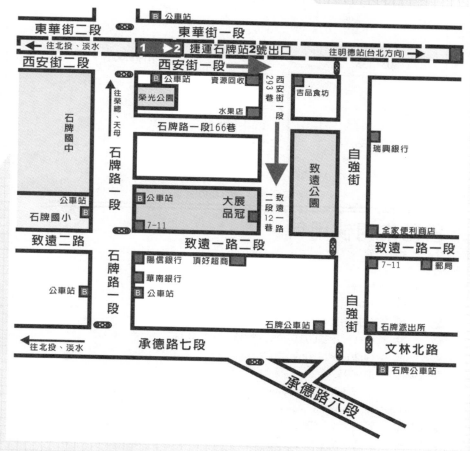

建議路線

1.搭乘捷運‧公車

　　淡水線石牌站下車，由石牌捷運站2號出口出站(出站後靠右邊)，沿著捷運高架往台北方向走(往明德站方向)，其街名為西安街，約走100公尺(勿超過紅綠燈)，由西安街一段293巷進來(巷口有一公車站牌，站名為自強街口)，本公司位於致遠公園對面。搭公車者請於石牌站(石牌派出所)下車，走進自強街，遇致遠路口左轉，右手邊第一條巷子即為本社位置。

2.自行開車或騎車

　　由承德路接石牌路，看到陽信銀行右轉，此條即為致遠一路二段，在遇到自強街(紅綠燈)前的巷子(致遠公園)左轉，即可看到本公司招牌。

國家圖書館出版品預行編目資料

日語常用慣用句／葉琳　主編
——初版，——臺北市，大展，2016〔民105.08〕
面；21公分 ——（日語加油站；9）
ISBN　978－986－346－125－8（平裝）
1.日語　2.慣用語
803.135　　　　　　　　　　　　　　　105009991

日語常用慣用句

主　　編／葉　　琳
責任編輯／張　　雯
發 行 人／蔡 森 明
出 版 者／大展出版社有限公司
社　　址／台北市北投區（石牌）致遠一路2段12巷1號
電　　話／（02）28236031・28236033・28233123
傳　　眞／（02）28272069
郵政劃撥／01669551
網　　址／www.dah-jaan.com.tw
E－mail／service@dah-jaan.com.tw
登 記 證／局版臺業字第2171號
承 印 者／傳興印刷有限公司
裝　　訂／眾友企業公司
排 版 者／弘益電腦排版有限公司
授 權 者／安徽科學技術出版社
初版1刷／2016年（民105年）8月

定　價／600元

大展好書　好書大展
品嘗好書　冠群可期

大展好書　好書大展
品嘗好書·　冠群可期